KB180503

근대문학, 생명을 사유하다

근대문학, 생명을 사유하다

안지영

역락

지지는 않겠다는 마음으로

이 책은 '생명'을 키워드로 십 년 정도 써 왔던 소논문 원고를 모은 것이다. 이번에 그간 썼던 논문들을 읽으며 새삼 놀란 것은 원고에 '생명'만큼이나 '혁명'이라는 단어가 빈번히 등장하는 점이었다. 그간 가지고 있었던 고민과 불만이 이 단어를 통해서 표출된 모양이다. 내가 '생명'이라는 단어에 관심을 가지게 된 것은 우승열패나 약육강식이라는 구호로 더 익숙한 사회진화론에 대한 반발감 때문이었다. 내가 대학원을 다니던 시절에는 1920년대의 대표적 동인지 '창 · 폐 · 백(『창조』, 『폐허』, 『백조』)'을 기본으로 『조선문단』이나 『개벽』 같은 잡지들을 읽으며 '근대문학'의 기원에 대한 논의가 활발했다. 다만 그 시절 나는 그보다 앞선 시기에 수용되어 국가의 흥망에 대한 위기감을 고조시켰던 사회진화론에 그야말로 '꽂혀서' 이와 관련한 자료들을 무작정 살펴보았었다.

사회진화론과 관련한 사학계에서의 논의들이 주로 담론의 수용과 그것의 식민지적 변용 양상에 주목하였다면, 나는 문학 연구자로서 그 담론에 반응하는 개인들의 감정에 신경이 쓰였다. 사회진화론에 기반한 지배질서가 '대세'임을 알면서도 그에 순응하지 못하는 마음들은 어떤 풍경을 하고 있었을까. 자본주의와 제국주의의 폭압성에 눈을 뜨며 출세를 위한 자기 계발에 바쁜 와중에도 이들의 발을 머뭇거리게 만드는 무언가가 있었던 것이 아닐까. 방황하고 망설이는 그 마음의 무늬들을 문학을 통해 확인할 수 있으리라 기대하며, 이국(異國)만큼이나 낯선 과거의 문헌들을 마주하였다. 그 과정에서 사회진화론에 포섭되지 않은 잉여적인 것들이 존재해 왔다는 것을 확인하며 미약하나마 그것을 혁명의 불가피성에 대한 징후라 여겼다.

전에 한 술자리에서 사회진화론을 극복하는 문제에 관심이 있다는 나의 말에 누군가는 그건 불가능하다고 말해 황망하던 기억이 있다. 혁명에 대한 상상이 불가능해져 버린 시대에 현실에 대한 지나친 낙관은 순진한 '정신승리'에 불과한 것일지도 모른다. 하지만 내게는 사회진화론을 비롯한 억압적 지배 이데올로기를 극복하느냐 마느냐보다, 패배할 게 뻔한데도 불구하고 그에 반대하는 이들이 있었다는 사실이 늘 중요했다. 비록 소수이더라도 그러한 이들이 존재한다는 사실에서 위안을 얻으며, 거기에서 내가 속하고 싶은 자리를 발견하였다. 그러니까 나는 이 책의 원고들을 지지 않으려는 마음으로 썼다. '문송'한 마음을 가지기를 강요받는 시대에도 여전히 (인)문학을 읽고 쓰고 아끼는 이들이 있다는 사실에 감사하며 이 마음이 누군가에게도 가서 닿기를 소망한다.

이 책의 다소 혼란스러운 구성에 대해서도 다소간의 설명도 필요할 듯 싶다. 우선 1부는 '생명'이라는 어휘가 풍미하던 1910~20년대 시기에 발행된 잡지에 나타난 사회진화론에 대한 대응에 주목하였다. 이를테면 『학지광』에 나타난 공포감과 비애 등은 생존경쟁에서 뒤떨어져 '비-인간' 취급을 받을 수 있다는 위기감과 관련되는 것으로, 이에 따라 유교나 기독교 등 종교 담론을 차용해서 사회진화론의 논리에 대응하려는 움직임이 일어난다. 이외에 『개벽』의 이돈화와 극작가 김우진이 주장한 '내적 개조'의 의미와 「민족개조론」의 이광수에게 나타나는 잔여하는 '감정'의 문제, 그리고 아나키즘을 통해 상호부조의 공동체를 꿈꾼 황석우의 생태시에 주목하여 사회진화론에 반발하는 다기한 흐름을 살폈다.

2부에서는 이상을 통해 재현의 문제를 다루었다. 1930년대 들어서는 사회진화론에 대한 직접적 대응보다 이데올로기를 내면화한 주체의 무의식적인 갈등이 드러난다. 이를 누구보다 예민하게 감지한 것이 바로 이상이다. 이상은 김우진이 '내적 개조'의 차원에서 표현주의에 관심을 가졌던 것과 마찬가지로 무의식의 차원에서 자본주의와 지배 질서에 대한 저항을 꾀하였고, 그것이 재현의 정치(학)에 대한 거부로 나타났다. 특히 그의 작품에 나타난 분신 모티프와 다중의 서술자는 이항 대립으로 환원되는 재현의 폭력을 거부하며 언제나 흔적을 남기는 차연의 운동이 일으킨다. 텍스트 자체가 운동을 하듯 새로운 의미를 생성함으로써 글 쓰는 주체를 사후적으로 탄생시키는 미스터리한 장면을 그의 문학을 통해 확인할 수 있다.

3부에서는 이상 문학에 이어 아방가르드와 초현실주의의 계보를 탐색하며 근대문학에 나타난 무의식에 주목하였다. 우선 미분화된 상태에서 묘한 예감으로 들떠있던 신흥문예 운동에 관심을 갖고 문단 주변부의 움직임을 살펴보았다. 이에 따라 1920년대 아방가르드 운동을 이끌었던 박팔양과 김화산의 다다이즘 작품을 분석하게 되었고, 이후 1950년대 전후 모더니즘 시론에 나타난 초현실주의 이미지론을 살펴보며 비재현적 이미지에 대한 논의들이 어떻게 변용되어가는지를 살펴보았다. 한편으로 전쟁 이후 박인환이 반공주의의 벽에 가로막혀 해방기 시절의 가능성들에 대한 아쉬움을 센티멘털리즘으로 해소하는 것을 안타깝게 확인하기도 하였다.

마지막으로 4부에서는 생명주의에 대한 관심을 김지하를 매개로 현재의 문제들과 연결해 보려고 하였다. 김지하는 생명의 고귀함에 대한 깨달음이 도덕적 당위로 제시될 때 어떠한 문제가 발생할 수 있는지를 보여준다. 이항 대립적인 질서를 해체하지 않고 근대의 폭력적인 질서에 저항하려 할 때 그조차 억압적인 체제로 변모할 수 있다. 가족사로 인해 역사에 대한 뿌리 깊은 원한을 가지고 있었던 김지하가 자신의 한계를 알면서도 끝내 거기에서 벗어나지 못하는 것을 보며, 이 문제는 개인이 아닌 공동체의 차원에서 해결해야 할 것임을 깨달았다. 추후 이러한 맥락에서 김지하에 대한 논의를 정교화할 필요가 있을 것이다. 이외에 최인훈의 『화두』에 나타난 탈식민적 사유에 대한 연구와 시 교육이 도덕 담론에 사로잡히지 않도록 내러티브를 활용하는 방법에 대한 연구를 4부에 같이 실었다.

최근에는 여성주의와 생태주의에 기반한 문제의식을 가지고 1980~90년대의 문학을 살펴보고 있다. 이렇게 시기와 대상은 바뀌었지만, 이전에 가지고 있었던 고민은 여전하다. 젠더화된 정상성의 폭력에 대한 문제의식과 자연에 대한 착취를 당연시하는 인간 중심적인 근대문명에 대한 비판은 사회진화론의 폭력성에 경악하며 그에 순응하지 않으려 했던 마음과 이어져 있다. 우리가 존재하는 방식이 하나가 아니듯 저항하기 위해 하나의 방법만을 고집할 필요가 없으리라. 경쾌하고 유연하게 각자의 혁명을 할 수 있는 세계가 오기를 희망하며 이 책의 고민을 이어나가려고 한다. 미처 논의가 무르익지 못한 부분들도 없지 않지만, 이 당시의 문제의식을 남겨두는 것도 의미 있으리라는 생각에 부끄러움을 무릅쓰고 책으로 묶게 되었다. 부디 이 책의 내용이 누군가에게는 보탬이 될 수 있기를 바란다.

지지 않겠다는 마음으로 썼다고는 했지만, 사실은 지는 기분이 들 때가 더 많다. 이미 진 것 같고, 다 안 될 것 같다. 하지만 한 번 졌다고 완전히 진 건 아니니까 다시 한 번 더 해보자는 마음으로 살아갈 수밖에는 없는 것이다. 지금의 절망이 순간의 문턱일 거라 믿으며 '존버' 하고 살다보면 언젠가 새로운 세계에 발을 내딛게 될 지도 모른다. 부디 나와 같은 맘을 갖고 살아갈 이들이 혐오보다는 사랑의 힘을 믿으며 이 험난한 시대를 헤쳐 나가기를 바란다. 사랑하는 모두에게 늘 고맙다는 말을 전한다.

2023년 여름을 보내며

차례

2부 재현의 글쓰기 너머

3부 아방가르드와 초현실주의 문학의 계보

4부 근대의 생명정치를 사유하다

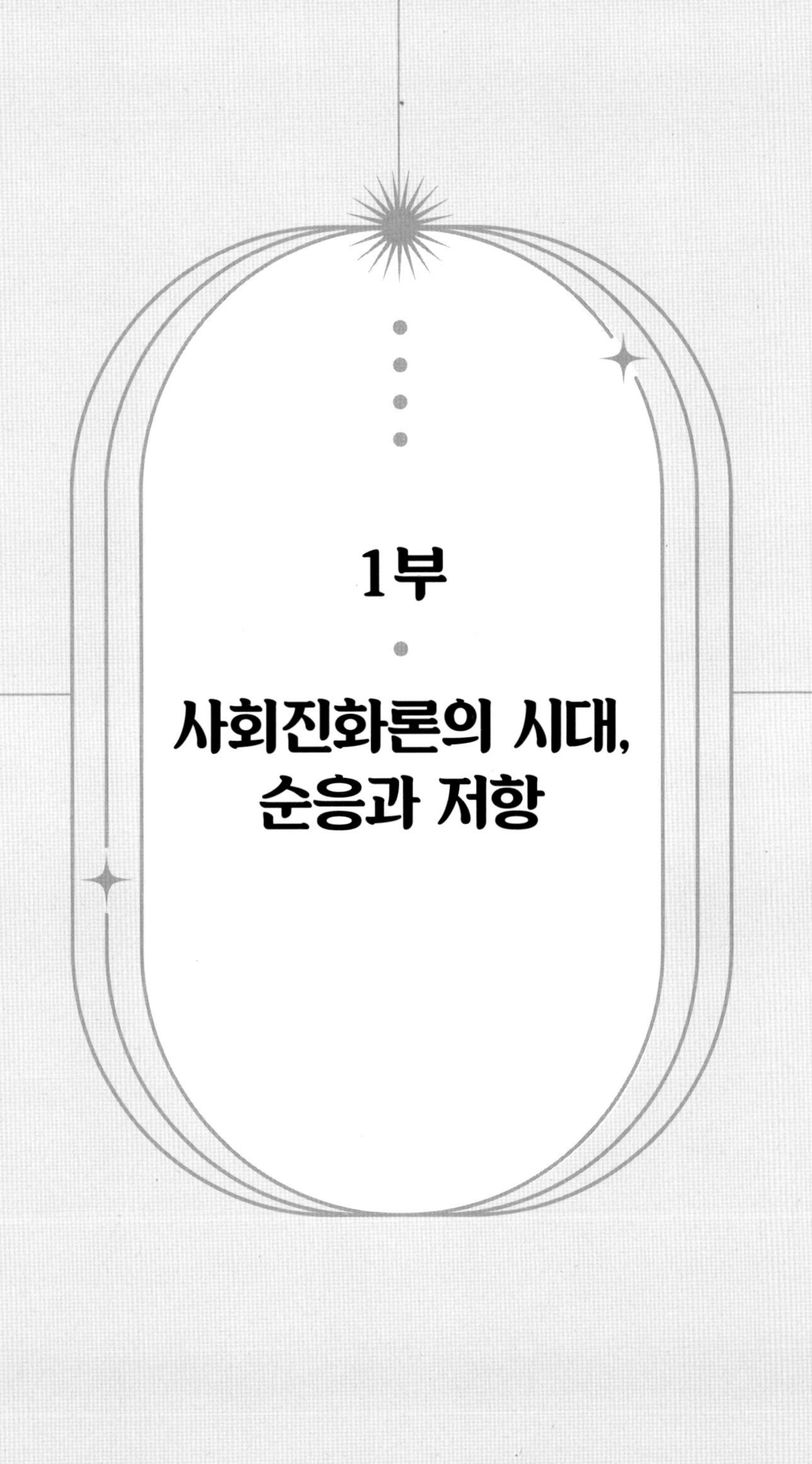

1부

사회진화론의 시대, 순응과 저항

사회진화론에 대한 비판과 '생명' 인식의 변화

- 『학지광』을 중심으로 -

1. 근대 초기 사회진화론의 영향

사회진화론은 서양에서 생물의 진화와 자연도태를 기본개념으로 하는 다윈의 진화론을 사회현상에 적용한 것으로, 우생학 인종차별주의 및 제국주의를 합리화하고 근대 자본주의 체제를 정당화하는 이론으로 이용되었다.[01] 그러나 동아시아에서 사회진화론은 서양에 맞서 강자가 되기 위한 실력양성과 근대적인 국가사상 보급에 지대한 영향을 끼쳤고, 제국주의에 대한 일종의 대항이데올로기로 기능하기도 하였다.[02] 일본에서는 스펜서의 진화론이 수용된 이후 자유민권운동을 이론적으로 뒷받침하는 등의 순기능을 했으며,[03] 중국에서는 마르크스주의를 받아들이는 사상적 토대를 만들었다는 점에서 마르크스주의와의 이론적 상충에도 불구하고 이

---

01 사카모토 히로코, 양일모·조경란 역, 『중국 민족주의의 신화』, 지식의 풍경, 2006, 121쪽.

02 조경란, 「진화론의 중국적 수용과 역사인식의 전환」, 성균관대학교 박사논문, 1995, 11쪽.

03 김제란, 「한·중·일 근대불교의 사회진화론에 대한 대응 양식 비교」, 『시대와 철학』 21집 2호, 한국철학사상연구회, 2010, 120쪽.

사상을 긍정적으로 논의해 왔다.[04]

그중에서도 한국에서 사회진화론은 세계정세의 현실을 알리고 국가 근대화의 필요성을 계몽시키는 이론으로 소개되었다.[05] 1890년대에 주로 중국의 영향을 받아 조선에 수용된 이래, 국제사회의 힘의 정치와 서구제국주의에 대한 아시아 침탈을 설명하기 위해 받아들여진 것이다.[06] 특히 20세기 초에는 제국주의적 식민지 경영전략에 대항하여 국가의 독립과 부국강병이라는 목표 달성을 위해 국가유기체설과 결합하면서 계몽적 지식인들로부터 선풍적인 인기를 끌었다. 하지만 1910년대 이후에는 진화론적 세계관으로는 이미 나라의 주권을 빼앗긴 이후의 현실에 적극적으로 대처할 수 없다는 인식의 변화로 말미암아 더 이상 이전과 같은 영향력을 발휘하지 못했다고 평가받는다.

이는 독립적 주권이 소멸된 한국의 상황과 더불어 제1차 세계대전 이후 약육강식의 논리가 정당화되는 세계질서에 대한 비판이 제기되면서 나타난 변화이다. 또한 다이쇼(大正) 민주주의의 영향으로 개인을 발견하고 인격의 가치가 대두되면서, 생물학적 진화로부터 일체의 사회 원리를 설명하려는 기존의 가치관에 대한 비판이 일본 사상계에 대대적으로 일어났다는 당시의 사정 역시 작용했다. 다이쇼 시대에 들어 전대(前代)의 물질 편향적 사고, 자연에 대한 확고한 지배, 사회진화론에 근거한 우승열

---

04 조경란, 앞의 글, 8~9쪽. 중국에서 사회진화론은 진화 주체가 '국가'에서 '민족'으로 그리고 다시 '인민'으로 변화해 갔으며, 이 과정에서 사회 본질에 대한 분석의 방법 또는 무기로까지 이용되었다. 이처럼 중국에서 진화론이 발전의 면모를 보일 수 있었던 것은 스펜서가 아닌 헉슬리를 통해 진화론을 수용했기 때문이다. 헉슬리는 귀납적 방법으로 사회진화론의 맹점을 비판하는 작업을 했기 때문에, 이를 받아들인 중국의 사상가들 역시 헉슬리의 문제의식을 공유할 수 있었다.

05 박성진, 『사회진화론과 식민지 사회사상』, 도서출판 선인, 2003, 34쪽.

06 전복희, 『사회진화론과 국가사상』, 한울, 1996, 115쪽.

패의 신화 등이 낙후한 세계관으로 밀려나는 대신 그 자리에 인간의 '영성'을 옹호하고 자연이 지닌 '생명'을 존중하는 분위기가 형성되었다.[07] 이에 따라 약육강식의 사회가 주는 유한한 개체의 공포감을 우주의 무한한 생명력으로 극복하려는 움직임이 나타나기 시작했다.[08]

하지만 근대인들의 내면에 각인된 진화론적 세계관은 이후에도 지속적인 영향을 미쳤다.[09] 권보드래는 식민지라는 조건에서 다이쇼 민주주의와 이상주의를 전적으로 받아들이기 어려웠던 조선인들에게 사회진화론은 여전히 절박한 문제였다고 주장한다.[10] 비록 약육강식의 논리 및 민족의 부국강병을 목표로 하는 1900년대식 진화론의 이념이 그대로 유지되지는 않았으나, 이를 대신하는 '강력주의'가 나타나 "자기표현과 민족의 번영이라는 목표"[11]가 절충되는 관점이 보인다는 것이다.

이처럼 사회진화론을 극복하고자 하는 전반적인 흐름 속에서도 식민지 조선인들은 사회진화론의 자장에서 좀처럼 벗어나지 못했다. 실제로 『학지광』[12]을 보면 당시 일본 사상계의 영향으로 사회진화론을 비판하며

---

07 이철호, 「1920년대 초기 동인지 문학에 나타난 생명 의식」, 『한국문학연구』 31호, 동국대학교 한국문학연구소, 2006, 207쪽.

08 박승희, 「근대 초기 매체의 세계 인식과 문학사」, 『한민족어문학』 53권, 한민족어문학회, 2008, 88쪽.

09 박성진 역시 아나키즘과 사회주의 사상에 의해 사회진화론이 1910년대 이전에 이미 극복되었다는 선행 연구자의 견해를 비판하며, 사회진화론의 영향이 1910년대 이후에도 지속되었다고 본다. 박성진, 앞의 책, 제2부 5장 참조.

10 권보드래, 「진화론의 갱생, 인류의 탄생-1910년대의 인식론적 전환과 3·1운동」, 『대동문화연구』 66집, 성균관대학교 대동문화연구원, 2009, 241쪽.

11 위의 글, 244쪽.

12 『학지광』은 재일본동경 조선유학생 학우회의 기관지로, 1914년 4월 2일 창간되어 1930년 4월 5일까지 통권 29권이 발행되었다. 다만 창간호, 7, 9, 16, 18, 20-21, 23-25호 등은 전해지지 않고 있어 현재까지 19권만 알려진 상태다.

이를 극복하려는 움직임이 나타나는 한편으로 여전히 사회진화론을 지지하는 이들도 있었음을 알 수 있다. 이에 따라 『학지광』에 대한 기존 연구에서도 상반된 관점이 나타난다. 『학지광』에서 계몽주의적 훈육에의 열정, 사회진화론적 '생존 본위주의'를 발견하는 견해가 있는 한편,[13] 우주적 보편성을 추구하면서 약육강식과 생존경쟁을 논리가 해소되고 있다는 주장[14]도 제시된다.

2. 생명관리정치의 탄생

제1차 세계대전(1914~1918)은 민족주의의 승리를 알리는 신호탄이라는 평가를 받는다.[15] 제1차 세계대전 이후 서유럽에서 중부유럽과 동유럽으로 퍼져나간 민족자결주의와 함께 파리강화조약은 현재의 지도와 비슷한 유럽의 국경선들을 확정했다. 19세기 제국들이 종족성(ethnicity)이 아니라 왕조나 왕조에 대한 충성심에 기반하고 있었다면, 제1차 세계대전은 이런 체제를 완전히 붕괴시키고 민족(nation) 개념을 확산시켰고, 이로 인해 종족 간의 배타성과 적대성이 두드러지게 되었다.

전쟁 과정에서 소수민족에 대한 배타적 분위기가 형성되어 가는 가운데, 일본에 머물면서 세계정세를 파악하고 있던 조선인 유학생 역시 식민지로 전락한 조선 민족이 나아가야 할 방향을 모색하였다. 가령 현상윤은 곤충이 제비에게 잡아먹히는 것처럼 한 민족 역시 다른 민족에 의해 멸망

13 박노자, 「쾌남아, 천재, 영웅 키우기」, 『한국민족운동사연구』 56호, 한국민족운동사학회, 2008.

14 박승희, 앞의 글.

15 마크 마조워, 김준형 역, 『암흑의 대륙』, 후마니타스, 2009, 71쪽.

할 수 있다고 생각했으며,[16] 약육강식이라는 '자연률'의 지배를 받는 인류 사회에서 소수민족이 살아남기 위해서는 강자가 되어야 한다고 주장하였다.[17] 또한 "조선사회(朝鮮社會)가 잘되고 못되는 것은 전혀 여러분이 '조선(朝鮮)의 운명(運命)은 내게 있다'를 자각(自覺)하고 자각(自覺)치 못함에 달려 있다"며 청년들의 각성을 촉구하였다.[18]

이 당시 현상윤과 유사한 고민을 하던 청년들에 의해 과학적 지식과 국가의 경제적 능력을 강조하는 경향이 함께 나타난다. 이를테면 김철수는 현대 전쟁이 최신의 무기와 화학력을 이용해야 하는데 이를 위해 금력(金力)이 필요하다고 지적하며, 부국강병을 위한 3M으로 "Men(사람), Money(돈), Mighty(힘)"을 들었다.[19] 「조선광업(朝鮮鑛業)을 논(論)함」,[20] 「현하(現下)의 경제계(經濟界)와 급기(及其) 금후(今後)의 변천(變遷)에 대하야」,[21] 「조선청년(朝鮮青年)의 경제적(經濟的) 각성(覺醒)」[22] 등 경제를 활성화시키기 위한 방안과 관련된 글들도 쏟아졌다. 하지만 당시 일본에서는 진화론적 세계관에 대한 극복이 모색되고 있었기 때문에 『학지광』에도 이와 관련된 상반된 견해가 대립하고 있었다. 이러한 가운데 사회진화론

---

16 현상윤, 「말을 반도청년(半島青年)에게 붓침」, 『학지광』 4호, 1915.2.

17 현상윤, 「강력주의(强力主義)와 조선청년(朝鮮青年)」, 『학지광』 6호, 1915.7; 정충원, 「아아 형제(兄弟)여」, 『학지광』 6호, 1915.7.

18 이경훈은 『학지광』의 "청년은 문명의 이름으로 서양을 내면화하고 과거를 배제함으로써 '현재'와 '이곳'을 미래지향적으로 조직하는 역사적 작용"을 했다고 지적한다. 이경훈, 「청년과 민족-『학지광』을 중심으로」, 『대동문화연구』 44호, 성균관대학교 대동문화연구원, 2003, 271쪽.

19 김철수, 「국민경제(國民經濟)상 농업(農業)의 지위(地位)」, 『학지광』 18호, 1919.1.

20 김엽, 「조선광업(朝鮮鑛業)을 논(論)함」, 『학지광』 14호, 1917.11.

21 노익근, 「현하(現下)의 경제계(經濟界)와 급기(及其) 금후(今後)의 변천(變遷)에 대하야」, 『학지광』 14호, 1917.11.

22 양원모, 「조선청년(朝鮮青年)의 경제적(經濟的) 각성(覺醒)」, 『학지광』 15호, 1918.3.

을 비판하는 우화와 함께 여전히 사회진화론이 지배적인 현실 속에서 이를 인정할 수밖에 없다는 인식이 담긴 우화가 『학지광』에 게재되어 있다.

> 형(兄) 『너웬심이냐 염체가 자식(子息)차지라단니는염소를 잡아먹어?! 엑이』
> 사자(獅子) 『하지만 그녀석이 발에힘이한푼어치도업다구안그럽듸가? 듯릿지요, 내가먹은것이 잘못되엿소? 힘잇는내발톱을좀보오 또이(齒)좀보아요, 그녀석 좀먹은 것이 무에 그리못할일이요?』
> 형(兄)은혼자가만이생각하얏다. 그러고 기—단, 굵단, 센 팔뚝을내려다 보앗다.
> 얼마아니되여서 아오(弟)가 또와서 열매를 따달나고 말하얏다. 그러나 형(兄)의 하는말이,
> 형(兄) 『내팔뚝을좀보아라 너는석류(石榴)에손이아니닷는다고 그랫지 자 인졔붓허는 나하라는대로 하랴다 그대신에 잡아먹지는 아니할터이니』
> 이뒤붓허는 아오는형(兄)에게 복종(服從)하얏다 지금(只今)까지도 역시(亦是)한모양이다[23]

우선 「주먹힘이야기」라는 제목의 위 우화는 강자가 약자를 힘으로 지배하는 현실을 신랄하게 풍자한다. 처음에 형은 처음에는 석류를 따달라는 아우의 부탁을 어떤 대가도 없이 들어준다. 그런데 자식을 잃어버리고 헤매는 염소를 아무렇지도 않게 잡아먹는 사자와 대면한 이후 강자의 위치에서 아우를 복종시킨다. 염소를 잡아먹는 사자를 본 이후 형은 힘이 약한 아우를 자기의 명령에 복종해야 하는 존재로 전락시켜 버린다. 이 우화

23 일편집인(一編輯人), 「한화 이제(閒話 二題)」, 『학지광』 3호, 1914.12.

는 "지금까지도 역시한모양"이라는 마지막 문장을 통해 힘의 논리가 지배적인 당대의 야만적인 상황이 상기시킨다. 우화를 통해 사회진화론이 풍미하는 사회상을 환기시키는 것이다. 한편 8호에 실린 다음 우화에는 생존 투쟁을 어쩔 수 없는 것으로 받아들이면서도 그것의 해악을 최소화하기 위한 사회 법칙을 요구하는 장면이 나타난다.

「두 말이겟소. 말이나 슷나면 당신도 물어야겟소, 당신도 나를 때려 죽여야 하지오. 이리하야 천지간(天地間)에 전쟁(戰爭)이 끗날 날이 업소구려.」
「애, 너도 생명(生命)을 즐기랴고 나고 우리도 생명(生命)을 즐기랴고 낫스니 서로 친구(親舊)하쟈고나. 나하고 너하고 새 조약(條約)을 맷자 소불하(少不下) 내 자손(子孫)하고 네 자손(子孫)하고는 평화(和平)하게 지나도록」
「좃치오 그러나 개구리와는 조약(約條)할 수 업서요」
「올치 나도 소와 닭과 물고기와는 조약(約條)할수 업지」
「아아 도로 마챤가지. 그러나 전쟁(戰爭)이 줄기는 하지오」[24]

위 대화는 뱀과 인간 사이의 대화를 통해 인간 사회에서 전쟁이 일어나는 원인을 고찰한다. 서로에 대한 적대로 인해 서로의 생명을 위협하는 전쟁을 벌이게 된다는 것이다. 문제는 싸우지 않는 것이 서로의 이익을 해치지 않을 때에는 조약을 맺어 전쟁을 중단할 수 있지만, 뱀과 개구리, 인간과 소나 닭 간의 관계처럼 먹이사슬로 묶여 있을 때는 여전히 전쟁이 벌어질 수밖에 없다는 태도를 취한다는 점이다. 이는 각자의 생존을 위해 만인 대 만인의 투쟁을 정당화하는 홉스의 '자연 상태'에 대한 알레고리

24 「소화 일속(笑話 一束)」 중 「불행의 근본(不幸의 根本)」, 『학지광』 8호, 1916.3.

에 다름 아니다. 이와 같은 두 우화의 내용을 통해 사회진화론이 '생명'에 대한 인식에 미친 영향이 파악된다. 사회진화론은 우승열패와 생존경쟁을 강조함으로써 생명체의 진화라는 목적을 위해 끊임없이 투쟁해나가야 한다고 강조한다. 하지만 진화론에서 '도태'의 측면이 강조될 경우 경쟁에서 도태되는 개체나 민족은 멸망할 수도 있다는 인식까지 정당화할 수 있다. 진화론적 세계관은 생명의 가치에 우열이 있다고 주장함으로써 가치가 없는 생명은 배제될 수도 있다는 사실마저 승인할 수 있다. 「주먹힘 이야기」에서 사자의 논리가 바로 그렇다.

우화에서 사자의 논리는 무자비한 것으로 바로 비판받지만, 문제는 이러한 논리를 무시할 수 없는 당시 상황이었다는 점이다. 제1차 세계대전의 영향으로 국가와 민족을 동일시하는 민족국가 체계가 등장하면서, 국경선 안에 존재하는 타민족들이 종속적 지위로 떨어져 지배적 민족의 권리가 주장될수록 다른 소수민족들의 말살당하거나 노예로 전락하거나 불법 체류자가 되어 버릴 가능성이 현실화 되어 나타났다. 이러한 상황에서 이미 식민지로 전락한 조선의 지식인들로서는 현실을 작동시키는 힘의 논리로서 사회진화론을 완전히 배제할 수 없었던 것으로 보인다.

그런데 이처럼 생명의 우열을 나누는 사회진화론의 논리는 푸코의 생명관리정치(bio-politique)의 출현과 무관하지 않다. 생명관리정치는 생명을 조절하고 통제하며 통치할 수 있게 하는 것을 목표로 하는 것으로, 여기서 문제가 되는 것은 인구의 출생률, 사망률, 산아율, 생식능력 등이다.[25] 실제로 이 당시 『학지광』에는 「인구증식필요론(人口增殖必要論)」[26]나 「민종개선

---

25 미셸 푸코, 오트르망 역, 『안전, 영토, 인구』, 난장, 2011, 541쪽.

26 현상윤, 「인구증식필요론(人口增殖必要論)」, 『학지광』 13호, 1917.7.

학(民種改善學)에 취(就)하여」[27]와 같이 인구를 국가 경쟁력의 관점에서 파악하는 글들이 게재되기도 하였다. 이를테면 현상윤은 「인구증식필요론」에서 "한나라 일은 한 나라사람이 하는 것이라하면 그나라 인구(人口)의 총계(總計)가 느는 것을 따라 그 나라의 힘이 또한 늘 것은 명백(明白)한 사실(事實)이라"며 조선이 영구(永久)의 번영을 도모하려면 인구를 늘려야 한다고 주장한다. 또 인구 증식을 위한 구체적 방안으로 과부의 재가를 허가하는 등 사상 개혁상의 방법과 의학이나 경제학을 발전시키는 등의 방법을 제시하기도 했다. 여기에는 민족이 도태되어 멸망에 이르지 않기 위해 개인의 신체나 인구가 관리될 필요가 있다는 인식이 반영되어 있다.[28]

사회진화론은 약육강식의 논리로 생명의 가치를 구분하는 포함과 배제의 논리를 작동시킨다. 살 가치가 없는 생명은 진화의 도정에서 도태되어 멸종된다는 인식에 의해 살아 있다는 사실 자체(zōé)와 가치 있는 삶(bíos)이 구분되며, 이는 '벌거벗은 생명(la nuda vita)'을 정치화하는 생명관리정치와 관련된다.[29] 이러한 인식의 출현은 언제 살 가치가 없는 생명으로 배제될지 모른다는 공포를 일으키기에 충분한 것이었다. 이는 다음의 시에서 생명을 투쟁으로 인식하는 양상으로 나타났다.

아모 소리업든 내의 몸은

---

27 미상, 「민종개선학(民種改善學)에 취(就)하여」, 『학지광』 15호, 1918.3.

28 푸코는 유럽에서 생명관리정치로의 인식론적 이행을 확보해준 것이 의학이었다고 지적한 바 있다. 동아시아의 경우 진화론의 과학 담론이 이러한 인식론적 이행을 확보하는 데 결정적 영향을 미치지 않았는지 검토가 필요하다.

29 아감벤에 따르면 그리스인들은 조에를 모든 생명체에 공통된 것으로, 살아 있음이라는 단순한 사실을 가리켰다고 한다. 반면 비오스란 어떤 개인이나 집단에 특유한 삶의 형태가 방식을 가리키는 것이었다. 조르조 아감벤, 『호모 사케르』, 박진우 역, 새물결, 2008, 33쪽.

「살지아니하면 아니된다」늣기다.
밤은 깁허온다,
—대지는 어둡음의 고요한 귀신(鬼神)에게 둘녀싸이워서 다만 침묵(沈默)!—
내의 맘바다는 차차 도도(滔滔)해온다.
타임의 바퀴는 쉬지 아니하고 운전(運轉)한다.
가슴바다의 도도(滔滔)하든 생각은
느진 가을의 써러지랴는 누른 나무닙과 갓치,
희망(希望), 실망(失望). 실망(失望), 희망(希望)을 약(弱)한 가지에 붓치고, 매달리엿슬 짜름이라.
"Struggle for life!" 생각도 안이하고, 소리도 업섯스나, 문득 형용업는
빗김소리가 들리나니, 승리의 바람은 잇든지 업든지,
한술기의 광명빗업는 어둡은 절망에 멋즐지라도 니물고 바득이나니
아츠렵게—살지아니하면 아니된다—
(…)
「사(死)의 공포(恐怖), 고통(苦痛), 사(死)의 일락(逸樂)」을 뒤에 맛즈며
가랴느니, 그래도,
「살지아니하면 아니된다!」바램의 표(標)대로 가지 아니할슈업나니 대개이는
죽음은 암흑, 비애, 고통, 절망, 연애, 번민, 고독, 적막을 초월하야
의식의 공허, 온갖의 망각, 무반응의 정치, 무저항의 막막세계로 써니,[30]

---

30 돌샘, 「내의 가슴」, 『학지광』 4호, 1915.2.

이 시에서 시적 주체는 인생을 생명에 대한 투쟁(struggle for life)로 보고 생명에 대한 욕망으로 죽음을 극복해야 한다고 부르짖는다. 죽음은 암흑, 비애, 고통 등 부정적 가치를 지닌 것으로 이해되며, 「살지아니하면 아니 된다!」라는 구호를 반복하며 생명에 대한 욕망을 강조한다. 하지만 유한한 시간을 강박적으로 의식하면서 생명이 한정되어 있다는 사실을 끊임없이 자각하는 태도에서 역설적으로 생명의 부정적 가치가 부상한다. 이를 악물고 버텨야 하는 것으로 인식되는 생(生)은 과거나 미래나 그저 "타락, 공포, 고통, 비애, 고독"으로 점철되어 있을 뿐이다. 이처럼 죽음이 오기 전까지 어떻게든 살아남아야 한다는 인식은 오히려 살아간다는 것이 비참함을 부각한다.

여기서 인간 사회에서 배제되어도 상관없는 존재로 전락할 가능성에 대한 공포가 감지된다. 개체뿐만 아니라 민족 역시 사회의 생존경쟁에서 뒤떨어져 사회적 공간을 차지하지 못한 채 '비-인간'으로 취급받을 수 있다는 공포가 조선 사회를 지배했다. 사회진화론은 물질문명의 진보를 강조하는 물질적·기계론적 세계관으로 생명을 관리해야 하는 대상으로 바라보게 하는 데 일조했다. 나아가 주체들이 생명권력에 배제당하지 않기 위해 사투를 벌여야 한다는 인식을 심어주었다. 하지만 이로 인해 야기된 감정적, 육체적 소모는 생명을 새로운 인식틀에서 모색해야 할 필요성을 아울러 제기하게 된다. 특히 1910년대 일본에 유입된 베르그송, 니체 등의 생철학은 이를 위한 모색과 관련된다.

3. 생철학을 통한 사회진화론의 전유

당시 송진우, 이광수 등은 낡은 도덕이 깨지고 새로운 도덕이 서지 못하는 현 상황을 개탄하면서, 사상계 혁명이 필요하다고 강조하였다.[31] 이때 '낡은 도덕'을 대표하는 것으로서 '유교'가 제시되었으며 이를 대체하기 위해 생물생존의 법칙에 근거한 도덕론을 세울 것이 요청되었다. 이처럼 이들은 표면적으로는 '낡은' 이념으로서 유교를 비판하며 사회진화론의 개념을 차용하여 '새로운' 도덕을 세울 것을 주장한다. 그러나 이들의 주장을 보면 이것이 사회진화론에서 원래 사용되던 개념과는 상이한 것임을 알 수 있다. 이들은 생물학적인 강함을 뛰어넘을 수 있는 것이 정신상에서의 강함이라고 보고 정신적으로 각성할 것을 촉구했다. 이는 사회진화론을 도덕적인 것으로 변모시키는 과정에서 이 사상의 유물론적 성격을 전유한 것이라고 볼 수 있다. 물질을 근원적인 실재로 파악하고 정신은 물질로부터 파생된 부차적인 형식으로 보는 유물론적 관점에 기반한 사회진화론의 생존경쟁 개념을 차용하면서도 생명의 진화를 물질이 아닌 정신적인 차원에서 고찰함으로써 저항의 교두보를 마련한 것이다.

> 분투(奮鬪)하는 우리 청년(青年)들아 퇴영적(退嬰的) 정신(精神)을 타파(打破)하고 돌격적(突擊的) 정신(精神)을 양성(養成)ᄒᆞ야 자아일개인(自我一個人)뿐아니요 동족일반(同族一般)의게 전염(傳染)되고 반도전토(半島全土)에 팽창(膨脹)되여 평화적(平和的) 전쟁(戰爭)과 정신적(精神的) 경쟁(競爭)에 명예(名譽)잇ᄂᆞᆫ 우승자(優勝者)가 될지어다 제군(諸君)이여 우리가 재지(才智)가 유(有)ᄒᆞ고 학식(學識)이 다(多)ᄒᆞ엿셔도 실(實)노 정신(精神)이 부패(腐敗)ᄒᆞ면 비료제조(肥料製造)에 불과(不過)ᄒᆞ고 범죄탐정견(犯罪探偵犬)의 동급(同級)이 될지니 우리의 전도(前途)에 여하(如何)ᄒᆞᆫ 지뢰(地雷)가 유(有)ᄒᆞ고

---

31 송진우, 「사상개혁론(思想改革論)」, 『학지광』 5호, 1915.5.; 고주(孤舟), 「공화국(共和國)의 멸망(滅亡)」, 『학지광』 5호, 1915.5.

여하(如何)한 낭정(狼穽)이 유(有)할지라도 장애(障碍)를 소(掃)ᄒᆞ고 위험(危險)을 모(冒)하야 실생활(實生活) 목적지(目的地)로 용감(勇敢)케 전진(前進)할지어다[32]

이 글의 필자는 물질적인 기반이 갖춰졌어도 정신이 각성되지 못했을 때는 전쟁에서 승리하기 어렵다는 점을 주장한다. 평화적 전쟁과 정신적 경쟁에서 승리자가 되기 위해서는 무엇보다 필요한 것이 정신적 각성이다. 특히 이 글에서는 인간의 단순한 '생존'이 문제시되었던 진화론적 관점에서 벗어나 인간이 '범죄탐정견'과 같은 동물의 지위에서 벗어나기 위해서는 정신적으로 부패하지 않기 위해 노력할 필요가 있다고 주장한다. 사회진화론은 인간 역시 동물의 한 종에 불과하다는 점을 들어 물질적인 측면에서의 경쟁과 승리를 강조하는 경향이 강했다. 하지만 이 글은 인간의 동물성보다 정신상의 각성이 필요하다는 사실을 지적한다. 인간의 '생명'에 단순히 생물학적으로 살아있음 이상의 가치를 부여하며 '생존경쟁'이 아니라 '평화적 전쟁'이나 '정신적 경쟁'에서의 승리가 논의되는 것이다. 이에 따라 '우승자(優勝者)'처럼 원래는 진화론에서 쓰였던 개념이 다른 의미로 전유되어 사용되었다. 이와 유사한 태도가 김이준의 「출진(出陣)하는 용사(勇士)의 제군(諸君)에게」에도 나타난다.

비풍참우를 무릅시고 저 부패(腐敗)한 사회(社會)로 출진(出陣)하야 악마괴물(惡魔怪物)을 목잘으고 사회(社會)에 충일(充溢)한 인습고루(因襲固陋)을 타파(打破)할ᄯᅢ에 용사제군(勇士諸君)은 여하(如何)한 무기(武器)을 사용(使用)코저 하ᄂᆞᆫ가. 과거현금(過去現今)에 차(此)로 기인(起因)하야 유지미수(有志未遂)한 자(者)불소(不少)하니

32 문희천, 「생활(生活)인가 싸홈인가」, 『학지광』 5호, 1915.5.

라. (…) 제군(諸君)에 문(問)하는 바 우리사회(社會)을 진공(進攻)함에 유일(唯一) 무기(武器)는 동정(同情)의 연장(延長)과 박애(博愛)의 표현(表現)이니라. 맹자(孟子)는 치국(治國)의 도(道)를 설(設)하여 왈(曰) 인의이이(仁義而已)라 하엿고 예수(耶蘇)는 처세술(處世術)을 강(講)하여 왈(曰) 박애(博愛)이이라 애(愛)를 떠나면 사회(社會)에 모든 것이 무의미(無意味)라 하엿스니 차는 정치혼돈일시대(政教混一時代)의 도덕(道德)과 정치(政治)을 혼시(混視)한 결과(結果)요 정교분립(政教分立)된 금시(今時)에는 몰식무가치(沒識無價値)한 일종단언(一種極端言)인듯하나 제군(諸君)은 각오할지어다
(…) 몬저 동정(同情)의 쓰거운 혈루(血淚)와 박애(博愛)의 모든 희생(犧牲)으로써 일반인심(一般人心)을 정복(征服)하야 사회(社會)의 신용(信用)을 매수(買收)하며 사회(社會)의 상식(組織)을 공고(鞏固)하게하기 전(前)에는 하등(何等)의 가치(價値)가 무(無)하니라. 아-박애적(博愛的) 우리용사(勇士)들아.[33]

이 글에서는 사회에 나가는 청년들의 "유일무기(唯一武器)는 동정(同情)의 누(淚)와 애정(愛情) 희생(犧牲)"이라고 말하며, 청년들을 "박애적(博愛的) 우리 용사(勇士)들"이라고 호명한다. 이 글은 이 사회를 전쟁의 상황으로 바라보며 졸업 후 사회에 진출할 청년들에게 살아남기 위한 방도를 제시하고자 한다. 하지만 특이하게도 그것의 수단으로 동정과 박애를 든다. 동정과 애정, 희생과 같은 입장을 대표하는 인물로 맹자와 예수를 들며, 그들의 사상이 정치와 종교가 혼합되어 있던 시대의 잔재로 보이지만 지금 시대에 필요한 것은 이러한 것을 통해 "일반인심(一般人心)을 정복(征服)하야 사회(社會)의 신용(信用)을 매수(買收)"하는 것이라고 지적한다. 한

33 김이준, 「출진(出陣)하는 용사(勇士)의 제군(諸君)에게」, 『학지광』 6호, 1915.7.

편 김이준은 위에 이어지는 부분에서 "제군(諸君)의 돌격(突擊)함에는 창조적(創造的) 파괴술(破壞術)"이 필요하다고 말하며 베르그송을 언급한다. 베르그송이 말하는 창조적 진화는 파괴를 포함하는 것이니만큼 지금의 사회에 필요한 것은 이상적 창조를 위한 파괴이다. 여기서 그가 파괴해야 할 것으로 드는 것은 삼강오륜으로 대표되는 구(舊)도덕뿐만 아니라 개아(個我)의 독립과 자유연애로 대표되는 신(新)도덕 역시 해당한다. 그는 신구 도덕을 모두 파괴하고 새로운 도덕을 창조하기 위해 상호경쟁해야 하며, 자기만의 독존(獨存)만을 부르짖으며 타인과의 협력을 부끄러워해서는 안 된다고 지적한다.

이처럼 진화론적인 인식틀을 유지하면서도 이를 위해 물질문명의 진보가 아니라 정신상의 각성을 내세운 데서 베르그송을 비롯한 생철학의 영향이 발견된다. 당시 일본에 유입되었던 생철학은 다윈주의를 수용하여 생명의 진보를 긍정하면서도, 생명을 기계론적으로 설명하는 데 반대하며 '문화와 역사를 창조하는 활력으로서의 삶'이라는 사회적 성격을 지닌 것으로 이해하였다.[34] 또한 생철학은 인간의 삶을 합리적 사유에 의해 파악할 수 없는 감정, 본능 등의 비합리적인 요소를 지닌 것으로 규정하였는데, 최승구 역시 니체의 생철학을 수용하여 강력주의를 제창하는 한편 인간의 본능을 발견해야 한다고 주장한 바 있다. 그는 「너를 혁명(革命)하라!」[35]에서 우주가 개체의 단위로 조직되었고 개체는 개성의 특수한 것으로 조직되어 있다면서 무엇보다 개인적 혁명이 필요하다고 역설하였다. 다만 유교의 경우 이러한 개체성이 망각된 채 개인의 일방적 희생이 강요

---

34 이행미, 「염상섭 초기 소설에 나타난 생명의식의 변모양상 연구」, 서울대학교 석사논문, 2011, 9쪽.

35 최승구, 「너를 혁명(革命)하라」, 『학지광』 5호, 1915.5.

된다는 점에서 타파되어야 할 것으로 인식되었다.[36]

최승구는 유교적 세계관에서 벗어나 그동안 억압되었던 인간의 본능을 발견하고 이를 통해 개체와 공동체가 밀접하게 연관된 '새로운' 도덕을 주장하였다. 가령 「불만(不滿)과 요구(要求)」[37]에서 그는 자아의 실현과 공공의 도리가 서로 대비될 때 어떤 것을 선택해야 할 것인지에 대해 회의하는 모습을 보이다가 니체의 사상을 경유해 자기 나름의 대답을 제시한다. 즉 니체를 절대적 개인주의를 대표하는 것으로 보는 통념을 비판하며,[38] 니체가 어떠한 개체도 사회와 동떨어져 있을 수 없음을 주장한다는 점을 지적한다.

마찬가지의 맥락에서 그는 개인을 공공(公共)과 관련되게 하는 힘을 본능이라고 규정한다. 개인에게는 이성보다 더 강한 힘으로서 본능적인(Impulsive) 힘이 있어 개인이 공공적인 생활과 관련되게 이끈다는 것이다. 최승구가 글에서 예로 들고 있는 것은 새끼를 잡아먹으려는 포식자로부터 지키려는 어미 새의 희생적인 행위이다. 어미 새는 자기의 능력이나 생명을 생각하지 않고 필사적으로 행동하는 데 이것이 바로 본능적인 힘에서 비롯한다. 최승구는 이를 "과거나 미래의 향락을 생각하는 이성"과 대비시키며 "곧덤뷔는 역(力)"이라고 정의한다. 사회생활의 가치를 부인하고 공공을 배척하는 자들은 이러한 생명의 본능적인 힘을 억제하고 있다는 것이다. 사회진화론은 힘이 약한 새끼를 잡아먹으려는 포식자의 힘의 논리를 뒷받침하는 이론으로서 생명을 투쟁의 상태에 놓여 있는 것으로

---

36 김철수, 「신충돌(新衝突)과 신타파(新打破)」, 『학지광』 5호, 1915.5.

37 최승구, 「불만(不滿)과 요구(要求)」, 『학지광』 6호, 1915.7.

38 소춘, 「역만능주의(力萬能主義)의 급선봉(急先鋒) 푸리드리히 니이체선생을 소개(紹介)함」, 『개벽』 1호, 1920.6. 1920년대 초까지만 해도 니체의 사상은 강력주의, 힘 만능주의(力萬能主義)라고 표현되며 사회진화론과 유사한 맥락에서 사용되었다.

바라보았다. 하지만 최승구에게는 새끼를 잡아먹으려는 포식자에 맞서 싸우는 힘, 생명을 지키고 돌보려는 힘이야말로 거스를 수 없는 생명의 본능이었다. 생명을 억누르는 힘에 대항하는 힘이야말로 최승구가 말하는 '강력주의'의 이성보다 강한 힘에 해당하는 것이었다.

관련해서 『학지광』에는 생명의 본래적 힘이 회복된 상태를 '자유'와 관련짓고 진정한 자유를 상실한 인간 사회를 비판하는 김찬영의 시가 실려 있다.

> Free! Free! 인생(人生)의 갈구(渴求)하는 부르지즘은 오오(嗷嗷)하고, 자연은 인생(人生)의 모순(矛盾)을 묵묵(黙黙)히 냉소(冷笑)한다.
> 골채에흐르는 맑은물은
> 위대(偉大)한자유(自由)에 깁히품겨
> 무궁(無窮)한행복(幸福)을 의식(意識)한듯이
> 궤도(軌度)를따러 흘너갈뿐이요,
> 불평(不平)도업시 권태(倦怠)도업시
> 허무(虛無)도업시 공포(恐怖)도업시.
> Free! Free! 사람의 통절(痛切)한 애규(哀呌)는 점점 소동(騷動)하다.
> ㅡ 꼭 어미업는 아희의 젓찻는 부르지즘과갓치ㅡ
> 저이는, 서로 무서워하고, 서로 먹으려하고, 서로 죽이려하고, 서로 싸호며, 빼앗고 치는 것이 저이의 극절(極切)한 이상이요, 극절(極切)한 진리가 되엿다.
> 자연은 인생(人生)의 모순(矛盾)을 뭇지도 안이하고, 묵묵(黙黙)히 우슬뿐이라.
> 화려(華麗)한 새봄은 다사로운그빗을
> 광활(廣闊)한 우주간(宇宙間)에 차별(差別)업시빗최니
> 소녀(少女)의 입술갓치 붉은꽃과, 풀은닙은

악몽(惡夢)을 깨친 듯이 영화(榮華)에취한 듯이
불평(不平)도 업고, 허위(虛僞)도업고, 공포(恐怖)도업고, 고통(苦痛)도업시,
위대(偉大)한 자유(自由)의 행복(幸福)을 우슴웃네.
Free! Free! 모든 것을 초월(超越)하엿다 하는 사람이라는 놈들은,
불평(不平)과, 절망(慾望)과, 기갈(飢渴)과 고통(苦痛)에 뭇쳐서 구구(區區)하게 부르지질뿐이라.
사람은 서로 사홈을 긋치 안는다. 빼앗기고 우는자(者), 빼앗고치는자(者), 배곱하우는자(者), 도적질하는자(者), 또 그것을 형벌(刑罰)하는자(者), 그모든 죄악(罪惡)덩어리가 죽고, 나고, 나고죽어서,
우주(宇宙)에 순환(循環)을한갓불평(不平)으로불휴(不休)하다.[39]

시적 주체가 자연을 찬양하는 것은 미몽에 빠져 싸움을 그치지 않는 인간 문명을 비판하기 위해서이다. 이 시는 인간에 대한 염오를 드러내는 한편으로 이와 대비되는 '자연'에 주목하여 그 무한성을 찬양한다. 이러한 주제 의식은 시의 형식적인 측면과도 조응한다. 자연을 찬양하는 부분은 질서정연한 규칙적인 율조로, 인간 문명을 비판하는 부분은 산문적인 형태로 서술된 것이 그러하다. 한편 시적 주체는 "어미업는 아희의 젓찻는 부르지즘"과 같이 인간은 자연적인 본성으로서 세계의 평화를 염원한다고 말한다. 이는 생존 본능을 자연의 법칙으로 내세웠던 사회진화론의 인식이 전도된 것이다. 그는 인간의 본성을 폭력성이 아닌 자유에 대한 추구에서 찾음으로써, 이를 벗어난 삶을 허위, 공포, 고통으로 가득 찬 것으로 묘사한다. 이를 통해 화자가 반복해서 부르짖는 '자유'가 약육강식의 진화론적 생명 인식에서 벗어난 데서 기인한 것임을 알 수 있다.

---

39 CK생(김찬영), 「프리」, 『학지광』 4호, 1915.2.

이처럼 당시 일본에 유입되었던 생철학은 사회진화론을 극복하는 데 물질이 아닌 정신적인 측면에서의 강력주의(强力主義)를 제창하게 하는 철학적 바탕을 제공해 주었다. 유학생들은 유교를 비판하며 이를 대체할 수 있는 새로운 도덕을 요구하였는데, 이 과정에서 유물론적 의미에서의 진화가 부정되고 정신적 차원에서의 각성이 주장되었다. 이는 생존 본능을 자연의 법칙으로 내세웠던 사회진화론의 생명 인식을 전도시켜 자연이야말로 진정한 생명의 자유를 가진 것으로 표현되었다.

4. 물질과 정신의 이분법 극복과 내적 생명의 자각

사회진화론을 극복하기 위해서는 무엇보다 생명에 대한 물질과 정신의 이분법을 극복할 필요가 있었다. 이에 생명을 물질적인 것과 정신적인 것으로 분리한 후 정신적 생명의 중요성을 강조하는 흐름이 나타나기 시작했다. 그 중에서도 최팔용은 「사람과 생명(生命)」[40]에서 물리적 생명(제1의 생명)에 집착하여 더 커다란 의미에서의 생명(제2의 생명)을 망각하는 어리석음에 주의해야 한다고 지적했다. 그는 이 글에서 생명을 두 가지로 분류한다. 첫 번째 의미의 생명이 인간이 생물체로 살아가는 데 반드시 필요한 인체 내부의 각종 에너지 대사 활동을 가리킨다면, 두 번째 의미의 생명은 국가 단위의 전체적 생명, 혈속이나 습속에 의거하여 구성되는 민족적 생명, 육체적 작용이 아닌 오직 정신적 작용에 관계하는 불후의 생명이다. '극웅(極熊)'이라는 필명을 사용했던 최승만 역시 최근 조선사람의 생활이 "Material interests에만 눈들을 흡쓰는 모양이 분명"하며 조선 사람

---

40 최팔용, 「사람과 생명(生命)」, 『학지광』 13호, 1917.7.

에게는 영혼(Soul)이자 의지(Will)는 없는 것 같다면서 조선에도 진실한 영혼과 건전한 의지를 가진 인물이 필요하다고 주장했다.[41]

이처럼 정신적인 생명의 가치가 강조되면서 예술, 철학, 종교의 가치가 발견되었다. 전영택은 생명을 정신과 물질로 나누는 이분법을 비판하며 진정한 생명의 가치를 종교에서 찾는다. 그는 "해부하랴다가는 죽인다"라고 말한 워즈워스를 인용하며 모든 것을 과학으로 해결할 수 있다고 보는 과학만능주의를 비판하고, 이성에 속한 과학과 내적 생명에 관해 다루는 종교를 대비시킨다. "종교를 갖지 않는 자는 인생의 반쪽 생활을 헤매는 광인"에 불과하다는 것이다.[42] 이와 함께 그는 신앙의 힘을 바탕으로 사회의 양심을 되살려내고 이를 통해 인류의 태고부터 내려오는 '생명의 힘'을 일으켜야 한다고 주장했다.

이는 그가 생명의 힘이야말로 서구 유럽의 종교개혁 운동을 이끌어낸 강력한 힘이라고 보았기 때문이다. 그는 종교개혁을 "눌녓든 인류생명(人類生命)의 힘—가쳣든 양심(良心)의 자유(自由)가 폭발(爆發)한" 것이라고 말하면서, 조선에도 기독교를 통해 겨우 생명과 양심이 소생할 수 있었다고 지적한다.[43] 이때 전영택이 사용하는 '생명'은 '영성(靈性)'과 동일시된 개념이었다.[44] 영성은 에머슨으로부터 빌려온 개념어로, 에머슨 사상의 영향을 받은 전영택은 신과 인간 사이의 직접적인 교통, 즉 영통(靈通)을 중요시했다.[45] 그에게 생명은 종교를 통한 내면의 자각을 통해 획득될 수 있

---

41 최승만, 「돈」, 『학지광』 17호, 1918.8.

42 전영택, 「과학(科學)과 종교(宗敎)」, 『학지광』 8호, 1916.3.

43 전영택, 「종교개혁(宗敎改革)의 근본정신(根本精神)」, 『학지광』 14호, 1917.11.

44 이철호, 앞의 글, 197쪽.

45 이철호에 따르면 에머슨의 사상은 근대적 자아가 성립되는 과정에서 중요한 역할을 하였다고 평가받는다. 이는 내부의 영성이 깨어나 그 영성의 자유 발달이 온전히 실

는 것이었기 때문이다. 김여제 역시 전영택과 마찬가지로 신적인 사랑을 통해 진정한 생명을 인식해야 한다고 보았으며, 그 결과 초월적 세계에 다다른 장면을 다음과 같이 그려냈다.

> 젹은 별이 져, 져 검은 쟝막 사이로 한아. 한아 반득인다.
> 또다시 우리들은 헤가림을 엇엇다.
> 놉흔 코소리가 잇다금 고요한 암흑(暗黑)을 흔들어 굴을망졍,
> 또다시 우리들은 가즉히 한품에 안겻도다.
> 엇더한 길음[稱譽]에 들뜨지도 안이하며
> 엇더한 꼬임에 숨차지도 안이하여,
> 오직 한 사랑에 찻도다.
> 다 한 융화에 녹앗도다.
> —아모 나타나는 의식(意識)도 업스며,
> 아울너 분할(分割)이니, 지배(支配)니하는 아모 귀찬은 관념(觀念)도 몰으도다.
> —우리들은 참, 거즛, 미움, 고움의 세상말에 다 초월(超越)하엿도다.
> 젹어도 우리들의 눈이 호자 또다시 자연으로 관성(慣性)을 일우기까지는,
> 또다시 달은 세계(世界)가 굿세인힘을 보이기까지는,
> 우리들의 마시고 토(吐)하는 김은 스스로 조화(調和)를 엇어 나는도다.
> 우리들의 사는 맥(脈)은 잠잠한가운데 놀아 간은 파동(波動)을 밧구어주는도다.[46]

현되어 신과 친밀한 교통이 회복될 때에야 사람은 자신의 개체적 존엄성을 자각할 수 있기 때문이다. 위의 글, 197~198쪽.

46 김여제, 「잘 때」, 『학지광』 6호, 1915.7.

김여제는 "한 사랑"을 통해 융화함으로써 의식과 관념마저 사라지고 마침내는 모든 것을 초월한 '우리들'의 모습을 보여준다. 그는 약육강식의 진화론적 세계관이 지배적인 세계의 모습을 종말론적으로 바라보며, 이러한 세계에서 벗어날 방안을 초월적인 것에서 찾는다. 하늘에 떠 있는 얼마 안 되는 별빛처럼 희망의 빛은 희미하기만 하다. 하지만 신의 초월적 사랑이 자신을 구원해 줄 것이라는 믿음을 바탕으로, 그는 생명의 파동을 불러일으킬 신의 사랑을 구한다. 이때 구원의 이미지는 하늘로 날아오르는 비상(飛翔)의 이미지로 나타난다. 「만만파파식적을 울음」[47]에서는 "때아닌 서리/ 무도(無道)한 하늘/ 모든 것은 다 날았도다! 아아 만만파파식적"이라며 수만(數萬)의 혼이 하늘을 배회하는 풍경을 그려냈다. 「세계의 처음」[48]에서도 "저주의 땅"과 "눈물의 무덤"을 벗어나기 위해 헤매던 혼이 "신(神)의 사랑/ 전인(全人)의 사랑"을 통해 구원받는 모습이 나타난다. 그는 약육강식의 현실을 극복하기 위해 초월적인 신의 사랑을 추구하며 신앙의 힘을 바탕으로 망각되었던 진정한 생명의 힘을 자각해야 한다고 주장하였다.

예술의 힘을 바탕으로 생명의 진정한 가치를 회복할 것을 주장하는 이들도 있었다. 특히 이광수는 생명에의 자각을 바탕으로 예술, 철학 같은 정신문명을 통해 사상, 감정을 발표하여 개성을 발휘해야 한다고 보았다.[49] 그는 공허한 형이상학적 생명관을 퍼뜨린 조선의 관념적 도학을 비판하며, 이와 달리 서구에서는 르네상스에 이르러 구(舊) 도덕을 타파하고 "살아라, 퍼져라"를 생물계의 황금률인 줄 해득(解得)하고 현세를 긍정하

47 김여제, 「만만파파식적(萬萬波波息笛)을 울음」, 『학지광』 11호(『문학사상』, 2003.7.).

48 김여제, 「세계(世界)의 처음」, 『학지광』 8호, 1916.3.

49 이광수, 「살아라」, 『학지광』 8호, 1916.3.

고 살음을 찬미하는 과학과 예술이라는 진짜 주인을 숭배하게 되었다고 말한다. 단순히 물질적으로 생명을 퍼뜨리는 것을 넘어 진정한 생명을 자각하는 것이 필요하다는 것이다. 이광수에게 예술은 공허한 형이상학적 생명관은 물론 물질적 차원에서 생명을 강조하는 유물론적 생명관의 한계 역시 넘어설 수 있는 것이었다.

이러한 인식은 이광수뿐만 아니라 최승구와 김억에게서도 드러난다. 최승구의 「정감적(情感的) 생활(生活)의 요구(要求)」[50]를 보면 그에게 '감정적 생활' 또는 '예술적 생활'은 "위대헌 자연의 힘이 준, 이상(理想)"을 경험하는 "두번째 갱생(更生)허는 때"에 비로소 이루어지고, 이때에 사람은 '아트스트'가 되며 "예술(藝術)이 생활(生活)에 근저(根底)"가 된다고 한다. 이러한 관점은 김억의 「예술적(藝術的) 생활(生活)」[51]에도 나타난다. 김억은 "인생(人生)의 최고목적(最高目的)은 예술적(藝術的) 되는 그곳에 잇다"면서 "인생(人生) 이퀼 예술(藝術)이다"라고 강조했다. 기존 연구에서는 이처럼 예술적인 생활을 추구하는 경향을 개인의 자아 발견을 위한 책략의 일종이었다고 평가해 왔다.[52] 하지만 이는 곧바로 예술지상주의로 귀결되지 않는다. 최승구가 예술을 통해 발견해야 한다고 주장했던 '본능'이 결국 개체가 인류에 속해 있음을 발견하는 것이라고 할 수 있는 것처럼, 김억에게도 예술은 생명의 영구한 가치를 발견할 수 있는 '최고 목적'이었기 때문이다.

이들이 주장하는 예술은 절대적으로 자율성을 지니는 것이 아니라 '생명' 안에서 비로소 그 가치가 드러나는 것이다. 즉 예술은 오히려 개인을

---

50 최승구, 「정감적(情感的) 생활(生活)의 요구(要求)(나의 갱생(更生))」, 『학지광』 3호, 1914.12.

51 김억, 「예술적(藝術的) 생활(生活)」, 『학지광』 6호, 1915.7.

52 구인모, 「『학지광』문학론의 미학주의」, 『한국근대문학연구』 1호, 태학사, 2000, 131쪽.

탈개체화시켜 인류의 공통적인 것, 즉 생명의 순수한 잠재성을 인식시키게 하는 것이었다.[53] 김억은 생에 대한 공포를 극복하고 예술을 통해 희미한 생명의 빛을 찾아가는 모습을 시 「밤과 나」에서 그려낸 바 있다. 여기서 김억의 예술가적 주체는 생의 공포를 극복하려는 과정에서 고독과 비애에 휩싸이게 되는데, 이는 이상적 태도가 현실에 부딪히면서 생겨나는 것임이 확인된다.

> 밤이왓다, 언제든지 갓튼 어둡는 밤이, 원방(遠方)으로 왓다. 멀니 끗업는 은(銀)가루인 듯 흰눈은 넓은뷘 들에 널니엿다. 아츰볏의 밝은 빗을 맛즈랴고 기다리는듯한 나무며 수풀은 공포(恐怖)와 암흑(暗黑)에 싸이웟다. 사람들은 희미(稀微)하고 약(弱)한 물과 함께, 밤의적막(寂寞)과싸호기 마지아니한다, 그러나차차, 오는애수(哀愁), 고독(孤獨)은 갓까워온다. 죽은듯한 몽롱(朦朧)한달은 박암(薄暗)의빗을 희(稀)하게도 남기엿스며 무겁고도 가븨얍은 바람은 한(限)업는키쓰를띠우며 모든 것에게, 한다. 공중(空中)으로나아가는 날근오랜님의 소리 『현실(現實)이냐? 현몽(現夢)이냐? 의미(意味)잇는 생(生)이냐? 업는생(生)이냐?』
> 사방(四方)은 다만 침묵(沈黙)하다, 그밧게 아모것도업다. 이것이, 영구(永久)의 침묵(沈黙)! 밤의비애(悲哀)와밋 밤의운명(運命)! 죽음의공포(恐怖)와생의공포(恐怖),! 아아 이들은 어둡은 밤이란곳으로

53 양창렬에 따르면 개체가 집단이 되기 위해서는 모이면서 자신의 특수성을 제거해야 한다. 반대로 개체 또는 주체가 전-개체적인 수준에 이르기 위해서는 자신의 특성을 제거하면서 모이게 된다. 전자의 경우 집단을 유지하기 위한 규칙에 맞게 개인의 특수성을 제거하며 예속되지만, 후자의 경우 개체의 특성을 제거함으로써 잠재력으로서의 독특성을 획득할 뿐 아니라 공통적인 것에로 스스로를 열게 된다. 조르조 아감벤·양창렬, 양창렬 역, 『장치란 무엇인가?/장치학을 위한 서론』, 난장, 2010, 157쪽.

여행(旅行)온다. 「살기워지는대로 살가? 또는더살까?」하는 오랜
님의소리, 빠르게 지내간다.
고요의 소래, 무덤에서, 내가슴에. 침묵.[54]

밤이 오면 나무, 수풀은 공포에 싸인 것처럼 보인다. 밤은 생명이 있는 것에게 공포로 다가오는 시간이다. 그런데 밤의 적막과 싸우려 하던 사람들이 곧 애수와 고독을 느끼고 만다. 아무리 싸우려 해도 끝없이 밀려오는 밤의 적막이 죽음의 공포, 생의 공포를 일으키기 때문이다. 그렇기에 생에 대해 질문을 던지는 "오랜 님의 소리"에 시적 주체는 침묵할 수밖에 없다. 하지만 밤의 운명을 수용할 수밖에 없다는 사실에 대한 비애는 결코 패배주의로 끝나지 않는다. 암흑이 내려앉은 밤의 한 가운데에서 죽은 듯한 몽롱한 달 역시 빛을 남기고 있으며, 바람은 한없는 키스를 퍼붓고 있다. 밤의 운명만큼이나 끊임없이 '무덤에서' 들려오는 "고요의 소래"가 내 가슴을 울린다. 이러한 풍경 속에서 죽음의 공포에 지지 않는 생명의 영구성이 발견된다. 베르그송에 따르면 생명 현상은 생명적 자유와 물질적 필연성이라는 두 종류의 힘의 대립에 의해 폭발적으로 나타난다.[55] 이 시에서 드러나는 대립은 이와 같은 생명 현상의 역동성을 고요하게 보여준다. 잠잠해 보이는 생명체의 내부에는 개체적인 것을 넘어서는 생명의 무한한 잠재성이 내재하고 있다.

이는 신의 사랑에 귀의해 초월적 세계를 지향했던 김여제와는 또 다른 세계의 가능성을 보여준다. 초월적 세계에 대한 지향이 결국 현실의 고통에 대한 망각으로 귀결될 가능성이 있는 반면, 생명의 내재적인 잠재성을

---

54 김억, 「밤과나」, 『학지광』 5호, 1915.5.

55 앙리 베르그송, 황수영 역, 『창조적 진화』, 아카넷, 2005, 144~157쪽.

지향하는 태도는 끊임없이 현실의 고통과 마주하는 과정에서 비애를 느낄 수밖에 없다. 하지만 현실 속에서 계속해서 고통과 마주하는 과정을 통해 개체는 자신의 역량을 바탕으로 현실의 속박에서 벗어날 길을 탐색할 수 있다. 이런 점에서 비애는 베르그송이 말한 순수 생명과의 마주침을 위한 예비 단계로서의 징후라고 할 수 있다.

1920년대 내적개조의 계보와 생명주의

- 이돈화의 논설과 김우진의 「산돼지」를 중심으로 -

1. 1920년대 개조론의 복잡성

러일전쟁 이후 일본에서는 개인주의가 크게 유행했다. 개인의 정신적 내면의 풍부함을 추구하는 인격주의적 이상주의 내지는 종교적 정신주의가 당대를 풍미하였다.[01] 1897년(메이지明治 30년) 이후 영국의 토마스 힐 그린의 신이상주의 윤리학과 파울젠과 같은 독일 신칸트학파의 이상주의 철학이 소개되면서 인격주의적 이상주의가 크게 유행했다면, 종교적 정신주의는 기요사와 만시(淸澤滿之), 츠나시마 료센(綱島梁川)에 의해 불교 사상의 근대적 재편성과 동서 철학의 융합이라는 방향으로 나타났다.[02]

이러한 일본의 사상적 조류는 당시 조선에도 영향을 끼쳤다. 유학생들

01 박찬승, 「1910년대 도일 유학생의 사상적 동향」, 『한일공동연구총서』 5호, 고려대학교 아세아문제연구소, 2007, 183쪽.

02 미야카와 토루·아라카와 이쿠오, 이수정 역, 『일본근대철학사』, 생각의 나무, 2001, 112쪽. 인격주의적 이상주의와 종교적 정신주의는 모두 국가 권력의 강대화와 더불어 국가와 개인의 분열의식이 첨예화되면서 개인에 대해 관심을 갖고 정신의 내면적 풍부함만을 추구하는 사상적 흐름이었다. 하지만 근대국가(nation)를 성립시키는데 실패한 조선인들에게는 일본과 같은 맥락에서 이러한 사상을 수용할 수는 없었을 것으로 보인다. 이는 『학지광』의 유학생들이 신칸트주의 등의 독일철학을 수용하면서도 지나친 개인주의를 끊임없이 경계하는 입장을 통해 확인된다.

은 그릇된 물질주의적 세계관을 비판하며 "인류의 진정한 가치를 대표하는 정신과 인격을 무시"하는 당대의 경향을 비판했다.[03] 또 이광수가 「민족개조론」(『개벽』, 1922.5)에서 주장한 것처럼 민족 구성원들의 인격 수양을 통해 국민도덕을 확립하려는 움직임이 일어나기도 했다. 이와 함께 종교적 정신주의와 관련해서 천도교의 교리 정리사업이 일어났다는 점 역시 주목된다. 1920년대 초에 천도교의 교리 정리 작업이 본격화되었으며, 지하운동에 머물던 동학이 천도교라는 근대종교의 형태로 공인받게 됨에 따라 교리를 정비해나갈 필요성이 생겼기 때문이다.[04]

천도교에서 서구 근대철학을 받아들이면서 최제우의 '인내천' 사상을 체계화하는 작업을 담당한 것이 바로 야뢰(夜雷) 이돈화(1884~?)이다. 이돈화는 니체, 쇼펜하우어, 베르그송 등의 생철학을 주요 참고대상으로 삼아 최제우의 '시천주(侍天主)'에 담긴 인간 존재론을 근대적인 맥락에서 재정립하고자 했다. 그의 목표가 당대의 시대사조라고 할 수 있었던 사회개조의 흐름 속에 자리하고 있었음은 물론이다. 이돈화는 『개벽』의 창간 목적을 밝히는 글에서 "금일 이후의 세계는 반드시 종교의 세계가 될지며, 금일 이후의 개조는 반드시 종교적 개조가 되리라"[05]고 주장한 바 있다. 그는 제1차 세계대전의 참상을 후천개벽의 기회로 보고 그 연장선에서 전쟁과 과학을 비판하며 개조를 "개인과 사회를 일층 행복의 영역에 도달케 하고자 하는 최신의 용어"라고 정의하며, "진화의 연쇄점"으로서의 개조를 통해 "우주는 개조에 개조를 더하는 복능(伏能)의 전람품(展覽品)"이라고 말하였다.

---

03 당남인, 「우리 사회의 난파(亂派)」, 『학지광』 17호, 1918.8, 10쪽.

04 허수, 「1905~1924년 천도교 종교사상의 형성과정」, 『역사문제연구』 12호, 역사문제연구소, 2004.

05 이돈화, 「개조와 종교」, 『천도교회월보』 11호, 1919.12, 6쪽.

그런데 1922년을 전후하여 워싱턴회의의 진행과 결말에 큰 실망을 느낀 조선의 지식인들은 '개조의 시대'가 더 이상 지속되기 힘든 것이었음을 인식하게 되었다. 1921년 후반기가 되자 세계 개조와 민족자결의 희망을 전해줄 것으로 기대되었던 워싱턴회의가 현상 유지에 그치며 끝났을뿐더러, 전후 공황이 시작되어 조선 사회 역시 어려움을 직면하게 되었다. 이러한 상황에서 잠재되어 있던 균열이 표면화되기 시작했다. 전후 공황에 대한 대책 마련과 1921년 산업조사위원회를 계기로 자본가, 지주 세력이 조직화 되기 시작하는 한편, 다른 한편에서는 노동자, 농민을 주체로 설정한 사회주의 운동세력이 등장한 것이다.[06] 이러한 비관적인 현실 상황에 낙담해 혁명보다는 점진적인 개조의 흐름을 선택하는 이들이 대부분이었다.

이에 따라 이 시기를 전후하여 개조론의 갈래들 속에 놓였던 입장차는 앞 시기 문화운동의 흐름 속에 잠복해 있다가 점차 문화운동 비판, 각종 사회운동에서의 대립과 논쟁 등의 형태로 드러나기 시작했다. 허수는 특히 '문화주의와 사회주의의 대립'이 가장 큰 축을 형성했으며, 이것이 이광수의 '민족개조론'을 둘러싼 논쟁으로 이어졌다고 지적한 바 있다.[07] 개조의 대상, 개조의 주체, 개조의 방식 및 위상에 따라 대립의 양상을 구분지을 수 있는데, 가령 정신과 내면을 바꾸어야 한다는 '외적 개조'의 입장에 선 문화주의와 물질이나 제도를 바꾸어야 한다는 '외적 개조'의 입장에 선 사회주의의 입장을 구분할 수 있다는 것이다.

다만 '내적 개조'를 주장한 이들이 영향을 받았던 문화주의를 어떻게

---

06 이태훈, 「1920년대 초 신지식인층의 민주주의론과 그 성격」, 『역사와현실』 67호, 한국역사연구회, 2008, 36쪽.

07 허수, 「제1차 세계대전 종전 후 개조론의 확산과 한국 지식인」, 『한국근현대사연구』 50호, 한국근현대사학회, 2009, 49쪽.

이해했는지에 따라 '내적 개조'의 흐름 역시 세밀하게 구분할 필요가 있다. 문화주의는 신칸트주의의 영향을 받아 1910년대 후반 일본에서 등장한 사조로 "정신(Geist)이 만들어내는 '문화(Kultur)'와 그 문화를 창조하고 향유할 수 있는 내적 통일을 지닌 '인격'의 형성(교양, Bildung)을 중시하는"[08] 특징을 지닌다. 이후 문화주의는 신칸트주의를 바탕으로 메이지 후기부터 일본에서 유행하던 인격주의와 수양주의, 그리고 제1차 세계대전 이후 쏟아진 다양한 개조론과 교호하며 성장했다. 또한 당시 '개조론'이 볼셰비즘, 맑스주의, 조합주의, 생디칼리즘, 신칸트주의, 인도주의, 아나키즘 등이 혼재된 복잡한 양상을 띠고 있었기 때문에, 개조론을 어떠한 입장에서 받아들이는가에 따라 문화주의와 사회주의로 분화하는 양상을 띠게 된다.[09]

그중에서도 문화주의는 조선의 지식인들이 개조론을 '내적 개조'의 관점으로 수용하는 데 영향력을 발휘했으며, 이광수와 이돈화는 모두 '물적 개조'보다 '정신 개조'를 중시했다는 점에서 '정신적-엘리트주의적-비정치적'인 '내적 개조'를 중시한 것으로 이해되어왔다. 하지만 이광수와

---

08 미야카와 토루·아라카와 이쿠오, 앞의 책, 294쪽.

09 이와 달리 김형국은 문화주의와 사회개조론 간의 대립으로 1920년대 초반의 흐름을 정리한다. 문화주의가 인격·정신 개조론을 바탕으로 한 것이라면, 사회개조론은 노동문제의 해결을 요구하는 반자본주의 운동과 관련지어 이해할 수 있다는 것이다(김형국, 「1920년대 초 민족개조론 검토」, 『한국근현대사연구』 19권, 한국근현대사학회, 2001). 하지만 개조론 자체가 제1차 세계대전 이후 전반적으로 제기되었던 반자본주의 분위기 속에서 대두되었고, 사회개조론이 노동문제의 해결만을 요구했다고 정리하기에는 어려운 점에서 이러한 분류 역시 한계를 지닌다. 기실 이러한 난점은 개조론 자체가 지닌 복잡성에서 비롯하는 것으로, 이러한 점을 고려하여 당대 사상적 흐름을 이분법적으로 재단하기보다 문화주의와 사회주의(혹은 사회개조론)이 복잡하게 얽혀있는 실제의 양상에 주목할 필요가 있다.

이돈화가 문화주의에 대해 취했던 입장에는 차이가 나타난다.[10] 특히 이돈화의 경우 인격·정신의 개조를 주장했음에도 동시에 사회주의자들의 문제제기에 공감하며 물적 개조의 입장을 완전히 배제하지는 않았다는 점에서 다소 애매한 위치를 차지하고 있다.

그럼에도 이돈화를 문화주의자로 단정하는 태도는 그의 사상을 이해하는 데 오히려 혼란을 불러왔다. 우선 나연준은 이돈화가 주장한 '사람성자연'이라는 것이 일본문화주의의 '인격'과 거의 같은 용법으로 쓰이고 있다고 주장한다. 이돈화가 문화주의의 주창자였던 쿠와키 겐요쿠와 마찬가지로 대중의 정치적 참여와 경제적 불평등을 시정하려는 노력, 그리고 이것이 산출하는 '여론'을 그 자체로 인정하기보다 '인격'이라는 모호한 기준으로 제한하고 부정했다는 것이다.[11] 이에 비해 허수는 이돈화의 '사람성자연'이라는 것이 쿠와키 겐요쿠의 '인격'과 다른 맥락에서 산출된 것이라고 본다.[12] 이돈화가 세계개조·사회개조와 관련해서 쿠로키가

10 이 글에서는 이 당시 이광수의 사상을 설명하는 데 주로 「민족개조론」을 참조했음을 밝혀둔다. 이광수의 소설에 나타난 '생명' 의식 전반에 대해 연구한 와다 토모미에 따르면, 이광수의 '생명' 의식은 몇 번에 걸쳐 전환점을 맞는다. 그에 따르면 「민족 개조론」(1922) 이전의 이광수는 「신생활론」(1918)을 통해 알 수 있듯, 재래 조선사회의 폐해를 격렬하게 비판하기는 했으나 인류는 결코 퇴보하지 않는다는 진화론의 원리를 근거로 조선 사회는 진보해갈 것이라는 자세를 유지해왔다. 하지만 「민족개조론」에서 이광수는 조선 민족이 이미 '쇠퇴' 과정에 접어들었다는 판정을 내리는데, 그 이유로 3.1운동의 좌절을 든다. 와다 토모미, 「이광수 소설의 '생명' 의식 연구」, 서울대학교 박사논문, 2007, 32쪽.

11 나연준, 「1920년대 전반 부르주아 민족주의 세력의 문화주의 담론: 이광수와 이돈화를 중심으로」, 중앙대학교 석사논문, 2011, 48쪽.

12 윤상현 역시 이광수의 '인격'이 지덕체를 겸비한 개인으로서 덕행과 지적 능력과 건강, 추가적으로 재산을 가진 자를 의미하는 데 비해, 이돈화에게는 직업의 상이함과 귀천 여하에 상관없이 "그 직업에 전력을 다함으로써" 발현되는 것이라는 인격상 평등의 맥락에서 사용되었다고 지적한다. 윤상현, 「1920년대 초반 식민지조선의 자유

주장한 인격주의를 수용한 것은 사실이지만, 인내천주의가 가진 실재론의 기반과 문화주의의 형식성이 정면으로 배치되고, 신칸트철학 그 자체로 사회운동론의 실효성이 부족하며, 독자대중이 이해하기 힘들다는 판단 아래 보다 실천적 함의를 지니는 '도덕'에 관심을 기울였다는 것이다.[13]

이돈화의 사상은 『개벽』의 논조를 대표하는 것으로, 1920년대 사상사를 새롭게 자리매김하는 데도 중요한 의미를 지닌다. 기존 연구에서는 『동아일보』와 『개벽』의 논조나 지향이 가진 차이를 주목하지 않고 『동아일보』 세력의 지향을 부르주아 우파 전체의 입장으로 일반화해서 파악해왔다. 하지만 허수가 지적하듯 『개벽』의 문화운동에 중심이념이 된 것은 일본의 문화주의나 천도교의 인내천주의보다는 '사람성주의'로 볼 수 있다.[14] 한기형 역시 『동아일보』와는 달리 『개벽』이 사회주의 사상을 적극적으로 소개하는 등 일관된 정치지향과 현실참여의 태도를 보인다는 데 주목한다.[15] 또 최수일은 『개벽』이 내적인 사상 투쟁의 과정에서 방정환, 이돈화를 중심으로 사회주의적 가치를 자기화했으며, 그 결과 『개벽』이 신경향파문학의 시원지가 될 수 있었다고 적극적으로 평가하였다.[16]

이러한 최근의 연구를 바탕으로 이돈화가 내세운 '사람성주의'라는 것이 무엇이며, 그가 어떠한 방식으로 사회주의적 가치를 자기화했는지

주의와 문화주의 담론의 인간관·민족관」, 『역사문제연구』 31호, 역사문제연구소, 2014, 338~339쪽.

13 허수, 『이돈화 연구』, 역사비평사, 2011, 103~106쪽. 허수는 이돈화의 '사람성'이라는 개념이 '인격'보다는 '영성'에 가까운 것으로, 영성 개념이 가진 종교적 뉘앙스 때문에 '사람성'이라는 개념을 만들었다고 본다. 위의 책, 135쪽.

14 위의 책, 139쪽.

15 한기형, 「『개벽』의 종교적 이상주의와 근대문학의 사상화」, 『상허학보』 17권, 상허학회, 2006, 42쪽.

16 최수일, 「1920년대 문학과 『개벽』의 위상」, 성균관대학교 박사논문, 2001, 207~212쪽.

를 살펴봄으로써, 이돈화를 이광수와 동궤에서 '내적 개조'를 주장했다고 보아왔던 기존의 관점을 재검토할 필요가 있다. 주목되는 것은 당시 광범위하게 영향을 미친 니체나 베르그송 등의 생철학의 영향이다. 이돈화의 경우에는 일찍부터 니체의 초인사상의 영향을 적지 않게 받은 것으로 보이며, 이와 함께 러셀의 창조충동론을 수용하여 인간의 충동적·실행적 요소를 강조했다. 이돈화는 민족성의 진화를 논의하는 과정에서 인간을 타 생물과 동일한 하나의 '생'의 원천에 기원을 둔 '진화의 정점'으로 인식하여 개인의 진화는 인류 전체의 진화 나아가서 생 전체의 진화로서, 제 '개체'를 '생 전체'로 결부시키는 베르그송의 관점에도 영향을 받은 것으로 보인다.

이런 점에서 이돈화를 비롯한 『개벽』의 이념이 생철학에 열광했던 당대 청년 지식층과 공유되었을 수 있으며, 특히 종교나 예술을 매개로 사회혁명의 가능성을 탐구했을 수 있다.[17] 이 글이 주목하는 것은 바로 극작가 김우진(1897~1926)과 이돈화의 사상적 친연성이다.[18] 김우진은 동학혁명을

---

17 '문화주의'를 '예술주의'로 변용시키는 태도는 현철에게서도 발견할 수 있다. 현철은 표현주의를 조선에 소개한 이유를 밝힌 글(「예술계의 회고 일년간」, 『개벽』 18호, 1921.12.)에서 "우리는 무엇보다도 개조라는 그것이나 문화라는 그것을 찾고 부르짓는데는 예술이라는 것을 등한시할 수가 없다. 등한시할 수만 업슬 뿐아니라, 반듯이 예술이라는 것을 구하고 찻지 않을 수 업다"면서 "문화주의라고 하는 것이 곳 예술주의라는 것으로 보이고 개조라고 하는 것이 곳 예술진흥의 대명사가 아닌가하는 마음이 난다"고 적고 있다.

18 김우진 이외에도 『개벽』의 이념과 공명하였던 이들로 『폐허』의 동인이었던 오상순, 황석우, 변영로, 염상섭 등과 『개벽』에서 활동했던 이상화, 김우진과 사적 친분이 있었던 조명희 등도 함께 연구해볼 가치가 있다. 이들은 1920년대 초반 사회주의운동과 밀접히 관련을 지니면서 특히 아나키즘의 영향을 받았다. 이들의 예술적 지향점이 완전히 일치한다고는 볼 수 없지만, 이들이 1920년대 초반 모색했던 방향성의 공통적 특질은 이들이 이후 민족주의문학이나 사회주의문학 진영으로 갈라진 이후에도 적지 않은 영향력을 발휘했으리라 짐작된다.

「산돼지」라는 작품의 주요 모티프로 삼는 등, 혁명보다는 점진적 개조의 흐름이 주창되고 있던 당시의 조류를 비판하며 다시금 혁명에 생명력을 부여하기 위해 고투하였다. 이는 종교적 이상주의[19]의 태도를 견지하며, 3·1운동 이후 미래에의 전망이 경색되어 가는 시점에도 현실추수적인 태도와 거리를 두고자 했던 이돈화의 모습과 중첩된다. 또한 이돈화가 '정신개조'를 강조하면서도 계급문제를 제기했던 사회주의의 문제의식을 도외시하지 않았던 것처럼, 김우진 역시 동인지문단의 '미적 청년'들과 달리 치열한 현실 인식을 보여준다.[20]

직접적인 영향력을 주고받지 않았음에도 이들의 사상에서 공통점을 발견할 수 있는 것은, 이들이 사용하는 '생명'이라는 어휘가 지니는 유사한 함의에서 비롯한다고 생각된다. 이들은 형이상학적인 색채를 강하게 띠는 일본의 다이쇼 생명주의[21]와는 달리 개인적 자각과 동시에 역사적 혁

19 '종교적 이상주의'라는 표현은 허수와 한기형에게서 가져왔다. 우선 허수는 『개벽』 표지가 에스페란토로 장식된 점을 들어 여기에 지상천국을 목표로 하는 『개벽』 주체들의 종교적 이상주의가 반영된 것이라고 분석한 바 있다(허수, 앞의 책, 159쪽). 한편 한기형은 『개벽』이 지닌 천도교 인민주의에 주목한다. 『개벽』이 출범 당시부터 사회진화론의 반인민성을 해체하며, 사회주의와 친연한 신학적 태도를 가지고 있었으며, 스스로 종교적 이상주의의 경향성을 짙게 드러내고 있었다는 것이다. 한기형, 앞의 글, 47~48쪽.

20 이러한 관점에서 이뤄진 연구로 손필영, 정대성, 권정희, 윤진현 등의 것을 들 수 있다. 손필영, 「김우진 연구」, 국민대학교 박사논문, 1998; 정대성, 「김우진 희곡 연구: 생명주의와 표현주의의 수용을 중심으로」, 서울대학교 석사논문, 2008; 윤진현, 『조선 시민극의 구상과 탈계몽의 미학』, 창비, 2010; 권정희, 「'생명력'과 역사의식의 간극: 김우진의 '생명력'의 사유와 일본의 생명담론」, 『한국민족문화』 40호, 한국민족문화연구소, 2011.

21 다이쇼 시대의 '생명주의'는 일본에서 '생명'의 어휘가 범람하여 '생명'이 시대를 규정하는 초월적 개념이 되었던 당시의 풍조를 통틀어서 일컫는 말이다. 여기서 '생명'이 "정신물질 양면에서의 생명의 창조적 활동"(鈴木貞美, 『「다이쇼 생명주의는 무엇인가

명을 추구하는 실천적 측면을 도외시하지 않았기 때문이다.

2. '생활'을 위한 개조

이광수의 「민족개조론」은 태평양회의(일명 워싱턴회의) 개최일인 1921년 11월 11일에 맞추어 탈고된 것으로, 흥사단의 혁명사상을 고취하기 위해 작성되었다.[22] 이돈화 역시 이 시기에 「시대정신에 합일된 사람성주의」(『개벽』 17, 1921.11)라는 글을 발표한 바 있다. '사람성주의'라는 개념은 "사람은 무궁성(無窮性)을 가젓음으로써 사람의 본질(本質)은 영원진화(永遠進化)하는 것"으로 사람은 불완전으로부터 완전에 나아가기 위해 '진화'한다는 종래의 관점을 발전시킨 것이었다. 이러한 관점은 이미 1920년부터 발표되기 시작한 '인내천의 연구' 시리즈에서부터 발견된다. 가령 그

(大正生命主義'とは何か)」, 『다이쇼 생명주의와 현대(大正生命主義と現代)』, 河出出版社, 1995, 4쪽)으로 이해된 데서 알 수 있듯이 물질과 정신의 이분법적 대립에 대한 해법으로 고안된 측면이 강하다. 그런데 일본 다이쇼 시대의 '문화주의' 개념이 기실 그 근본을 '생명주의'라고 지적한 근대 일본의 대표적 사상가 다나베 하지메(全邊元)의 지적에서 알 수 있듯, 문화주의와 생명주의의 관계는 다소 모호한 곳이 있다. 다나베는 "생명의 창조적 활동을 목적으로 하는 문화주의도 그것이 전체로서 모순을 내포하지 않기 위해서는 단지 생명의 창조적 활동을 증진하는 것이 아니라 실전 이성의 합법적 활동이라는 한정 내에서 생활 내용의 발전을 목적으로 하는 것이어야 한다."고 비판한 바 있다(田辺元, 「文化 概念」(1922), 『田辺元 全集』 1, 筑摩書房, 1964, 431쪽; 와다 토모미, 앞의 글, 5쪽에서 재인용). 다만 연구자에 따라 다이쇼 생명주의를 이해하는 맥락에 차이가 나타난다. 김우진 연구만 해도 그의 생명력에 대한 사유를 베르그송과 관련지어 이해하는 경우(손필영)가 있는가 하면, 일본의 아나키스트인 오스기 사카에의 '생의 철학'과 관련짓는 경우(권정희), 베르그송과 엘린케이의 사상의 영향으로 파악하는 경우(정대성)도 있다.

22 김원모, 『영마루의 구름』, 단국대학교 출판부, 2009, 384쪽.

는 "인내천의 관념으로 보면 인내천에서는 어디까지든지 자기로써 자기를 구하며 자기로써 자기를 판단하는 주의니 즉 자기의 위대한 복능성에 의하여 인성 현재의 약점을 세거하고 자력으로 무한향상 진화를 도모하는 것"[23]이라고 설명한다. 하지만 「시대정신에 합일된 사람성주의」에서는 기존의 견해를 집약하는 한편, "노자주의의 태고 박소적(朴素的) 자연주의"나 "계급적 향락주의의 성질을 띤" 희랍주의와는 다른 성격의 '자연주의'라는 개념을 발전시켰다. 그렇다면 그가 주장하는 '사람성의 자연주의'[24]('사람성주의')는 어떠한 것인가.

> 사람성의 자연주의는 사람성을 불구로부터 구출하여 사람 본연의 능력이 있는대로 불왕(不枉)하며 불패(不悖)하며 솔직히 양성하는 방법이었다. 사람성을 가장 자유로 활(活)하리 만치 가장 적당의 장소에 두리 만치 조화케 하는 것이라. 종래 우리 사회의 허위라 할 만한 점은 사람의 내면적 개성 여하를 불문하고 함부로 지배자의 위치를 가지고 있었으며 함부로 주인의 권위를 발휘케 되었다. 사람성의 자연주의에 있어서는 잡연한 인위적 구식(搆飾)으로부터 지순한 본질 그것을 명확히 감별치 아니하여서는 안 될 것이다. 주관적 사상이며 객관적 사상됨을 물론하고 일체로 평등한 적나라한 본연의 상에 두지 아니함이 불가하다.

---

23 이돈화, 「의문자에게 답함—인내천의 연구(8)」, 『개벽』 8호, 1921.2; 이돈화, 『시대정신에 합일된 사람성주의(외)』, 조남현 편, 범우, 2007, 123쪽. 이 책에 실린 이돈화의 글을 인용할 때는 『시대정신』으로 줄여서 표기하고 쪽수만 표시하겠다.

24 이돈화가 사용한 '사람성'이라는 개념은 포이에르바하의 '사람성'이라는 번역어를 단서로 만들어진 것으로, 허수에 따르면 포이에르바하의 개념이 인간 고유의 차원에 머무르며 '이지 · 의지 · 감성'이라는 세 구성요소를 가진 데 비해, 후자는 궁극적으로 현실자연과 연결되며 구성요소를 가지지 않는 차이가 있다. 허수, 앞의 책, 135쪽.

이 글에서 확인할 수 있듯이 이돈화가 사람성 자연주의를 통해 "사람 본연의 능력" 즉, 개인의 개성이 존중받을 수 있는 사회를 지향하였다. 이돈화는 이를 "평등의 행복을 부여케 하는 주의"라고 정리하면서 이것이 "사람이면 사람의 인격상 사회적 평등의 대우를 받으며 정치상 동등의 권리를 소유케 하는 것"이라고 설명한다. 여기서 알 수 있듯이 그의 평등주의는 우자(優者)나 열자(劣者)와 같은 사회적 능력 및 지위의 차이와 상관없이 모든 인간에게는 "인격 즉 사람성"이 발현되어 있으므로, 그리하여 "다 같이 사람성의 대우를 향수할 것도 당연의 일"이라는 사실을 주장케 한다. 이를 위해 그는 버트란드 러셀이 '소유충동'과 '창조충동'을 들어 현대에는 소유충동이 창조충동을 압제하고 있다는 사실을 비판하고 있다는 견해를 인용하면서, 개성의 발현을 통해 모든 인간이 자신의 창조적 정신을 향상시킴으로써 '사람성의 무궁해방'을 지향할 필요가 있음을 상기한다.[25]

이돈화가 생존과 생명을 구분하며 "생명을 가진 동물이 겨우 생명을 유지함에 그치는" '생존'의 차원에서 나아가 "모든 생활의 향락을 증대하게 하는 방침"을 이르는 '생활'의 중요성을 강조한 것 역시 이러한 맥락에서 이해할 수 있다. 그 역시 현재 조선인의 실지적 급무가 일단은 생존의

---

25 이러한 러셀의 견해는 그의 사회개조관을 천명한 『사회개조의 원리』라는 책이 번역되면서 소개되었다. 특히 이 책에서 러셀이 자본주의의 비판뿐만 아니라 당대 새로운 대안으로 제기되고 있던 사회주의를 염두에 두고 있었다는 점은 주목을 요한다. 러셀은 사회주의가 당대 정치·경제·사회제도의 불합리성을 개조할 수 있는 사상체계임을 인정하면서도 물질적 욕구만 충족되어서는 안 된다고 보면서, 사회주의 가운데서도 특히 볼셰비즘의 입장을 비판했다. 이러한 지적은 김기전을 비롯한 『개벽』의 주요 필자들이 사회주의 사상을 잡지에 적극적으로 소개하면서도 일정한 거리를 둔 근거가 되었을 것으로 보인다. 류시현, 「식민지시기 러셀의 『사회개조의 원리』의 번역과 수용」, 『한국사학보』 22호, 고려사학회, 2006, 215~216쪽.

차원에 있다는 것을 부인하지는 않지만, 그럼에도 불구하고 생존과 생활이 구별하지 않고 생존에 급급한 채 사는 것은 금수와 다름없다고 보았다. 어떠한 "편견과 인습과 허위"에도 반대하는 그의 사람성주의는 천도교의 교리를 정립하는 과정에서 기존의 종교관에 대한 비판으로 나타났다. 특히 이돈화가 참고한 것은 '페이엘빠하'(포이에르바하)의 사상이었다.[26] 「'페이엘빠하(Feuerbach)'의 <사람>론에 대하여」에서 그는 사람에게는 무한을 사유할 수 있는 의식이 있으며, 개인으로서는 자기를 유한이라 감지하나 이는 사람이 그 종속(種屬)의 무한무궁을 감정사유의 대상으로 하고 인지하기 위하여 자기의 유한을 의식함에 불과할 뿐 '사람'은 그 자신에서 무한하여 무궁성의 신을 자기의 중에 포용하는 존재라고 정의하였다.

하지만 기존의 종교는 이러한 사람의 무한성을 부정하고 사람을 "사악한 자라고 폄하며 신을 유일의 선한 위치에 봉공케" 되었다는 것이다. 이를 통해 이돈화는 종교를 초월적인 것으로 보는 관점을 비판하며 종교 역시 '생활'의 차원과 같은 범위에 있다는 것을 강조한다.[27] 이 지점에서 이돈화와 이광수의 개조론은 차이를 드러낸다. 이돈화는 "우리의 개조사업(改造事業)도 종교개조 도덕·예술의 개조사업으로부터 점차 보(步)

---

26 당대의 종교관에 미친 포이에르바하의 영향은 이돈화에게만 국한되지 않았던 것 같다. 김산 역시 다음과 같이 회고하고 있다. "금강산의 승려들까지도 '불교독립당'이라는 것을 만들어서 민중 속에 들어가 이 민족운동을 격려하였다. 이들 승려의 토지가 해마다 줄어들었기 때문에 승려들은 반일적인 성향이 강했다. 이 승려 중의 상당수는 불교를 하나의 철학으로밖에 믿지 않았으며 불교를 헤겔의 이상주의와 동일시하고 있었다. (…) 교육받은 조선인이면 으레 그렇듯이, 나도 헤겔과 포이에르바하를 좋아하였으며 모든 옛 종교와 철학을 연구하였다. 내 인생의 초창기에 이미 나는 어떤 특정한 단계에서는 종교가 단순한 정신적 도락이 아니라 실천적인 사회이상주의로 된다는 것을 이해하였다." 김산·님 웨일즈, 『아리랑』, 동녘, 1984, 64~65쪽.

27 이돈화, 「생활의 조건을 본위로 한 조선의 개조사업—이 글을 특히 민족의 성쇠를 양어깨에 짊어진 청년제군에 부침」, 『개벽』 15호, 1921.9(『시대정신』, 230쪽).

를 옮겨 나아가는 동안에는 반듯이 생활조건(生活條件)도 차(此)와 병행(竝行)하야 개조될 것"[28]이라며, '생존'을 위한 개조를 주장한 이광수와는 달리 '생활'을 위한 개조를 강조한다. 이광수의 민족개조론은 인간의 욕망을 규격화되고 계율화된 윤리 도덕으로 통치하려는 주체화 전략이었다. 민족개조론에 대한 비판 가운데 이광수가 개조의 의미를 잘못 파악하고 있다는 비판은 이러한 맥락에서 나온 것으로, 이를테면 신일용은 "민족(民族)에다 개조(改造)라는 말을 접속(接續)하야서 민족개조(民族改造)를 제창(提唱)하는 춘원군(春園君)과 아울러 그 선배제씨(先輩諸氏)-춘원(春園)이 존경(尊敬)한다는-는 참 위대(偉大)한 두뇌(頭腦)의 소유자(所有者)이다. 이야말로 대담(大膽)하고도 박식(博識)인 학자(學者)님들로야 가히 능(能)할 창작(創作)이라고 할만하다."라며 비꼬기도 하였는데,[29] 이는 "근래(近來)에 개조(改造)를 제창(提唱)하게 된 동기(動機)와 연유(緣由)"를 이광수가 파악하지 못한 점을 비판한 것이다.[30]

또한 이광수가 「민족개조론」에서 민족의 개조를 위해 개인의 욕망을 보편적 질서에 복속되어야만 하는 것으로 주장한 데 비해,[31] 이돈화는 각

---

28 이돈화, 「생활의 조건을 본위로 한 조선의 개조사업한 조선의 개조사업」, 『개벽』 15호, 1921.9, 6쪽(『시대정신』, 229쪽).

29 신일용, 「춘원의 민족개조론을 평함」, 『신생활』, 1922.7, 4쪽. 총독부 당국은 '민족개조론'을 반박하는 글을 게재했다는 이유로 『신생활』을 발매금지 처분 조치를 내릴 정도로 '민족개조론'의 논지를 지지하였다. 「경무당국자에게 언론압박이 심하다」, 『동아일보』, 1922.5.30; 이광수, 『문장독본』, 홍지출판사, 1937, 98~99쪽(김원모, 앞의 책, 406쪽)에서 재인용.

30 신일용은 이러한 이광수의 주장이 우리의 처지가 열악한 까닭을 민족의 생리적 불구나 정신상 결함, 즉 열악한 민족성에서 찾음으로써 실제 그 원인이 정복과 착취의 사실에 있음을 망각케 하고 그리하여 이제 막 싹트려고 하는 민중정신의 발아를 해칠 위험이 있다는 사실을 날카롭게 지적하였다.

31 와다 토모미, 앞의 글, 45쪽.

개인의 욕망이야말로 영원무궁한 인류의 진화의 도정에서 이해되어야 하는 것으로 그것의 발현을 지향했다. 왜냐하면 이돈화에게 절대적으로 고려되어야 할 조건은 개체의 욕망이 아니라 '사람'이 무궁한 진화를 실천해야 하는 존재라는 데 있었기 때문이다. 그는 인간이 '영원한 진화성'을 가지고 있을 것이라는 사실을 확신하며 한 시대에 퇴화의 기운이 나타난다고 하여도 이것은 진화를 촉진시키는 반동성의 발동일 뿐, 멸망의 증거는 아니라고 주장한다. 「민족개조론」에서 이광수는 사회진화론에 근거하여 생존경쟁으로부터 도태되는 민족은 멸망하고 말 것이라는 우승열패의 세계관을 주장한 바 있다.[32] 하지만 이돈화는 퇴화나 정체(停滯)마저도 진화를 촉진케 하는 요소가 될 수 있음을 주장하며 '우주진화'에 대한 확신을 보여준다.

이돈화가 이러한 태도를 가질 수 있었던 것은 그만의 독특한 진화론에 기인한다. 이는 「공론의 사람으로 초월하여 이상의 사람, 주의의 사람이 되라」[33]에서 구체적으로 드러난다. 이 글에서 이돈화는 "일개의 민족이 그 민족으로 동일한 **생명의 충동**(강조_인용자)에 따라 모든 습성, 제도, 풍화를 통일하면서 전 민족의 소성(素性)을 미화"한다는 의미로 "민족적 초인주의"를 주장하기도 하였다.[34] 또 이돈화의 생명사관이 종합적으로 제시된

---

32 와다 토모미는 그 사상적 배경으로 헤켈(Ernst Heinrich Haeckel)의 진화론의 영향을 든다. 헤켈 진화론의 특성은 다윈이 개체의 차원에서만 논의했던 도태(淘汰)의 법칙을 종족의 진화에까지 적용시킨 데 있다(와다 토모미, 앞의 글, 15쪽). 와다 토모미는 그런 점에서 『무정』에 잠깐씩 언급되는 베르그송의 "창조적 진화"를 연상케 하는 사고가 소설이 진행되는 과정에서 차례로 '억압'되는 과정을 거치고 있음을 분석한다. 위의 글, 54쪽.

33 이돈화, 「공론의 사람으로 초월하여 이상의 사람, 주의의 사람이 되라」, 『개벽』 23호, 1922.5.

34 그는 이어서 버나드 쇼의 초인설을 인용하며 "오인은 이 기관(뇌수_인용자)에 의하여

「생명의 의식화와 의식의 인본화」[35]를 보면, 이돈화는 이전 논설에서 거론되었던 '본능·충동'과 '의식' 개념을 '생명' 개념으로 일원화하고 우주와 인간, 개체와 우주(혹은 자연) 사이의 유기적 연결 관계를 '생명의 진화과정'으로 설명하고 있다. 그는 인간 역사를 '신 본위→영웅 본위→자본 본위'의 전환과정으로 설명하면서 이후 '사람 본위'로 나아가야 한다고 주장한다. 이돈화가 맑스주의의 유물론에 입각한 '물적 개조'보다 생명사관에 입각한 사람본위의 사회건설에 주목한 것도 이 때문이다.[36]

이돈화는 베르그송과 니체의 사상에 대한 '변용'하여 생명사관으로 발전시켰다. 베르그송의 '창조적 진화'[37] 개념과 니체의 '초인' 사상을 결합했다는 점이 이돈화의 생명사관의 바탕을 이룬다. 당시 이돈화가 니체

오인의 활동을 합리적 되게 하며 생명의 방향을 정당히 행하게 하도록 노력하는 임무를 가졌으며 그리하여 생명은 또 현재인으로부터 다시 초인적 어떤 물(物)을 조성키 위하여 노력 진행하는 중에 있나니 즉 사람으로부터 초인 즉 신에 향하여 나아가는 중이라 하리라"라고 설명하였다(위의 글, 323쪽).

35 이돈화, 「생명의 의식화와 의식의 인본화」, 『개벽』 69호, 1926.5.

36 다만 이돈화가 '물적 개조' 혹은 사회주의자들의 문제의식을 완전히 배제하지는 않았다. 이는 다음과 같은 구절을 통해서도 확인할 수 있다. 그는 동학혁명을 "노예는 언제든지 노예이다 하는 계급의 고정불변한 폐해를 알고 그리하여 그 계급제도를 자기네의 손으로 개조치 않으면 언제든지 노예상태를 불변하리라 하는 적극적 의식을 가르친 말이다. 이 의식을 주입케 한 본가(本家)가 갑오동학이다"라고 주장한다(이돈화, 「갑오동학과 계급의식」, 『개벽』 68호, 1926.4(『시대정신』, 474쪽)). 이 부분이 바로 이돈화가 사회주의적 가치를 자기화했다고 할 수 있는 부분이다. 또한 그는 유사한 맥락에서 "계급의식을 고조한 칼 맑쓰의 정신 중에는 적어도 초월의식의 무궁성이 약동되었음을 명력히 볼 수 있"다고 주장하기도 한다(이돈화, 「사람성과 의식태의 관계」, 『개벽』, 1925.5(『시대정신』, 434쪽)).

37 '창조적 진화' 개념은 생명의 진화가 단순히 우연적인 환경에의 적응도, 어떤 계획이나 프로그램의 실현으로도 간주할 수 없는 창조적 측면을 지닌다는 것이다. 즉, 진화의 핵심 요소인 자연선택은 단순히 기계적인 과정이 아니라 창조적인 과정이라는 것이다. 김재희, 『베르그손의 잠재적 무의식』, 그린비, 2010, 388~389쪽.

의 사상을 '역(力) 만능주의'로 이해한다고 했을 때, 여기서의 '힘'은 사회진화론의 약육강식의 질서를 지탱하는 물질적 차원의 '힘'과는 구분된다. 이돈화는 현대문명의 폐해를 비판하며 우주적 본질이 표현된 존재로서의 인간이 스스로의 잠재적 완전성을 자각하여 그 완전성을 실현하기 위해 분투·노력하면서 자기 자신을 우주와 자연, 사회로 확충해나가는 존재로 자리매김하고자 했기 때문이다.[38] 그는 그러한 존재를 '전적(全的) 인간'이라고 부르며 과학적 분별지식으로 인해 현대인이 '뿌리 없는 마른 풀'처럼 고립되었다고 주장했다. 현대인이 다시금 '전적 인간'이 되기 위해서는 베르그송이 '생명의 약동(élan vital)'이라고 말한 순수 생명(이돈화 스스로가 '생명충동'이라고 표현한)의 잠재적인 힘을 발현되도록 인격을 개조하고 정신을 수양해야 한다.

이러한 주장은 과학을 인간과 세계를 전체적으로 이해하고 인간 생활을 합리적으로 이해하는 현대적 방식으로 보고, "과학정신"에 기초한 인생관을 가지도록 권고하였던 이광수와 대조된다. 김현주는 민족개조론의 글쓰기의 이데올로기를 과학주의라고 정리하면서, 민족개조론에 "과학언어, 그리고 산술적 계산과 통계적 사고"가 드러난다는 점을 강조한 바 있다.[39] 민족개조론은 민족이 '실존을 위한 투쟁'에서 승리하기 위해 무엇을 해야 하는지를 '과학'적으로 '제안'한 글이었다. 이광수는 인종주의를 전면에 내세우지 않았지만, 민족개조에 성공하지 못한다면 '실존을 위한 투쟁'에서 패배하여 민족이 멸망하고 말 것이라는 인식을 전제로 "의식적 개조"를 강조한다.

---

38 허수, 앞의 책, 256쪽.

39 김현주, 「논쟁의 정치와 「민족개조론」의 글쓰기」, 『역사와 현실』 57호, 한국역사연구회, 2005, 119쪽.

1910년대까지만 해도 지정의 삼분론에 근거하여 정(情)의 해방을 주장하기도 하였던 이광수의 태도가 이처럼 변화한 까닭은 무엇일까. 1923년을 전후하여 3.1운동이 지녔던 혁명의 기운이 사라지면서 이상주의에 대한 실망감과 현실에 대한 환멸이 생겨나고 있었다.[40] 당시 허무주의에서 벗어나기 위해 청년들은 사회주의에 경도되기도 하였다. 이에 반해 이돈화를 비롯한 『개벽』의 논자들은 사회주의 이론을 수용하면서도 특유의 이상주의와 보편주의를 버리지 않았다. 물론 이러한 태도는 이돈화를 비롯한 동학의 사상이 지나친 종교적 관념성을 지닌 것이 아니냐는 비판으로 이어질 소지가 있다. 실제로 동학이 구체적인 실천이념을 제시하는 데는 실패함으로써 정치적 권력의 장악과 제도의 정립이라는 측면에서 실패했다는 평가를 받는다. 그들이 종교적 사회개조론에서 종교적 층위와 사회적 층위의 간극을 '상상적'으로 통합하고자 했을 뿐, 주체형성의 논리를 갖추는 문제의식이 미흡했다는 지적 역시 일면 타당하다.[41]

하지만 이상사회에 대한 강한 지향성이 사회주의자들과는 다른 맥락에서 사회적인 변혁을 추동하는 동력이 된다는 사실을 부인할 수는 없다. 인간의 창조력과 표현력을 강조한 이돈화의 주장은 존재론의 차원에서

40 1924년 중반 발표한 글에서 김기진은 "할 수 없구나! 할 수 없구나! 구더기와 같이 살다가 구더기와 같이 죽어버리는 백성들이다. 조선사람이 어떤 사람이냐? 구더기 같은 사람이다. 조선이란 땅덩이가 어떠한 곳이냐. 두엄탕과 같은 곳이다. 독립 만세를 부르던 백성이나 노동자 만세를 부르던 백성이나 너나 내나 다 구더기다. 힘없고 용기 없고 반죽이 묽고 느릿느릿하고 허기져 지친 못난 굼벵이 같은 바보의 무리다."라고 울분을 토로한다(김기진, 「Twilight」, 『김팔봉 문학전집』 4권, 문학과지성사, 1988, 279쪽). 주요한 역시 1923년의 분위기가 "상해의 임시정부는 먼 세계의 신화처럼 느껴지고, 이따금 발생되는 테러리즘의 행동이 세상을 놀라게 할 정도였다"고 기술한 바 있다(주요한, 『안도산 전서』, 삼중당, 1963, 363쪽).

41 허수, 앞의 책, 245쪽.

재해석될 여지가 충분하다. 그는 1925년 발표된 「적자주의에 돌아오라」에서 "세상 사람이 적자를 약하다 보는 것은, 이는 소유력을 비교하여 하는 말이다. 적자는 창조력에서 한없이 강한 것이다. 아무 소유가 없는 적자가 무엇보다도 강한 힘을 가진 것은 그에게는 생혼이 약동되는 까닭이다"라고 주장한다.[42] 이를 통해 알 수 있듯, 그는 베르그송의 창조적 진화 개념과 니체의 역 만능주의를 러셀의 맥락에서 결합해 인간이 창조적으로 진화해나갈 수 있는 사회를 꿈꾸었다.

3. 공허한 이상주의 비판

동학을 창시한 최제우는 자신의 시대를 총체적으로 '질병' 상태에 있는 것으로 진단했다. 개인들은 역사적 사회 전체가 개벽되지 않으면 이 질병에서 헤어날 수 없기 때문에 이돈화는 최제우의 삼단사상(三段思想)을 받아들여 민족해방, 사회해방, 세계해방의 삼단을 성취해야 한다고 주장했다. 이러한 삼단을 성취한 주체는 타인 역시 자발적 자기표현의 주체로 변하게 만드는데, 이러한 실천을 이돈화는 '창조투쟁'이라 했다. 이 지점에서 이돈화는 동학적 개벽의 의미에 인문주의를 가미한다. 창조는 과학, 종교, 예술 등을 포함한 정신적 인간성의 실현이라는 인문주의적 인간 완성을 지향한다.[43]

이규성은 동학의 이상사회가 신비주의적 철학이 갖는 '영적 코뮤니즘'의 성격을 다분히 갖고 있다고 말한다. 신비주의적 경험은 이제까지 합리

---

42 이돈화, 「적자주의(赤子主義)에 돌아오라—그리하여 생혼이 충일한 인종국(人種國)을 창조하자」, 『개벽』 55호, 1925.1(『시대정신』, 425쪽).

43 이규성, 『한국현대철학사론』, 이화여자대학교출판부, 2012, 123쪽.

주의적이라고 주장되던 가치관의 모순을 깨닫고 선과 기쁨을 연결하는 생명 긍정의 근본경험을 가능케 하는 윤리의 원천이 된다는 것이다.[44] 여기서 동학사상의 혁명성은 주체를 역사 내에서의 성취에 만족하지 않고 미래의 이상을 추구하게 만든다는 데 있다. "이러한 시간성 안에서는 현실적인 것이 차라리 환상적이며, 미래의 환상적인 것이 현실적"[45]인 것이 된다. 실제로 이돈화는 생명의 본질적 속성을 표현과 자유라고 정의하며, 생명은 자기 자신의 창조적 활동 그 자체를 목적으로 하는 표현의 활동이라 주장하였다. 표현의 활동은 인간 생명의 필연적 요구이자 충동이며 존재에 대한 포부라는 것이다.[46]

그런데 극작가 수산(水山) 김우진에게도 이돈화 사상과 공명하는 부분이 발견된다. 김우진은 문학사적으로 1921년 「김영일의 사」라는 작품으로 근대극의 출발점을 마련했을 뿐만 아니라 「난파」나 「산돼지」와 같은 작품을 통해 당대 조선에서는 생소했던 '표현주의극'을 창작하기도 한 작가로 알려져 있다. 김우진이 창작한 희곡들은 당대의 실질적인 연극 활동과는 유리된 '실험극'에 불과하며 맹목적인 서구지향의 한계를 드러낸 것이라는 평가를 받는다. 하지만 최근 김우진의 작품에 나타난 '생명력'이라는 개념어에 주목한 연구들은 전기적 사실을 중심으로 텍스트를 해석해왔던 관점에서 벗어나 김우진의 사상적 수용의 맥락에서 그의 텍스트

---

44 위의 책, 114면. 영적 코뮤니즘은 인간이 만유에 표현된 생명을 기쁨으로 향유할 수 있는가에 대해 묻는 것을 선행과제로 한다. 그 개체가 자신의 본성으로 회심(回心)하고 표현된 생명을 기뻐한다면 그것은 생활양식으로 표현되며, 이러한 새로운 생활양식은 개인과 공동체 위에 군림하는 국가를 공동체 안으로 용해하며, 개인의 원자화라는 고립과 사회내의 계급분열이라는 폐쇄적 관계를 해체한다는 정치적 의미를 지닌다. 위의 책, 128쪽.

45 위의 책, 124쪽.

46 위의 책, 148쪽.

를 분석하고 있다.[47] 쇼 주의(shavianism)로 환원되지 않는 면모를 '빈정거림(ひにく)'의 미학을 통해 해명하고자 한 양근애의 연구[48]나 '조선 청년의 생명력'을 해명하기 위해 「산돼지」에 나타난 동학혁명의 모티프에 주목한 이광욱의 연구[49]가 그러하다.

다만 기존연구의 주장과 달리 실력양성론이라는 점진적 성격의 사회운동을 부정하는 차원에서만 김우진 사상의 급진성을 한정할 수 없다. 동학에서 주장한 혁명의 급진성은 그것이 전 우주에 깃들어 있는 '영혼'에 대해 이야기하면서 만물의 평등을 주장하고, 그러한 목적을 달성하기까지 우주의 진화를 이끌어낼 수 있는 '생명'의 표현을 중시했다는 데 있다.[50] 이러한 관점이 김우진의 「산돼지」에 드러나고 있는 만큼, 혁명과 생명의 관계에 대한 김우진의 관점에 대해 구체적으로 천착할 필요가 있다.

---

47 주현식, 「폭발하는 드라마, 폭발하는 무대—김우진의 「난파」와 표현주의」, 『한국극예술연구』 29호, 한국극예술학회, 2009; 권정희, 「"생명력의 리듬"의 형식—김우진의 『산돼지』, 『반교어문연구』 30호, 반교어문학회, 2011.

48 양근애, 「김우진의 <난파>에 나타난 예술 활용과 그 의미」, 『국제어문』 43호, 국제어문학회, 2008.

49 이광욱, 「'생명력' 사상의 비판적 수용과 동학혁명의 의미」, 『어문연구』 42권 제2호, 2014.

50 이에 대해서는 다음의 글을 참고하라. "생물학적 숙명 밑에서 세포의 영위와 번식생활만 하는 아메바보다는 더욱 진화한 인류이다. 인류는—더구나 우리는 무엇을 생각해야 하고 의욕(意慾)해야 하고 행동해야 할 처지에 있는 정신적 생활을 하지 않으면 멸망이 여지없는 생활선(生活線)에 서 있다. 그러한 우리들이 적어도 의식적으로 어떠한 생활의 전의의(全意義)를 파지(把持)하고(굉장하게 들리겠지만) 창조적 생활을 하려는 정신적 노동자가 어찌 아메바와 같은 무경향(無傾向), 무주의(無主義), 무파(無派)한 생활을 할 수 있으랴. 「다만 예술가 자신의 막지 못할 예술욕」에서 문학자들이 창작한다는 것은 아메바의 막지 못할 생리적(生理的) 숙명 밑에서 「막지 못할 생식욕(生殖慾)」의 표현을 희망한다는 것과 다름 없다." 김우진, 『김우진 전집』 2권, 전예원, 1983, 178쪽. 앞으로 김우진 전집을 인용할 경우 '전집'으로 줄여서 표기하고 해당 권수와 쪽수만을 밝히기로 한다.

여기서 혁명은 정치적인 의미로 한정되지 않는다. 유진 오닐의 말을 인용하며 김우진은 정치적인 문제에 한정되지 않는 "상상과 의지"의 문제를 거론한 바 있다.

> 오닐의 자백(自白)에 이런 말이 있다. "인생은 쟁투(爭鬪)다. 항상 아닌 자주 승리를 얻지 못하는 쟁투다. 왜 그런고 하니 많은 사람들은 그 내부에 제 꿈과 원망(願望)을 속이는 무엇을 가지고 있기 때문이다. 인간은 항상 도달할 수 있는 것보다도 훨씬 먼 곳을 보고 있다. 이 까닭에 나로 하여금 정치적 사회적 운동에 대해서 무관심하게 만든 이유다. 일찍이 나는 활동적인 사회주의자이었고 철학상의 무정치주의자이었다. 그러나 오늘은 그런 것을 참으로 필요하다고 믿지 못한다. 도리어 사람들이 얼마나 「씨리어스」하게 정치와 사회문제를 취급하고 얼마나 그것에 기대를 두고 있는가가 나에게는 흥미가 있다……위대한 인간의 절규는 결코 외면을 바르기 위해서 또는 법률적 또는 사회적 혁명으로 해서 일어나지 않는다. 상상과 의지를 요구한다."[51]

김우진은 오닐의 이 말이 표현주의자의 총아인 "에른스트 톨레르"가 한 말과 동일하다고 지적하기는 하지만, 이런 경향이 표현주의자의 것만이 아니라 입센이나 스트린드베리, 또는 버나드 쇼에게도 발견할 수 있는 사상 경향이라고 평가한다. 정작 오닐은 자신의 작품에 이러한 "상상과 의지"를 녹여내지 못했지만, 그는 "자아(自我)의 장엄한 신비", "시공(時空)을 초월한 존재의 표면"을 표현해내는 것이 바로 표현주의의 특성이라고 설명한다. 실제로 표현주의 혁명은 정치적, 경제적, 사회적 질서의 변혁을

51 김우진, 「구미현대극작가론」(『시대일보』, 1926.1~5), 전집2, 73쪽.

요구하는 데 앞서 정신의 순화행위를 통한 정신 변화를 선행시키며 이러한 바탕에서 '새로운 인간'을 요구한다. 정신(Geist)과 영혼(Seele)의 순화라는 내적 혁명을 통해 세계의 위기에 책임을 지는 인간이야말로 표현주의자들이 갈구하는 인간형이었으며,[52] 이러한 표현주의적 세계관에 김우진 역시 깊이 공감한 것으로 보인다.

한편 김우진은 또한 표현주의극이 지니는 정치성 역시 인식하고 있었다. "일본극단에서도 상당히 소개되어 있고 축지소극장에서도 두 어번 상연된 일이 있"[53]다는 이탈리아의 극작가 루이지 피란델로의 「작자를 찾는 6인의 등장인물」을 소개하며 그는 이 작품이 "풍속 괴란(風俗 壞亂)이 된다고 하여 작년 여름 영국에서 상연 금지를 당했다가 이태리국에 와서 이태리말로 연출할 때는 지식적, 계급적 시선이 없을 터이니 염려없다고 당장 허가를 내렸다"고 하는 일화를 소개하기도 하였다. 하지만 표현주의극의 정치성은 무엇보다 "진리란 것은 결코 존재할 수 없다"는 사실을 환상과 현실 사이에 일어나는 괴리를 통해 전달하는 극의 형식적 측면의 변화에서 기인하는 것이었다.[54] 김우진은 이것이 피란델리즘과 쇼의 공통점이

---

52 조창섭, 『독일 표현주의 드라마』, 서울대학교출판부, 1991, 53쪽. 조창섭은 표현주의적 사고 형성에 가장 강력한 원동력을 부여한 것이 신약성서와 함께 니체의 『차라투스트라는 이렇게 말했다』였다고 설명한다(위의 책, 29쪽). 이러한 점에서 1920년대 니체의 수용사를 연구하는 데 표현주의를 통한 니체의 직·간접 영향력이 주목된다. 기존 연구에서는 사회진화론, 개인과 사회, 개인(자아) 해방과 사회평화, 니체와 톨스토이 등 사회철학적 물음과 연관되어 있다고 보는 등 주로 사회문제와 연관되어왔다. 이를 통해 1920년대에 니체가 사회진화론의 연장선상에서 '역(力) 만능주의'(박달성)나 '극단적 이기주의'(김억)의 한 형태로 받아들여져 왔을 뿐이라는 견해를 다소 수정할 수 있을 것이다. 1920년대 니체 수용사에 대해서는 김정현, 「니체사상의 한국적 수용—1920년대를 중심으로」, 『니체연구』 14권, 한국니체학회, 2007 참조.

53 김우진, 「구미현대극작가론」, 전집2, 21쪽.

54 김우진은 이 작품이 "환상과 리얼리티 사이의 망탄이 말할 수 없는 속웃음 섞인 눈

라고 지적하며 예술이란 "외형과 리얼리티 사이에 환상과 현실 사이에 일어나는 착오(錯誤), 망탄(妄誕), 배리(背理)"를 그려내는 데서 출발하는 것이라고 주장한다.[55] 그는 이러한 관점에 기반하여 예술가의 '혁명'에 대해 말한다.

> 창작생활이란 말을 넘겨보지 마시오. 소위 「문학청년」의 생활을 버리고 한마디 길가의 말소리, 한 개의 외로운 풀싹, 다만 한 사람의 괴로운 말기침소리를 들을 때에도 자기의 생명을 다하여 통찰해야 합니다. 감(感)해야 합니다. 그리고 생각해야 합니다. 우리에게는 이 자유밖에 없습니다. 모든 부자유(不自由), 압제(壓制), 고민 속에 든 우리는 이 생활밖에 참된 미래를 발견하고 창작할 수 없습니다. 마치 농노해방(農奴解放) 전(前)의 러시아 농민들 모양으로(투르게네프, 톨스토이, 라디시체프) 또는 1917년 혁명전의 모든 러시아 민중, 예술가 모양으로 창작의 길은 절대합니다. 새 생명을 낳으려는 어머니 모양으로 전 우주의 집중이외다. 이같은 생활 속에서 무엇이 나옵니까. **힘과 열과 광명(光明), 즉 천상천하유아독존(天上天下唯我獨尊)이라는 자기의 생명력에 대한 자각이 생깁니다. 이 생명력의 자각이 생겨서 극(極)할 때에엔, 피와 땀과 혁명이 있습니다.** 이 혁명 외에 무슨 효과가 있을지 생각해 보시오. 정치적 운동도 쓸 데 없소. 적은 이해타산(利害打算)도 쓸 데 없소. 속민속중(俗民俗衆)들의 음모도 쓸 데 없소. 개혁이나, 진보나 실제적이니

물과 섞여서 희극 시츄에이션이 일어나게" 되는 작품으로 소개한다. 등장인물로 등장하는 '부'와 '이부딸'이 무대상의 '환상'인 것처럼 보이고 감독이 '사실'인 것처럼 보이지만 실은 "감독이 거짓 환상이고 등장인물이 현실이 아닌"지를 지적하며, 이 극에서 조장된 아이러니의 측면을 언급하기도 한다. 위의 글, 30쪽.

55 위의 글, 27쪽.

똑똑하니 하는 것보다도 무질서하고 힘센 혁명이 필요합니다. **이 혁명은 단지 총칼 뿐으로만 생각하지 마시오. 예술가는 혁명가라고 합니다. 창작은 인생의 혁명가의 폭탄(爆彈)이라고 합니다.**(강조_인용자)[56]

웅변적이기까지 한 어투로 작성된 이 글에서 주목되는 것은 크게 세 가지이다. 우선 김우진은 소위 '문학청년'의 생활을 비판하며 "자기의 생명을 다하여 통찰"한 결과를 창작으로 쏟아내야 한다고 주장한 점이다. 이것은 권정희가 "계급을 초월한 예술"을 추구한 '이광수 류의 문학청년'의 이상주의적·계몽주의와 김동인의 미의 추구와 사해동포의 문학을 향한 김우진의 비판과 관련된다.[57] 두 번째는 '생활'에 대한 강조이다.[58] 김우진은 독일에서 표현주의가 등장하게 된 배경을 설명하며 '생각'의 힘이 필요하다고 주장한다. 그런데 이 생각이라는 것이 어떤 추상적인 관념이 아니라 생활에서 나온다는 것이다. 세 번째는 생활에서 비롯한 생명력의 자각에 대한 것이다. 그는 생명력의 자각이 극에 이를 때 혁명이 가능하다고 보았다. 다만 여기서 혁명이란 예술가의 혁명이며, 여기서 창작이야말로 파괴력을 가진 "혁명가의 탄환(爆彈)"이라고 설명했다.

이러한 예술적인 혁명을 위해 그는 네 가지 창작의 테마를 제시한다. 첫째, 예술가들이 계급적으로 눈을 떠야 하며, 둘째 논리적으로 우리 주위

---

56 김우진, 「창작을 권합네다」, 전집2, 111~112쪽.

57 권정희, 앞의 글, 80쪽.

58 '생활'이라는 단어는 신경향파 비평의 등장과 관련해 중요한 의미를 지닌다. 신경향파 비평에서 논의한 '생활'이라는 문제의 어휘가 지니는 문제성은 이철호가 지적한 바 있다(이철호, 『영혼의 계보—20세기 한국문학사와 생명담론』, 창비, 2013, 9장) 다만 이돈화와 김우진의 예에서 알 수 있듯이 신경향파에서 이 단어를 사용하기 이전 1920년대 초반부터 이미 '생활'이라는 어휘가 빈번히 사용되고 있었다.

모든 가치를 전환하여 "생명 없어진 껍데기만의 윤리적 고담(古談)을 탐구"하여 "우리 생활을 변혁시키고 새 길을 인도해 주는 창작"이 생겨야 하고, 셋째, 연애, 결혼, 모성, 여성의 경제 사회적 문제 넷째 인생철학, 생명, 죽음, 신, 이상 등의 테마를 다뤄야 한다. 이와 같은 테마들은 모두 그가 "생활에 직접 관계있는 예술"을 요구한다는 주장에서 비롯된 것이다. 이는 현실에 기반하지 않은 이상주의에 대한 비판을 내포한다. 실제로 그는 「이광수류(李光洙流)의 문학(文學)을 매장(埋葬)하라」에서 "이광수류의 안이한 이상주의적 사상과 시대에 반치(反馳)되는 인생관으로써 문단을 대하고, 조선을 보고, 인생을 보는 이가 얼마나 많은가"[59]라고 비판한 바 있다. 그는 이광수가 "안이한 인도주의, 평범한 계몽기적 이상주의, 반동적인 예술상의 평범주의"를 가지고 인생을 논한다고 비판하며,[60] 조선의 현실을 파악하지 않고 "발효(醱酵)가 없고 맹물과 같은 사랑·이상·평화 속에서 거제(踞躋)"한다고 지적하였다.

그러면서 김우진은 "거칠더라도 생명의 속을 파고 들어가려는 생명력, 우둔하더라도 힘과 발효(醱酵)에 끓는 반발력, 넓은 벌판 위의 노래가 아니오, 한 곳 땅을 파면서 통곡하는 부르짖음"이 필요하다고 주장했다. 이러한 주장은 계급문학 비평가의 출현을 고대하면서 쓴 「아관(我觀) 「계급문학(階級文學)」과 비평가(批評家)」에서도 구체화 된 바 있다. 여기서 그는 계급문학을 시인하는 비평가들 중 '계급'의 의미를 명확하게 의식하지 못하는 이들이 있다고 지적하며 단순히 "계급투쟁을 썼으니까 그것은 프로문학이라는 맹목적 비평"에서 벗어나야 한다고 말한다.[61] 또 인간은 살아

59 전집2, 157쪽.

60 전집2, 159쪽.

61 전집2, 181쪽.

있는 이상 계급의 대립에서 벗어나지 못한다는 사실을 받아들여야 한다면서, "크로포트킨 일파의 무정부주의는 참 큰 몽상주의자(夢想主義者)"라고 비판한다. 그에게 '생활'이란 끝없는 투쟁 과정의 일환으로, 이러한 사실을 망각하려 하는 이상주의자들이 "평화박애라는 마비제를 발명"했다고 주장하기도 한다.

이돈화와 김우진은 기존의 도덕에 대한 반발과 생존의 차원을 넘어서 창조적 생활을 생명의 본능으로 이해하며 '표현'을 강조한다는 점, 현실에 근거하지 않은 이상주의를 경계하면서도 의식적으로 지향해야 하는 이상을 가져야 한다는 점을 주장한다는 지점 등에서 사상적 유사성을 가지고 있다. 특히 김우진은 인간이 본연의 생명력을 발휘하기 위해서는 이상을 제약하는 현실에 좌절하기보다는 '창조적 진화'를 위해 현실과 투쟁해야 할 필요성이 있음을 자각하고 있었다. 이를 위해 그가 주장하는 것이 "아무것도 지배할 수 없고 아무 힘도 결박하거나 죽이지 못할 생명의 힘"으로서 "살려는 맹목적, 결정적, 숙명적인 자유의지"였다.[62] 이러한 문제의식은 이상과 현실의 괴리 그 자체에 관심을 갖고 이상을 추구하고자 하는 주인공이 고통 받는 인물들을 그려낸 「산돼지」에서 발견된다.

---

62 전집2, 207쪽. 가령 다음 글을 보라. "피할 수 없는 그림자처럼 신변에 따라오는 이 현실을 어떻게 할까. 이 해답은 불필요하다. 해답 대신에 제군(諸君)의 생활이 있다. 인생 그것이 있지 않은가. 철학자 되기 전에 시인(詩人)이 되어야 한다. 하늘 속에다가 천당을 바라는 것도 지금은 헛일이겠지만 이 땅위에다가 옛날 그네들 모양으로 낙원을 만들어 낼 줄 믿는 것도 헛된 수작이다. 그러면 어찌 할까. 여보 동무여, 그러면 어찌할까. 좋다. 제군(諸君)의 앞에 생활(生活)이 있고 생명(生命)이 있다. 어찌할 수 없는 생명력(生命力)이 있다. 생명력(生命力)을 결정해 주는 자유의지(自由意志)가 있다." 「신청권(新靑劵)」, 전집2, 200~201쪽.

4. 내적 혁명의 가능성 탐구

「산돼지」는 동학혁명의 문학적 형상화 사례로 주목받아 왔다. 동학을 극한 상황에 놓인 인간의 내면을 형상화하기 위해 도입된 배경으로 이해하거나[63] 사회개혁의 한 사례라는 견지에서 주목한 연구[64]가 그러하다. 다만 기존 연구에서는 여전히 동학혁명이 소재나 배경의 차원으로 거론되는 데 그친다. 이와 달리 이 글은 동학혁명을 「산돼지」의 주인공인 최원봉의 출생배경과 관련지음으로써 최원봉이 현실의 모순에 대해 어떠한 태도를 취할지를 결정하는 내적 계기를 마련해준다는 데 주목한다.

특히 중요한 것은 동학의 혁명이 '실패한' 혁명이었다는 점이다.[65] 이광욱 역시 김우진의 근본적인 지향점이 "점진적인 개혁을 통해 사회를 변화시키는 것이 아니라, 비록 실패한 혁명이었을지언정 동학의 혁명적 정신을 계승하는 것에 있었다"고 지적한 바 있다.[66] 다만 작품 내에서 이러한 동학의 '혁명적 정신'이 구체적으로 드러나 있다고 보기는 어렵다. 오히려 동학을 통해 혁명의 실패라는 비극적인 역사의 현장 속에서 탄생한 원봉의 운명이 부각되어 있다. 이를 반영하듯 주인공 원봉은 '집돼지'로 명

---

63 김일영, 「「산돼지」에서 몽환 장면의 기능 연구」, 『어문학』 67호, 한국어문학회, 1999.

64 김성진, 「희곡 「산돼지」 연구」, 『어문논집』 28권, 중앙어문학회, 2000.

65 김우진이 1926년 7월 9일 조명희에게 보낸 편지에서 요청한 '동학란'의 전개과정에 대한 『개벽』 4월호의 기사 내용 역시 실패로 끝난 혁명에 대한 아쉬움을 표하는 것이었다. 하지만 이 글에서는 동학혁명이 "금후의 민중운동을 성공시키는 어머니"가 될 것이라는 점을 또한 지적한다(일기자, 「갑오동학란의 자초지종」, 『개벽』, 1926.4). 이광욱에 따르면 원봉의 아버지로 나오는 박정식은 이 기사에서 '김개남'으로 소개되고 있는 인물로, 봉황산에 주둔한 정부군과 일본군의 내막을 정탐한 것을 전봉준에게 통고하려다 잡혔다는 정황 등이 일치한다. 이외에도 김우진이 『개벽』의 기사를 참고한 정황이 여러 군데에서 발견된다. 이광욱, 앞의 글, 249쪽.

66 이광욱, 위의 글, 255쪽.

명되는 타협적인 성격의 차혁과 달리 사회에 적응하지 못하는 거친 성미를 지닌 '산돼지'로 그려진다. 위선이나 타협을 거부하며 비록 현실에서 패배할지언정 자기 책임을 전가하지 않는 거칠고 저돌적인 성격이 '산돼지'를 통해 표현된 것이다.[67]

무엇보다 원봉의 자세를 무기력하거나 융통성 없는 것으로 보는 기존 연구의 비판을 반박할 수 있는 근거가 되는 것이 2막에서 몽환극 형태를 띠고 재현된 장면들이다. 시공간의 경계를 무화한 이 장면은 꿈이 더 현실적이고, 현실이 더 비현실적이라는 표현주의의 이념이 반영되었다.

최영순: 네네, 뵈어요. 아이구 갑갑하고 더러운 세계!(눈을 가리며) 아 저런 속에서 엇더케 사나!
최원봉: 너도 그 속에서 사러 잇다.
최영순: 이후도 거긔서 살어야 해요?
최원봉: 너뿐인가 사람이란 말을 듯고 잇는 왼갓 사람들은 죄다 그 몬지 속에서 낫코 그 몬지를 드러마시다가 그 몬지 속에서 죽어간다.
최영순: 어머니도 혁(爀)이도 저 안에 잇서요?
최원봉: 아 그런 것 이저야 한다. 생각해서는 안 된다. 네 눈, 네 눈, 저 한울 저 한울 드려다보렴.

(중략)

최영순: 아 옵바! 괴로워! 아 옵바! 나하고 져리로 올너가요. 아 괴로워! 여긔는 다 올나가지 안코 중간(中間)이기 때문에 이

67 이는 원봉이 차혁의 태도를 '에고이즘'이라고 비난하는 데서도 드러난다. '에고이즘'이라는 비난을 받는 것은 차혁만이 아니다. 원봉의 꿈속에서 최주사댁과 영순이 본인들의 잘못을 인정하는 대신 거짓 화해를 하는 부분에서 원봉은 "어머니, 당신(當身)은 골수(骨髓) 속까지 에고이즘에 독(毒)이 들엇구려."라며 최주사댁을 비판한다.

럭케 괴로운 것 안이여요? 구만리장천(九萬里長天) 져 우
에까지 갓치 올너가요. 내 손 잡버 줘요! 내가 끌어 올닐
테니!

최원봉: 내 몸이 이렇케 무거운데 엇덕케 연약한 네가 날 끄집어
올니니? 산(山)돼지는 땅 우에서박게 못 큰단다!

최영순: 그래도 내 힘껏 끌어 볼 테야! 아 날 놋치 마러요. 이 팔을
꼭 붓드러요. 이 팔을! 아 옵바![68]

위 장면은 하늘로 올라가는 영순과 그녀를 따라가지 못하는 원봉의 처지가 대조되는 원봉의 꿈이다. 원봉의 꿈속에서 영순과 원봉은 땅도 하늘도 아닌 중간 지점에서 괴로워하는 것으로 그려진다. 땅은 "갑갑하고 더러운 세계"로 그려지며 이에 원봉은 영순에게 땅이 아니라 '한울'을 들여다보고 살라고 말한다. 차혁이나 최주사댁을 비롯한 사람들이 모두 하늘에 올라오려고 애를 쓰다가 떨어지는 광경을 보며 영순은 원봉에게 자기와 같이 하늘로 올라가자고 하지만, 원봉은 "산(山)돼지는 땅 우에서박게 못 큰단다"라고 말하며 영순의 청을 거절한다. 이 장면은 원봉이 현실과 이상 사이에서의 갈등을 마무리하고 이후 자신이 나아가야 할 태도를 정하게 된다는 점에서 주의 깊게 살펴볼 필요가 있다.

이 꿈속 장면은 원봉의 탄생 장면과 관련되는 동학혁명 당시의 장면을 다룬 부분에 바로 이어서 나타난다. 즉, 이 장면의 바로 앞부분에서 김우진은 원봉의 친모인 '원봉이네'가 현상금을 노리는 병사에 의해 잡혀가다가 원봉의 아버지 박정식과 맞주치기에 앞서, 동학당 진군의 행렬이 판토마임으로 지나가도록 하였다. 즉, 이 행렬이 "천천히 그러나 무거운 수

68 김우진, 『난파/산돼지』, 지식을만드는지식, 2014, 137~140쪽.

천 리(數千 里) 걸어온 피로(疲勞)된 보조(步調)로" 지나가게 함으로써 실패한 혁명의 역사를 관객들의 내면에 각인하는 것이다. 이는 주인공인 원봉이 자신이 태어나는 순간부터 이 운명의 사슬에서 벗어날 수 없음을 자각케 함으로써 자신이 짊어져야 하는 역사의 무게를 수용하게 하는 계기가 된다.

동학당의 행렬이 나오기에 앞서 무대 위에 되풀이해서 흐르는 노래를 통해서도 이러한 주제의식이 전달된다. '자유'가 그립지만 "돍갓히 무거운 이놈의 쇠사실 쥴" 때문에 "낫도 밤즁갓치" 어두운 "감옥(監獄)"과도 같은 현실에서 벗어날 수 없다는 사실이 절망적으로 그려진다. 하지만 원봉은 이러한 현실과 맞서 싸워야 하는 것이 자신의 운명임을 받아들인다. 이것이 바로 그가 읊는 "산(山)돼지는 땅 우에서박게 못 큰단다"라는 대사의 무거운 의미이다. 그 자신은 실패한 혁명에서 태어난 자식으로서 그 혁명을 완수하는 것을 통해서 자유로워질 수 있다. 그의 꿈에 반복해서 등장하는 박정식의 귀신은 그러한 운명을 자꾸만 외면하려는 원봉을 일깨워주는 존재이다.

그렇다면 여기서 원봉이 땅에 남아서 하겠다는 혁명이란 것이 무엇인가. 이는 3막에서 원봉이 영순, 정숙과 나누는 대화를 통해 제시된다. 원봉은 차혁과의 혼인을 앞둔 영순에게 바느질을 비롯한 집안일 배분 문제를 어떻게 할 것인지와 관련해 긴 대화를 나눈다. 영순은 예전에 원봉이 바느질 할 줄 모르고 밥 지을 줄 몰라도 "여자의게 치명상은 아니라도" 하던 데서 "시집사리 하쟈면 바느질 못해서 엇더커니?"라고 말하게 된 것을 지적하며 의아해 한다.[69] 여기에 대해 원봉은 자신의 태도 역시 변화했다면

---

69 김우진은 「두더기 시인의 환멸」에서도 가정 문제를 통해 현실과 이상의 간극에 대해 다룬 바 있다. 이 작품에야말로 김우진이 「난파」에서 주장한 '빈정거림(ひにく)'의 미학이 여실히 녹아있다. 「두더기 시인의 환멸」의 주인공인 이원영은 여전히 낡은 도

서 길게 이야기한다.

최원봉: 그러나 존재(存在) 이유(理由)를 가젓드래도 변태(變態) 현상(現象)은 변태(變態) 현상(現象)으로 보아야 한다. 이 변태(變態) 현상(現象) 점(點)을 보지 안으면 사람의 노력(勞力)이란 아모 가치(價値) 업는 것으로밧게 안 된다. 이럴테면 요새 소위(所謂) 신여성(新女性)들이 바느질할 줄 몰으는 것을 사례(例事)로 알고 또는 당연(當然)한 것으로 아는구나. 이것은 역시(亦是) 조선(朝鮮)의 소녀(女性)의 해방(解放) 과정(道程)에셔 당연(當然)한 불가피(不可避)의 길이다. 그러나 이것이 변태(變態) 현상(現象)이로구나 하는 의식 업는 이상(以上) 그 앞흐로 더 큰 해방(解放)은 얻지 못하게 된다. 우리는 어느 것이 올은 것이고 어느 것이 글은 것인지 몰은다. 다만 올코 그르다는 것은 우리와 아모 아모 관계업는 하누님 눈에만 뵈일 게지만. 다만 변태(變態)이군 하는 의식(意識)만 잇스면 반드시 그곳에서 엇던 더 큰 힘이 나온다. 이 의식(意識)이 업스면?하고 뭇겟지. 그러나 사러 잇는 사람인 이상(以上) 업슬 니가 업다. 만일(萬一) 업다면 그것은 송장(送葬)이나 화석(化石)된 인간(人間)뿐이지. **죽지 안코 사러 잇는 인생(人生)인 이상(以上) 반드시 더 큰 힘과 영감(靈感)이 나온다. 이 힘과 영감(靈感)이야말로 절대(絶對)다. 이 힘과 영감(靈感)이야말로 막을 수**

덕에서 벗어나지 못하는 신여성의 허위성을 비웃으며("낡은 탈 쓴 <신여성>", 전집1, 95쪽), 신여성으로 그려지는 박정자는 자신과 정사(情死)라도 마다하지 않을 것처럼 관념적인 연애의 이상을 추구하면서도 자기 부인 앞에서는 가부장적 권위를 내세우는 이중성을 시종일관 비꼰다(전집1, 99~100쪽).

업는 바다 물결 모양으로 완고(頑固)한 암석 압헤 와서 부듸친다. 싸우려고 와 부듸치는 게 아니라 살녀고 싸운다. 이 싸움이 우리가 억제(抑制)치 못할 것인 이상(以上) 누가 선악(善惡)을 말하겟니?(강조_인용자)[70]

원봉의 이 대사에는 김우진이 「산돼지」를 통해 전달하고자 하는 주제의식이 집약되어 있다. 이는 그가 「아관(我觀) 「계급문학(階級文學)」과 비평가(批評家)」에서 주장한 내용과 일치한다. 김우진은 이 글에서 "파괴, 혁명이라는 미구(美句)는 봉건 그 시대에서도 없었던 것은 아니다. 그 이들 역시 「인권선언(人權宣言)」으로 자유(自由), 평등(平等), 우애(友愛)를 도금(鍍金)하였고 평화(平和) · 자유(自由) · 데모크라시로 개인을 속박하고 민중을 기만했던 것을 우리는 안다. 그러나 우리는 오늘 아주 가치가 전도된 평등(平等) · 자유(自由) · 박애(博愛)를 본다."고 지적하였다. 이러한 문제의식은 "안한(安閑)한 계몽기적 이상주의로만 우물쭈물하다가는 보다 큰 실패와 고민은 피할 길이 없다"는 반성으로 이어졌다.[71] 이는 1920년대 초기에 일본과 조선에 불어 닥쳤던 개조의 흐름에 대한 비판에 다름 아니다. 그는 "평화(平和) · 자유(自由) · 데모크라시"와 같은 혁명의 이상이 유행처럼 번졌던 당시의 분위기가 "더 큰 해방"으로 이어지지 못했던 원인에 대해 고찰한다.

그가 경계하는 것은 혁명이 구호적으로 외쳐지고 현실에서 어떠한 실제적인 변화의 동력을 만들어낼 수 없다는 점이다. 혁명 그 자체의 동력을 잃지 않기 위해서는 그것이 "변태(變態) 현상(現象)"이라는 점을 의식

---

70 김우진, 『난파/산돼지』, 앞의 책, 164~165쪽.

71 전집2, 180~181쪽.

해야 한다. 그는 이러한 의식을 가진 인간이야말로 참으로 살아있는 것이라고 하면서, 거기에서 나오는 "힘과 영감(靈感)이야말로 절대(絶對)"라고 강조한다.[72] 정대성은 차혁을 마르크스주의 세력의 상징으로, 원봉을 조선 지식계를 강타한 니체주의의 상징으로 해석한 바 있다.[73] 김우진 자신이 부르주아적 입장에 있었으면서도 계급운동을 이해하려 했으며, 그럼에도 이론상으로는 사회주의 진영의 논리를 이길 수 없다는 사실을 「산돼지」에서 원봉이 바둑에서 차혁에게 지는 것으로 표현했다는 것이다. 이처럼 원봉을 동학이라는 전통의 적자(嫡子)로서 내세움으로써 김우진은 어떤 메시지를 전달하고자 한 것일까?

앞서 인용한 것처럼 김우진은 오닐의 말을 인용하여 "인생은 쟁투(爭鬪)"라고 말했다. 「산돼지」에서는 이러한 인식이 더 구체화되어 나타난다. 즉, "싸우려고 와 부딕치는 게 아니라 살녀고 싸운다"는 것이다. 이는 혁명이 "더 큰 해방"으로 이어지기 위한 전제 조건이다. 싸움을 위해 싸우는 것이 아니라 자신들이 싸울 수밖에 없음을 인식해야만 혁명은 해방으로 이어진다. 이는 김우진이 조명희의 시 「봄 잔디밭 우에」[74]를 「산돼지」

---

72 이는 3.1운동이 벌어지던 당시 신문기사를 보고 김우진이 "혁명! 혁명! 새 생명의 혁명!"이라고 찬양하며 "너의 행동이 맹동적(盲動的)이며 뇌동적(雷同的)이라 하드라도, 하늘의 행복의 신은 우리를 수효한다. 활동하여라. 활동하자!"고 말하는 것을 통해서도 알 수 있다. 그는 당시 신문에 '조선소요'(3.1운동을 말함)의 원인을 '천도교'라고 하는 일기에 쓰기도 했는데, 어쩌면 이것이 그가 동학혁명에 관심을 갖게 된 계기가 되었을 수도 있을 것이다. (김우진, 「1919년 3월 7일 일기」, 전집2, 260~261쪽)

73 정대성, 앞의 글, 64면. 윤진현의 경우에는 여기서 더 나아가 차혁이 "극단적 좌편향 속에 실제적으로는 타협과 고식과 안이함만이 자리하고 있던 1920년대 청년운동의 실체"를 보여주는 인물로 평가한다. 이에 비해 원봉은 "민중과 일체가 된 개인"으로서 "자신의 주인인 '주체', 이것이 바로 수산이 구상하던 이상적 인간, '초인'에 다름 아니"라고 설명한다. 윤진현, 앞의 책, 292~293쪽.

74 다음은 조명희 시의 전문이다. "내가 이 잔듸밧 우에 뛰노닐 적에/우리 어머니가 이

에서 반복해서 인용하는 부분과 관련된다. 김우진은 이 시를 "지금까지의 조선 신시인(新詩人)의 작품중에 걸작"으로 극찬한 바 있다. 이 시의 구절은 「산돼지」뿐만 아니라 그가 쓴 비평문에도 변주되어 나타난다.

> C라는 공장노동자가 있다고 하자. 동시에 P라는 사회운동가가 있다고 하자. P는 개념으로, 지식으로, 열(熱)로 공장주에게 스트라이크를 일으키려고 C를 선동한다. 그래서 표면상에 이 두 사람은 다 자본가에게 적대하는 무산계급의 한 분자다. 그러나 C를 위해서, 정의를 위해 하겠다는 P의 의식이나 열정 속에는 자유의지가 없다. 혹은 부족하다. 그런데 C에게는 이 자유의지가 절대적으로 살아 있다. 그렇기 때문에 C는 생명을 다해서 공장주를 미워한다. (…) 여기에서 P는 이슬 모양으로 사라지는 동시에, C는 봄 잔디 살아나오듯 지평선상에 나타난다. P는 하루살이 죽어가듯 그 생명이 짧고 또 위험스럽고 타협적이지만 C는 그 생명이 막지 못하게 지속되어 가고 철저하고 절대적이다.[75]

김우진에게 '생명'은 그 자신의 자유의지의 힘에 의한 행위를 말한다. 의식이나 열정 속에 자유의지가 없거나 부족하다면 그것은 생명을 다하는 것이 아니다. 하지만 김우진에게 이 생명은 "봄 잔디 살아나오듯" 나타

모양을 보아 주실 수 업슬가/어린 아기가 어머이 젓가슴에 안겨 어리광함갓치/내가 이 잔듸밧 위에 짓둥그릴 적에/우리 어머니가 이 모양을 참으로 보아 주실 수 업슬가//밋칠 듯한 마음을 견대지 못하여/'엄마! 엄마!' 소리를 내엿더니/땅이 '우애!'하고 한울이 '우애!'하옴에/어나 것이 나의 어머니인지 알 수 업서라" 이 시는 조명희의 첫 창작시집 『봄 잔디 밭 위에』(1924.6. 춘추각 발행)에 수록되어 있다. 이 시집에는 조명희가 동명유학 시절에 쓴 습작시와 『개벽』에 발표한 40여 편의 작품이 실려 있다.

75 김우진, 「자유의지의 문제」, 전집2, 207~208쪽.

난다. 그렇기 때문에 김우진은 이를 "절대적"이라고 표현하였다. 그러한 생명이 없다면 그것은 살아있다 해도 산송장이나 다름없다. 여기서 조명희의 시는 자연스럽게 드러나는 생명력의 발로로서 '어린아이가 어머니의 가슴에 안겨 어리광부리듯이' 혁명이 이뤄져야 한다는 관점을 내포하고 있다. 어떤 개념이나 지식으로 혁명을 일으켜서는 그것이 지속될 수 없다. 혁명을 지속시키는 힘은 그것이 얼마나 '생명을 다하느냐'에 달려있다. 원봉이 영순에 이어 정숙과 대화를 나누는 마지막 장면은 이런 맥락과 관련한다. 정숙은 원봉이 자신에게 미국의 사회운동가로 산아제한을 위해 피임법을 연구 지도한 "쌩거 부인"이나 여성운동의 선구자로 1920년대 조선 유학생계에 영향을 끼친 바 있는 "엘엔케이(엘렌케이_인용자)니 願치도 아니한 설교(說敎)를" 한 것을 원망하며 그로 인해 자신이 "보통(普通) 여자"로 살지 못하게 되었다고 푸념한다. 이는 원봉이 최주사댁에게 자신을 산돼지로 낳아놓고서는 집안에다가 가두어 놓고 길렀다며 원망하는 장면과 연결된다.[76]

그런데 자신의 운명을 긍정하게 된 원봉은 정숙에게 "너와 나와 둘이 새이의 이 더러운 책임(責任)은 우리들 소위(所爲)가 아니다. 저긔 져—뵈이지 안는 늙으니!" 때문이라고 말하며 신의 존재를 언급한다. 이처럼 원봉이 정숙과 농담을 하며 보여주는 여유는 그가 혁명에 조급했던 마음을 버리고 부정적 현실을 포용하게 되었음을 보여준다.[77] 진정 생명을 다해서

---

76 "이런 산(山)돼지를 내놧스면 왜 제멋대로 산(山)에다가 기루지 안엇담. 져멋대로 뛰여다니면서 놀다가 제멋대로 색기 배 가지고 제멋대로 죽어가게 왜 산(山)에다가 길으지 안엇섯담!(…) 결국은 집안에다가 산(山)돼지 한 머리 가두어 놋코 만 셈이야!" 김우진, 『난파/산돼지』, 앞의 책, 106~107쪽.

77 김우진 특유의 빈정거림(ひにく) 미학의 바로 이러한 여유에서 나온다. 여유를 통해 부정적 현실과 거리를 둠으로써 그 자신마저 비꼬는 유머 감각이 생긴다. 현실은 폐허이고 이상은 너무 멀리 있어 그 중간에서 괴로워할 수밖에 없는 인간들이 세계에

혁명을 성취할 수 있기 위해 필요한 것은 '생명' 그 자체에 대한 믿음이라는 점이 이를 통해 제시된다. 관련해서 김우진이 말하는 '자유의지' 역시 이러한 맥락 속에서 재해석된다. 이는 주체가 '선택할 수밖에' 없는 절대적 필연성을 지니는 것으로서, 쇼펜하우어의 '의지' 및 그 영향을 받은 버나드 쇼의 사상과 관련된다. 버나드 쇼는 쇼펜하우어의 핵심은 의지가 이성보다 더 강한 인간 생존의 추진력이라고 보았으며, 이를 영혼처럼 영감적 존재로 파악했다. 이런 점에서 사회주의를 실천적으로 추진할 힘의 공급처로서 종교의 필요성을 절감한 버나드 쇼는 유물론자 또는 과학주의와 다른 관점을 취하였다.[78]

쇼는 법이나 종교, 도덕규범 등 제도가 시간의 경과에 따라 유연성을 상실하고 원래의 목적과 반대되는 자리에 놓이게 된다는 점에서 종교에 비판적이었지만, '영원한 종교정신'을 삶에 재충전시키는 작업이 필수적이라고 보았다. 이것은 그가 직관, 상상력, 명상의 결과로써 개체를 넘어선 곳에 존재하는 '어떤 힘', '신성',' 생명이라 불리는 신비한 것'으로서의 '라이프 포스(Life Force)' 즉 생명력에 대한 이론을 정립하게 되는 계기가 되었다.[79] 즉 쇼에게 생명력이란 낡은 종교에서 내세우는 신을 대신하는 자기 안의 종교로서의 의미를 지닌다. "인간은 결국 모두 죽지만 그 자신이 바로 신인 것이며, 생명력의 대행자로서의 인간은 끊임없이 진화하

대한 '빈정거림'을 통해 그 현실을 견디는 것이다. 아울러 이는 지속적으로 현실과 이상의 간극을 일깨우며 현실을 변화시키는 동력이 된다.

78 버나드 쇼는 예수를 영적 예수로 인식했던 사회주의자 레지널드 켐벨의 설명과 인간이 신의 상태를 지향한다는 앙리 베르그송의 창조적 진화론의 명제에도 동의했다고 한다. 김봉정, 『버나드 쇼: 균형잡기의 미학』, 브레인하우스, 2001, 73쪽.

79 위의 책, 75쪽.

여 신의 경지에 도달할 수 있다."[80]는 것이 버나드 쇼가 주장한 초인사상[81]의 핵심이었다.

하지만 김우진의 사상은 '생명'에 대한 이해에서 버나드 쇼보다 더 비관적이며 그리하여 더 윤리적인 부분이 있다. 관련해서 김우진의 「출가」에는 상징적인 장면이 나온다. A와 B 두 인물의 대화로 진행되는 작품에서 A는 '출가'를 결단한 B의 행위를 비판하며 '생명'이란 "사람은 영혼이나 예수는 고사하고 빵만으로 살지 않는다는 그 빵 때문에 서로 속이고 미움질하고 치고 때리고 욕하고 있지 않나"라고 말한다. 이에 대해 B는 "시나 윤리나 이성(理性)이 지배 못하는 존재"가 자기 안에 있음을 깨달았다면서, 그것은 A가 말하는 유물론자의 해방, "너를 해방시키는 것이 곧 나 자신을 해방시키는 것인 그런 생활, 그런 추구, 열정"과는 다른 차원의 것이 있음을 주장한다. 또 B는 "나는 살 뿐이다. 사는 그것 뿐이다. 나는 어떤 까닭인 줄도 모르고 무엇이 시키는 것인지도 모르고 있으면서 살아가는 그것만이 참 나의 존재, 그것일 것을 말할 뿐이다."라고 말하며 다음과 같이 덧붙인다.

> B: (…) 나는 미미한 시들어 가는 노방(路傍)의 한 개 풀이었음을 잘 안다. 그러나 나는 너같이 수십 년 클 대로 크고 성할 대로 성하고 이후부터도 그침 없이 힘 굳세게 커 나갈 나무가 아님을 손톱끈만치도 슬퍼하지 않는다. 슬퍼하지 않는 이 자신(自信)이

---

80 김홍기, 「버나드 쇼의 작품에 나타난 '생명력' 연구」, 『영어영문학 연구』 26권 1호, 대한영어영문학회, 2000, 98쪽.

81 쇼는 니체의 '위버멘쉬'라는 용어를 '초인(Superman)'으로 번역해 사용하면서 초인을 인류에게 희망을 가져다줄 최초의 인간으로 간주했으며, 베르그송의 '생의 비약' 이론 등 19~20세기 여러 생철학자들에게 영향을 받아 스스로 20세기 종교라고 부른 '창조적 진화론(Creative Evolution)'이라는 새로운 우주관을 제시하였다. 위의 글, 89~90쪽.

야말로 그 큰 등신을 가진 수십 년 거물보다도 몇백 배 몇천 배 더 큰 줄을 믿고 있다. 생명 그것으로는 만물을 포장한 우주나 근대의 기계의 힘으로도 보지 못할 미소한 세균이나 아무 차이가 없다. 너 한센 클레펠의 <페스트> 보았지? 그것은 꿈이 아니야.

버나드 쇼는 개인의 해방이 사회의 해방으로 이어진다고 보았다는 점에서 A의 입장을 대변한다. 하지만 김우진은 이러한 입장과도 갈라서며 오히려 개체적인 생명의 진화를 긍정하는 이돈화의 생각과 가까워진다. 생명은 '상징'이나 '비유'가 아니다. "세포의 하나가 벌써 다르거늘 네 눈, 네 머리에 미치는 그것을 어떻게 비유로 잡을 수 있겠니"[82]라는 말은 개성을 중시하는 이돈화의 사상과 중첩된다. 아무리 미미한 생명체라도 나름의 의식을 갖추고 있으며, 생명의 본체를 독립적인 고립체로 보지 않는다는 점에서 이들의 생명관은 일치한다. 이런 점에서 '출가'의 의미 역시 새롭게 이해된다. 기존 연구에서는 '출가'를 김우진의 삶과 관련지어 주로 목포에 있는 본가에서 나왔다는 의미로 해석해왔다. 하지만 '출가'에는 '집을 떠나감'이라는 의미 외에 '번뇌에 얽매인 세속의 인연을 버리고 성자(聖者)의 수행 생활에 들어간다'는 출세(出世), 출속(出俗)의 종교적 의미도 포함한다. 그런 점에서 자신의 번뇌로부터 해방되기 위해 가정을, 실생활을 모두 잊어버리겠다던 김우진의 '출가의 변'을 다시 보게 된다.

---

82 전집2, 194쪽.

5. 혁명에서 개조로, 다시 혁명으로

3.1운동은 혁명이었다. 그러나 그것은 동학혁명이 그러했듯 실패로 귀결되고 말았다. 혁명에 뒤이어 점진적 개혁론이 힘을 얻은 것도 무리는 아니었다. 이와 달리 이돈화와 김우진은 급진적 '혁명'의 정신을 되살리고자 했다. 이들은 잠재된 혁명의 가능성을 다시금 부활시키기 위해 내적 혁명, 즉 이돈화에게 '개벽'이라고 표현된 개체의 각성이 필요하다고 보았다. 이런 점에서 이광수와 마찬가지로 '내적 개조'를 주장했음에도 이들의 사상은 그와는 다른 결을 지닌다. 이들은 본능·충동의 차원에서 인간에게 당연히 주어진 '생명력'의 가능성을 무조건적으로 긍정하며 인간 사회의 혁명에 대한 신념을 포기하지 않았기 때문이다.

이돈화와 김우진이 유사한 사상적 맥락을 형성한 데는 두 가지 이유가 짐작된다. 우선 이들은 이광수를 비롯한 당시 개조주의의 '공허한' 이상주의와 거리를 두고 '생활'에 기반한 이상주의를 추구했다. 이때 그들의 사상에 구체적인 지향점을 제공한 것이 바로 '생명'이라는 개념이었다. 생철학, 특히 베르그송과 니체 사상으로부터 영향을 받은 것으로 보이는 이들의 생명관은 도덕이나 의무를 거부하고 '생명'의 자연스러운 발현을 주장했다. 이러한 공통의 인식 지반 위에서 이돈화는 '창조적 생명'의 진화라는 관점에서 개성의 표현을 주장했으며, 김우진은 표현주의 수용을 통해 창조적 생활을 생명의 본능으로 이해하였다.

이 당시 조명희 역시 김우진과 유사한 의식을 보여준다. 조명희는 김우진과 마찬가지로 인도주의에 심취되어 이상사회를 동경하는가 하면 니체의 초인사상에 빠져들기도 했다. 조명희는 사회주의에 경도되었다가 얼마 지나지 않아 환멸을 느끼고 '사회개조보다 인심 개조가 더 급하다'

며 자진탈퇴 하였다.[83] 조명희가 「낙동강」에서 민요를 중요한 모티프로 삼았던 것을 생각하면, 김우진이 "간단(間斷)없이 시들어가는 현대인의 부자연 생활을 윤기있는 자연으로 돌려주는 것은 간간히 들려오는 「노래」몇 낱이다. 이 노래 「민요」야말로 시들어져버리는 우리 민족의 꽃을 재생(再生)시킬 생명수(生命水)라고 나는 생각한다"[84]라고 말했던 것을 간과할 수 없다. 혁명의 가능성이 닫혀버린 것처럼 보였던 시대에 혁명이란 생명과도 같이 자연스러운 것이라는 낙관론을 견지하며 시를 짓고 노래를 불렀던 이들의 비장함이 슬프고도 아름답게 다가온다.

83 정덕준, 「포석 조명희의 생애와 문학」, 정덕준 편, 『조명희』, 새미, 1999, 12쪽.

84 김우진, 「「노래」몇 낱」, 전집2, 226쪽.

이광수의 「민족개조론」과 근면한 '민족'의 탄생

1. 「민족개조론」의 문제성

이광수의 「민족개조론」[01]은 이광수의 행적에 대한 정치적 평가와 관련하여 1921년을 기점으로 상정된 이광수의 '변절'을 입증하는 텍스트로 이용되거나 이 텍스트의 영향 관계를 파악하기 위해 사상적 원천을 밝히는 방향으로 연구가 진행되었다. 전자의 경우 이광수의 초기 문학에까지 친일 행적을 소급하여 성급하게 환원시키고 있다는 점이 지적된다. 이광수의 친일 마지노선을 어느 정도까지 소급할 수 있는지의 문제는 차치하고 이러한 초기의 연구들이 텍스트에 대한 면밀한 분석을 동반하지 않았다는 지적은 충분히 수긍할 만하다. 그런데 이는 역으로 이광수의 입장을 변호하는 입장에서 작성된 독법들에서도 해당하는 지적인바, 이들은 이 텍스트가 작성된 정치 · 역사적 상황에 대한 검토 없이 민족개조론이 텍스트 자체로서는 문제가 없다는 애매한 결론을 내는 데 그친다. 이광수를 변호하는 입장에서는 민족개조론을 옹호하는 근거로 도산 안창호의 흥사단 사상과의 연계성에 근거하여 친일과 무관한 것임을 주장하는데, 이는 민족개조론을 민족주의라는 스펙트럼으로만 읽을 수 없다는 점을 간과한다.

이광수의 민족개조론을 '친일'이라는 단일 프레임 안에 놓고 읽었을

---

01 이춘원, 「민족개조론」, 『개벽』, 1922.5.

때 놓치기 쉬운 부분이 바로 이것이다. 이광수가 민족을 위해 '개조'를 주장한 것인지 아니면 여기에 일제에 협력하고자 하는 혐의가 있는 것인지에만 초점을 맞추는 것은 이 텍스트의 일부만을 이해하는 것이다. 이광수가 민족개조론을 통해 조선인의 민족성을 문제 삼고 이것이 개조를 통해 점진적으로 독립을 성취할 수 있다고 주장한 것은 해석자의 정치적 입장에 따라 상이한 해석을 초래한다. 민족개조론의 사상적 원천을 밝히는 데 치중한 연구들은 이러한 점에 주의하여 민족개조론의 정치적 효과를 규명하는 데 초점을 둔다. 가령 민족개조론을 구스타브 르 봉의 위상과 관련하여 검토한 엘리 최는 동아시아에 강렬한 정치적 반향을 불러일으켰던 '개조(改造)'의 흐름과 관련지어 텍스트를 분석한 바 있다. 개조론은 후기자본주의 단계로 접어든 유럽에서 제1차 세계대전을 기화로 형성된 것이며, 이광수는 한국 사회가 다른 나라들에 비해 뒤처져 있다는 인식을 바탕으로 개조론을 사회적 다윈주의의 그늘아래서 번안, 도입하였다는 것이다.[02]

엘리 최는 점진주의와 자강운동이 후기 자본주의 단계에 뒤늦게 뛰어든 민족들이 공통적으로 취했던 생존전략으로 보면서, 1920년대를 통틀어 이러한 자강론이 재생산되었다는 사실을 주목한다. 이는 식민지가 문화적으로 비균질적 상태에 처해 있음을 방증한다는 것이다. 이러한 점에서 이 글은 이광수가 민족개조론을 발표할 당시 식민지 조선의 민족주의 우파가 처한 곤궁을 세계사적 맥락에서 설명한다. 또 민족개조론이 1921년 4월 비밀리에 조선총독 사이토 마코토에게 제출한 <건의서>의 내용과 거의 동일함을 주장하며, 이 <건의서>의 2부가 수양동맹회의 초안이 된다고 주장한다.

---

02 엘리 최, 「이광수의 「민족개조론」 다시 읽기: 세계적 흐름으로서의 개조론의 문맥에서의 구스타프 르봉의 위상과 관련하여」, 『문학사상』, 2008.1.

민족개조론의 방대한 분량은 단체 설립이라는 목표를 설립하기 위한 초안으로서 상세한 지침을 마련하는 데 있었으며, 그가 사이토에게 <건의서>를 제출한 이유 역시 그에 대한 '허가'를 얻기 위한 것이었을 개연성이 있다. 어떠한 방식으로 운동을 시작하고 회원을 모집하며 회비를 모으고 지도부를 구성할 것인지에 대한 상세한 항목이 여기에 제시되어 있으며 이광수는 이것이 민족개조론을 읽을 당대 청년 독자층으로부터 상당한 지지를 얻을 것으로 예상했을 터이다. 그는 전 세계적으로 개조의 사상이 팽배하던 시대에 이에 부응하여 조선 민족에게 걸맞은 개조의 방향을 제시하고자 했다.

그런데 허선애는 이광수가 조직하고자 한 단체가 '직업결사체'의 성격을 지니는 것임을 지적하며, 이광수가 직업을 가진 평범한 직업인의 확대를 재차 강조하였다고 주장한다.[03] 이광수가 민족개조론에서 직업인의 확대를 강조하였다는 점은 근대적 주체의 구성, 특히 자본주의적 인간상의 성립과 관련하여 주목된다. 이광수가 민족개조론에서 강조하는 주요한 덕목들은 노동능력을 증명하는 근면성이나 성실성과 관련된 것들로 규율화 된 신체에 대한 요구를 담고 있다. 이광수는 이를 도덕적 가치로서 제시하며 구체적인 실천 속에서 가치의 내면화를 통해 개인이 '자기'를 변혁시켜야 한다는 과제를 제시하였다. 식민지 조선인들이 근대적 주체로서 보편적으로 따라야 할 '도덕'을 내세우며 '도덕적 주체'의 정립을 요구한 것이다.[04] 이광수가 '도덕적 주체'가 내면화해야 할 가장 중요한 덕목

03 허선애, 「자기충실성과 직업결사체의 형성—이광수의 개조론 다시 읽기」, 『춘원연구학보』 6호, 춘원연구학회, 2013.

04 푸코는 니체가 제기한 '도덕의 계보학'이라는 문제의식을 이어받아 "개인들이 스스로를 도덕적 행동의 주체로 세우게 되는 방식들의 역사"를 탐구한 바 있다(미셸 푸코, 문경자·신은영 역, 『성의 역사』 2권, 나남, 2004, 45쪽). 푸코는 '도덕'이 행동규약과 주체화 형

으로 직업인으로서의 근면성을 들고 있다는 점은 민족개조론을 노동규율을 내면화한 주체의 정립이라는 측면에서 주목하게 한다.

문제는 '도덕적 주체'로서의 자기를 구성하는 과정에서 사적 욕망이 배제될 수밖에 없다는 점이다. 하지만 도덕은 일상생활 속에 익명화된 지배의 형태로 존재함으로써 그것의 지배를 발견하기가 힘들어지고 오히려 개개인의 자발성에 의한 것처럼 보이게 한다. 이광수가 민족개조론에서 제시한 민족성 개조의 방법 역시 개개인이 자발적으로 자기 자신을 '도덕적 주체'로 구성하게 하는 데 초점을 둔다. 또한 그는 개개인이 '도덕적 주체'로 자기를 구성할 수 있는지의 여부를 민족의 운명과 결부지음으로써 일탈에 대한 공포를 개조의 동력으로 삼는다. 민족개조론에서 이광수는 민족이 '타락'하게 된 책임을 일부 위정자가 아니라 민족 구성원 전체가 져야 한다고 주장하면서 이를 의무의 문제로 치환하였다. 다만 이를 법적 강제성을 띤 형태가 아니라 단체의 설립이라는 유연한 방식으로 제시하면서 개인들이 민족의 번영을 위해 제시된 도덕적 가치에 순응하도록 유도했다. 뿐만 아니라 자신이 제시한 주체화 전략에 순응한다면 세속적인 성공을 얻을 수 있음을 암시함으로써 도덕적 실천과 관련된 구체적 이익을 제시하였다. 즉 합병 이후 입신출세의 길을 차단당했던 조선의 엘리트 청년들에게 도덕을 실천한다면 민족을 위기에서 구해낼 수 있을 뿐더러 근면한 노동자로서 세속적 성공까지 동시에 확보할 수 있을 것이라는 '장밋빛 미래'를 제시한 것이다.

태의 측면을 지닌다고 지적하였는데, 이 글에서는 주로 후자에 주목하여 이광수가 식민지 조선에서 훌륭한 노동자로 규율화된 주체를 확립하기 위해 어떠한 주체화 전략을 제시하고 있는지를 살펴보았다.

2. 개조 · 수양 · 자조

최주한은 이광수의 민족 개조가 지향하는 바가 기존에 이광수가 주장했던 힘의 윤리에서 벗어나 동정과 연대에 기반한 상호부조적 사고에 의한 것임을 지적한다. 제1차 세계대전 이후 쇄도했던 인본주의적 세계개조론의 목소리에 힘입어 이광수가 본래 가지고 있던 인본주의적 상애의 윤리가 '민족개조론'의 형태로 분출됐고 본다.[05] '심미관념의 결핍', '공사혼동', '순종' 등 조선인의 민족성을 부정적인 항목들로 범주화하려는 서구 및 일본의 오리엔탈화된 지식 담론에 맞서 주체적인 민족성론의 재구성을 보여주고자 했다는 주장 역시 같은 맥락에서 이해된다.[06] 그런데 민족개조론에는 세계 개조의 흐름에 발맞추어 조선 민족 또한 인류 상애의 원리에 입각해야 한다는 관점과 함께 약자의 도태와 열패 상태에서 벗어나고자 하는 약자의 진화론이 공존하고 있다.[07] 민족개조론의 서두는 다음과 같은 구절로 시작된다.

> 나는 많은 희망(希望)과 끓는 정성(精誠)으로, 이 글을 조선민족(朝鮮民族)의 장래(將來)가 어떠할까, 어찌하면 이 민족(民族)을 현재(現在)의 쇠퇴(衰頹)에서 건져 행복(幸福)과 번영(繁榮)의 장래(將來)에 인도(引導)할까 하는 것을 생각하는 형제(兄弟)와 자매(姉妹)에게 드립니다. 이글의 내용(內容)인 민족개조(民族改造)의 사상(思想)

---

05 최주한, 「민족개조론과 상애의 윤리학」, 『서강인문논총』 30호, 서강대학교 인문과학연구소, 2011, 298쪽.

06 최주한, 「이광수의 민족개조론 재고」, 『인문논총』 70권, 서울대학교 인문학연구원, 2013, 261쪽.

07 박성진은 이광수를 비롯한 당대의 지식인들이 크로포트킨의 상호부조론을 자의적으로 수용했음을 지적하며 이 시기가 "생존경쟁과 상호부조의 두 논리가 동시에 공존"하였음을 지적한다. 박성진, 앞의 책, 131~133쪽.

과 계획(計劃)은 재외동포중(在外同胞中)에서 발생(發生)한 것으로 내 것과 일치(一致)하여 마침내 나의 일생(一生)의 목적(目的)을 이루게 된 것이외다.

나는 조선내(朝鮮內)에서 이 사상(思想)을 처음 전(傳)하게 된 것을 무상(無上)한 영광(榮光)으로 알며, 이 귀(貴)한 사상(思想)을 생각(生角)한 위대(偉大)한 두뇌(頭腦)와 공명(共鳴)한 여러 선배동지(先輩同志)에게 이 기회(機會)에 또 한번 존경(尊敬)과 감사(感謝)를 드립니다.

그는 이 글이 "민족개조(民族改造)의 사상(思想)과 계획(計劃)은 재외동포중(在外同胞中)에서 발생(發生)한 것"으로 자기는 이 글을 국내에 소개하는 자일뿐이라고 겸손하게 말한다. 여기서 그가 '해외동포'라고 칭한 이는 도산 안창호일 가능성이 있다.[08] 「민족개조론」의 초안으로 간주되는 「선전 개조(宣傳 改造)」(『독립신문』, 1919.8.21.~10.28)는 도산에게 받은 아호인 '장백산인(長白山人)'이라는 필명으로 14회에 걸쳐 연재되기도 하였다.[09] 이 글은 '무실역행(務實力行)'에 강조점을 두고 인재 양성과 금전의 집적, 단합된 조직으로 장차 '독립'에 필요한 '실력의 준비'를 강조한 도산의 흥사단 이념이 반영되어 있다.[10] 이 때문에 이광수가 안창호의 사상을

08 김원모 역시 '이 귀한 사상을 선각한 위대한 두뇌'란 도산 안창호의 흥사단 혁명사상을 의미한다고 하였다. 민족개조론은 태평양회의 개최일(1921.11.11.)에 맞추어 탈고된 것으로 흥사단의 혁명 사상을 고취하기 위해 작성된 것이었다. 이에 대해서는 김원모, 앞의 책, 384쪽 참조.

09 아호(雅號)의 유래는 다음 글을 참고. 이광수, 「아호(雅號)의 유래(由來)(2)」, 『삼천리』 제6호, 1930.5, 76쪽.

10 최주한, 「이광수의 민족개조론 재고」, 앞의 글, 269쪽.

'선전'하기 위해 민족개조론을 쓴 것이라는 주장이 있다.[11] 실제로 민족을 개조할 방법으로 소수의 선인이 '단체'를 통해 그의 '자각'한 바를 선전하여 동지를 늘려간다는 개조의 방법론은 정의돈수(情誼敦修)를 강조한 안창호의 입장과 맞물린다.[12] 다만 민족개조론에는 안창호와 달리 진화론적 발상이 잔재해 있었다.[13] "상해로 가기 전 이광수는 사회진화론의 논리를 내세우는 현실주의자였으나, 상해에서 돌아온 이후는 덕성과 정신적 가치를 앞세우는 모랄리스트가 되어 있었다"라는 주장도 있지만,[14] 민족개조론의 다음 부분을 보면 이광수가 현실주의자에서 모랄리스트로 변했다고 할 수 있을지 의문이 든다.

> 그러면 어떠한 경우(境遇)에 개조현상(改造現象)이 생기나. 이미 가진 민족(民族)의 목적(目的)과 계획(計劃)과 성질(性質)이 민족적생존번영(民族的生存繁榮)에 적합(適合)치 아니함을 자각(自覺)하게 되는 경우(境遇)이외다. 그 성질로 그 목적(目的)을 향(向)하여 그 계

---

11 김현주, 앞의 글, 138쪽.

12 안창호가 이광수를 비롯해 주요한, 전영택 등 '서북청년'들에게 끼친 영향에 대해서는 정주아, 「한국 근대 서북문인의 로컬리티와 보편지향성 연구」, 서울대학교 박사논문, 2011, 100~134쪽을 참고. 여기서 정주아는 다음과 같이 정리한다. "춘원의 문학이 근대 민족국가의 구현이라는 절대적 이상을 향해 바쳐진 것이라 할 때, 그 정치적 실천의 중심에는 늘 도산 안창호가 있었다."(위의 글, 117쪽) 정주아는 이광수가 1923년 무렵 이미 도산의 정치적 실력 양성론의 실현 여부에 회의를 가지고 있었다며 안창호를 주인공으로 내세운 이광수의 소설 『선도자』를 분석하였다.

13 하타노 세츠코는 안창호가 1919년 한 '개조'라는 제목의 연설에서는 진화론적 발상이나 르봉의 학설과의 상관이 나타나지 않는다면서, 안창호와 이광수의 사고방식에 대한 비교가 필요하다고 지적한다(하타노 세츠코, 앞의 책, 166쪽). 하지만 이 강연의 골자가 이광수의 민족개조론과 일치한다고 보는 연구도 있는 등 여전히 안창호와 이광수의 개조론의 관련성이 명확하게 해명되지 않은 상태이다.

14 서영채, 「자기 희생의 구조」, 『센티멘탈 이광수』, 소명출판, 2013, 84쪽.

획(計劃)대로 나가면 멸망(滅亡)하리라는 판단(判斷)을 얻는 경우(境遇)이외다. 이러한 자각(自覺)과 판단(判斷)을 얻는 것부터 벌써 고도(高度)의 문화력(文化力)을 가졌다는 증거(證據)니, 그것이 없는 민족은 일찍 이러한 자각(自覺)을 가져 보지 못하고 불식부지중(不識不知中)에 마침내 멸망(滅亡)에 들어가고 마는 것이외다. 능(能)히 전민족적생활(全民族的生活)의 핵심(核心)을 통찰(洞察)하여 이 방향(方向)의 진로(進路)는 멸망(滅亡)으로 가는 것이외다 하는 분명(分明)한 판단(判斷)을 얻는 것이 그 민족(民族)의 갱생하는 첫 걸음이외다.

이광수는 그동안 조선 민족이 가졌던 목적과 계획이 민족적 생존번영에 적합하지 않다는 것을 지적하며 그대로 하면 '멸망'하리라고 판단한다. 그는 "우리는 다시 구원(救援)을 우리 밖에서 구(求)하는 우(愚)를 반복(反覆)하지 아니할 것이요, 우리는 목적(目的)을 요행(僥倖)에서 달(達)하려는 치(稚)를 반복(反覆)하지 아니할 것이외다"라며 자강을 주장한다. 이러한 견해는 당시 세계적으로 일어나고 있던 개조론에 대한 불신을 보여준다. 그는 "지금(只今)은 개조(改造)의 시대(時代)다!"라는 "현대(現代)의 표어(標語)" 아래 제창되었던 구호들, 이를테면 제국주의 대신 민주주의, 생존경쟁의 세계 대신 상호부조의 세계, 남존여비의 세계 대신 남녀평등권의 세계로, 등을 신뢰하지 않았다. 대신 이광수는 기존의 도덕적 가치의 우열을 전도시켜 민족의 발전을 가로막는 요인들을 제거해야 한다고 주장한다. 그는 구스타프 르봉의 민족심리학 이론 및 조선 민족의 특성을 설명한 『산해경(山海經)』 등 중국 문헌들을 언급하며, 조선민족이 본래 관대하고 인애하며 염결하다는 등 긍정적인 속성을 설명한다. 여기서 이광수가 여러 전거를 들어 조선민족의 성격으로 들고 있는 것은 유교 전통에서

'군자'의 덕목으로 제시된 것들로, 이광수는 이에 대해 다음과 같이 설명한다.

> 그러면 조선민족(朝鮮民族)의 근본성격(根本性格)은 무엇인고. 한문식(漢文式) 관념(觀念)으로 말하면 인(仁)과 의(義)와, 예(禮)와 용(勇)이외다. 이것을 현대식(現代式) 용어(用語)로 말하면 관대(寬大), 박애(博愛), 예의(禮義), 금욕적(염결)禁慾的(廉潔), 자존(自尊), 무용(武勇), 쾌활(快活)이라 하겟습니다. 구체적(具體的)으로 말하면 조선민족(朝鮮民族)은 남을 용서(容恕)하야 노(怒)하거나 복종(報復)할 생각이 업고 친구(親舊)를 만히 사귀여 물질적(物質的) 이해관계(利害觀念)를 떠나서 유쾌(愉快)하게 놀기를 조와하되(사교적(社交的)이오), 예의(禮儀)를 중(重)히 여기며 존중(自尊)하야 남의 하풍(下風)에 입(立)하기를 실혀하며, **물욕(物慾)이 담(淡)한지라 악착(齷齪)한 맛이 적고 유장(悠長)한 풍(風)이 만흐며, 딸하서 상공업(商工業)보다 문학(文學), 예술(藝術)을 즐겨하고, 항상(恒常) 평화(平和)를 애호(愛好)하되** 일단(一旦) 불의(不義)를 보면「투사구지(投死救之)」의 용(勇)을 발(發)하는 사람이외다.(강조_인용자)

조선민족의 근본성격으로 제시된 인의예지 등의 덕목은 전통적 유교사회에서는 칭송되어야 할 가치로, 조선민족의 민족성을 보여주는 것이라기보다 유교적 가치를 신봉했던 사회에서 인정받기 위해서 체득해야 하는 가치관이었다. 하지만 이광수는 이를 조선민족의 근본적 성격으로 바라보면서, 과거에 긍정적으로 평가되었던 도덕적 가치들이 이제 '결점'으로 작용하고 있다고 지적한다. 물질적 이해관계를 떠나 놀기를 좋아하는 향락주의적 측면이나 물욕이 적어서 '악착한 맛이 적다'는 것, 상공업보다 문학이나 예술을 즐겨한다거나 평화를 사랑하고 불의를 보면 참지 못한다는 등의 장점은 이내 조선을 패망하게 만든 민족성의 이면으로 설명된다.

이광수는 '조선민족'의 우월성을 설명하기 위해 동원되었던 전거들이 결점이 될 수 있다고 해석한다. 이어서 "조선민족(朝鮮民族)을 금일(今日)의 쇠퇴(衰頹)에 끄은 원인(原因)인 허위(虛僞)와 나태(懶惰)와 비사회성(非社會性)과 및 경제적(經濟的) 쇠약(衰弱)과 과학(科學)의 부진(不振)은 실(實)로 이 근본적(根本的) 민족성(民族性)의 반면(半面)이 가져온 화(禍)"라고 지적한다. 이는 과거의 가치체계가 더 이상 제대로 작동하지 않는 상황과 관련되는 것으로, 이광수는 이전에는 긍정적으로 평가받았던 도덕적 가치들이 이제 민족의 '발전'을 가로막는 장애가 되어 있음을 지적하면서 추구해야 하는 가치의 전환을 촉구하였다. 즉 민족의 생존을 도모하기 위해서는 '물질적 이해관계'에 밝아야 하며 '물욕'을 적극적으로 추구하는 자세가 요청된다.

바로 이런 점에서 그가 민족개조론에서 사용한 '개조'는 1920년대 유행하던 '개조'의 흐름과도 동떨어진 것이었다.[15] 이광수의 '개조'는 오히려 '수양'과 중첩되는 개념으로, 이것은 이광수가 '수양'이라는 표현을 사용하기 이전부터 조선에서 통용된 바 있다.[16] '수양'은 식민지 시기 이전부터 '수신(修身)-제가(齊家)-치국(治國)-평천하(平天下)'의 연쇄논리 중 다른 것들을 이루기 위한 근간이 되는 '수신'의 단계에서 강력하게 추구되어

---

15 허수는 개조론이 문화주의, 데모크라시, 사회주의의 삼자가 뭉뚱그려져 진보적이며 이상주의적 경향으로 이해되었으며, 이들은 모두 자본주의에 비판적인 경향을 지니고 있었다고 지적한다. 하지만 이광수의 개조론은 자본주의에 비판적인 경향을 보이기는커녕 일정 정도의 금권을 지닐 것을 요구하는 등 당시 개조의 흐름과는 거리가 있다. 허수, 「제1차 세계대전 종전 후 개조론의 확산과 한국 지식인」, 앞의 글.

16 오혜진, 「자기계발의 문화정치학과 스노비즘」, 성균관대학교 석사논문, 2009, 30쪽.

야 할 전통적 개인윤리로 기능하고 있었다. 그러나 1920년대 들어 그것에 '일상적인 규범을 익히는 것' 정도의 뜻이 부가되었고, 곧 이 새로운 의미로 통용되는 현상이 광범위하게 나타났다.[17] 최남선 역시 '수양과 여행'이라는 주제로 글을 썼는데, 여기서 그는 수양이란 쉽게 말하면 '하련(鍜鍊)'한다는 의미라며 "고생하라! 고생해보라!", "큰 수양은 큰 고생을 의미하며 많은 수양은 많은 고생을 의미하는 것이니라"라고 말하기도 하였다.[18]

다시 말해 수양은 노력, 근면성, 성실성 등을 연상시키는 단어였다. 당시 수양론과 교양론이라는 두 가지 담론은 '자조론'에 기초한 입신출세주의를 지탱해온 두 가지 담론이었다.[19] '자조론'의 논리가 '수양론'으로 이해되었던 것은 '자조론'이 우리나라에 소개될 때 '개인'의 자조의 측면이 성품과 품행에 대한 논의, 즉 유교의 '수신'의 차원으로 이해되었기 때문이다.[20] 1910년대는 국권 상실 이후 실질적인 입신출세의 길이 차단된 시기로, 당시 실질적인 사회활동의 활로를 찾지 못한 엘리트층이 사회적 지위를 획득하지 못한 채 좌절을 맛봐야 했다. 이러한 상황에서 1910년대에는 처세와 관련한 대중적 출판물이 다수 등장하였는데, 식민 통치 변화와 더불어 청년수양서가 유행하게 되면서 1920년대 초 '자조'는 '입신 성공'이라는 분명한 사회적 의미를 갖게 된다.[21]

---

17 박찬승은 안창호의 '인격수양론'이 1920년대 이후 그가 주장하는 '민족개조론'으로 발전하게 된다고 지적한다. 박찬승, 『한국근대정치사상사 연구』, 역사비평사, 1992, 107쪽.

18 최남선, 「아관」, 『청춘』 9호, 1917.6.

19 류시현, 「근대 인쇄매체와 수양론 · 교양론 · 입신출세주의」, 『상허학보』 18권, 상허학회, 2006, 206쪽.

20 최희정, 「한국 근대 지식인과 '자조론'」, 서강대학교 박사논문, 2004, 43쪽.

21 최희정, 「1910년대 최남선의 『자조론』 번역과 '청년'의 '자조'」, 『한국사상사학』 39호, 한국사상사학회, 2011.12, 228쪽.

이광수는 개인의 자조가 개인의 성공을 위한 것이라는 흐름이 뚜렷해가는 시점에서 두 가지 방식에서 이러한 흐름과 절연하였다. 우선 그는 『자조론』에 등장하는, 민족과의 관계가 설정되지 않은 '자기'를 민족의 틀 안으로 재배치하는 작업을 벌였다.[22] 그는 개인이 전문가가 되고 인격을 수양하고 실력을 양성하는 것이 단체생활을 통한 연대를 통해 가능하며, 그것이 또한 단체 전체의 발전에도 도움이 된다는 방식으로 논리를 구축해낸다. 여기에는 어떻게 하면 개인들의 욕망을 인정하면서도 그것을 기반으로 '민족'의 개조를 이룰 수 있을까에 대한 고민이 반영되어 있다.[23] 그가 제창한 '도덕적 주체'의 형상은 결코 사리사욕을 채우는 데 그치는 것이 아니다. 누구보다 도덕적 실천에 앞장서는 지도자야말로 의도치 않은 결과로서 사회적 성공을 얻게 된다는 논리를 통해 이광수는 민족성의 개조를 위한 실천을 개개인이 자발적으로 실행에 옮겨야 한다고 주장할 수 있었다.

그런데 이광수는 유교적 덕목을 도덕적 가치로 철저히 배제하면서 기존의 수양론과도 거리를 둔다. 이광수가 무엇보다 방점을 두고 있는 것은 직업인으로서의 윤리의식이다. 이광수는 "사람의 생명(生命)은 일에 잇습니다. 일이란 직업(職業)이외다. 직업(職業)으로만 오즉 사람이 제 의식주(衣食住)를 엇는 것이오, 제가 마튼 국가(國家)의, 및 사회(社會)의 직업(職

---

22 민족개조론에 나타난 이광수의 태도는 1906년 『조양보』(1906.6.25.)에 게재된 '자조론'의 소개 내용과 유사하다. 이 글에서는 '자조론'은 '국민'을 각성하기 위해 저술된 것으로 개인의 '성품'이 국가 운명을 좌우한다고 본다. 원서에서는 단순히 개인의 수양만이 강조되었지만 이를 소개하는 과정에서 개인 수양의 목적인 '국민 각성'이 덧붙여진 것으로 보인다.

23 이런 점에서 정주아는 "도산이 구상한 '수양'은, 세계가 '개성'을 보유한 '타자'들의 영역임을 알았으나, 개인과 공동체의 일체감을 이끌어야 하는 딜레마 속에서 마련된 원리"라고 지적한다. 정주아, 앞의 글, 110~111쪽.

業)을 다하는 것이니 일을 아니하는 자(者)는 국가(國家)나 사회(社會)의 죄인(罪人)이외다."라면서 직업의식을 지니는 것을 국가와 사회를 위한 개인의 의무로 규정한다. 또한 앞서 지적한 바와 같이 이광수는 조선인들이 물질적 이해관계에 밝지 않다는 점을 들어 유교적 질서체제의 이상적 주체였던 '군자(君子)'를 시대착오적인 것으로 비판하였다.

이는 막스 베버가 자본주의 정신이 주체의 내면에 자리 잡기 위해 경제적 여건 외에 상부구조의 변화가 필요했다고 한 점과 관련한다.[24] 자본주의 체제가 자리 잡기 이전의 세계관을 지닌 사람들은 이제껏 익숙한 방식대로 살면서 거기에 필요한 만큼만 벌려고 한다. 이와 달리 프로테스탄티즘 윤리는 영리 추구를 도덕적인 직업적 의무로 규정함으로써 주체들이 자본주의적 가치를 자연스럽게 내면화하고 삶의 목적으로 제시하였다. 베버는 엄격하고 부단한 자기통제 아래 자기 삶을 체계적으로 조직하며 방법적으로 생활하는 중세의 수도사에게서 서구 최초의 '직업인'을 발견하는데, 이는 이광수가 말하는 규율화 된 주체를 연상시킨다. 이광수가 가정하는 개조의 주체 역시 그 어떤 정치색도 지니지 않으며 자기가 가진 직업에 충실하고 정해진 목표를 실행하기 위해 노력하는 금욕주의적 주체의 형상을 띤다.[25]

베버에 따르면, 칼뱅이즘적 전통에서는 부단한 노동으로 신의 영광을 더하고 금욕적 노동의 성과에서 자기가 신으로부터 선택받았다는 사실을

24 막스 베버, 김덕영 역, 『프로테스탄티즘의 윤리와 자본주의 정신』, 길, 2010.

25 청교도적 금욕주의와 근대적 경제질서의 관계에 대해 베버는 다음과 같이 설명한다. "청교도들은 직업 인간이 되기를 원했다—반면 우리는 직업 인간이 될 수밖에 없다. 왜냐하면 금욕주의가 수도원의 골방에서 나와 직업 생활 영역으로 이행함으로써 세속적 도덕을 지배하기 시작했고, 또 공장제 · 기계제 생산의 기술적 · 경제적 전제 조건과 결부된 저 근대적 경제질서의 강력한 우주를 건설하는 데 일조했기 때문이다." 위의 책, 365쪽.

증명할 수 있었다. 마찬가지로 이광수에게 중요한 것은 민족의 개조를 위해 금욕적인 태도로 직능에 충실한 자기 통제적 주체였다. 자기 통제적 주체는 계획적으로 자기를 통제하고 모든 감정과 육욕을 억제하며 의지 있게 자기를 제어함으로써 규율화 되고 방법적으로 조직된 금욕적인 삶을 산다.[26] 이광수가 주장하는 '수양'이란 인간의 욕망을 규격화되고 계율화된 윤리도덕으로 통치하려는 주체화 전략이었다. 이런 점에서 민족개조론은 조선인의 본래적 민족성의 결함을 지적하는 것이라기보다 근대적 가치체계에 적응하지 못하고 여전히 유교적 덕목을 주체화 전략으로 채택하고 있는 당대적 상황에 대한 반성을 촉구하는 의도를 지닌 것으로 해석된다. 이광수는 조선 민족을 자본주의 정신을 내면화한 근대적 주체로 탈바꿈시키기 위해 '민족'을 인위적으로 개조할 방안을 제시한 것이다.

당대에 제기된 민족개조론에 대한 비판 가운데 이광수가 개조의 의미를 잘못 파악하고 있다는 비판은 이러한 맥락에서 나온 것으로 이해할 수 있다. 신일용은 이광수의 주장이 우리의 처지가 열악한 까닭을 민족의 생리적 불구나 정신상 결함, 즉 열악한 민족성에서 찾음으로써, 실제 그 원인이 정복과 착취의 사실에 있음을 망각케 하고 그리하여 이제 막 싹트려고 하는 민중정신의 발아를 해칠 위험이 있다는 사실을 날카롭게 지적한다. 그러면서 그는 "근래(近來)에 개조(改造)를 제창(提唱)하게 된 동기(動

26 푸코는 17세기에 발견된 '콩뒤트(conduite)'라는 단어의 출현에 주목하여, 개개인의 '품행'이 중시되기 시작하는 맥락을 설명한 바 있다. 그에 따르면 '콩뒤트'는 "사람이 처신하는 방식, 누군가가 자신을 인도하도록 놔두는 방식, 누군가에 의해 인도되는 방식"을 의미하는 것으로, 이를 통해 개인의 품행을 통치성의 대상으로 삼은 그리스도교의 사목권력의 작동방식을 분석하였다(미셸 푸코, 『안전, 영토, 인구』, 앞의 책, 267~268쪽.). 베버 역시 신에게 선택받은 자의 품행과 그렇지 않은 자의 품행을 비교하면서 프로테스탄티즘 윤리에 의해 자본주의적 정신이 주체의 신체에 각인되어가는 과정을 설명한다.

機)와 연유(緣由)"를 이광수가 파악하지 못하고 있다고 비판했다.[27] 신일용이 보기에 이광수의 민족개조론은 '개조의 시대'에 역행하는 개조론이었던 셈이다.

3. '군중'과 무질서와 '민족'의 질서

이광수가 민족개조론에서 드러낸 3·1운동에 대한 비판적 언급 역시 이 텍스트에 대한 반발을 심화시켰다. 이광수는 2·8 독립선언서를 기초한 뒤 선언문과 그 영역본을 가지고 상해로 도피한 이후 3월 5일쯤 3·1운동의 소식을 듣게 된다.[28] 그런데 직접 3·1운동을 체험하지 않았음에도 그는 3·1운동에 대한 부정적 심사를 숨기지 않았다. 3·1운동의 도화선 역할을 담당했다는 평가를 받는 2·8 독립선언서를 기초한 그가 3·1운동을 비판하게 된 데는 그가 민족개조론에 직접 인용하기도 한 르 봉의 군중 심리가 영향을 끼쳤다. 3·1운동을 주도한 세력을 무질서하고 계몽되지 않은 미개한 '군중'으로 비하하면서 이를 '민족'이라는 계몽된 주체로 계도하고자 하는 이광수의 언설에서 그가 가정하는 '민족'의 허구성과 함께 사회 질서 유지라는 명목으로 정당화되는 비가시적 폭력을 감지할 수 있다.

이광수는 일찍이 종교에서 드러나는 것과 같은 초월적인 태도에 대한 반감을 표현하였다. 이수형은 이를 '세속화 과정'과 관련지어 "「무정」의 세계에서는 초월적인 것을 중성화/자연화normalization/naturalization

27 신일용, 「춘원의 민족개조론을 평함」, 『신생활』, 1922.7, 4쪽.

28 하타노 세츠코, 최주한 역, 『「무정」을 읽는다』, 소명출판, 2008, 419쪽.

하는 세속화 과정이 은밀하게, 그러나 차근차근 진행되고 있다"고 설명한다.[29] 세속화 과정이란 전근대적인 낡은 주술에서 벗어나 "자기를 위한 삶을 살라는 근대적이자 계몽적이며 세속적인 시대정신"이 확산되는 과정을 의미한다.[30] 이것은 초월적이고 절대적인 윤리의 문을 닫고 자기에게 충실한 삶이라는 상대적 윤리만이 존재하는 세계로의 이행을 가리킨다. 이렇게 절대적 윤리의 빈자리를 대신하여 선행에 만족하고 그것을 즐기는 감성 윤리의 모델이 근대적 사회성의 기원을 형성하는 데 중요한 역할을 담당하게 된다는 것이다.

그런데 이광수의 민족개조론에서는 개인의 욕망이 보편적 질서에 부속되어야 하는 것으로 강등된다. 그는 개인의 윤리에서 도덕과 법질서로 회귀하였다. 한편 신이 차지했던 초월적 지위를 대신하게 된 것이 바로 '민족'이다. 다만 2장에서 살펴본 바로 같이 이광수의 민족은 주체를 자본주의 사회에 걸맞은 근대적 주체로 '세속화' 시키기 위한 도구적 성격을 지닌다. 그에게 '민족'은 그 어떤 정치적 색채도 지니지 않은 도덕적 집단으로서 이해된다. 이에 따라 이광수는 민족의 개조를 주장하면서도 이를 독립을 위한 정치적 주장과는 무관한 것임을 강조하였다. "민족개조(民族改造)는 도덕적(道德的)일 것"을 반복하며 정치적 색채가 거세된 도덕적 집단으로서의 '민족'을 상정하는데, 이처럼 민족을 모호하기 짝이 없는 기표로 치환함으로써 이광수 자신이 원하는 상상적 이미지를 맘껏 투사할 수 있었다.

이광수는 "개조주의(改造主義)는 사람의 바탕을 개조(改造)하야 그 주

29 이수형, 「세속화 프로젝트—'무정'한 세계는 어디에서 와서 어디로 가는가」, 『문학과 사회』 2014년 봄호, 470쪽.

30 위의 글, 473쪽.

의(主義)야 무엇이며 직업(職業)이야 무엇이든지 능(能)히 문명(文明)한 일 개인(一個人)으로, 문명(文明)한 사회(社會)의 일원(一員)으로 독립(獨立)한 생활(生活)을 경영(經營)하고 사회적(社會的) 직무(職務)를 분담(分擔)할 만한 성의(誠意)와 능력(能力)을 가진 사람을 맨들자 함이외다."라고 하였는데, 이는 민족성 개조의 기준으로 '문명'이라는 일률적 기준이 적용되었음을 말해준다. 그가 말하는 문명인이란 독립적인 생활을 영위하며 사회적 직무를 분담할 만한 성의와 능력을 지닌 기능적 직업인이었다. 총 여덟 가지 항목으로 제시된 개조주의의 내용에는 "덕체지(德體知)의 삼육(三育)과 부(富)의 축적(蓄積), 사회봉사심(社會奉仕心)의 함양(涵養)" 등 자기 수양과 통제를 통해 각자의 부를 축적함으로써 사회에 봉사한다는 공리주의적 성격이 강하게 나타난다.

민족개조론에는 사익을 추구하는 개인들이 공공선에 기여한다는 공리주의적 태도가 발견된다. 공리주의자들은 욕심, 욕망, 야심, 허영처럼 겉으로 보기에 죄악인 것도 사회에 유익한 결과를 낳는 한 도덕적으로 칭송받을 만한 것으로 간주한다. 애덤 스미스가 『국부론』에서 개인이 각자의 이익을 추구하면 "보이지 않는 손에 이끌려 의도하지 않았던 목적의 성취를 촉진"하게 되며 그 목적이란 바로 공공의 이익이라 주장한 것도 같은 맥락에 있다. 이때 자본주의는 개인의 자유, 사적 영역의 등장 그리고 생산 및 소비 윤리에 대해 근본적으로 새로운 접근법을 출현시킨 강력한 사상이었다.[31] 이광수가 민족개조론에서 주장한 것 역시 개개인이 직업인으로서 개개인의 직능에 충실할 때 '보이지 않는 손'에 이끌려 민족 전체의 번영을 구가할 수 있다는 논리와 일치한다. 민족의 번영을 위한 '진정성'을 지닌 사람이라면 무엇보다 도덕적 주체가 되기 위한 실천, 즉 자본주의

---

31 앤드류 포터, 노시내 역, 『진정성이라는 거짓말』, 마티, 2016, 48쪽.

정신에 걸맞은 주체 되기에 최선을 다해야 한다.

그런데 이러한 맥락에서 이광수가 지탄의 대상으로 삼는 개인의 '이기적' 태도에 대한 설명은 모순된 의미를 지니게 된다. 개조된 주체는 공공의 이익을 위해 직업인으로서 부를 축적하지만, 이는 개인의 욕망을 충족시키기 위한 것이나 향락을 추구하기 위한 것이 아니라 사회 전체의 이익을 위한 것이다.[32] 위계적 신분 질서가 파괴되고 자유경쟁과 평등의 원리로 재구성되는 사회에서 인정투쟁을 왜곡된 방식으로 이해하고 이를 실천하는 존재가 바로 속물이다.[33] 속물적 주체는 과시하고, 위장하고, 구애하고, 기만하면서 상승의 노동을 쉬지 않는다. 그러는 동안 그는 인정투쟁의 최종 목표인 '자기의식의 완성'을 망각하고 자기의 욕망(désir)을 망각하는 텅 빈 존재가 되어간다. 이광수는 속물적인 욕망을 분출하는 파렴치한 태도에는 도덕적 불안감을 느끼며 이를 민족주의라는 초자아를 통해 철저히 억압하면서 속물적 욕망에 면죄부 주기를 거부한다.

이외에도 민족개조론에는 개인의 욕망을 배제하고 억압하는 강박적 태도가 나타난다. 이광수가 3·1운동의 주체로 '군중'을 상정하고 이에 대해 배타적인 태도를 취한 것 역시 이와 관련된다.[34] 이광수뿐만 아니라 김

---

32 김홍중은 한국 사회가 87년 체제에서 97년 체제로 전환되는 과정에서 나타난 새로운 주체상으로 '스놉(속물)'을 제시한 바 있다. 그는 도구적 성찰성을 극대화하고, 윤리적 성찰성의 혼돈과 불안을 종식시켜, 직능성 수월성을 극대화시키지 않으면 생존할 수 없다는 절박한 현실인식이 스노보크라시(scnobocracy)라는 새로운 시대를 열었다고 본다. 김홍중, 『마음의 사회학』, 문학동네, 2009, 81~82쪽.

33 위의 책, 83쪽.

34 이광수가 3·1운동의 주체를 '민족'이 아니라 '군중'으로 상정했다는 것은 그가 정의한 '민족' 개념을 이해하는 데도 시사점을 준다. 이광수에게는 3·1운동이란 사회에 무질서를 불러일으킨 '소요사태'에 불과한 것으로, 그는 3·1운동 이후 혼란한 사회질서를 바로잡을 것을 주장하며 무질서한 '군중'과 대비된 규율화된 주체로서의 '민족'을 상정하게 된다. 이 과정에서 3·1운동을 일으킨 '군중'에 대한 폭력은 '질서'를

기진,[35] 주요한[36] 등 1920년대 초반 3·1운동에 대한 환멸을 표현한 이들은 적지 않았다. 이에 대해 권보드래는 이것이 상애(相愛)와 상보(相保)의 시대가 도래했다는 순진한 개조론이 퇴조하고 투쟁과 혁명이 당면과제로 부상하게 되었기 때문이라고 분석한 바 있다. 우주-인류-민족이 일직선의 조화를 이룰 수 있다는 믿음이 사라지고 민족 내부의 계급 문제에 눈을 뜨게 되었다는 것이다.[37] 그중에서도 이광수는 이러한 사실에 강한 환멸을 표현하며 민중봉기의 주도 세력으로 지목된 '군중'에 대한 반감을 드러냈다. 이에 민족개조론에서 그는 3·1운동을 "무지몽매(無知蒙昧)한 야만인종(野蠻人種)이 자각(自覺)업시 추이(推移)하여 가는 변화(變化)"와 같은 것이라고 폄하하였다.

> 더우기 재작년(再昨年) 삼월일일(三月一日) 이후(以後)로 우리의 정신(情神)의 변화(變化)는 무섭게, 급격(急激)하게 되었읍니다. 그리고 이러한 변화(變化)는 금후(今後)에도 한량(限量)업시 지속(繼續)될 것이외다.

바로잡기 위해 불가피한 것으로 용인되고 만다.

35 "할 수 없구나! 할 수 없구나! 구더기와 같이 살다가 구더기와 같이 죽어버리는 백성들이다. 조선사람이 어떤 사람이냐? 구더기 같은 사람이다. 조선이란 땅덩이가 어떠한 곳이냐. 두엄탕과 같은 곳이다. 독립 만세를 부르던 백성이나 노동자 만세를 부르던 백성이나 너나 내나 다 구더기다. 힘없고 용기 없고 반죽이 묽고 느릿느릿하고 허기져 지친 못난 굼벵이 같은 바보의 무리다." 김기진, 「Twilight」, 『김팔봉 문학전집』 4권, 문학과지성사, 1988, 279쪽.

36 주요한은 1923년의 분위기를 "상해의 임시정부는 먼 세계의 신화처럼 느껴지고, 이따금 발생되는 테러리즘의 행동이 세상을 놀라게 할 정도였다"고 기술하기도 한다. 주요한, 『안도산 전서』, 삼중당, 1963, 363쪽.

37 권보드래, 「식민지 지식인의 '민족'과 '인류'」, 『정신문화연구』 28권 3호, 한국학중앙연구원, 2005, 329쪽.

그러나, 이것은 자연의 변화(變化)외다. 경우(偶然)의 변화(變化)외다. 마치 자연계(界)에서 끊임없이 행(行)하는 물리학적(物理學的) 변화(變化)나 화학적(化學的) 변화(變化)와 같이 자연히 우리 눈으로 보기에는 우연(偶然)히 행(行)하는 변화(變化)외다. 또는 무지몽매(無知蒙昧)한 야만인종(野蠻人種)이 자각(自覺)업시 추이(推移)하여 가는 변화(變化)와 같은 변화(變化)이외다.
문명인(文明人)의 최대(最大)한 특징(特徵)은 자기(自己)가 자기(自己)의 목적(目的)을 정(定)하고 그 목적(目的)을 달(達)하기 위하여 계획(計劃)된 진로(進路)를 밟아 노력(努力)하면서 시각(時刻)마다 자기(自己)의 속도(速度)를 측량(測量)하는 데 있습니다. 그는 본능(本能)과 충동(衝動)을 따라 행(行)하여지지 아니하고 생활(生活)의 목적(目的)을 확립(確立)합니다.

이광수는 3·1운동으로 인한 변화가 '급격'한 정신의 변화를 야기했음을 지적하면서 그 부작용을 언급한다. 이광수는 이를 '자연의 변화', '우연의 변화'라고 언급하면서 "무지몽매(無知蒙昧)한 야만인종(野蠻人種)이 자각(自覺)업시 추이(推移)하여 가는 변화(變化)"와 같은 것이라고 설명한다. 3·1운동을 야만과 연결하면서 이를 순응시킬 수 있는 문명인의 자세를 요청하였다. 이광수의 평가에 대해 당대 청년 지식인들은 거세게 반발했다. 김제관은 "감히 조선민족의 위대한 희생적 정신과 확고한 의식적 노력을 무시하고 결국 자기가 스스로 자기민족의 존엄을 모욕함에 대하여 물론 상당한 책임을 부치 않을 수 업다"라며 이광수를 비판했으며,[38] 신일용은 야만인만 못한 동물의 동작도 반드시 목적과 계획이 있다며 항변 하

38 김제관, 「사회문제와 중심사상」, 『신생활』, 1922.7.

였다.[39]

본능과 충동을 따르는 것을 야만적이고 미개한 것으로 보면서 3·1운동의 주체로서의 민중에 대한 불신을 드러내는 이광수의 태도는 귀스타프 르봉의 군중관과 관련한다. 이광수는 민족개조론에서 르봉의 저서 『민족심리학』의 일부를 인용하며 그의 학설에 근거하여 민족개조의 방법을 설명하였다.[40] 특히 '야만/문명', '군중/민족'의 이항대립을 르봉에게서 가져온 것으로 보인다. 이광수는 하나의 사상이 민중 속에 퍼져나가 이들을 움직이게 하는 과정에 주목하여 무질서한 군중을 어떻게 하면 질서정연한 민족의 틀 안으로 포섭할 수 있을지를 고민하였는데, 이는 르봉의 『군중 심리』 내용과 대동소이하다. 르봉이 『군중 심리』를 저술하기 반세기전에 일어난 프랑스 혁명에서 연출된 군중의 행동에 공포심을 느끼고 이들을 계몽해야 할 필요성을 역설했던 것처럼, 이광수는 3·1운동을 통해 그 실체가 드러난 '무질서한 군중'을 통제할 수 있는 방법을 고민했다.

르봉은 민중의 행동이 역사를 결정하게 된 시대를 '군중의 시대'라고 부르며 혁명으로 인해 자유와 평등이라는 '잘못된' 사상이 민중에게 침투하여 파괴적 힘을 갖게 되었다고 비판한 바 있다. 또한 『군중 심리』에서 르봉이 우민(愚民)으로서의 민중을 대체할 집단으로 제시한 것이 '민족'이다. 르봉은 중죄재판소, 그리고 선거와 의회가 이러한 감정적이고 비합리적인 군중들에 의해 점유되고 있다는 사실을 경계해야 한다며 민주주의

---

39 신일용, 「춘원의 민족개조론을 평함」, 『신생활』, 1922.7.

40 르봉의 『군중 심리』가 일본에서 간행된 것은 1910년으로, 1915년에는 르봉의 『민족발전의 심리』와 두 책을 묶어 『민중심리 및 군중심리』라는 제목의 개정판이 출간된다. 그리고 1918년에는 이 합본의 축쇄판이 일반에 시판되었는데, 이광수가 손에 넣은 것은 이 축쇄본이었을 것으로 추정된다. 하타노 세츠코, 최주한 역, 『일본 유학생 작가 연구』, 소명출판, 2011, 158~159쪽.

에 대한 불신을 드러내기도 하였다. 그는 민주주의의 출현과 민족/문명의 쇠퇴를 동궤에 놓는다. 야만적인 군중이 응집된 '민족'으로 거듭나면 이 민족은 야만에서 벗어나 "모든 개인에게 감정과 사상의 완전한 통일을 줄 수" 있다. 그러다 민족이 쇠퇴기에 이르면 민족을 결속시키던 것을 잃게 되면서 "개인의 개성과 지성은 커질 수 있지만, 동시에 민족의 집단적 이기주의는 개인적 이기주의의 지나친 발달로 대체되어 이것은 다시 성격의 쇠약과 행동력 감퇴를 수반"하게 된다.[41] 그 결과 민족은 고립된 수많은 개인의 집합에 불과하게 되어 문명이 우연에 의해 좌우되고 야만인이 득세하다가 결국 "쇠퇴하고 죽어버리"게 된다.[42]

이에 르봉은 "유전에 의해 점점 고정되는 공통된 성격 및 감정을 지닌 집합체"로서의 민족을 요구하면서 새로운 문명의 탄생을 주장하였다. 르봉은 "일관성도 없고 내일도 없는 일시적 성격"의 군중에 의해 문명이 "더 이상 어떤 고정성도 없고 모든 우연에 좌우"될 수 있음을 경계한다. 르봉에게 '야만'이란 일시적이고 우연적인 것, 응집력이 없는 것, 인위적인 것 등을 의미하였다. 이광수는 이와 같은 르봉의 군중/민중의 이분법을 수용한 것으로 보인다. 우선 이광수는 군중에 대한 불신을 드러내며 급격한 변화로서의 혁명에 대한 부정적 견해를 밝힌다. 민족개조론에서 그는 "영국인(英國人)은 자유(自由)를 바라는 동시(同時)에 실제(實際)를 조하

---

41 이재선은 르봉의 『민족 발전의 심리』의 일본어 번역본에 '민족성'의 문제와 유관한 '국민정신'(national character), '종족혼'(민족혼, soul of race), '국민적 성격'(national character), '국민혼'(민족혼, soul of people), '종족 성격'(character of race) 등과 같은 유사한 용어들이 착종되어 제시되어 있지만, '민족성'이라는 확실한 단어는 발견되지 않는다면서, 이광수가 '종족혼' 및 '국민혼'(민족혼)을 그 기본으로 하는 것을 민족성이나 국민성으로 파악하고 있다고 하였다. 이재선, 『이광수 문학의 지적 편력』, 서강대학교 출판부, 2010, 371~373쪽.

42 귀스타프 르봉, 이상률 역, 『군중 심리』, 지도리, 2012, 200쪽.

함으로 법국인(法國人)과 가튼 공상적(空想的) 혁명(革命)을 일으켜 실제(實際)에 쓰지 못 할 공상적(空想的) 헌법(憲法)을 세우려 아니하고, 또 감정적(感情的)으로 급격(急激)하게 변(變)하랴고 아니하고 극(極)히 실제적(實際的)으로 극(極)히 점진적(漸進的)으로 인민(人民)의 자유(自由)를 확장(擴張)한 것이외다."라며 급격한 변화가 아닌 점진적인 변화를 긍정한다.

또 한편으로 이광수는 3·1운동 이래의 무질서하고 우연한 변화를 부정하고 철저히 계획적이고 '과학적'인 방식의 변화의 필요성을 요구하였다. 이광수는 민족개조론의 말미에서 "일을 이루는 것은 오직 「힘」뿐이니, 힘이란 무엇이뇨, 사람과 돈이외다."라고 이야기하며 '힘'을 강조한다. 이를 위해 전문가 양성과 단체를 운영할 수 있는 일정 정도의 회비 모금을 통해 단체를 원활하게 운영할 방안을 제시하기도 한다. 그는 자신이 원하는 단체의 상을 명확하게 정하고 그 단체가 현실화될 수 있는 방안을 궁리했다. 특히 단체의 설립과 운영을 위해 선행되어야 할 것이 자각한 제1인, 즉 지도자의 존재였다. '도덕적 주체로서 자기를 구성한다는 것'은 조선인들이 규율화 된 주체로 스스로를 구성해나갈 뿐 아니라 이들을 지도하는 통치자로서 주체의 형성과 관련되는 문제이기도 하기 때문이다. 문제는 민족성을 개조해야 하는 조선인을 지도하는 통치자로서의 주체상으로 '일본인'의 상이 틈입될 수 있다는 데 있다.

실제로 오키나와를 비롯하여 일본의 식민지배를 받았던 지역에서 일어난 생활 개선 운동은 식민지의 '낮은 문화 수준'을 지도자로서의 '일본인'을 지향하는 것을 목표로 했다.[43] 도미야마 이치로는 근대적 주체로 가정된 '일본인'을 지향하는 생활 개선 운동이 식민지 지배의 폭력성을 불식시키고 일본의 남양군도 등으로 식민지가 확장된 이후에는 민족 별로

43 도미야마 이치로, 임성모 역, 『전장의 기억』, 이산, 2002.

서열을 가르고 고정하는 역할을 수행했다고 지적한다.[44] 정리하면, 민족개조론이 목표로 한 규율화된 주체로 자기를 구성하는 문제는 자본주의 정신을 내면화한 근면한 주체의 탄생, 즉 프롤레타리아화와 연결되는 동시에 민족개조론에 명시되지는 않았으나 당대에 아시아에서 유일하게 근대화한 민족으로 인정받던 '일본인'이 된다고 하는 방향성을 잠재적으로 지니고 있었다.

4. 감정 통제를 위한 '문학'의 도구화

1910년대까지만 해도 이광수는 지정의 삼분론(知情意 三分論)에 근거하여 정(精)의 해방을 주장하였다. 그는 정의 해방에서 전근대적 관습의 해체를 기획하였다. 엄정한 유교적 예법이 부자지간, 형제지간, 부부지간의 자연스러운 정의 소통을 차단하여 자아를 억압하고 있는 조선의 상황을 이광수는 '무정'의 상태로 진단하였다. 이러한 점에서 정의 분출과 해방은 유교적 위계질서가 새겨져 있는 부자 관계, 형제 관계, 부부 관계에 의거하여 규정되는 자아정체성을 해체한다. 이로써 자기 이외의 권위에 의존하거나 종속된 자아는 허위적인 것으로 간주된다.[45] 그런데 감정의 해방을 부르짖던 이광수가 엄격하고 철저한 자기통제를 통해 감정의 개조

44 도미야마 이치로는 이와 같은 두 가지 방향이 우연히 병존하고 있었던 것이 아니라, 전자가 후자까지 창출해 나가는 운동이었음을 지적한다. "자기를 '이화(異化)'시켜 '도덕적 주체'로서 구성하는 것과 '이화'의 내용을 타자에게 실체화시키는 것은 일련의 작업으로 존재할 수 있다. 중요한 것은 바로 이 점이다. 그렇기 때문에 두 가지 방향은 하나의 '일본인'이 된다는 것으로서 존재할 수 있다는 것이다." 위의 책, 73~74쪽.

45 김행숙, 「이광수의 감정론」, 『상허학보』 33권, 상허학회, 2011, 73쪽.

를 주장하게 되면서 문학론/예술론에서 주장 역시 크게 변모한다.

1920년대 들어 이광수는 정의 해방이 아니라 감정을 통제할 것을 주장한다. 김현주는 1924년 발표된 「재생(再生)」에서 이광수가 "감정 혹은 감수성이 강해 잘못된 유혹에 넘어가는 여성 혹은 민중(대중)을 어떻게 통제하느냐"라는 문제를 제기하는 등 감정을 위험 요소로 간주하기 시작했다고 지적한다.[46] 1920년대 들어 이광수는 문학의 사회적 역할에 더욱 주목하며, '유용하고 가치 있는 감정'과 '무용하고 해로운 감정'을 구분하며 문학을 통한 감정 교육의 필요성을 강하게 주장하게 된다.[47] 이광수는 『조선문단』에 창간호부터 5호까지 연재한 「문학강화」의 서두에서 문학이 민족적 성격의 수련과 개조에 도움이 될 수 있는 방향을 밝히겠다는 포부를 드러내기도 한다. 문학을 우연적이고 일시적으로 발생하는 감정을 통제할 수 있는 도구로 사용하고자 한 것이다. 이광수가 「문사와 수양」[48]에서 예술가의 핵심 요건으로 학식과 더불어 "건전한 인격"을 든 것 역시 이러한 분석을 뒷받침한다. 이 글과 함께 『창조』에 실린 「우감 삼편(偶感 三篇)」의 「너는 청춘(青春)이다」에도 이러한 주장이 반복된다.

> 저 핏기 없는 얼굴을 치어 버려라
> 산(山)에도 강(江)에도 가지 말고
> 그것을 화산(火山) 아궁지에 데어 버려라
> 아아 내 가슴을 불쾌(不快)케 하는

---

46 김현주, 『이광수와 문화의 기획』, 태학사, 2005, 295쪽.

47 서은혜, 「1920년대 이광수의 감정론과 <마의 태자>에 나타난 '충의'의 정조」, 『한국근대문학연구』 27호, 한국근대문학회, 2013, 318쪽.

48 이광수, 「문사와 수양」, 『창조』, 1921.1(『이광수 전집』 16권, 삼중당, 1962. 17~27쪽). 이후 『이광수전집』 인용시 『전집』으로 줄여서 표기한다.

저 핏기 없는 얼굴을 치어 버려라
저 광채(光彩) 없는 눈
신경쇠약장(神經衰弱匠)이의 눈을 우그려 버려라
가을의 시월하고 긴 밤에도
잠이 못 들어가는 불침병인(不寢病人)의 광채(光彩) 없는 눈을
우귀어 내어라, 안 보이게 하여라

너는 청춘(靑春)이다, 혈기(血氣)다
뛸 것이다, 웃을 것이다
강산(江山)이 떠나 가도록 희망(希望)의 노래를 부를 것이다
결핵성(結核性)의 센티멘탈리즘을 버려라

—「너는 청춘(靑春)이다」 전문[49]

이 시는 같은 호에 실린 「문사와 수양」의 주장을 시적으로 변용한 것이다. 이 글에서 이광수는 일본풍의 데카당스적 망국 풍조가 조선에 유입되어 청년 문사들의 정신을 미혹하고 있다고 비판했다. 뿐만 아니라 같은 호에 실린 주요한의 「성격파산」에서는 김동인의 「마음이 여튼 자여」를 "모방적(模倣的) 연애(戀愛)와 공상적(空想的) 번민(煩悶)"으로 점철된 작품이라며 주인공의 병적 성격을 비판하였다. 문학을 통한 민족개조의 구체적 방향과 방법을 모색한 「예술(藝術)과 인생(人生)」(1922.1)에도 태도의 변화가 나타난다. 이광수의 민족개조론이 "개인의 생명은 유한하되 단체의 생명은 무한"하다는 전제 아래 진행되었던 것처럼, 이 글도 문학이 민족적 생명의 보존이라는 이념을 어떻게 전달할 것인지가 주로 논의되었다.[50]

---

49 이광수, 「우감 삼편(偶感 三篇)」, 『창조』, 1921.1(『전집』 15권, 64쪽).

50 김동식, 「1910년대 이광수의 문학론과 한국근대문학의 비민족주의적 기원들」, 『센

이에 대해 이철호는 "낭만주의 문학의 선구적인 작가들이 개인의 내면을 신성시하는 가운데 애용했던 '생명'이라는 개념어의 사산(死産)된 형태가 바로 '인격'"이라고 정의하며, 미적 자율성의 원칙 대신 민족주의적 기율로서의 인격을 우선시하고 있다고 지적한 바 있다.[51] 그런데 「너는 청춘(青春)이다」에 나온 "핏기 없는 얼굴"을 지닌 자는 청년 문사들만이 아니었다. 자꾸 눈앞에 아른거리는 "신경쇠약장이의 눈"은 바로 거울 속 자기 자신의 것으로서 "결핵성의 센티멘탈리즘"이란 바로 바로 자신을 말하는 것이었다. 다음은 이광수에 대한 최남선의 진술이다.

> 춘원(春園)은 우폐(右肺)에 결핵(結核) 조짐(兆朕)이 보엿다하는도다!
> (…) 춘원(春園)의 건강(健康)이 무엇에 상(傷)하였나?
> 나야 안다 하리라. 그는 시인(詩人)이로다. 정열가(情熱家)로다. 남의 늣기지 못 하는 바에 늣기는 것이 얼마며, 남의 깨치지 못하는 것에 깨지는 것이 얼마며, 그리하야 남이 원통해 하고 슬퍼하고 근심하고 울지 아니하는 바에 혼자 원통해 하고 슬퍼하고 근심하고는 우는 것이 무릇 얼마인지를 아지 못하는도다. 아츰날이 불끈 솟을 때, 저녁 놀이 홀연히 덥혓슬 때에 무심(無心)한 여러 사람 틈에 그 혼자 깁흔 생각으로 드러감을 내 보앗도다.[52]

서문의 후기에는 폐에 결핵이 나타나 일본 시즈오카현에 있는 온천도시 아타미(熱海)에서 요양하던 이광수가 3월초에 잠시 경성에 머물다 곧 일본으로 돌아갔다는 내용이 담겨 있다. 최남선은 이광수의 건강을 상하

티멘탈 이광수』, 앞의 책, 363쪽.

51 이철호, 앞의 책, 183쪽.

52 최남선, 「아관(我觀)」, 『청춘』 13호, 1918.4.

게 한 것으로 이광수가 "시인"이고 "정열가"라는 점을 들며 "시인"으로서 이광수를 "남이 느끼지 못하는 바에 느끼는 것이" 많고 "남이 깨치지 못하는 것에 깨치"는 인물로 평가한다.[53] 이광수가 예민한 신경을 가진 데다 병으로 인하여 더욱 신경이 예민해지지 않을지를 최남선은 우려하였다. 이광수의 예민하고 감정적인 성격에 대해서는 김동인 역시 지적한 바 있다. 김동인은 이광수를 "감수성이 많고 공명성이 많은 춘원은 일시 감격된 감정은 모두 그대로 삼켜 버렸다."라고 묘사하였다.[54]

예민한 감수성의 반작용 탓인지 이광수는 감정이나 본능의 일시성, 우연성을 공포로 받아들였다. 질서 정연하고 합리적으로 설명되지 않는 대상은 '도덕'이나 '문명', '질서'와 같은 기표 아래 억압되고 봉인되어야 하는 것으로 이해되었다. 하지만 '도덕적 주체'로의 자기를 구성하는 인위적 기획의 필요성을 강조하는 과정에서 그는 식민 지배의 폭력성을 비판할 수 있는 지위를 상실해버리고 만다. 또한 식민지 조선의 주체들을 문명화되고 규율화된 주체로 만들고자 했던 이광수의 기획은 '일본인 되기'로 변질될 가능성을 지니고 있었다.

이광수는 '힘'을 지닌 문명을 조선에 세우기 위해 '과학'을 요청했고 이를 통해 조선을 탈마법화시키려 하였다. 하지만 탈마법화의 기획은 폭력을 자연적인 것으로 봉인함으로써 탈마법화 과정에서 발생하는 폭력을 보이지 않게 한다. 인간이 과학을 통해 무질서한 자연을 지배하는 것을 당

---

53 이처럼 이광수가 '소설가'가 아니라 '시인'으로 호명되면서 나타내는 효과 역시 주목된다. 서간체로 쓰인 이광수의 초기 소설 「어린 벗에게」(『청춘』 9호, 1917.7)에도 주인공은 사랑하는 여인을 만나 "그대는 나로 하여금 참사람이 되게하엿고 내게 살 능력과 살아서 즐기며 일할 희망과 깃븜을 주셧습니다. 나는 그대를 위하야, 그대의 만족을 위하야 공부도 잘하고 큰 사업도 성취하오리다. 나는 시인이니 그대라는 생각이 내게 무한한 시적 자격을 줄 것이외다."라고 상상하는 장면이 나온다.

54 김동인, 「춘원 연구」, 『김동인 전집』 16권, 조선일보사, 1988, 66쪽.

연시하듯, 무질서한 군중, 무질서한 식민지에 대한 지배도 필연적인 것으로 이해하기 때문이다. 실제로 3·1운동에서 드러난 민중의 폭발적 에너지에 공포를 느낀 이광수만이 아니었다. 많은 청년 지식인들은 민중의 힘을 통제하기 위해 '질서 있는' 사회로의 변화를 요구했고 이는 혁명의 에너지를 식게 하는 데 일조하였다. 특히 이광수는 3·1운동을 통해 폭발한 일시적이고 우연적인 힘의 분출을 '도덕'이라는 유연한 방법론을 사용하여 순응시키고자 분투하였다. 이런 점에서 이광수의 민족개조론은 질서에 대한 강박이 어떻게 지배 질서에 대한 저항을 불가능하게 만드는 논리로 작용할 수 있는지를 보여주는 한 사례라 하겠다.

1920년대 아나키즘-생태시의 출현

- 황석우 시에 나타난 '생명' 인식과 아나키즘의 영향 -

1. 아나키스트 황석우

황석우(1895~1960)는 1910~20년대의 대표적인 아나키즘 이론가이자 조직 활동가로 『장미촌』, 『근대사조』 등의 잡지 발간에 관여했으며, 한국 근대 시사에서 자유시와 상징주의를 도입한 선구자로 평가된다. 그동안 황석우에 대한 연구는 초기시와 시론에 주목하여 시사적 맥락에서 위상을 살피는 것이나,[01] 잡지 발간과 관련된 매체 활동,[02] 상징주의 수용과 관련된 비교문학적 관점에서 상징주의 계열 시를 분석한 연구[03] 등으로 나뉜

01 김학동, 「퇴폐미의 시학과 자연시의 한계-황석우론」, 『현대시인연구』 I권, 새문사, 1995; 신지연, 「신시논쟁(1920~21)의 알레고리: 한국근대시론의 형성과 '배제된 것'의 의미」, 『근대문학연구』 18호, 한국근대문학회, 2008.

02 정우택, 「『근대사조』의 매체적 성격과 문예사상적 의의」, 『국제어문』 34호, 국제어문학회, 2005; 정우택, 「황석우의 매체 발간과 사상적 특질」, 『민족문학사연구』 32권, 민족문학사학회, 2006; 조영복, 「황석우의 『근대사조』와 근대 초기 잡지의 '불온성'」, 『한국현대문학연구』 17호, 한국현대문학회, 2005.

03 한승민, 「하기와라 사쿠타로와 황석우의 시 속에 나타나는 상징주의적 유사성」, 『인문학연구』 10호, 관동대학교 인문과학연구소, 2006; 허혜정, 「황석우의 시와 시론에 나타난 워즈워스의 흔적 연구」, 『동서비교문학저널』 16호, 한국동서비교문학학회, 2007; 구인모, 「한국의 일본 상징주의 문학 번역과 그 수용-주요한과 황석우를 중심

다. 또 최근에는 아나키즘 이력이 조명을 받으면서 그의 시 세계가 변화하게 된 내적 동인을 살피는 경향이 나타났다.[04] 이들은 황석우가 1920년대 중반 이후 '자연시'[05]로 선회하게 된 까닭을 아나키즘의 생태론의 영향으로 본다.

그중에서도 정우택[06]은 자치와 자율을 바탕으로 건설된 상호부조의 공동체를 지향했던 황석우의 아나키즘적 이상이 자연의 형상을 통해 구현된 것이 '자연시' 였다고 주장한다.[07] 자연시에 나타나는 형식적 특징인 가벼움, 유희성, 형식적 단순성 등이 아나키즘 예술론과 맥락과 일치한다는 것이다. 또한 노춘기[08]는 황석우의 초기시에 등장하는 자연을 생존경쟁과 약육강식의 냉혹한 현실로서의 진화론적 자연으로 해석하며, 초기시의 '자아지향적' 인 생명 인식이 그 외연을 확장하여 '외부지향적' 으로 변화되었다고 지적한다.

근대 초기 동아시아에서 아나키즘 사상과 상징주의 경향의 시 사이의

으로」, 『국제어문』 45호, 국제어문학회, 2009.

04 조두섭, 「황석우의 상징주의시론과 아나키즘론의 연속성」, 『우리말 글』 14호, 대구어문학회, 1996; 조두섭, 「한국 아나키즘 시의 두 양상」, 『인문과학연구』 15권, 대구대학교 인문과학연구소, 1996; 이종호, 『일제시대 아나키즘 문학 형성 연구』, 성균관대학교 석사논문, 2005.

05 '자연시'는 황석우가 『자연송』에 실린 자신의 시에 붙인 명칭이다. 그는 이 시집의 서문에서 '인생에 관한 시'와 구분하여 '자연시'만을 선별하여 수록하였다고 밝힌 바 있다.

06 정우택, 『황석우 연구』, 박이정, 2008, 113쪽.

07 정우택은 황석우의 시세계를 세 시기로 나눈다. 초기는 1910~1920년대 초까지 조직 활동과 매체발간에 전념하던 시기로 상징주의 시와 시론이 대표적인 경향으로 나타난다. 중기는 1920년대 중반~해방까지로 이 시기는 자연을 주제로 한 '자연시'와 일상의 사색과 감상을 쓴 '잡상시'가 발표된다. 후기는 해방 이후부터 1950년대로 이 시기도 자연시가 중심이다. 위의 책, 113쪽.

08 노춘기, 「황석우 시의 자연과 생명의 가치」, 『시문학』 116호, 한국어문학회, 2012.

연계성은 조영복에 의해 지적된 바 있다. 조영복은 일본에서조차 상징주의와 낭만주의가 갖는 신비적 측면으로부터 아나키즘 사상이 확연하게 갈라져 나온 지점은 마르크시즘과의 논쟁 이후인 1922년경이었다고 본다.[09] 그 이전까지 1920년대 초기 시인들은 아나키즘 사상의 이상주의적 성격을 상징주의나 낭만주의와 연관지어 이해했다. 황석우 역시 아나키즘이나 상징주의에서 사용된 생(生), 자연 등의 개념을 확연하게 구분하지 않은 채 수용한 것으로 보인다. 이에 따라 상징주의적인 경향을 띠는 황석우의 초기시에도 현실에 대한 부정의식이 강하게 나타난다. 그는 여성적인 생명력에 대한 추구를 통해 현실로부터의 구원을 모색하였고, 이러한 부정 의식은 사상운동으로서의 아나키즘으로 이어졌다.

그런데 이처럼 황석우의 부정 의식이 아나키즘과 접속하면서 그의 중기시에는 크게 두 가지 양상이 두드러진다. 첫째, 권력에 저항하는 정치적 아나키즘의 관점이 알레고리적 성격을 띠고 나타난다. 둘째, 기계론적 생명 인식에 저항하는 관점이 크로포트킨의 상호부조론을 영향 아래 표출된다. 이런 점에서 황석우 초기시의 문제의식이 아나키즘의 영향으로 보다 구체화된 것으로 파악된다. 소영현은 1920년대 '미적 청년'[10]의 출현을 검토하며 이들이 극단적인 부정 정신과 '참 자기'에 대한 열망을 통해 구성되었다는 점을 지적한다. 황석우 역시 현실에 대한 부정 정신을 통해 작품 활동을 벌여 나갔고, 이러한 부정 정신이 아나키즘을 수용하게 된 계기가 되었다는 점에서 이 시대 청년 담론의 자장 안에 포함되는 측면이 없지 않다. 다만 이 글에서는 황석우가 미적인 것을 절대적인 것으로 보지 않고 현실 감각을 유지하며 문학청년들과는 다른 길을 모색해 나갔다. 한

---

09 조영복, 『1920년대 초기 시의 이념과 미학』, 소명출판, 2004, 215쪽.

10 소영현, 『문학청년의 탄생』, 푸른역사, 2008, 3부 참조.

편 정우택이 지적했듯이 '자연' 개념은 아나키즘 이론에서 핵심적인 위치를 차지하고 있으며, 1910년대 일본과 조선의 아나키스트들에게 많은 영향을 주었던 크로포트킨의 상호부조론의 이론적 바탕 역시 '자연'에서 유래했다.[11] 이러한 경향은 아나키즘의 자연관을 바탕으로 한 작품은 이상화, 권구현 등뿐만 아니라 일본의 시인에게서도 발견된다.

2. 시인의 비애와 파토스

1920년대 근대시에서 두드러지는 정조는 '비애'였다. 고통과 상실을 강제하는 외적 세계의 조건에 대한 인식에서 전근대적 공동체로부터 분리된 개적 자아의 영혼이 감당해야 하는 내면의 혼란과 분열이 '비애'로 드러났다. 황석우의 초기시에서 자주 거론되는 '생명'에 대한 인식 역시 내면을 탐색하는 과정에서 발견되는 영혼의 고통 및 상실과 관련된다. 개체적 자아의 발견과 표현이 부상했던 1910년대 후반의 분위기 속에서 황석우 역시 '영혼'에 주목하였다. 다만 황석우의 '영혼' 인식은 동인지 시대를 이끌었던 다른 시인들과는 구분된다. 박영희, 박종화 등 백조파 시인들에게 영혼은 도달할 수 없는 거리에 존재하는 것으로, 이들은 절대적 미의 대상으로서의 이상화된 여성 혹은 영혼에 대한 인식을 드러낸다. 이와 달리 황석우에게서 여성 혹은 영혼에 대한 인식은 분열되어 있다. 황석우 역시 "비애(悲哀)의 큰 화산(火山)"[12]이라고 할 수 있는 '육체'의 한계를 극복하기 위해 '애인' 혹은 '소녀'와 같은 여성들로부터 구원을 얻으려고 하였

---

11 정우택, 앞의 책, 114쪽.

12 황석우, 「망령(亡母)의 영전(靈前)에 밧드는 시(詩)(구고(舊稿))」부분, 『폐허』 1호, 1920.7.

지만, 여성 상징을 종교적 신성의 이미지와 연관짓지 않았다.[13]

오히려 그는 스스로를 미적 진리를 이해할 수 있는 존재로 그려낸다. 「장미촌(薔薇村)의 향연(饗筵)-서곡(序曲)」[14]에서 스스로 "장미촌(薔薇村)"의 왕이 되겠다고 선언하면서 이를 위해 필요한 것으로 "예지(叡智)"를 든다.[15] 이 시에서 시적 주체는 "고독(孤獨)은 고통(苦痛)이 아니고, 나의 예지(叡智)에의 / 즐거운 계명(黎明)일다"라고 말하며 예지를 위해 '고독'의 필요성을 든다. 고독은 인간에게서 발견되는 신적인 속성, 곧 "신(神)과인(人)과의애(愛), 신인동체(神人同體)"의 증거라는 것이다. 「발 상(傷)한 순례(巡禮)의 소녀(少女)」[16]에도 발을 다쳐 다리를 절뚝거리며 "초상집[喪家]가티 얼차릴수업시 떠들석"거리는 세계를 헤매는 소녀의 모습을 그려진다. 소녀는 "인생의 최고독(最高獨의) 불"로서 묘사되어 "성자(聖者)의 눈동자빗가튼 혼(魂), 애(愛), 힘의 상야등(常夜燈)"으로 추앙된다. 다친 발을 이끌로 방황하는 소녀는 고독의 순례자로 슬픔에 빠진 세계를 구원할 수 있는 존재로 인식된다.

이처럼 황석우의 초기시에서는 부모에게 버림받고 세상에 홀로 내던

13 허혜정, 「백조 동인들의 시에 나타난 여성 상징 연구」, 『동서비교문학저널』 8호, 한국동서비교문학학회, 2003, 169~170쪽.

14 『장미촌』 1호, 1921.5.

15 예지에 대한 황석우를 비롯한 시인들의 추구는 보들레르의 영향과 관련한다. 베르렌의 시론을 선택한 김억과 달리 황석우는 보들레르의 시론에 매력을 느꼈다. 이에 대해 조두섭은 유복한 가정에서 태어난 김억이 감미롭고 몽롱한 음악성의 환기나 암시를 강조하는 베를렌의 시론을 수용한 반면, 궁핍한 환경에서 자랐던 황석우는 음악의 매개를 통하지 않고 신의 세계(천상)로 직접 들어가는 것처럼 보이는 보들레르를 선택한 것이라고 분석한다(조두섭, 「황석우의 상징주의시론과 아나키즘론의 연속성」, 앞의 글, 546쪽). 이를 비단 가정환경의 영향으로 환원할 수는 없겠지만 황석우가 근대시를 대표하는 두 시인의 상이한 지향을 확인할 수 있는 대목으로 주목된다.

16 『개벽』 4호, 1920.9.

져진 존재의 비애가 드러난 작품들이 존재한다. 이들 시에서 황석우는 현실을 관념화시키지 않고 '고독한 예지자'의 눈으로 자신이 처한 현실 상황을 명확히 인식하려는 자세를 보여주었다.

어머님, 당신의미아(未我) —— 아버니의유복(遺腹) —— 나임니다.
나는 적영(赤嬰)임니다, 진나신(眞裸身)임니다,
엇재, 엇재나를 단한아를,
묘장(墓場)에, 이 빙사(氷砂)에, 내바렷슴니가.

또, 무섭게, 크게입버리고옴니다,
나의눈의위, 압
무싀무싀한, 자악(紫齶) 야성(野性),
창백(蒼白)으로번쩍이는상치(上齒), 낫에닷는찬혀.

이샹하다, 아 —— 털깁흔구복(口腹),
검은타액(涶液) —— 호흡(呼吸)의 매(媒),
횡탄(橫呑)일다, 아 —— 흑색(黑色)으로할터물든나여,
약(弱)한혼(魂)에, 삼입(滲入)하는악마(惡魔)의향(響)이여.

구복(口腹)에또구복(口腹), 결아(缺牙)의가온,
아 —— 나신(裸身)의 압흔진탕(振蕩)이여,
한가온대, 한가온대에떠러지며, 날녀 말[捲]니면서,
어머님, 전지(全知)의어머님, 당신의미아(未我) —— 애(哀)답은나임니다

- 「기아(棄兒)(십이월의 시(十二月의 詩))」[17] 전문

---

17 『삼광』 1호, 1919.2.

이 시의 시적 주체는 태어나기 전에 아버지를 잃어버린 유복자이자 어머니로부터도 내버려진 비참한 운명의 소유자다. 그는 전지의 존재인 어머니로부터 버림을 받고 "진나신(眞裸身)"으로 "무싀무싀한, 자악(紫齶) 야성(野性),/ 창백(蒼白)으로번쩍이는상치(上齒), 낫에닷는찬혀"를 마주하는 공포스런 상황에 직면한다. 그런데 시적 주체는 구원의 방편을 초월적 존재로서의 '어머니'에게서 구하지 않는다. 그는 자신이 세계에 버려져 있다는 어쩔 수 없는 상황을 수용하고 자기 스스로 헤쳐나갈 방편을 찾는다. 무엇보다 그는 냉정한 현실 세계에 자신 역시 '물들어' 있다는 것을 깨닫는다(3연). "구복(口腹)의 세계", 즉 먹고 살기 위해 살아남아야 하는 냉혹한 현실 질서를 직시하며 그에 대한 대응을 모색하는 것이다. 비록 이 시에서 구체적인 대응 양상이 모색되지는 않았지만, 현실주의적 태도는 황석우가 1920년대 동인지를 이끌었던 '미적 청년'들과 거리를 둔 것을 확인할 수 대목이다.

1920년대 미적 청년들이 지향하는 대상은 예술가적 '자아'의 자기 증명적 기호에 해당하는 것이었다. 이러한 자기 증명의 극단적 지점에 일종의 이상화된 미와 여성 혹은 영혼의 문제가 가로놓여 있었다.[18] 동인지 문학의 허다한 '고독', '우울', '비애'의 이미지들은 이러한 내면을 표출하기 위한 역설적인 발언 행위였다. 하지만 이들에게 '미적인 것'의 영역은 김동인이 말한 "자기를 위하여 자기가 창조한 자기의 세계"[19]와 같이 가상공간에 구축된 유사 - 현실 공간에 불과했다. 이 때문에 이들은 현실과 동떨어진 낭만주의적 '자기'에 대한 확고한 신념 아래 예술지상주의로 나아가게 된다. 이들은 정신을 물질보다 중시하고 직관에 의해 진리를 깨달을 수

---

18 김정현, 「김소월 시에 나타나는 '영혼'의 의미 연구」, 서울대학교 석사논문, 2011, 41쪽.

19 김동인, 「자긔의창조(創造)한세계(世界)」, 『창조』 7호, 1920.7.

있다고 보았다.[20] 그들이 모방의 대상으로 삼았던 일본의 시라카바파(白華派)와 마찬가지로 자신의 흥미와 취미에 매진하고 그것에 대한 정당성을 확보하고자 했다.[21]

주지하듯 황석우는 일찍이 "영어(靈語)"라는 단어를 사용하며 절대적인 내면성을 갖는 예술가적 주체("天才")의 존립 근거로서의 '영혼'을 언급한 바 있다.[22] 하지만 위 인용시에서는 영혼이 벌거벗은 육체("裸身")에 깃든 약한 존재로서, 영혼의 절대성에 대한 부정이 나타난다. 황석우가 일찍부터 문사와 예술가의 이항대립을 뛰어넘으려 했다는 점은 이와 관련해 주목된다.[23] 현실과 유리된 절대 고립의 공간으로 나아가고자 했던 미적 청년들과 달리, 황석우는 비애가 어디에서 연유하는지를 탐구해나가는 과정에서 현실 상황의 모순을 활자화해야 할 필요성을 인식하게 된다. 이러한 태도는 그의 시에서 새로운 세계를 지향하는 강렬한 파토스로 표출되며, 이는 특히 자연의 물질성 혹은 육체성에 대한 발견으로 드러난다.

---

20 이병진, 「시라카바파의 예술지상주의적 세계관」, 『비교문학』 제49집, 한국비교문학회, 2009, 201쪽.

21 소영현, 앞의 책, 232쪽. "'미적 청년'에게 사회에 대한 기여는 강제적으로 부과되는 것이 아니며, 각 개인 특유의 행복 설계도가 허용하는 한도 내에서 행해지는 것이었다. 일본의 '시라카바파(白華派)'와 마찬가지로 '미적 청년'은 자신이 실감을 인정할 수 있는 한도 내에서만 사회에 대한 의무를 다한다는 입장에 있었다. 그러므로 개인과 사회의 관계를 여전히 중요한 문제로 삼는다고 하더라도, '미적 청년'은 1900년대로부터 1910년대 이르는 신국가/민족건설 기획의 주자로 호명되었던 청년과는 전적으로 다른 존재였다."

22 황석우, 「시어(詩話)(전속(前續))」, 『매일신보』, 1919.10.13.

23 본고는 오스기 사카에가 주재하는 『근대사조』의 이념과 '시라카바파'의 문학이 길항했던 다이쇼 시대의 문화를 대비시키면서 미적 청년과 구별되는 김우진의 '생명력'에 대한 사유를 분석한 권정희의 관점을 참조하였다. 권정희, 앞의 글, 81쪽.

우리는싀뻘건흙에도라왓다,

우리는하늘을우러러

강(强)한번식력(繁殖力)을가지고

외외(巍々)히뻣처올너가는졂은느름나무같이

우리의생명(生命)을

흙의피의고약(鼓躍)하는심장(心臟)속에심어박을때, 비롯오

우리의영(靈)의신장(伸張)하는안정(安定)을 얻는다

....

....

우리는싀뻘건흙에도라왓다

우리는임의인간(人間)의피를빠는시문(屍蚊)이안일다,

우리는대지(大地)의마르지안는백포도(白葡萄)빗의피와

우리들의땀의뿌란데를

우리들의영(靈)의날々의음료(飮料)로하여잇다

-「토(土)의향연(饗筵)」전문[24]

이 시는 사회주의 성향의 잡지 『대중시보』[25]에 게재된 것으로, 황석우에게 "흙"이라는 물질성에 기반한 생명 인식이 출현했음을 보여준다. 이 시에서 자연은 '대지'의 형상으로 등장하여 초월적인 영혼이 아닌 육체에 깃든 나약한 영혼의 고양을 통해서 도달할 수 있는 것으로 나타난다. 이 시에서는 다른 사람의 노동력을 착취하지 않고 스스로 흘린 땀으로 성장하는 "우리의 생명(生命)"을 "강한번성력"을 가지고 성장하는 "졂은느릅나무"에 비유한다. 또한 생명이 '흙'의 고동하는 "심장"에 기반할 때 영혼

24 『대중시보』 1호, 1921.5.

25 정우택에 따르면 『대중시보』는 김약수, 정태신, 변희용 등 공산주의 계열과 유진희, 황석우 등 아나키즘 계열 인물들이 혼합되어 있었다고 한다. 정우택, 앞의 책, 595쪽.

역시 "안정"을 얻을 수 있다는 것은 1920년대 초기시를 지배했던 생명과 육체의 이분법을 뛰어넘는다. 노동을 통해 흘린 땀이야말로 '영혼의 음료'라는 구절은 황석우에게 영혼이 노동과 같이 신성한 육체적 활동을 통해 고양될 가능성이 있었음을 말해준다.

황석우는 1921년경 흑도회 결성을 주도했고 1922년에는 북성회 회원으로 활동했다.[26] 황석우를 비롯한 재일 한인 유학생들은 1919년을 기점으로 아나키즘이나 사회주의 경향의 단체에 다소 가입했고 그 활동 과정에서 종종 검거되기도 했다.[27] 황석우는 이 시가 발표될 당시에도 일본에 체류하면서 흑도회 및 동경조선고학생동우회 회원이나 간부로 활동하면서 사상운동에 관여하고 있었다. 1921년 5월 27일 일본 사회주의자 동맹이 결사 금지로 해산되자 그는 조봉암, 김약수, 정태신 등과 함께 일본인 사상 단체에 출입하면서 일본 내무성의 감시 대상이 되었던 것으로 보인다.[28] 이러한 점에서 자연에 대한 인식 변화에 아나키즘 활동이 영향을 미쳤을 가능성을 고려할 수 있다. 아나키스트 황석우에게 정치운동 못지 않게 중요한 것이 바로 문명의 생태적 전환과 관련된 생명(자연)의 인식 문제였다.

---

26 흑도회는 일본 사회주의 동맹의 분열과 아나-볼 논쟁의 여파로 1922년 10월 아나키즘 계열의 흑우회와 공산주의 계열의 북성회로 분열되었다. 북성회는 김약수를 중심으로 조봉암과 송봉우 등이 가세했으며, 『척후대』를 발간했다. 대체로 흑우회에는 고학생이 많았고 북성회에는 유학생이 많았다고 한다. 조세현, 『동아시아 아나키스트의 국제교류와 연대』, 창비, 2010, 238쪽.

27 위의 책, 237쪽.

28 조영복, 앞의 책, 213쪽.

3. 계몽하는 예지자의 등장

1921년 <개벽>지에서 신시논쟁을 벌이고 그해 5월 『장미촌』의 창간을 주도하는 등 활발한 문단활동을 벌이던 황석우는 1921년 흑도회 창간 멤버로 활동하며 본격적인 사상운동을 시작하면서 시보다는 평론을 주로 발표해나간다. 1927년에는 만주이주조선농민보호연구회(滿洲移住朝鮮農民保護研究會)의 부회장을 맡아 만주 전역에 거주하는 조선 농민들의 생활 실태를 조사하고 만주 이주민의 실상과 농촌문제를 주제로 한 강연 활동을 하였다. 그가 다시 시를 발표하기 시작한 것은 1928년 만주에서 조선으로 돌아온 이후이며, 그해 10월 『조선시단』을 창간하기도 하였다.[29]

1929년 11월에는 황석우의 중기시를 대표하는 시집 『자연송』이 발간된다. 이에 대해 형상화 방법의 일률성[30] 및 관념적 선취로 시적 형상화에 실패[31]했다는 평가도 있으나 최근 연구에서는 그 생태학적인 가치가 분석되기 시작하였다.[32] 특히 황석우의 '자연'을 "현실의 억압과 자아의 지향이 대립하는 모순적 상황 앞에서 그 자신의 미적 정치적 태도를 구현하는 가장 유효한 전략"으로서 평가한 노춘기[33]의 분석은 이 시의 문학사적 의의를 살피는 데 도움을 준다.

기실 1920년대 초창기부터 '자연'을 어떻게 정의할 지에 대한 문제가

---

29 정우택, 「연보와 작품목록」, 앞의 책 참조.

30 김학동, 앞의 책, 130~149쪽.

31 유성호, 「황석우의 시와 시론」, 『연세어문』 26권, 연세대 국어국문학과, 1994, 273쪽.

32 최근 연구에서는 황석우의 자연시가 우주의 질서와 조화, 우주와 자연의 상호협력, 자연의 공동체적 유대와 돌봄 등의 메시지를 전달하며, 우주와 자연에 충만한 생명과 사랑을 전적으로 긍정하는 주제 의식을 담고 있다는 점을 지적한다. 정우택, 앞의 책, 116쪽; 전미정, 「생태학으로 본 황석우 시의 자연-몸의 사유방식을 중심으로」, 『우리말 글』 32권, 우리말글학회, 2004.

33 노춘기, 앞의 논문, 257쪽.

조선 문단에서 논의된 바 있다. 김환의 「자연의 자각」[34]과 그로부터 촉발된 염상섭과 김동인의 논쟁이 대표적이다. 특히 황석우와 마찬가지로 아나키즘의 영향을 받은 이상화[35]는 그와 유사하면서도 대조되는 자연관을 보여준다는 점에서 주목된다. 1925~26년 이상화가 발표한 평문을 살펴보면 그는 자연과 인공을 이분법적으로 이해했던 초기 논쟁에서와는 달리 "우주의 기본적 원리이자 미적 세계"로서 자연을 이해한다.[36] 이상화가 말하는 자연은 "사상, 생활, 생명, 주위, 우주, 개체, 전부 등의 어휘를 거느리는 것으로 시의 본질과 시인의 존재론과도 연결된 환유소"였다.[37]

다만 양자의 차이도 발견된다. 이상화 시의 시적 주체는 훼손된 자연의 생명력을 복원하고 자연을 향유하는 주체로 그려지는 데 비해 황석우에게 자연은 과학 지식을 전달하기 위한 소재이자 부정적인 현실을 빗대어 풍자하기 위한 공간으로 묘사된다. 이를테면 「태양(太陽)의괴로운싸홈」에서는 태양의 '흑점'을 태양의 주름살이라고 하거나 "푸로미넨스[紅焰]"를 "태양(太陽)의그애태우는괴로운숨결"에 비유하며 과학적 지식을 시적으로 전환하는 시도가 나타난다. 또 「달의탄식(歎息)」에서는 달을 아름답게 묘사해온 "시인(詩人), 철학자(哲學者), 음악가(音樂家)"들과 달리 자신을 "석탄(石炭)빗의 억박곰보"라고 소개하는 시적 주체로서의 달이 등

---

34 『현대』 1호, 1920.1, 45쪽.

35 이상화는 대구아나키스트 단체 지역단원으로 활동하다 체포·구금되었다는 기록이 남아 있다. 광복회 대구 경북 연합 지부 편, 『(대구 경북)항일독립운동사』, 광복회 대구 경북 연합 지부, 1991, 294쪽.

36 조은주, 「계몽의 주체와 향락의 주체가 만난 자리」, 『한국현대문학연구』 40호, 한국현대문학회, 2013, 137~138쪽.

37 위의 논문, 139쪽. 조은주는 이상화의 이러한 자연 인식이 생명의 개적 가치가 우주 자연의 전적 가치로부터 비롯되었다고 보는 이돈화와 사상적 친연성을 지니고 있다고 본다.

장하기도 한다.

한편 자연에 빗대어 현실의 부정적 면모를 비판하기도 했다. 「공중(空中)의 불량배(不良輩)」[38]에서 구름은 밤하늘에서 진을 치고 기다리다가 "약(弱)한달을붓잡어" 시달리게 하는 불량한 존재다. 「밤이되면내노아준다」[39]에서 태양 역시 "별들의어린애기를/소매속에잡어느엇다가" 밤이 되면 내놓아 주는 존재로 묘사된다. 이외에도 자연물들은 인간 사회의 억압적 질서를 알레고리적으로 형상화하는 데 동원된다. 『자연송』[40]을 비롯해 황석우가 1920년대 중·후반기에 창작한 시편들을 보면 자연을 유토피아로 예찬하는 작품은 의외로 소수에 불과하다. 오히려 황석우의 시에는 순환적인 자연관을 거부하는 묵시록적인 자세가 두드러진다.

봄죽은집에
여름이이사(移舍)와서죽고
그집에가을까지와서또죽으니
일년(一年)도못되여한집에서
생떼갓흔각성(各姓)의세송장이나갓다
한울은생각다못하여겨울의위생대(衛生隊)를보내여
대지(大地)의왼집속에흰눈의소독회(消毒灰)를뿌린다

-「소독회(消毒灰)」 전문[41]

38 위의 책, 54쪽.

39 위의 책, 46쪽.

40 시집은 소화4년(1929년) 11월 조선시단사에서 발행되었다. 이 글은 문학사상사 자료조사연구실에서 재간행한 조선시단사 판본을 참고하였다. 이후 『자연송』에 수록된 시를 인용할 때는 쪽수만 표기하겠다.

41 『자연송』, 앞의 책, 162쪽.

위 시에 나타난 시간관은 계절의 흐름을 연속적이고 순환적인 것으로 상정하는 시간관과 철저히 대비된다. 황석우는 한 계절에서 다음 계절로 어떠한 단절 없이 넘어가는 것이라는 관습화된 인식을 거부한다. 각 계절은 다음 계절로 넘어갈 때마다 죽어 나가는 '송장'에 비유되며 겨울은 이 송장들의 부패를 관리하기 위해 파견된 위생대로, 눈(雪)은 위생대가 소독을 하기 위해 뿌리는 재로 그려진다. 황석우는 결코 자연 혹은 생명을 조화로운 것, 신비로운 질서를 지닌 미지의 대상으로 파악하지 않았다. 가령 그는 「죽엄 배인 어머니!」라는 시에서 "사람의 생명은 죽엄의 애를 배인 어머니!"라고 표현하기도 한다. 생명은 그 자체로 죽음을 안고 있는 것이기 때문에 영원히 지속되지 않고 언제나 '종말'을 예비한다. 인간의 생명뿐만이 아니라 지구에도 언제 종말이 닥칠지 알 수 없다. 「허무인(虛無人)의 생물관(生物觀), 지구관(地球觀)」에는 지구에 종말이 찾아올 수 있는 다양한 경우의 수가 과학 지식에 근거하여 나열된다.[42] 또 지구에 사는 생물들이 지구에 달라붙어 있는 하루살이 떼 혹은 '비누 거품'으로 묘사되기도 한다.

자연에 대한 황석우의 태도는 그가 세계의 총체성을 부정하며 알레고리적 세계관을 지니고 있었다는 점과 관련한다. 주지하듯 황석우는 김억과 함께 1920년대 초반 계몽주의에 의해 도구화된 미학성의 회복과 과학주의에 의해 배제된 초월성의 회복을 위해 분투했다.[43] 하지만 황석우에게는 상징주의를 수사학적 차원에서 한정해서 수용한 경향이 있었다.[44] 황석우가 '몽롱체'로 비판받던 상징주의적 수사에서 벗어나 계몽적 성격이 짙

42 위의 책, 40쪽.

43 박현수, 「1920년대 상징의 탄생과 숭고한 '애인'」, 『현대문학연구』 18호, 한국현대문학회, 2005, 199쪽.

44 위의 논문, 203쪽.

은 알레고리를 보다 전향적으로 사용하게 된 데는 현실에 대한 절망과 비애의 심화가 영향을 미쳤다. 알레고리 작가들은 현상과 본질, 이상과 현실, 세계의 초월적 근원과 그 현현으로서의 물질적 세계가 이원론적으로 대립하는 것으로 파악한다.[45] 앞서 살펴본 「발 상(傷)한 순례(巡禮)의 소녀(少女)」가 대표적이지만, 황석우에게는 초월성, 절대성 대신 세계를 불확실, 불완전한 것으로 파악하는 허무주의적 태도가 두드러진다.

아울러 중기시에는 사회진화론의 약육강식 논리를 비판하는 차원에서 상호부조론의 이상향을 자연시에 도입하는 계몽적 시도가 본격화된다. 물론 계몽적, 교훈적 의도가 지나치게 강조되면서 이에 대한 비판 역시 강하게 제기되었다. 시집이 나왔을 당시 주요한은 "수편(數篇)을 제외한 이 시집의 전부가 시라고 부르기에는 넘우 유희적"이며 "동요라 하면 넘우 생경하고 불순하며 박물(博物)의 교재로는 불완전 부정확"하다며 "이 책자의 내용이 대부분 트래쉬에 불과"하다고 혹평했다.[46] 다만 시의 '유치함'과 관련해 이 당시의 검열 문제를 고려하지 않을 수 없다. 황석우는 『근대사조』를 조선에 반입하려다 체포된 사건 이후 감시 대상으로 당

---

45 18세기 이후 유럽에서 진행된 예술에 관한 논의에서 보편적인 것의 본질은 상징을 통해 조화롭고 총체적이며 통일적으로 그려질 수 있다는 견해가 의심의 여지가 없는 것으로 받아들여져 왔다. 하지만 벤야민에 의해 알레고리 개념에 대한 재평가가 시도된 이후 상징에 대한 확고부동한 믿음은 흔들리게 된다. 벤야민에 따르면 상징을 통해 실현될 수 있다고 간주된 "감각적 대상과 초감각적 대상의 통일"은 신학에서만 가능하다고 한다. 따라서 상징 개념을 예술에 전용하는 것은 이 개념을 "현상과 본질의 관계"로 일반화시켜 버리는 오류를 범하게 된다. 이러한 상징 개념은 현상과 본질의 통일이라는 총체성에 관한 그릇된 가상에 근거하여 '일그러진' 형상화를 이룰 뿐이다. 주일선, 「상징은 의미동일성의 재현인가?」, 『카프카연구』 16집, 한국카프카학회, 2006, 206~207쪽.

46 주요한, 「『자연송』과 자가(自家)송, 황석우 군의 시집을 독(讀)함(一)」, 『동아일보』, 1929.12.5.

국의 주목을 받았으며, 1920년대 후반 잡지 『조선시단』을 발간할 당시에 도 검열로 인해 작품이 삭제되거나 잡지가 발간 중단되는 일을 겪기도 하였다. 이러한 상황을 의식했던 황석우가 다소 유치한 형태로밖에 사회비판적 메시지를 전달할 수밖에 없었던 것은 아닌지 이해되는 측면도 있다. 아울러 이는 황석우가 아나키즘의 이상을 대중에게 널리 전파하고자 했던 의도를 내포하고 있었다.

4. 아나키즘-생태시의 출현

황석우는 초기시부터 생존경쟁과 약육강식의 냉혹한 현실에 던져진 무력한 자아의 형상을 어머니로부터 버려진 아이의 운명에 빗대어 그려냈다. 한편 그의 초기시에는 저무는 태양의 이미지 역시 자주 등장한다. 「태양(太陽)의 침몰(沈沒)(구고(舊稿))」[47]에서는 "죽는者(자)의움혹한눈갓치" '침몰' 해가는 태양의 이미지가 나타난다. 이는 생명에 대한 폭력이 정당화되는 현실 속에서 훼손된 자연과 고립된 개인의 내면을 반영한다.[48] 그런데 황석우는 신이나 미와 같은 절대적 존재로부터 구원을 찾지 않았다. 자연 역시 절대적인 이상향으로 상징화되지 않는다.

황석우의 자연시는 크로포트킨의 상호부조론의 영향을 받아 사회진화론을 비판하기 위한 정치적 맥락에서 파악된다. 크로포트킨은 서양의 아나키스트 가운데에서도 동아시아 사회에 가장 큰 영향을 미친 인물이라

47 『폐허』 1호, 1920.7.

48 노춘기, 앞의 논문, 248쪽.

는 평가를 받는다.[49] 이는 무엇보다 당시 유행하던 개조의 흐름이 일본에서 크로포트킨 사상이 수용된 데 중요한 배경으로 작용했던 것으로 보인다.[50] 스즈키 사다미는 다이쇼 생명주의에 영향을 끼친 사상가 중 한 사람으로 헤켈, 베르그송, 엘렌 케이 등과 함께 크로포트킨을 들며 이러한 사상적 흐름 속에서 '생명'에 대한 새로운 인식이 출현하게 되었다고 지적한다.[51] 크로포트킨의 자연관을 바탕으로 한 작품은 일본에서도 창작되었다. 황석우가 '자연시'를 창작했던 시기에 일본에서 발행된 전위잡지 『시와 시론(詩と詩論)』 1호(1928.9)를 보면 크로포트킨의 영향이 확인된다.

> (…) 그 미래에 목말랐던 젊고 아름다운 한 개의 태양이—그것은 우리들의 신약(新約)의 피다! 그의 순백한 혼(魂) 크로포트킨도 또 스스로의 체온(體溫)으로 불모(不毛)의 땅을 데우면서, 녹색의 지평선(地平線)을 꿈꾸었던 것일까.//(…) // 나는 아직 젊다! 그곳의 넓은 세계에 대해 알고, 신선한 과실(果實), 생생한 생명(生命)을 탐하고 있다. 태양과 풀, 아직 누구에게도 욕보여지지 않은 용솟음치는 자연의 샘이 있을 것이다. 나는 생활(生活)의 아프리오리가 되는 사랑을 갖지 못했지만, 증오가 있다. 그것이 싸움에서 사는, 나의 욕구이고, 권리이다. 나는 아직 기억하고 있다. 어느 겨울, 굴을 파고 양배추를 넣어둔 지 수 일 후, 쌓인 눈을 파내어 보니, 누군가가 눈 아래부터 구멍을 뚫고 와 식량을 빼앗아 갔다. 그것은 황막한 설원(雪原)에 살아가는 야생쥐의 절실(切實)한 욕구와 예민한 감각(感覺), 즉 생(生)의 의의(意義)나 이론(理論)을 넘어서는 치열한 생명

49 조세현, 앞의 책, 25쪽.

50 박양신, 「근대 일본의 아나키즘 수용과 식민지 조선으로의 접속」, 『일본역사연구』 35집, 일본사학회, 2012, 146쪽.

51 鈴木貞美(1995), 「'大正生命主義'とは何か」, 앞의 글, 7쪽.

(生命)을 보여주는 것이었다. 찰나(刹那)를 채우는 전(全) 행동(行動)
의 가운데, 생명(生命)을 태우는 무엇보다 대담한, 무엇보다 자유로
운 일인(一人)으로서 나는 저쪽의 세계에 둘러싸여 간다.

-「신약(新約)」 부분[52]

위 시를 창작한 요시다 잇스이(吉田一穂, 1898~1973)는 홋카이도 출신의 시인이자 동화작가로, 상징주의 시인 미키 로후(三木露風) 및 기타하라 하쿠슈(北原白秋) 등으로부터 가르침을 받기도 했다. 이에 따라 그의 시에는 상징주의 경향과 함께 크로포트킨, 마르크스, 니체 및 개인의 자유, 자치를 강조하는 슈티르너의 개인주의적 아나키즘적 성향이 나타난다. 특히 아나키즘의 영향이 가장 두드러져 생명력이 "용솟음치는 자연의 샘"에 대한 확신을 바탕으로 '생명'의 유토피아를 열망하는 모습이 출현한다. 그는 인간이 다른 인간을 착취하고 지배하는 인류를 비판하며 현실에 대한 분노를 치열한 생명에의 의지로 변환하였다. 이 작품뿐만 아니라 같은 호에 실린 「고국의 서 봄(故園の書 春)」, 「고국의 서 여름(故園の書 夏)」, 「고국의 서 가을(故園の書 秋)」, 「고국의 서 겨울(故園の書 冬)」 등의 연작 시편에도 아나키즘 사상을 바탕으로 자연의 생명력을 예찬하는 성향이 나타난다. 이들 작품을 통해 요시다 잇스이는 노동력을 착취당하는 자본주의의 속박에서 벗어나 인간이 다시 노동의 기쁨을 되찾기 위해서는 토지, 즉 자연으로 돌아가야 한다는 사실을 강조하였다.[53]

---

52 『詩と詩論』 1호, 1928.9, 164~167쪽. 이 시는 다음 책에 번역 소개되었다. 위 인용문은 책 내용을 참고하되 맥락에 따라 조금 수정한 것이다. 란명 외, 『이상적 월경과 시의 생성 - 『詩と詩論』 수용 및 그 주변』, 도서출판 역락, 2010.

53 이를테면 요시다 잇스이는 「고국의 서 겨울(故園の書 冬)」에서 크누트 함순을 거론하며 사람이 사회조직이라는 잔인한 약탈기구에서는 아사할 수밖에 없는 데 반해 자연 속에서 적응하며 살아감으로써만 생존권을 탈환할 수 있다고 서술하였다.

소영현에 따르면 조선에서 상호부조론은 '미적 청년'들에 의해 아나키즘보다 다이쇼 생명주의의 맥락에서 수용되었다. '상호부조'를 강조한 입장은 공동체 속에서의 개인의 역할을 의식하려는 경향을 지녔으며, 에머슨식 '생명'의 개념을 중심으로 '예술=생명=개성=자유'라는 논리를 강조했는데, 결국 이러한 입장이 주객합일의 세계라고 할 수 있는 종교적 세계로 귀결했다.[54] 실제로 박석윤은 「'자기(自己)'의 개조(改造)」[55]라는 글에서 제1차 세계대전의 참상이 인류에게 커다란 교훈을 주었다면서, 크로포트킨의 말을 빌려 자기를 개조할 것과 참마음으로 열정으로 감격으로 남을 사랑하는 것이 인격의 발전이라고 주장했으며, 여기에 덧붙여 자기 개조란 아나키즘에 근거해서 이루어져야 한다고 언급했다.

이돈화의 '자연' 역시 개조의 영향과 관련한다.[56] 이돈화는 물질계와 정신계의 구별을 넘어서고 제1차 세계대전 후 자본주의의 병폐를 비판하는 개조주의의 흐름을 받아들여 개벽 사상과 결합시켰다. 그는 '정신 개조' 뿐만 아니라 물질적 개조에도 관심을 기울여 양자를 절충시키는 방안을 추구했다. 이러한 생각은 생명의 개적 가치와 우주 자연의 전적 가치를 절충하려는 시도로 이어졌는데, 이러한 점에서 이돈화는 개체가 '사회' 혹은 '대아'로 치환되는 자연과 내밀히 연결되어 있다고 주장하며 자연과 사람이 서로 무관할 수 없다고 주장하였다. 이와 달리 황석우는 자연을 인간 세계를 더 나은 장소로 변화시킬 가능성을 담지한 것으로 주목한다. 특히 동화적 상상력을 바탕으로 자연과 자아의 교감을 강조한 시편들이 다수 나타나는데,[57] 이는 요시다 잇스이의 시가 아나키즘 사상을 관념적이고 직

54 소영현, 앞의 책, 228~229쪽.

55 『학지광』 20호, 1920.7.6.

56 최수일, 『개벽 연구』, 소명출판, 2008, 403쪽.

57 정우택은 구체적이고 감각적인 언어로 자연에 대한 인상과 감상을 표현한 초기시

설적으로 진술한 것과도 차별화된다. 초기에 견지했던 천재론과 예술지상주의를 버리고 아나키즘 문학론에 입각하여 모든 사람이 평등하게 읽고 쓸 수 있는 문학의 대중화를 실현시키고자 한 것이다.[58]

한편 앞서 언급했듯 황석우는 초기시에서 현실과의 불화로 고독한 개인이 훼손된 세계로서의 자연을 방황하는 모습을 그려낸 바 있다. 그런데 본격적으로 민중의 생활 속으로 뛰어들어 정치운동을 하게 되면서 현실과의 불화를 '계몽'을 통해 메우려는 태도가 나타난다. 황석우의 시에 두드러진 알레고리는 이와 관련된다. 다음의 시들을 보자.

> 소녀(少女)의혼(魂)은 어느곳에 드러잇슴닛가?
> 소녀(少女)의혼(魂)은 그고흔 유방(乳房)가운데 드러잇슴니다.
> 소녀(少女)의혼(魂)은 그유방(乳房)속에 꼿과가치 피여잇슴니다.
> 그꼿은 들가운데 적막(寂寞)하게 핀영란(鈴蘭)과 갓슴니다.
> 사랑은 그꼿에서 열리는 다못한개뿐의 과실!
>
> -「소녀(少女)의혼(魂)」 전문[59]

> 싀ㅅ뻘건딸기! 그육(肉)은여름의마음쪼각
> 싀ㅅ뻘건딸기! 그육(肉)은여름의마음주머니
> 곳그는여름의마음이나흔알[卵]
> 곳그속에는여름의사랑이—혼(魂)이들어잇다
> 곳그속에는여름의사랑이, 혼(魂)이배여잇다

(1910~1920년대초)와 유토피아의 이념적 형상으로서 자연을 묘사한 중기시(1920년대 중반~해방), 그리고 우주와 자아의 존재론적 교감이 강조된 것으로 후기시(해방 이후부터 1950년대)를 꼽는다. 정우택, 앞의 책, 122~133쪽.

58 정우택, 앞의 책, 121쪽.

59 『문예월간』 2호, 1932.1.

곳그속에는여름의태아(胎兒)가 자기(自己)의즐겁운「산(産)의날」을
우수며 울며가슴조려기둘느고잇다

- 「싀ㅅ뻘건딸기」 전문[60]

이 시들은 「토(土)의향연(饗筵)」과 달리 영혼과 육체의 상호적 관계를 담지한 주체로 자연물이 등장한다. 위 두 시에서 공통으로 발견되는 것은 영혼과 관련된 상상력이다. 「소녀(少女)의 혼(魂)」에서는 영혼이 유방 속에 꽃과 같이 피어있는 것으로 그려지며, 「싀ㅅ뻘건딸기」에서는 '딸기'를 여름이 낳은 알(卵)로 그 안에 "여름의 사랑"이라는 혼이 내재해 있다고 표현한다. 이처럼 육체와 영혼을 상호 소통하는 관계로 그려내는 한편, 육체와 영혼이 내밀한 관계 속에서 '사랑'이라는 결실이 맺어진다고 본다. 영혼을 여성의 육체와 연결시킨 점 역시 주목된다. 신체의 여러 부위 가운데서도 영혼을 여성의 '유방'과 관련짓는 것이나 딸기를 여름이 낳은 알이나 태아에 비유하며 여성적인 생식력을 강조하고 있다. 이외에 「나무와 풀의생(生)이해」[61]에서도 나무와 풀이 머리를 땅속에 박고 그 가랑이를 하늘로 향해 벌리고 있는데, 이때 "꼿은그들의말하기어려운어느비밀한곳"으로 "화밀(花蜜)은그들의아릿다운월경액(月經液)"으로 표현되기도 한다. 황석우는 '생명'을 육체와 정신의 이분법으로 파악하지 않았다. 그는 영혼과 육체가 상호 교통하는 상태를 '사랑'의 상태로 이해하고 여성의 육체와 연관지어 이를 에로틱하게 표현했다. 다음 시 역시 상호부조론에 기반한 상상력을 보여준다.

---

60 『자연송』, 앞의 책, 122쪽.

61 위의 책, 113쪽.

큰나비 작은나비모다날너오너라
바위그늘밋헤어
아릿다운꼿들이나를불은다
마음을껄어잡어내리는
귀여운우슴과
「형기(馨氣)의손짓」으로
상양하게상양하게나를불은다
어이저꼿들의겻을가지안코그대로백일것인가
큰나비, 작은나비모다날너오너라.
우리들은저아릿다운꼿들의우슴에안키고
형기(馨氣)에안켜
그꼿솔의잔(盞)에부어주는
화밀(花蜜)을마음것켜[呷]고
취(醉)해취해취해서흐느러거리고

- 「꽃 겻의 합주곡」 부분[62]

황석우에게 '태양'이 그 자체로 절대적 생명력을 표상하는 것이라면, '꽃'은 생성하는 내재적 생명력을 표상하는 지상의 존재이다. 이 때문에 '태양'과 관련된 시들이 '태양'을 찬양하는 다소 단조롭고 도식적인 상상력을 보여주는 데 비해, '꽃'과 관련된 시들은 이보다 다채롭고 변화무쌍한 수사로 표현된다.[63] 이 시에서 '꽃'은 우선 '나비'를 불러 세운다. 또 나비들은 꽃의 '웃음'과 '향기', '화밀'에 취하여 축제의 분위기에 휩싸인다. 이 축제에는 나비 외에도 제비, 꾀꼬리, 벌 등 온갖 생물들이 초대되어 "꽃

62 위의 책, 123쪽.

63 『자연송』의 전반부는 태양, 달, 별 등 천체 질서와 관련된 시들이 주를 이루고, 후반부는 봄, 나비, 꽃, 바람 등 지상의 자연물과 관련된 시들이 주를 이룬다.

의사랑의위대함"을 함께 노래한다. 여기서 '나비'와 '벌'은 꽃의 생명력을 찬양하는 존재인 동시에, 꽃이 수정하는 것을 돕는 역할을 한다.[64] 다른 시들에서도 '꽃'은 "전장(戰場)으로붓허도라오는" 남편을 맞는 아내 혹은 신부가 되어 '나비'를 기다리는 존재로 그려진다(「나비의 시」, 「나비 사랑하는 어느 꽃」). 이를 통해 황석우는 자연에서 '사랑'의 힘을 발견한다. 인간 역시 '행복'하기 위해서는 자연으로부터 "사랑의 길"[65](「사랑의 성모」)을 배워야 한다.

황석우는 인간 역시 자연에 속해 있는 존재로서 천부적으로 행복할 권리를 지니고 있음을 강조한다. 「태양(太陽)이가지고잇는공장(工場)」에서 지구는 태양이 세운 "최대(最大)의 기업장(企業場)"으로 그곳에서 생산하는 제품은 '행복'이며 '고통'은 태양의 의사에 반하여 인간이 만들어낸 나쁜 "오제품(誤製品)"이라고 묘사된다. 이를 통해 황석우는 인간이 천부적으로 행복할 권리를 지니고 있다는 점을 일깨우고 이 권리를 위해 싸워야 한다는 사실을 강조한다.[66] 그가 말하는 '사랑'은 아나키즘의 상호부조론과 연관되는 것으로, 그의 자연시에는 인간 사회를 변혁시키기 위한 정치적 의도 역시 반영되어 있다. 인간의 문명 속의 억압이 자연에 대한 억압과 연결되어 있다는 생태주의적 자각이 그의 아나키즘-생태시에 선구적으로 나타난다.

---

64 『자연송』에 실린 다음의 시들이 이에 해당한다. 「나비의 시」(75~76쪽), 「나비 사랑하는 어느 꽃」(77~78쪽), 「이른 아ㅅ침의 나비의 숩풀 방문」(79쪽), 「나비와 버-ㄹ들의 하는 일」(80쪽), 「나비가 날너 뛰여 들어갓소」(92쪽)

65 위의 책, 120쪽.

66 크로포트킨은 자연 속에 도덕적 원리가 본능으로 있어서 인간 사회를 가장 자유스럽고 평화롭게 유지시킨다고 보았다. 김경복, 『한국 아나키즘시와 생태학적 유토피아』, 다운샘, 1998, 52쪽.

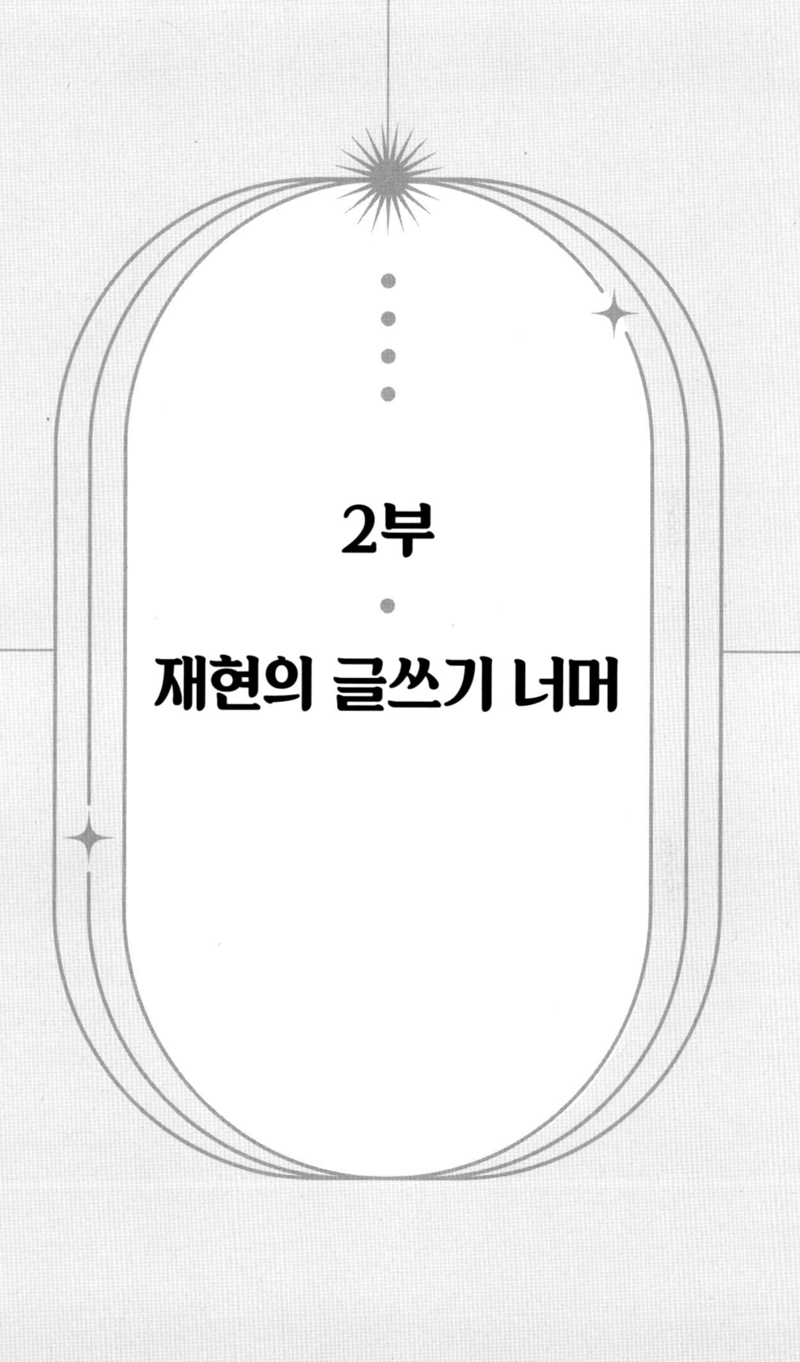

2부

재현의 글쓰기 너머

이상 문학에 나타난 분신 모티프와 메타적 글쓰기

1. 주체와 분신

이상 문학에서 분열된 '자아' 혹은 '주체'의 문제는 그의 거울 시편들과 더불어 일찍부터 논의되어왔다. 하지만 이승훈의 『이상 시 연구』[01]를 비롯한 초기 연구들은 거울 모티프가 사용된 작품에만 주목하여도 이상 문학 전반에 나타나는 분신 모티프의 의미를 밝히는 데 한계를 지닌다. 이에 최근 연구들은 이상 문학을 '주체'와 '분신'의 관계에서 재조명하고 있다. 우선 김승구는 '분신'이 주체성의 위기를 상징적으로 보여주는 존재로서 단일성을 가정하는 근대적 주체가 실은 분열적이고 파편적이라는 사실을 일깨우는 매개체로 등장한다고 보았다.[02] 조연정 역시 이상 소설에 나온 여성들을 '나'의 분신으로 볼 수 있다는 점에서 "이상 문학의 처음과 끝을 관통하고 있는 것은 이처럼 분열된 주체, 즉 분신의 문제"라고 지적한다.[03] 한편 송민호는 근대와 자본주의라는 거미줄처럼 조직된 망에 걸려 있는 '나'를 구출하려는 다중화 전략의 관점에서 이상 문학의 분신 모티

---

01 이승훈, 『이상 시 연구』, 고려원, 1987, 20쪽.

02 김승구, 『이상, 욕망의 기호』, 월인, 2004.

03 조연정, 「이상 문학에서 '분신' 테마의 의미와 그 양상」, 신범순 외, 『이상 문학 연구의 새로운 지평』, 역락, 2006, 338쪽.

프를 설명한다.[04]

사실 이상뿐만 아니라 포크너, 조이스, 울프, 카프카 등 실험적인 작품을 쓴 20세기 작가들에게 분신의 모티프는 죽음을 예고하고 정신 착란이나 분열을 일으키는 것으로 그려진 바 있다. 이상 역시 분신 모티프를 텍스트의 구조적 차원에까지 적용하여 자신이 전달하고자 하는 바를 감추면서 드러내는 글쓰기 전략을 실험했다. 「날개」의 서두에 에피그램적 성격을 띤 머리글이나 「종생기」에 드러난 서술자의 분열 양상은 이상이 분신 모티프를 에크리튀르의 층위에서 다루고 있다는 점과 관련된다. 특히 이상이 분신을 도입하는 방식에는 두 가지 차원에서 혼합되어 있다. 우선 이상의 소설 중에는 작가의 분신으로서의 인물군이 등장하는 부류가 있다. 예를 들어 「휴업과 사정」에서 대칭구조를 보이는 '보산'과 'SS'나 「12월 12일」에서 '그'와 '업'은 분신 관계를 이루는 인물들이라고 할 수 있다. 한편으로 이상은 자기의 대칭점으로서의 분신을 설정하고 이 분신과의 대화를 통해 텍스트를 서술하기도 한다. 이로 인해 단일한 목소리로 통합되지 않는 균열 지점이 발생하며 텍스트의 의미를 확정하기가 어려워진다.

글쓰기의 주체가 텍스트와 맺는 복잡한 관계를 반영하려는 의도를 가지고 이상은 분신 모티프를 실험적 글쓰기의 도구로 활용하였다. 이는 글쓰기의 메타성에 대한 문제의식으로 특히 거울 시편들에서 분명히 제시된다. 조연정은 「오감도-시제15호」에서 글쓰기에 대한 은유가 드러난다는 점을 지적하면서, 글쓰기를 통해 '거울 밖의 나'가 '거울 속의 나'를 진

04 송민호, 「이상의 「선에관한각서」에 나타난 시공간 차원과 분신의 주제」, 신범순 외, 『이상의 사상과 예술』, 신구문화사, 2007, 263쪽.

단하는 과정을 그린 것이라고 분석한 바 있다.[05] 거울 시편에서 거울은 일종의 '백지'로, 이상은 글을 쓰는 과정을 거울 속 자신을 진단하는 것에 비유한다. 이러한 주제 의식은 분신과의 결합이라는 차원에서 결혼 모티프로 변형되기도 하였다. 권희철은 비틀린 절름발이 분신의 관계를 마리아의 신성한 결혼식이 뒤집힌 형태로 해석하며, 조화로운 결합의 관계로 돌입하려는 이상의 욕망에 주목한 바 있다.[06] 그는 「종생기」와 「흥행물천사」 등을 분석하며 아쿠타가와(芥川)와의 비교를 통해 이상이 추락한 현실 속에서도 분신의 관계를 신성한 결혼식의 차원으로 상승시키려 했다고 지적하였다.

하지만 이상은 현실 상황에 비관하여 결코 이러한 결합이 완성될 수 없으리라 인식했다. 이 때문에 분신과의 결합을 추구하면서도 계속해서 결합에 실패하는 모습을 그려낼 수밖에 없었다. 이를 대표적으로 보여주는 것이 절름발이 분신 모티프이다. 대표적으로 「날개」에 등장하는 절름발이 부부 이미지는 다른 시 텍스트에도 반복적으로 등장하는 이상 문학의 상징적 이미지이다. 이 글은 이상의 대표작 「날개」에 실린 삽화를 중심으로 이상이 절름발이 분신을 통해 전달하고자 한 문학적 자의식의 표정을 살펴보았다.

---

05 "여기서 '군용장화'는 일종의 '구두'라는 점을 환기해보면, '백지'와 함께 읽을 때 군용장화로서의 '구두'는 동음이의어인 '句讀'를 연상시킴을 유추해낼 수 있다. 요컨대, 이 구절은 '백지'에 구두점을 찍는 것, 즉 글쓰기와 연결이 되는 셈이며, 글쓰기로써 '거울 밖의 나'가 '거울 속의 나'를 진단한다는 의미로 확장된다." 조연정, 앞의 글, 340쪽.

06 권희철, 「이상의 '마리아'와 아쿠타가와 류노스케의 '예수'」, 란명 외, 『이상적 월경과 시의 생성』, 역락, 2010.

2. 분신의 유형과 글쓰기의 관련 양상

2.1 분신과의 결합 실패 양상

이상이 왜 분신과의 결합이라는 문제에 골몰했는지를 이해하기 위해서는 그의 초기작부터 검토가 필요하다. 송민호는 이상이 초기작인 「삼차각설계도」 연작을 통해 근대적인 시간성과의 대결을 통해 다양한 분신을 출현시켰다고 지적한 바 있는데,[07] 아래 인용시를 보면 이상이 '나'를 해체하는 데 머무르지 않고 결합을 추구했음이 확인된다.

> 사람은광선(光線)보다도빠르게달아나면사람은광선(光線)을보는가, 사람은광선(光線)을본다, 연령(年齡)의진공(眞空)에있어서두번결혼(結婚)한다, 세 번결혼(結婚)하는가, 사람은광선(光線)보다도빠르게달아나라.
>
> (중략)
>
> 사람은다시한번나를 맞이한다. 사람은보다젊은나에게적어도상봉(相逢)한다, 사람은세번나를맞이한다, 사람은젊은나에게적어도상봉(相逢)한다, 사람은적의(適宜)하게기다리라, 그리고파우스트를즐기거라, 메퓌스트는나에게있는것도아니고나이다.
>
> (중략)
>
> 도래(來到)할나는그때문에무의식중(無意識中)에사람에일치(一致)

---

07 송민호, 앞의 글, 260쪽. 그는 이상이 '뇌수(腦髓)'와 같은 정신적 사고의 움직임을 통해 빛보다 빠르게 달아나서 동일한 시간, 장소에서 '나'와는 다른 경험을 하는 분신을 마주하게 된다고 분석한다.

하고사람보다도빠르게나는달아난다, 새로운미래(未來)는새로웁게있다, 사람은빠르게달아난다, 사람은광선(光線)을드디어선행(先行)하고미래(未來)에있어서과거(過去)를기대한다,우선(于先)사람은하나의나를맞이하라,사람은전등형(全等形)에있어서나를죽이라.//사람은전등형(全等形)의체조(體操)의기술(技術)을습득하라,불연(不然)이라면사람은과거(過去)의나의파편(破片)을여하(如何)히할것인가.

사고(思考)의파편(破片)을반추(反芻)하라,불연(不然)이라면새로운것은불완전(不完全)하다[08]

위 시에서 분신과의 만남은 '결혼'에 비유된다. 사람은 광선보다도 빠르게 달아남으로써 '나'와 만날 수 있게 되는데, 이를 '결혼'이라고 표현한 것은 무수한 '나'와 결합함으로써 "하나의나", "새로운 미래"를 낳을 수 있기 때문이다. 하지만 무수한 '나'의 생성 속에서 이를 제대로 결합시키지 못하면, 그 주체는 분열증에 빠져 "하나의 나"를 만들어낼 수 없게 된다. 이에 무수한 '나'를 만들어내는 "과거의 파편"을 처리하기 위해 "사고의 파편을 반추"하고 "전등형의 체조의 기술을 습득"하라고 주문한다. 이 작품 외에도 「삼차각설계도」는 시공간의 차원을 확대하여 '나'를 다중화 함으로써 세워진 주체들이 복수성을 띠고 펼쳐져 나열되는 장면들이 그려진다.

이상 문학에서 이 문제는 여러 방식으로 변주되어 반복된다. 이를테면 「얼마안되는변해(혹은 일년(一年)이라는 제목(除目))-몇 구우(舊友)에게 보내

08 이상, 권영민 편, 『이상전집』 1권, 뿔, 2009, 293~294쪽. 이후 이상 텍스트 관련 서지사항은 권영민 편 『이상전집』의 표기와 쪽수를 따른다. 이후 인용시 책 제목, 전집 권수와 인용 쪽수만을 표기하였다.

는」이라는 수필에는 아담의 갈비뼈에서 이브를 창조해낸 신의 작업으로 묘사된다.[09] 이 글에 등장하는 '그'는 신이 아담의 늑골을 가지고 이브를 창조하였듯이, 자신의 늑골에 나뭇가지를 삽입하여 '이브'를 만들어내려는 접목을 실험한다. 하지만 초기작에서 보여주었던 결합에의 자신감은 더 이상 보이지 않는다. 접목된 골편은 초라하게 말라버렸고 어떠한 변화도 나타나지 않는다. 이런 점에서 이 수필은 이상 문학에서 일종의 문학적 전환점을 보여준다. 초기시에서 이상은 '나'를 해체하고 결합하는 가운데 새로운 세계, 새로운 나를 만들어낼 수 있을 것이라는 기대를 보여주었다. 하지만 이러한 실험이 좌절로 돌아가면서 그는 이전과는 다른 방식으로 분신 모티프를 활용하게 된다.

이런 점에서 이 수필이 창작된 배경을 살펴볼 필요가 있다. 이 수필은 1932년 11월 6일에 쓰여 졌다고 메모가 되어 있으며 부제를 통해 1931년 11월경부터 1932년 11월까지 경험을 담은 것으로 추정된다. 그동안의 전기적 연구에 따른다면 1931년은 아직 조선 총독부에서 근무하고 있는 시기이다. 1929년 3월 경성 고공을 졸업한 김해경은 조성총독부 내무국 건축과 기수로 4월부터 일을 시작하여 11월에는 조선총독부 관방회계과 영선계 기수로 옮겨 근무했다. 이에 대해 이상이 상사와의 불화로 과를 옮겨 다니며 전전했다고 하거나 이상의 뛰어난 능력을 발견한 과장이 그를 발탁했다는 견해 등이 분분한데 사실 이는 전근이라기보다는 내무국 건축과의 명칭이 조선총독부 관방회계과로 바뀐 것에 불과하다.

1931년 총독부 기수로 근무하면서 이상은 작품 활동을 본격적으로 시작한다. 「이상한 가역반응」을 시작으로 「조감도」(1931.8), 「삼차각설계도」(1931.10), 「건축무한육면각체」(1932.7) 연작 등을 『조선과 건축』에 발표하

---

09 『이상전집』 4권, 347~348쪽.

였으며 1932년에는 「지도의 암실」(1932.3), 「휴업과 사정」(1932.4)을 조선에 발표하는 등 활발하게 작품 활동에 매진했다. 하지만 그동안에도 그의 몸은 폐결핵으로 점점 망가져갔다. 1933년에는 상태가 심각해져서 3월에 총독부 기수직을 사임하고 배천 온천에 요양을 갈 정도였다. 그리고 이때부터 「꽃나무」, 「이런 시」, 「1933.6.1」, 「거울」 등 한글시가 발표된다. 이 동안 이상은 죽음을 예견하고 있었다. 밤이 되면 심해지는 기침 때문에 그는 "훈일(曛日)의 한기(寒氣)에 운채(雲彩)" 조차 떨고 있다고 언급하며 스물세 살에 죽어간 사람들을 떠올린다. 백부(伯父) 김연필이 뇌일혈로 사망한 것이 1932년 5월 7일 즉, 그의 나이 스물 셋의 일이다. 그는 마치 죽음이 "피부(皮膚)에 닿을락 접근(接近)함"을 느꼈다. 하지만 그는 군중과 같이 방안에 가득한 죽음이 자신의 육체에 "삼투(滲透)" 되도록 허락하지 않았다.

> 그는 일년(一年)과 일년(一年)의 이전(以前)의 얼마 안되는 일년(一年)사이에 퍽이나 치졸(稚拙)한 시(詩)를 쓰고 있었다.
> 무의미(無意味)한 일년(一年)이 한심스럽게도 그에게서 시(詩)까지도 추방(追放)하였다. 그는 "죽어도 떨어지고 싶지 않은" 그 무엇을 찾으려고 죽자하고 애를 썼다.
> 하지만 그에게 있어서의 "그것"은 시이외(詩以外)의 무엇에서도 있을 수 없었다.
> 그의 에스푸리는 낙서(落書)할 수 있는 비좁은 벽면(壁面)을 관통(棺桶) 속에 설계(設計)하는 것을 승인(承認)했다.[10]

그는 시로서 "죽어도 떨어지고 싶지 않은" 그 무엇을 찾으려고 애를

---

10 『이상전집』 4권, 343~344쪽.

썼다. 그림을 그리기도 하고 소설을 쓰기도 하였지만 '그것'은 오로지 시에서만 찾을 수 있었다. 폐결핵을 앓고 1930년에 이미 각혈을 경험한 그에게 죽음은 언젠가 닥칠 "부역(賦役)"에 비유되었으며, "부역(賦役)을 멸(滅)하기 위해서" 초겨울 빗속을 '거꾸로' 걸어간다. 이는 죽음의 공포를 극복하기 위한 하나의 연기였지만 결국 죽음에 대한 두려움을 극복하지 못하고 "한발자욱의 반조차로 전진(前進)할 수 없는 가련한 환자(患者)"가 되어 기차에 몸을 의탁할 수밖에 없었다. 이렇게 해서 이 수필의 주인공인 '그'는 기차를 타고 무덤과 자궁확대모형, 그리고 별의 광산에 차례로 이르게 된다.

그의 구체적 여정은 이렇다. 우선 그는 기차 속 무덤에서 자신만의 이브를 탄생시키려 시도하지만 갈비뼈는 초라하게 메말라 버렸고 뇌수에 피었던 꽃에도 어떠한 변화도 나타나지 않는다. 접목이 실패로 돌아가자 그는 대신 거울 세계를 설계하는데 이는 "자궁확대모형(子宮擴大模型)"에 비유된다. 하지만 거울 세계는 "기억(記憶)이 관계(關係)하지 않는 그리고 의지(意志)가 음향(音響)하지 않는" 공간으로 '안주(安住)'할 수 없었다. 이에 따라 그가 마지막으로 다다르는 곳이 별의 광산이다. 여기에서 절망은 더욱 심화된다. "피곤해 빠진 광부들"에 의해 별은 "침윤"되어가고 광부들의 시끄러운 기계음에 별에서 흘러나오던 질서 있는 음악은 사상을 떨어버리고 도망쳐 다니는 신세가 된다. 그는 공복과 피로에 절어 문제의 그 별을 쳐다본다. 하지만 별의 황량한 모습에는 슬픔과 아득함이 교차한다.

특히 거울 세계가 더 이상 안주할 수 없는 공간이 된 점은 주목된다. 이는 「삼차각설계도」의 「선에관한각서 7」에서 "광선(光線)이사람이라면사람은거울이다"라는 명제를 정식화한 것과 대조된다. 이는 거울 속 세계 즉 글쓰기 공간이 폐쇄적으로 닫혀 버렸음을 암시한다. 그에게 '거울'(=백지)은 자기 안의 타자와 대면해 시를 생산해 낼 수 있는 '자궁'과 같은 공간이었다. 그렇기에 "자궁 확대 모형의 뒷문이 폐쇄된" 것으로 비유되는 이 수필의 상황은 절망적으로 해석된다. 무엇보다 이러한 공간적 비유가 글쓰기의 과정에서 에크리튀르의 주체가 겪는 혼란과 고통을 가리킨다는 사실이 특히 마지막 장면을 통해 드러난다. 별의 광산에서 절망하던 주체에게 갑자기 예측하지 못했던 변화가 일어나는데, 이는 뇌수의 흥분과 "사각진 달의 채광"에서 "광선"을 얻어내 "잘 제련된 보석을 분만"한다는 채광, 제련, 분만의 화려한 수사로 묘사된다. 이 시기 이상은 치졸한 시를 쓰게 되었다고 절망하며 이를 '아름다운 접목'의 실패, '자궁확대모형'의 불모성으로 표현했다. 하지만 시 쓰기를 포기하지 않고 '독서'('사각진 달의 채광 줍기')를 통해 성숙된 '사상'('광선')을 '시'('보석')로 만들어내는 일련의 과정이 영웅 서사시와 같이 자못 웅장하게 소묘된 것이다.

이상은 창작 과정을 분신과의 결합을 통한 새로운 주체의 탄생으로 그려냈다. 분신과의 결합을 통해 새로운 '나'를 만들어낼 수 있을 것이라는 생각은 새로운 문학을 세상에 선보이겠다는 그의 예술가적 자부심과 연결되는 것이었다. 하지만 1932년 즈음에 이르러 이상은 시인의 자화상을 고독한 죽음과 연관 짓기 시작한다.[11] 아폴리네르나 장 콕토에 대한 이상의 공감은 이와 관련한다.[12]

2.2 구원으로서의 글쓰기

이상은 자기 분신과의 부조화 상태를 나타내기 위해 '절름발이'라는

---

11 "나의 마음이 죽었다고 느끼자 나의 육체는 움질일 필요도 없겠다 싶었다// 달이 둥그래지는 내 잔등을 흡사 묘분(墓墳)을 비추듯 하는 것이다/ 이것이 내가 참살 당한 현장의 광경이었다. (『이상전집』 4권, 442쪽)

12 이상이 「첫번째 방랑」에서 언급한 「학살당한 시인」(아폴리네르)이나 장 콕토의 시 「시인의 죽음」을 보라.

독특한 이미지를 만들어냈다. 이는 거울시편에 나타났던 분신 이미지가 구체화된 것으로, 그 중에서도 「BOITEUX · BOITEUSE」, 「척각(隻脚)」, 「불행한 계승」 등에는 기독교 표상과 관련된 '절름발이 분신'이 등장한다. 십자가의 추락을 통해 절름발이 분신이 출현하는 광경이 그려진 우선 「BOITEUX · BOITEUSE」을 우선 보자.

> 긴 것
>
> 짧은 것
>
> 열십자(十字)
>
> ×
>
> 그러나 CROSS에는 기름이 묻어 있었다
>
> 추락(墜落)
>
> 부득이(不得已)한평행(平行)
>
> 물리적(物理的)으로 아펐었다
>
> (이상 평면기하학(以上 平面幾何學))
>
> ―「BOITEUX · BOITEUSE」 부분[13]

---

13 『이상전집』 1권, 211쪽.

이 시에서 CROSS, 즉 십자가는 긴 것과 짧은 것이 열 십(十)자 모양으로 합쳐진 것으로, 이것이 미끄러져 추락하면서 절름발이 이미지가 만들어진다. 구원의 표상이었던 십자가가 지상으로 추락함으로써 '결핍'의 이미지로 변화하게 된 것이다. 십자가와 더불어 예수와 관련된 변주들 역시 시적 소재로 활용되었다. 「조감도」 연작의 「이인(二人) Ⅰ」, 「이인(二人) Ⅱ」에서 그리스도(基督)는 '알 카포네'로 비유되는 자본에 밀려 "남루한 행색을 하고 설교"를 하다가 납치가 되거나, '알 카포네'의 화폐에 비교할 때 "보기숭할지경으로 빈약"한 것으로 묘사되고 있다. 절름발이 모티프가 나타나는 또 다른 작품으로 「지비」가 있다. 여기에는 "내 바른 다리와 안해 왼다리와 성한 다리끼리 한 사람처럼 걸어가면 아아 이 부부는 부축할 수 업는 절름바리가 되어 버린다"는 구절이 나온다. 특이한 것은 "무사(無事)한 세상(世上)이 병원(病院)이고 꼭 치료(治療)를 기다리는 무병(無病)이 끗끗내 잇다"는 구절인데, 이는 무사한 것처럼 보이는 현실이 실은 문제가 있는 공간이고 이런 현실 속에서 절름발이처럼 불구(不具)로 살아갈 수밖에 없는 비극적 상황을 암시한다.

「BOITEUX · BOITEUSE」에서 십자가가 추락하게 되는 것은 이러한 상황과 무관치 않다. 실제로 이상은 작금의 자본주의 상황 하에서 그리스도의 구원 사상이 힘을 발휘할 수 없다는 점을 지적하였다. 그는 현시대가 "성서를 팔아서 고기를 사다먹고 양말을 사는데 주저하지"[14] 않게 되었다며, 신을 부정하고 '생활'에 급급해지면서 작가 역시 사상을 펼쳐내기 어렵게 되어버렸다고 말한다. 이런 상황에서 이상은 그리스도에 '모조'의 이미지를 덧씌운다. 「각혈의 아침」에는 '예수 잉태'를 암시했던 가브리엘 천사가 폐결핵 균으로 전락하고, 성 베드로가 가브리엘 천사 균의 존재를

14 이상, 「문학을 버리고 문화를 상상할 수 없다」, 『조선중앙일보』, 1936.1.6.

도청하면서도 세 번이나 모른다고 잡아떼는 장면이 나타난다.

마리아의 타락은 '매춘부'의 이미지로 그려진다.[15] 성모는 화폐와 섹슈얼리티에 뒤섞인 형상을 하고 성적 상품과 순교자의 이중성을 가진 매춘부로 등장하고,[16] 이는 「흥행물 천사」의 천사 역시 마찬가지다. 성모와 매춘부를 뒤섞어 놓는 것이 "기독교에 대해 갖는 악의 충동"[17]에 의한 것만은 아니다. 비록 화폐에 의해 타락한 성을 주고받는 관계지만, 그는 그 안에서 '구원'을 모색하려 했다.

> 나는 내 언어(言語)가 이미 이 황량(荒漠)한 지상(地上)에서 탕진(蕩盡)된 것을 느끼지 않을 수 없을만치 정신(情神)은 공동(空洞)이오, 사상(思想)은 당장 빈곤(貧困)하였다. 그러나 나는 이 유구(悠久)한 세월(歲月)을 무사히 수면(睡眠)하기 위하야, 내가 몽상(夢想)하는 정경(情景)을 합리화(合理化)하기 위하야, 입을 다물고 꿀항아리처럼 잠잫고 있을 수는 없는 일이다. (…) 이것은 즈앙꼭또우의 말인것도.
> 나는 그러나 내말로는 그래도 내가 죽을때까지의 단하나의 절망(絶望) 아니 희망(希望)을 아마 텐스를 고쳐서 지꺼려버린 기색이 있다.
> 「나는 어떤 규수작가(閨秀作家)를 비밀히 사랑하고 있소이다그려!」

15 하지만 성천 기행에 등장하는 시골 처녀의 '마리아' 이미지는 도시의 마리아 이미지와 구별된다. 「산촌여정」에 등장하는 시골 처녀들은 건강한 육체를 가진 순결한 여성으로, 이상은 이들을 "귀화(歸化)한 「마리아」들"(『이상전집』 4권, 202쪽)이라고 불렀다.

16 조윤정, 「이상 문학에 나타난 '모조' 이미지 연구」, 신범순 외, 『이상의 사상과 예술』, 신구문화사, 2007, 391쪽.

17 위의 글, 394쪽.

> 그 규수작가(閨秀作家)는 원고(原稿) 한줄에 반듯이 한자식의 오자(誤字)를 삽입(揷入)하는 쾌활(快活)한 태만성(怠慢性)을 가진 사람이다. 나는 이 여인(女人)앞에서는 내 추(醜)한짓밖에는, 할수있는 거동(擧動)의 심리적여유(心理的餘裕)가없다. 이 여인(女人)은 다행(多幸)히 경산부(經産婦)다.[18]

서술자는 황막한 지상에서 자신의 사상이 빈곤해졌다고 고백한다. 하지만 그렇다고 아무 말도 하지 않고 가만히 있을 수는 없다. 그는 '즈앙꼭도우'(장 꼭도)의 말인 것처럼, 자기가 말하고자 하는 절망이자 희망의 말을 독자에게 전달하려 한다. 그는 자신을 원고 한 줄에 한 자의 오자를 삽입하는 규수작가에 비유하기도 하는데, 이는 「종생기」에서 '유극산호편(遺郤珊瑚鞭)'을 '극유산호—(郤遺珊瑚—)'라고 '채찍'을 빠뜨려 표현함으로써 '채찍'으로서의 자기 '사상'이 없는 듯 꾸미는 창작술을 암시한다. 또한 이는 「종생기」에서 "어디서 어떤 노소간(老少間)의 의뭉스러운 선인(先人)들이 발라먹고 내어버린 그런 유훈(遺訓)을 나는 헐값에 건어들여다가는 제련(製鍊) 재탕(再湯) 다시 써먹는다//는 줄로만 알았다가도 또 내게 혼나는 경우가 있으리라"[19]고 할 때의 익살맞은 글쓰기도 상기한다. 그는 각종 창작술을 부리면서 독자를 조롱하고 그러한 작품밖에 쓸 수 없는 자기 자신을 조롱하는 글쓰기를 이어갔다. 이상은 「문학과 정치」에서 다음과 같이 말한 바 있다.

> 문학(文學)도 결국(結局)은 투기사업(投機事業)일 것이다. 되든지 안되든지 둘 중(中)의 하나, 이 냄새나는 「악취미지극(惡趣味之極)」을

---

18 『이상전집』 2권, 306쪽.

19 『이상전집』 2권, 321쪽.

> 나는 누구에게도 아첨하지 않고 어디까지든지 버틸결심(決心)이다.
> 그러나 또 불원간(不遠間)에 나와똑같이 어리석기 짝이없는 「독자(讀者)」는 이런 맹랑한 「포즈」가 의외(意外)에도 「교언영색지격(巧言令色之格)」이라는 것을 간과(看過)할줄믿는다.
> 그래도 나는 여전(如前)히독자(讀者)를 조소(嘲笑)하는실례(失禮)를 유기(遺棄)치는 아니하리라—아니, 대체(大体) 나 「이상(李箱)」에게 「독자(讀者)」라는 것이 「야구단(野球團)」하나 조직(組織)할만큼이나 있느냐?[20]

이상은 문학의 상업성을 지적하면서도 이 냄새나는 투기사업을 계속할 작정이라고 말한다. 누구에게도 아첨하지 않고 버티되, 위트와 패러독스라는 포석을 깔아 독자를 조소하면서 글쓰기를 계속해 나가겠다는 것이다. 그러니 그가 위트와 패러독스를 뒤섞어 독자를 혼란스럽게 하는 와중에 진정한 사상('맛')을 찾아내는 것이야말로 이상 문학에서 발견되는 또 하나의 패러독스이다.[21] 이러한 모색은 「LE URINE」과도 연결된다.

> 수분(水分)이없는증기(蒸氣)하여왼갖고리짝은마르고질리지않는[22]

---

20 『이상전집』 4권, 294쪽.

21 그가 「동해」에서 "가량 자기가 제일 싫여하는 음식물을 상찌푸리지 않고 먹어보는 거 그래서 거기두 있는 「맛」인 「맛」을 찾어내구야 마는거, 이게 말하자면 「파라독스」지. 요컨댄 우리들은 숙망적으로 사상, 즉 중심이 있는 사상생활을 할 수가 없도록 돼먹었거든."(『이상전집』 2권, 367쪽)이라고 말하는 장면을 떠올려보면 그 의미를 이해할 수 있을 것이다.

22 원래 이 구절은 1956년 『이상전집』을 발간한 임종국의 번역 이래 "왼갖고리짝은말르고말라도시원찮은~"이라고 번역되어 왔다. 그러나 일본어 원문이 "あらゆる行李は乾燥して/飽くことない~"로 "왼갖고리짝은마르고/질리지않는~"으로 번역하는 것이 타당할 듯하다. '증기에 수분이 없어서 모든 고리짝(행리, 행장)은 마르고'에서 끊

> 오후(午後)의해수욕장근처(海水浴場近處)에있는휴업일(休業日)의조탕(潮湯)은파초선(芭蕉扇)과같이비애(悲哀)에분열(分裂)하는원형음악(圓形音樂)과휴지부(休止符), 오오춤추려나,일요일(日曜日)의뷔너스여, 목쉰소리나마노래부르려무나일요일(日曜日)의뷔너스여.[23]

위에 인용된 부분은 「LE URINE」의 5연이다. "실과 같은 동화"라는 오줌 줄기로 얼어붙은 세계를 녹이려 했던 시적 주체가 '가수상태'에 빠져 꿈속에서 환상을 보듯 이 장면이 이어진다. 특히 '수분이 없는 증기'는 수필 「얼마 안되는 변해」에서 의식이 완전히 증발해 버려 다시 물방울로 돌아오지 않는 지경에 이르렀다는 구절과 관련된다. 다시 말해 이 장면은 사상이 증발해 버려 말라버린 자신의 위치, 즉 '뇌수의 꽃'이 자라날 수 없게 변해버린 상황을 가리킨다. 이러한 상황에서 그는 '비너스'를 불러낸다. 비너스는 '수분'이 없어진 세계에서 목이 쉬어 버렸지만 그럼에도 그녀에게 노래하기를 청한다. 신성한 결합을 이루어야 하는 자신의 분신으로서의 비너스는 이상에게는 글쓰기를 구원해줄 마리아였다. 메마른 현실 속에서도 '목쉰' 목소리로라도 노래를 부르며 비애를 정지시키기를 염원한 이상의 간절함이 이를 통해 드러난다. 위트와 패러독스로 무장한 이상 소설의 냉소적 주체의 이면은 현실에 대한 깊은 절망과 분노에도 불구하고 글쓰기를 멈추지 않겠다는 의지로 조용히 들끓고 있었다.

어 읽고, '질리지 않는(싫증나지 않는)'이 그 뒤에 이어지는 "오후의 해수욕장 근처에 있는 휴업일의 조탕"을 꾸며주는 것이 된다.

23 『이상전집』 1권, 233쪽.

3. 분신 모티프를 통한 「날개」의 삽화 및 텍스트 분석

3.1 서술자의 대칭점으로서의 분신

「날개」(『조광』, 1936.9)는 분신 모티프를 통한 이상의 글쓰기 양상을 살펴볼 수 있는 텍스트이다. 그리고 텍스트 분석에 있어 이상이 직접 그린 「날개」의 삽화를 참조하면 흥미로운 지점을 발견할 수 있다. 우선 「날개」에 삽입된 <삽화 1>은 아로날 “로쉐”(ALLONAL “ROCHE”)라는 상표의 약품의 약상자를 펼쳐놓고 여섯 개의 알약과 그 알약이 빠져나간 케이스의 모양을 그려놓은 것이고, 다른 하나(<삽화 2>)는 아스피린과 아달린이 번갈아 가며 상단에 음각되어 있고 그 아래 누워 있는 인물과 펼쳐진 책이 두 줄로 자리 잡은 그림이다.

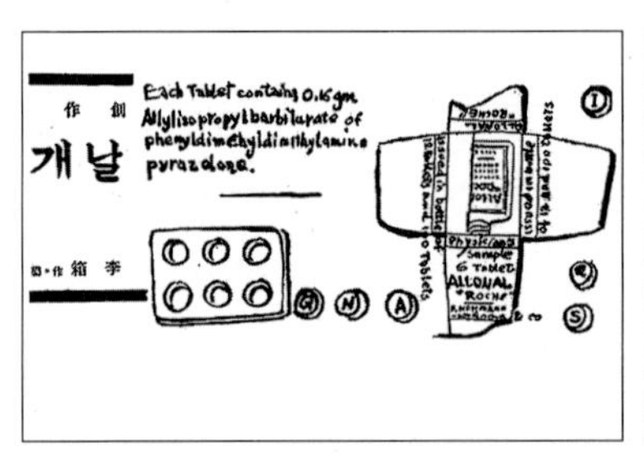

<삽화 1> 『날개』 표지 그림

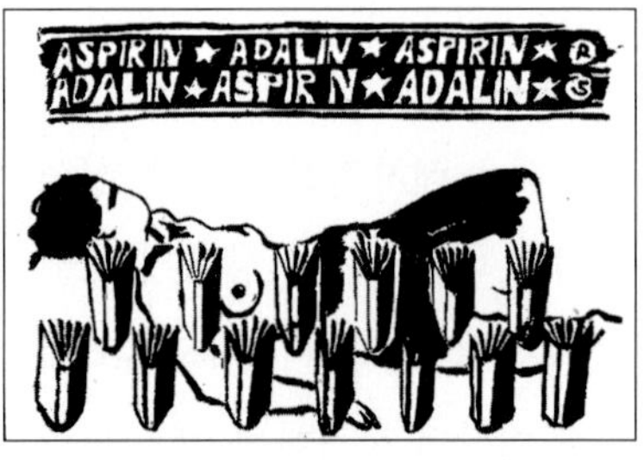

<삽화 2>

「날개」의 삽화를 연구한 박치범은 이 인물을 “소설의 화자인 ‘나’로 볼 수도 있지만, 가슴이 두드러지게 그려져 있다는 점에서 ‘나’의 아내로도 볼 수 있을 것”[24]이라고 추정한다. 한편 김미영은 <삽화 1>에 작품 속에서 등장하는 아달린이나 아스피린이 아니라 아로날이라는 새로운 약을

---

24 박치범, 「이상 삽화 연구-소설 삽화를 중심으로」, 『어문연구』 38권 1호, 한국어문교육연구회, 2010, 404쪽.

등장시켰다는 점을 지적한다. <삽화 1>이 실제로는 아로날인 약을, 아스피린으로 또는 아달린으로 둔갑시킨 것이 아내에 대한 의혹을 증폭시키기 위한 '자기 위조'의 전략임을 말해주는 힌트라는 것이다. 따라서 이 소설에서 일어난 사실이 실제의 객관적 현실이기보다 화자의 의식 속에서 일어난 일, 즉 주관적이고 자의적인 판단임을 보여주는 장치라는 결론을 내린다.[25]

그렇다면 <삽화 2>에 남성인지 여성인지 알 수 없는 인물이 그려진 이유 역시 자연스럽게 설명된다. 만일 이 작품이 작가의 의식 속에서 이뤄지는 일을 그린 것이라면, 삽화 속에 누워 있는 사람이 다름 아닌 작가 자신의 모습일 수 있다. 즉 이상은 분신과의 대화를 통해 소설을 창작하는 자기 모습을 삽화에 반영한 것이다. 실제로 「날개」의 에피그램을 보면 이와 관련해 주목할 만한 부분이 발견된다.

> 나는또 여인(女人)과생활(生活)을 설계(設計)하오. 연애기법(戀愛技法)에마자 서먹서먹해진, 지성(智性)의극치(極致)를 흘낏 좀 드려다본일이있는 말하자면 일종(一種)의 정신분일자(精神奔逸者) 말이오. 이런여인(女人)의반(半)-그것은온갖것의반(半)이오-만을 영수(領受)하는 생활(生活)을 설계(設計)한다는말이오 그런생활(生活)속에 한발만 드려놓고 흡사(恰似)두개의태양(太陽)처럼 마조처다보면서 낄낄거리는 것이오. 나는 아마 어지간히 인생(人生)의제행(諸行)이 싱거워서 견댈수가없게끔되고 그만둔 모양이오 꾿빠이.[26]

여기서 서술자는 '여인'과 생활을 설계한다고 말한다. 기존 연구에서

---

25 김미영, 「삽화로 본 이상의 <날개>와 <동해>」, 『문학사상』, 2010.11, 32쪽.

26 『이상전집』 2권, 258쪽.

연구자들은 이 부분을 '안해'와의 생활을 설계하는 것으로 읽어냈지만, 이를 작가인 '나'가 분신으로서의 '여인'과 함께 작품을 창작하는 과정에 대한 암시로도 독해된다. '나'는 분신인 여인과 역할을 주고받으며 텍스트를 창작할 심산이기 때문에 자신을 "지성의 극치를 흘낏 좀 드려다 본 일이 있는" "일종의 정신분일자"라고 칭한다. 다만 서술자는 자신이 만들어낸 분신으로서의 '여인'의 전부가 아닌 반만 누리는 것처럼 작품을 설계하여 아무것도 모르는 듯 연기할 작정이다. "흡사 두 개의 태양처럼" 마주쳐다 보면서 낄낄대는 것이야말로, 그가 말하는 "윗트와 파라독스의 포석"이라고 할 수 있다. 이러한 시도는 "그대자신(自身)을 위조(僞造)하는 것"으로 설명되며, 이처럼 자기 위조에 의해 창작된 작품이기에 이 소설에서 "감정은 어떤 포스"[27]에 불과하다.[28]

권영민은 에피그램이 경험적 자아로서의 '나'와 위장된 작가로서의 '나', 그리고 서사적 자아로서의 '나'가 각기 등장하여 서술되어 있음을 지적하며, 이는 「날개」가 메타적 글쓰기 전략에 의해 서사화 되고 있음을 보여주는 것이라고 설명한다.[29] 노태훈은 이를 독자와의 대화적 공간을 창출함으로써 「오감도」 연재의 실패를 만회하려는 의도가 담겨있을 것이라고 보았다.[30] 그런데 이는 이상이 자기 안의 자기 이상의 것, 즉 자기 안의 타자와 대화하고 있음을 의미하는 것이기도 하다. 남성과 여성의 육체가 결합된 모습으로 그려진 것도 이 때문이다. 이상에게 여성은 대칭과 조화

---

27 『이상전집』 2권, 259쪽.

28 이런 점에서 주지영은 「날개」가 이상 텍스트 전반에 걸쳐 나타나고 있는 '거울 이미지'에 기반을 두고 있다고 지적하기도 한다. 주지영, 「두 개의 태양, 그리고 여왕봉과 미망인의 거리」, 『한국현대문학연구』 27호, 한국현대문학회, 2009.

29 권영민, 『이상텍스트연구』, 뿔, 2009, 308쪽.

30 노태훈, 「이상 문학에 나타난 서사성 연구」, 서울대학교 석사논문, 2012, 68쪽.

즉 기하학적 균형 감각을 빗겨난 존재로, "작품 내부에 언표화되지 않으면서도 그러한 언표화의 욕망을 추동하는 존재"이다.[31] 남성에게 파악 불가능한 존재로서 여성의 시선을 텍스트 내부에 끌어들인다면 의미가 확정되는 데 따른 불안과 공포를 극대화함으로써 텍스트 내부에 분열이 일어난다. 이상은 이러한 창작 방법론에 대한 확신을 꽤 일찍부터 가지고 있었다. 그의 첫 소설인 「십이월(十二月) 십이일(十二日)」을 보자.

> 그후에나는네가세상에 그어써한것을알고저할때에는 위선네가먼저
> "그것에대하야생각하야보아라 그런다음에 너는그첫번해답의대칭뎜을구한다면 그것은최후의그것의정확한해답일것이니"[32]

이상은 글쓰기 과정에서 자기 내부의 대칭점을 설정하여 그것을 통해 답을 구하려 하였다. 어떠한 것을 알고자 할 때 우선 스스로 그것을 생각해 보아야 하지만, 그 다음에는 자신의 대칭점을 상정한 후 이를 통해 정확한 해답을 구할 수 있다. 이런 점에서 「날개」에 등장하는 절름발이 분신을 '근본적인 분리'의 상징으로 보고, 주체와 타자가 서로의 '다름'을 확인해야 하는 숙명의 관계라고 본 기존 해석[33]에 새로운 가설을 덧붙일 수 있다. 절름발인 분신이 '다름'을 확인하는 데 그치는 것은 아니다. 「날개」에는 이러한 분리를 넘어서려는 비약에의 소망, 분신과의 결합에 대한 욕망 역시 나타난다. 가령 「날개」의 에피그램에서는 여인을 '여왕봉과 미망

31 김승구, 앞의 책, 195~196쪽.

32 『이상전집』 3권, 136쪽.

33 김정수, 「이상 문학에 나타난 '절름발이-거울-형해'의 의미 연구」, 『한국현대문학연구』 22호, 한국현대문학회, 2007, 170~171쪽.

인'이라고 비유한다. 일생에 단 한 번의 교미를 통해 수많은 알을 낳는 여왕봉, 교미 이후 수벌들이 모두 죽어버리기 때문에 여왕봉은 비록 미망인이 될지라도 그 대가로 수많은 생명을 탄생시키게 된다.

그는 「실락원」 연작의 「실락원」에서도 수벌과 천사를 연결하고 있는데,[34] 기존 연구에서는 이 천사를 「흥행물 천사」와 연관지어 매춘부로 해석하였다. 그런데 여왕봉이 등장하는 「위독」 연작 중 「생애」의 "나는견디면서여왕봉(女王蜂)처럼수동적(受動的)인맵시를꾸며보인다"라는 구절과 "그래서신부(新婦)는그날그날까므라치거나웅봉(雄蜂)처럼죽고죽고한다"는 구절을 보면 신부와 신랑의 위치가 뒤바뀐 것을 알 수 있다. 즉 '나'가 여왕봉으로, 신부가 웅봉(수벌)에 비유되는 것이다. 이를 통해 이상은 신부를 '여왕봉'으로 상상하는 고정관념을 깬다. 그렇다면 마찬가지로 「날개」의 수벌을 '안해'로, 여왕봉을 '나'로 보는 독법 역시 가능하다. 즉 진정한 자신의 짝을 찾는 여왕봉의 이미지가 '나'와 겹쳐진다. 또한 여왕봉과 수벌의 교미가 공중에서 비상을 통해 이뤄진다는 점을 생각해 보면, 이상이 「날개」에서 말하는 비상에의 추구는 분신과의 결합과 관련된다. 이러한 욕망은 「날개」 마지막 부분에서 특히 강력하게 표명된다.

> 나는 불연듯이 겨드랑이가 가렵다. 아하그것은 내 인공의날개가 돋았던 자족이다. 오늘은없는 이 날개, 머릿속에서는 희망과야심의 말소된페—이지가 딕셔너리 넘어가듯 번뜩였다.
> 나는 것든걸음을 멈추고 그리고 어디한번 이렇게 외쳐보고 싶었다.
> 날개야 다시 돋아라.

---

34 "나는 때때로 이삼인(二三人)의 천사(天使)를 만나는수가 있다. 제 각각(各各) 다섭사리 내게 「키쓰」 하야준다. 그러나 홀연(忽然)히 그당장에서 죽어버린다. 마치 웅봉(雄蜂)처럼-" 『이상전집』 4권, 297쪽.

날자. 날자. 날자. 한 번만 더 날ㅅ자구나.
한 번만 더 날아보자ㅅ구나.[35]

"오늘은 없는 이날개, 머릿속에서는 희망과야심의 말소된페-지가 띡슈내리 넘어가듯 번뜩였다"고 할 때의 '날개'와 '띡슈내리(dictionary)'의 결합은 <삽화 2>에서 날아오르는 책의 이미지와 관련된다. <삽화 2>에서 마치 날개를 펼치고 날고 있는 책은 이러한 희망과 야망의 사전을 의미한다. 그는 '나'와 '안해'의 신성한 결합을 통해 자신의 사상이 황폐한 현실에서 벗어나 날아오르기를 바라는 소망을 이 삽화를 통해 표현하였다. 여기서 '나'와 '안해'의 신성한 결합이 지향하는 것은 구원으로서의 사상을 담은 문학이라고 볼 수 있을 것이다. 삽화에 그려진 책이 총 열세 권이라는 것도 주목된다. 우선 이는 「오감도-시제 1호」에서 달리기를 하는 열세 명의 무서운 아이들과 「종생기」에 언급된 열세 벌의 유서를 떠올리게 한다. 또한 「1931년(작품제1번)」에서 방에 있던 시계가 십삼(十三)을 치는 순간 "나의 내부로 향해서 도덕의 기념비가 무너"져 내리는 등 환상적인 장면들이 연출된다는 점 역시 고려하면, 이상 문학에서 숫자 13을 초월과 관련 지을 수 있다.[36] 이러한 점에서 <삽화 2>에 등장하는 비상하는 열 세권의 책 역시 새로운 차원으로 초월하고자 하는 이상의 욕망이 반영되어 있는 이미지라 하겠다.

---

35 『이상전집』 2권, 282쪽.

36 이에 대해서는 신용목의 견해를 보충적으로 참고할 수 있다. 그는 「1931년(작품제1번)」을 분석하면서, 숫자 13의 세계가 현실 세계가 완전히 제거된 비현실의 시간 속에 위치한 것이 아니라, 현실 세계를 넘어선 다른 세계에 진입한 것으로 본다. 13이라는 숫자는 현실 세계의 구성원리인 12라는 숫자 너머에 있되 12라는 숫자와의 연관 아래 있다는 것이다. 신용목, 「질주하는 언어의 세계-이상의 시 『오감도』 「시제1호」를 중심으로」, 이상문학회 편, 『이상수필작품론』, 역락, 2010, 302쪽.

3.2 '생활'에의 절망과 '사랑'의 가능성 탐구

이상의 삽화에는 많은 정보가 압축되어 있어 이를 텍스트와 관련지을 때 이상의 텍스트를 이해하는 데 도움이 된다. 가령 <삽화 2>의 검은 띠에는 아스피린(ASPIRIN)과 아달린(ADALIN)이라는 약 이름이 번갈아가면서 등장하고 있는데, 이는 에피그램 다음에 나오는 텍스트의 내용을 요약하는 것으로 주목된다. 「날개」에서 아내가 나에게 수면제 아달린을 먹인 것인지, 아니면 해열제인 아스피린을 먹인 것인지는 아내와 '나'의 관계를 결정짓는 중대한 문제이다. 주지영이 분석한 것처럼 「날개」에서 '아내'는 생물학적 성 구분에 입각한 것이라기보다 '생활인' 즉 일상에 함몰되어 있으면서 식민지 조선의 제도와 관습 등에 육체와 정신마저 길들여진 인간을 의미한다.[37] '아내'가 '육체' 중심의 생활을 하며 현실을 담당한다면 '나'는 '정신' 중심의 생활을 하며 이상적 세계를을 지향한다. 「날개」에는 "한 발만 들여놓"는 포즈를 취하는 「날개」 속 '나'가 한 발은 생활에, 그리고 다른 발은 생활을 초월한 이상에 걸치고 있는 심리가 반영되어 있다.[38] 이런 점 때문에 '아내'와 '나'의 관계는 영원한 절름발이로 묘사된다.[39]

그런데 아스피린과 아달린이 반복되는 「날개」 결정적 장면에는 '맑스'와 '말사스'(맬서스)라는 이름이 뜬금없이 등장한다. "아스피린, 아달린, 아스피린, 아달린, 맑스, 말사스, 마도로스, 아스피린, 아달린."[40] '나'는 아내가 자신에게 먹인 것이 아스피린인가 아달린인가를 고민하다가 갑자기 '맑스'와 '말사스' 그리고 '마도로스'까지 나열한다. 이는 단순한 말장난

37 주지영, 앞의 글, 113쪽.

38 위의 글, 102쪽.

39 『이상전집』 2권, 282쪽.

40 위의 책, 280쪽.

이 아니라 이상 문학이 지향하는 바를 은근슬쩍 드러내는 부분으로, 근대적 생명정치에 대한 이상의 비판 지점을 살펴보는 데 유용하다. 1930년 들어 조선에서도 일본의 영향으로 산아 제한론과 우생학이 서서히 도입되고 있었다.[41] 빈민에 대한 구제책을 내놓는 대신 식민지 조선의 인구를 관리하는 방향으로 식민권력의 초점이 이동하고 있었다. 근대에 이르러 인구는 이러한 권력의 규율 메커니즘에 따라 관리되기 시작했다.[42] 출생율, 사망률, 산아율, 생식능력 등이 문제되기 시작한 것도 인간에게 행사되는 생명관리정치로의 인식론적 이행과 관련된다. 이상 역시 수필 「최저낙원」에서 산아 제한 문제에 대해 언급하고 있다.

> 점잖은 개-가 떼—월광(月光)이 은화(銀貨)같고 은화가 월광 같은데 멍멍 짖으면 너는 그럴테냐. 너는 저럴테냐. 네가 좋아하는 송림이 풍금처럼 발개지면 목매 죽은 동무와 연기 속에 정조대 채워 금해 둔 산아제한의 독살스러운 항변을 홧김에 토해 놓는다(…) 혹 달이 은화 같거나 은화가 달 같거나 도무지 풍성한 삼경(三更)에 졸리면 오늘 낮에 목 매달아 죽은 동무를 울고 나서—연기 속에 망설거리는 B · C(Birth Control_인용자)의 항변을 홧김에 방 안 그득히 토해 놓는 것이로소이다.[43]

4개의 장으로 구성된 이 글에서 1, 2장과 3, 4장이 거울상처럼 약간 변주된 반사상을 보여준다. 인용문에서는 "목매 죽은 동무와 연기 속에 정

41 소현숙, 「일제 식민지 시기 조선의 출산 통제 담론의 연구」, 한양대학교 석사논문, 1999.

42 미셸 푸코, 『안전, 영토, 인구』, 앞의 책, 109쪽.

43 『이상전집』 4권, 154~155쪽.

조대 채워 금해 둔 산아제한의 독살스러운 항변"이 "목 매달아 죽은 동무를 울고 나서—연기 속에 망설거리는 B · C(birth control_인용자)의 항변"으로 변주된다. 이러한 가운데, 여성의 육체가 고유의 생식력을 잃어버리고 말았음을 단적으로 말해주는 것이 바로 '산아제한'이라는 기표의 반복이다. 여기서 여성의 육체는 산아제한을 위해 금욕을 주장한 맬서스의 주장처럼 정조대가 채워진 채 놓여있다. 자본주의 사회에서 여성의 육체가 더 이상 '사랑' 혹은 '생명력'의 대상으로 작동하지 않게 된 것이다. 「날개」에서도 이상은 '돈' 때문에 '사랑'이 불가능해져 버렸음을 암시한다. 생활인으로서의 아내는 '돈'을 벌기 위해 '나'를 죽일 수도 있는 약을 몰래 먹인다. 이는 '생활'을 위해 이상(理想)을 포기할 수밖에 없는 절망적 상황을 나타낸다.

이런 점에서 마르크스와 맬서스는 사상적으로 보았을 때 서로 대립되는 인물로 인식되었다. 박용해가 1930년 4월 『학지광』에 게재한 「산아조절 운동의 사회적 고찰」를 보면 이 당시 두 사상가의 위상을 짐작할 수 있다. 박용해는 신(新)맬서스주의의 전파로 일본에서도 산아 조절 운동이 벌어지는 상황을 설명하였는데, 이와 달리 마르크스는 인구론의 문제점을 지적하며 자본주의 생산조직이 존재하는 이상 결단코 빈곤은 절멸하지 않는다며 맬서스의 주장을 반박했다. 그런데 맬서스주의나 마르크스주의 모두에 동의하지 않았던 이상은 마르크스도 맬서스도 아닌, 그러면서도 생명권력의 통제에서 탈주할 수 있는 지점을 탐색했던 것은 아닐까. '마도로스'라는 기표는 그에 대한 단서를 제공한다. 이상은 아직 의미가 산출되지 않은 이 부유하는 기표에 자신의 사상을 뭉뚱그려 놓았다. 따라서 맬서스도 마르크스도 아닌 제3항으로서 '마도로스'에 담긴 이상의 사상을 파악하는 것이 그의 문학의 지향점을 파악하는 데 중요한 시사점이 될 것이다.

이상에게 글쓰기는 낙원이 없는 곳에서 낙원을 찾는, 황폐한 현실 안에서 현실을 초월할 힘을 찾는 힘겨운 여정이었다. 사랑의 완성을 위해 혹독한 과업을 수행해야 하는 궁정적 사랑으로 비유될 정도로,[44] 이는 도달하기 불가능해 보인다. 하지만 이상은 "근대 세계의 바닥으로 떨어져 내리는 곳에서조차, 바로 그 바닥에서 찢겨지고 구겨진 것들을 붙잡아서" 자신의 신성한 사상을 꾸며내려 했다.[45] 이상은 유토피아에 대한 희망마저 사라져버린 것 같은 현실 속에서도 '구원'을 찾아 글쓰기를 계속해 나갔던 것이다.

---

44 서영채, 『사랑의 문법』, 민음사, 2004, 288쪽.

45 신범순, 『이상의 무한 정원 삼차각 나비』, 현암사, 2007, 106쪽.

김동인과 이상 소설에 나타난 서술자의 문제성

1. 김동인과 이상

기존 연구에서 김동인과 이상 문학의 연관성은 거의 논의되어 오지 않았다. 두 인물은 거의 동시대에 활동한 작가임에도 불구하고 전기적 연관성이 발견되지 않는다. 하지만 근대 과학의 인식론이 문학에 미친 영향과 관련하여 두 작가에게는 공통된 문제의식이 나타난다. 이는 문학에서 '재현(representation)'을 가능하게 한 전제와 근대 과학에서 실험을 가능케 한 '표상(representation)'의 발견, 나아가 권력의 '대리(representation)'에 의해 작동하는 민주주의에 대한 상상력이 서로 연관되어 있기 때문이다.[01] 하지만 문학, 과학, 정치 세 영역의 분할이 자명한 것으로 간주됨으로써 복잡한 문제에서 벗어날 수 있었다.[02] 이 글은 'representation'이 '재현/표상/대리'로 다르게 번역되어온 맥락을 염두에 두면서 김동인과 이상이

---

01 채운, 『재현이란 무엇인가』, 그린비, 2009, 28~36쪽.

02 브루노 라투르는 17세기에 벌어진 홉스와 보일의 논쟁을 통해 이 당시에는 정치와 과학 사이의 대칭성이 가시적이었음을 주장한다. 시민들은 주권자에게 권력을 부여하며 그를 탄핵할 수 있다. 과학자들은 과학적 사실의 대변인으로서 사물들의 집단을 재현한다. 하지만 정치와 과학은 그들의 공통된 기원을 비가시화함으로써 과학권력과 정치권력의 분리를 자명한 것으로 간주하는 근대적 기획이 완수된다. 브루노 라투르, 홍철기 역, 『우리는 결코 근대인이었던 적이 없다』, 갈무리, 2009, 82~87쪽.

'representation'의 자명성을 의심하고 이에 대한 탈구축하는 시도를 이행했다고 본다.

이상과 김동인의 공통된 문제의식에 주목한 것으로는 신범순의 연구가 대표적이다. 신범순은 이상이 스무 살 무렵 문종혁에게 구술해준 내용이 김동인이 1929년 『문예공론』 6월호에 발표한 소설 「태평행」과 거의 유사함을 지적하면서 이상이 이 소설을 읽고 영감을 받아 줄거리를 조금 더 과장되게 변화시켰을 것으로 추정한다.[03] 신범순은 이 소설의 내용을 카오스의 프랙탈 운동과 관련짓는다. 김동인보다 이야기에서 카오스적 성격을 대담하게 발전시킨 이상은, 이를 통해 '나비'로 표상되는 자연의 힘을 무시한 문명이 총체적인 몰락에 이를 수 있다는 경고를 전하고 있다는 것이다. 신범순에 따르면, 이상은 김동인의 카오스적 나비에 강렬하게 사로잡히는 한편으로 이를 가공하여 새로운 '나비' 이미지를 만들어냈는데, 이는 김동인이 "파괴적인 나비효과의 반대편에 놓인 대동강의 흐름"을 통해 드러내려 했던 "강렬한 생식력의 파동"과 관련된다고 설명한다.[04]

한편 이학영은 김동인 문학에 나타난 복잡성에 대한 인식을 조명하면서 김동인이 기계론적 근대 과학이 배제하고자 했던 우연성, 불확실성, 예측불가능성, 미결정성 등 복잡성의 다양한 양상들을 다루고 있음을 검토하였다.[05] 김동인에게 과학과 예술은 친족성을 지닌 것으로, 과학과 예술의 본질적 동일성의 근거로 "참 자기"나 "생명"의 표현이라는 점이 제시되며, 이른바 '자아주의'에 입각한 예술론이 나타난다. 이학영은 낭만적 예술가의 자아의 창조력을 과학기술의 힘과 동일시하면서 과학을 예술

---

03 신범순, 앞의 책, 32~35쪽.

04 위의 책, 486쪽.

05 이학영, 「김동인 문학에 나타난 복잡성의 인식 연구」, 『한국현대문학연구』 41호, 한국현대문학회, 2013.

권역 내로 동일시하고 있다는 점에서 김동인 예술관의 원천을 낭만적 개인주의와 연관짓는다. 동시에 김동인이 "양자 사이의 괴리와 반목"을 날카롭게 인식하고 있었다면서 자연을 생명이 없는 질료로 간주하는 근대 과학에 대한 비판이 「목숨」, 「K박사의 연구」 등에서 전개되고 있다고 주장한다.

김동인은 인간의 자유의지에 대한 믿음을 강하게 보여주는 한편으로 환경 결정론적 사고에 의한 허무주의적 경향성을 보인다. 하지만 이러한 경향성을 자연주의와 같은 문예사조의 영향으로 파악하거나 '식민지 허무주의' 등 역사적 측면에서 설명하는 것만으로는 부족하다. 주지하듯 김동인이 몰두했던 것 중 하나는 사회문제를 초월한 '인생'의 문제였다. 그는 과학으로 대표되는 근대문명의 세계관이 인간의 삶에서 우연성, 예측 불가능성 등 인간이 통제할 수 없는 사건성을 배제할 수 있음을 탐구하였다. 김동인이 예술과 과학의 공통성을 사유하는 데 있어서 중요하게 언급하고 있는 것이 바로 '불완전성'이다. 그는 불완전성에 입각해 사물이 무매개적으로 사유될 수 있다는 환원론적 관점을 비판하였다.[06] 그가 '진리'를 "무정조의 여편네"에 비유하며 만인에게 공인되는 확실한 진리는 없다고 주장한 것 역시 이와 관련된다.[07]

---

06 유승환, 「김동인 문학의 리얼리티 재고」, 『한국현대문학연구』 22호, 한국현대문학회, 2007. 유승환은 김동인이 개개인의 특이한 사적 경험을 통해 형성되는 리얼리티와 공론의 리얼리티를 대비시키며 근대적 재현 장치의 허구성에 대한 비판을 수행한다고 하였다. "자아의 주관에 의해 매개되지 않은 있는 그대로의 자연은 온전한 리얼리티를 획득할 수 없다"(위의 글, 111쪽)는 전제에 기반해서 "무매개적 진리를 말하려고 하는 문학에 대한 혹독한 비판"(위의 글, 115쪽)을 가했다는 것이다. 이와 같은 김동인의 문학관은 '과학자'의 주관에 의해 매개되지 않는 '무매개적 진리'를 가정하는 근대적 과학관에 대한 비판으로 이어진다.

07 김동인, 「겨울과 김동인」, 『김동인 전집』 6권, 삼중당, 1976, 423~424쪽.

이러한 점에서 김동인의 소설론은 근대과학의 방법론과 관련성을 지닌다. 김동인은 「자기의 창조한 세계-톨스토이와 도스토예프스키를 비교하여」[08]에서 "톨스토이는 자기가 창조한 자기의 세계를 자기 손바닥 위에 올려놓고 자기가 조종하며 그것이 가짜든 진짜든 거기 만족하였다. 이것이 톨스토이의 예술가적 위대한 가치일 수밖에 없다"며 작가에 의해 인물들을 엄격히 통제하고 있는 톨스토이의 소설을 도스토예프스키에 비해 더 우월한 것으로 설명한다. 작가에 의해 통제된 환경 아래서 마치 인형을 다루듯 인물들의 인생을 지배한다. 이에 비해 도스토예프스키는 "그만 자기 자신이 그 인생 속에 빠져서 어쩔 줄을 모르고 헤매"고 있다. 이는 주체가 독립적으로 존재하는 객체를 설명할 수 있다고 전제하면서, 과학의 발전을 통해 인간이 신적 전지성과 완벽한 예측가능성을 얻을 수 있다고 보는 근대과학의 태도와 유사성을 지닌다.[09]

모든 상황이 통제된 실험실에서 사물이 '표상'될 수 있다고 가정하는 환원주의는 무수한 요소들의 상호 작용에 의해 인간이 예측할 수 없는 돌발 상황이 일어날 수 있음을 간과하며 전체를 이해하기 위해 부분을 무시하는 전체주의의 오류를 보여준다. 복잡하게 결속된 존재들을 분리하

---

08 『창조』 7, 1920.7.

09 프랑스 수학자 피에르 라플라스 근대 과학의 관점을 대변하는 대표적 인물이다. 1814년 출판된 『확률에 관한 철학적 에세이』라는 책에서 그는 다음과 같이 설명한다. "어느 순간 자연을 조절하는 모든 힘과 함께 자연을 구성하는 모든 요소의 순간적인 조건을 알고 있는 지적인 존재가 있다고 생각해 보자. 이 지적인 존재가 모든 데이터를 분석할 수 있을 만큼 강력하다면 우주에서 가장 거대한 천체의 운동과 이보다 가벼운 원자의 운동 모두를 단 하나의 공식으로 설명할 수 있을 것이다. 이 공식으로는 불확실한 것이 아무것도 없다. 미래와 과거가 동일하게 이 지적인 존재의 눈앞에 펼쳐져 있다." 근대 과학은 이러한 지적인 존재를 가정함으로써 자유의지가 개입할 여지가 없는 예정된 세계를 만들어내고자 하였다. 존 그리빈, 김영태 역, 『딥 심플리시티』, 한승, 2006, 36~37쪽.

여 가장 단순한 요소로 환원하고 그 수량화된 실체를 지배하는 기계적 규칙을 공식화함으로써 세계에서 무질서를 추방하고 질서를 도입하는 것이다. 에드가 모랭은 이를 '단순성 패러다임'으로 설명하는데,[10] 이는 김동인의 소설에서 사건을 추출해내고 복잡다단한 인물의 성격을 단순화하는 등의 방식으로 작품에 질서를 부여하는 방식으로 적용되었다. 김동인은 소설 속 인물들이 자유의지가 제거된 실험실의 사물들처럼 예술가에 의해 통제되어 일정한 '법칙'을 산출해내야 한다고 주장한다. 이러한 맥락에서 "비겁하고, 악하고, 더럽고, 추한 것"을 그리는 통속소설을 비판하고, "논문보다 소설을 읽어라"라면서 "철학사상, 사회학사상"을 담아낸 소설을 요청하였다.[11]

김동인에게 소설은 과학자들이 실험실에서 '사실'을 만들어내는 것처럼 작가의 실험을 통해 통용될 만한 사상을 창출해내는 역할을 부여받았다. 다만 김동인의 소설에는 근대과학의 방법론과 배치되는 장면들이 동시에 나타난다. 근대 과학에서 과학자는 객체를 설명할 수 있는 신의 위치를 차지하는 한편, '객관적' 지식을 얻기 위해 제거되어야 하는 운명을 지닌다.[12] 실험과 검증을 통해 자연이 스스로 말하는 것처럼 보이게 하려면 관찰자와 관찰 대상 사이에 맺어진 관계의 불가피성을 비가시적인 것으

---

10 에드가 모랭, 신지은 역, 『복잡성 사고 입문』, 에코리브르, 2012, 16~18쪽.

11 김동인, 「소설에 대한 조선 사람의 사상을」, 『학지광』 18호, 1919.1. 「약한 자의 슬픔」의 주인공 엘리자베트는 자신의 삶이 '표본'에 불과하였음을 깨달으면서 이에 대한 "논문 비슷이 소설 비스이 하나 지어보고시픈 생각이 낫다"고 말하기도 한다.

12 이에 라투르는 근대성을 "'비-인간성'nonhumanity—사물, 대상, 혹은 야수—의 탄생과 동시에 이루어질 뿐만 아니라 방관자의 자리로 밀려나면서 소거된 신crossed-out God이라는 마찬가지의 불가해한 기원"을 지닌 것으로 설명한다. 브루노 라투르, 앞의 책, 49~50쪽.

로 만들어야 한다.[13] 이에 비해 김동인의 소설에서 전지적 위치를 차지하고 있는 예술가의 존재는 비가시적인 것으로 사라지지 않는다. 가령 김동인의 데뷔작 「약한 자의 슬픔」에서 서술자는 결말을 알고 있는 작가가 아니라면 알 수 없는 정보들을 서술하는 방식으로 서사에 개입하여 단일 초점을 방해하는 한편,[14] 결말 부분에서 「」부호를 사용하여 작가가 말하고자 하는 '법칙'의 의미를 정리하기도 한다.[15]

이에 그간의 연구에서는 작가의 목소리가 출현함으로써 서사의 흐름을 중단시키는 서술방식을 서사적 미숙이라는 측면에서 비판해왔다. 하지만 이러한 서술기법이 대상과 주체의 분리를 전제하며 우주를 기계적 단순성으로 설명하는 근대 과학에 대한 비판과 관련된다고 한다면 그 의미가 달라진다. 한편 김동인뿐만 아니라 이상 소설 역시 비슷한 맥락에서 재평가될 여지가 있다. 이상의 장편소설 『12월 12일』이 대표적이다.[16] 이 소설에서 기법상의 미성숙을 보여주는 것으로 지적되어온 인물 형상화와 플롯의 파탄, 서술자의 개입 등은 창작방법론에 대한 이상의 독특한 사유와 연관되어 있다. 손유경은 김동인의 액자소설과 '인형조종술'이라는 창작기법이 이상의 『12월 12일』에서 변주되고 있다는 데 주목하여 액자소설

13 에드가 모랭, 앞의 책, 61쪽.

14 유승환, 앞의 글, 120쪽.

15 김동인이 이광수의 역사소설을 사료를 그대로 현대어로 번역한 "사담"에 불과하다고 비판한 것 역시 '창조자'로서 예술가의 역할을 지워버린 데 따른 비판으로 보인다. 손정수, 「김동인 초기 소설에 나타난 서사 형식의 변모과정에 관한 고찰」, 문학사와비평학회 편, 『김동인 문학의 재조명』, 새미, 2001, 180쪽.

16 김윤식은 "<12월 12일>은 체계적으로 씌어진 작품이 아니다."라면서 이 소설의 미숙함을 지적한 바 있다.(이상, 『이상문학전집』 2권, 김윤식 편, 문학사상사, 1991, 148쪽.) 권영민 역시 "소설적 기법과 정신의 수준 자체를 문제 삼기에는 여러 가지 문제성을 지닌다"고 비판했다(권영민, 「작품 해설 노트 - 『12월 12일』의 서사 기법과 갈등 구조」, 『이상전집』 3권, 238쪽).

의 주인공 X('그')에 대해 서술하는 복수의 서술자가 소설의 의미망이 복잡하게 만든다고 분석하였다.[17] 실제로 김동인과 이상은 액자소설이라는 소설 형식을 활용하여 서술자의 신뢰성에 대한 독특한 문제의식을 전개하였다. 이는 이들이 근대 과학의 환원주의에 대해 비판적 태도를 견지했다는 사실과 관련되는 것으로, 재현의 (불)가능성에 대한 탐구와 관련된다.

2. 자기의 창조한 세계

김동인은 1920년대 초 문예지 『창조』의 발간을 주도하고, 이 잡지에 「약한 자의 슬픔」, 「마음이 옅은 자여」 등의 소설을 발표하면서 본격적인 문학 활동을 시작한다. 김동인의 초기 작품들에는 다음과 같은 특징들이 나타난다. 그는 자신의 작품이 현실을 사실적으로 재현하기 위해서가 아니라 특정한 목적 하에 '창조'한 가상의 공간임을 분명히 하는 여러 장치를 마련한다. 우선 김동인의 소설에 등장하는 인물들은 대부분 이름이 없다. 'A', 'B', 'C', 'O' 등 알파벳 약자로 불리거나 '남편', '아내', '거지' 등 지위로 불리며 실험동물과 같은 '비-인간'으로 취급된다. "우리는 그의 이름을 A라 하자"(「겨우 눈을 뜰 때」)라고 가정하면서 작가의 통제하고 있는 상황이 펼쳐지고 있음을 분명히 한다. 두 번째로 그의 소설들은 주로 '요약'('파노라마')식 서술 방식을 취하며, '요약'의 중간에 약간의 보완이 필요할 경우 극히 제한적으로만 장면 제시의 수법을 쓴다.[18] 작가가 불필요하

---

17 손유경, 「「12월 12일」에 나타난 연쇄의 의미망」, 『이상학회 창립기념 학술대회 자료집』, 2015.12.12.

18 관련해서 이주형은 "김동인 소설의 많은 작중인물들은 그래서 과학자가 만든 인조인간과 같다. 후랑켄슈타인과 같은 괴물들이 많다"라고 지적한다. 이주형, 「김동인

다고 생각되는 묘사는 철저히 생략되고 이를 대신해 작가가 전달하고자 하는 사변적인 진술이 우위에 놓인다. 세 번째로 김동인의 소설에는 서술자의 개입이 두드러진다. 이는 서술자의 논평 차원으로 한정되지 않고 소설이 작가에 의해 만들어진 실험적 공간임을 드러나는 데 사용된다. 그는 "자, 인제 끝은 맺어야 할 텐데 어떻게 그 끝을 맺나. 두 가지 생각이 여의 머리를 스치고 지나갔다", "이런 결말은 어떠할까. 혹은 그 결말은 이렇게 지으면 어떠할까"(「무지개」)[19]와 같은 방식으로 소설의 결말이 작가의 의도에 따라 변경될 수 있다는 점을 강조한다. 네 번째로 서술자의 냉소적인 태도가 두드러진다. 서술자는 자신이 만들어낸 인물에게 감정을 이입하지 않고 관찰하면서 인물의 미성숙한 태도에 대한 비판을 서슴지 않는다. 그런데 실제 창작 과정에서 그는 소설 속 인물들이 완벽히 통제되지 않는 곤란한 상황에 직면하였다. 다음은 이에 대한 김동인의 설명이다.

> 표제(表題)와 같이 약자의 비애를 취급한 것으로서, 약한 성격의 주인인 '엘리자벳'이라는 여성의 평생을 그린 것이었다. 세상의 온갖 죄악은 약함에서 생기나니 사람의 성격이 강하기만 하면 세상에는 저절로 온갖 죄악이 없어진다. '강(强)함'은 즉 '사랑'이다. 이것이 대개의 주지(主旨)이다. 그리고 필자는 결과로서 여주인공의 자살을 집어넣으려 한 것이었다. 묘사는 일원묘사(一元描寫)였다. 그러나 그 작(作)의 결말은 뜻밖으로 필자는 그 주인공을 죽이지 못하였다.
>
> 제이작(第二作) <마음이 옅은 자(者)>에서도 결말로서 주인공 K를

소설에서의 허무주의적 인간운명관과 인간 경멸·혐오 의식」, 『국어교육연구』 26권 1호, 국어교육학회, 1994, 43쪽.

19 김동인, 「무지개」, 앞의 책, 464면.

죽이려 하였던 것이 마침내 죽이지 못하였다.

(중략)

나는 여기서 나의 이원적 성격(二元的 性格)을 의식(意識)하였다. 주인공을 자살케 하려던 것도 내 의사다. 그러나 또한 자살시키지 못한 것도 내 의사다. 두 의사의 갈등—이원적 성격(二元的 性格), 이를 의식하엿다. 악마적 폭학(惡魔的 暴虐)과 신(神)과 같은 사랑의 갈등이었다. 미(美)에 대한 광폭적 동경(狂暴的 憧憬)이다. 동경상(憧憬上) 나타난 불철저(不徹底), 모순(矛盾), 당착(撞着)은 모두 상반(相反)되는 이 두 가지의 성격한 동경(憧憬)의 불합치에서 생겨난 것이었다.[20]

위 인용문은 김동인이 「약한 자의 슬픔」과 「마음이 옅은 자여」를 쓴 지 약 10년 만인 1929년 발표된 글이다. 여기서 그는 자신이 비판한 도스토예프스키가 그러했듯이 소설 속 상황을 통제하지 못하고 본래 생각했던 결말과는 달리 작품 속 인물들을 '죽이지' 못하게 된 맥락을 설명한다. 자신의 자유로운 의사에 따라 창작된 소설의 주인공들이 작가의 뜻에 반하여 '자살하지를' 않았다는 점을 설명하기 위해 그는 자기의 뜻이 '이원적'으로 분열되었음을 인정한다. 그런데 그는 여기서 대립이 질적 측면의 대립이라고 강조한다. 「약한 자의 슬픔」에서 나타난 '약함'과 '강함'의 대립 구도처럼 본래 '하나'였던 의사가 이원적으로 분리된 이후 '강한 의사'와 '약한 의사'로 나뉘었으며 김동인은 그 가운데 하나를 선택한 것이다.[21]

---

20 김동인, 「조선근대소설고」, 앞의 책, 157~158쪽.

21 '강한 의사'와 '약한 의사'는 서로 대립하는 것이 아니라 '강한 의사' 안에 '약한 의사'까지 포함되어 있다. '강한 의사'는 자신이 어느 쪽을 선택하는지와 무관하게 자기 의사의 '강함'을 긍정하는 '의사'를 말한다.

부연하면 '강함'과 '약함'은 「약한 자의 슬픔」에서 반동성의 여부로 설명된다. 엘리자베트가 자기 삶을 반면교사로서의 '표본'에 불과하다고 인식하는 것은 "자기(自己)의 아직까지 한 일 가운데서 하나이라도 자기(自己)게서 나온 거시 어듸잇느냐? 반동(反動)안닙고 한 일이 어듸잇느냐?"라는 의문에서 비롯한다. 엘리자베트는 자신뿐만 아니라 20세기 사람들의 삶이 모두 그러하다는 깨달음에 이르게 되고, 그녀의 머리에는 "한 공허(空虛)"가 생긴다. 이 장면을 통해 김동인은 인간의 자유의지에 대한 복잡한 문제를 던진다. 김동인은 엘리자베트가 "자긔의 약한 거슬 자각(自覺)"함으로써 '강한 자'가 될 수 있게 되었다고 서술하는데, 이는 엘리자베트가 자유의지를 지닌 자율적 존재라는 점을 의미하지 않는다. 김동인이 말하는 '참사랑'이나 '참삶'은 환경의 영향에서 자유롭지 않은 표본 대상과 같은 존재라는 점을 알면서도 "하고기픈일은 자유(自由)로 해라 힘써서 끗까지!" 해내는 것이었다.

근대적 자아는 인간 주체를 자유의지를 지닌 원자론적인 존재로 상정한다. 그런데 「약한 자의 슬픔」의 결말에서 알 수 있듯, 김동인은 인간의 존재가 피조물에 불과함을 강조한다.[22] 이러한 모순이 발생하게 된 데는 김동인 소설에서 '자기'가 미분화된 성격을 지니고 있다는 점과 관련된다. 김동인의 초기 소설에서 작가와 서술자의 층위는 명확히 구분되지 않는다. '서술자'라는 개념은 소설이라는 하나의 세계를 창조한 신의 위치

22 김동인은 이 지점에서 자신과 이광수의 차이를 설명한다. 위 인용문에 이어지는 부분에서 김동인은, 이광수가 초월적인 것에 대한 동경으로서의 미(美)와 의식적 욕구로서의 선(善) 가운데 전자를 버리고 후자를 보유함으로써 '파탄'에 이르게 되었다고 말한다. 이광수가 추구한 '선'이란 엘리자베트의 말을 빌리자면 '반동적'인 것이다. 이광수의 소설 속 인물은 자신의 선택이 '꼭두각시'의 그것임을 인식하지 못한 채 정해진 기율을 반복하고 있는 자동 인형에 불과하기 때문이다.

에 있는 '작가'의 위상을 지우고 거기에 일종의 '대리인'을 세우는 것이라 할 수 있다.[23] 하지만 김동인이 소설을 창작하면서 마주한 상황은 '대리인', 즉 작가로서의 자신의 불완전성이었다. 작가조차 '자기가 창조한 세계'를 완전히 장악하지 못하는 상황에서 그가 예측하지 못하는 사건이 벌어지고 마는 것이다.

이후 김동인의 액자 소설에는 피조물들의 운명을 결정하는 신의 대리인으로서의 서술자가 출현한다. 김동인의 「목숨」,[24] 「배따라기」, 「K박사의 연구」가 대표적이다. 이 작품들은 전형적인 폐쇄 액자의 구성을 취하고 있는 작품으로 분석된다.[25] 「목숨」과 「K박사의 연구」는 서술자 '나'가 1인칭 시점으로 도입 액자를 구성하다가 내부 이야기에 들어가서는 서술자가 사실상의 주인공으로 바뀌어 1인칭 시점으로 전개되고 다시 종결 액자에 와서는 다시 도입 액자와 같은 형태로 복귀한다. 「배따라기」의 경

23 작가는 서술자를 설정함으로써 서술내용을 신뢰성을 확보하고 작가의 자아를 억제하고 허구세계와의 거리를 확보할 수 있다는 것이 소설론에서 서술자를 설정하는 이유로 설명된다. 서술자는 작중의 다른 인물들과 마찬가지로 작가에 의하여 창조된 인물임에도 불구하고, 이야기의 중개자로 소설의 가상세계와 작가 및 독자가 사는 현실 세계의 중간지점에 자리 잡은 존재로 가정된다. 이는 에밀 졸라가 가정한 '실험소설가'와 유사하다. 에밀 졸라는 소설가를 "관찰자이며 실험자"로 보면서, "소설가 내면의 실험자가 나타나서 실험을 기획하고, 특정한 스토리 내에서 행동하는 등장인물들을 통해 일련의 사실이 여러 현상의 결정론에 걸맞게 드러난다는 것을 보여줄 것"이라고 설명한다(에밀 졸라, 유기환 역, 『실험소설 외』, 책세상, 2007, 23쪽). 이런 점에서 에밀 졸라는 실험소설가는 숙명론자가 아니라 결정론자라는 점을 강조하며 자신은 등장인물의 자유의지를 부정하며 정해진 운명이 있다고 가정하는 것이 아니라 등장인물의 삶을 결정짓는 조건에 '작용'을 가하여 그 결과를 탐구하는 것이라고 역설한다. 그는 등장인물의 '자유의지'를 가정하는 순간 작품에서 일정한 '법칙'을 도출하는 것이 불가능하다는 역설을 인지하지 못했다.

24 『창조』 8권, 1921.1.

25 윤정현, 「김동인 액자소설 연구」, 『국어국문학』 97호, 국어국문학회, 1987, 90쪽.

우는 도입 액자에서 '나'의 독백이 내부 이야기에 들어서면 3인칭으로 바뀌고 다시 종결 액자에서 1인칭 시점으로 환원한다. 「광염소나타」, 「광화사」 등 김동인이 창작한 초기 소설들 대부분이 복잡한 액자식 구성을 취하고 있다. 이처럼 김동인이 다양한 방식으로 액자 소설을 실험한 까닭은 "비일상적이고 비현실적인 소재를 보다 객관적으로 인증시켜 독자들에게 무리없이 전달시킴으로써 소재 자체의 비현실성을 무디게 해줄 수 있는 서술형태"로 설명되어 왔다.[26]

그런데 이와 더불어 김동인이 액자형 구성과 관련한 문학적 실험을 지속하지 않을 수 없었던 이유로 서술자의 처리 문제를 들 수 있다. 그는 회화에서 액자의 틀(frame)로 기능하는 소설 속 '서술자'를 어떻게 처리해야 할지 곤란에 빠졌던 것이다.[27] 「배따라기」에서와 같이 작가의 존재를 대신해서 서술자가 전면에 등장한 경우 작가는 소설을 완전히 장악하게 되며 이를 통해 이야기의 객관성이 확보된다. 김동인은 본래 소설을 구상할 때의 계획을 끝까지 완수할 수 있도록, 그리하여 '자기가 창작한 세계'에 대한 장악력을 유지하기 위해 액자소설을 통해 서술자의 역할을 못 박아 둔

---

26 윤정현, 앞의 글, 97쪽.

27 이 문제는 데리다가 칸트가 『판단력 비판』에서 순수한 취미 판단의 대상에 고유한 구조를 설명하기 위해 사용한 부가물 혹은 장식으로서의 파레르곤(parergon) 개념을 떠올리게 한다. 파레르곤, 즉 액자의 틀과 같은 장식품이 취미의 만족을 위한 보충적인 기능을 수행한다고 본 칸트와 달리 데리다는 파레르곤이 "단지 외재적인 방법으로, 마치 과잉처럼, 추가로서, 보충으로서 거기에 포함된다."고 설명한다. 파레르곤은 작품(에르곤) 자체의 불충분함을 보충하기 위해 추가되는 것으로, 작품은 자신의 기능을 충족시키기 위해 항상 파레르곤에 의지해야 한다. 파레르곤으로서의 액자는 작품의 내부에도, 작품의 외부에도 속하지 않는다. 그것은 사라지는 형상, 스스로 지워지는 형상이어야 한다(박평종, 『흔적의 미학』, 미술문화, 2006, 289~293쪽). 이는 소설에서 '서술자'가 하는 역할과 일치한다. '서술자'는 작품 내부에도, 외부에도 속하지 않는 존재로, 지워지는 형상이어야 한다.

것이다. 김동인이 반복해서 강조하는 '활사실'을 전달하기 위해서는 마치 인물들이 자유의지를 지닌 것처럼 서술해야 한다. 하지만 이를 위해 '서술자'라는 매개를 통하지 않을 수 없다는 사실로 인해 그는 모순에 빠지게 된다. 김동인은 등장인물들을 액자소설이라는 틀에 가두어놓고 작품을 통제한 것이다. 즉 독자에게 '활사실'을 전달하기 위해서는 사실을 죽여야 한다.[28]

이후 「광염소나타」나 「대동강은 흐른다」에는 텍스트 바깥에 있는 '작가'의 존재를 삽입하여 '서술자' 역시 작가가 창조한 존재라는 사실을 상기시키는 방법도 시도된다.[29] 「대동강은 흐른다」 연작의 「산 너머」에서 김동인은 가능한 결론 가운데 하나만을 선택하여 서사를 진행시키는 고전적 서사의 논리 대신 모든 선택을 동등하게 취급하는 반이야기(antistories)의 형태를 취하기도 한다.[30] 주인공이 선택할 수 있는 가능성들을 나열하면서 선택이 초래할 수 있는 결론이 무한할 수 있음을 암시한다. 작가의 목소리를 서사 내에 삽입시키며 작품 속에서 사라져야 할 서술자의 위상을 모호하게 만들어버린 것이다. 이는 김동인이 이야기의 선형성, 핍진성,

---

28 복잡성 이론에서는 이를 "한 마리 개라는 유기체의 생명을 유지시키는 상호작용들은 살아 있는 상태(in vivo)로 연구하기에는 불가능한 상호작용들이다. 그것들을 올바르게 연구하기 위해서는 개를 죽여야 할 것 같다"는 '닐스 보어 패러독스'로 설명한다.

29 「광염소나타」의 경우 도입 액자에 "독자는 이제 내가 쓰려는 이야기를 유럽의 어떤 곳에 생긴 일이라고 생각하여도 좋다"로 시작하는 '작가의 변'이 선행된다. 그러면서 내부 이야기의 서술자가 될 K씨를 등장시켜 작자 '나'를 서술자로 하여 3인칭으로 계속되는 삽입 액자와 서술자 K가 서술하는 내부 이야기가 연속적으로 전개된다. 게다가 연속되는 내부 이야기 후의 삽입 액자에 K에게 온 백성수의 편지가 등장하여 서술 시점이 1인칭으로 바뀌면서 소설의 시점은 더욱 복잡해진다. 「대동강은 속삭인다」라는 제목 하에 게재된 「대동강」, 「무지개」와 「산넘어」, 「다시 대동강」의 경우 더욱 복잡한 구조를 지닌다. 이에 대해서는 윤정현, 앞의 글 참조.

30 박진, 『서사학과 텍스트이론』, 소명출판, 2014, 55쪽.

인과성을 부정한 것과 관련된다.[31] 그는 '자기가 만든 세계'에 대한 불신을 극복하지 못했기에 서술자를 내세워 이를 '객관적인' 것으로 포장하는 데 실패한다. 이는 인간이 자기 내면의 어둠, 불완전함, 악마성을 완전히 극복할 수 없다고 본 김동인 문학의 세계관을 보여주는 것이기도 하다.

3. 액자만 남은 액자소설

이상의 소설 『12월 12일』은 액자식 구조뿐만 아니라 여러 가지 측면에서 김동인 소설과의 유사성을 보인다. 주인공 'x'를 비롯해 'M', 'T', 'C 간호부'를 비롯해 알파벳 약자로 표기된 등장인물들과 요약적 서술방식, 외부이야기의 방식으로 삽입된 서술자의 개입, 그리고 등장인물들에 대한 서술자의 냉소적인 태도 등이 그러하다. 이를 통해 『12월 12일』은 이것이 작가에 의해 창조된 세계임을 독자에게 지속적으로 확인시킨다.

또 이 소설에는 소설이라는 인공세계를 구축한 작가의 지위를 위협하며 작품과 현실의 경계를 무너뜨리는 장면들이 연이어 나타난다. 『12월 12일』은 김동인의 소설과 달리 내부 이야기의 주인공인 '나'의 1인칭 독백으로 시작한다.[32] 그는 "세상은 어느 한 모도 찾아낼 수는 없이 모두가 돌연적이었고 모두가 우연적이었고 모두가 숙명적일 뿐"[33]이었다는 모순

31 최정아는 이런 점에서 김동인이 완전무결의 세계를 재현하는 닫힌 서사가 아니라 불완전하고 비완결적인 가공 중에 있는 서사적 층위를 드러내고 있음을 지적한 바 있다(최정아, 「김동인 문학의 젠더 연구」, 서울대학교 박사논문, 2012, 61쪽).

32 1930년 2월부터 12월까지 조선총독부 홍보용 기관지인 『조선』의 국문판에 연재되었다. 『12월 12일』은 총 9회에 나누어 연재되었으며, 소설은 4절로 구성되어 있다.

33 『이상전집』 3권, 19쪽.

적인 말을 내뱉는다. 어째서 그는 우연적이라는 말과 숙명적이라는 말을 동일한 의미에서 사용하고 있는 것일까. 우연과 숙명을 초월적인 관점에서 바라보고 있는 그는 "모든 인간으로서의 당연히 가져야 할 감정의 권위를 초월한 그야말로 아무 자극도 감격도 없는 영점(零點)에 가까운 인간"으로 자신을 소개한다. 그러면서 "불행한 운명 가운데서 난 사람은 끝끝내 불행한 운명 가운데서 울어야만 한다. 그 가운데서 약간의 변화쯤 있다 하더라도 속지 말라. 그것은 다만 그 '불행한 운명'의 굴곡에 지나지 않는다"라는 결론을 내놓는다.[34] 본격적인 이야기를 시작하기도 전에 허망한 결론을 제시하고 있는 셈이다.

이후 이어지는 내용은 서술자 '나'가 프롤로그에서 "이 하잘것없는 짧은 한 편은 이 어그러진 인간법칙을 '그'라는 인격에 붙여서 재차의 방랑생활에 흐르려는 나의 참담을 극한 과거의 공개장으로 하려는 것"이라고 설명하고 있는 내부 이야기가 1장에서 이어진다. 내부 이야기는 3인칭으로 서술되며 '그'가 어머니와 함께 일본으로 건너가게 된 경위가 설명된다. '그'가 일본으로 건너간 이후의 서사는 친구인 'M에게 보내는 편지'라는 서신의 형식으로 전개되면서 1인칭으로 돌아간다. 5통의 서신이 이어지다가 3장에서 적빈에서 벗어나지 못하는 T의 가정에 대한 설명과 그의 아들 업에 대한 소개가 이어진다. 따라서 이 부분의 서술자는 프롤로그에 나타나는 1인칭 서술자 '나'와 구분된다. 프롤로그에서 '나'는 이후에 등장하는 내부 이야기의 주인공 x와 동일 인물로 보이는데, 3장에서는 일본에 가 있을 '나'가 알지 못할 내용이 소개되고 있기 때문이다. 이 부분의 내용을 통해 독자는 소설 속에 존재하는 전지적 작가 시점의 서술자와 대면하게 된다. 마지막 4장에서 전지적 작가 시점의 3인칭 서술이 이어지다

---

34 『이상전집』 3권, 20쪽.

가 M에게 보내는 마지막 편지가 이어지고 이를 통해 '나'가 고향으로 돌아갈 것이라는 사실이 알려진다. 그러다 연재 제4회분이 시작되면서 독백조의 서술이 갑자기 등장한다.

> 어디로 가나?
> 사람은 다 길을 걷고 있다. 그러므로 그들은 어디론지 가고 있다.
> 어디로 가나?
> 광맥을 찾으려는 사람이 있는가 하면 산보하는 사람도 있다.
>
> (중략)
>
> 그들은 끝없이 목마르다. 그들은 끝없이 구한다. 그리고 그들은 끝없이 고른[擇]다.
> 이 '고름'이라는 것이 그들이 가지고 나온 모든 것들 가운데 가장 좋은 것이면서도 가장 나쁜 것이다.
> 이 암야에서도 끝까지 쫓겨난 사람이 있다. 그는 어떠한 것, 어떠한 방법으로도 구제되지 않는다.
> ―선혈이 임리한 복수는 시작된다. 영원히 끝나지 않는 복수를―.
> 피, 밑 없는 학대의 함정―.[35]

이 부분을 서술하는 주체가 (1) 프롤로그에 등장했던 '나'인지 (2) '나'가 알지 못하는 것까지 알고 있는 전지적 작가 시점의 서술자인지는 불분명하다. (1)의 독백일 수도 있고 (2)의 논평일 수도 있다. 그런데 이어지는 부분에서 자신의 삶을 조소하며 '득의의 웃음'을 짓는 '그'라는 인물이 등장한다.

---

35 위의 책, 63~64쪽.

> '내 뼈 끝까지 다 갈려 없어지는 한이 있더라도—그때에는 내 정령(精靈) 혼자서라도—.'
>
> 그의 갈리는 이빨 사이에서는 뇌장(腦漿)을 갈아 마실 듯한 쇳소리와 피육(皮肉)을 말아 올릴 듯한 회오리바람이 일어났다.
>
> 그의 반생을 두고 (아마) 하여 내려오던 무위한 애(愛)의 산보는 끝났다.
>
> 그는 그의 몽롱한 과거를 회고하여 보며 그 눈멀은 산보를 조소하였다. 그리고 그의 앞에 일직선으로 뻗쳐 있는 목표 가진 길을 바라보며 득의의 웃음을 완이히 웃었다.[36]

여기서 그와 프롤로그에 등장한 서술자 '나', 그리고 '나'가 '그'라는 이름을 붙여 이야기하고 있는 x가 어떠한 관계인지는 불분명하다. 여기서 '그'는 누구이며 '그'가 대결 상대로 삼고 있는 상대는 누구일까? 그가 "애(愛)의 산보"를 끝냈다는 구절은 무엇을 의미하는 것인가? 이러한 불분명한 서술이 이어진 후 서술되는 내부 이야기, 즉 x를 '그'라고 지칭하며 3인칭으로 이어지는 내용 가운데 특이한 부분이 발견된다. 글 중간에 (?) 기호를 삽입하거나 괄호 안에 플롯의 전개를 중단하는 구절들을 넣음으로써[37] 서술자가 자신이 서술한 내용을 확신하지 못하고 있음을 독자들에게 일부러 알린다. 다음 구절들에는 x가 작자에 의해 만들어진 인물이

---

36 위의 책, 64쪽.

37 이에 해당하는 부분은 다음과 같다. 모두 『이상전집』 3권에서 인용한 것으로 쪽수만 적는다. "그때에 건너편 자리에 앉아 있던 신사(紳士)(?)는 가냘픈 한숨을 섞어"(67), "그렇게까지 말할 것까지는 없을지 몰라도 어쨌든 상당히 큰 돈(?)이니까요—."(72), 차안은 제법 어두웠다(그것은 더욱이 창밖이었을는지도 모르나 지금에 그의 세계는 이 차 안이었으므로이다.)(75) "그의 머리(?)에 가까운 곳에는(?) 이상한 생각(같은 것)이 떠올랐다."(77), "그가 이 촌락(?)을 들어설 수가 있었을 때에는 세상은 벌써 어둠컴컴한 암흑 속에 잠긴지 오래였다."(87)

라는 사실이 언급되는 동시에 x자신도 이 사실을 자각하게 되는 과정을 보여준다. 액자소설에서 '액자'가 지나치게 부각되고 있는 셈이다.

(1) "서울! 서울! 기어코—어디 내 이를 갈고—" 그는 이 '이를 갈고' 소리를 벌서 몇 번이나 하였든지 모른다. 그러나 자기도 또 듣는 사람도 그것이 무슨 뜻인지 어찌하겠다는 소리인지 깨달을 수가 없었다.

(2) 떨어지면 녹고-그에게는 오직 눈만이 그런 것도 아닐 것 같았다—. 그리고 비유할 곳 없는 자기의 몸을 생각하여 보았다.[38]

(3) 다만—그러고는 오지 아니하면 아니 될 것이 그 뒤를 이어서 '가기 위하여' 줄대어 오고 있을 뿐이었다.[39]

(4) 자기 말이 자기 눈에 띌 때처럼 싱거운 때는 없다.[40]

(5) 그의 모양이 그의 눈으로도 '남이 보이듯이' 보이는 것 같았다.[41]

(6) 그 속에 지팡이를 의지하여 T씨의 집으로 걸어가는 그의 모양은 전연히 세계에 존재할 만한 것이 아닌 만치 타계에서 꾸어온 괴존재와도 같았다. 물론 그 자신은 그런 것을 인식할 수 없었으나(또 없었어야 할 것이다. 만일 그가 그런 것을 인식할 수 있었던들 그가 첫째 그대로 살아 있을 수가 없는 것이니까.) 때로 맹렬한 기세로 그의 가슴을 습격하는 치명적 적요는 반드시 그것을 상증한 것이거나 적어도 그런 것에 원인 되는 것이었다.[42]

38 위의 책, 78쪽.

39 위의 글, 같은 쪽.

40 위의 글, 79쪽.

41 위의 글, 86쪽.

42 위의 책, 94쪽.

(1)은 "애(愛)의 산보"를 끝냈다고 말하는 '그'가 이를 갈며 복수를 다짐하는 장면을 연상시킨다. x는 자신이 왜 '이를 갈고'라는 말을 반복하는지 의식도 못한 채 이 말을 반복한다. 그가 조종당하는 인형이라는 사실을 보여주는 대목이다. (2)에서 그는 자신의 존재가 녹아 없어지는 눈처럼 허망한 것이라고 인식하고 있으며 (3)에서는 작가가 이미 정해놓은 줄거리를 등장인물인 '그'가 기다린다는 의미에서 '가기 위하여' 오는 것이라는 표현이 나타난다. 한편 (4), (5)에서 x는 자신의 말과 행동을 조감하듯이 관찰하는 시선을 확보하게 된다. 그런데 (6)에서 설명하듯 그는 자신을 "괴존재"와 같이 감각하면서도 그의 가슴에 적요를 일으킨다. '그'는 인생을 극도로 피로하다고 느낀다.[43] M에게 보내는 편지에서 '나'는 이미 "싫다는 것을 억지로 매질을 받아가며 강제되는 '삶'에 대하여 필사적 항의를 드리지 않을 사람이 어디 있겠나?" "그때에 사람의 마음은 환경의 거울이라는 것이 아니겠나?"[44]라며 인생에 대한 허무감을 드러낸 바 있다. 그렇다면 "선혈이 임리한 복수"란 '나'가 자신에게 삶을 강제한 '악마' 혹은 '신'에게 감행하는 것일까. 그런데 소설 속에서 복수의 주체는 x가 아니라 '업'과 x의 동생 'T'로 나타난다.

(7) 가련한 백부의 그를 입회시킨 다음 업은 골수에 사무친 복수를 수행하였다. (이것은 과연 인세의 일이 아닐까? 작자의 한 상상의 유희에서만 나올 수 있는 것일까?)[45]

(8) 그날 저녁 때 업은 드디어 운명하였다. 동시에 그의 신경의 전부도 다 죽었다. 지금의 그에게는 아무 것도 없었다.

---

43 위의 책, 94쪽.

44 위의 책, 38쪽.

45 위의 책, 119쪽.

다만 아득하고 캄캄한 무한대의 태허가 있을 뿐이었다.[46]

(9) '나는 지금 어디를 향하여 가고 있는 것일까?'
'아니 아니 — 이것이 나일까 —. 이것이 무엇일까? 나일까, 나일 수가 있을까?'[47]

(10) '창조의 신은 나로부터 그 조종(操縱)의 실줄(絲線)을 이미 거두었는가?' 눈썹 밑에는 굵다란 눈물방울이 맺혀 있었다. 그러나 그 자신도 그것을 감각할 수 없었다.[48]

주인공이 '업'의 해수욕복을 불태운 사건으로 인해 충격을 받은 '업'이 병을 얻게 되고 '업'은 x 앞에서 해수욕복을 태운 뒤에 숨을 거둔다. (7)에서 알 수 있듯이, 업은 복수를 감행하고 그것이 자기가 맡은 역할의 전부였다는 양 숨을 거둔다. (8)에서는 이후 "무한대의 태허"만이 남았을 뿐이라고 묘사되며, (9)에서 x는 마침내 '나'라는 존재 자체에 대한 의문을 지니게 되고, (10)에서는 비로소 조물주가 자신을 조종하기를 그쳤음을 깨닫게 된다. '업'이라는 인물과 관련된 일련의 행위들을 불교에서 말하는 업(karma)을 불태우는 제의와 관련짓는다면, (11)과 (12)는 해탈한 자아를 가리킨다. 이와 달리 업의 시체를 묻고 돌아가는 T와 그 아내는 "창조주에게 가장 저주받은 것과도 같았고 도주하던 카인의 일행들의 모양과도 같았다"[49]고 묘사된다.[50] 이러한 묘사는 여전히 복수가 마무리 되지

---

46 위의 책, 같은 쪽.

47 위의 책, 120쪽.

48 위의 책, 120~121쪽.

49 위의 책, 122쪽.

50 이러한 해석은 이상이 불교적 세계관을 작품에 그대로 차용했음을 주장하기 위한 것이 아니다. 『12월 12일』에서 업이 소멸했음에도 불구하고 '그'의 비극이 계속된다는 사실을 통해 이상이 불교적 세계관을 '패러디'하면서 여기서 다른 사유를 끌어내

않았음을 암시한 것이었음이 밝혀지는데, 이는 결국 T의 방화로 나타난다. 이 불길 속에서 C간호부가 자신에게 부탁한 젖먹이를 구한 이후에야 그는 "오래오래 묵은 병을 떠나버리는 것 같"[51]은 느낌을 받는다. 그러자 이제 이야기를 마무리 지을 때가 되었다는 듯이 서술자가 다시 나타난다.

> (모든 사건이라는 이름 붙을 만한 것들은 다—끝났다. 오직 이제 남은 것은 '그'라는 인간의 갈 길을, 그리하여 갈 곳을 선택하며 지정하여 주는 일뿐이다. '그'라는 한 인간은 이제 인간이 인간에서 넘어야만 할 고개의 최후의 첨편에 저립하고 있다. 이제 그는 그 자신을 완성하기 위하여 그리하여 인간의 한 단편으로서의 종식을 위하여 어느 길이고 걷지 아니하면 아니 될 단말마다.
> **작가는 '그'로 하여금 인간세계에서 구원받게 하여 보기 위하여 있는 대로 기회와 사건을 주었다. 그러나 그는 구조되지 않았다.**
> 작자는 영혼을 인정한다는 것이 아니다. 작자는 아마 누구보다도 영혼을 믿지 아니하는 자에 속할는지도 모른다.
> 그러나 그에게 영혼이라는 것을 부여치 아니하고는—즉 다시 하면서 그를 구하는 최후에 남은 한 방책은 오직 그에게 영혼이라는 것을 부여하는 것 하나가 남았다.)[52] (강조_인용자)

고자 했음을 짐작할 수 있다. 이상이 현대물리학, 문학, 미술, 도교, 불교를 비롯해 다종다양한 장르의 사상들을 뒤섞을 때 이는 지식을 자랑하기 위함이 아니라 이를 통해 새로운 사상이 튀어나오게 하려는 사고실험의 과정이었다. 이는 이상 문학을 기존 지식과 관련지어 환원론적으로 해석할 때 난관에 부딪힐 수밖에 없는 까닭이자 이상 문학의 전체상을 파악하기가 어려운 이유이기도 하다. 마치 홀로그램처럼 텍스트 자체가 운동성을 지닌 것이다.

51 『이상전집』 3권, 125쪽.

52 위의 책, 126쪽.

손유경은 이 인용문에서 프롤로그에 등장했던 서술자A를 '작가'라고 부르는 서술자 B가 등장해 이 소설의 액자구조를 복잡하게 만든다고 분석한다.[53] 그런데 앞서 살펴본 것처럼 『12월 12일』에서 서술자는 이보다 더 복잡한 성격을 보여준다. 우선 서술자와 주인공 'x' 사이의 경계가 매우 모호하다. 소설 초반부에서는 주인공 'x'는 프롤로그에서 등장하는 서술자 '나'와 일치하는 것처럼 서술되었다. 하지만 x가 자신이 창조주의 조종을 받고 있다는 것을 서서히 자각하면서 '그'에 대해 서술하는 주체가 누구인지가 불분명해지게 된다. 더불어 3장에서 x가 모르는 내용을 서술하는 전지적 작가 시점의 서술자가 등장하고(즉 그는 프롤로그에 등장하는 서술자 '나'와는 다른 주체이다), 4장의 4회분에는 x를 가리키는 것인지가 불분명하나 x에게 닥칠 미래를 예언하듯 '그'에 대해 서술하는 주체가 등장한다.

정리하면, 이 소설에는 (1) 프롤로그에서 자신이 x라고 말하는 1인칭 서술자 (2) 3장에서 x가 모르는 사실을 서술하는 전지적 작가 시점의 서술자 (3) 4장 4회분에서 'x'의 운명을 예견하듯 전달하는 서술자 (4) 사건의 종결을 알리며 '그'에게 영혼을 부여하겠다고 말하는 서술자가 나타난다. 여기서 끝이 아니다. 이 부분에 이어지는 9회에서 이는 황막한 벌판을 걷던 '그'는 모닥불을 쬐다가 "해수욕 도구를 불사르던 어느 장면"을 떠올리고 이어서 "무슨 동기로인지 그의 머리에는 알코올이라는 것이 연상"되다가 다음과 같은 장면이 나타난다.

> 그의 전신은 사시나무 떨리듯 떨렸다.
> "아—인제 죽을 때가 돌아왔나 보다! 아니 참으로 살아야 할 날이 돌아왔나 보다!"

---

53 손유경, 앞의 글, 38쪽.

그는 이렇게 생각하였다. **그 사람은 그의 그 모양을 조소와 경멸의 표정으로만 내려다보고 있었다.** 그러나 이제야 최후로 새 우주가 그의 앞에는 전개되었던 것이다.[54] (강조_인용자)

일단 이 부분에서 서술되고 있는 '그'가 앞서 내부 이야기의 주인공이었던 'x'와 동일 인물인지에 대해 서술자는 명확하게 서술하지 않는다(수평적 복수성). 오히려 '그'가 해수욕 도구를 태우거나 알코올을 연상하는 것이 이유를 설명할 수 없는 원인에 의한 것이라는 점을 강조한다. 이와 함께 이러한 '그'를 조소와 경멸의 태도로 지켜보는 '그 사람'이라는 존재가 나타난다(수직적 복수성). 글의 맥락상, '그 사람'은 '그'를 한 차원 높은 세계에서 '그'의 존재를 관찰하고 있는 신적인 존재임을 알 수 있다. 그런데 이 부분의 서술자는 다시 '그 사람'을 내려다본다. 『12월 12일』은 수평적인 복수성과 수직적인 복수성을 동시에 지닌 서술자의 형상을 작품 내에서 직접 제시함으로써 소설을 엄청나게 복잡하고 혼란스럽게 만든다.

독자들은 이 소설에서 몇 명의 '서술자' 혹은 등장인물들을 조종하는 창조주가 있는지를 분명히 파악하지 못한다. x라고 명명되고 있는 '그'가 모두 동일한 인물인지도 불분명하다. 하나의 우주에서 x의 업은 끝났을지 모르지만 또 다른 세계에서 '그'는 여전히 암야를 산보하고 있다. '그'가 죽은 이후에도 비극은 계속된다.[55] 다만 평행한 우주들이 겹겹이 층을 형성하고 있는 형태로 소설의 구조를 이해할 경우, 모순적으로 보이는 구절들을 해석할 수 있는 여지가 발생한다. 앞서의 인용문에서 서술자는 자신이 영혼을 인정하지 않음에도 불구하고 '그에게 영혼이라는 것을 부여'하

---

54 『이상전집』 3권, 129~130쪽.

55 "한 인간은 또 한 인간의 뒤를 이어 또 무슨 단조로운 비극의 각본을 연출하려 하는고."(위의 글, 133쪽)

겠다는 모순된 말을 한다. 이 말은 서술자와 '그'가 서로 다른 차원의 세계에서 살아가고 있다는 가정을 해야 해결된다. 서술자는 삶과 죽음을 초월한 존재로 '영혼'의 존재를 인정하지 않지만, '그'를 구원해주기 위해 그가 스스로 '영혼'을 지닌 존재인 양 생각하게끔 한다는 것이다.

4. 우연한 인과

이 소설의 도입에서 서술자는 숙명과 우연이 서로 다른 것이 아님을 언급한 바 있다. 이상이 필연성과 우연성을 서로 대립하는 것으로 바라보지 않는다는 데서 이 소설의 복잡한 구도를 해명할 힌트를 얻을 수 있다. 다시 김동인의 『태평행』으로 돌아와 이야기를 이어가 보자. 문종혁은 "상의 창작인지 어디서 읽은 것인지" 분명치 않으나 이상이 구술에 의해 밝힌 줄거리라면서 동경의 교외에서 있었던 일을 소개한다.[56] 어린 아이가 나비를 잡으러 따라가다 낭떠러지에서 굴러 떨어지고 특급열차의 기관사였던 그의 아버지가 아들을 잃은 슬픔 때문에 도중에 정거해야 하는 정거장을 통과 질주하면서 청국과 일본의 전쟁으로까지 비화되었다는 이야기다.[57] 신범순의 지적처럼 이것이 김동인의 「태평행」과 거의 동일한 모티프

56 문종혁, 「심심산천에 묻어주오」, 김유중 · 김주현 편, 『그리운 그 이름, 이상』, 지식산업사, 2004, 124~126쪽.

57 김동인의 「태평행」은 '일청전쟁'이 끝난 후 일본을 배경으로 한다. 전쟁에 이겨 흥성한 일본의 분위기를 배경으로 범나비 한 마리의 탄생으로 시작된 비극의 연속을 그린 것이다. 이와 달리 이상의 경우 일본과 청나라의 전쟁이라는 역사적 사건을 이야기 속에 끌어들이고 있다. 전쟁의 시작점에 나비의 탄생을 놓고 있는 이상과 전쟁이 다 끝난 후, 역사적 사건이 종결된 후에 나비의 탄생을 그리고 있는 김동인의 서사에는 의미의 차이가 발생할 수밖에 없다.

를 지니고 있다는 점은 분명하다. 그렇다면 이상은 어떤 점에서 이 이야기에 매혹되었던 것일까. 그런데 이 소설에서 김동인은 『12월 12일』에서 이상이 그러했듯, 인간이 자신이 통제할 수 없는 예측 불가능하고 통제 불가능한 우연의 세계를 살고 있다는 것을 숙명론적인 것으로 해석하고 있다.

> 내가 무심히 강물을 향하여 돌을 하나 던진다.
> 그때에 그 강물에 생긴 물결이 퍼지고 퍼져서, 넓은 바다까지 이르러, 거기 일어나는 커다란 뫼와 같은 물결에 만분일(萬分一)의 방해, 혹은 조력(助力)을 할는지 그것은 결코 예측도 못할 일이다.
> 그리고 또한 그 돌이 강바닥까지 내려져서 강바닥의 모래를 움직여 그것이 몇 만 년 뒤에 그 강으로서 십리(十里)쯤 동(東)으로 혹은 서(西)로 옮겨가게 할 동기가 될는지도 예측도 못할 일이다.
> 이 세상의 한끝으로 생겨 나고 한 끝으로 사라지는 백가지 일의, 그 가장 변변치 않는 한 가지라도 그 결과의 또 한 결과를 생각할 때에, 우리는 결코 숙명의 커다란 힘을 업수이 여기지 못할지니 무장야의 너른 드을에서 자유로이 놀던 나비 한 마리가 우연히 아무뜻 없이 팔왕자[八王子]까지 날아온 것이 사흘 뒤에는 벌써 이렇듯 커다란 비극을 일으켜 놓았다. 그리고 그 비극은 결코 거기서 막을 닫지 않았다.[58]

신범순과 이학영은 이 소설을 나비의 '소여행'이라는 초기조건의 존재 여부가 불러일으키는 결과의 차이가 실로 막대할 수 있다는 것을 보여준다는 점에서 이를 '나비 효과'와 관련 짓는다. 카오스 효과는 독립변수(X)와 종속변수(Y)의 관계를 '분석적 인과'의 방식으로 설명하는 근대 과

---

58 김동인, 「태평행」, 『문예공론』 2호, 1929.6.

학의 세계관을 초과하는 사태를 가리킨다. 근대 과학은 인과율에 대한 강한 믿음 위에 구축되어 있다. 연관된 두 현상 가운데 논리적 내지 시간적으로 선행하는 것을 X, 뒤에 나오는 것을 Y라 할 때 상호 간의 인과성을 설명하기 위해 Y를 야기하는 요인들 가운데 X가 아닌 요인들로부터 X의 효과를 '분리'하여 포착하고 서술하는 것이 분석적 인과를 도출하는 방법이다. 분석적 인과성이 초기조건의 차이란 부차적이라고 보아 그것을 '동일한 조건이라면'이라는 말로 추상하여 그런 조건과 무관하게 성립하는 보편적인 인과성을 찾고자 한다면,[59] '나비 효과'는 초기조건의 차이에 따라 인과적 작용이 엄청나게 달라질 수 있다는 것이다.

그렇다면 일반적으로 소설에서 초기조건, 즉 '나비'의 역할을 하는 존재는 누구일까? 즉 소설 속에서 전개되는 '분석적 인과'의 효과를 초과하는 차이를 만들어내는 존재, 그것은 바로 소설을 관찰하고 있는 '서술자'의 존재이다. 김동인의 「태평행」은 액자소설로, 위에 인용한 내용은 도입액자의 일부이다. 여기서 서술자는 나비의 '소여행'이 30년 후 조선에 불러일으킨 '비극'[60]에 대해 서술하겠다면서 예고편을 날리고, 이어서 '일성'

---

59 갈릴레오 갈릴레이의 '자유낙하법칙'을 예로 들 수 있다. 갈릴레이는 나무토막과 쇠뭉치를 동시에 떨어뜨리면 둘 다 똑같은 시간에 땅에 떨어질 것이라고 주장한다. 그러나 실제로는 공기 저항으로 인해 가벼운 나무토막이 늦게 떨어진다. 그런데 이렇게 하면 낙하하는 것의 반복을 하나의 법칙으로 다룰 수 없게 된다. '공기'가 없다고 가정해야만 자유낙하의 법칙을 설명할 수 있다.

60 이를 통해 독자는 이미 이 내부 이야기가 '비극'으로 끝날 것을 알고 있다. 『12월 12일』에서 서술자가 "불행한 운명 가운데서 난 사람은 끝끝내 불행한 운명 가운데서 울어야만 한다. 그 가운데서 약간의 변화쯤 있다 하더라도 속지 말라"라며 경고했던 구절을 떠올려보자. 아무리 '뻔한' 결말이 예상된다고 해도 불확실성을 남겨 둠으로써 소설의 재미를 유지하려는 일반적인 소설들과 달리 김동인과 이상은 '결론부터' 이야기하고 시작한다. 그런데 『12월 12일』의 경우 서두에 언급했던 '결론'은 어그러진다. 소설 속에서 질서가 무질서로 바뀌는 것이다.

과 '현숙' 남매를 비롯해 등장인물들 사이에서 벌어지는 사건을 내부 이야기로 서술한다. 소설이 미완으로 끝나는 바람에 이 비극이 어떠한 우여곡절을 거치게 될지는 알 수 없지만 이들이 여타 김동인의 소설이 그러하듯이 '카오스'의 세계에서 '코스모스의 세계'를 찾아 허망하게 헤매다 '비극'으로 끝나게 될 것을 예상하기란 어렵지 않다.[61] 「태평행」뿐만 아니라 김동인의 소설 전반에는 허무주의적, 숙명론적 세계관이 발견된다.[62]

여기서 주체의 '자유의지', 즉 '선택'이라는 문제가 부각된다. 김동인이 딜레마에 빠지고 만 것은 작가가 전하고자 하는 '법칙'에 따라 통제된 환경에서 움직이는 등장인물들이라는 '인형'들이 자신의 통제를 벗어나는 일이 발생하는 데 있었다. 마치 그들에게 자유의지가 있는 것처럼 말이다. 그가 액자소설을 가지고 실험을 계속한 것은 보다 엄밀한 환경을 구축하기 위한 것이었다. 복잡성 이론의 관점에서 이는 "관찰자의 관찰 속으로의 회귀"와 관련된다. 예컨대 사회학자는 사회 안에 있을 뿐만이 아니라 사회 또한 그의 안에 있다. 따라서 "관찰자-구상자"는 그의 관찰과 그의 구상안에 통합되어야 한다.[63] '자기의 창조한 세계'임에도 불구하고 작가가 그 세계를 장악하지 못하는 이유는 바로 그 자신이 원인이라 할 수

---

61 이주형 역시 김동인의 「배따라기」에 대해 다음과 같이 설명하고 있다. "생쥐 한 마리 때문에 아내는 자살하고, 남편과 시동생은 "붉은 해를 등에 지고" 이 카오스의 세계에서 바다 끝 어디엔가 있을지도 모르는, 그러나 이십년이 지나도 나타나지 않는 코스모스의 세계를 찾아 물 위를 떠돌아다니는, 허망한 인생들"이라고 말이다. 이주형, 앞의 글, 46쪽.

62 다음은 김동인의 소설에서 숙명론적인 세계관이 나타나는 대표적인 구절들이다. "그저 운명이 데일 힘셉데다"(「배따라기」), "숙명이라는 커다란 힘"(「거치른 터」)과 같이 '숙명'이라는 단어가 직접 언급되거나 "인생은 일장춘몽이다"(「겨우 눈을 뜰 때」)와 같이 인생의 허무함을 비유하는 방식으로 드러난다.

63 김무경, 「'복잡성 패러다임'으로의 초대」, 『문화와사회』 14호, 한국문화사회학회, 2013, 272~273쪽.

있다. 그의 정의에 따라, "사람이 자기 그림자에게 생명을 부어 넣어서 활동케 하는 세계—다시 말하자면 사람이 자기가 지어 놓은 사랑의 세계"를 예술이라 한다면, 그 세계를 만든 '초기조건'으로서 작가 자신의 상태가 변화함에 따라 작품 속 인과성이 변화하는 것은 당연한 일이다.[64]

우연과 숙명, 질서와 무질서는 결국 어느 차원에서 그것을 관찰하는지의 문제라 할 수 있다. 논리적으로 상반되는 것처럼 보이는 두 개념이 더 높은 차원에서는 서로 결합된다. 하지만 김동인은 이상과 달리 카오스와 코스모스, 우연과 필연의 이분법적 세계관에서 벗어나지 못했다. 그는 질서와 무질서의 세계 사이를 극단적으로 횡보할 뿐 이미 설정된 이분법을 초월하는 데 실패했다. 이는 김동인의 소설이 숙명론적 허무주의로 귀결되는 원인을 제공하였다. 애초에 환경의 통제를 통해 '법칙'을 찾을 수 있으리라고 가정했던 창작 방법이 계속해서 실패에 부딪히자 김동인은 인과성에 대한 믿음을 버리고 주체에 의해 통제가 불가능한 우연성의 세계에 천착하게 된다. 이에 따라 그는 매개에 의해 자신의 의도가 배반될 수

64 대표적으로 양자역학에서는 관찰자의 존재에 따라 실험 결과가 달라진다는 것은 증명된 바 있다. 유명한 '슈뢰딩거의 고양이'를 떠올려보자. "상자 속 고양이에게 이 사실은 무엇을 뜻할까? 원소 붕괴가 예정된 한 시간 동안 어떤 외부 관측자도 그 고양이의 생사 여부를 알 길이 없다. 어느 누구도 정확히 언제 방사성 원소가 붕괴할지 모르기 때문이다. 따라서 어찌 보면 고양이는 살아 있으면서 동시에 죽어 있는 셈이 된다. 또는 그 어느 쪽도 아닌, 삶과 죽음이 뒤섞인 상태에 있는 것이기도 하다. 물론 우리는 언제든 상자를 열고 안을 들여다봄으로써 고양이의 생사 여부를 확인할 수는 있다."(브리기테 뢰틀라인, 이상희 역, 『슈뢰딩거의 고양이』, 자음과 모음, 2010, 10쪽). 그의 사고 실험에서 상자 속 고양이는 미시 세계의 입자를 말한다. 이 입자들은 "여러 곳에 동시에 위치하는가 하면, 빛보다 더 빠른 속도로 서로 의사를 전달하거나 중간과정을 생략한 채 이곳저곳을 뛰어다니기도 한다." 그런데 상자를 열고 측정을 시도하는 순간 모호하고 부정확하고 불확실한 세계가 돌연 경험 가능한 세계로 탈바꿈한다. 관측자 스스로가 '측정 장치'인 셈이다. 위의 책, 11~12쪽.

도 있다는 사실을 예술, 과학, 정치에 걸쳐 다루게 된다. 우발적인 살인에 의해 완성된 예술을 다룬 「광화사」, 「광염소나타」나 근대적 사법제도에 야기된 불행의 연쇄를 다룬 「죄와 벌」, 과학적 합리성으로 해결할 수 없는 인간 욕망의 문제를 다룬 「K박사의 연구」, 환자를 사물화 하는 진료법을 비판하며 오진의 가능성을 제기한 「목숨」 등이 이에 해당한다.

김동인은 개별적 주체가 통제할 수 없는 우연적 요인의 위력을 확인하며 근대의 이념이라 할 수 있는 '계몽'의 불가능성을 현시한다. 이상 역시 『12월 12일』에서 인과 자체를 부정하지 않는다.[65] 다만 이상은 우연과 인과의 경계를 명료한 것으로 구분 짓지 않았다. 대신 그는 인간의 능력으로 파악할 수 없는 차원의 원인으로 인해 발생하다는 점에서 우연한 것처럼 보이는 "우연한 인과"[66]에 대해 말한다. 그리고 '우연'처럼 보이는 '숙명'을 만들어내는 초기조건으로 서술자의 존재를 든다. 서술자의 입장에서는 이미 정해진 운명('과거')인 것이 등장 인물에게는 나중에 발생하는 '우연'으로 설명된다. 우연성은 우주의 단순성을 사유할 수 있는 더 높은 차원의 존재에게는 필연적인 것으로 이해된다는 점에서 인과성을 지니지 않은 것이 아니라 '깊은 인과성'을 지닌 것으로 설명된다.[67] 깊은 인과성의

---

65 『12월 12일』에 대한 기존 연구들은 대부분 이상이 인과 논리 자체를 부정하고 있다는 식으로 설명한다. 가령 김주현은 이상이 "사건의 우연적 발생을 통해 인과 논리에 의한 세계 인식 자체를 부정하고 있다. 칸트의 선험적 인식을 바탕으로 한 인과성의 세계가 기계적 필연성을 논박한 니체에게 부정된 것과 일맥상통한 논리"라고 분석한 바 있다. 김주현, 「이상 소설에 나타난 죽음의 문제-<12월 12일>, <종생기>를 중심으로-」, 『한국현대문학연구』 3호, 한국현대문학회, 1994, 167쪽.

66 『이상전집』 3권, 131쪽.

67 이런 점에서 차원의 문제는 초월적 존재로서의 '신'에 대한 사유와 관련되지 않을 수 없다. 이상의 『12월 12일』을 도스토예프스키의 『카라마조프의 형제들』의 문제의식을 같이 놓고 볼 수 있는 것은 이 때문이다. 김민수는 이에 대해 흥미로운 분석을 제출한 바 있다. 그는 『카라마조프의 형제들』이 단 하루 동안에 일어난 사건에 초점을

차원에서는 『12월 12일』에 나타나는 '모순'도 해결된다.

> 모든 것이 모순이다. 그러나 모순된 것이 이 세상에 있는 것만큼 모순이라는 것은 진리이다. 모순은 그것이 모순된 것이 아니다. 다만 모순된 모양으로 되어져 있는 진리의 한 형식이다.[68]

> 걷는 사이에 그는 무엇인가 여지껏 걸어오던 길에서 어떤 다른 터진 길로 나올 수 있었던 것과 같은 감을 느꼈다. 그러나 또한 생각하여 보면 그가 새로 나온 그 터진 길이라는 것도 종래의 길과는 그다지 다름없는 협착하고 괴벽한 길이라는 것 같은 느낌도 느껴졌다.[69]

복잡성 이론에서 '모순'은 오류를 지시하는 경고신호가 아니라 그 자체가 인식론적 중요성을 지닌 사건이다. 모순은 관찰 대상과 관찰자가 서로 다른 차원에서 사유하고 있기 때문으로 이해된다. 『12월 12일』의 플롯에 나타나는 다양한 모순들 역시 마찬가지다. 기존 연구에서 이상 문학과

두고 있다면서 "독자들을 인간적인 시간 계산의 틀 안에다 감금시키고, 이야기의 첫머리부터 무시간(無時間)의 정신세계에 우리들을 납치해 버린다"라면서 『12월 12일』 역시 "다른 시공간에서 발생한 사건들이 마치 동일 시간대(12월 12일)에 우연히 일어난 것처럼 독자들을 의도적으로 유인"하고 있다고 분석한다.(김민수, 『이상평전』, 그린비, 2012, 65쪽) 이러한 분석은 『12월 12일』에 나타난 시간성이 차원의 문제와 관련됨을 시사한다. 권희철 역시 『12월 12일』이 1931년을 전후한 이상 문학의 핵심 주제인 '시간'을 다루고 있다는 점에서 그 중요성을 강조한 바 있다. 소설에서 반복되는 기호 '12'를 시계의 원운동과 관련지어 이 소설에서 "결합의 힘과 분리의 힘의 대결"을 읽어낸 것이다. 권희철, 「이상 문학에서의 '시간'이라는 문제」, 『한국현대문학연구』 50호, 한국현대문학회, 2016.

68 『이상전집』 3권, 81쪽.

69 위의 책, 96쪽.

의 관련성이 지적된 바 도스토예프스키의 소설 『까라마조프가의 형제들』에서 이반이 알료샤에서 자신이 신을 인정하면서도 그가 이 세계를 창조했다는 것을 믿지 않는 것은 이 모순을 해결하지 못했기 때문이다. 신을 이 세계의 '바깥'에 있는 존재로 사유할 때 이 모순은 해결될 수 없다. 오히려 이를 차원의 문제로 보고 현실을 서로 다른 차원들이 무한히 중첩된 구조로 파악하면 모순은 간단하게 해결된다. "새로 나온 그 터진 길이라는 것도 종래의 길과는 그다지 다름없는 협착하고 괴벽한 길이라는 것 같은 느낌"은 차원의 차이에 의한 모순에 의거한다. 주체가 어떤 차원에서 있는지에 따라 "막다른 골목"은 "뚫린 골목"이기도 하다(「오감도—시제1호」).

이러한 가설은 이상이 유클리드 기하학을 비판하면서 비유클리드 기하학으로 표상되는 세계에 대한 지향을 보여준다고 한 기존의 관점을 보충한다. 기존 연구에서는 이상이 절대 보편적 진리의 확립을 목표로 하는 뉴턴의 고전 물리학과 유클리드기하학을 비판하며 이를 대체할 것으로 아인슈타인의 상대성이론과 비유클리드기하학에 기반한 새로운 과학에 대한 지향을 드러내고 있다고 본다. 이는 관찰자의 위치에 따라 진리가 상대적이라는 인식을 제공한다는 점에서 절대적 보편성을 비판하는 태도와 관련된다.[70] 이 글은 이러한 점에서 관찰자이자 사실을 전달하는 매개자로서 서술자가 이상 문학에서 차지하는 위상과 관련하여 논의할 여지가 있다고 보았다. 과학실험에서의 '표상'과 문학에서의 '재현'이 매개(실험도구, 서술자)를 거치지 않을 수 없음에도 불구하고 매개의 역할을 지워버림으로써 진리를 절대화하는 '현전의 형이상학'에 대한 비판으로 독해가능하다.

70 문홍술, 「이상 문학의 일본어 시 텍스트에 나타나는 언술 주체의 분열」, 『한국현대문학연구』 32호, 한국현대문학회, 2010.

이상의 글쓰기와 현전의 문제

1. 이상의 글쓰기

이상의 텍스트를 동시대 다른 작가들과 구분 짓는 것은 이상의 텍스트에 등장하는 수학과 기하학 용어들일 것이다. 이들은 본래의 맥락에서 떨어져 나와 시 안에 삽입됨으로써 독특한 의미 변환을 거친다. 그것들은 "비유적 기호에 그친 것이 아니라 예술적 사유의 깊은 곳에(수학과 기하학과 연관되어) 내재된 독자적 상징체계 또는 독자적 관념에서 꿈틀거리는 기호"다.[01] 이상의 텍스트에서 유클리드 기하학과 비유클리드 기하학의 대립을 최초로 언급한 것은 고석규이다. 고석규는 유클리드 기하학에 대한 이상의 비판이 「선에 관한 각서」 연작에서 중점적으로 다뤄졌음에 주목하여 비유클리드 기하학을 존재의 '기분(Humor, Mood)'과 관련짓는다.[02] 그는 이상이 말하는 '이상한 가역반응'을 사르트르의 『구토』의 실존적 충동과 연결시키는 등 실존주의의 자장 안에서 설명한다. 이외에도 김용운, 조수호, 이경훈, 권영민[03] 등이 수학과 기하학 용어를 해석하였다.

---

01 신범순, 「이상의 '기하학적 우주도'를 위한 예비적 시론」, 『이상리뷰』 7호, 이상문학회, 2009, 228쪽.

02 고석규, 「'반어'에 대하여」, 이상, 김윤식 편, 『이상문학전집』 1권, 문학사상사, 1991, 100~101쪽.

03 김용운, 「이상 문학에 있어서의 수학」, 위의 책; 조수호, 「도형에서 바라본 이상 시의

한편 김혜진은 이상의 기하학적 세계관을 '글쓰기'의 독특한 구조와 연결하며, 이상이 김해경의 가면이라는 기존의 시각을 역전시켜 김해경을 환영으로, 이상을 기표의 주체라는 차원에서 분석하였다.[04] '김해경'이라는 환영은 '이상'과 그의 텍스트에서 두 가지 차원에서 기능하는데, 첫 번째는 죄를 묻는 형식으로서의 글쓰기 차원이며 두 번째는 '제거하기'의 수사학을 통해 과학이나 추상 그 자체로서 이상을 드러낸다. 이상의 기하학적이고 추상적인 세계관은 '감정과 정념'을 지닌 '김해경'을 지우고 '이상'이라는 추상을 가능케 하는 것으로, '이상'이 되면서 만들어진 '김해경'의 찌꺼기가 죄의식을 만들어낸다. 이와 같이 '김해경'이 '이상'이라는 기표-주체가 생성된 이후 '사후적으로' 만들어진 것이라면, '거울' 텍스트를 비롯해 이상 문학의 특성을 '가면 쓰기'에서 발견하며 '자아분열'에 초점을 맞추었던 환원론적 해석은 재고가 필요하다.

이 글은 이와 같은 해석을 참조하여 데리다의 이론을 바탕으로 이상의 글쓰기에 대한 주체의 문제를 다루어 보고자 한다. 데리다는 기하학의 형성과 관련된 역사적 사실들은 한낱 우연한 사실에 불과할 뿐이라며 '현

해독」(『이상문학전집』 2권, 문학사상사, 1995)의 경우에도 유클리드 기하학과 비유클리드 기하학을 서구 합리성의 과학의 위험성을 지적하는 사유와 관련지으며 이상이 서구의 합리주의, 이성주의에 반하는 동양적 사고를 강조했다고 주장한다. 하지만 이 연구 역시 기하학과 동양철학에 대한 단편적 지식을 근거로 이상 텍스트의 기호들을 자의적으로 해석하는 데 그친다. 이와 달리 국문학 연구자들은 이상 텍스트에 출현한 기호를 기하학과는 무관한 것으로 취급하는 경향이 나타난다. '△'과 '▽'을 '자아'와 관련지은 이승훈이나 남성의 성적 발기 여부로 구분한 이경훈의 연구가 대표적이다. 권영민은 이를 초가 녹는 모습으로 해석하기도 한다. 이상, 이승훈 편, 『시 원본·주석 이상문학전집』 1권, 문학사상, 1989, 101쪽; 이경훈, 『이상, 철천의 수사학』, 소명출판, 2000, 270~279쪽; 이상, 권영민 편, 『이상전집』 1권, 228~230쪽.

04 김혜진, 「이상, '제거하기'의 수사학과 '죄를 묻는 형식'으로서의 글쓰기」, 『비평문학』 44호, 한국비평문학회, 2012.

전의 형이상학'을 비판한 바 있다.[05] 데리다는 우연성을 제거하여 기하학이 하나의 역사적 기원('생생한 현전')을 가지고 있는 것처럼 치부해 왔음을 지적하며 초월론적-현상학적 환원의 탈구축을 시도하였다.[06] 그는 언어적 표현에 대한 이념적 객관성의 독립성을 확언한 후설을 비판하면서 문자 그 자체가 진리와 이념적 대상들의 구성에 있어 필수 불가결한 매개임을 주장한다. 이에 따라 데리다가 궁극적으로 천착하는 것이 글쓰기(écriture)의 문제이다. 기하학은 이념적 공간과 이념적 대상성을 다루는 학문으로서 이러한 이념성은 생활세계에서 이념화라는 조작에 의해 구성되며, 이러한 이념화에 결정적인 역할을 하는 것이 바로 글쓰기이기 때문이다.

"언어에는 내던져 있음이 본질적"[07]이라고 주장한 하이데거와 마찬가지로 데리다는 문자의 타자성에 의해 출현하는 주체의 형상에 주목한다. 글쓰기 혹은 문자는 절대적 · 이념적 대상성을 보증해주는 것으로, 실재적 역사로부터 획득한 하나의 진리를 순수한 선험적 역사성을 지닌 존재로 완성하여 보존한다.[08] 다시 말해 글쓰기는 초월적인 진리가 선행하여 이를 기억하기 위한 보충물로서 동원되는 것이 아니라 이념성과 객관성의 완성을 위한 불가결한 조건이라고 할 수 있다.[09] 데리다는 이러한 문자를 원

---

05 자크 데리다, 배의용 역, 『기하학의 기원』, 지식을만드는지식, 2012, 86쪽.

06 "기하학은 '물질적'이고 '추상적'인 과학이다. 또한 그러한 까닭에 '체험된 것의 기하학', 현상의 수학은 불가능하다는 결과가 나온다."(자크 데리다, 남수인 역, 『글쓰기와 차이』, 동문선, 2001, 260쪽)

07 마르틴 하이데거, 이기상 역, 『존재와 시간』, 까치, 2013, 222쪽.

08 배의용, 「자크 데리다의 후설 해체-의미기원의 발굴과 해체」, 『철학』 48권, 한국철학회, 1996, 359쪽.

09 이는 글쓰기를 파롤의 파생물이 아니라 파롤을 근저에서 지배하는 것으로 보며 음성중심주의(phonocentrisme)를 비판한 맥락과도 닿아 있다. 언어의 원본 형태인 음성은 문자로 보완된 형태로만 인식할 수 있다는 점에서, 데리다는 문자가 음성을 보완하

(原)글쓰기(archi-écriture)라고 부르며 원-문자로서의 문자가 함축하는 것이 바로 주체의 죽음이라고 말한다. '생생한(살아있는) 현전'을 체험하기 위해 주체는 그때까지의 자기를 희생하고 죽음을 경험해야 한다. 이에 따라 후설과 구분되는 데리다의 독특한 시간인식이 나타난다. 시간 속에서 스스로에게 현전하는 자기('I')라는 개념을 사용한 후설에게 시간의 본질은 '지금' 현전하는 순간이지만, 데리다는 자기를 언제나 이미 죽어 있는 것, 이미 지나간 것, 궁극적으로 현전하지 않는 것으로 인식한다.[10]

이는 이상의 텍스트에 나타난 주체의 독특한 면모와 관련된다. 이상은 언문일치에 의해 발화자(서술자)='나'라는 투명한 현전의 허구를 만들어내고자 했던 근대문학의 이상을 거부하고 글쓰기의 과정에서 출현하는 분열적인 '나'의 생산을 긍정하였다. 이를 통해 '진정한 나', 즉 초월적 자아(transcendental ego)가 선험적으로 존재하여 이야기 전반을 관장한다는 환상을 가로지른다. 이상은 글쓰기 이전에 선험적으로 존재하는 초월적 자아가 아니라 글쓰기 과정 중에 우연히 생성되는 주체를 탐구하고 있다.

2. 이상과 분신들

이상의 소설 텍스트에서 서술자와 작가의 층위를 살펴보기 위해 이상의 소설에 다양하게 등장하는 분신들과 '필명'에 주목할 필요가 있다. '이

는 것을 넘어서 대리 혹은 대체(supplément)한다고 본다. 『그라마톨로지』에서 데리다는 루소와 레비스트로스의 텍스트를 분석하며 그들에게서 대체보충을 통해 생생한 '파롤'을 보려는 폭력적 시선을 발견한다. 나카마사 마사키, 김상운 역, 『자크 데리다를 읽는 시간』, arte, 2018, 499~502쪽.

10 제이슨 포웰, 박현정 역, 『데리다 평전』, 인간사랑, 2011, 168~172쪽.

상'이라는 이름은 그의 첫 장편소설인 『12월 12일』 발표 당시부터 사용되었을 뿐만 아니라 1934년 『조선중앙일보』에 「오감도」 연작을 발표하면서 본격적으로 문단 활동을 시작하면서 그의 필명으로 굳어졌다. 하지만 그 이전까지 그는 '비구', '보산' 등의 필명을 사용했으며, '이상'을 필명으로 사용하면서도 삽화를 그릴 때는 '하융'이라는 새로운 존재를 등장시켰다. 또한 『조선과 건축(朝鮮と建築)』의 권두언에는 R이라는 필명을 사용하기도 하였다. 문단 활동을 하면서는 주로 '이상'을 사용했지만 초기 연작 시편들은 '김해경'이라는 본명으로 발표되었으며, 문단 활동을 하면서 김해경이라는 본명을 사용하지 않은 것도 아니었다.[11]

이와 함께 주목할 점은 이상이 자신의 필명을 소설에 등장시키고 있다는 점이다. 이상뿐만 아니라 근대문학 초창기에 문인들이 다수의 필명을 사용했음에도 불구하고 특별히 이상의 필명에 주목하는 것은, 이상이 필명을 사용하는 방식과 그의 실험적인 텍스트 간의 상관관계를 밝히기 위해서다. 이상의 텍스트에는 다양한 층위로 구분되는 복수의 서술자가 등장하는데, 이는 이상의 주체가 '나누어질 수 있는(쪼개질 수 있는)' 속성을 지닌 것이었기 때문이다. 소설이 창작되기 이전에 발표된 시와 수필에도 분신 모티프가 나타난다는 점도 주목된다.

주지하듯 초기시에 발표된 일문시와 1933년 이후 한글로 발표된 시편들 사이에서 일종의 단절이 발견된다. 초기 일문시가 '나'의 분절을 긍정하며 무수한 주체의 생성을 기대하는 반면, 거울 모티프가 나타나는 시와 수필에는 분열된 주체의 불안이 극명하게 드러난다. 이를 통해 이상 텍스트 전반을 아우르는 주제로 분신 모티프에 주목할 필요가 있으며, 분신

---

11 가령 단편 「김유정」에는 김유정이 이상을 "김형"이라고 부르는데, 이상은 "이김형(金兄)이라는호칭(呼稱)인즉은 이상(李箱)을 가르치는말이다"라고 부연한다. 이상, 「지도의 암실」, 『이상전집』 2권, 373쪽.

모티프가 이상 텍스트에서 부정적인 의미로만 재현되지 않는다는 사실을 통해 이상이 분신 모티프를 다루게 된 근본적 동기가 주목된다. 이를 위해 '김해경' 본명으로 1931년 10월 『조선과 건축』에 발표된 「삼차각설계도」 연작시편의 「선에 관한 각서(線에關한覺書) 5」를 먼저 살펴보겠다.

> 사람은다시한번나를맞이한다, 사람은보다젊은나에게적어도상봉(相逢)한다, 사람은세번나를맞이한다, 사람은젊은나에게적어도상봉(相逢)한다, 사람은적의(適宜)하게기다리라, 그리고파우스트를즐기거라, 메퓌스트는나에게있는것도아니고나이다.
>
> 속도(速度)를조절(調節)하는날사람은나를모은다, 무수(無數)한나는말[譚]하지아니한다, 무수(無數)한과거(過去)를경청(傾聽)하는현재(現在)를과거(過去)로하는것은불원간(不遠間)이다, 자꾸만반복(反復)되는과거(過去), 무수(無數)한과거(過去)를경청(傾聽)하는무수(無數)한과거(過去), 현재(現在)는오직과거(過去)만을인쇄(印刷)하고과거(過去)는현재(現在)와일치(一致)하는것은그것들의복수(複數)의경우(境遇)에있어서도구별(區別)될수없는 것이다.
>
> 연상(聯想)은처녀(處女)로하라, 과거(過去)를현재(現在)로알라, 사람은옛것을새것으로아는도다, 건망(健忘)이여, 영원(永遠)한망각(忘却)은망각(忘却)을모두구(求)한다
>
> 내도(來到)할나는그때문에무의식중(無意識中)에사람에일치(一致)하고사람보다도빠르게나는달아난다, 새로운미래(未來)는새로웁게있다, 사람은빠르게나달아난다, 사람은광선(光線)을드디어선행(先行)하고미래(未來)에있어서과거(過去)를기대(待期)한다, 우선(于

先)사람은하나의나를맞이하라, 사람은전등형(全等形)에있어서나를죽이라

사람은전등형(全等形)의체조(體操)의기술(技術)을습득(習得)하라, 불연(不然)이라면사람은과거(過去)의나의파편(破片)을여하(如何)히할것인가

—「선에관한각서(線에關한覺書) 5」 부분[12]

이 시에서 현재는 순차적이고 연속적으로 과거에 이어지는 순간으로 그려지지 않는다. 현재가 무수한 과거의 반복이며("자꾸만반복되는과거"), 그 가운데 사후적으로 도래하는 '나'는 의식이 아니라 무의식과 관계한다. 이는 '나'가 광선(光線)과의 대결에서 승리한다는 설정과도 관련되는데("사람은광선을드디어선행하고"), 광선은 절대적이며 시공간적 제약에서 벗어난 기하학의 이념적 객관성과 마찬가지로 주관과 객관이 이분화 되어 통합되지 못하는 부정적 상황을 암시한다. 즉 '나'를 하나의 기원을 지닌 선험적 주체로 환원하지 않기 때문에 필연적으로 시간은 복수성을 띤 것으로서 인지된다("현재는오직과거만을인쇄하고과거는현재와일치하는것은그것들의복수의경우에있어서도구별될수없는것"). '과거의 반복'은 동일한 것의 반복이 아니라 무수한 차이를 만들어내는 속성을 지니는 것으로, 이로써 현재를 과거에서 이어지는 일회적 사건으로 보는 일반적 이해가 기각된다.

자기동일성은 현재의 '나'가 사후적으로 구성된다는 사실을 은폐하며 선험적 존재로서의 주체를 가정한다. 이와 달리 「선에관한각서 5」에서 전등형 체조를 통어하는 주체의 자리는 비어 있다. 현재 안에 과거와 미래

12 「선에관한각서5」, 『이상전집』 1권, 293~294쪽.

가 복합되어 있다는 인식은 자기동일성을 근본적으로 파괴한다.[13] 현재의 '나'는 과거의 '나'로부터 이어지는 것이 아니라 과거의 '나'의 죽음(망각)을 통해 탄생한다("사람은전등형에있어서나를죽이라"). 따라서 이는 "내도할나"가 시제적 미래(future)가 아니라 불확정한 미래(avenir)임을 함의하는 것이기도 하다.[14] 주체의 자기 현전 안에는 현전과 현재화의 조건 자체인 타자성이 존재하며, 그렇기에 "살아있는 현재의 자기는 근원적으로 어떤 흔적", 즉 도래할 미래에 의해 말소될 흔적일 뿐이다.[15] '나'라는 고유한 주체(혹은 의미)의 탄생은 절대적 내면성 혹은 영혼에 의해서가 아니라 자기 '바깥(타자)'와의 관계에서 촉발된다.

이를 근거로 "전등형의체조의기술을습득하라"는 구절의 의미가 유추된다. '전등형'이라는 시어는 수학에서 사용되는 크기와 형태가 동일한 '합동형(congruent figures)'과 같은 의미로, '전등형 체조의 기술을 익힌 사람'은 시간으로 대표되는 초월적 가상의 질서를 조각내고 파편화함으로써 선조적 시간의 굴레를 벗어나 과거에서 미래로 왕래할 수 있는 주체를 가리킨다. 이는 이상 텍스트에 분신 모티프가 반복적으로 재현되는 까닭

13 프랑소와즈 다스튀르·김우리, 「데리다와 현전의 문제」, 『철학과문학』 38권, 한국외국어대학교 철학문화연구소, 2018, 105~105쪽.

14 데리다는 『법의 힘』에서 future를 법에, avenir를 정의(법과 정치의 변혁이나 개조 또는 재정초)에 대응시킨다. 데리다에 따르면 미래(future)에는 "열림, 그것이 없이는 정의도 존재하지 않을 (도래하는) 타자의 도착venue이 결여되어 있다. (중략) 반면 정의는 도래할 것으로 남아 있으며, 도래함을 지니고 있고[도래해야 하고], 도래함이며[도래하는 중이며]elle est à-venir, 환원될 수 없는 도래할 사건들의 차원 자체를 전개시킨다."(자크 데리다, 진태원 역, 『법의 힘』, 문학과지성사, 2004, 58~59쪽). 아즈마는 이를 법=규범이 항상 사건 후에, 그 일회성 위에서 발견되는 것으로 조건법적 위상이 사라지는 데 비해, 후자는 불가능한 것의 경험으로 미래의 절대적 우연성과 관계하기 때문이라고 해석한다. 아즈마 히로키, 조영일 역, 『존재론적, 우편적』, 도서출판b, 2015, 69쪽.

15 자크 데리다, 김상록 역, 『목소리와 현상』, 인간사랑, 2006, 130쪽.

이기도 하다. 이상 텍스트에서 자아와 분신의 관계는 재현의 문법에서 가정하는 일대일 대응 관계를 넘어서며 이러한 점에서 개인(individual)[16]에 대한 의미망을 갱신하여 '나눌 수 있는' 미분화된 존재로 나타난다. 이상 텍스트에서 주체는 무수한 가면(persona)을 쓰고 미분화된 시간의 흐름 속에서 출현하는 환원 불가능한 우연의 산물이며, '전등형 체조의 기술'이란 '나'를 초월적 대상으로 환원하려는 억압적인 자기동일성의 운동으로부터 탈주하려는 분열증적 행위를 말한다.

이상의 일문시에 나타난 주체의 분화 혹은 미분화된 '나'의 무수한 흐름은 생성으로 이어진다. 신범순은 기존에 번역된 일문시를 다시 번역한 주석서를 출간하면서 일문시에 '나'를 지칭하는 다양한 대명사가 나타나고 있다고 지적한다. 한국어로 번역했을 때는 모두 '나'로밖에 지칭할 수 없지만, 이상은 일본어 표현에서는 私(わたし), 俺(おれ)[17], 僕(ぼく) 등으로 구분되는 대명사들을 작품마다 구분해서 사용하였다. 가령 「거리」, 「내과」, 「육친의 장」과 같이 일상 생활에 대해 쓴 시편들에서는 私를, 그것을 넘어선 사상적 문제에 대해 쓴 「삼차각설계도」와 같은 작품에는 俺가 사용된다. 이상의 시에 나타난 '나'는 맥락에 따라 다양한 층위로 분할될 수 있는 존재로, 때로는 여자(「실락원」 연작의 「소녀」)이거나 동물(「황의 기」)이며, 예수그리스도로 나타나거나 천사로 등장하기도 한다(「내과」). 이 외에도 한

16 개인은 영어 individual의 일본식 번역어로, 본래 individual의 구성은 divide(나누다)라는 동사에서 유래된 dividual에 부정접두사 in이 붙은 단어다. 이에 따라 individual의 어원을 직역하면 '불가분(不可分)' 즉 더 이상 나눌 수 없다는 의미로 사용된다. 히라노 게이치로, 이영미 역, 『나란 무엇인가』, 21세기북스, 2015, 14쪽.

17 俺(おれ)의 경우 표기법에서의 차이가 발견되기도 한다. 「파편의 경치」에서는 俺라고 표기된 반면, 「선에 관한 각서5」에서는 가타카나로 'オレ'라고 표기되어 있다.

문투 표현에서 사용되는 余(よ)가 나타나기도 한다.[18]

문제는 거울 분신들이 나타난 시와 수필에서 과거의 파편들이 통합되지 못한 채 서로 소외된 것으로 그려진다는 점이다. 그중 거울 모티프가 등장하는 수필로는 「불행한 계승」, 「얼마 안 되는 변해(혹은 일년이라는 제목)」, 그리고 방의 육면이 거울로 되어 있는 방에 들어가는 내용이 그려진 「무제」가 있다.[19] 「불행한 계승」에는 "하나 언제나 상(箱)과 꼬옥 같은 모양을 한, 바로 상(箱) 자신이 아니면 아니된다. 그림자보다도 불투명(不透明)한 한 사나이가 그의 앞에 막아서면서 어정버정하는 것이었다."[20]라면서 분신의 출현을 묘사한다. 자신을 '상'이라는 3인칭으로 지칭하는 인물이 "내 몸에 달라붙어서 떨어지지 않"는 "요놈을 떼쳐 버려야지"라고 되뇌고 있지만,[21] "언짢은 그림자의 사나이"로 지칭되는 분신은 그의 곁을 떠나지 않고 상은 불길한 예감에서 벗어나지 못한다. 가면을 쓰는 것이 본래의 얼굴을 감추기 위함이 아니라 "상 자신의 본 얼굴에 제일 가까운 것"으로 이야기되거나,[22] 조종을 받는 '인형'에 비유되기도 한다.[23]

---

18 신범순은 "일상생활과 관련되는 문맥에서는 '나'를 주로 私로" 쓰고 "문어적 표현으로는 余를, 때로 자신을 낮추는 표현인 僕"를 쓴다고 보았다. 이상, 신범순 주해, 『이상 시 전집-꽃속에 꽃을 피우다』 1권, 나녹, 2017, 210쪽.

19 권희철은 이상 텍스트에서 거울이 최초로 언급되는 「一九三一年(作品 題一番)」이 창작된 시기를 바탕으로, 거울 모티프가 '시간'이라는 문제로부터 파생된 것이며, 1932년 이전까지 거울 이미지는 존재하지 않았거나 희미했다는 사실을 지적한다. 권희철, 「이상 문학에서의 '시간'이라는 문제」, 앞의 글, 153쪽.

20 「불행한 계승」, 『이상전집』 4권, 416~417쪽. 「불행한 계승」은 전집에서 '수필'로 분류되어 있지만 서술방식은 소설에 가깝다. 이 글 외에도 수필로 분류된 글 가운데는 시, 소설의 경계에 놓여 있어서 그 장르를 단정 짓기가 애매한 것들이 적지 않다.

21 위의 글, 417쪽.

22 위의 글, 421쪽.

23 위의 글, 422쪽.

「얼마 안 되는 변해」에서는 3인칭 대명사 '그'를 주어로 사용하며 "벗이여! 이것은 그라는 풋내기의 최후의 연기(緣起)이다"라면서 스스로를 조롱하고 "양(羊)처럼 유순한 악마의 가면의 습득인(拾得人)인 그를 벗이어 기념해야 할 것"이라고 덧붙인다.[24] 여기서 그는 "흡사 이브를 창조하려고 하는 신(神)이 아담의 그것을 그다지도 힘들여서 더듬어 보았을 때"처럼 자신의 늑골을 더듬으며 그것을 나무줄기(樹莖)에 삽입하지만 "아름다운 접목"의 실험은 실패하고 만다.[25] 이어서 "한 장의 거울을 설계"하는 장면이 그려지는데, 이는 육면 거울방이 나오는 「무제」를 연상시킨다.

> 기억이 관계하지 않는 그리고 의지가 음향(音響)하지 않는 그 무한으로 통하는 방장(方丈)의 제3축(第三軸)에 그는 그의 안주(安住)를 발견하였다.
> '좌(左)'라는 공평(公平)이 이미 그로 하여금'부처'와도 절연(絶緣)시켰다.
> 이 가장 문명(文明)된 군비(軍備), 거울을 가지고 그는 과연 믿었던 안주(安住)를 다행히 향수(享受)할 수 있을 것인가?[26]

> 악성(樂聖)은 잠시동안 그를 바라보고 있었다. 그리고 나서 천천히 전방 벽면을 향해서 걸어갔다. 그리고는 벽을 덮고 있는 커튼을 젖혔다. 거기에도 한 점의 흠점조차 없는 청량(淸凉)한 거울이 단단히 끼워져 있었다.
> 그는 악성(樂聖)의 앞에서 창백하게 입술을 떨고 있는 거울 속의

24 「얼마 안 되는 변해」, 『이상전집』 4권, 344쪽.

25 위의 글, 347~348쪽.

26 위의 글, 348쪽.

그 자신의 자태를 들여다보고 있었지만, 곧 혼도(昏倒)해서 악성(樂聖) 앞에 쓰러졌다.
'나의 비밀(秘密)을 언감생심히 그대는 누설(漏說)하였도다. 죄는 무겁다, 내 그대의 우(右)를 빼앗고 종생(終生)의 '좌(左)'를 부역(賦役)하니 그리 알지어라.[27]

「얼마 안 되는 변해」에는 접목에 실패한 '그'가 안주할 곳을 발견하기 위해 거울세계로 들어가고, 「무제」에는 악성이 '나'에게 비밀을 폭로한 죄로 악성이 거울세계에서 살게 하는 형벌을 내리는 장면이 나온다. 이 두 편의 글에서는 거울 세계가 '좌'의 세계로 그려진다. 이상의 시 「거울」에도 거울 속 세계를 소리가 없는 조용한 세계로 그려내는 한편, 거울 속의 나를 "악수(握手)를몰으는왼손잡이"라고 묘사하는 부분이 나타나기도 한다. 자신과 닮았지만 거울 속의 나를 '진찰'할 수 없어서 슬퍼하는 모습은 "책임의사(責任醫師) 이상(李箱)"이 등장하는 「오감도 시제4호」로 이어진다. 이상은 스스로를 대상화하여 마치 의사가 환자를 진찰하듯이 진단을 내렸다.[28] 이 외에도 「금제(禁制)」에 등장하는 "실험동물(實驗動物)"로 공양된 개에 대한 이야기나 "나의 주치의 R 의학박사의 오른팔"을 물고 온 '황'이라는 이름의 개가 나오는 「황의 기(記)-작품(作品) 제2번」 역시 자신을 대상화하여 실험 대상으로 치부하고 있다. 여기서 R의학박사는 "두 개의 뇌수(腦髓) 사이에 생기는 연락 신경" "암(癌)이라고 완고히 주장"하는 철저한 "이원론적 생명관"을 견지하는 인물로 그려진다.

---

27 「무제」, 『이상전집』 4권, 353쪽.

28 심지어 이상은 자신의 신체를 전시하면서 그것들에 모순된 욕망을 부여한다. 이를 통해 재현의 주체로서의 '나'는 스스로를 다시 재현의 대상의 위치에 놓게 되며, '개인'이라는 근대적 주체의 개념으로는 포착할 수 없는 개체의 분화가 그려진다.

이상은 거울세계를 대칭으로 하여 좌우로 대립하는 세계를 설정한 다음, 이 두 세계의 연결을 끊어버리는 인물로 R의학박사를 등장시킨다. 여기서 좌우의 연결이 끊어진 후 좌와 우의 세계에 각각 유폐된 주체가 이들 텍스트의 주인공이 된다.[29] 「오감도 시제15호」에 등장하는 "악수할수조차없는두사람을봉쇄한거대한죄"는 곧 '거울'의 죄이며, 「종생기」에는 "와글와글 들끌른" '나'들이 다투는 장면이 나타난다.[30] 거울 분신들은 거울에 갇혀 좌우가 분리된 세계를 살아가며 감금된 상황으로부터 탈출하고자 한다. 여기서 거울 세계, 그러니까 '좌'의 세계를 대표하는 동물 분신이 바로 원숭이, 앵무, 거미 등이다. 이들은 모방과 불모성을 상징하는 기호들로 특히 거미와 앵무는 실패한 부부관계를 표상한다. 한편 「선에관한각서 2」에서는 이러한 문제의식이 유클리드 기하학으로 대표되는 근대

29 이상은 다방 경영에 실패한 후 구본웅의 주선으로 인쇄소 창문사에서 근무하게 되는데, 인쇄소라는 공간은 좌우의 대립이 지배하는 대표적 공간 중 하나다. "인쇄소(印刷所)속은죄좌(左)다. 직공(職工)들얼골은 모도 거울속에있었다. 밥먹을때도 일일(一一)이 왼손이다. 아마 또 내눈이 왼손잡이였는지 몰으지만 나는 쉽살이 왼손으로 직공(職工)과악수(握手)하였다. 나는 교묘(巧妙)하게좌(左)된지식(智識)으로 직공(職工)과 회화(會話)하였다 그들휴게(休憩)와대좌(對坐)하야 - 그런데 왼일인지 그들의서술(敍述)은 우(右)다. 나는 이 방대(尨大)한 좌(左)와우(右)의교차(交叉)에서 속거북하게 졸도(卒倒)할것같길내 그냥 문(門)밖으로뛰여나갔더니 과연(果然)한발자곡 지났을적에 직공(職工)은 일제(一齊)이 우(右)로돌아갔다. 그들이 한인(閑人)과대화(對話)하는것은 똑직장(職場)밖에있는조건(條件)인것을 알수있었다."—「산책(散策)의 가을」, 『이상전집』 4권, 189~190쪽.

30 "거울을향하야 면도질을한다. 잘못해서 나는 상차기를 내인다. 나는골을 벌컥 내인다./그러나 와글와글 들끌른 여러 「나」와 나는 정면(正面)으로 충돌(衝突)하기때문에 그들은 제각기 빼스트를 다하여 제자신만을 변호(辯護)하는때문에 나는 좀처럼 범인(犯人)을찾어내이기는 어렵다는것이다./그리기에 대저(大抵) 어리석은민중(民衆)들은 「원숭이가 사람흉내를내이네」 하고 마음을놓고 지내는모양이지만 사실 사람이 원숭이흉내를 내이고지내는 바짜 지당(至當)한전고(典故)를 이해(理解)하지못하는탐이리라."—「종생기」, 『이상전집』 2권, 312쪽.

과학과 "인문(人文)"이 대립하는 현대 문명의 문제로 확장된다.

> 태양광선(太陽光線)은, 凸렌즈때문에수렴광선(收斂光線)이되어일점(一點)에있어서혁혁(爀爀)히빛나고혁혁(爀爀)히불탔다, 태초(太初)의요행(僥倖)은무엇보다도대기(大氣)의층(層)과층(層)이이루는층(層)으로하여금凸렌즈되게하지아니하였던것에있다는것을생각하니약(樂)이된다, 기하학(幾何學)은凸렌즈와같은불작난은아닐른지, 유우크리트는사망(死亡)해버린오늘유우크리트의초점(焦點)은도처(到處)에있어서인문(人文)의뇌수(腦髓)를마른풀과같이소각(燒却)하는수렴작용(收斂作用)을나열(羅列)하는것에의(依)하여최대(最大)의수렴작용(收斂作用)을재촉하는위험(危險)을재촉한다, 사람은절망(絶望)하라, 사람은탄생(誕生)하라, 사람은탄생(誕生)하라, 사람은절망(絶望)하라
>
> —「선에관한각서(線에關한覺書) 2」 부분[31]

이상이 비판한 '수렴작용'에 의해 인식 범위가 제한되는 문제는 근대 과학뿐만 아니라 근대적 인식론 전반에 걸쳐 문제시되는 이슈다. 고전 물리학과 유클리드 기하학은 진리를 산출하는 공정에서 절대적 초월자로서의 신이 주체에게 직접 전달해주리라는 믿음을 전제한다는 점에서 인식과 수렴작용과 관련된다. 이상이 "유우크리트는사망해버린오늘"에도 여전히 인식의 수렴작용이 지속되고 있으며, 이것이 "인문의뇌수를" 불태우고 있다고 비판한다. 더구나 이상이 '수렴작용'이라고 비유한 인식 작용은 인간의 존재론까지 영향을 미친다는 점에서 문제적이다. 수렴작용은 기하학적 도식에 따라 초월적 자아를 가정하고 초월적 자아로부터의 목소리

31 「선에관한각서 2」, 『이상전집』 1권, 279쪽.

가 개체적 자아가 진리에 대한 앎을 얻을 수 있도록 한다고 가정하며,[32] 이에 따라 주체가 '탄생'과 '절망'을 통해 생성 중에 있다는 점을 은폐한다.

주체가 생성 중에 있다는 것은 주체가 진리와 맺는 관계에서 기호(sign)가 차지하는 위상과 관련된다. 데리다에 따르면 날 것의 '나'가 선험적으로 존재하는 것이 아니라 기호에 의해 구성된 '나'가 자기 자신을 설명한다. '나'가 존재한다는 것은 "담론으로서의 자기가 자기 자신을 '표상=대리'하는 형태로 자기를 있게 하는 것"으로, "'나'를 둘러싼 담론이 자기를 계속 재생산"한다.[33] 글쓰기 전반을 통어하고 주관하는 선험적이고 초월적 인격체가 존재하지 않는다는 점은 이상 텍스트의 독특한 성격을 규정짓는 것이기도 하다. 근대소설에서 서술자가 "세계가 부재하는 가운데 계속해서 말하고 계속해서 자기에게 현전하는"[34] 현상학적 목소리를 담당하는 것과 달리, 이상 텍스트에서 서술자는 일종의 차이 혹은 흔적으로서의 '나'에 대해 서술하는 과정 안에서 재생산된다.

3. 서술자의 층위와 변주되는 텍스트

이상의 텍스트에 등장하는 서술자들은 '같지만 동일한' 존재는 아니

32 김예리 역시 「선에 관한 각서」 연작을 해석하며 이를 칸트적 의미에서의 '초월적 가상'의 사라짐과 관련지은 바 있다. 초월적 가상은 착시나 착각과 같은 감각 인지 오류로 인해 발생하는 경험적 가상이나 범주의 잘못된 사용에 따른 오류를 말하는 논리적 가상과 달리 초월적 비판을 통해 그것이 허상임을 통찰했음에도 여전히 중지할 수 없는 가상을 의미한다. 김예리, 「이상 문학의 역사 이미지와 "전등형 인간"」, 란명 외, 앞의 책, 173쪽.

33 나카마사 마사키, 앞의 책, 529쪽.

34 자크 데리다, 『목소리와 현상』, 앞의 책, 27쪽.

다. 이들은 "반복 가능한, 되풀이가능한, 모방가능한" 형태로 출현하여 "같은 것의 반복이 반복되는 것의 차이를 낳는다"는 역설을 가능케 한다.[35] 이상은 텍스트를 선험적으로 지배하는 존재가 아니라 기호에 의해 생성되는 존재로서 주체를 소환하는 한편, 텍스트마다 층위가 다른 발화자를 등장시켜 주체의 생성을 둘러싼 실험을 벌여나갔다. 특히 이상 소설에 나타난 분신 모티프는 텍스트의 서술방식과 밀접히 관련되어 있다는 점에서 중요한 의미를 지닌다. 장편소설 『12월 12일』 이후 처음 발표된 단편 「지도의 암실」은 '비구'라는 필명으로 발표된 단편소설로, 여기에는 '리상'이라 불리는 인물과 그의 분신이 등장한다. 이 소설에서 텍스트 바깥에 있는 작가 이상과 텍스트에서 서술되는 '리상' 그리고 그의 분신이 등장하는 중층 구조는 작품의 수사적 장치와 긴밀히 연동되어 다음과 같은 실험적인 서술을 가능케 한다.

> (1) 기인동안잠자고 짧은동안누엇든것이 짧은동안 잠자고 기인동안누엇섯든그이다 네시에누우면 다섯 여섯 일곱 여덜 아홉 그리고아홉시에서 열시까지리상—나는리상이라는한우수운사람을아안다 물론나는그에대하야 한쪽보려하는것이거니와—은 그에서 그의하는일을떼어던지는것이다. 태양이양지짝처럼나

35 데리다는 '서명'의 예를 들면서 '같은(même)'과 '동일적(identique)'이라는 두 가지 형용사를 준별하여 사용한다. 이에 대해 아즈마 히로키는 다음과 같이 명쾌하게 정리한 바 있다. "'동일성'은 콘텍스트에 의해 주어진다. 그 때문에 같은 기호라 하더라도 다른 콘텍스트 안에 있으면 그것들은 더 이상 동일한 것이 아니다. 하지만 '같음'은 그것과는 다르다. 데리다의 용어법에서 그것은 기호의 "반복 가능한, 되풀이가능한, 모방가능한 한 형태"를 지시한다. 기호인 이상, 기호는 항상 이와 같은 형태적인 반복가능성에 의해 뒷받침되고 있다. 그리고 이것은 에크리튀르의 관념과 같다." 아즈마 히로키, 앞의 책, 43~45쪽.

려쏘이는밤에비를퍼붓게하야 그는레인코오트가업스면 그것은엇쩌나하야방을나슨다.

이삼모각로도북정차장 좌황포차거(離三茅閣路到北停車場 坐黃布車去)[36]

(2) 인사는유쾌한것이라고하야 그는게을느지안타늘. 투스부럿쉬는그의니사이로와보고 물이얼골그중에도뺨을건드려본다그는변소에서 가장먼나라의호외를 가장갓갑게보며 그는그동안에편안히서술한다 지난것은버려야한다고 거울에열닌들창에서 그는리상— 이상히이일홈은 그의그것과쪽갓거니와— 을맛난다 리상은그와쪽갓치 운동복의준비를차렷는데 다만리상은그와달라서 아모것도하지안는다하면 리상은어데가서하로종일잇단말이요 하고십허한다.

그는그책임의무체육선생리상을맛나면 곳경의를표하야그의얼골을리상의 얼골에다문즐러주느라고 그는수건을쓴다 그는리상의가는곳에서 하는일짜지를뭇지는안앗다 섭섭한글자가하나식 하나식섯다가 씰어지기위하야 나암는다

你上那兒去 而且 做甚麽[37]

(3) JARDIN ZOOLOGIQUE

CETTE DAME EST-ELLE LA FEMME DE MONSIEUR LICHAN?

앵무새당신은 이럿케짓거리면 조흘것을그때에 나는

OUI!

---

36 「지도의 암실」, 『이상전집』 2권, 194쪽.

37 위의 글, 199쪽.

라고그러면 조치안켓습니까 그럿케그는생각한다.[38]

(1)는 '작가의 말'로 분류되는 부분으로 이 소설이 서술자 '나'가 '리상'이라는 인물에 대해 서술할 것임을 밝히는 대목이다. 이 대목의 마지막에는 "離三茅閣路到北停車場 坐黃布車去"라는 백화문이 등장하는데, 이처럼 소설에는 백화문과 프랑스어, 영어 등 외국어 문장이 뒤섞여 텍스트의 유기성을 해체하는 역할을 한다. (2)에 이르면 '리상'이라는 인물이 거울을 매개로 둘로 분열한다. 거울 안의 이미지로서의 '리상'과 거울상의 원본으로서의 '리상'으로 구분되는데, "책임의무체육선생리상"이라고 수식되는 리상은 「오감도 시제4호」의 '책임의사 이상'을 상기시킨다. (2) 다음에도 백화문이 나오며 이 구절은 '당신은 어디에 가서 무엇을 하려고 하십니까?'라는 의미로 해석된다. (3)은 그의 고독이 서술되는 와중에 '이 부인이 이상 씨의 아내입니까?'라는 뜻의 프랑스어 의문문이 나타나는데, 이는 「오감도 시제6호」의 "이소저는신사이상의부인이냐"라는 구절과 연관된다. 이 부분 다음에는 원숭이,[39] 낙타[40]와 같은 동물이 등장하는데, 이 역시 이상의 텍스트에 반복해서 등장하는 동물들로 '황'이라는 이름으로 등장하는 개(「황의 기」)나 「지주회시」에 나타나는 거미 기호와 함께 작가의 동물 분신이다. 이처럼 「지도의 암실」에는 추후 발표될 이상 텍

38 위의 글, 201~202쪽.

39 "원숭이는그를흉내내이고 그는원숭이를흉내내이고 흉내가흉내를 흉내내이는것을 흉내내이는것을 흉내내이는것을 흉내내이는것을흉내내인다"(「지도의 암실」) "屋上庭園、猿猴를흉내내이고있는마드무아젤"(「建築無限六面角體」의 「AU MAGASIN DE NOUVEAUTES」)

40 "그는트렁크와갓흔락타를조와하얏다 백지를먹는다 지폐를먹는다"(「지도의 암실」), "안해는駱駝를닮아서편지를삼킨채로죽어가나보다"(「아침」)

스트에 나타날 기호들이 압축적이고 은유적으로 제시된다.[41]

이와 더불어 「지도의 암실」에서 주목할 만한 것은 주체와 분신 간의 관계이다. 이 소설에는 작가의 말에 서술자로 등장하는 '나'와 두 명의 '리상', 그리고 리상의 친구 'K'가 등장한다. 기존 연구에서는 이들 세 인물이 모두 리상과 동일한 인물, 즉 리상의 분신으로 해석하며 서술자 '나' 역시 초점 화자로 등장하는 리상으로 이 소설이 자유간접화법으로 서술되었다고 해석된다.[42] 이 작품은 "나=그=리상=K"로 보는 해석은 '김해경=리상=보산=비구'로 이어지는 등호의 수식을 만들어내며, 이는 주체와 분신 간의 분열을 문제시하면서 동시에 이들 간의 동일성을 전제한다. 이는 분신을 만들어내는 주체가 선행하며 분신은 주체와 통합되어야 하는 부정적 존재로 보는 전제에 기반한다. 그런데 「휴업과 사정」을 아울러 검토했을 때 동일성의 도식에 기반하여 설명해온 주체와 분신의 관계를 다른 각도에서 조명할 수 있다.

(4) 삼년전이보산과SS와 두사람사이에 끼워들어안저잇섯다. 보산에게달은갈길이쪽을가르처주엇으며 SS에게달은 갈길저쪽을 가르처주엇다. 이제담하나를막아노코이편과저편에서 인사도 업시그날그날을살아가는보산과 SS두사람의 삶이엇더케하다 가는갓가워젓다. 엇더케하다가는 멀어젓다이러는것이 퍽자미

41 권희철은 「지도의 암실」에 9편의 시와 1편의 수필과 비슷하거나 거의 같은 구절이 있음을 지적한 바 있다. 권희철, 「1920-30년대 시에서의 '죽음'의 문제」, 서울대학교 박사논문, 2014, 125~127쪽.

42 조연정, 「'독서 불가능성'에 대한 실험으로서의 「지도의 암실」」, 『한국현대문학연구』 32호, 한국현대문학회, 2010, 177쪽; 송기섭, 「시간의 형식과 바깥의 사유-「지도의 암실」론」, 『한국언어문학』 102권, 한국언어문학회, 2017, 247쪽; 박주현, 「이상 소설과 분신의 주제」, 『한국학보』 25권 2호, 일지사, 1999, 78쪽.

잇섯다. 보산의마당을 둘러싼담엇던점에서 부터수직선을 끌어노으면그선우에SS의방의들창이잇고 그들창은 그담의 매앤꼭짝이보다도 오히려한자와가웃을 더놉히나잇으닛가SS가들창에서 내여다보면 보산의마당이환이들여다보이는것을 보산은 적지안이화를내이며 보아지내왓든것이다. SS는 째때로 저의들창에매여달려서는 보산의마당의임의의한점에 춤을배앗는버릇을 한두번안이내애는것을 보산은SS가들키는것을 본적도잇고 못본적도잇지만본적만처서 헤여도꽤만타.[43]

(5) 보산의그림자는보산을닮지안이하고 대단히키가적고 뚱々하다느니보다도 뚱뚱한것이 거의SS를닮앗구나불유쾌한일이로구나 이하필그쌔짓뇌가 낫쁜뚱뚱보SS를닮는단말이냐 그러치만뚱뚱한것과 뚱뚱한것은대단히달은것이닛가 하필닮앗다고말할것도안이닛가 그쌔짓것은아모래도좋지안으냐하드라도[44]

(4)를 통해 보산과 SS가 담 하나를 사이에 두고 멀어졌다 가까워졌다 하는 관계를 유지하고 있음을 알 수 있으며, 아울러 보산과 SS가 대립하게 된 이유로 SS가 "SS는 째때로 저의들창에매여달려서는" 보산의 마당에 침을 뱉는다는 사실이 제시된다. (5)에는 보산이 자신의 그림자가 자신이 아니라 SS의 것을 닮았다고 생각하며 불쾌해하는 장면이 나타난다. 이러한 점에서 기존 연구에서는 보산과 SS를 주체-분신 관계로 해석하며 주체의 분열이라는 결론을 이끌어낸 바 있다.[45] 「지도의 암실」에도 "거울에

43 「지도의 암실」, 『이상전집』 2권, 215쪽.

44 위의 글, 224쪽.

45 조연정은 이 소설을 '거울 시편'과의 관련성 하에서 논하면서 SS를 보산이 보는 '거울 속의 나'라고 분석하였다. 조연정, 「이상 문학에서 '분신' 테마의 의미와 양상」, 앞

열닌들창에서 그는리상— 이상히이일홈은 그의그것과쪽갓거니와— 을맛난다"[46]라는 구절이 나타난다는 점에서 「지도의 암실」과 「휴업과 사정」이 분신 모티프를 공유하고 있음이 확인된다.[47] 「지도의 암실」에서 '리상'이 거울 속에서 자신의 분신인 '리상'과 만나고 있는 것처럼 「휴업과 사정」에서 '보산'은 'SS'와 들창과 담을 사이에 두고 멀어졌다 가까워지기를 반복한다.

그런데 「지도의 암실」의 작가(필명)가 '비구'이고 서술자가 '나'로 등장하며 등장인물로 그, 리상, 거울에서 만난 리상의 분신, K, 리상이 만난 여자가 등장한다면, 「휴업과 사정」의 경우 작품의 필명으로 사용된 '보산'이 등장인물로 등장하며 SS라는 인물과 대립한다. 이러한 차이는 서술방식의 차이로 이어진다. 첫째, 「휴업과 사정」에서 작가이자 초점화자로 등장하는 보산은 담 너머 SS의 세계를 알지 못한다. 「지도의 암실」의 SS가 담 위에 있는 들창으로 보산의 일거수일투족을 관찰 혹은 감시할 수 있는 것과 대조적이다. 둘째, 「휴업과 사정」은 보산의 위치에서 SS의 변화를 서술할 뿐 보산이 알지 못하는 사실에 대해 언급하지 않는다. 이에 따라 「휴업과 사정」에는 「지도의 암실」에서 빈번히 나타나던 에피그램이 삽입되어 있지 않는 데 비해, 「지도의 암실」의 경우 프롤로그에서 '나'로 등장하는 서술자가 논평을 덧붙이며 "리상이라는한우수운사람"의 심리의 변화를 구체적으로 서술하고 있다. 셋째, 추후 발표될 텍스트의 기호들을 압축적으로 예비하고 있는 「지도의 암실」과 달리 「휴업과 사정」의 경우 서사구조나 스타일의 측면에서 단순한 대립이 반복된다.

의 글, 342~349쪽.

46 「지도의 암실」, 『이상전집』 2권, 199쪽.

47 「오감도 시제15호」에도 유사한 표현이 등장한다. "내위조가등장하지안는내거울" "나는그에게시야도업는들창을가르치엇다"

이상의 텍스트를 일종의 계열체로 구분해볼 수 있다고 할 때 이러한 차이는 두 작품을 구분할 수 있는 특징적인 요소이며, 이는 이 작품에 사용된 필명과 작품 속 등장인물의 독특한 위상과도 관련된다. 「지도의 암실」은 '비구'라는 필명으로 발표되어 '리상'이 등장인물로 등장하는 반면, '보산'이라는 필명으로 발표된 「휴업과 사정」에는 '보산'이 다시 등장인물로 등장한다. '리상'은 김해경이 사용한 필명이면서 '비구'라는 필명을 쓴 작가가 만들어낸 가상의 인물이다. 다시 말해 이상('리상')은 텍스트 안에 있기도 하고 바깥에 있기도 하다. 이처럼 두 소설에는 공통적으로 분신 모티프가 등장하지만 간과할 수 없는 차이도 나타난다. 이러한 차이가 나타나는 까닭은 무엇일까? 이러한 문제의식은 다시 이상에게 글쓰기란 무엇이었으며, 그가 글쓰기를 통해 무엇을 추구하였는가라는 근본적인 질문으로 나아간다.

4. 사소설에 대한 저항과 기호의 인용 가능성

분신 모티프가 두드러지게 나타나는 난해한 초기 소설과 달리 삼각관계나 실패한 연애 서사를 주로 다루고 있는 「지주회시」, 「날개」, 「봉별기」, 「동해」, 「종생기」 등의 작품은 이상의 전기적 사실에 기반한 사소설(I-novel) 계열로 분류되었다. 이들 소설에 사용된 '기(記)'라는 글의 유형은 사실을 그대로 적는다는 뜻을 지닌 한문 문체의 한 종류로서, 개인의 창작물이라기보다 기록물로서의 가치를 중시한다는 특징을 지닌다.[48] 이처럼

---

48 권보드래, 「한국 근대 '소설' 범주 형성에 관한 연구」, 서울대학교 박사논문, 2000, 96~97쪽.

이상은 '기(記)'라는 장르명을 취함으로써 사실로서의 가치를 강조하면서 실은 텍스트 안에 중층적으로 은폐의 차단막을 설치해 놓고 있다. 다시 말해 이상의 '사소설'은 자기 고백이 아니라 허위의 자백 형태를 띤다.[49] 근대문학이 고백의 형식을 통해 고백해야 할 '내면'을 만들어냈다는 가라타니 고진의 진술을 상기할 때,[50] 이러한 이상의 서술전략은 '근대적'이라기보다는 '봉건적'이다. 일본 작가들에게 로고스에 대한 혐오가 '사소설'로 나타났으며, 이는 19세기 서구 문학에 대한 반감을 의미했다는 지적은 이 경우에도 부합한다.[51]

이상은 일반적인 사소설이 그러하듯 고백의 형식을 통해 과거의 '나'를 현재의 '나'로 환원하는 방식을 취하지 않는다.[52] 이상은 자신의 목소리를 자신이 듣는 고백의 상황을 그려내면서도 자기 목소리를 의심한다. 그에게는 경험적 자아와 초월론적 자아의 동시성이 보증되지 않는데, 이는 "나는 생각한다"와 "나는 존재한다" 사이에서 나타나는 시차, 혹은 어긋남을 보기 때문이다. 이는 그의 텍스트가 현전을 균열시키는 차연의 운동을 지향하는 점과 관련된다.[53] 일반적으로 사소설에서 가정하는 고백하는

---

49 이경훈은 이상 소설이 "단일한 목소리로 작자의 '자기'를 '직접적'으로 표현한" 것으로 치부되는 사소설적 읽기 모드를 방해한다고 분석한다. 이상은 자신의 맨얼굴을 숨기기 위해 "사소설적으로 재현하는 동시에 개인적인 사실을 은폐하기 위해 텍스트를 조작"하는 이중적인 면모를 보인다. 이경훈, 「소설가 이상 씨(MONSIEUR LICHAN)의 글쓰기-「지도의 암실」을 중심으로」, 『사이』 17권, 국제한국문학문화학회, 2014, 308~309쪽.

50 가라타니 고진, 박유하 역, 『일본 근대문학의 기원』, 민음사, 1997, 103쪽.

51 가라타니 고진, 이경훈 역, 『유머로서의 유물론』, 문화과학사, 2002, 50~51쪽.

52 아즈마 히로키, 앞의 책, 171쪽.

53 '생생한 현재'는 기호의 대체보충에 의해 재현된 것으로서만 주체에게 인지될 뿐이다. 따라서 그것은 '현재'와 동일한 순간이 아니라 조금 늦게 '재현=표상re-présenter'될 수밖에 없으며, 그 지연 탓에 변형을 겪게 된다. 나카마사 마사키, 앞의 책, 535쪽.

'나'는 '생각하는' 나를 순식간에 존재하는 '나'로 회수하여 "자기가 말한 것을 듣는" 선험적인 주체를 가정한다. 이와 달리 이상의 소설에는 현상학적 목소리에 의해 작동하는 '동일성의 논리'를 내신하여 의식 또는 주체를 '지금 이곳'으로 중심화하려는 목소리로부터 일탈하려는 글쓰기의 흐름이 나타난다.

데리다는 "나는 생각한다"의 물질성이 "나는 존재한다"와 무관하게 존재할 수 있으며, 이 물질성에 '글쓰기'라고 이름을 붙인다.[54] 이상의 텍스트에 출현하는 분신 역시 글쓰기의 물질성을 전제로 분석하지 않으면 안 된다. 이상의 분신은 그가 텍스트를 통해 전달하려는 메시지가 오배송될 수밖에 없음을 표상하는 상징이다. 즉 사소설에 대한 저항은 하나의 고유명사로 주체가 정체·고정되는 것에 대한 거부이기도 하다. 이상은 자기만의 조어법으로 새로운 한자를 만들어 내거나 파자놀이를 상기시키는 언어유희를 즐기듯 분신들을 조립하거나 해체하여 복수의 계열과 리듬이 충돌하는 장면들을 만들어냈으며, 이는 이상의 텍스트를 현기증을 일으키는 미궁으로 만든다.

> 육신(肉身)이흐느적흐느적하도록 피로(疲勞)했을때만 정신(精神)이 은화(銀貨)처럼 맑소 니코틴이 내 회(蛔)ㅅ배알는 배ㅅ속으로 숨이면 머리속에 의례히 백지(白紙)가준비(準備)되는법이오. 그웋에다 나는 윗트와 파라독스를 바둑 포석(布石)처럼 느러놓ㅅ오. 가공(可恐)할상식(常識)의병(病)이오.
> 나는또 여인(女人)과생활(生活)을 설계(設計)하오. 연애기법(戀愛技法)에마자 서먹서먹해진 지성(智性)의극치(極致)를 흘낏 좀 드려다본일이있는 말하자면 일종(一種)의 정신분일자(精神奔逸者)말이오.

---

54 아즈마 히로키, 앞의 책, 190쪽.

> 이런여인(女人)의반(半)—그것은온갖것의반(半)이오—만을 영수(領受)하는 생활(生活)을 설계(設計)한다는말이오 그런생활(生活)속에 한발만 드려놓고 흡사(恰似)두개의태양(太陽)처럼 마조처다보면서 낄낄거리는 것이오. 나는 아마 어지간히 인생(人生)의제행(諸行)이 싱거워서 견댈수가없게쯤되고 그만둔모양이오. 꾿 빠이.
>
> 꾿 빠이. 그대는 있다금 그대가 제일실여하는 음식(飮食)을탐식(貪食)하는 아이로니를 실천(實踐)해 보는것도 좋을것같ㅅ오. 윗트와 파라독스와…….
> 그대 자신(自身)을 위조(僞造)하는것도 할만한일이오. 그대의작품(作品)은 한번도 본일이없는 기성품(旣成品)에의(依)하야 차라리 경편(輕便)하고고매(高邁)하리다.[55]

이상은 스스로를 '박제가 되어버린 천재'라고 칭하는 서술자와 '나'를 '그대'라고 칭하는 또 한 명의 서술자가 "두 개의 태양처럼" 등장시켜 프롤로그를 진행한다. 그리고 서술자는 "여인과생활을 설계"하는 "일종의 정신분일자"로 소개된다. 이러한 구성을 통해 이상은 통합적으로 서사를 이끌어가야 할 초월적 자아가 부재함을 암시한다. 사소설에서의 '나'가 '지금 여기'의 현전적 주체의 통제 하에 있는 것과 달리 이상의 글쓰기는 그러한 초월적 주체의 통제에서 벗어난다. 이상은 글쓰기를 통해 사후적으로 출현한 분열된 서술자들이 머릿속에 준비된 "백지" 위에 금홍이와의 연애라는 '생생한 콘텍스트'에 대한 서로 다른 입장을 내놓는 장면을 연출함으로써 발화주체의 동일성을 찢어서 이중화해버린다. 이미 일어난 사건을 있는 그대로 서술하는 것이 아니라 기호화의 과정 중에 '설계'된

---

55 「날개」, 『이상전집』 2권, 258~259쪽.

것이라는 점에서 그의 텍스트는 서술자조차 장악할 수 없는 타자성을 띤다. 이에 따라 표면적으로 사소설의 형식을 띠고 있음에도 「날개」에 대한 독해는 단일한 콘텍스트('금홍이와의 연애')로 환원되지 않는다.[56]

이상 소설에서 서술자는 발화행위주체로 환원되지 않는 잉여이자 흔적으로서 존재하는 전이적 존재다.[57] 주체와 분신 사이의 동일성은 텍스트의 바깥에서 이를 보장해주는 초월적 존재로서의 작가를 전제로 한다. 이와 달리 이상 텍스트에서 서술자는 텍스트를 총괄하는 전지적 존재가 아니라 글쓰기를 하는 동안 텍스트와 상호작용하면서 생성되는 존재이다. 이는 끊임없이 고유명의 절대성 혹은 기원으로 소행하는 후설의 초월론적 역사와 대비되는 것으로, 텍스트의 공백에서 사후적으로[58] 주체가 탄생함을 말해준다. 이상은 글 쓰는 주체로서의 자기 자신을 말소시킴으로써 새로운 주체가 탄생할 수 있는 여백을 마련한다. 이상 텍스트에서 텍스트 바깥의 작가는 텍스트가 생성되기 이전에 선험적으로 존재하는 실체가 아니며, 글쓰기의 과정 중에 생성되어 가장 마지막에 등장하는 존재이다.

이 외에도 연애의 실패라는 주제가 반복되는 계열의 소설들에는 사소설이라는 양식을 탈구축하는 시도가 나타난다. 분열된 서술자들 사이의

---

56 이러한 위장의 글쓰기에 대해 정인택은 "공개된 석상에선 결코 진실을 고백하지 않는 것이 이상의 '엑센트리크'한 성질이기 때문이다. 작품에 나타난 이상 자신은 모두가 인간 이상의 껍질이 아니면 그림자에 불과하다."라고 묘사한다. 정인택, 「불쌍한 이상」, 『조광』, 1939.12.(김유중·김주현 편, 앞의 책, 45쪽).

57 아즈마 히로키, 앞의 책, 382~383쪽.

58 데리다는 "결코 현전한 적이 없는, 그리고 이후로도 결코 현전하지 않을 과거"라고 사후성을 표현하며, 이러한 특수한 과거를 유지하는 것을 '흔적' 혹은 "가능세계 즉 조건법과거"라고 말한다. 조건법과거는 영어로는 가정법 과거완료 시제를 의미하는 것으로(위의 책, 31~32, 51쪽), 가령 이상의 「이상한 가역반응」에서 "과거분사(過去分詞)의 시세(時勢)"라는 구절을 사후성의 개념과 관련지을 수 있을 것이다.

대화를 제시한 「날개」와 달리 「동해」는 텍스트와 소외된 서술자의 존재가 표면화된다. '촉각', '패배의 시작' '걸인반대', '명시', 'text', '전질' 등 6개의 소제목으로 나뉜 이 소설의 첫 장면은 마치 무대에서 불이 밝혀지듯 "한 개 슈트케이스"와 "그 슈트케이스 곁에 화초처럼 놓여 있는 한 여인"이 등장하는 장면으로 시작한다. 하지만 서술자는 이 여인이 누구이며 왜 자신을 보고 웃고 있는지를 알지 못한다고 고백하며, 심지어 텍스트의 시간적 배경이 낮인지 밤인지도 불분명한 것으로 그린다.[59] 여기에는 「휴업과 사정」과 마찬가지로 텍스트에서 벌어지고 있는 사건을 장악하지 못하는 '어설픈' 서술자가 등장한다.

프롤로그를 통해 자신의 글쓰기가 위장, 위조, 설계임을 명시한 「날개」와 달리 「동해」는 조금 더 의뭉스럽게 이상 글쓰기의 본질이 드러난다. 우선 텍스트에 등장하는 '나쓰미캉'이나 '칼'의 기호가 계속해서 변주되면서 일의적 의미에서 벗어난다. 여기서 칼은 과도에서 이발사의 면도칼에서, 복수를 위한 칼에서 마침내는 자살을 위한 것으로 바뀐다. 다시금 "같은 것의 반복이 반복되는 것의 차이를 낳는다"는 데리다적 역설이 상기되는 대목이다. 이는 기호가 무수한 인용 가능성에 의해 글쓰기의 기원을 오염시키며, 이에 따라 의도치 않았던 주체가 출현하게 된다는 사실과 관련된다. 이상은 이를 여인의 정조 문제로 치환함으로써 문자=글쓰기에 대한 절망을 드러낸다. '동해(童骸)'라는 소설의 제목에서 암시되듯, '순수한 처녀'와 같이 그 누구의 소유가 되지 않은 순수한 기호를 찾고 있으나 그것이 불가능하다는 사실에 절망하고 만다.[60]

---

59 「종생기」에도 유사한 설정이 반복된다. 자신의 작품을 "완만, 착실한 서술!"이라고 평하거나 "일모(日暮)창산— / 날은 저물었다. 아차! 저물지 않은것으로 하는것이 좋을까보다./ 날은 아직 저물지 않았다."라며 고민하는 장면이 그러하다.

60 이는 「동해」의 제목에 대한 권영민의 주해를 참조하였다. 권영민은 '동해(童骸)'가 순

이는 이상 텍스트가 초월적 자아에 의해 완전히 장악되지 못하는 까닭이기도 하다. 'text'라는 노골적인 소제목이 붙은 절에는 '평(評)'이라는 형식으로 서술자의 논평이 군데군데 달려 있는데, 그 중 "나 스스로도 불쾌할 에필로그로 귀하들을 인도하기 위하여 다음과 같은 박빙(薄氷)을 밟는 듯한 회화(會話)를 조직"할 것임을 예고하는 대목이 나온다.[61] 사건은 텍스트 안에서 현재 진행형으로 벌어지고 있다. 이는 「12월 12일」에서 중간에 (?) 기호를 삽입하거나 괄호 안에 플롯의 전개를 중단하는 구절들을 집어넣으며 서술자가 자신이 서술한 내용을 확신하지 못하고 있음을 알리는 태도와 일치한다. 그는 자신이 창조한 세계를 장악하지 못하는 무능력한 신이며, 역설적이게도 이를 통해 텍스트에 자율성을 부여함으로써 자신이 창조한 피조물로서의 분신-서술자들에게 생명력을 불어넣는다.

「지도의 암실」을 비롯해 에피그램이 사용된 텍스트들, 그리고 다른 텍스트에 나타난 기호들을 끊임없이 인용함으로써 이상은 텍스트에 기생하는 존재로서 서술 주체를 만들어낸다.[62] 이것이 이상의 텍스트가 유사한 주제를 반복하면서도 그 안에서 차이를 생성시키는 원리이다. 만일 유클리드 기하학이 가정하는 바와 같은 초월적 주체에 의해 텍스트가 작성된다면, 그것은 차이를 발생시키지 못하는 동일성의 논리에 포섭되고 말 것이다. 이상 텍스트의 독해불가능성은 자신의 생명을 지속시키기 위해 "자신으로부터 달라지고 자신을 연기시키며, 자신을 차이와 차연으로" 썼음

수한 처녀를 의미하는 '동정(童貞)'과 '다 닳아버린 헌계집'을 의미하는 '형해(形骸)'를 합성한 조어일 것이라고 해석한다. 「동해」, 『이상전집』 2권, 284쪽.

61 위의 글, 304쪽.

62 이에 따라 이상 텍스트에는 창작과 비평의 경계를 무화된다. 그는 작품 안에서 자기 작품을 비평하거나 비평가의 반응을 작품에 변형하여 인용하기도 한다. 텍스트에 대한 독해/해석이 계속해서 텍스트의 생산에 관여하는 것이다.

을 보여주는 것으로, 독해불가능성이야말로 "책의 가능성 자체이고, 책 속에서 '합리성'과 '비합리성'의 차후적이고 잠재적인 대립의 가능성"을 보여주는 것이다.[63] 이를 통해 이상의 텍스트는 독해 불가능성과 더불어 독해 가능성을 동시에 추동해내고 있다.[64]

5. 남은 문제들

이상은 언문일치에 의해 발화자(서술자)='나'라는 투명한 현전의 허구를 만들어내고자 했던 근대문학의 이상을 거부하고 글쓰기의 과정에서 출현하는 분열적인 '나'의 생산을 긍정하였다. 이를 통해 '진정한 나'가 초월적 자아로서 선험적으로 존재하여 이야기 전반을 관장한다는 환상을 가로지른다. 이상 텍스트에서는 프롤로그, 에필로그, 본문에 불쑥 삽입된 에피그램 등 형식상에서 분열을 일으키는 서술자 '나'의 층위가 자아와 타자의 변증법으로 정리되지 않는다. 오히려 이상이 '복화술'[65]이라고 명명하는 방식에 의해 사후적으로 유령이나 자동인형처럼 출몰하는 주체가 나타난다. 이상은 글쓰기 이전에 선험적으로 존재하는 초월적 주체가 아니라 글쓰기 과정 중에 우연히 생성되는 주체를 탐구한다. 전자가 유클리드 기하학의 이념과 관련되는 것이라면 후자는 비유클리드 기하학과

---

63 자크 데리다, 『글쓰기와 차이』, 앞의 책, 127쪽.

64 이 부분에 대한 이해를 돕기 위해 데리다의 진술을 인용해둔다. "흔적은 자신의 주기적 말소를 행함으로써만 자신의 기재 공간을 산출한다. 기원에서부터, 즉 그 최초의 각인인 <현전>에서부터 흔적은 반복과 말소, 독해가능성과 독해불가능성이라는 이중의 힘[double force]에 의해 구성된다." 위의 책, 355쪽(이 부분의 번역은 아즈마 히로키, 앞의 책, 389쪽을 참고하였다.).

65 "복화술(腹話術)이란 결국 언어의 저장 창고의 경영일 것이다"—「황의 기」

관련되는 것으로, 이는 다시 거울 분신과 전등형 인간에 대응한다. 양자는 동일성과 같음의 차원에서 "같은 것의 반복이 반복되는 것의 차이를 낳는다"는 데리다적 역설을 가능하게 한다.

이와 같은 실험적인 글쓰기 방식은 글쓰기가 결코 순수한 것일 수 없다는 사실과 관련된다. 기호는 인용 가능성에 의해 글쓰기의 기원을 오염시킨다. 이상은 이를 정충(精蟲), 자궁 등의 남녀 생식기[66]나 실패한 연애, 임신, 매춘 등에 비유하며 무수한 인용부호를 사용한다. 하지만 이상 스스로가 정상적인 연애, 임신의 불가능성을 자백하듯 이상 텍스트의 메시지는 절단되어(분신화 되어) 그 의미가 형해화 되어 있다. 이를 통해 이상은 글쓰기의 효과로서 만들어진 그 자신으로부터 끊임없이 탈출하여 고유명의 현전, 즉 신비화나 초월화를 경계한다. 그러므로 이상 텍스트에 대한 가장 치명적인 오독은 그의 목소리를 절대적이고 초월적인 것으로 격상시키는 것이다. 이상의 텍스트를 둘러싸고 형성된 해석공동체를 그 중심에서 내파시키는 것은 이상 텍스트 자체이기 때문이다.

---

66 이들은 각각 기표와 백지에 대응한다고 가정할 수 있다. 데리다의 후기 텍스트인 「송부」에도 정액을 우편으로 보내는 망상이 기록되어 있다. 아즈마는 이를 "의도하지 않음 임신, 그리고 그 결과로 생겨난 아이는 정확히 오배송된, 즉 잘못해서 '발송=사정射精/émission'된 편지와 그 재래再來의 알레고리"로 해석하고 있다. 본래 데리다의 '산종'이라는 개념 자체가 "생식적 함의가 강한 은유"이다. 아즈마 히로키, 앞의 책, 200쪽.

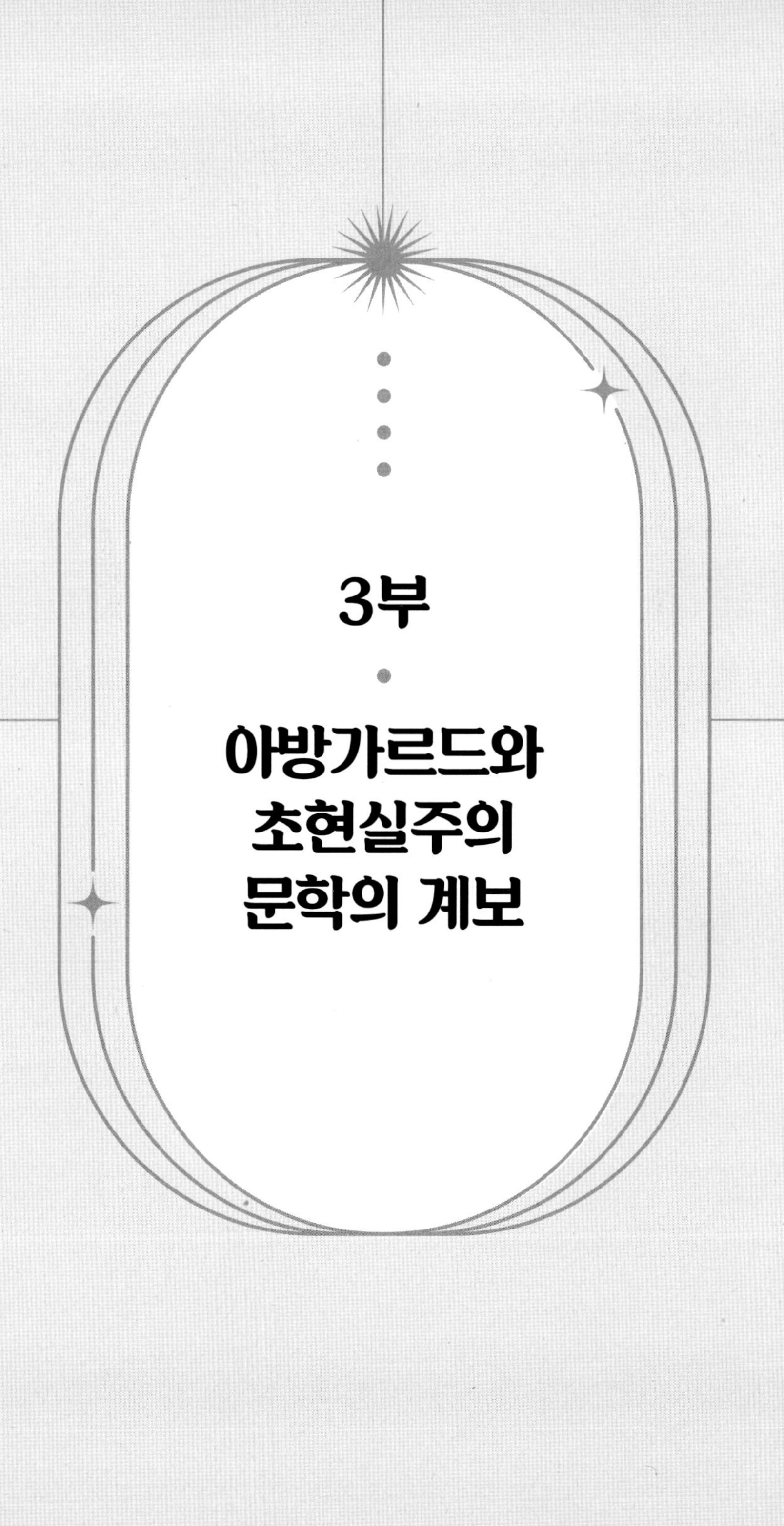

3부

아방가르드와 초현실주의 문학의 계보

1920년대 아방가르드의 분화와 균열

1. '신흥문예' 개념의 문제성

1920년대는 근대적 주체 또는 내면의 발견과 예술의 독자성을 확립한 것으로 평가되는 동인지 문학, 그리고 리얼리즘을 자리 잡게 한 신경향파 문학과 프로 문학이 전반기와 후반기를 양분하며 한국 근대문학의 기틀을 확립한 시기로 여겨져 왔다. 그런데 최근에는 『개벽』, 『조선문단』 등 새로운 매체의 출현에 주목하여 1920년대 문학을 새롭게 조명하고자 하는 연구가 시도되고 있다. 이를 통해 동인지 문학에서 신경향파로의 사조적(思潮的) 전환이라는 기존의 관점으로 해명하기 어려운 1920년대 문학의 난제들을 풀 수 있다는 것이다.[01]

이러한 모색은 무엇보다 1920년대 문학사를 카프 중심으로 검토해온 데 대한 반성에서 기인한다. 1920년대 문학사 한가운데 자리하고 있는 계급문학에 대한 정리는 대부분 백철이나 김윤식의 논리에 따르고 있다. 다만 이들의 논리는 박영희나 김기진의 논리를 재생산한 당대 계급주의자들의 담론에서 벗어나지 못한다는 한계를 지닌다. 이러한 맥락에서 김기진과 박영희 사이에서 벌어졌던 '내용·형식' 논쟁과 소위 '아나·볼' 논쟁

---

01 이경돈, 「『조선문단』에 대한 재인식」, 상허학회 편, 『1920년대 문학의 재인식』, 깊은샘, 2001, 64쪽.

이라고 불리는, 아나키즘과 마르크시즘 이론 간 논쟁의 의미도 재고찰 되었다. 이 논쟁은 카프의 방향 전환을 가속화시키는 역할을 한 논쟁으로 주목받아왔다. 예술의 '형식'을 강조하는 김기진의 입장이나 아나·볼 논쟁에서 예술의 독립성을 주장한 김화산의 주장은 카프 측 입장에서는 조직 정비 과정에서 결별해야 할 진영의 입장으로 여겨져 온 것이다.

하지만 이 논쟁의 '결과'가 아니라 '과정'에 주목한다면, 이 논쟁을 통해 아나키즘의 축출을 통해 프로문학 운동 노선의 분화가 완성되었다는 문학사적 결론 이외에 주목할 만한 지점을 발견할 수 있다. 이는 분화가 완료되기 이전 프로문학 진영 내에 다다이즘[02]이라는 아방가르드 문학의 한 분파가 발견된다는 데서 비롯한다. 논쟁이 진행되던 당시 논쟁을 벌였던 당사자들의 두 입장은 당시 소위 '신흥문예'라고 불렸던 입장으로 포괄되었다. 이 용어가 어떻게 사용되었는가에 대해서는 그동안 거의 논의되지 않았는데, 이는 이 용어가 사용된 기간이 워낙 짧았던 데다가 이 용어의 의미 자체도 명확하지 않고 포괄적인 맥락에서 사용되었기 때문이다.

'신흥문예'라는 것이 어떠한 맥락에서 사용되었는가를 이해하기 위해서는 이 단어의 용법에 대한 중국, 일본과의 비교 작업이 요청된다. 신흥문예라는 용어는 예술적 전위로서의 다다이즘 혹은 모더니즘과 정치적 전위로서의 사회주의, 아나키즘 등이 미분화된 상태를 대변하고 있다. 이 용어가 일시적으로 사용되다 금세 사라져버린 데서 알 수 있듯, 신흥문예라는 용어 자체가 이 당시의 과도기적 상황을 대변한다.

일본에서 '신흥문예'는 프로 문학까지 포함하는 포괄적인 아방가르드

---

02 당시 '다다'는 새로운 형태의 파괴적 예술을 주장한 이들을 통칭했다. 1920년대 중반 조선의 논자들이 '다다'라고 할 때 이는 일본에서 운위되는 '다다'를 말하는 것이었는데, 일본에서 1920년대 전위적인 시 운동을 주창했던 그룹들은 거의 대부분 다다를 표방하였다.

문학[03]이라는 의미로 사용되었다. 이러한 맥락에서 신흥문예를 프롤레타리아문학과 '신감각파'에서 비롯된 '아방가르드(アヴァンガルド)' 문학으로 양분하기도 한다.[04] 이에 일본에서는 '전위(前衛)'라는 단어와 가타가나로 쓴 아방가르드를 구분하여 전자를 사회주의 예술운동에서 말하는 것, 후자를 예술적 전위를 가리키는 호칭으로 사용해 왔다.[05] 최초에는 프롤레타리아트의 지도자적 역할을 하는 이들에 의해 창작된 것을 의미했지만 프롤레타리아 예술운동에 반대하는 이들에 의해 이 용어가 전유되면서, 서양의 다다나 초현실주의 등 혁신적 예술운동을 뜻하는 제1차 세계대전 이후 유럽의 '아방가르드(Avant-Garde)' 운동과는 다른 맥락에서 사용된 것이다.

하지만 이러한 구분 자체가 명확하지 않게 된 것은 기존의 예술 분야에서 '아방가르드'를 표방하던 일본 미술가들이 1928년을 전후로 좌익운동에 가담하게 되었기 때문이다. '기존 미술의 파괴와 초극'을 목표로 이른바 다다적인 양상을 보였던 일본 미술가들이 1927년 개최된 '신러시아전'이라는 전시회를 기점으로 사회주의 리얼리즘의 가능성을 느끼고 급속히 좌익 미술에 접근하게 되면서 예술적 전위와 정치적 전위의 구분

---

03 본래 아방가르드(avant-garde, 전위)란 군대용어로 본대에 선행하고 적진으로 돌격하는 부대를 가리키는 것이었다. 이후 공산주의 입장에서 명확한 목적의식과 이론적 전망을 가지고 계급투쟁이나 혁명운동을 선도하는 집단, 즉 당을 가리키게 되었다가 다시 그 뜻이 바뀌어 예술에 있어서 인습적인 통념이나 규제를 타파하고, 표현의 근본적인 변혁을 지향하는 정신이나 운동의 총칭을 의미하는 것이 되었다. (최문규, 「아방가르드 미학의 현대적 의미-페터 뷔르거의 아방가르드 이론과 그 문제점」, 『현대시사상』, 1994 가을호.) 이 글에서 사용하는 '아방가르드' 개념은 이와 같은 일반적인 의미로 사용했음을 밝혀둔다.

04 호쇼 마사오 외, 고재석 역, 『일본 현대 문학사』 상권, 문학과 지성사, 11쪽.

05 키다 에미코, 「아방가르드와 한일 프롤레타리아 예술운동」, 『미학예술학연구』 38권, 한국미학예술학회, 2013, 201쪽.

선은 모호해져 버렸다.[06] 1920년대 아방가르드 예술을 이끌었던 대표적 인물인 무라야마 도모요시(村山智義)[07] 역시 1920년대 말 공산주의로 전향한 바 있다. 그러다 1930년대 이후 반(反)프롤레타리아 문학의 기치 아래 '신흥'이라는 개념이 출현하였다. 신감각파가 와해된 후에 형성된 '신흥예술파'가 그 대표적 예로, 이 단체는 1928년 나프(NAPF)가 형성되자 프로문학에 반대하는 문인 32명이 모여 결성된 것이었다.[08]

이들은 예술의 자율성을 파기하는 공리주의적 예술에 대해 반대하며 프로문학에 대한 격렬한 적대감을 보였다.[09] 하지만 구심점이 약한 모임인데다 그들의 적수인 프로문학이 검거선풍으로 힘을 잃자 존재 이유를 상실하여 1932년에는 자취를 감추게 된다. 이들의 작품이 도시풍속소설의 차원을 벗어나지 못하고 단체가 해체되면서 일본에서 모더니즘이 저평가

---

06 나미가타 츠요시는 1930년 프랑스의 예술지상주의적 전위 영화가 상영되기 시작하면서 '전위'라는 비평용어의 분화가 시작되었다고 지적한다. 나미가타 츠요시, 최호영·나카지마 켄지 역, 『월경의 아방가르드』, 서울대학교출판문화원, 2012, 78쪽.

07 임화는 무라야마의 『금일의 예술과 명일의 예술』을 열광적으로 읽었다고 언급한 바 있다(임화, 「어떤 청년의 참회」, 『문장』, 1940.2). 임화는 무라야마와 마찬가지로 다다이즘 경향의 시를 창작하다가 이후 프롤레타리아 예술로 나아간 경우에 해당한다. 그는 훗날 「담천하의 시단1년」(『신동아』, 1935.12)에서 "10년 전에 '따따'나 '표현파'의 모방자들은 시의 사상과 내용에 있어서 동일한 반항자이었다. 그러므로 박팔양, 김화산, 혹은 필자까지가 일시적으로나마 그 급진적 정열로 말미아마 프로문학에까지 도달했던 것이다"라고 말하였다.

08 강인숙, 「한·일 모더니즘소설의 비교연구(2)—신흥예술파와 류단지 유우(龍膽寺雄)의 소설」, 『인문과학논총』 29권, 1997, 6쪽.

09 페터 뷔르거는 전위문학과 모더니즘문학을 같은 것으로 생각하는 관점에 반대하며, 전위문학은 리얼리즘전통만을 겨냥한 것이 아니라 유미주의와 '예술을 위한 예술'의 예술 관념까지 겨냥한 것이라고 지적한다. (페터 뷔르거, 최성만 역, 『아방가르드의 이론』, 지식을만드는지식, 2013, 121쪽.) 하지만 한국문학에서는 모더니즘과 리얼리즘의 이분법에 의해 아방가르드가 리얼리즘만을 비판하는 예술지상주의적 관점으로 오해되기 쉬웠다.

되는 원인을 제공했다는 비판도 있다.[10]

한국의 경우에도 신흥문예는 시기에 따라 의미하는 양상이 달라진다. 초기의 '신흥문예'는 단순히 전위 예술로서 수용되었으나 1922, 23년 이후 점차 역사적인 현실 인식 위에서 계급 의식적인 의미를 띠는 방향으로 전환되어 갔다. 1920년대에 이르러 사실주의, 자연주의, 상징주의 등의 서구 근대 문예사조가 유입되는 것과 동시에 1차 대전을 전후하여 대두된 표현주의, 다다이즘, 입체주의, 미래주의 등의 모더니즘 예술에 대한 본격적인 소개와 수용이 이어졌다. 이 당시 『창조』, 『개벽』지를 중심으로 입체파, 미래파, 표현주의에 대한 소개가 이뤄졌는데 이때만 해도 '아방가르드' 개념으로 포괄할 수 있는 전위 예술의 일종으로 수용된 것이다.[11]

그러다가 사회주의 사상을 고취하고 민중 문화를 건설하겠다는 취지의 잡지들이 창간되고, 점차 목적 의식화되어가는 프로 문예 운동의 전개 과정을 통해 신흥예술은 계급 의식적인 의미를 포함하는 개념으로 의미망이 넓어지게 된다.[12] 1920년대 초기에 상실된 국권 또는 생존권의 요구로 일어난 저항, 반항 의식에서, 또 기존 질서에 대한 반발, 파괴 의식에서 비롯되었던 신흥문예의 의미망이 현실 상황의 변화에 따라 변화하게 되

---

10 강인숙, 앞의 글, 5쪽. 이에 대한 내용은 당대 한국에도 안회남에 의해 소개되었다. 안회남은 「일본문단 신흥예술파 논고—프로파 기성파와의 대립」(『신동아』 14호, 1932.12.)을 통해 일본문단에 마르크스주의 문학운동이 대두하면서 재래의 예술지상주의 일파가 거의 타파당했는데, 이 마르크스주의문학에 다시 대립해서 철저한 반(反)마르크스주의 문학운동으로 신흥예술파가 출현했다고 설명한다.

11 박정선, 「식민지 근대와 1920년대 다다이즘의 미적 저항」, 『어문논총』 37권, 한국문학언어학회, 2002, 107~108쪽.

12 박인기, 『한국현대시의 모더니즘 연구』, 단대출판부, 1988, 56쪽. "20년대 초기에는 새로운 문학을 지칭하던 '신흥문예' 등의 용어가, 신흥하는 무산계급에 대한 인식 및 이에 비례해서 새로운 모더니즘예술을 퇴폐적이라고 이해하는 비판의식과 더불어, 20년대 중기 이후에는 주로 목적의식화된 프롤레타리아문학을 지칭하게 되었다."

었다.[13] 이러한 맥락에서 1920년대 한국에서는 '신흥예술'의 개념을 둘러싸고 여기에 어떤 예술운동을 포함시킬 것인지에 대한 아나키즘과 마르크스주의 간의 논쟁이 벌어지게 된다.

한편, 중국의 경우 신흥문예라는 개념이 사용되었는지의 여부는 확실치 않으나, '전위'라는 단어가 1926~28년 사이 소련 문학을 다룬 일본어 문학을 통해 중국에 소개되었으며,[14] 이들은 당시 '전위'를 유럽 문학예술의 '모더니즘' 조류와 동일시했다.[15] 하지만 이 단어는 아주 짧은 기간 동안 중국 좌익 유파 사이에서 유행하다가 곧 '사회주의 리얼리즘'이라는 단어로 대체되었다. 스저춘을 비롯해 모더니즘의 영향을 받은 작가들은 이를 예술상의 후퇴라고 생각했다고는 하나, 중국의 경우 일본 신감각파를 직수입했음에도 리얼리즘과 모더니즘의 대립이 뚜렷하지 않았기 때문에 전위라는 단어를 둘러싸고 논쟁이 벌어지지는 않았던 것으로 보인다.[16]

'신흥문예'의 의미가 변화해온 과정은 1920년대 동아시아에서 '예술적 전위'와 '정치적 전위'가 착종된 상태로 공존했던 시기가 있었다는 사실과 관련된다. 전위적 성향을 지닌 일군의 예술가들에게 정치적 전위와 예술적 전위의 지향성이 분화되지 않은 상태로 존재하였다. 일본의 경우에는 예술적 전위주의자들이 좌익 운동에 참여함으로써 이러한 구분선이 혼란을 겪었으며, 한국의 경우에는 정치적 전위들 간 이 용어를 둘러싼 논쟁의 과정에서 그 의미가 변화해나갔다. 이를 단적으로 보여주는 것이 한

13 박인기, 「한국현대문학과 신흥문예」, 『논문집』 32권, 단국대학교, 1998, 13쪽.

14 중국에서는 '전위'라는 말 대신 '선봉(先鋒)'이라는 단어를 사용한다. 이러한 번역어 선택의 차이에서 이미 전위라는 말에 내포된 의미의 균열이 감지된다.

15 리어우판, 장동천 역, 『상하이 모던』, 고려대학교출판부, 2007, 236쪽.

16 김종훈, 「동아시아 '신감각파'의 출현과 전개양상」, 『한국시학연구』 30호, 한국시학회, 2011, 36쪽.

국에서 다다이즘을 수용한 양상에서 드러난다. 다다이즘 역시 한국에서는 아방가르드 문학의 일종으로 초반에는 전위예술로서 수용, 소개되었다. 하지만 1920년대 다다이즘 문학을 창작한 이들은 아나키즘이나 마르크시즘 등 사회주의 사상을 가진 이들이 대부분이었다.[17] 하지만 다다이즘 시를 창작했던 이들은 '아나·볼' 논쟁을 거쳐 서로 다른 방향으로 분화되어 나갔다. 아나키스트였던 김화산과 마르크시즘으로 나아간 임화가 그러하다.[18]

이 글은 다다이즘 작품을 창작하면서 아나키즘 사상의 영향을 받은 이들을 대상으로 다다이즘과 아나키즘의 관계를 조명해 보고자 한다. 그동안 이들의 김화산, 박팔양 등의 다다이즘 성향의 시는 다다이즘이라는 문예사조의 수용이라는 맥락에서 주로 논의가 진행되었을 뿐, 그것이 '아나·볼' 논쟁이라는 흐름 속에서 창작되었다는 지점은 논의되지 못했다. 때문에 이들 작품이 지니는 정치 미학적 의미에 대해서도 충분히 고찰되지 못했던 것으로 보인다. 주목할 것은 '신흥문예'가 요청되었으나 그 개념이 미분화되지 않았던 시기에, 이 개념을 전유하려는 세력 간의 다툼 속에 그들의 작품들이 '끼어' 있다는 점이다. 그렇다면 신흥문예가 앞으로의 문단을 이끌어나갈 '새로움'을 지닌 문예를 통칭하는 것이라 했을 때 그것의 주도권을 누가 쥐느냐를 두고 벌어졌던 논쟁이 사상적으로까지 번진 것이 '아나·볼' 논쟁이라고 해석할 수 있을 것이다. 더구나 미술계에서

17 김기진 역시 다다이즘을 '아리스토크라틱(aristocratic) 감정의 소산'이라고 비판하면서도 프롤레타리아 문학으로 보고 있다. 김기진, 「금일의 문학, 명일의 문학」, 『개벽』, 1924.2(『김팔봉 문학전집』 II권, 문학과 지성사, 1988, 23쪽).

18 이러한 점에 착목해 이성혁은 박팔양과 김화산에 의해 대표되는 아나키즘 다다와 임화의 '구축주의'적 다다이즘을 구분한다. 이성혁, 「1920년대 한국 근대시의 전위성 연구」, 한국외대 박사논문, 2007, 23쪽.

도 '신흥'이라는 용어를 둘러싼 논쟁이 벌어졌다. 즉 이 문제는 문학계 뿐만이 아니라 당시 미술을 포함한 예술계 전반에서 문제시되었던 '신흥'의 개념 전유와 관련된 것이었다.

2. 미술계의 '아나·볼' 논쟁

김기진의 형인 김복진은 신흥문예와 관련된 글을 발표한 논자로 주목된다. 그는 1925년 도쿄미술학교 조각과를 한국인 최초로 졸업하고 귀국한 후 조선프롤레타리아예술동맹[19](이하 조선프로예맹)의 조직을 주도하면서 조선공산당 활동에도 적극적으로 참여했다. 특히 조선프로예맹의 기관지로 발행된 『문예운동』의 창간호에는 홍명희가 쓴 「신흥문예의 운동」과 함께 「주관 강조의 현대미술」[20]이라는 김복진의 글이 실려 있다. 이 글에서 김복진은 현대미술의 특징으로 무엇보다 '주관 강조'를 내세우며 쿠르베로 대표되는 현실주의 화풍을 강조했다. 이어 「신흥미술과 그 표적」[21]에서는 새로운 미술운동으로 유럽의 입체파와 미래파 등을 소개하며 전통에의 파괴 혹은 변화에 의미를 부여했다. 그런데 그는 이러한 파괴의 시대

---

19 이 단체의 동맹원은 김복진을 비롯해 이기영, 조명희, 김기진, 이상화, 최학송, 박팔양, 박영희, 김동환, 안석주 등 22명이었다(『동아일보』, 1926.12.27). 이들의 성향은 민족주의 계열, 아나키스트 계열, 공산주의 계열 등 다양했다. 그중 지도부에 해당하는 7인 위원은 김복진, 김기진, 이량, 박영희, 최승일, 안석주, 김경태로 이 단체의 핵심 세력은 파스큘라 계열이라고 설명된다. 윤범모, 「김복진의 미술비평론」, 『현대미술학 논문집』, 2005, 101쪽.

20 김복진, 「주관강조의 현대미술」, 『문예운동』, 1926.2(윤범모, 앞의 글, 83~84쪽 참조).

21 김복진, 「신흥미술과 그 표적」, 『조선일보』, 1926.1.2.(정관 김복진 기념사업회, 『김복진 전집』, 청년사, 1995, 42~48쪽).

는 이미 지나갔다면서 일본에서 최근 일어난 조형파 운동의 선언 일부를 길게 인용한다.

> 그런데 폭력을 가지고서 파괴해 버릴 만한 것은 다 파괴되어 버리었다. 지금은 그와 같은 파괴의 시대는 벌써 지나갔다. 그러나 우리는 그와 같은 소극적 행위에는 만족할 수 없다. 시대는 지금에야 쾌활한 비약을 하려고 한다.
>
> (중략)
>
> 우리는 예술의 사망과 조형의 탄생을 선언한다. 그래서 예술이라는 명사를 기성 개념에서 해방시켜서 거기다가 최대의 탄력성을 부여하면 우리가 말하는 조형 활기가 있고 조소를 띄운 예술이 건설될 것이다.
>
> —「신흥미술과 그 표적」 부분

김복진은 조형파[22]가 이미 일본에서 예술에 대한 기성 개념이 이미 파괴되어 버린 이후 출현한 운동으로 파악한다. 물론 그는 조형파 운동이 미래파, 입체파, 다다이즘과 마찬가지로 계급의식으로부터 각성한 프롤레타리아의 정신 상태로 조초(祖礎)된 바라고 단언할 수는 없다는 단서를 단다. 미래파, 입체파 등이 현대과학에 기초를 세우고 신비적 이상주의 또는 고전적 이상주의를 파괴한 것은 명확한 사실이지만, 이것들 역시 "근대과학에 매혹"된 것들로 자기들의 무력을 인식하게 되었다고 지적한다. 그는 미래파, 입체파와 같은 신흥미술이 부르주아의 것으로, 무질서와 과

---

22 바로 이들이 1928년 나프에 가입했다는 이들이다. 하지만 키다 에미코는 이들의 활동이 프롤레타리아트를 위한 투쟁을 목표로 한 것이 아니라 부르주아 미술을 배격하기 위한 것이었다고 지적한다. 키다 에미코, 앞의 글, 204쪽.

학만능 그리고 사상적 기초가 허약한 조건에서 말초신경의 발달에 따른 파괴적이고 폭력적인 경향을 가진다고 보았다. 이렇게 신흥미술에서 계급적 성격을 읽어낸 그는 민중미술론으로 넘어가게 된다. 다만 그는 생활을 소박하게 드러내는 긍정적인 민중미술이 아니라 현실을 작가가 통찰하여 그 부정적 측면을 고발하고 경고하는 민중미술을 지향했다.[23] 그리고 1927년 『조선지광』에 '조선 최초의 체계적인 프로미술운동론'이라는 평가를 받는 「나형선언 초안」[24]을 발표하게 된다. 이 미술론은 부르주아 미술에 대한 비판미술이자 무산자계급의 미술로서 나형(裸型)의 미술, 즉 소시민계급의 가식적인 미안(美眼)을 벗어던진 진실한 미술을 주장했다.

이와 달리 김용준은 김복진과 다른 입장에서 프로미술론을 발표하며 논쟁을 시작한다.[25] 김용준은 박팔양과 김화산과 함께 『요람』의 동인으로, 그 역시 아나키즘을 표현주의 미학의 사상기초로 이해함으로써 당시 일본 아나키즘 예술이론가들의 예술론을 받아들였다. 김용준은 이 무렵 표현주의 예술에 심취하여 자신의 예술관을 옹호하는 차원에서 이 논쟁에 참여했다. 우선 그는 사회주의적인 예술인 구성파(Constructivism)와 무정부주의적 예술인 표현파(Expressionism) 또는 다다이즘(Dadaism) 등의 반동 예술을 구분하며, 후자의 경우에는 부르주아지에 대한 도전과 사격을 목적한 의식투쟁적 예술이라고 구분한 뒤, 자신이 공감하는 것은 무정부주의 미술인 표현파 미술이라고 밝힌다.[26] 또한 그는 구성파 미술은 기하학적

---

23 최열, 『한국근대미술 비평사』, 열화당, 2001, 101쪽.

24 김복진, 「나형선언 초안」, 『조선지광』, 1927.5(정관 김복진 기념사업회, 앞의 책, 49~50쪽).

25 하지만 김복진이 김용준에 대해 직접적인 반박을 가한 것은 아니었다. 최열은 이 당시 김복진이 김용준과의 논쟁에 참여하지 않은 이유를 경찰에 쫓기고 있었기 때문이라고 추측한다. 최열, 앞의 책, 180쪽, 미주 6번 참조.

26 김용준, 「화단개조」, 『조선일보』, 1927.5.18.~5.20(『근원 김용준 전집』 5권, 열화당, 2002, 25쪽).

구성 일색이어서 일반 민중이 하등의 미적 감흥을 느낄 수 없지만, 표현파 미술은 '대개는 우리의 눈과 감각에 직각적으로 충동을 주는 것'으로 무산계급 회화로 타당한 것은 구성파 미술보다 표현파 회화라고 주장한다.

이러한 견해는 김화산의 프롤레타리아 예술론과 유사한 것으로, 김용준은 「무산계급 회화론」[27]에서 "표현파 행동을 혹 소부르주아적 행동이니 발광상태의 행동이니 하고 비난하는 이가 있지만 그것은 큰 오해"라고 항변한다. 같은 해 9월에는 「프롤레타리아 미술 비판」[28]을 들고나와 "볼세비키 예술이론은 나와 정반대가 된다. 그들은 예술을 선동과 선전수단에 이용하기 위하여 도구시하고 있다. 그들은 이러한 예술을 훌륭한 프로예술 혹은 민중예술이라 한다. 그러나 그것은 큰 오류로 볼 수밖에 없다"고 강하게 부인한다. 그렇다면 그가 실현되어야 하는 프롤레타리아 미술로 제시한 것은 어떠한 것일까? 김용준은 부르주아 사회를 혼란케 만들기 위해서 '내재적 생명의 율동을, 통분의 폭발을 그대로 나열'해냄으로써 그들을 '경악케 할 기상천외의 표현'으로 추구해야 한다고 주장했다. 또 사회운동과 예술이 본질적으로 상이한 것이며 예술가와 혁명가를 철저하게 구분해야 한다고 강조했다.

흥미로운 것은 김용준의 비판에 대한 임화[29]의 반론이다. 임화는 김화산과의 논쟁이 마무리되어가던 무렵 김용준의 「프롤레타리아 미술 비판」을 읽고 그해 11월 「미술영역에 재(在)한 주체이론의 확립—반동적 미술

27 김용준, 「무산계급회화론」, 『조선일보』, 1927.5.30.~6.5(위의 책, 29~43쪽).

28 김용준, 「프롤레타리아 미술 비판」, 『조선일보』, 1927.9.19.~30(위의 책 44~61쪽).

29 임화는 청년시절 서양 회화를 배워 화가의 길을 걷기로 다짐했다가 포기한 적이 있기도 하다. 그가 일찍이 신흥예술의 본질을 접한 것도 서양 회화를 배우던 중이었다. 임화, 「어떤 청년의 참회」, 『문장』, 1940.2.

의 거부」[30]을 발표한다. 여기서 임화는 김복진의 「나형선언 초안」에서 한 걸음 더 나아간 구체적인 미술운동론을 세웠을 뿐만 아니라, 이 글의 타깃인 김용준을 '사이비 무산계급 예술론'이라고 규정하며 전면 비판했다. 그 비판의 요지는 김용준처럼 '작품제작 중심의 예술운동이란 협애한 영역'에 머물러 "프롤레타리아 사회에 적(適)한 예술을 창조한다"고 주장한다는 것은 어불성설이라는 것이다. 이러한 임화의 비판은 사회운동과 예술을 본질적으로 상이한 것으로 보는 김용준의 '순진한' 입장에 대한 비판을 제기했다는 의미가 있다. 또한 그는 여기서 무산계급 예술의 목적을 "대중의 감정을 조직화하여 적당한 시기에 폭발케 하지 않으면 안 될 것"이라고 규정함으로써 이후 '단편서사시'로 이어지는 대중이 알기 쉽고 감동스러운 예술, 정치적 유용성을 확보할 수 있는 예술에 대한 관점을 정립할 수 있었다.[31]

그런데 문단에서 이 논쟁이 아나키즘의 패배로 마무리 지어진 것과 달리 미술계에서는 이 논쟁이 계속 이어졌다.[32] 나아가 김주경의 김복진과 안석주 비판, 심영섭의 마르크스주의 미술에 대판 비판으로 이어졌으며, 이 무렵 형성된 논쟁의 대립구도는 1930년부터 1931년까지 계속된 동미전·

---

30 임화, 「미술영역에 재(在)한 주체이론의 확립」, 『조선일보』, 1927.11.20.~24.

31 하지만 문학의 대중성을 주장하는 임화의 입장이 아방가르드의 포기로 이어지지는 않았다. 임화는 미술운동을 '계급해방운동의 일익인 전위부대의 행동'이라고 보며 기존 예술, 그 중에서도 조합주의의 극복을 통해 대중의 감정을 조직화해 적당한 시기에 폭발케 하는 내용과 형식을 찾아야 한다고 주장한 것이다. 그가 미래파나 입체파 등 신흥예술의 형식을 받아들이되, 목적의식성을 갖고 결합하는 것을 전제로 조건부 승인한 것은 이러한 맥락에서 나온 것이다.

32 윤기정, 「이론투쟁과 실천과정」, 『중외일보』, 1928.1.10.~12; 김용준, 「과정론자와 이론확립」, 『중외일보』, 1928.2.28.~3.5; 권병길, 「과정론자와 이론확립을 읽고」, 『중외일보』, 1928.2.7.~2.9; 김주경, 「예술운동의 전일적 조화를 촉함」, 『조선일보』, 1928.2.15.~16; 김용준, 「속 과정론자와 이론확립」, 『중외일보』, 1928.2.28.~3.5.

녹향전을 둘러싼 논쟁, 그리고 '조선향토색'을 둘러싸고 상이한 입장을 보였던 김복진·윤희순과 김용준·오지호의 대립으로 이어지기도 했다.[33]

3. 감각의 파괴·파열 지향

1927년 갑작스럽게 발표된 것처럼 이해되어왔던 박팔양과 김화산의 다다이즘 작품은 이러한 미술계와의 접점 안에서 탄생하였다. 이러한 맥락에서 문단에서 벌어진 아나키즘과 마르크시즘 이론 간의 논쟁을 재검토할 필요가 있다. 우선 김기진과 박영희의 내용·형식 논쟁은 1926년 말 시작되었다. 김기진이 박영희의 작품이 소설화되는 과정에서 실패했다고 비평한 데 대해,[34] 박영희가 반박에 나선 것이다.[35] 이에 대해 김기진은 프로 문학도 '문학'이기 때문에 프롤레타리아 문학이 무산계급의 생활을 주제로 할지라도 그것이 '선전을 위한 문학'이라는 일종의 기계론은 성립될 수 없는 것임을 강조한다. 또한 김기진은 일관되게 내용과 형식, 내재와 외재가 합치되는 일원론적 비평방식을 주장하면서, 작품에 있어 묘사의 필요성을 설명하였다. 하지만 그는 글 말미에 가서 자신의 비평태도에 문제가 있다면 사죄하겠다는 패배 선언을 함으로써 이 논쟁은 막을 내리게 된다.[36]

---

33 최열, 앞의 책, 75쪽.

34 김기진, 「문예월평」, 『조선지광』 62호, 1926.12.

35 박영희, 「투쟁기에 있는 문예비평가의 태도」, 『조선지광』 63호, 1927.1.

36 김영민은 이처럼 김기진과 박영희의 문학 논쟁이 황급히 수습된 데 대해 당시 좌익 단체들이 압력을 행사하면서 논쟁을 빨리 종결짓도록 했을 것이라고 본다. 이 논쟁의 동기를 문학관 자체에 한정된 것이 아니라 카프 와해 공장 등 문학 외적인 측면에서 파악하려는 시각이 존재했기 때문이라는 것이다. 김영민, 『한국근대문학비평사』,

그런데 김기진이 패배를 인정하고 논쟁이 마무리된 이후에도 내용과 형식을 분리해서 생각할 수 없다는 김기진의 비평적 태도는 지속되었다. 그는 『조선문단』 3월호에 「내용과 표현」이라는 글을 통해 내용과 표현은 작가의 수완에 따라 서로 조화를 이루거나 모순을 이루게 되므로 비평은 이를 찾아내 지적할 임무가 있다고 주장한다. 또한 『조선문단』에는 김기진의 입장을 옹호하며 박영희를 비판하는 다른 논자들의 글이 게재되면서 아나키즘과 마르크시즘 간의 새로운 논쟁을 불러일으키게 되는 계기가 마련되었다.[37] 그중에서도 박팔양은 최근 '예술적가치표준문제'가 제기되고 있다면서 다음과 같이 서술한다.[38]

> (중략) 물론(勿論) 신흥계급(新興階級)의 분방(奔放)한 감정(感情)을 표현(表現)하는데 당(當)하야 진부(陳腐)한 재래(在來)의 전형적(典型的) 형식(形式)에 구애(拘碍)될 필요(必要)는 조곰도 업슬 것이다. 도로혀 『새로운 술은 새로운 술부대에 담어야하나니』 새로운 내용(內容)에는 새로운 표현형식(表現形式)이 필요(必要)하다.
> 그러나 문예작품(文藝作品)에 잇서서 그 예술적(藝術的) 형태(形態)를 중요시(重要視)하지 안는 다만 『사상(思想)을 전(傳)하는 문자(文字)의 나열(羅列)』뿐으로는 새로운 미학(美學)의 견지(見地)에서 관대(寬大)히 볼지라도 철저(到底)히 『가치(價値)잇는(또는 효과(效果)잇

소명출판, 1999, 71쪽.

37 권영민, 김영민 등 기존 논의에서는 김화산의 「계급예술론의 신전개」(『조선문단』, 1927.3.)를 계기로 아나키즘과 마르크시즘의 논쟁이 본격화되었다고 보지만, 이보다 한 달 앞서 발표된 박팔양의 글에서 이러한 논쟁의 단초가 발견되고 있다는 점에 주목할 필요가 있다. 권영민, 『한국계급문학운동사』, 문예출판사, 1998, 111쪽; 김영민, 앞의 책, 91쪽.

38 김려수, 「문예시평」, 『조선문단』, 1927.2.

는)예술품(藝術品)』이라 말할수업다. (중략) 다음에 푸로래타리아문예(文藝)-또는 신흥문예(新興文藝)하면 즉시(卽時) 공산주의사상(共産主義思想)에 입각한 문예(文藝)뿐인것가치 생각하고 그러한 관념(觀念)아래에서 신흥문예(新興文藝)를 논평(論評)하는 논자(論者)를 왕왕(往往)히 본다. 그러나 「푸로문예(文藝)」 하드라도 그 중(中)에는 「뽈셰비즘」의 문예(文藝)와 「아나키씀」의 문예(文藝)가잇고 더욱 널리 「신흥문예(新興文藝)」라하면 기성문예(旣成文藝)에 대(對)해서 전기무산계급(前期無産階級)의 문예이외(文藝以外)에도 표현파(表現派), 미래파(未來派), 입체파(立體派), 「따따이씀」등을 세일수잇는 것은 물론(勿論)이다.

위 글에서 박팔양은 두 가지 문제를 제기한다. 첫째, 조선에는 재래의 전형적 형식에 구애되지 않는 새로운 문학이 필요하며, 이는 새로운 내용에 맞는 새로운 형식을 통해 표현할 수 있다는 것이다. 둘째, 프로문예 안에는 볼셰비즘 문학만 있는 것이 아니라 아나키즘 문학도 포함되어 있으며, 나아가 신흥문예 안에는 무산계급 문예 외에도 표현파, 미래파, 입체파, 다다이즘 등 다양한 형식이 있을 수 있다다. 이처럼 박팔양은 김기진과 박영희의 논쟁에서 '내용'만을 내세우는 박영희의 주장에 문제를 제기하는 한편, 새로운 '내용'을 담는 '형식'으로서 '신흥문예'라는 말로 전위예술뿐만 아니라 계급 해방이란 목적의식의 프롤레타리아 문학도 포괄해서 가리킨다.[39]

---

39 임화가 다다이스트로 실험적인 전위예술적 경향에 몰두해 있었던 것도 이와 같은 신흥문예에 대한 이해에서 비롯한 것이다. 임화는 1927년 아나·볼 논쟁을 통해 비로소 목적의식이 강화된 프로 문학으로 옮겨가게 된다. 이러한 면에서 보자면, 프로 문학의 방향 전환이란 신흥문예 안에서 이루어진 분화 작용으로 볼 수 있는 것이다. 신흥문예에 대한 임화의 입장을 보여주는 글로는 「분화와 전개-목적의식문예론의 서

주지하듯 이어서 김화산이 「계급예술론의 신전개」를 발표하면서 프로 문학 내 마르크스주의와 아나키즘 진영 간의 논쟁이 본격화된다. 김화산과 박팔양은 모두 프로 문학이라 할지라도 형식을 갖추어야 한다는 점을 강조하였다. 김화산은 「계급예술론의 신전개」에서 아무리 목적의식을 가지고 문학을 하더라도 예술이 독립성을 지닌다는 점을 강조한다.[40] 김화산은 이 글에서 투쟁기에 있어서 예술은 독립한 가치를 가질 수 없으며 하나의 선전 도구에 불과하다는 박영희의 주장에 맞서, 이러한 주장이 결국 예술을 부정하는 것이며 만일 예술이 오직 선전을 목적으로 삼는다면 그것은 한 '선전 포스터'에 지나지 않는다고 비판하였다. 이에 대해 마르크스주의 진영에서는 윤기정, 조중곤, 한설야, 임화 등에 의해 반론이 제기되었으며, 이에 대해 김화산 역시 「뇌동성 문예론의 극복」, 「속 뇌동성 문예론의 극복」이라는 글을 통해 정치에 대한 예술의 독립을 주장하면서 예술원론에 대한 자신의 입장을 반복한다.[41] 하지만 그러면서도 그는 '예술을 위한 예술'과는 무관한 것임을 강조한다.[42] 이처럼 예술의 독립성을 주장하면서 예술을 위한 예술이 아니라고 주장하는 모순에 대한 비판은 이미 임화에 대해 제기되었다.

하지만 그들의 입장에서 이는 모순된 주장이 아니었다. 이것은 이들이 아나키즘의 입장에서 예술을 바라보았기 때문이다. 김화산은 「뇌동성 문

론적 도입」(『조선일보』, 1927.5.16~21) 참고.

40 김화산, 「계급예술론의 신전개」, 『조선문단』, 1927.3.

41 김화산과 함께 마르크스주의자들의 공격에 반박하는 글을 낸 강허봉은 김화산과는 달리 마르크시즘과 아나키즘이 근본적으로 차이가 난다는 점을 강조함으로써 양자의 병존을 논하는 김화산보다 더욱 강경한 입장을 취했다. 강허봉, 「'비마르크스주의 문예론 배격'을 배격함」, 『중외일보』, 1927.7.10.

42 김화산, 「속 뇌동성 문예론의 극복」, 『조선일보』, 1927.7.19.

예론의 극복」에서 예술의 목적성과 아나키즘 예술 간의 관계에 대해 언급하며, 아나키즘에서는 당(黨)에 예술을 예속시키려 하지 않는다고 지적한 바 있다. 또한 박팔양 역시 마르크스주의보다 아나키즘적 성향에 가까웠다는 연구[43]를 통해 이들이 아나키즘의 영향을 받아 예술의 독립성을 강조하게 되었다고 추측할 수 있다. 이때 이들이 문학이 정치의 수단이 되어서는 안 된다는 점을 강조하면서 다다이즘 문학을 발표했다는 것은 흥미로운 부분이다. 관련해서 주목되는 단어가 바로 '감각'이다. 박팔양이 신흥문예 안에 프로문예 이외에도 표현파, 미래파, 입체파, 다다이즘 등 다양한 사조가 포함되어 있다고 주장했던 것처럼, 김화산 역시 「설명에서 감각으로」[44]라는 글을 통해 다다이즘 또는 미래파 예술을 자유로운 개성 또는 주관의 작용에 의해 과거의 표현방식을 파괴하고 새롭게 표현하는 신흥문예를 주장한 바 있다. 여기서 김화산은 예술이 해야 할 역할로 선전·선동이 아닌 새로운 감각의 발견을 주장한다.

김화산의 경우 다다이즘을 다룬 비평을 통해 처음 문단에 얼굴을 내밀었는데,[45] 이 글에서도 다다이즘을 기존 부르주아 예술에 반항하는 것으로서 신흥계급으로 등장하고 있는 프롤레타리아 계급의 '감정' 표현에 알맞은 형식으로 파악한다. 이는 김기진이 "감각의 혁명을 일으켜야 하겠다. 인간성을 변혁하여야 하겠다"는 의지의 표명과도 연결되는 것이다.[46] 그렇다면 과연 이들이 변혁하고자 하는 감각이란 어떤 종류의 것일까에 대한 의문을 던지지 않을 수 없다. 바로 여기서 마르크스주의와 다른 지점에서

43 이성혁, 앞의 글, 206쪽.

44 김화산, 「설명에서 감각으로」, 『조선일보』, 1925.10.23.

45 방원룡, 「세계의 절망-나의 본 따따이슴」, 『조선일보』, 1924.11.1.

46 김기진의 '감각변혁론'이 프로문학에서 지니는 의미에 대해서는 손유경, 「프로문학과 '감각'의 문제」, 『프로문학의 감성구조』, 소명출판, 2012를 참고.

예술을 바라보았던 아나키스트들이 다다이즘과 만나는 장면이 자리한다.

4. 아나키즘과 다다이즘이 만났던 자리

김화산은 다다이즘을 병적인 도회의 산물이라고 보는 데서 김기진과 같은 관점을 지니고 있었다.[47] 이들은 다다이즘을 부정과 파괴를 통해 새로운 형식을 창조해 가는 과도기적 예술로 본다. 하지만 김화산은 다다이즘에 대한 반성을 통해 부르주아 제도를 거부하고 근대적 인식의 바탕 위에 민중의 사상과 감정을 담아내는 혁명예술의 필요성을 강조하는 아나키즘 예술관을 수용했다. 그는 일제 치하라는 현실과 봉건적 잔재가 잔존해 있는 식민지 조선의 현실을 타개하기 위해 파괴와 부정을 통해 새로운 문화를 건설할 것을 기대했다.[48] 이는 "파괴가 없으면 건설이 없는 것"이라며 다다이즘의 본질인 '파괴와 부정의 정신'을 긍정하는 한편, 이를 바탕으로 한 새로운 문화의 건설을 주장한 데서도 드러난다.[49] 특히 그가 쓴 다다이즘에 대한 비평문에는 이후 그가 창작한 「악마도-어떤 따따이스트의

---

47 이는 당시 일본과 한국에서 다다이즘이 '취리히 다다'에 한정된 것으로 여겨졌기 때문으로 보인다. 이와 달리 투쟁하는 프로예술로 설명되었던 '표현파'는 오늘날 표현주의자로 알려진 칸딘스키, 키르히너 등의 작가가 아니라 존 하트필드, 오토 딕스 등 베를린 다다이스트를 지칭하는 것이었다. 김용준, 「화단개조」, 『조선일보』, 1927.5.18.~5.20. 최태만, 「근원 김용준의 비평론 연구」, 한국근대미술사학회, 『한국근대 미술사학』 7권, 청년사, 1999, 93쪽.

48 김경복, 「김화산 문학의 아나키즘론에 대한 소고」, 『국어국문학지』 33권 1호, 부산대학교 인문대학 국어국문학과, 1996, 227~228쪽.

49 이러한 태도는 그의 글 「문예잡감-예술의 내용과 기표현방식」(『조선일보』, 1925.10.21.)에도 나타난다.

일기 발췌」(이하 「악마도」)의 창작법과도 연관되는 구절이 있어 주목된다.

> (1) 따따이즘 혹은 미래파예술이 일병적(一病的) 예술(藝術)이라 단정할 수 있다 하더라도 그 주관 강조가 충분히 신예술의 요소됨은 부정치 못할 사실이다. 시와 소설의 악수는 금일 세계 신흥문단의 최신경향이다. 그러나 그것은 결코 서사시의 발흥을 의미하는 것이 아니다. 종래의 소설이 객관을 통하여 어떤 사실을 설명하려는 데 대하여 금일의 소설은 자신의 감각을 통하여 어떠한 주관을 강조코자 한다. 이곳에 신구 예술의 제작상 태도의 차이가 있는 것이다.[50]

> (2) 새로운 예술형식은 묵은 문장법의 파괴로부터 비롯한다. 부르조아 계급의 용만(冗漫)한 -한가한 기교로부터 단적(端的)이며 비약적이며 율동적, 역학적, 기하학적 문장의 창건이다. 평면으로부터 입체에, 직선으로부터 곡선에 Climax의 적극적 발전이다.[51]

(1)을 통해 김화산이 다다이즘의 파괴적, 절망적, 유희적 요소를 인정하면서도, 그것을 프롤레타리아 계급의식을 담는 미래적, 전향적, 건설적 예술 또는 사상으로 받아들이고 있음이 확인된다. 이와 함께 그는 금일의 소설 역시 감각을 통해 어떤 주관을 강조할 필요가 있다고 주장한다. 이는 소설에도 주관적 경향을 반영할 필요가 있다는 주장으로, 그는 「악마도」에서 소설 속에 시를 집어넣은 형식을 실험하였다. (2)는 아나·볼 논

---

50 김화산, 「설명에서 감각으로」, 『조선일보』, 1925.10.23.

51 김화산, 「계급예술론의 신전개」, 『조선문단』, 1927.3.

쟁을 불러일으킨 「계급예술론의 신전개」의 마지막 부분으로 다다이즘 문학의 내용이 반영되어 있다. 묵은 문장법을 파괴하고, 비약적, 율동적, 역학적, 기하학적 문장을 창건해야 한다는 주장이 그것이다. 아나키즘 문학의 일환으로서 다다이즘을 수용된 것은, 기존의 일체를 파괴하고 현실을 재인식하고자 했던 다다이스트들의 주장과 아나키스트들의 부정 정신이 맞닿는 점이 있었기 때문이다.[52] 실제로 다다이즘은 그 발생 거점을 볼 때 아나키즘의 영향을 받은 것으로 평가받는다. M. 칼리니스쿠는 오직 마르크스주의만이 오늘날의 문화적 아방가르드의 논의와 관련된다고 생각하는 것은 잘못이라고 지적하면서, 마르크스주의에 관련된 것으로 보이는 예술가들조차 작품에서 의식적, 무의식적으로 아나키즘 미학을 실천한다고 지적한 바 있다. 아나키즘이 자신을 마르크스주의자라고 믿는 사람들까지 포괄하면서 아방가르드와 관련된다는 것이다.[53]

하지만 동시에 아방가르드에는 무정부주의적 또는 반부르주아적인 동시에 귀족체제적, 또는 반프롤레타리아적인 경향이 공존한다. 부르주아 심미안과 프롤레타리아 심미안에 대한 공통적인 반대가 그 두 심미안을 하나로 만들면서 상호의존, 공동 저항의 노선을 펴는 것이다.[54] 1920년

---

52 1920년대 다다이즘 수용 당시에도 이러한 '부정정신'이 가장 특징적인 것으로 내세워졌다. 다다이즘에 관한 여러 편의 글을 발표하여 한국문학의 다다이즘 수용을 주도했던 고한승(필명: 고한용)은 다다이즘이란 재래의 기존 관념을 부인하고 깊이 모를 절망 속에 모순투성이의 이 세계에 대해 웃음을 던지는 것이라고 그 본질을 밝힌 바 있다. 다다이즘에 대한 고한승의 글은 다음과 같다. 고한승, 「따따이슴」, 『개벽』, 1924.9; 고따따, 「DADA」, 『동아일보』, 1924.11.17; 고한승, 「잘못 안 「따따」-김기진군에게」, 『동아일보』, 1924.12.1; 고한승, 「우옴피쿠리아」, 『동아일보』, 1924.12.22; 고한용, 「서울왓든 따따이스트 이약이」, 『개벽』, 1924.10.

53 M. 칼리니스쿠, 이영욱 외 역, 『모더니티의 다섯 얼굴』, 시각과 언어, 1998, 160쪽.

54 레나토 포지올리, 박상진 역, 『아방가르드 예술론』, 문예출판사, 1996, 183쪽.

대 한국의 다다이스트들이 다다이즘을 비롯한 아방가르드 문학을 부르주아적이라고 한 마르크주의자들의 비판에 적절하게 대응하지 못했던 것도 이러한 한계에서 기인한다. 이들은 다다이즘을 도회의 병적 감각에서 나타나는 과도기의 병적 사상의 하나로 파악하는 데 그침으로써, 다다이즘의 정치적인 의미를 파악하고 실천하는 데까지는 이르지 못했다.

하지만 이들의 작품에는 카프에서 주장하는 것과는 다른 층위의 정치성이 나타난다. 우선 박팔양의 작품을 살펴보자. 박팔양은 '김니콜라이'라는 필명으로 『조선문단』에 자신이 번역한 다다이즘 성향의 작품 두 점을 싣는다. 그가 번역한 작품은 '쉬밋도 의(毅)'의 「외투」와 사훈(鯊勳)의 「비행기 날러오는 이상한 풍경」이다.[55] 그는 편집후기에서 "이 번호에는 우리 잡지계 최초의 시험으로 「따따」틀의 글을 소개하여 보앗다"라고 밝히고 "특별히 「조선문단」을 위하여 기고하신 「쉬밋트」 사훈 양씨의 후의(厚誼)에 대하여 감사의 뜻을 표하려 한다"라고 덧붙이기도 했다.[56] 먼저 「외투」는 "가로, 가로수, 엽광(葉光), 마차, 차륜"과 같이 명사형을 나열함으로써 몽타주 기법으로 관습적인 표현 형식을 파괴하여, 의미를 파악하기는 어렵지만 선언문과 같이 강렬한 느낌을 준다. 한편, 「비행선 날러오는 이상한 풍경」에서는 S-3라 비행기가 폭발해서 추락하는 과정을 논리적 맥락을 무시한 두 남자의 대화를 통해 보여주는데, "DOWN · DOWN · DOOO BRUUUN WOO · 번적번적", "Z-GZUG-Z-G · G · G · ZUG" 등 의성어와 의태어를 사용하여 생동감을 주는 한편,

---

55 『조선문단』, 1927.1.

56 「외투」에는 "『세계시인』에서" 인용했다는 표시만 있을 뿐 그가 이를 어디서 인용했는지는 아직 밝혀지지 않았다. 사훈의 작품은 어디에서 인용했는지조차 표기되어 있지 않아 작자를 추정하는 데 어려움이 있다. 작품 말미에 "김니콜라이역(譯)"이라고 표기되어 있는 것을 통해 박팔양이 이를 번역했음을 알 수 있을 뿐이다.

알파벳을 사용하여 기호가 주는 낯선 감각이 적극 활용되었다. 이 두 작품이 다소 유희적인 성격을 띠고 다다이즘의 표현 형식을 차용한 데 그치고 있는 데 반해, 박팔양의 「윤전기와 사층집」에는 아나키즘의 정치적 색채가 분명히 드러나 있다.

C
벽돌사층(四層)집 놉다란집이다
식껌언 기(旗)란놈이
지붕에서 춤을춘다
엣다 바더라! 증오(憎惡)의화살
네집뒤에는 윤전기(輪轉機)가
죽어너머저 신음(呻吟)한다

D
××! □□! ○○!
DADA, ROCOCO (오식(誤植)도됴다)
비행기(飛行機), 피뢰침(避雷針), ×광선(光線)
문명병(文明病), 말초신경병(末梢神經病),
무의미(無意味)다! 무의미(無意味)다!
이글은 부득요령(不得要領)에 의미(意味)가 업다
나는 2=3을 믿는다

E
곤죽, 뒤죽, 박죽
인생은 두루뭉수리란 놈이다
벽돌사층직선(四層直線)이 사선(斜線)이오

과로(過勞)와 더위로 데여죽은 윤전기(輪轉機)의
거대(巨大)한 시체(屍體)에
구덱이 구덱이가 끌는다

—「윤전기와 사층집」 부분

우선 이 시는 활자의 회화적 배열, 부호 사용, 활자의 크기 변형 등을 통해 재래의 시적 관습에 획기적인 변혁을 꾀한다. 가령 B의 '음향'과 E의 '구덱이' 등 활자의 크기를 변형하고 시각적인 면에서 효과를 주고 있고, 알파벳이나 수학 기호 등을 사용하여 의미를 거부하는 언어 파괴적 모습을 보여주기도 한다. 난해한 이미지의 연쇄를 통해 의미 질서를 해체하고자 하는 것이다. 이처럼 파괴적인 방식으로 "이글은 부득요령(不得要領)에 의미(意味)가 업다"고 주장하는 한편, 결국 이 시는 "2=3을 밋"어야만 가능한 불가능해 보이기만 하는 '혁명'의 가능성을 이야기한다. 이때 혁명은 윤전기[57]의 죽음을 계기로 이뤄진다. 한 시간에 십만 장 씩 글을 박아내던 윤전기(노동자)가 결국 죽음을 맞이하고, 그 죽은 시체위에 구더기가 끓는 장면은 그야말로 혁명 전야의 풍경이다. 여기서 C의 흑기("식껌언 기(旗)")는 아나키즘을 상징하며, 그것은 노동자의 죽음을 방치한 채 의미 없는 기호를 생산하는 세계에 대해 "증오의화살"을 날린다. D에서는 인간

57 윤전기에 대한 박팔양의 묘사는 1930년대 김기림의 것과 비교해볼 필요가 있다. 박팔양이 노동자의 신체가 기계화되는 것을 비판하기 위해 윤전기를 대상화했다면, 김기림은 속도를 중시하는 미래파적 감수성에서 신문을 '윤전기의 아들'이라고 부르며 근대 테크놀로지 매체와의 교섭을 벗어날 수 없다는 인식을 보여준다. 이러한 인식의 차이는 1920년대와 1930년대 아방가르드의 특성을 보여주는 차이로 보인다. 1930년대 문인들의 테크놀로지 인식 태도에 대해서는 조영복, 「1930년대 문학의 테크놀로지 매체 수용과 매체 혼동」, 『어문연구』 37권 2호, 한국어문교육연구회, 2009 참조.

에게 "문명병, 말초신경병"을 줄 뿐인 근대문명을 비판한다. 문명의 허위성에 대한 인식은 E에서 "벽돌사층직선이 사선"이라는 구절을 통해 형상화된다. '구덱이'라는 글자를 일부러 크게 강조한 것도 특이하다. 그리고 F연에서는 자본주의 문명을 상징하는 4층 벽돌집이 "별안간" 무너지는 장면을 통해 혁명의 가능성을 암시한다.[58]

「윤전기와 사층집」이 게재되고 『조선문단』 다음 호에 김화산의 「악마도」가 실린다. 박팔양의 작품이 의미를 해독할 수 없는 부호를 사용하여 기호의 무의미성을 드러낸다면, 이 작품은 친구의 애인에 대해 '성욕'을 품는 시적 주체의 모습을 통해 허구적인 도덕 질서를 부정한다. 이 시는 박팔양의 작품에 비해 정치성이 드러나지 않는다는 평가를 받지만,[59] 이 작품에 나타난 성욕과 증오에 의한 무의식적 환상에는 근대 문명의 합리성에 대한 비판이 잠재되어 있다.

> 표현파(表現派)·The Jungle·Lombroso : Criminl man[60]·착각자아론(錯覺自我論)·치인(痴人)의 애(愛)·DADA—[61]

---

58 이성혁은 박팔양이 일본 시인 하기와라 교오지로오의 영향을 받아 사회적 차원으로 다다를 확산시킬 수 있었다고 평가한다. 이성혁, 앞의 글, 211~212쪽.

59 이성혁, 앞의 글, 190쪽.

60 "Criminl man"은 'Criminal man'의 오식으로 보인다. 이 책은 근대 범죄학의 아버지로 불리는 체자레 롬브로조(Cesare Lombroso)의 저서 *Criminal Man(L'uomo delinquente)*을 가리키는 듯하다. 이 책은 최근 『범죄인의 탄생:범죄인에 대한 인류학적 분석』(이경재 역, 법문사, 2010)이라는 제목으로 번역되었다.

61 이 시는 다음과 같이 시적 주체가 읽어내려간 독서 목록을 제시해 놓았다. 목록 가운데 표현파("표현파")와 "착각자아론", 다다("DADA—")는 어떤 책인지 확인하지 못하였으나, 나머지는 미국의 자본주의를 비판하는 장편소설에서부터("The Jungle") 범죄학 저서("Criminl man"), 유미주의적 성향의 일본 사소설("치인의 애")에 이르기까지 다소 의외의 조합을 이루고 있다. 이 시에는 성애에 대해 다루는 카마수트라("Kama Sutra")와

나는 일사천리(一瀉千里)의 세(勢)로 독서(讀書)한다. 그러나 나는 활자(活字)를읽지안코 활자(活字)우에나타난 경자(京子)의환영(幻影)에 입맛촌다.
아아 나는결국자백(結局自白)한다.나는경자(京子)를 사랑한다.
경자(京子). 경자(京子). 경자(京子). 경자(京子). 경자(京子).
나는 거울을본다. 그것은나의자동적단일성욕(自動的單一性慾)을만족(滿足)시키려함이안이다. 나는나의수척(瘦瘠)한얼골을본다.
나는 내가경자(京子)를사랑한다는결론(結論)을엇기위(爲)하야 수분이삼오(水分二三五)키로구람·근육육칠팔(筋肉六七八)키로구람을 하엿다

아아 연애는 살육(殺戮)이다. 나는 연애(戀愛)에 용감(勇敢)한기사(騎士)이다.
나는 전장(戰場)으로나아간다.『망상(妄想)으로부터 실현(實現)으로!』카페 · 프란스로 가자.

내코 끗헤서『술』이 무도곡(舞蹈曲)을 알외인다.
옴겨다심은 종려(棕櫚)나무. 빗두루슨장명등.
『오! 나에게 술을 주시오! 추립브 아가씨』술. 술. 술. 술. 술.
낡은피아노는 목쉬인 소리로 Ricard Dehmel의 Aufflick의 일절(一節)을 노래한다.

(중략)

(우주(宇宙)여 쇄분(碎粉)하라!!)

돈 주앙("Dan Juan")에 대한 언급도 나온다.

절망(絶望)이다. 백두산(白頭山)이여 폭발(爆發)하라. 화산(火山)의 용암(熔岩)은 경자(京子)를소살(燒殺)하라. 김군(金君)! 나는 너를증오(憎惡)한다.

절망(絶望)·절망(絶望)·절망·DADA·DADA·따—

의식(意識)의 비등(沸騰). 존재(存在)의전율(戰慄)!
나의체온(體溫)은 온도계(溫度計)의한계(限界)를돌파(突破)하야 이천팔백도(二千八百度)의고열(高熱)로 질주(疾走)한다.

카페·푸란쓰로 가자, 테이불은 부등변육각형(不等邊六角形), 의자(椅子)는 음부(淫婦)의 유방(乳房), 실내(室內)에 자욱한 연애(戀愛)의 분말(粉末).

서울·시가(市街)·백주대도(白晝大道).
연애(戀愛)에 실패(失敗)한 정신병자(精神病者)=DADA 김화산(金華山)!
나는 테이불을뚜드리며 방성대가(放聲大歌)한다.

(중략)

○
봄.봄.봄. 처녀의 ××기(期). ××의 제삼기(第三期). 모든여성이여 부란(腐爛)하라. 너의영혼을 염가(廉價)로 방매(放賣)하라. 그때에야 비로소 진정(眞正)한 공산주의(共産主義)가 실현(實現)된다.

—「악마도」 부분[62]

---

62 『조선문단』, 1927.2.

이 시의 시적 주체는 친구인 "시인김군"의 애인인 경자를 사랑한다는 데 양심의 가책을 느끼다가도 "나는 세상의 모-든 도덕과 정의를 조소한다"면서 자신의 욕망을 포기하지 못한다. 하지만 결국 경자로부터 철저히 거절당하면서 정신병적인 질주를 하는 것으로 시가 마무리된다. 여기서 시적 주체 스스로도 경자에 대한 감정을 "망상의 소악마"에 의한 것으로 치부하며 여기서 벗어나려고 애를 쓰지만, 번번이 실패에 그친다.

그런데 이때 "『망상으로부터 현실으로!』"라는 구호와 함께 정지용의 「카페 프란스」가 인용된다. 눈앞에 아른거리는 경자의 환상을 "실현"시키기 위해 카페에 가서 술을 마시는 것이다. 「카페 프란스」가 두 번째 인용되는 부분 역시 시적 주체가 현실로부터 '탈출'하고자 할 때이다. 경자로부터 자살을 권유받은 시적 주체가 자신의 한계를 돌파하고자 거리를 질주하려 할 때 "카페 푸란쓰"가 등장한다. 스스로를 "연애에 실패한 정신병자=DADA 김화산!"이라고 조소하며 그는 발악하듯 자신의 파멸을 세상에 알린다. 게다가 이때 '공산주의'마저 조소의 대상이 된다. 여성의 방탕한 생활이 실현될 때 "그때에야 비로소 진정한 공산주의가 실현된다."며 비꼬는 것이다.

그런 점에서 「악마도」에 인용된 정지용의 「카페 프란스」는 독특한 맥락을 형성한다. 본래 정지용의 시는 "나라도 집도 없"이 식민본국 땅에서 방황하는 "남달리 손이 히여서 슬"픈 식민지청년의 비애를 그린 것이다. '카페 프란스'에 감으로써 '나'는 자신의 계급적 정체성과 민족적 정체성을 확인하는 것이다. 그런데 「악마도」에서는 분열의 측면이 강조되며 절망이 극대화된다. 김화산은 정지용의 시에 나타났던 비애나 연민을, 극도의 분노와 절망으로 맞바꿈으로써 마침내 세계를 '파괴'하고자 하는 욕망을 드러내는 데 사용한다. 그리고 이를 위해 "의식의 비등. 존재의 전율!"을 주장하기도 한다.

물론 시적 주체의 질주는 목적지를 찾지 못하고 방황한다. 그가 절망 속에 다시 '카페 프란스'를 찾는 것도 이 때문이다. "테이블을 뚜드리며" 자신을 조소하고 세상을 조롱하는 것밖에 할 수 없는 상황 속에, 그는 죽음충동에 휩싸여 누군가 자신의 "가슴에 피쓰톨을 발사"해주길 바랄 뿐이다. 이렇게 지독한 부정을 통해 자신에게 주어진 어떠한 정체성도 거부하고 '자살'을 선택함으로써, 사회 체계의 '환상성'(허구성)을 고발하고 있다는 데서 「악마도」의 정치적 무의식이 발견된다. 세계를 폭파하고 자신도 그와 함께 몰락하리라는 이 심연 앞에 어떤 질서 체계에 대한 정당화도 무화되어 버린다. 여기서 「악마도」는 모든 질서에 대한 부정정신으로서의 아나키즘과 만난다.

그런데 김화산은 「악마도」를 발표한 다음 호에서, "본지 2월호에 발표된 소설 악마도를 읽은 사람은 나를 따따이스트로 생각할지 모르나 나는 결코 따따이스트가 아니다. 나는 도리어 사상적 방면에 있어 퇴영적이며 환멸적이며 절망적인 따따이즘을 극력 배제"한다고 「악마도」를 부정한다.[63] 그가 「악마도」에서 '다다'를 '악마'적인 것이자 망상적인 것으로 치부한 것을 상기하면, 이러한 그의 부정이 이해되지 않는 것도 아니다. 하지만 그는 이후에도 「1930년 짜스풍경화의 파편과 젊은 시인」,[64] 「사월도상소견」[65]처럼 명사의 나열과 파편적인 이미지의 몽타주 등 다다적인 표현 기법을 사용한 시들을 발표해나갔다.

하지만 결국 「우리들의 노래」[66]에 이르러 그는 "무의미한 문자의 나열" "몃사람 만이, 보는 도취"라며 "그것이 우리들 이외(以外)의 누구의게 무

63 김화산, 「계급예술론의 신전개」, 『조선문단』, 1927.3.

64 『별건곤』, 1930.5.

65 『별건곤』, 1930.6.

66 『별건곤』, 1930.12.

엇을 주는가"라고 노래하기에 이른다. 「악마도」에서 스스로를 '연애에 실패한 정신병자'라고 조소했던 시인은 "몰락(沒落)하는 인테리의 검은 거림자를 내 자신(自身)/속에발견(發見)한다"며 자신의 완전한 패배를 인정한다. 공허한 급진성에 대한 자기 성찰이 김화산을 다다이즘에 대한 회의에 이르게 한 것이다.

전위는 흔히 실패의 형태로 성공한다고 한다. 전위의 성공은 승리가 아닌 실패를 통해 실현된다는 것이다. 이는 사회의 예술 체제에 반대하기 위한 전위 예술이 체제의 승인을 얻게 될 때 실패하는 것이라는 역설을 통해 설명된다. 그런 맥락에서 칼리니스쿠는 아방가르드의 파산을 상기시킨 바 있다. 아방가르드의 호전적 성격은 오늘날의 문화적 환경에서 대단히 부적절하며 '낡은' 것으로 나타난다. 반대로 오늘날의 시대에 필요한 것은 시끄럽고 잔인하며 불필요한 기관총 대신 고도로 전문화된 후위라는 입장이 제기된다.[67] 하지만 이러한 현실에서야말로 전략적 측면에서 삶과 예술에서의 경계를 끊임없이 동요시키는 전위의 파괴성은 계속해서 요청되는 것일 테다. '근대' 문학은 종언했을지라도 여전히 남아있을 '문학'의 정치성은 실패의 형태로 그 존재를 증명해나가야 하는 것인지 모른다. 이런 점에서 1920년대 아방가르드의 실패를 다시 들여다보게 된다.

---

67 M. 칼리니스쿠, 앞의 책, 154~155쪽.

초현실주의 시론의 전개와 이미지의 비재현성

1. '현대시'의 등장

에즈라 파운드의 이미지즘과 신비평 이론에서 시의 이미지는 "시인이 전달하고 싶은 관념이나 실제 경험 또는 상상적 체험들을 미학적으로 그리고 호소력 있는 형태로 형상화시킬 수단"으로 이해되거나,[01] "우리의 마음에 어떤 감각적인 영상을 떠올리게 하는 일체의 언어적 진술"[02]로서 정의되어왔다. 이는 이미지의 가치를 "시인의 체험을 더욱 구체적으로 표현하고자 하는 의도"에 따라 "사물을 선명하고 집약적으로 가시화"함으로써 "사고에 방향성을 잡아주어 감정을 환기"한다는 기능적 측면에서 이해해왔던 것과도 부합한다.[03] 이처럼 시의 이미지를 시인의 의도나 의미에 종속시켜 이해해온 관점에 따라 감각적인 언어의 내포적인 의미 혹은 비유된 언어의 숨은 의도를 파악하는 방식이 이미지 연구의 주된 흐름이었다.

그런데 최근 시 연구에서 이미지에 대한 논의가 활발히 전개되면서 시 이미지에 대한 연구방법론을 새롭게 구성하고자 하는 흐름이 나타나고 있다. 조강석은 지금까지의 이미지 연구가 1) 감각적 표상을 중심으로 시

---

01 김준오, 『시론』, 삼지원, 2011, 158~159쪽.

02 오세영, 『시론』, 서정시학, 2013, 214쪽.

03 조영복, 「이미지의 본질과 감각 이미지 논의의 제문제」, 『어문연구』 38권 4호, 한국어문교육연구회, 2010, 259~273쪽.

이미지를 읽는 방식 2) 가스통 바슐라르의 상상력 논의에 힘입어 이미지를 질료적 상상력에 의해 분류하는 방식 3) 재현과 표상이라는 맥락에서 문학 이미지를 특정 시대의 사회적·역사적 환경의 증거로 활용하는 방식으로 진행되어왔음을 반성하며,[04] 시 텍스트의 이미지에 접근하는 새로운 방법론을 제시하였다. 이에 따라 1) 시 텍스트를 '내적 실재'로 간주하고 그 안에서의 논리적 정합성을 통해 텍스트의 의미망을 기술하기 2) 문화사 속에서 해당 이미지들의 사용 용례와 관습을 분석하기 3) 이미지-사유를 통해 문화적 징후와 가치의 문제를 해석한다는 세 단계의 접근법을 제시하였다.[05] 시 이미지의 내재성과 사건성에 주목하고자 하는 조강석의 논의는 들뢰즈, 랑시에르, 바디우 등 재현의 패러다임에 반하는 현대철학의 문제의식에 근거한다.[06]

다만 김남시와 고봉준이 조강석의 논의에 대해 문학 이미지와 영상매체의 이미지를 구분해야 할 필요성을 제기한 것처럼 시적 이미지가 다른 예술이나 문학의 이미지와 변별되는 지점에 주목하여 방법론을 구축할 필요성이 제기된다.[07] 이와 관련하여 최석화는 시를 구성하는 일반적인 요소에 따라 이미지를 크게 언어 이미지, 리듬 이미지, 구조 이미지로 분류

---

04 조강석, 「이미지」, 김종훈 외, 『현대시론』, 서정시학, 2020, 175~176쪽.

05 조강석, 「시 이미지 연구 방법론」(1), 『한국시학연구』 42호, 한국시학회, 2015; 조강석, 「시 이미지 연구 방법론(2)」, 『상허학보』 57권, 상허학회, 2019 등. 소논문의 내용은 『현대시론』 '이미지' 부분에도 정리되어 있다. 조강석, 앞의 글, 186~189쪽.

06 고봉준은 조강석과 더불어 권혁웅의 이미지론을 함께 언급하며, 이들이 '이미지'의 위상을 새롭게 정립하고자 시도해온 랑시에르, 들뢰즈, 낭시 등의 이미지론에 근거하고 있음을 지적한다. 고봉준, 「시 이미지 연구의 확산과 심화를 위한 제언」, 『상허학보』 49권, 상허학회, 2017, 13~15쪽.

07 김남시, 「시 이미지 연구 방법론을 위한 제언」, 『한국시학연구』 48호, 한국시학회, 2016.

한 바 있어 주목된다. 언어 이미지는 감각적, 비유적 언어를 포함하여 언어로 표현되는 모든 이미지를, 리듬 이미지는 시에서 음절이나 단어, 어휘 등이 반복적으로 사용되면서 발생하는 이미지를 말한다. 마지막으로 구조 이미지는 행과 연으로 이루어지는 시의 구조 안에서 형성되는 이미지를 말한다.[08] 시의 이미지를 "시를 구성하는 요소들에 의해 복합적이고 중층적으로 발생하여 '비재현적 패턴'을 만"드는 것으로 이해한다면,[09] 시의 이미지가 의미를 파악하기 위한 도구가 아니라 그 자체로 드러난다는 점을 밝힐 수 있다.

현대철학과 시각예술 분야에서 생산된 이미지에 대한 담론을 전유함으로써 이미지의 재현성에 주로 주목해온 그간의 이미지 연구방법론을 비판하는 연구들은 이미지가 기존의 관념이나 의미에 종속되거나 도구화되는 것을 거부하면서 대상의 본질에 접근하려는 현대시사의 흐름에 주목한다. 이러한 맥락에서 김춘수, 오규원, 문덕수, 이승훈 등의 작업을 검토할 수 있는데, 이들의 공통점은 이미지의 비재현성에 주목하여 시적 이미지의 영역을 확장하였다는 데 있다. 이들 시인은 그 이전까지 대상 재현의 측면에 고착되어왔던 데서 벗어나고자 하였다. 이를 위해 이들이 주목한 것은 바로 내면 심리, 곧 무의식의 영역이었다. 대상을 주체의 바깥에 있는 사물이 아니라 주체의 내면에서 무의식적, 혹은 무의지적으로 생성되는 이미지와 연관 지음으로써 이들은 재현과는 무관한 '순수한' 이미지를 획득할 수 있으리라고 본 것이다.

이들은 이것이 '근대시'와 구분되는 '현대시'의 독특한 국면이라고 보

---

08 최석화, 「한국 현대시 이미지론 재고」, 『어문론집』 62권, 중앙어문학회, 2015, 554~555쪽.

09 위의 글, 556쪽.

았는데, 이러한 문제의식이 이미 1930년대 김기림의 시론에서 발견된다.[10] 김기림의 경우 이를 초현실주의가 현대시에 미친 영향이라고 설명하며, 초현실주의를 통해 "의미에서 해방된 시"[11]가 나타나게 되었다고 지적한 바 있다. 김기림은 초현실주의를 하나의 '사조'로 이해하지 않고 '현대성'을 담지하기 위해 창작자가 내면화해야 할 태도로 보았다.[12] 현대시를 의미보다는 이미지가 우위에 있는 시라고 보는 한편, 대상을 사실적으로 재현하는 이미지가 아니라 주체의 심리가 반영된 것으로서의 이미지를 강조하는 맥락에서 초현실주의가 호명되고 있다. 그는 초현실주의가 특히 시의 이미지와 관련된 논의를 진작시키는 데 적지 않은 영향을 미쳤다고 주장한다.

전후 모더니즘 시론에도 이미지를 우위에 두는 한편, 창작방법론으로

---

10 한국 현대시에서 이미지는 김기림을 중심으로 하여 회화적 기법보다는 조소적이며 입체적인 방향으로 나아갔다는 평가된다. 다만 이미지의 엄격한 조형성을 추구하다보니 단순히 '회화적'이라는 것을 시적 이미지로 정의하게 되는 문제가 나타났다. 최석화는 이것이 에이미 로우얼을 중심으로 한 후기 '이미지즘'의 영향으로 분석한다. (위의 글, 545~546쪽) 한편 영미 이미지즘 이론이 한국에 수용된 양상과 관련해서는 홍은택의 논문을 참조할 수 있다. 다만 이 논문은 김기림 시론에서 이미지즘의 영향과 초현실주의의 영향을 구분하지 않고 서술하고 있어 혼란을 주는데, 이는 김기림 시론을 이미지즘으로만 분석하려 했던 기존 연구사들의 공통된 한계이기도 하다. 홍은택, 「영미 이미지즘 이론의 한국적 수용 양상」, 『국제어문』 27권, 국제어문학회, 2002.

11 김기림, 「현대시의 발전」, 『김기림 전집』 2권, 심설당, 1988, 327쪽.

12 김기림은 초현실주의를 "시의 혁명적 방법론"으로서 주목하면서 "정신운동으로서의 「슈르리얼리즘」은 이미 그 존재의 시대적·사회적 근거를 잃어버렸다. 그러나 시의 방법론으로서의 「슈르리얼리즘」의 족적은 너무나 뚜렷하다"(323쪽)고 하였다. 그는 초현실주의의 성격을 누구보다 잘 이해한 사람으로 이상을 드는 한편, 회화성이 두드러지는 장서언의 시에서 '무의식의 작용'을 읽어내거나 "연상의 비행"이라는 "「슈르리얼리즘」의 방법을 많이 응용"한 자신의 시를 들어 초현실주의가 시 창작방법론으로 확대될 수 있을 가능성을 열어두었다.

서 초현실주의의 가능성에 주목하는 태도가 이어졌다. 김규동, 김경린 등이 그러한데, 이들 외에도 1950년대에는 이상의 시를 현대시의 전범을 보여주는 것으로 평가하면서 '이상 붐'이라고 할 수 있을 정도의 높은 관심이 나타났다. 전후 이상이 문학장에서 호명되었던 데는 여러 원인이 있을 수 있지만, 일단 이상에 대한 김기림의 평가를 수용하여 그를 '초현실주의자'로 보고 있다는 것은 특기할 만한 사실이다. 이들은 1930년대 모더니즘의 실패를 김기림의 탓으로 돌리는 한편으로, 자신들이 계승해야 할 문학적 지향점을 이상에게서 발견하였다. 이에 따라 전후 시단에는 초현실주의를 한물간 문예사조로 평가절하하거나 현대시의 난해성과 관련하여 이를 비난하는 입장과 더불어 초현실주의 기법을 사용하여 시를 창작하려는 실험적 태도 등이 공존하게 된다.

전후 초현실주의에 대한 논의는 주로 기법과 관련된 형식적인 측면에 지나치게 경도되어 논의되었으며, 이는 무엇보다 모더니즘 시론과 초현실주의 시론의 차이가 구체적으로 변별되지 않았던 탓이 큰 것으로 보인다. 이와 관련해 이 글은 우선 한국 현대 시사에서 초현실주의 시론이 어떻게 이해되었고 어떠한 영향을 미쳤는지에 대해 특히 이미지를 중심으로 살펴보고자 한다. 그중에서도 조향과 김춘수의 시론은 1930년대 초현실주의 수용의 한계를 넘어서고 있다는 점이 주목된다. 우선 조향은 초현실주의 시론을 전개하는 과정에서 모더니즘과 초현실주의를 차이를 변별하게 되었으며, 이에 따라 이미지의 가치를 기능적으로 이해하는 모더니즘 시론과 거리를 두었다. 김춘수 역시 조향의 초현실주의 시론을 참조하며 무의미시론을 정립해가는 정황이 확인되는 만큼, 조향과 김춘수의 시론을 중심으로 초현실주의가 한국 현대 시론에서 분화되는 양상을 살펴보고자 한다.

이를 위해 전후 시론에서 초현실주의가 참조되었던 양상을 살펴보아야 하는 것은 물론이거니와, 전후 초현실주의 시론의 특수성을 규명하기 위해 우선 김기림과 이시우를 중심으로 1930년대의 시론을 검토하겠다.

2. 모더니즘과 초현실주의 시론의 혼동

1935년 이시우는 『삼사문학』 3호에 실린 「절연하는 논리」에서 '절연'으로 초현실주의 시의 핵심을 주장한 바 있다. "절연하는 어휘 절연하는 「센텐스」 절연하는 단수적 「이메이지」의 승(乘)인 복수적 「이메이지」"[13] 라는 문장에서 단적으로 드러나듯, 이시우는 '의미'에 의해 결합되지 않고 '절연'하는 어휘, 문장, 이미지에 의해 소설과 구분되는 '포에지이'의 순수함을 도출할 수 있으리라 보았다. 다소 혼란스럽게 서술되고 있기는 하나, 이 글에는 초현실주의를 비롯한 아방가르드 시 운동이 '시적인 것'을 형성하는 데 기여하는 바가 강조된다. 여기서 그는 이미지를 기능적인 것으로 바라보는 김기림식 주지주의의 불충분함을 지적하며 관점의 전환을 요청한다. 기존의 '시적인 것'을 파괴함으로써 새로운 포에지를 탄생시키는 방법론이 "더한층(層) 깊이있는 주지(主知)의 위치, 즉 현 방법론적인 질서를 필요치 않게 된 새로운 방법론적인 질서로의 주지"에 있다고 보면서,[14] 포에지의 파괴성은 이미지와 대립하는 것으로서의 의미가 아니라, 새로운 방법론에 대한 요구로서의 의미를 지닌다고 보았다.

이어서 이시우는 이를 산문시 창작의 당위를 설명하기 위한 논리로 사용한다. 운문을 음률(音律)과 관련지어 해석해온 태도로 인해 이에 대비되

---

13 이시우, 「절연하는 논리」, 『삼사문학』 3권, 삼사문학사, 1935, 10쪽.

14 위의 글, 12쪽.

는 산문의 기능을 '순수한 의미'와 관련짓는 태도가 나타났다고 서술하며, 산문시는 이러한 운문과 산문을 고정관념에서 해방시킬 수 있다고 주장한 것이다. 그는 산문적인 것과 '시적이지 않은 것'을 연결하여 산문적인 것이 운문에 가미되었을 때 새로운 포에지를 탄생시킬 수 있다고 전망한다. 이에 따라 이 글은 의미의 해체를 주장하는 것이 아니라 "우리는 순수한 「의미」의 새로운 출발만을 냉정하게 생각하자"는 결론으로 마무리된다. 이시우는 김기림과 마찬가지로 초현실주의를 새로운 시를 창작할 수 있도록 하는 방법론으로서 주목하면서, 이를 포에지와 관련지어 '시적인 것'과 '시적이지 않은 것'의 변증법적 운동으로 설명하였다.

그런데 포에지의 맥락에서 시에 산문성을 도입하려는 태도는 오히려 이미지스트들의 주장과 부합한다. 파운드는 '산문' 혹은 '산문정신'을 강조하면서 간결함과 정확함을 지향하는 글쓰기 혹은 글쓰기의 자세를 주장한 바 있다.[15] 이시우가 「절연하는 논리」의 서두에 인용한 플로베르의 일물일어설 역시 파운드가 표명한 '3원칙' 중 제1원칙 "주관적이든 객관적이든 '사물'을 직접 취급할 것"과 관련하여 참고된 산문정신의 요체 중 하나이다.[16] 이 글에서 이시우가 '포에지'를 포착하는 것이 지적인 정신에 의해 가능하다고 보는 이미지즘의 주장을 비판하지 않는 것도 문제적이다. "더한층(層) 깊이있는 주지(主知)"를 가능케 하는 것으로서 무의식에 대한 이해가 부족하다 보니 김기림에 대한 반론을 이미지즘에 기대어 펼치는 의아한 풍경이 펼쳐지게 된 것이다.

한편 김기림의 경우 초현실주의를 '새로운 객관주의'의 출현을 가능

---

15 이철, 「에즈라 파운드의 이미지즘 연구」, 『영어영문학』 14권 1호, 한국강원영어영문학회, 1995, 95쪽.

16 위의 글, 99쪽.

케 할 방법론으로 이용하고자 하였다. 그는 초현실주의 방법론을 응용해 창작했다는 자신의 시를 언급하며 "「슈르리얼리즘」의 방법을 많이 응용하면서도 어떠한 주제에 의하여 의미의 통일을 기획"[17]하였다고 설명한 바 있다. 그는 초현실주의나 엘리엇의 모더니즘 역시 과도기적 단계에 불과하다고 평가하고, 최종으로 도달해야 할 객관주의를 "시가 주관의 방편이 아니고 시가 사물을 재구성하여 시로써 독자의 객관성을 구비하는 그러한 새로운 가치의 세계"[18]라고 보았다. 이러한 태도는 의미를 제거하고 언어를 기호로만 사용하면서 순수한 형태시를 추구하였던 일본의 초현실주의에 대해 김기림이 비판적 태도를 보였던 것과 상통한다.[19] 김기림은 초현실주의 시론을 주지적 방법론의 가치 속에서 평가하였기 때문에 의미가 완전히 해체된 시에 대해서는 거부감을 가졌는데, 이시우는 바로 이런 점에서 김기림이 초현실주의를 몰이해하고 있다며 강하게 비판하게 된다.

이시우는 『삼사문학』 5호에 실린 글에서 김기림의 전체 시론을 겨냥하여 "당신의 전체주의는 한 개의 Mannerism에 불과" 하며, "당신같이 말하신다면, 우리들의 정신은 처음부터 전체적이다. 심리와 형태를 분리시켜라. 심리와 형태의 독립은 필연적으로 실재와 방법을 독립" 시켜야 한다고 강조한다.[20] 이를 통해 초현실주의의 독자성을 "심리와 형태의 독립" 에

17 김기림, 「현대시의 발전」, 앞의 글, 334쪽.

18 김기림, 「객관성에 대한 시의 관계」(『예술』, 1935.5.), 위의 책, 118쪽.

19 김진희, 「김기림의 초현실주의론과 모더니즘 연구I」, 『한국문학연구』 52호, 동국대학교 한국문학연구소, 2016, 387쪽.

20 그러면서 그는 기계성을 가지고 실재 전체에서 형태묘사만을 독립시킨 영화와 기억이라는 방법으로 심리묘사만을 독립시킨 프루스트의 예를 든다. 이시우, 「Surrealisme」, 『삼사문학』 5권, 삼사문학사, 1936, 30쪽.

서 발견함으로써 그 이전까지 주관과 객관에 대한 이해를 전면적으로 전복시켜야 한다고 본 이시우의 입장이 확인된다. "더한층(層) 깊이있는 주지(主知)"를 주장한 이시우나 '새로운 객관주의'를 지향한 김기림의 지향점은 의미와 무의미 가운데 어디에 방점을 둘 것인지와 관련하여 극명하게 대립하였다. 이러한 입장차는 전후 조향과 김춘수에게 조금 더 구체적인 방향으로 전개되는데, 일단 김기림의 입장을 조금 더 면밀하게 검토해보자.

> 무의식을 취급하는 시가 부딪쳐야 할 두 가지의 난관이 있었다. 하나는 그것이 단순한 어떤 증상의 기술이 아니려면 보편성을 가져야 한다는 일이다. (중략) 그러므로 무의식을 취급한 시에 있어서 그것이 어떻게 하면 보편성을 얻어갈까 하는 문제는 「19세기적」 인사(人士)들의 모든 반항에도 불구하고 시간의 추이와 함께 해결될 수 있는 것이었다.
> 다음으로 무의식의 세계를 단순히 묘사하는 것은 지나간 날의 소박한 사실주의에 지나지 않는 것이 아닐까. 다만 달라진 것은 묘사의 대상뿐이 아닌가 하는 문제다. 무의식의 세계가 시적 향수 속으로 들어오려면 한번은 의식화되어야 할 것은 피치 못할 것이다. 다시 말하면 「의미」로서 전달되어야 한다. 뿐만 아니라 그것은 시적 향수를 성립시키는 「의미」여야 한다. 이 일은 새로운 미학의 건설을 요구한다.[21]

위 인용문에서 '무의식을 취급하는 시'는 초현실주의 시를 말하는 것으로, 초현실주의 시론이 난해성과 관련지어 비난의 대상이 되었던 정황

21 김기림, 「프로이드와 현대시」, 앞의 글, 132쪽.

을 보여준다. 김기림은 시의 보편성을 주장하며 이 문제가 자연 해소될 것이라는 낙관적 전망을 제시하는데, 이상의 「오감도」가 독자들의 항의로 신문 연재가 중단되었던 사건도 있었음을 상기할 때, 김기림이 난해시에 대한 책임을 시인에게도 지우고 있다는 점은 특기할 만하다. 김기림은 초현실주의 시가 난해성에서 벗어날 방도를 제시하며 그것이 보편성을 지녀야 한다는 점과 관련해 '의미'를 강조한다. 하지만 무의식의 세계를 단순 묘사하는 것이 "소박한 사실주의"에 지나지 않을 것을 경계하는 태도는 무의식에 대한 김기림의 이해가 단편적인 수준이었음을 암시한다. 그의 주장에는 "새로운 미학의 건설"과 관련하여 초현실주의 시가 어떻게 새로운 '의미'를 출현시킬 것인지에 대한 언급이 빠져 있다.

초현실주의가 수용되었던 1930년대만 하더라도 초현실주의 시를 창작해야 한다는 당위나 욕망이 앞섰던 데 비해 그에 대한 구체적인 이론은 확립되지 못했다. 의학도로서 제1차 세계대전 이후 병원에서 치료를 받던 군인들의 섬망 증세를 보고 어떤 심리적 (초)현실이 존재한다는 생각을 하게 된 브르통[22]과 달리 1930년대 한국의 초현실주의들의 글에서 무의식에 대한 심층적인 논의를 찾아보기 어렵다. 이 당시 언어심리학, 동물심리학과 마찬가지로 정신분석학은 심리학에 근거한 하나의 학설이나 유파 가운데 하나로 소개되었으며, 무의식에 대한 이해 역시 상식적인 수준에 머물러 있었다.[23] 이에 따라 이미지즘에서 논의되는 주관이나 통념적으로 사

22 섬망은 "충격, 외상적 신경증, 강박적으로 재연되는 죽음 장면을 내비치는 증상들"로서 프로이트가 언캐니 이론과 죽음 욕동 이론에서 가장 중요한 강박적 반복 개념을 개발하게 된 계기가 된 바 있다. 핼 포스터, 조주연 역, 『강박적 아름다움』, 아트북스, 2018, 34쪽.

23 김기림은 프로이트의 무의식을 소개하며 "그때까지는 오직 하나뿐인 독립한 세계였던 의식의 활동을 조종하는 것은 사실은 흑막 뒤에 숨은 무의식의 활동이라고 말해 버렸을 때 그때까지의 시의 비밀이란 모두 우스꽝스러운 것이 되어 버렸다."는 식

용되는 내면, 심리 등과 무의식이 지니는 변별점이 구분되지 않고 사용됨으로써 이와 관련된 논의가 진전되지 못하였다. 이러한 한계는 전후에 이르러서도 반복된다. 일단 전후에도 지성을 강조하는 주지주의 시론이 주도하는 분위기가 이어졌음은 주지의 사실이다.[24] 전후 모더니스트들은 '이미지'의 우위를 주장하면서 파운드의 이미지즘을 주로 참고하였다.

> 이미쥐를 어디까지나 시각적(視覺的)인 것으로만 <보려고> 할 때, 시작(詩作)에 있어서나 시를 읽는 데 있어서나 우리는 대단히 위험한 치졸성(稚拙性)을 면치 못한다. 이미쥐는 훨씬 더 역동적(力動的)이고 확장성(擴張性)이 있고, 훨씬 더 깊은 정신적(精神的)인 재현(再現)으로서의 작용을 하는 것이라야 한다. 에즈라 파운드는 The Literary Essays에서, 「이미쥐는 지적(知的) 및 정서적(情緒的)인 complex(복합체(複合體))를 순식간에 제시하는 것」이라고 말했다. (중략) 이미쥐는 이미 시의 장식품(裝飾品)이 아니라, 시의 <몸>(body)인 것이다. (중략) 현대시의 사상성(思想性)·윤리성(論理性)이 지닌 미(美) - 파운드가 말하는 저 "logopoeia"를 살리게 되는 것도 이미저리의 힘에 달려 있다는 사실을 밝혀 주는 말이다.[25]

어떤 시에 있어서, 그 시(詩)엔 무수(無數)의 용감(勇敢)하고도 극성

으로 서술한다. 아울러 이를 "그의 어린 시절부터의 모든 경력과 또 원시인으로부터 문화인으로 자라온 동안의 전 종족사(全 種族史)뿐만 아니라 인간 이전의 동물시대의 흔적까지를 껴안고 있는 것"이라면서 이를 인류의 무의식과 관련지으며, 이와 같은 무의식의 발견에 따라 시인들은 "오늘의 신화"를 만들어내야 하는 일을 과제로 받게 되었다고 하였다. 김기림, 「프로이드와 현대시」(『인문평론』 1-2, 인문사, 1939.11.), 『김기림 전집』 2권, 앞의 책, 130쪽.

24 한계전 외, 『한국 현대시론사 연구』, 문학과지성사, 1998, 261쪽.

25 고원, 「이미쥐와 이미저리」, 『한국전후 문제시집』, 신구문화사, 1961, 334쪽.

> 스러운 「이미쥐」들이 들어있고, 이 「이미쥐」들은 상상상(像想上)의 오관(五官)의 심부(深部)에까지 파고 들어가서, 오관(五官)을 최대한(最大限)으로 불러 일으킴으로써 때론 최강(最强)으로, 때론 미묘(微妙)하게 울리게 하고 이 각각(各各) 감관(感官)의 찬란(燦爛)한 울림이 종합(綜合), 교향(交響)되는 곳에, 마침내 관념(觀念)도 흔연(欣然) 미소(微笑)하게 된다면 나는 그런 시(詩)를 반길 것이다. 다시 말한다면 감각적(感覺的) 「이미쥐」의 미묘(微妙), 휘황(輝煌)한 도식(圖式)이 곧 관념(觀念) 내지(乃至)는 영혼(靈魂)의 설레임을 되도록 정확(正確)히 암시(暗示)할 수 있게끔 설계(設計)된 그러한 시(詩)를 말함이다.[26]

『전후문제시집』에 실린 위 글에서 구상은 파운드의 이미지론을 바탕으로 이미저리의 독창성을 강조하면서 동시에 현대시가 "사상성 · 논리성"을 지녀야 함을 주장한다. 이처럼 이미지와 이미저리를 이해하는 태도는 이미지즘의 기본적 입장이다. 사물의 인상을 선명하고 집약적으로 제시하기 위해서 시인의 지적인 통어력이 필요하다고 보면서 이미지 이해를 "치밀한 지적 훈련"과 관련짓는 현대 시론의 일반적 관점은 파운드의 영향에 따라 형성된 이미지즘의 관점에 기반한다.[27] 이 글에 인용된 파운드의 '로고포에이아' 역시 이와 관련된다.[28] 다음으로 인용한 성찬경의 글

26 성찬경, 「오관(五官)연습」, 위의 책, 386~387쪽.

27 조영복, 앞의 글, 259쪽.

28 에즈라 파운드는 『How to read』에서 시를 형성하는 말을 멜로포에이아(Melo-poeia), 파노포에이아(Phano-poeia), 로고포에이아(Logo-poeia)로 나누어 설명한다. 멜로포에이아는 '음악적인 아름다움'을, 파노포에이아는 '이미지의 아름다움', 로고포에이아는 시에서 '논리적인 아름다움'을 의미한다. 김기림은 현대시에서 파노포에이아와 로고포에이아가 모두 중요하다고 본 반면, 조향은 파노포에이아를 현대시의 주류라고 설명한다.

에서는 '감각적 이미지라'는 용어를 통해 파운드의 영향이 확인된다. 신비평의 이론적 선구자인 파운드가 주장한 감각 이미지는 성찬경이 서술한 바와 같이 "감각상의 혹은 지각상의 체험을 지적으로 재생(再生)한 것, 즉 기억(記憶)을 의미하는 것"[29]으로 "지각을 통해 인지된 외부 세계가 감각적인 환기를 통해 이미지화"되는 것이므로 "'이미지'라는 용어는 공감각적(syneasthesia)인 것과 밀접하게 관련"된다.[30] 1930년대 모더니즘 시에 나타난 '이미지'나 '회화성'의 감각적 특성을 시각적 감각에만 국한해서 볼 수 없는 것도 이 때문이다.[31] 성찬경은 이러한 이미지의 작용 방식을 "감관의 찬란한 울림이 종합, 교향(交響)"되는 것에 비유한다.

그런데 이미지즘에 기반한 시론을 발표하였던 시인들 가운데는 현대시 담론에서 초현실주의가 지니는 가치를 일정 부분 인정하는 태도를 보이는 이들이 적지 않았다.[32] 이들은 김기림과 마찬가지로 창작방법론으로서 초현실주의가 지니는 가치를 인정하였다. 먼저 김경린은 기본적으로 이미지즘에 입각한 시론을 전개하는 한편,[33] 초현실주의를 '현대의 복잡한 경험의식을 시적 세계로 구상화하려는' 시도로 간주하는 등 긍정적으로

---

29 르네 웰렉·오스텐 웨렌, 백철·김병철 역, 『문학의 이론』, 신구문화사, 1982, 251쪽.

30 조영복, 앞의 글, 258쪽.

31 조영복이 '공감각적'이라고 표현한 것을 윤의섭은 '복합 감각적'이라는 용어로 서술하였다. 윤의섭, 「감각의 복합성과 모더니즘 시의 '회화성'연구-1930년대 김기림, 김광균, 정지용 시를 중심으로-」, 『한중인문학연구』 25권, 한중인문학회, 2008, 225쪽.

32 가령 성찬경이 경우, 스타일 면에서는 초현실주의를 수용하여 충격적인 이미저리, 모순되는 이미지들의 병치, 꿈과 같은 조직 등을 시에 도입하였으나 이성을 중시하는 입장이어서 자동기술법을 사용하지는 않았다고 한다. 하지만 점차 초현실주의로 경도되어 가면서 성찬경의 합리주의적 세계에서 파열을 일으키는 양상이 나타난다. 장인수, 앞의 글, 153쪽.

33 김경린, 「현대시의 '이메이지'와 '메타포어'」, 『자유문학』, 1952.6, 146~148쪽(최예열 편, 『1950년대 전후 문학비평 자료』 1권, 월인, 2005, 1109~1110쪽).

평가하는 태도가 나타난다.[34] 김규동 역시 시가 현실을 반영해야 한다는 입장을 고수하면서도,[35] 시에 참혹한 현실에 대한 시인의 내적 체험이 시의 구조적 완결성과 결합되어 나타나야 한다는 점에서 현대시 담론에서 초현실주의의 역할을 인정한다.[36]

김기림이 현대시의 창작방법론으로서 초현실주의 가치를 인정했던 것과 마찬가지로 전후의 모더니스트들 역시 초현실주의의 가치를 문학 기법과 관련하여 주로 언급하고 있다. 하지만 이들 역시 이미지즘과 초현실주의의 차이를 명확하게 인식하지는 못했다. 이를테면 문덕수의 경우에는 영미 이미지즘과 초현실주의가 같은 뿌리를 지니고 있다고 보면서[37] 대상과의 관련 자체를 부정하는 오브제로서의 이미지의 출현을 설명한다.[38]

---

34 김경린, 「현대시의 제문제-주로 기교적인 면을 중심하여」, 『문학예술』 4권 2호, 1957.3(최예열 편, 위의 책, 1098쪽).

35 김규동은 "시—그 속에 오늘의 특수한 현실이 하나의 특수한 체험으로써 어떤 모양으로든지 반영되어 있어야 하며 그것이 시의 '포름' 위에 강렬하게 태동하고 있어야 할 것"이라면서 네오리얼리즘에 기반한 시론을 전개하였다. 김규동, 『새로운 시론』, 산호장, 1955, 8~9쪽.

36 이러한 입장은 1970년대까지 지속되었다. 1972년 발간된 저서에서 그는 이상뿐만 아니라 "현대시인의 혈관속에는 초현실주의가 그러한 그림자를 끄을고 있다"고 하면서, 초현실주의자들이 "꿈의 세계까지 붙잡아다 쓰는 초현실주의의 작시 술"을 통해 "새로운 리얼리즘을 찾아"냈다고 평가한다. 김규동, 『현대시의 연구』, 한일출판사, 1972, 43쪽.

37 이는 김규동 역시 마찬가지였다. 김규동은 영미시단에서의 이미지즘과 프랑스 초현실주의, 독일의 신즉물주의를 '심상미학의 발달'이라는 측면에서 동일하게 해석하였다. 문혜원, 「전후 주지주의 시론 연구」, 『한국문화』 33권, 서울대학교 한국문화연구소, 2004, 103쪽.

38 이미지는 "단순히 자연의 사물을 그대로 반영하는 것이 아니고, 그 대상을 분석 해체하여 다시 구성하게 되는 과정을 밟게 되며, 그 결과 종국적으로는 대상과의 직접적 관계를 끊게 된다"는 것이다. 문덕수, 『현대문학의 모색』, 수학사, 1969, 62쪽.

"이미지 그 자체가 하나의 실재"[39]라고 보는 태도는 모더니즘 시론과 구분되는 초현실주의의 시론의 요체로서, 이 당시 초현실주의가 일으킨 혼란을 대변한다. 이러한 혼란을 정리하고 초현실주의와 모더니즘 시론의 차이를 변별하기 위해서는 초현실주의 시론 자체를 심화하는 과정을 필요했는데, 이 작업을 수행한 이가 바로 조향이다.

3. 오브제로서의 이미지

조향은 초현실주의 이론의 소개와 그 논의에 기반한 시 창작에 매진한 인물로 평가받는다. "조향의 초현실주의 시학은 30년대 이상 시와 '삼사문학(三四文學)'을, 김춘수의 무의미시와 60년대 '현대시' 동인인 이승훈의 비대상시를 연결시키는 매개 역할을" 하였다.[40] 한편 전후 조향의 초현실주의 실험을 김기림의 문명비판적인 태도에 대한 공감 속에 그 형태를 잡은 것으로 보면서 "조향의 초현실주의 실험은 1930년대 모더니즘 기획의 연장선상에서 이루어진 것"으로 보는 연구도 있다.[41] 그런데 조향의 시론을 시기별로 분석하면 초현실주의에 대한 조향의 관점이 상이함이 확인된다. 조향이 1950년대 초부터 발표한 시론과 초현실주의의 기치를 내세운 잡지 『아시체』에 발표된 1970년대에 발표한 시론을 비교해보면 초현실주의에 대한 강조점이 변화함을 알 수 있는데, 특히 무의식과 관련된 이론을 깊이 있게 소개하려는 태도가 후기로 갈수록 두드러진다. 더구나

39 위의 책, 60쪽.

40 김준오, 『현대시와 장르비평』, 문학과지성사, 2009, 94쪽.

41 장인수, 「한국 초현실주의 시 연구」, 성균관대학교 박사논문, 2006, 132쪽.

1970년대의 시론은 김춘수가 무의미시론의 고유성을 설명하는 글에서 주로 참조되었다는 점에서 주목된다.

조향은 『낭만파』 4집에 실린 「단장」에서 "시에 있어서 어떠한 몽롱한 아트모스피어를 나타내는 것이 아니라 잃은 뒤에 형성되는 시적 이미지를 소중히 다루었"다는 점에서 상징주의에 비해 이미지즘을 좀더 진보적인 유파였다고 소개하며 아미 로웰의 주장을 인용한다.[42] 조향은 이미지즘의 문제의식에 공감을 표하면서도 이것이 짧은 시기 동안에만 유행한 사조였을 뿐이라는 식으로 간략히 서술하고 넘어간다. 그러면서 그는 보들레르의 시에 혼재된 시적 경향에 따라 조선의 근대시의 족보를 두 갈래로 구별한다. 보들레르에서 말라르메로 이어져 발레리에 이르는 '예술파'와 랭보에서 로트레아몽 등으로 이어지는 다다와 초현실주의의 흐름이 그것이다.[43] 그는 이단으로서 다다와 초현실주의가 파괴와 부정으로서 "창조의 선봉"이 된다면서, 특히 "이 위대한 반역의 이단아 세기의 악동들에게다 "무의식"이란 놀라운 새 발명의 아편 주사를 놓아 준 사람"으로 프로이트를 언급한다.[44]

하지만 기존 연구에서 지적되어 온 것처럼 조향이 문단 활동을 시작할 때부터 초현실주의자로서 정체화하였던 것은 아니다. 다음 글을 보면 초현실주의와 거리를 두며 모더니즘 문학의 문제의식에 공감을 표하는 태도가 나타난다.

그것은 의미도 음악도 아니고, 순수한 '이마쥬'를 읽으면 그만이

---

42 조향, 「단장」, 『낭만파』 4 (마산문학관 편, 『마산의 문학동인지』 1권, 마산문학관, 2007, 67~68쪽).

43 이러한 구분은 「이십세기 문예사조」에도 반복된다. 이 글에서 그는 순수파(예술파)와 혁명파(전위파)로 두 흐름을 지칭한다.

44 위의 글, 76~77쪽.

다. 사람에게 순수함을 느끼게 하는 것은 곧 '카타르시스'다. 이마쥬는 정신이 순수 창조다. '이마쥬의 값어치는 얻어진 섬광(閃光)의 아름다움에 의하여 결정된다. 따라서 그것은 두 개의 전도체의 전위(傳位) 차(差)의 함수(函數)다'(앙드레 브르통) 시인에 있어서 이마쥬는 절대와 본질에 통하는 유일의 통로요 탈출구다. '절대 현실'은 곧 '초현실'이다. (중략) 상징주의자들이 갈망한 순수는 음악적(시간적)인 것이었고, 초현실주의자들이 갈망한 순수는 조형 예술적 곧 공간적인 순수 그것이다. 두 가지의 순수가 다 현실이나 일상생활에서 떠난 동결된 세계임에는 다름이 없다.

나는 순수시만을 쓰지는 않는다. 꼭 같은 방법으로서 현대의 사회나 세계의 상황 악을 그린다. 곧 나의 <검은 DRAMA>, <어느 날의 지구의 밤>, <검은 신화(神話)>, <검은 전설(傳說)>, <검은 Series>등 일련의 작품들이 그것이다. 상황 악이란 곧 현대의 암흑(modern darkness)을 말한다.[45]

조향은 상징주의자들이 음악적인 것을 추구하는 데 비해 초현실주의는 공간적인 것을 갈망한다고 설명한다. 조향이 모더니즘 문학을 언급하지는 않지만, 공간적인 것과 관련된다는 점에서 초현실주의와 모더니즘은 공통분모를 지닌다. 또한 그의 글에는 현대시에서 이미지가 지니는 중요성이 반복해서 강조된다. "현대시의 혁명기에 있어서는, 그런 보조관적인 지위가 아니고, '이메지' 그 자체가 시의 실질(substance)"라며 "시인에 있어서 영상은 '절대'와 '본질'에 통하는 유일의 통로요 탈출구였다. 절대 현실은 초현실이다"라는 구절이 반복된다. 그러면서 그는 영미의 사상파(Imagism) 역시 이미지를 우위에 둔다는 점에서 초현실주의와 동류에 있다

45 조향, 「데뻬이즈망의 미학」, 『신문예』, 1957.10(『한국 전후 문제 시집』, 앞의 책, 418쪽).

고 본다.[46]

조향은 '순수시'적인 경향에 동조하지 않는다면서 자신이 "현대의 사회나 세계의 상황 악을" 그리기도 하였다는 점을 밝힌다. 이는 조향이 참여했던 후반기 동인들의 지향점에서 크게 벗어나지 않는 것으로,[47] 조향이 초현실주의를 문명 비판과 무관한 '순수시'로 이해하고 있음을 보여준다. 이처럼 초현실주의를 현실이나 일상생활과 무관한 '순수성'와 관련짓는 태도는 조향이 초현실주의 기법으로 제시한 '데빼이즈망(depaysement)'에 대해 서술하는 부분에서도 나타난다. 그는 "합리적인 관념에서 해방"된 "특수한 객체"로서, "데빼이제 된 하나하나의 사물을 sur.에서는 오브제(objet)"라고 부르는데, '오브제'가 서양의 모더니스트들이 처음 발견한 것이 아니라며 "일본 사람들의 <이케바나>(生花)의 원리(原理), 동양 사람들이 즐기는 골동품"을 예로 든다.[48]

초현실주의를 동양 철학을 전유하여 이해하는 태도는 이후에도 지속되었다.[49] 하지만 이러한 접근방식에 따라 프랑스 초현실주의자들과는 다른 관점으로 오브제를 이해하는 태도가 나타나게 된다. 조향은 오브제가 일상적으로 인정하고 있는 사물의 개념에서 벗어나 다른 존재 의미를 가

---

46 조향, 「이십세기 문예사조」(『사상』, 1952.9), 『조향 전집』 2권, 열음사, 1994, 109쪽.

47 「<후반기 문예 특집>의 '노트'」, 『주간국제』, 국제신보사, 1952.6.16.(김경린 편, 『한국 모더니즘 시운동 대표 동인 시선』, 앞의 책, 1994, 84쪽).

48 조향, 「데빼이즈망의 미학」, 앞의 글, 417~418쪽.

49 조향은 실증적 고전과학으로서의 근대과학과 '불확정성 원리'나 '상대성 원리'와 같이 고도의 추상적 지성과 관련되는 현대과학을 구분하며, "현대과학의 영향을 받은 문학(예술)은 고대에 있어서의 주술적, 마술적 세계에서 현대적인 요소를 고발하게 되어, 일상적 세계의 비속한 불순 불투명성에서의 탈출을 꾀하였으며, 그 방법론으로서 새로운 정신의 훈련, 지적 혹은 신비적 고행을 발명했던 것"이라며, 현대과학과 예술의 추상적이고 신비한 성격을 지니게 된 연유를 설명한 바 있다. 조향, 「이십세기 문예사조」, 앞의 글, 70~71쪽.

지게 된 물체라는 점은 이해하였으나, 초현실주의자들이 오브제를 통해 자본주의 질서를 우상화하고 이른바 '악한 생산물'을 만들어내는 자본주의 체제에 대항하고자 했다는 점은 간과하였다. 프랑스 초현실주의자들은 오브제를 통해 "초현실이 물질의 역사적 발전 단계에 의해 도달할 미래의 이상이 아니라, 지금 이 자리의 가장 평범한 일상 속에 있는 실재(réel)임을 피력했"[50]다는 평가를 받는다. 이와 달리 초현실주의를 현실이나 일상생활과 무관한 것으로 파악하였던 조향의 경우에는 초현실주의에서 정치성을 소거시켜 버렸다.

한편 이 글에는 초현실주의의 방법론으로서 자유연상에 대한 구체적 분석이 시도된다. 그는 자유연상을 "의식의 제한에 방해당하는 법 없이 사고(事故)와 인상(印象)을 모아서, 그것을 가지가지로 결합시키면서, 드디어 새로운 관계나 형(型)이 생겨나도록까지, 심리(心理) 과정(過程)을 자유스럽게 헤매도록 하는 것"[51]이라는 정신분석 임상의 로렌스 S. 쿠비의 말을 인용하며, 자유연상 상태를 "자아(ego), 초자아(super-ego)의 간섭이 없거나 극히 약해져서 상상(想像)의 자유(自由)가 보장(保障)되는 일종의 방심(放心) 상태"라고 소개한다. 다만 어떻게 자유연상의 상태에 이르게 되는지를 이해하기 위해서는 무의식에 대한 탐구가 보충되어야 했다. 조향 스스로도 이를 의식했던 듯 60년대까지 이 문제에 천착하게 된다.

1960년대에 발표된 「현대시론」(초)에서 그는 이미지즘과 초현실주의를 각각 '현실원칙(추상원칙)'과 '쾌락원칙'에 따르는 방법론으로 구분한다. '절대공간'을 탐구하려는 사상파의 시도가 "시에 있어서의 포말리즘

50 이은주, 「1930년대 초현실주의 전시를 통해 본 초현실의 사회적 의미」, 『미술사와 시각문화』 19권, 미술사와 시각문화학회, 2017, 46쪽.

51 조향, 「데빼이즈망의 미학」, 앞의 글, 419쪽.

의 질식"을 가져왔다면서, "숨막히는 공간주의에서의 탈출"을 시도하기 위해 "새로운 '시간'의 도입이 필요하다"고 본다. 이는 초현실주의에 의해 가능한데, 특히 그가 이 글에서 "현실적으로는 병존할 수 없는 것끼리가 시인의 힘으로 동시동존(同時同存)하게 된다"면서 "그런 순간순간에 돌발적인 '이마아쥬'의 세계가 폭발"한다고 말하는 부분이 주목된다.[52]

그는 초현실주의의 '시간성'에 주목함으로써 오브제로서의 이미지가 지니는 속성을 비동시적인 것의 동시성이라는 개념을 제시하였다. 이는 초현실주의를 공간적인 것과 관련지었던 50년대의 태도와 구별된다.[53] 조향은 "포기되었던 '의미의 세계'를 새로운 각도에서 다시 데리고 와야 한다"라면서 "이것이 나의 길인 네오 슈르레알리슴"이라고 소개한다.[54] 조향은 모더니즘 문학과 달리 초현실주의는 시간성과 공간성이 모두 내재해 있다는 점을 강조하며, 시간성을 비동시적인 것의 동시성이라는 개념과 관련지었다. 그가 「데빼이즈망의 미학」에서 이미 이야기한 "현대의 신화"라는 아라공의 표현은 바로 이러한 비동시성과 관련된다. 초현실주의적 경이를 보여주는 이미지들은 현대적인 것을 신비화하려는 의도에서 벗어나 일상 속에 있는 경이를 드러낸다. 아라공은 경이를 "실재 속에 들어 있는 모순의 분출"이라고 보면서, 이를 통해 자본주의가 결코 완전히 합리적일 수 없음을 알 수 있다고 하였다.[55]

---

52 조향, 「현대시론」(『대학국어』, 1966), 『조향 전집』 2권, 앞의 책, 140~141쪽.

53 '마르셀 프루스트론'이라는 부제가 붙은 「코르크 장치의 실내악」(1963)에는 베르그송의 순수 지속 개념을 중심으로 "공간적 요소가 전혀 무시된 비천문학적, 비수학적, 비일상적인 '철학적 시간'"이 프루스트의 소설에 나타나는 양상이 구체적으로 분석된다. 조향, 「코르크 장치의 실내악」(『동아』, 1963), 290~298쪽.

54 조향, 「현대시론」, 앞의 글, 148쪽.

55 핼 포스터, 앞의 책, 245면. 여기서 벤야민은 초현실주의 미학의 정치학을 발견한 바 있다. 자본주의의 과거 속에 억압되어 있는 계기들이 복귀하여 자본주의의 현재를

하지만 앞서 지적한 바와 같이 '비동시적인 것의 동시성'이나 '현대의 신화'에 대해 서술하면서도 조향은 이러한 측면에 대해서는 일체 함구한다. 오히려 시간이 흐를수록 초현실주의를 다소 신비주의적이고 종교적인 방식으로 해석하려는 태도가 강화된다. 1970~80년대에 발표된 글에는 안나 프로이트의 에고 심리학과 융의 정신분석학을 중심으로 무의식에 대한 심층적인 분석을 바탕으로 논의가 전개된다. 김춘수와 조향은 공통적으로 융의 이론을 참조하여 무의식을 설명한다. 이는 이들 시론에도 여러 영향을 주게 되는데, 특히 이미지의 파열보다는 화해를 강조하는 측면이 두드러지게 된다.

1975년 『아시체』에 실린 「초현실주의의 사상과 기교」[56]에서 조향은 융의 무의식 이론을 수용하여 인간의 의식을 끊임없이 흐르는 것으로 보았다. 이때 의식은 융이 서치라이트의 비유를 든 데서 유추할 수 있듯이, 빛이 가장 밝은 부분에 위치한 것이 '순수의식'이며 '순수의식'을 둘러싸고 있는 것이 협의의 '의식', 그리고 의식의 테를 두르며 가장자리 영역을 차지하고 있는 것이 '무의식'의 영역으로 구분된다. 조향에 따르면, 잠이 들기 직전의 입면(入眠) 혹은 반면(半眠) 상태가 의식이 방심한 상태, "현상학의 용어를 쓴다면, 의식이 괄호 안에 넣어져버린 상태·의식이 epokē된 상태"라는 점을 이용해 이때 나타나는 환각(hypnogogic hallucination)과 환청을 기록하여 일종의 망아(忘我)의 경지로 나아갈 수 있다.[57] 이 과정에서 무의식의 확대는 '심령의 세계'로까지 확대되면서 초현실주의의 신비주의적

파열시키고 변화시킬 수 있으리라는 가능성을 초현실주의자들을 포착하고자 하였기 때문이다.

56 조향, 「초현실주의의 사상과 기교」, 『아시체』 2권, 1975.9.10.

57 "쓰는 사람은 점차로 무아(無我)의 경지. 여기엔 이미 무의식(無意識)적인·현실적(現實的)인 <나>는 없다." 위의 글, 30쪽.

측면이 강조되는데, 조향은 이를 브르통의 절대 변증법과 연결하였다.[58]

조향은 "무의식은 의식의 고향이다. 고향으로 돌아가려는 작업이 곧 자동기술법"이라며, "의식의 확대는 탈자아(脫自我)·탈현실(脫現實), 하이덱거의 EK-sistenz"라고 설명한다.[59] 브르통이 휴머니즘적인 태도를 취하며 주체의 분열을 막고 사랑을 강조하는 입장을 취했던 것과 마찬가지로 조향은 융의 정신분석학이나 윌리엄 제임스의 철학을 탐구하며 욕망과 죽음이 서로 화해할 수 있는 길을 제시하고자 하였다.[60] 이에 따라 조향의 초현실주의는 억압된 것의 복귀와 관련된 반복 강박의 성질을 지니는 것이 아니라 그에 대한 치료제로서의 역할이 강조된다. 조향은 정신분석에서 자유연상이 환자의 치료를 위해 사용되었던 것처럼, 초현실주의 시를 통해 무의식과 의식의 분열이 통합될 수 있다는 점에 주목하였다.

---

58 조향은 절대변증법에 대해 설명하며, 자동기술법의 목적을 진아(眞我)라는 불교적 개념으로 설명하기도 한다. "자동기술법의 목적은 자유이며, 진아(眞我)를 찾음으로 해서 의식의 확대를 꾀하자는 것이며, 의식의 확대는 곧 생의 확대이다."「초현실주의와 현대문학의 방향」(『시문학』, 1982), 『조향 전집』 2권, 앞의 책, 326쪽.

59 조향, 「파트라지의 미궁에서 쉬르의 회랑으로」(『시문학』, 1982.1). 『조향 전집』 2권, 앞의 책, 335쪽.

60 이를 통해 조향이 바타유파보다는 브르통파의 초현실주의를 수용했음을 알 수 있다. 1929년 공식적 브르통파와 이단적 바타유파 사이에서 결렬의 위기가 일어난 것도 이와 관련된다. 브르통파와 바타유파는 둘 다 탈승화가 지닌 언캐니한 힘을 인지하지만, 브르통파 초현실주의자들은 그 힘에 저항하고 바타유파 초현실주의자들은 그 힘을 파고든다. 승화가 "에로스의 주된 목적인 통합과 결합"을 유지하는 것으로, 프로이트는 어떤 목표는 포기하고 다른 목표는 승화하는 것이 고통스럽기는 하나 문명의 길이라고 본다. 하지만 그 정반대의 방향, 즉 탈승화의 방향으로 문명이 진행되는 경우도 있다. 예술에서 탈승화는 성적인 것의 (재)분출을 의미할 있는 것으로, 대상과 주체를 모두 (재)와해시킬 수 있는 위험이 있다. 핼 포스터, 앞의 책, 167~168쪽.

4. 서술적 이미지와 존재론적 탐구

김춘수는 1969년 창간된 현대시학 지면에 「처용단장」을 연재하는데, 여러 사정으로 몇 년을 쉬다가 가까스로 「처용단장」 2부를 쓰게 된다. 김춘수가 그의 대표 시론 가운데 하나인 「대상·무의미·자유」를 발표한 것은 1973년으로, 이 과정에서 김춘수의 무의미시론이 구체화 되었다는 것은 주지의 사실이다. 이즈음 발표된 글에는 한국 현대시사의 계보를 이미지와 언어를 중심으로 정리하고자 하는 의욕적인 작업과 동시에 기존의 것과 변별되는 시론을 정립하고자 하는 고민이 병행된다. 그런데 이 과정에서 조향의 「EPISODE」과 「바다의 층계」를 자주 언급하며 후반기 동인들 가운데서도 조향을 각별히 언급한다.[61] 그는 조향의 글을 두루 인용하여 초현실주의 시론에 대한 관심을 표명하면서도 자신이 이와 변별되는 독자적 시학을 정립했음을 강조한다.

김춘수의 무의미시론뿐만 아니라 이승훈의 '비대상시'[62]와 관련된 시론이 1975년 발표되는 등 1970년대는 현대시에서 재현의 패러다임에 지각 변동이라고 할 만한 흐름들이 구체화된 시기였다.[63] 재현에 대한 강박

---

61 김춘수는 "조향은 50년대 이후 30년대의 편석촌과 비슷한 계몽가의 역할을 담당한다. 그는 주로 쉬르리얼리슴의 연구 및 전파에 진력한다."라면서 조향을 김기림에 비등한 위상을 지닌 인물로 평가한다. 또한 일종의 나르시시즘에 빠져들고 있는 이승훈과 달리 조향에게는 "무의식 그 자체의 심미적 재구성에 노력하고 있다는 흔적"이 나타난다고 본다. 김춘수, 『시의 위상』(둥지출판사, 1991), 『김춘수 시론 전집』 2권, 현대문학, 2004, 335~336쪽. 김춘수의 시론을 인용한 경우, 글이 발표된 시기를 확인할 수 있도록 출처를 병기하였다. 이후 『김춘수 시론 전집』을 인용한 경우 책 제목과 쪽수만 적었다.

62 이승훈, 「발견으로서의 수법」, 『현대시학』, 1975년 8월호.

63 김춘수, 「지양된 어둠-70년대 한국시의 한 양상」, 『시의 표정』(1979, 문학과지성사), 『김춘수 시론 전집』 2권, 103쪽.

에서 벗어날 때 현대시가 언어와 이미지를 시의 실체로서 인식할 수 있으리라는 점을 김춘수는 분명하게 인식하였다. 아울러 김춘수는 비재현적 이미지의 출현과 관련하여 초현실주의를 참조하였다. 조향이 무의식의 확대가 가능해지는 의식의 방심 상태를 언급했음을 앞서 서술한 바 있는데, 김춘수 역시 '방심 상태'라는 표현을 반복해서 사용하며 언어와 이미지가 대상으로부터의 자유를 얻기 위해서는 시인이 위장을 해서라도 방심 상태에 이르러야 한다고 주장한다.[64] 다시 말해 재현의 굴레에서 벗어난 시를 김춘수는 '무의미시'라고 지칭한 것이며, 여기서 이미지는 현실에 실재하는 대상이 아닌 시인이 의식과 무의식의 경계에서 마주한 우연적인 이미지들, 이를테면 프루스트의 비자발적 기억과 관련된 이미지와 유사한 속성을 띤다.

김춘수 시론에서 이미지의 비재현성은 기법 실험의 차원을 넘어 존재론적 탐구의 차원에서 논의된다. 그는 신화적(원형적) 상징성이 보이지 않는 시 역시도 "한 사람의 '타자'인 자기 자신의 과거와 만나러가는 길"을 보여준다는 점에서 조향이 말하는 "자연 우주의 섭리와 통해 있는" 무의식의 존재를 볼 수 있으며, 이를 통해 "표현 그대로가 그에게는 새로운 현실"이 된다고 보았다.[65] 이것이 김춘수가 이해한 '초현실'의 의미였다.[66] "한 사람의 '타자'이면서 인류의 원형이기도 한 내 자신의 모습"을 발견함으로써, "분열 또는 대립의 상태에 있는 아(我_인용자)들을 변증법적으

---

64 김춘수, 「한국 현대시의 계보-이미지의 기능면에서 본」, 『의미와 무의미』(문학과지성사, 1976), 『김춘수 시론 전집』 1권, 516쪽.

65 김춘수, 「지양된 어둠-70년대 한국시의 한 양상」, 앞의 글, 120~121쪽.

66 이는 나중에 가면 다음과 같은 진술로 다시 표현된다. "시는 언제나 주체와 주관으로만 있으면서 객체를 무화시키고, 그런 무화작용으로 객체를 재구성한다. 그렇다. 시는 객체를 만든다. 그것을 사이비라고 하지 말라." 김춘수, 『시의 위상』, 앞의 책, 315쪽.

로 지양시켜 통일케 하는" 것이다. 비록 실제로는 의식과 무의식이 분열된 "실존의 타락" 상태에 놓여 있을지라도, 이 분열을 극복하려는 끊임없는 긴장(tension)을 유지하려는 노력을 통해 "생물과 인간의 변증법적 지양을 완성한 새로운 차원의 차원(神)이 되어야"[67] 한다는 것이다.

김춘수는 비유적 이미지와 서술적 이미지를 구분하면서 서술적 이미지를 무의미시론의 요체로 삼은 바 있다. 서술적 이미지는 이미지를 관념의 도구나 수단으로 삼지 않는 태도와 관련된다. 주체 스스로도 자신이 무엇을 쓰는지 알지 못하는 상태에서 어떠한 분위기(mood)를 전달할 뿐인 것이다. 이에 따라 이미지와 대상 사이의 거리가 없어지고 이미지가 대상 그 자체가 되는 무의미시가 출현하게 되는데,[68] 이에 따라 그의 시론은 초현실주의가 구현하고 있는 내재성의 철학과 관련된다. 무의미시는 "주체가 말하는 것도 아니며 또한 타자가 말하는 것도 아닌, 역으로 주체가 말하는 것이기도 하며 동시에 타자가 말하는 것이기도 한 직접화법과 간접화법의 중간 단계"[69]에 있는 것으로, 이는 "현실은 초현실 안에, 초현실은 현실 안에 깃들어 있다는" 초현실주의 세계관과 맞물려 있다.[70]

다만 김춘수는 초현실주의자들이 시의 혁명이라기보다 인간의 혁명

---

67 김춘수, 「지양된 어둠-70년대 한국시의 한 양상」, 앞의 글, 124쪽.

68 김춘수, 「한국 현대시의 계보-이미지의 기능면에서 본」, 앞의 글, 512쪽.

69 이강하, 「김춘수 무의미시의 정체성 재규정」, 『인문사회과학연구』 16권 4호, 인문사회과학연구소, 2015, 107쪽.

70 조윤경은 초현실주의를 내재성의 철학과 관련지어 다음과 같이 해석한 바 있다. "초현실주의는 '모든 것은 모든 것 안에 있다'는 믿음을 반영한 내재성(l'immanence)의 철학을 구현한다. 그리고 이는 궁극적으로 현실은 초현실 안에, 초현실은 현실 안에 깃들어 있다는 사상으로 집약된다. 안과 밖의 경계뿐 아니라, 인간, 동물, 식물, 사물 등의 경계를 전도하고 무너뜨림으로써, 가시적인 현실에 내재 한 다양한 현실을 표출하고자 했다." 조윤경, 「김춘수의 시에 나타난 프랑스 초현실주의의 수용 연구」, 『외국문학연구』 71권, 외국문학연구소, 2018, 108쪽.

을 위해 시 또는 예술을 수단으로 선택했으나 이것이 하나의 유행으로 스쳐지나가 버리면서 "위장된 자유"로 기능하게 되었다고 비판한다. 그리고 이는 김수영이 초현실주의 시의 난해성을 비판한 맥락과 일치한다. 김수영은 김구용을 '초현실주의적인 시를 쓰는 시인'으로 규정하고, 그의 시를 김광림, 전봉건과 더불어 '기술만 보이고 양심은 보이지 않는' 난해시의 '사기'라고 혹평한 바 있다.[71] 김수영은 시의 난해성 자체를 문제 삼은 것이 아니라 그것이 시인의 양심을 담지하지 않은 '기술'만 남은 시임을 비판하였다. 마찬가지로 김춘수 역시 초현실주의가 더 이상 아방가르드로서의 혁명성을 상실하고 "사람으로서는 초현실주의자와는 먼 거리에 있으면서도 시의 입장으로서만 초현실주의자가 된 시인이 세계의 도처에서 생겨"났음을 지적한다.[72] 이들의 비판은 그간 한국 현대 시사에서 초현실주의가 기법의 실험이라는 측면에서 주로 논의되어왔다는 데 대한 반성과 관련된다.

그런데 이에 따라 김춘수는 점차 조향과 달리 브르통의 절대적 변증법과 거리를 두게 된다.[73] 김춘수는 "자동기술이라는 쉬르의 방법은 아직은 미해결의 장"이라면서 브르통이 주장하듯 "무의식과 의식이 변증법적으로 지양된다는 것은 논리가 만들어낸 환상"일 수 있다고 본다. 그러면서 즉자가 대자에 내재한다는 가설보다는 대립의 양상으로 각각 홀로 있

---

71 김수영, 「'난해'의 장막-1964년의 시」, 이영준 편, 『김수영 전집』, 민음사, 2018, 364쪽.

72 김춘수, 「대상·무의미·자유」, 『의미와 무의미』, 『김춘수 시론 전집』 1권, 527쪽.

73 김춘수가 지적하듯, 이러한 절대적 변증법에의 지향은 이승훈에게서도 나타난다. 김춘수는 조향과 이승훈의 근본적 접점을 지적하였다. 김춘수는 이러한 과정에서 내용과 형식의 이원론적 대립을 지향한 일원론으로서 형식과 내용이 지양된, 즉 "형식이면서 내용이고, 내용이면서 형식인" '스타일'이라는 차원이 탄생한다고 분석한다. 김춘수, 「지양된 어둠-70년대 한국시의 한 양상」, 앞의 글, 113쪽.

다고 보는 사르트르의 입장이 훨씬 논리적 타당성을 지닌다고 평가한다.[74] 김춘수는 주체와 객체, 무의식과 의식이 변증법적으로 지양되는 것에 불편함을 표출하면서 "갈등의 감각"[75]을 유지해야 한다고 주장했다. 이는 그의 개인적 체험과도 관련된다. 그는 세타가야서 사건[76]을 경험하면서 "주체(주관)로서 객체와의 아이러니컬한 관계를 유지하며, 객체의 일방적인 득세를 막"[77]아야 한다는 것을 인식하게 되었다고 말한다. 세탸가야서 사건은 김춘수에게 "몸과 정신" 모두가 객체가 되어 가는 극한적인 공포를 경험하게 하였고, 이 공포에서 주체로서의 자기를 방어하는 문제가 김춘수에게는 시급한 것이었다. 다만 그는 육박해 들어오는 죽음충동의 강박을 억압하기보다 그것과 대면함으로써 '갈등의 감각'을 유지하고자 하였다. 이는 이미지에 대한 태도에도 그대로 적용된다.

> 나는 어느쪽이냐 하면, 이중인격적이고 인격분열적인 데가 있다. 시에서 그것이 잘 나타난다. 이번의 이 세 편에도 그것을 볼 수가 있다. 이미지를 상징으로 사용하고 있는 데가 있는가 하면, 순수하게 사용하고 있는 데도 있다. 이미지를 상징으로 사용하는 것은

---

74 김춘수, 『시의 위상』, 『김춘수 시론 전집』 2권, 337~338쪽.

75 위의 책, 320쪽.

76 김춘수가 일제 말기에 무고로 반년쯤 투옥당했던 일을 말한다. 김춘수는 평생에 걸쳐 이 사건에 대해 여러 차례 언급할 뿐 아니라 시의 소재로도 삼는데, 이 사건은 매번 동일한 방식으로 해석되지 않는다. 즉, 이 사건에 대한 기억은 김춘수의 시에서 강박적 반복의 형태를 띠고 출현한다. 그런데 20세기 초현실주의를 "파기된 정치적 약속, 탄압된 사회운동, 좌절된 유토피아적 욕망과 관련된 19세기의 이미지 영역을 상징적으로 돌파"(핼 포스터, 앞의 책, 238쪽)하기 위한 시도로 본 벤야민의 해석을 상기하면 김춘수가 이 사건을 반복적으로 회상하는 행위에서 과거와 '즐겁게' 단절하고자 하는 의도를 읽을 수 있다.

77 김춘수, 『시의 위상』, 『김춘수 시론 전집』 2권, 317쪽.

> 피안의식이 작용하고 있는 증거라고 할 것이다. 즉, 사물의 의미를 탐색하는 태도다. 이미지를 순수하게 사용하는 것은 사물을 그 자체로서 보고 즐기는 태도다. 이 두 개의 태도가 나에게 있어서는 석연치가 않다. 혼합되어 있다. 나는 그것을 의식한다. 이러한 자의식은 시작에 있어 나를 몹시 괴롭히고 있다. 이러한 자의식이 없는 시인이 있다면 그는 행복한 사람이다.
> 현실에 대한, 역사에 대한, 문명에 대한 관심이 한쪽에 있으면서 그것들을 초월하려는 도피적 자세가 또 한쪽에 있다. 이것들이 또한 내 내부에서 분열을 일으킨다.[78]

그는 자신의 모든 시가 무의미시는 아니며, 사물의 의미를 탐색하고자 할 때 이미지가 상징으로 나타나게 된다고 본다. 김춘수 자신이 자신의 시력(詩歷)을 '의미의 시'와 '무의미의 시'가 변증법적으로 지양되는 과정으로 발전해나갔다고 자술한 데서 알 수 있듯이,[79] 김춘수의 시 세계에서 무의미시는 그를 대표하는 경향이라기보다는, 일종의 안티테제로 기능하면서 그의 시가 변증법적으로 발전할 수 있는 계기를 마련한다. 김춘수에게 '무의미'는 의식이 포함되지 않은 무의식의 순수한 표출로서의 자동기술이 아니었다. 김춘수는 "전의식과 의식의 팽팽한 긴장관계에서" 시를 완성한다고 고백한 바 있다.[80] 무의미한 자유연상을 풀어놓는 것에 그치지 않고 이후 의도(의식)이 개입하여 시에 리얼리티를 부여하는 작업을 강조한 것이다. 즉 무의미시는 무의미한 연상을 풀어놓는 데 그치지 않고 거기에 다시 의식이 개입하여 '내용 없는' 무의미에 의미를 첨가하는 이차작업

---

78 김춘수, 『의미와 무의미』, 『김춘수 시론 전집』 1권, 638쪽.

79 김춘수, 『서서 잠자는 숲』(민음사, 1993), 『김춘수 시전집』, 현대문학, 2004, 723쪽.

80 김춘수, 『의미와 무의미』, 『김춘수 시론 전집』 1권, 536쪽.

이 개입된다.

조향과 마찬가지로 김춘수 역시 이러한 분열을 해결할 수 있는 방법으로 선(禪)에 대한 추구를 제시하였다. 그는 “말이 존재의 집이라고 한 것은 로고스를 신으로 모신 유럽인들의 착각일는지도 모른다.”라면서 “우리는 결국 신을 말 속에서 가지지 못한다. 그것은 결국 하나의 사물도 말 속에서는 가지지 못한다는 것이 된다. 그런 안타까운 표정이 곧 말일는지도 모른다”고 말한다. 이를 통해 그는 결국 시의 본질은 ‘무의미’에 있을 수밖에 없다는 사실을 인지한다. 이러한 시의 본질, 나아가 언어와 인간 존재의 본질에 대해 깨닫게 하는 데 긴요한 무의식에 접근할 수 있도록 도움을 준 것이 초현실주의의 자동기술법이었다.[81] 이러한 맥락에서 김춘수가 이미지를 소멸시켜야 한다고 말하거나, 자신의 시에는 이미지가 없다고 말하는 것은 재현의 패러다임 속에서 이미지를 기능적으로 파악하는 태도를 비판하려는 의도로 이해된다. 김춘수의 무의미시론은 의미에서 벗어나 “사물을 그 자체로서 보고 즐기는 태도”로서 이미지를 사용하고자 하는 내재성의 시학에 입각하여 전개되었다.

재현의 패러다임 속에서 초현실주의 시가 지니는 가치는 종종 오해와 논란을 불러일으켜 왔다. 이를테면 오세영은 주관(subject)을 대상으로 한다는 점에서 김춘수나 이승훈의 시를 “일종의 지적 속임수”[82]라고 폄하한 바 있다. 이는 이미지즘과 신비평이 이미지에 대한 이해에 결정적인 영향을 끼쳐오면서 시의 이미지를 비유와 관련지어 대상 재현의 측면에서 이해하는 태도가 시 연구에서 주류를 형성해왔기 때문이다. 초현실주의를

81 김춘수, 『시의 위상』, 『김춘수 시론 전집』 2권, 156쪽.

82 오세영, 「김춘수의 무의미시」, 『한국현대문학연구』 15호, 한국현대문학회, 2004, 338쪽.

현대시 창작방법론에서 혁명적인 변화를 가져올 수 있는 사조로 평가하면서도 그 실체를 명확히 규정하지 못했다는 점 역시 이러한 관습적 이해가 지속된 사실과 관련된다.

최근 시 이미지 연구방법론을 갱신하고자 하는 연구들이 시도되고 있는 것은 이러한 점에서 주목된다. 이미지를 의미를 형상화시킬 수단으로 이해하면서 시인의 의도를 일방적으로 구현하고 있는 것으로 파악하지 않고, "의미화 질서와 강도 사이에서 발생하는 다층적 사건"[83]으로 보거나 "이미지는 단순한 관념의 소산이 아니며, 역으로 관념이 이미지의 소산"이라면서 이미지를 '감각의 소산'으로 파악하는 태도가 그러하다.[84] 이처럼 이미지를 내재성의 철학에 근거하여 해명하려는 시도들은 한국 초현실주의 시에서 이미지의 특수성을 규명하는 데 특히 시사하는 바가 크다. 초현실주의는 그 이전의 문예사조들과 달리 환상과 관련되는 시뮬라크럼을 억압하지 않는다는 점에서 내재성의 시학과 관련되는데,[85] 김춘수의 무의미시론에는 이에 대한 문제의식이 발견된다.

---

83 조강석, 「시 이미지 연구 방법론(1)」, 앞의 글, 278쪽.

84 권혁웅, 『시론』, 문학동네, 2010, 528~529쪽.

85 서구 형이상학의 전통에서 시뮬레이션과 환상은 둘 다 기원을 파괴할 수 있다는 점에서 오랫동안 억압당해왔다. 핼 포스터는 초현실주의가 시뮬레이션과 환상을 억압하지 않는 점에서 모더니즘과도 구분된다고 본다. "재현의 패러다임을 전복하는 것은 바로 이 시뮬레이션이다. 추상은 재현을 제거하는 가운데 재현을 보조하는 반면, 시뮬레이션은 재현의 토대를 없애버리며 재현의 아래의 실재를 축출해버리는 것이다. (중략) 이 차이는 또한 초현실주의의 환상적 미술을 시뮬라크럼으로 만들 뿐만 아니라, 초현실주의 이미지에 무의지적 기억(involuntary momory), 즉 외상적 환상의 기표라는 구조를 부여하기도 한다." 핼 포스터, 앞의 책, 152쪽.

박인환 시에 나타난 애도와 멜랑콜리

1. 이상 추모의 밤

이상 연구사에서 1950년대는 특기할 만한 시기이다. 1956년 임종국에 의해 『이상 전집』[01]이 출간되었을 뿐만 아니라 이상 연구 1세대라 불리는 고석규, 이어령, 임종국 등에 의해 본격적인 이상론이 이 시기에 발표되었다.[02] 1950년대에 일어난 이상 연구 붐에 대해 백철은 전후 세대의 "반항 의식"과 서구적인 것에 대한 지향이 이들을 이상 문학으로 이끌었다고 분석한 바 있다. "어두운 현실, 실의의 인물, 패배감, 무기력, 피로 실망, 허무의식"이 압도하는 전후의 현실적 조건이 전후 세대로 하여금 이상 문학에 대한 공감과 관심을 갖게 했다는 것이다.[03] 아울러 이상 20주기인 1957년을 전후로 이상을 추모하는 열띤 분위기가 일어났다. 당시 신문

---

01 이상, 『이상 전집』, 임종국 편, 태성사, 1956.

02 이에 대한 연구로는 다음을 참고. 김주현, 「세대론적 감각과 이상 문학 연구」, 이상문학회, 『이상리뷰』, 역락, 2003; 방민호, 「전후 이상 비평의 의미」, 『한국 전후문학과 세대』, 향연, 2003; 임명섭, 「모더니즘의 실천과 실패: 고석규의 이상론」, 이상문학회, 편 『이상리뷰』, 역락, 2003; 조영복, 「이어령의 이상 읽기: 세대론적 감각과 서구본질주의」, 이상문학회 편, 『이상리뷰』, 역락, 2003; 조해옥, 「임종국의 '이상전집'와 '이상 연구'에 대한 비판적 고찰」, 이상문학회 편, 『이상리뷰』, 역락, 2003; 조해옥, 「전후 세대의 이상론 고찰」, 『비평문학』 40호, 한국비평문학회, 2011 등.

03 백철, 『백철문학전집2: 비평가의 편력』, 신구문화사, 1958, 498~501쪽.

지상에는 신석주, 고석규, 이어령, 이봉구, 김우종 등이 쓴 이상을 애도하는 글들이 집중적으로 발표되었으며, 이상을 추모하는 행사도 열렸음이 확인된다.[04]

물론 1946년 2월에 열린 전국문학자대회에서 이상을 추모하였다는 기사가 발견되는 등 그 이전에도 이상의 죽음을 추모하는 행사가 없었던 것은 아니다. 하지만 46년의 행사가 해방 후 이상을 비롯해 한인택, 백신애 등 타계한 문학가들을 다 같이 기리는 자리로, 이들 생전에 직접적인 친분이 있는 문학가들에 의해 주도되었을 가능성이 있다는 점을 고려하면,[05] 57년의 이상 추모 행사가 이상만을 대상으로, 더구나 이상을 직접 만난 적조차 없는 후배 문학가들에 의해 주도되었다는 것은 특기할 만하다. 다음은 이상 20주기를 맞아 현대평론가협회에서 개최한 '추도의 밤' 행사에 대한 소개 기사이다.

> 이상(李箱)의 이십주기(二十週忌)(십칠일(十七日))을 맞아 현대평론가협회(現代評論家協會)에서는 십칠(十七) 십구(十九) 양일간(兩日間) 하오 육시반(下午六時半)부터 미국공보원(美國公報院) 소극장(小劇場)에서 그 추도(追悼)의 밤을 개최(開催)한다는바 그 순서(順序)는 다음과 같다

---

04 신석주, 「이상의 생애와 예술—그의 18주기를 보내며」, 『평화신문』, 1956.3.20; 고석규, 「모더니즘의 교훈—이상 20주기에 기(寄)함」, 『국제신문』, 1957.4.17; 이봉구, 「이상의 고독과 표정—그의 20주기를 맞으며」, 『서울신문』, 1957.4.17; 이어령, 「묘비없는 무덤 앞에서—추도 이상 20주기」, 『경향신문』, 1957.4.17; 권준, 「이상의 '날개'—그의 20주기를 맞이하며」, 『평화신문』, 1957.4.19; 이어령, 「이상의 문학 20주기에」, 『연합신문』, 1957.4.18.-19; 임종국, 「이상삽화—그의 21주기를 기념하여」, 『자유신문』, 1958.5.16.~18.

05 『동아일보』, 1946.2.10.

십칠일(十七日)=사회(司會) 김용권(金容權) ▲추도사 낭독(追悼辭朗讀) 전봉건(全鳳健) ▲이상시 낭독(李箱詩朗讀) 송영택(宋永擇) ▲이상(李箱)의 문체(文體) 정한모(鄭漢模) ▲이상(李箱)의 문학적 위치(文學的 位置) 이어령(李御寧) ▲이상(李箱)과 다다이즘 이철범(李哲範)

십구일(十九日)= 이상 산문 낭독(李箱散文朗讀) 김성욱(金聖旭) ▲시인(詩人) 이상(李箱)의 정신역학적 연구(精神力學的 硏究) 유석진(兪碩鎭) ▲이상(李箱)과 현대의식(現代意識) 이교창(李敎昌) ▲이상(李箱)의 난해시(難解性) 이태주(李泰柱)[06]

이틀에 걸쳐 진행된 이 행사는 추도사를 읊고, 이상의 시와 산문을 낭독하는 순서와 더불어 이상 연구를 발표하는 제법 규모 있는 자리였다. 발표 주제도 다양하여 문체, 다다이즘, 정신역학적 측면에 대한 연구 등이 망라되어 있었다. 문단 내에 지속된 이상에 대한 이상스러울 정도의 열기를 우려한 김춘수는 이것이 한국문학의 불건강성을 증명하는 표지이며, 이상에 대한 문학가들의 애정이 일종의 "악몽과 같은" 것이라고 비판하기도 하였다.[07] 이상을 한낱 '문학병'에 걸려 비극적인 죽음을 맞은 시인 정도로 평가한 김춘수에게 이상에 대한 추모의 열기는 이해하기 어려운 것이었다.[08]

---

06 『경향신문』, 1957.4.17.

07 "이·삼년래로 부쩍 많아진 이상연구니, 이상문헌이니 하는 것들을 두고 하는 말입니다. 애정 없이는 이런 것들은 이루어질 수는 없는 것일 것입니다. 그러나 이상에 대한 우리의 애정은 악몽과 같은 그것입니다. 이상의 의식세계를 극복하여 우리가 보다 건강해질 적에 그의 수난?(나는 그렇게 말할 수가 있을가 합니다만)의 생애는 더욱 우리에게 잊지 못할 것이 될 것이다." 김춘수, 「이상의 죽음」, 『사상계』, 1957.7.

08 김춘수는 "자신 (혹은 시대)의 병을 자신이 진단해 놓고 있으면서 한쪽에서는 그런 책

그런데 1950년대 이상 추모의 움직임을 이야기하기 위해 빼놓을 수 없는 인물이 바로 박인환이다. 1956년 3월 20일 심장마비로 갑작스럽게 타개한 박인환은 죽기 직전인 3월 17일 이상 추모의 밤 행사에 참석했을 뿐만 아니라, 죽기 사흘 전 『동아일보』에 「죽은 아폴론—이상 그가 떠난 날에」를 남겼다. 이상의 기일을 3월 17일로 잘못 알고 한 달 앞서 추모모임을 가졌던 것인데, 박인환을 비롯한 후반기 동인들은 이미 1953년에도 3월 17일에 이상 추모모임을 거행하기도 했다.[09] 이들은 "이상의 절망과 현실비판의 문학, 그리고 생전의 이상이 살고 간 고뇌"를 해마다 상기하며 그의 문학을 음미하고자 했는데, 박인환은 이날 다방의 층계에서 굴러 떨어질 정도로 취할 정도로 과음했다고 전해진다.

1956년에 열린 이상 추모의 밤에는 다미아의 샹송 '우울한 일요일(Gloomy Sunday)'과 박인환의 '세월이 가면'을 부르며 "요절한 천재의 운명에 대하여 그 비극적 생애에 대하여 그 치열한 문학정신에 대하여 끝없는 얘기들이 오고" 갔다.[10] 이들에게 이상을 추모하는 밤은 일종의 연회였다.[11] 한국 문단 전반에 이상 추모의 열기가 달아오르기 이전에 박인환을 비롯한 후반기 동인들은 이상을 추모하는 조촐한 모임을 갖고 술을 마시며 이상의 삶과 문학에 대해 난상토론을 벌였다. 그중에서도 박인환은 이

임의사로서의 자신을 비웃고 있는"데서 발생하는 '의식의 악순환'이 문학병의 원인이라고 지적한다. 위의 글, 287쪽.

09 강계순, 『아! 박인환』, 문학예술사, 1983, 95쪽.

10 위의 책, 177쪽.

11 이진섭의 회고에 따르면 실제로 이들은 이상 추모의 밤을 '이상 추도연'이라고 불렀다고 한다. 인용문 중 확인이 어려운 부분은 □ 표시하였다. "죽기 사흘 전 3월 17일, 소설가 이봉구 씨, 화가 천경자 씨 원계홍 씨, 시나리오 작가 황영빈씨, 불문학자 방곤 씨, 작가 김광□씨란 「이상 추도연」을 한다고 동방살롱 건너편 술집에서 떠들었다." 이진섭, 「25년전의 시인, 박인환」, 『경향신문』, 1980.7.2.

상을 "정신의 황제"(「죽은 아폴론」)라고 칭하며 연모와 숭앙의 감정을 토로했다. 56년 추모의 밤에는 친우 이진섭에게 "인간은 소모품. 그러나, 끝까지 정신의 섭렵을 해야지"라는 글을 써주었다고 전해진다.[12]

1950년대 문인들이 이상에 대한 애도 작업을 대대적으로 진행한 데는 백철이 지적한 것처럼 그들이 '요절한 천재' 이상의 삶에 감정을 이입했기 때문으로 추측된다. 특히 박인환이 이상의 죽음에 과도하게 감정을 이입하는 태도에는 상실된 대상에 대한 애도를 수행하지 못하는 우울증 환자의 모습이 나타난다. 프로이드에 따르면 진정한 애도(mourning)란 상실해버린 대상을 타자로 인정하고 그에 대한 애착을 포기하는 것에서부터 시작하는 것이라고 설명한다. 하지만 애도를 수행하지 못한 우울증 환자에게는 대상에서 강제로 철회된 리비도가 다른 대상으로 향하지 않고 자기 자신에게로 향하는 나르시시즘적 단계로의 퇴행이 일어나 "쓸모없고, 무능력하고, 도덕적으로 타락한 자아"라며 "스스로를 비난하고, 스스로에게 욕설을 퍼붓고, 스스로가 이 사회에서 추방되어 처벌받기를 기대"하는 모습이 나타나게 된다.[13]

그런데 한국전쟁 이전에 박인환이 이상을 추모하는 시에는 이러한 우울증자의 모습이 나타나지 않는다. 2장에서 다시 논하겠으나, 박인환이 1948년에 발표한 「나의 생애에 흐르는 시간들」 역시 「죽은 아폴론」과 마찬가지로 이상에게 바치는 추모시지만, 두 시에서 이상의 죽음을 애도하는 태도에는 미묘한 차이가 나타난다. 「나의 생애에 흐르는 시간들」에는 '죽은 시인'을 회상하며 그에 대한 그리움을 표현하는 장면이 나타나지

---

12 여기서 '정신의 섭렵'이라는 구절은 「죽은 아폴론」에서 랭보와 이상을 동시에 설명하는 표현으로 등장한다.

13 지그문트 프로이트, 윤희기·박찬부 역, 「슬픔과 우울증」, 『정신분석학의 근본개념』, 열린책들, 2003, 247쪽.

만, 격정적인 어조로 슬픔을 토로하는 「죽은 아폴론」과 달리 시종 차분한 어조로 진행된다. 아울러 전쟁 이후 발표된 작품들에 나타나는 특유의 감상성(sentimentality)이 죽은 자들에 대한 애도 작업과 결부되어 나타난다는 점도 중요하다. 해방기의 애도 작업이 상실된 대상에 대한 가벼운 슬픔을 표출하는 정도에 그치고 있는 데 반해, 전후의 작품에서는 애도의 실패에 따른 자아의 빈곤화를 겪는 우울증적 주체의 모습이 나타난다. 박인환이 이상을 애도하는 방식에서 이와 같은 차이가 나타나는 이유는 무엇일까? 박인환이 57년의 추모회에서 그토록 격렬한 감정을 분출하게 된 데는 해방기와는 달라진 맥락이 반영되어 있는 것이 아닐까?

이러한 점에서 이 글은 박인환 시의 감상주의의 유형을 구분할 것을 제안한다. 박인환 시를 애도와 우울증의 맥락에서 분석한 연구들은 박인환 시에 나타난 우울증(melancholy)에 주목하여 이를 모더니티 비판과 연결[14]하거나 센티멘털리즘을 박인환의 문학세계를 구별 짓는 중요한 요소로 재평가[15]하였다. 다만 박인환 시에 나타난 센티멘털리즘의 정치적·미학적 효과를 해명하려는 시도들이 그 원인을 모더니티 비판이나 예술가적 자의식 등으로 일반화해 버리고 만 것은 아닌지 검토가 필요하다. 이와 달리 김승희는 박인환의 시에 죽은 자들을 기념하면서 애도하고자 하는 의도와 이 의도를 배반하고 트라우마적 기억을 고수하려는 자세가 동시에 나타난다는 점을 예리하게 포착하였다. 박인환의 시에 죽음에 집착하여 죽은 대상

---

14 곽명숙, 「1950년대 모더니즘의 묵시록적 우울-박인환의 시를 중심으로」, 『정신문화연구』 32권 3호, 한국학중앙연구원, 2009; 김창환, 「1950년대 모더니즘 시의 알레고리적 미의식 연구」, 연세대학교 박사논문, 2010; 전병준, 「박인환 시의 멜랑콜리 연구」, 『한국근대문학연구』 20권 1호, 한국근대문학회, 2019.

15 김용희, 「전후 센티멘털리즘의 전위와 미적 모더니티—박인환의 경우—」, 『우리어문연구』 35권, 우리어문학회, 2009, 317~318쪽; 최희진, 「박인환 문학의 센티멘털리즘과 문학적 자의식」, 『겨레어문학』 59권, 겨레어문학회, 2017.

을 보내지 않으려고 하는 죽음-애호증이 나타나는 한편으로, "애도의 필연성과 포기할 수 없는 애욕의 동일시 사이에서 방황" 하는 모습이 나타난다는 것이다.[16]

애도와 우울증에 대해 프로이트 이후로 논의를 발전시킨 자크 라깡이나 주디스 버틀러의 논의가 헤겔의 안티고네 독법을 비판적으로 전유하는 것은 애도 작업이 사회적 규율 권력과 관련되기 때문이다. 합법적으로 인정받지 못하는 금지된 애도를 수행하는 주체의 행위는 공동체의 운명과 국가의 질서를 해체할 힘을 지닌다.[17] 이승만 정권은 민족정 정통성과 지배 정당성을 입증하기 위해 국가상징물 제정과 활용을 비롯한 다양한 문화적 작업을 수행하였는데, 사자(死者)의 동원과 기념 역시 이러한 차원에서 해석된다. 한국전쟁의 전사자들이 민족과 국가를 위해 목숨을 바친 '호국영령(護國英靈)으로 호명되었고, 이들을 기리는 위령제가 지속적으로 거행되었다.'[18] 이러한 점에서 박인환 시에 나타난 애도와 멜랑콜리의 정

---

16 김승희, 「전후 시의 언술 특성: 애도의 언어와 우울증의 언어—박인환·고은의 초기 시를 중심으로」, 『한국시학연구』 23호, 한국시학회, 2008, 132~136쪽.

17 이명호는 라깡과 버틀러의 안티고네 독법을 비교하며 라깡이 안티고네는 욕망을 포기하지 않는 인물로 읽어내면서 안티고네의 행위를 상징질서로부터의 전면적 단절로 의미화하는 데 비해, 버틀러는 안티고네의 행위가 "크레온의 상징적 법과 절대적으로 대립, 단절되어 있는 '순수의 정치'가 아니라 자신이 저항하고자 하는 바로 그 체계에 어쩔 수 없이 섞여 들여가는 '오염의 정치'"(86)임을 강조한다. 버틀러가 안티고네를 애도적 주체로 읽는 라깡과 달리 애도를 거부하고 우울증적 동일시를 고수하는 우울증적 주체로 읽는 것 역시 이러한 차이에 기인한다. 우울증적 동일시를 통해 "타자를 자기 속으로 합체하는 자아의 개방적 윤리성"을 드러내는 버틀러와 달리, 라깡은 "자아와 동일성의 차원을 넘어서는 실재에 대한 욕망"(81)에 주목한다. 이명호, 『누가 안티고네를 두려워하는가』, 문학동네, 2014, 60~92쪽.

18 김봉국, 「이승만 정부 초기 애도-원호정치 애도의 독점과 균열 그리고 그 양가성」, 『역사문제연구』 35호, 역사문제연구소, 2016, 469쪽.

치적·사회적 맥락을 읽어낼 수 있다.

해방기와 전후를 거쳐 박인환은 자신이 따르던 작가들의 죽음을 경험하였다. 실제로 박인환이 전쟁기와 전후 발표한 작품 중에는 한국전쟁의 전사자와 죽은 문인들을 추모하는 시가 적지 않다. 하지만 이상의 경우와 같이 애도할 수 있었던 죽음도 있었던 반면, 한국전쟁을 거치며 반공의 분위기 속에서 애도가 금지된 죽음도 있었다. 애도 가능성과 불가능성이 교차하는 지점에서 전후 창작된 박인환 시에는 그 이전 시기에 나타나지 않던 격한 감정이 분출되고 있다. 박인환의 전후 시는 국가에 의해 애도가 금지된 대상에 대한 해소되지 않는 슬픔을 표출함으로써 애도의 실패가 지니는 정치적 의미를 반사하여 보여준다.

2. 해방기의 모더니스트

박인환은 좌우로 양분된 해방기 문단의 지형 속에서 문단 활동을 시작했다. 그는 '새로운 모더니즘'을 주장하는 '신시론' 동인을 결성하였고, 『신시론』(1948)과 『새로운 도시와 시민들의 합창』(1949)을 통해 자신이 지향하는 모더니즘 문학 이념을 드러냈다. 신시론 동인이 주장한 '새로운 모더니즘'의 이념과 실천이 1930년대 모더니즘의 성과에 미치지 못한다는 지적을 받아왔으나, 최근 박인환 문학을 재평가하려는 흐름 속에서 박인환이 해방기에 쓴 산문과 시편들을 근거로 박인환 문학의 '참여적' 성격을 부각하려는 연구가 시도되었다.[19] 그런데 이 연구들은 해방기 박인환의 정

---

19 엄동섭은 『새로운 도시와 시민들의 합창』에서부터 박인환의 문학적 변모의 전조가 나타난다고 평가하는 데 반해, 박민규는 해방기 모더니즘을 '참여적 모더니즘'과 '기교적 모더니즘'으로 구분하면서 박인환의 내적 동요가 『신시론』에서 이미 시작되었

치적 행보에 방점을 두면서 전후의 시는 검토하지 않는다. 해방기 박인환의 정치적 행보를 강조할수록 단정수립과 한국전쟁 이후 박인환 시에 지배적인 절망 의식과 허무주의와의 격차가 극심해질 뿐이기 때문이다.

한편 박인환 문학의 미적 모더니티를 새롭게 평가하기 위해 우울이나 센티멘털리즘에 주목한 연구의 경우에는 박인환 문학을 비정치적, 탈이념적 입장에서 접근함으로써 박인환 문학의 정치성을 소거시켜 버린다. 박인환 문학에 대한 대중적 지지가 오히려 박인환 문학에 대한 문학사적 평가를 박하게 하는 데 일조했으리라는 주장이 제시되고 있기도 하지만,[20] 대중적으로 인기 있는 작가와 작품을 폄하하려는 엘리트주의적 태도와는 별개로 박인환 문학에는 문학사적 평가를 애매하게 만드는 지점이 있기도 하다.

박인환을 비롯한 1950년대 모더니즘 문학이 처한 곤경은 1930년대 모더니즘 문학을 어떻게 평가할 것인가라는 문제와 관련된다. 이는 이들의 문학 자체에 대한 문제라기보다 오히려 정지용, 김기림, 오장환 등 1930년대 모더니즘을 대표하는 작가들이 해방기에 나타난 정치적 행보

다고 본다. 이와 달리 맹문재, 전병준은 박인환이 끝까지 현실 지향적인 면모를 유지했다는 입장이다. 한편 공현진·이경수는 박인환이 추구한 것이 김병욱과 같이 현실 정치에 바탕을 둔 참여적 모더니즘이 아니라 사회와 역사를 반영한다는 의미에서의 참여적 모더니즘이라고 주장한다. 엄동섭, 『신시론 동인 연구』, 태영출판사, 2007, 117쪽; 박민규, 「신시론과 후반기 동인의 모더니즘 시 이념 형성과정과 그 성격」, 『어문학』 124호, 한국어문학회, 2014, 317쪽; 맹문재, 「신시론의 작품들에 나타난 모더니즘 성격 연구」, 『우리문학연구』 35호, 우리문학회, 2012, 229쪽; 전병준, 「신시론 동인의 시와 시론 연구」, 『Journal of Korean Culture』 31권, 한국어문학국제학술포럼, 2015.11, 187~195쪽; 공현진·이경수, 「해방기 박인환 시의 모더니즘 특성 연구」, 『우리문학연구』 52호, 우리문학회, 2016, 338쪽.

20 정영진, 「연구사를 통해 본 문학연구(자)의 정치성-박인환 연구사를 중심으로」, 『상허학보』 37권, 상허학회, 2013, 136쪽.

와 관련한 복잡한 맥락을 지닌다. 박인환이 문단 활동을 시작한 해방기는 1930년대 모더니즘 문학을 이끌었던 선배 문인들이 활동을 활발하게 벌이고 있었다. 박인환은 서점 '마리서사'를 통해 문인과의 교류의 장을 마련하고자 했을 뿐만 아니라 김광균의 회상을 통해 알 수 있듯이 직접 선배 문인들을 찾아가 후배 문인으로서 자기의 존재를 인정받으려 하였다.[21] 당시 박인환은 청록파를 위시한 동양적 고전주의의 흐름을 경계하며 '과학'과 '생명'을 지닌 문학의 당위를 설파하였다.[22] 1930년대 모더니즘과의 차별성을 내세웠던 제스처에도 불구하고 박인환에게 김기림, 오장환 등은 우선 동경의 대상이었다.[23] 다음은 김규동의 회상이다.

> 인환의 초기 시에는 오장환의 일련의 작품이 가지는 로맨티시즘의 여러 가지가 여실하게 감지된다. 정지용에게가 아니고, 오장환에 끌렸다는 것은 기이한 일이다. 낡은 시의 전통을 부정하고 나온 시점이 바로 자신이 쓰는 시점임을 알았기에, 멸하여 가는 모든 것 앞에서 시인의 운명을 진실로 목놓아 울 수 있었던 격정의 시인에게서 그 음악의 향기와 감성을 감지해 냈다는 것은 특이한 일이다.
>
> 김광균과 김기림도 한편에 있어서 새로운 시법을 형성하는 박인

---

21 강계순, 앞의 책, 33쪽.

22 "그들은 청록(靑鹿)이되여 동양적 화단(東洋的 花園)에서 꽃과 나비와 함께 놀수는 없었다./그들이 육체적(肉體的)으로 부정(否定)해 왔든 낡은 아름다움이었기에. 거기에 진정(眞正)한 과학(科學)과 생명(生命)이 없기때문에."— 「ESSAY」, 『신시론』, 산호장, 1948.

23 김차영, 「박인환의 높은 시미학의 위치—이상과 또 다른 모더니즘의 패턴」, 김광균 외, 『세월이 가면』, 근역서재, 1982, 64~81쪽; 김지선, 「오장환·박인환의 '시선의 미학' 고찰」, 『비평문학』 43호, 한국비평문학회, 2012.

환의 레토릭한 논리의 세계를 도왔을 것이다.

뭐니 뭐니 해도 역시 인환은 오장환을 통해서 시를 쓰는 기법과 리듬의 화려한 섬광을 발견해낸 듯이 보이며, 그래서 정신의 귀족주의적인 일면도 서로 흡사한 데가 있어 보인다.

허무와 통하는 정신의 귀족주의—그것은 보오들레에르의 댄디 정신이나 악마적 낭만주의와도 서로 맥이 통하는 정신적 요소들이 아닌가 싶다.[24]

오장환, 김광균, 김기림은 박인환이 친분을 맺은 선배 문인들로, 김기림을 상세하게 다루면서 김기림의 서구 지향적인 개방성에 대한 공감을 드러낸 바 있다.[25] 이들 중에서 박인환이 가장 따르던 선배 문인은 오장환이었다. 박인환이 십년 연상인 오장환을 따라다녔다는 목격담[26]이나 오장환에게 선물 받은 빨간 넥타이를 자랑했다는 회고[27] 등을 통해 박인환에게 오장환이 특별한 인물이었음을 알 수 있다. 마리서사에서 오장환을 처음 만났다는 김광균의 회고도 있거니와,[28] 오장환과 박인환의 인연은 서점을 매개로 한다. 1945년 안국동에 문을 연 박인환의 마리서사는 오장환이 1938년부터 약 2년 동안 관훈동에서 남만서점과 마찬가지로 신간보다 고

---

24 김규동, 「한 줄기 눈물도 없이」, 김광균 외, 앞의 책, 49쪽.

25 방민호, 「박인환 산문에 나타난 미국」, 『한국현대문학연구』 19호, 한국현대문학회, 2006, 437쪽.

26 신경림, 「젊음과 슬픔과 리듬의 시인 박인환」, 『초등우리교육』 82호, 1996.12. 231~233쪽.

27 김성수 기획 채록, 『김규동 2004년도 한국 근현대예술사 구술채록연구 시리즈』 34권, 한국문화예술진흥원, 2005, 76쪽.

28 김광균, 「마리서사 주변」, 김광균 외, 앞의 책, 137쪽.

서를 취급하는 고서점이었다.[29] 경영난에 시달리던 박인환이 고서와 신간을 같이 취급하면서 해방기 좌익 서적 출판의 선두 역할을 한 노농사(勞農社)의 총판을 맡게 된 것 역시 오장환의 영향으로 짐작된다.[30]

김규동이 위에서 지적하고 있거니와, 박인환은 오장환 시에 나타나는 격정적인 로맨티시즘에 매료되었다. 박인환이 해방기에 발표한 「인천항」(『신조선』(개제)3호, 1947.4.20.), 「남풍」(『신천지』 1947.7.1.) 등은 해방기에 발표된 오장환의 시편들을 상기시킨다. 김규동은 후일 오장환, 김기림은 다같이 '민족현실을 저버리'지 못한 '모더니스트'였으며, 박인환이 살아 있었다면 그들을 이어받아 "분단 현실을 떠메는/참다운 모더니스트"가 되었을 것이라고 회상하기도 하였는데, 이는 해방기에 '모더니스트'로서의 자의식이 어떤 방식으로 작동했는지를 이해할 수 있는 대목이다.[31] 마리서사가 "좌·우의 구별이 없던, 몽마르뜨 같은 분위기"[32]였다는 김수영의 진술 역시 박인환이 30년대 모더니즘을 이끌었던 선배 문인들과 맺었던 직간접적인 관계를 짐작케 한다. 하지만 해방기에 박인환이 모더니스트로서의 자의식을 유지하면서 문학적 실천의 대열에 합류하였다는 사실을 간과해서는 안 된다. 박인환이 해방기에 발표한 산문을 통해 짐작하건대, 그는 보편적 근대와 미적 모더니티에 대한 추구를 더욱 본질적인 목적으로 보고 있었다. 다음은 1949년 간행된 『새로운 도시와 시민들의 합창』 서문이다.

---

29 이중연은 박인환이 원서동 집에서 경기중학을 다니면서 관훈동에 있던 남만서점을 알고 있었을 것이라고 추측한다. 특히 고서를 모으기 시작한 1939년 무렵 이미 오장환을 만났을 가능성이 있다. 이중연, 『고서점의 문화사』, 혜안, 2007, 174~178쪽.

30 위의 책, 196쪽.

31 김규동, 『김규동시전집』, 창비, 2011, 632~633쪽.

32 김수영, 「마리서사」, 『김수영 전집 (2) 산문』 개정판, 민음사, 2008, 74쪽.

불모의 문명 자본과 사상의 불균정한 싸움 속에서 시민 정신에 이반된 언어작용만의 어리석음을 깨달았었다. 자본의 군대가 진주한 시가지는 지금은 증오와 안개 낀 현실이 있을 뿐……더욱 멀리 지난날 노래하였던 식민지의 애가이며 토속의 노래는 이러한 지구(地區)에 가라앉아간다.
그러나 영원의 일요일이 내 가슴속에 찾아든다. 그러할 때에는 사랑하던 사람과 시의 산책의 발을 옮겼던 교외의 원시림으로 간다.
풍토와 개성과 사고의 자유를 즐겼던 시의 원시림으로 간다.
아, 거기서 나를 괴롭히는 무수한 장미들의 뜨거운 온도.[33]

박인환은 "자본의 군대가 진주한 시가지는 지금은 증오와 안개 낀 현실"과 "영원의 일요일"을 대비시키며 후자를 통해 "시의 원시림"으로 향할 수 있다고 말한다. 시의 본질이 보편성 추구에 있음을 주지하고 있다. 그는 자신의 시 「정신의 행방을 찾아서」[34]에서도 "오늘의 문명"을 "불모의 지구"에 비유하며 "원시의 평화"를 되찾아야 함을 주장하였다. 이 시에서 "무수한 장미들의 뜨거운 온도"라고 표현된 대상은 "시의 원시림"에 내재하는 것으로, 시인의 결핍을 상기시킨다. 이것은 그가 더 높은 이상을 추구할 수 있도록 자극한다는 점에서 그를 '괴롭히는' 대상으로 이해된다. 일찍이 『장미촌』의 창간사가 보여주었듯, 근대문학에서 '장미'는 '책'이자 문학 언어, 곧 '시'로 이해되었다.[35] 박인환은 '장미' 기호가 "'고

---

33 박인환, 『박인환 전집』, 맹문재 편, 실천문학사, 2008, 247쪽. 이후 인용시 『박인환 전집』으로 줄여서 표기하였다.

34 박인환, 「정신의 행방을 찾아서」, 『민성』, 1949.3.26.; 『박인환 문학전집』 1권, 엄동섭·염철 편, 소명출판, 2015, 264~265쪽. 이후 인용시 『박인환 문학전집』 1권으로 줄여서 표기하였다.

35 조영복, 「근대 문학의 '도서관 환상'과 '책'의 숭배—박인환의 「서적과 풍경」을 중심

뇌의 장'인 '문학' 그 자체의 세계, 일종의 '책 우주'에 다름 아니"[36]라는 근대문학의 선언을 계승하고 있는 셈이다. 박인환이 마리서사를 경영할 당시 서적을 판매가 아니라 소장이 목적인 양 귀중하게 다뤘다는 사실에서도 드러나는 사실이지만,[37] 그에게 서적은 절대적 가치를 지닌 미적 모더니티의 구현물이었다.[38]

위 인용문에서 사용된 단어들 역시 1930년대 모더니즘과 아방가르드 예술의 자장 안에서 이해된다. "시의 원시림"이라는 표현은 '원시적 명랑성'을 강조한 김기림의 시론[39]을 떠올리게 하는 것이거니와 "영원의 일요일"이라는 표현은 아방가르드 예술가들 가운데서도 장 콕토에게서 영감을 받았으리라 추측된다. 송민호는 이상의 「LE URINE」의 '일요일의 비너스'의 상상력이 장 콕토의 시에서 전유된 것임을 밝힌 바 있는데,[40] 박인

으로」, 『한국시학연구』 23호, 한국시학회, 2008, 346쪽.

36 위의 글, 347쪽.

37 박인환은 1945년 해방이 되자 평양의학전문학교를 중단하고 서울로 와서 그해 12월 마리서사를 개업하였다. 마리서사에는 살바도르 달리의 사진이 걸려 있었고, 책장 안에는 앙드레 브르통, 폴 엘뤼아르, 마리 로랑생, 장 콕토의 시집을 비롯해 『시와 시론(詩と詩論)』이나 『팡테온(パンテオン)』, 『오르페온(オルフェオン)』과 같은 희귀본 시 잡지까지 구비되어 있었다고 한다(윤석산, 『박인환 평전: 지금 그 사람 이름은 잊었지만』, 도서출판 모시는 사람들, 2003, 60~61쪽).

38 박인환의 시 「서적과 풍경」의 4연에 등장하는 다음 구절을 통해서도 '장미'와 '서적'의 연관성이 짐작된다. "내가 옛날 위대한 반항을 기도하였을 때/서적은 백주(白晝)의 장미와 같은/창연하고도 아름다운 풍경을/마음속에 그려주었다." 『박인환 문학전집』 1권, 119쪽.

39 김기림, 「시론」, 『김기림 전집』 2권, 심설당, 1988, 86쪽. 김기림은 신선하고 청신한 감각을 불러일으키는 것은 원시성과 관련지으며 "현대예술의 내부에 원시에의 동경이 눈뜨기 시작"했다고 서술한다. 감상주의에 빠진 퇴폐적 예술에서 벗어나기 위해 원시적 명랑성을 탐구하게 되었다는 것이다.

40 송민호, 「아방가르드 예술의 한국적 수용(1)—이상과 장 콕토」, 『인문논총』 71권 3호,

환 역시 장 콕토의 예술적 상상력에 매료되었음이 여러 문헌을 통해 확인된다.[41] 흥미로운 점은 장 콕토를 비롯해 마리서사에 구비된 서적 및 잡지들이 1930년대의 모더니스트들이 향유하던 목록과 거의 일치한다는 것이다.[42] 1930년대 모더니즘과 박인환과의 연관성은 그가 해방기에 쓴 「나의 생애에 흐르는 시간들」을 통해서도 확인된다. 이 시에는 '죽은 시인'을 추모하며 영원성의 세계에 이르기를 소망하는 시적 주체의 슬픔이 그려지는데, 여기서 '죽은 시인'은 이상으로 짐작된다.

> 나의 생애에 흐르는 시간들
> 가느다란 일 년의 안젤루스
>
> 어두워지면 길목에서 울었다
> 사랑하는 사람과
>
> 숲 속에서 들리는 목소리
> 그의 얼굴은 죽은 시인이었다

서울대학교 인문학연구원, 2014, 102쪽.

41 장 콕토는 일본에서 번역된 아방가르드 작가 중에서도 가장 인기있던 작가로, 박인환은 마리서사에 소장되어 있었다고 하는 일본 시 잡지를 통해 장 콕토를 접하게 된 것으로 짐작된다. 장 콕토에 대한 박인환의 애정은 전후까지 이어져 1955년 10월 장 콕토가 프랑스 아카데미 회원이 되었다는 소식을 전해 듣고는 자신이 아카데미 회원이나 된 듯 술좌석마다 잔을 높이 들고 '축배, 축배'를 외쳤을 정도였다. 윤석산, 앞의 책, 213쪽.

42 김기림은 이상과 자신들의 대화 주체가 항상 프랑스 문학, 특히 시에서 시작해 나중에는 르네 클레르의 영화, 달리의 그림에까지 미쳤다고 술회한 바 있다. 김기림 「이상의 모습과 예술」, 김유중·김주현 편, 앞의 책, 32~33쪽.

늙은 언덕 밑
피로한 계절과 부서진 악기

모이면 지난날을 이야기한다
누구나 저만이 슬프다고

가난을 등지고 노래도 잃은
안개 속으로 들어간 사람아

이렇게 밝은 밤이면
빛나는 수목(樹木)이 그립다

바람이 찾아와 문은 열리고
찬 눈은 가슴에 떨어진다

힘없이 반항 하던 나는
겨울이라 떠나지 못하겠다

밤새우는 가로등
무엇을 기다리나

나도 서 있다
무한한 과실만 먹고

—「나의 생애에 흐르는 시간들」 전문[43]

---

43 『박인환 문학전집』 1권, 63쪽.

이 시에 등장하는 '피로한 계절', '부서진 악기' 이상의 시 「명경」과 「신경질적으로 비만한 삼각형(神經質に肥滿した三角形)」에 각각 등장하는 구절이라는 점에서 이 시에 나타나는 '죽은 시인'은 이상을 연상시킨다.[44] 이 시에서 시적 주체는 '죽은 시인'에 대해 언급하고 있기는 하지만 그의 죽음에 대한 슬픔을 직접적으로 내비치지는 않는다. 오히려 슬픔은 흘러가 버린 지난날과 관련되어 "누구나 저만이 슬프다고" 토로하는 일방성을 띠고 나타난다. 다만 시적 주체가 '빛나는 수목'을 그리워하듯 '죽은 시인'에 대한 그리움을 품고 있음을 막연하게 서술된다. '죽은 시인'을 그리워하면서도 선뜻 그가 걸어간 길을 따르지 못하고 무언가를 기다리듯 망설이는 것이다. 이 시를 통해 이미 해방기에 박인환이 이상의 죽음을 추모하고 있었음을 알 수 있다. 이 시에는 죽은 시인에 대한 그리움보다는, "밤새우는 가로등"처럼 아직 오지 않은 무언가를 기다리며 떠나지 못한 채 아릿한 슬픔에 젖어 있는 시적 주체의 고민이 더욱 중요한 것으로 부상한다.

선배 문인으로서 뛰어난 문학적 성취를 거두었으나 비극적으로 삶을 마감한 '죽은 시인' 이상에 대한 동경이 두드러지는 것도 이러한 맥락에서 이해된다. 하지만 전후에 발표된 「죽은 아폴론」(『한국일보』, 1956.3.17.)과 이 시에 나타나는 슬픔의 정조는 사뭇 다른 표정을 지니고 있다. 이 시의 차분한 분위기와는 달리 「죽은 아폴론」에는 이상의 죽음을 격렬하게 부정하는 감상적 태도가 나타난다. 「죽은 아폴론」뿐만 아니라 전후 발표된 박인환의 시에는 특유의 과장된 감상성이 나타난다.

---

44 안지영, 『천사의 허무주의』, 푸른사상, 2017, 132~133쪽. 한편, 「장미의 온도」에는 "과실의 생명은/화폐 모양 권태하고 있다", "나의 찢어진 애욕은/수목이 방탕하는 포도에 질주한다"라는 구절이 등장하는데, 이 역시 이상의 「권태」, 「오감도시제1호」 등과 같은 작품에서 연상한 것이 아닌가 추측된다.

3. '애도의 정치'와 우울증적 주체

1949년 7월 남로당 당원으로 활동했다는 혐의를 받고 국가보안법 위반으로 체포된 박인환은 체포 후 무혐의로 풀려나기는 했으나 1949년 10월 본격적으로 시작된 전향 국면을 벗어나지 못했고, 전향을 증명하기 위해 보도연맹 행사에 동원되는 등 고초를 겪게 된다.[45] 한국전쟁이 발발하고 개전 사흘 만에 인민군에 의해 서울이 점령되자, 박인환은 서울이 수복될 때까지 세종로 처가집 지하실이나 어린 시절부터 가깝게 지내던 낙원동 이용구의 집 등을 전전하며 은둔하면서 지내야 했다.[46] 전향을 강요받고 보도연맹에 가입까지 한 이력이 있는 박인환으로서는 조심하지 않을 수 없는 시기였다.[47]

반공주의가 한국전쟁을 계기로 강력한 지배 이데올로기로 자리매김하게 되었다는 것은 주지의 사실이다. 1950년대 문학에서도 선우휘, 오상원을 비롯한 대부분의 작가들이 반공주의를 승인하는 형태를 보였다. 하지만 1950년대에도 반공주의 내면화 작업이 진행 중이었으며,[48] 작가들 역

---

45 정우택, 「해방기 박인환 시의 정치적 아우라와 전향의 반향」, 『반교어문연구』 32호, 반교어문학회, 2012, 315~316쪽.

46 윤석산, 앞의 책, 150~151쪽.

47 한국전쟁 중에도 박인환은 당황하지 않고 침착하게 대응했다. 장만영에 따르면 박인환은 은둔 시절에도 장서(藏書)들을 가지런히 꽂아놓고 먼지 하나 없이 깨끗하게 청소해 놓고 있었다고 한다. 중공군 개입 후 가족을 대구로 피난시킨 박인환이 세종로 집 마당에 묻어 두었던 <후반기> 동인의 원고를 꺼내 대구로 가져왔다고 전한다. 후반기 원고가 무사히 출간될 수 있었던 데는 박인환의 노고가 숨어 있었다. 위의 책, 151, 157~158쪽.

48 기존 연구에서는 1950년대 이승만 정권기를 '외양적 반공주의의 확산', 박정희 정권기를 '실재적, 내재적 반공이데올로기의 구축'으로 구분하기도 하지만(윤충로·강정구, 「분단과 지배이데올로기의 형성·내면화」, 『사회과학연구』 6권, 동국대 사회과학연구원, 1998), 한국 반공주의의 변화 과정을 단절적으로 구분하기는 어렵다. 이에 대해 김준현은 진보

시 반공주의를 확고하게 승인했다기보다는 이를 어떻게 받아들여야 할지를 고민하는 중이었다.[49] 반공주의가 이성적 판단을 압도할 정도로 좌파 사상에 대해 격렬한 적대적 감정을 표출하는 이념적 표현이라 정의할 때,[50] 박인환이 반공주의를 철저히 내면화했다고 보기는 어렵다. 다만 해방기에 발표된 시편들을 상기할 때 박인환은 한국전쟁을 계기로 공산주의에 엄청난 '배신감'을 느꼈던 듯하다.

전후 발표한 산문에서 박인환은 인민군 치하 당시 서울을 '생지옥'이었다고 묘사한다. "그 전까지는 막연한 공산주의에 대한 비판만 해 왔"으나 인권을 유린하고 사유 재산을 몰수하는 인민군의 행태를 보고, "인민의 복리와 자유를 외"치던 것이 허위임을 알게 되었다.[51] 1953년에 발표된 「서적과 풍경」에는 "공산주의의 심연에서 구출코자" "세계의 한촌(寒村) 한국에서 죽"음을 맞는 "현대의 이방인 자유의 용사"와 "더글러스 맥아더가 육지에 오"르는 장면이 그려진다. 공산주의의 억압으로부터 자유를 되찾게 해준 유엔군을 칭송하는 전형적 서사구조가 1950년대 발표된 시편들에 나타난다. 이 시기 자유주의는 공산주의와의 대치 국면에서 대타적 개념으로 사용되었으며,[52] 박인환 역시 한국전쟁을 '자유'를 되찾기

당 사건을 분석하며 이승만 정권 아래에서도 반공주의를 내면화하기 위한 담론투쟁이 전개되었음을 지적한 바 있다(김준현, 「1950년대 '진보' 개념의 변화와 반공주의 내면화의 문제」, 『한국학연구』 35호, 인하대학교 한국학연구소, 2014, 45~66쪽).

49 김진기, 「반공의 내면화와 정체성의 구축」, 『겨레어문학』 41호, 겨레어문학회, 2008, 428쪽.

50 권혁범, 「반공주의 회로판 읽기: 한국 반공주의의 의미체계와 정치사회적 기능」, 『통일연구』 2권 2호, 연세대학교 통일연구원, 1998, 10~11쪽.

51 「암흑과 더불어 3개월」, 『박인환 전집』, 552쪽.

52 김진기, 「반공에 전유된 자유, 혹은 자유주의」, 『상허학보』 15권, 상허학회, 2005, 158쪽.

위한 전쟁이었다고 표현하고 있다. 이에 따라 박인환 시에서 전사자의 죽음에 대한 애도는 국군과 한국전쟁에 참전한 미군을 비롯한 유엔군 등을 대상으로 제한적으로 이뤄진다.

전쟁으로 인해 죽은 이들을 어떻게 기억할지는 국민국가적 상상력을 작동시키는 데 있어 매우 중요한 문제다. 조지 모스에 따르면, 국가의 이름으로 치러진 전쟁을 정당화하기 위해 전후에 이르러 순교와 부활의 이미지가 투영된 전사자 숭배가 내셔널리즘을 작동시키는 도구로 이용되었다.[53] 베네딕트 앤더슨 역시 "무명용사의 묘와 비만큼이나 민족주의라는 근대 문화를 매혹적으로 상징하는 것은 없다"[54]고 하였거니와, 전쟁이 끝난 후 '죽음의 정치' 혹은 '애도의 정치'는 내셔널리즘을 배양하는 훌륭한 장치로 기능한다. 여기서 중요한 것은 기억과 망각이 동시에 작동한다는 데 있다. 죽음의 정치는 기억해야 할 죽음의 형태를 정하면서 동시에 침묵해 가는 별개의 이야기를 만들어낸다. 그러므로 "문제는 증언자를 말살하거나 발화를 금지하는 일이 아니다. 무엇을 기억하고 망각해야 할지를 '대신해서 말하는', 그 이야기의 위치인 것이다."[55] 즉 발화자가 죽은 자를 대신해서 말하는 것이 아니라 죽은 자와 함께 어떤 시간성 속에서 대화해나갈 수 있게 되어야만 국민의 이야기로 회수되지 않는 산 자와 죽은 자의 실천적 관계가 가능해진다.[56]

그런데 전쟁체험자로서 박인환의 시에는 피해자로서 전쟁 체험에 집착하는 센티멘털리즘이 나타난다. 자기중심적인 센티멘털리즘의 문제는 눈에 보이는 희생자가 아닌, 전쟁으로 인한 희생자 전반으로 사고가 확대

---

53 조지 L. 모스, 오윤성 역, 『전사자 숭배』, 문학동네, 2015, 13~14쪽.

54 베네딕트 앤더슨, 서지원 역, 『상상된 공동체』, 도서출판 길, 2018, 31쪽.

55 도미야마 이치로, 앞의 책, 94쪽.

56 위의 책, 95-96쪽.

되는 것을 가로막는 데 있다.[57] 이러한 한계는 전후에 발표된 박인환의 시에 그대로 반영되었다. 그의 시에는 '청춘'으로 표상되는 시기를 그리워하는 장면들이 빈번히 등장하며, 이 시기로 다시는 되돌아가지 못할 것이라는 비관적 전망으로 시가 마무리된다. '청춘'의 시기가 "서적처럼 불타 버"려 일체의 '애욕'조차 사라져버린 상태에서 "쓰디쓴 기억"을 부여잡으려 하거나(「부드러운 목소리로 이야기할 때」) "섬세한 추억"을 회상하다 이내 "맹목의 시대"를 살아가고 있는 것은 아닌지 자문하기도 한다(「눈을 뜨고도」). 반복되는 것은 죽음을 상상하는 장면이다. 「미스터 모의 생과 사」, 「밤의 미매장」, 「행복」, 「불행한 신」 등 다수의 작품들이 그러하다. 그런데 이내 다가올 자신의 죽음이 "친우와도 같이/다정스러"(「미스터 모의 생과 사」)운 것으로 그려지는 것과 달리, 「눈을 뜨고도」나 「밤의 미매장」, 「태평양에서」에서는 이미 죽은 자들에 대해서는 공포, 혐오, 치욕, 분노, 환멸과 같은 복잡한 감정이 표출되고 있다.

비가 줄줄 내리는 새벽
바로 그때이다
죽어 간 청춘이
땅 속에서 솟아 나오는 것이……
그러나 나는 뛰어들어
서슴없이 어깨를 거느리고
악수한 채 피 묻은 손목으로
우리는 암담한 일곱 개의 층계를 내려갔다.

57 이영진, 「전후 일본과 애도의 정치: 전쟁 체험의 의의와 그 한계」, 『일본연구논총』 37권, 현대일본학회, 2013, 52쪽.

『인간의 조건』의 앙드레 말로
『아름다운 지구』의 아라공
모두들 나와 허물없던 우인
황혼이면 피곤한 육체로
우리의 개념이 즐거이 이름 불렀던
'정신과 관련된 호텔'에서
말로는 이 빠진 정부(情婦)와
아라공은 절름발이 사상과
나는 이들을 응시하면서……
이러한 바람의 낮과 애욕의 밤이
회상의 사진처럼
부질하게 내 눈앞에 오고 간다.

―「일곱 개의 층계」 부분[58]

「일곱 개의 층계」에서는 이미 죽은 자들이 갑작스럽게 출현하여 그를 공포로 몰고 간다. 그런데 시적 주체는 이들을 외면하지 않고 이들과 함께 "일곱 개의 층계"를 내려간다. 억압되었던 무의식적 기억이 영사기처럼 잊혔던 "회상의 사진"을 재생시킨다. 이는 박인환의 생애에서 해방기의 '마리서사'의 시절을 상기시킨다. 박인환에게 마리서사 시절은 좌우 이데올로기의 구별 없이 "서로 위기의 인식과 우애를 나누었던/아름다운 연대"(「1950년의 만가」)의 시기로 기억된다. 그는 이봉구에게 보내는 서신에서도 "1946년에서 1948년 봄에 이르기까지 우리의 아름다운 지구(地區)는 역시 서울이었습니다. 그리고 서울은 모든 인간에게 불멸의 눈물과 애증

58 『박인환 문학전집』 1권, 177~178쪽.

을 알려주는 곳입니다."[59]라면서 그 시절을 회상한다. 하지만 이제 그 청춘의 기억은 부질없게도 계속 '솟아나와' 시적 주체를 괴롭게 한다.

「벽」에도 유사한 상황이 반복된다. 이 시에도 "즐거워하던 예술가"들과 어울렸던 기억 대신 "멸망의 그림자가" 온종일 자신을 가로막고 있다. 이에 따라 처참하게 "한 점의 피도 없이" 말라 버리는 시인의 모습이 비극적으로 제시된다. 이 시에는 자신을 가로막는 벽을 부술 힘을 지니지 못하고 있다는 점에서 시적 주체의 무력한 모습이 강조되어 있다. 자신의 존위가 침해받는 상황임에도 분노를 표출하기보다 상황을 회피하려는 태도가 반복된다. 다음 시에는 자애심의 추락과 자아의 빈곤화에 따라 자기 처벌의 방식으로 자살을 시도하기도 하는 전형적인 우울증자의 모습이 그려진다.[60]

> 전쟁 때문에 나의 재산과 친우가 떠났다
> 인간의 이지를 위한 서적 그것은 잿더미가 되고
> 지난날의 영광도 날아가 버렸다.
> 그렇게 다정했던 친우도 서로 갈라지고
> 간혹 이름을 불러도 울림조차 없다.
> 오늘도 비행기의 폭음이 귀에 잠겨
> 잠이 오지 않는다.
>
> 잠을 이루지 못하는 밤을 위해 시를 읽으면
> 공백한 종이 위에 그의 부드럽고 원만하던 얼굴이 환상처럼 어린다.
> 미래에의 기약도 없이 흩어진 친우는

---

59 『박인환 전집』, 644쪽.

60 지그문트 프로이트, 앞의 책, 245~257쪽.

공산주의자에게 납치되었다.
그는 사자(死者)만이 갖는 속도로
고뇌의 세계에서 탈주하였으리라.

정의의 전쟁은 나로 하여금 잠을 깨운다.
오래도록 나는 망각의 피안에서 술을 마셨다.
하루하루가 나에게 있어서는
비참한 축제이었다.
그러나 부단한 자유의 이름으로서
우리의 뜰 앞에서 벌어진 싸움을 통찰할 때
나는 내 출발이 늦은 것을 고한다.

나의 재산…이것은 부스럭지
나의 생명…이것도 부스럭지
아 파멸한다는 것이 얼마나 위대한 일이냐.

—「잠을 이루지 못하는 밤」 부분[61]

「잠을 이루지 못하는 밤」이나 「한줄기 눈물도 없이」,[62] 「새로운 결의를 위하여」,[63] 「이 거리는 환영한다—반공 청년에게 주는 노래」[64] 등에 나타나

61 『박인환 문학전집』 1권, 177~178쪽.

62 "존엄한 죽음을 기다리는/용사는 대열을 지어/전선으로 나가는 뜨거운 구두 소리를 듣는다./아 창문을 닫으시오"(위의 책, 196쪽.)

63 "침략자는 아직도 살아 있고/싸우러 나간 사람은 돌아오지 않고/무거운 공포의 시대는 우리를 지배한다./이 복종과 다름이 없는 지금의 시간/의의를 잃은 싸움의 보람/나의 분노와 남아 있는 인간의 설움은 하늘을 찌른다."(위의 책, 206쪽.)

64 "이 거리에는/채찍도/철조망도/설득 공작도/없다//이 거리에는/독재도/모해도/강제 노동도/없다"(위의 책, 241쪽) 그런데 '자유'를 강조하는 이 시가 "어느 문이나/열리

는 한국전쟁에 대한 박인환의 회상은 편향되어 있다. 특히 위에 인용한 시에서 '친우'가 공산주의자에게 납치되었다는 설정과 그가 이내 처형되었으리라는 암시는 그가 한국전쟁으로 인한 피해 의식에 시달리고 있음을 보여준다. "공백한 종이 위에 그의 부드럽고 원만하던 얼굴"은 과연 누구의 얼굴일까? 이 시에서 박인환은 한국전쟁을 침략자에 맞서 자유를 위한 "정의의 전쟁"이었음을 강조하는 한편으로, 이 전쟁이 자신에게 비참함을 일깨운다는 모순된 사실을 진술한다. '친우'로 호명된 대상에서 강제로 철회된 리비도는 다른 대상으로 향하지 않고 시적 주체 자신에게로 향함으로써 나르시시즘적 퇴행이 일어난다. 이에 따라 박인환 시의 우울증적 주체는 자기 자신을 비하하며 "파멸"에 매혹되어 죽음을 소망하기에 이른다.

4. 금지된 애도와 추모시

버틀러는 슬픔이 신체적 취약성을 경험하는 박탈의 양상으로 이해하면서 "우울증 환자의 나르시스트적 몰입"에서 벗어나 "인간 공통의 취약성"을 헤아림으로써 애도할만한 죽음과 그렇지 않은 죽음을 선별하는 권력을 문제 삼을 수 있으리라고 본다.[65] 하지만 박인환의 시에서 애도가 수행되는 방식은 타자와의 동일시(identification)보다는 '정체성(identity)'을 지

어 있다/깨끗한 옷에/장미를 꽂고/술을 마셔라"로 끝난다. 마침내 자유를 누리게 된 청년에게 주어진 선택지는 방탕한 삶을 즐기는 것으로 그려지는 것이다.

65 주디스 버틀러, 양효실 역, 『불확실한 삶—애도와 폭력의 권력들』, 경성대학교 출판부, 2008, 60~65쪽.

키는 쪽에 더 가까웠다.[66] 앞서 살펴본 바와 같이 박인환의 시에는 타자에 대한 애증의 양가감정이 나타나는데, 그는 금지된 욕망으로서의 타자와 동일시하기를 거부하고 이내 바깥으로 밀어내 버린다. 박인환 시는 친우들과 다시 만날 수 없게 만든 전쟁에 대한 차가운 분노 대신 개인적인 피해에 대한 억울함, 원한의 정서와 심정적 낭만주의로 인한 감정의 과잉 상태를 넘어서지 못한다. 박인환은 국민의 이야기로 회수될 수 없는 죽은 자들에 대한 발화를 발명하지도, 그렇다고 반공주의를 완전히 내면화하여 죽은 자의 공적을 미화하고 기념하는 자세를 취하지도 않았다. 그는 전쟁의 고통스런 체험을 체념과 영탄, 그리고 노스탤지어에 빠진다.

> 나라가 해방이 되고
> 하늘에 자유의 깃발이 퍼덕거릴 때
> 당신들은
> 오랜 고난과 압박의 병균에
> 몸을 좀먹혀
> 진실한 이야기도
> 사랑의 노래도 잊어버리고
> 옛날의 사람이 되었습니다.
>
> 나는 지금 당신들이 죽어서 이 노래를
> 부르는 것이 아닙니다.
> 당신들의 호흡이 지금 끊어졌다 해도
> 거룩한 정신과
> 그 예술의 금자탑은

---

66 이명호, 앞의 책, 74쪽.

밤낮으로 나를 가로막고 있으며
내 마음이 서운할 때에
나는 당신들이 만든 문화의 화단 속에서 즐길 수 있기 때문입니다.

당신들은 살아 있는 우리들의
푸른 '시그널'
우리는 그 불빛이 가리키는 방향으로
당신들의 유지를 받들어 가고 있습니다.

—「옛날의 사람들에게—물고 작가 추도회의 밤에」 부분[67]

박인환은 죽은 이들이 살아서는 불행하였으나 지금은 "남아 있는 우리들"이 당신들을 사랑하고 기억하고 있다고 말한다. 하지만 '당신들'이라고 불리는 타자들은 뭉뚱그려 익명화되어 처리된다. "나라가 해방이 되고/하늘에 자유의 깃발"이 펄럭이던 시절을 살았다는 구절을 통해 이 시에서 애도되는 대상 역시 해방기에 활동했던 작가들임을 알 수 있다. 박인환은 끊임없이 해방기의 기억을 소환하면서 동시에 기억 속에 봉인시키고 있다. 해방기에 대한 박인환의 기억은 공적으로 인정받지도 못하고 언어화될 수도 없다. 이에 따라 이 시에도 '옛날의 사람들'로 뭉뚱그려진 타자들에게 "당신들의 유지를 받들어 가고 있"다고 말하면서 동시에 그들이 세운 "예술의 금자탑"이 "밤낮으로 나를 가로막고 있"다고 말하는 이중적 태도가 드러난다.

이 시기 박인환이 이상을 애도하는 태도에도 변화가 나타난다. 이는 이상과 동시대를 살았던 이들의 추모글이나 이상 연구 1세대와 비교해도 두드러지는 지점이다. 가령 김기림은 이상이 죽은 후 적극적으로 이상을

---

67 『박인환 문학전집』 1권, 233~234쪽.

기념하는 작업에 착수한 비평가였다. 김기림은 “가장 우수한 최후의 모더니스트 이상은 모더니즘의 초극이라는 이 심각한 운명을 한몸에 구현한 비극의 담당자였다.”[68]라면서 이상에게 ‘최후의 모더니스트’라는 칭호를 부여했다. 또한 해방 후에는 『이상 선집』(1949)을 간행하며 이상 추모의 분위기를 만들어냈다. 『이상 선집』에 실린 글에서 김기림은 이상을 “비통한 순교자”라 불렀는데,[69] 이러한 명명은 이후 ‘예술을 위해 순교한 천재’라는 이상의 이미지를 형성하는 데 적지 않은 영향을 미쳤다.

이상을 “일개의 특이한 엣세이스트”[70]로 폄하한 조연현과 달리 이상 연구 1세대에 속하는 임종국, 이어령, 고석규 등의 이상 분석은 김기림의 그것에서 크게 벗어나지 않는다. “절망을 통하여 실로 근대문명과 정신의 일체에 대해서 불신을 표명하던 근대적 자아의 절망상을 발견할 수 있”다면서,[71] “독한 절망과 미로에서도 끝끝내 초극을 의욕한 것은 확실히 하나의 격렬한 표현적 자세가 아닐 수 없다”[72]고 평한 임종국의 해석은 ‘모더니즘의 초극’이라는 운명과 맞선 것으로 본 김기림의 평과 일치한다. 이어령은 자의식 추구가 이상 문학의 본체라고 지적하며 이상을 나르시스

---

68 김기림, 「모더니즘의 역사적 위치」, 『인문평론』, 1939.10.

69 김기림, 「이상의 모습과 예술」, 김기림 편, 『이상 선집』, 백양당, 1949(김유중·김주현 편, 앞의 책, 37쪽 재인용).

70 조연현, 「근대 정신의 해체」, 『문예』, 1949.11. 해당 부분의 내용은 다음과 같다. “이상의 해체된 주체의 분신들은 서구적인 의미에 있어서의 우리의 근대정신이 이를 영도해 나아갈 민족적인 주체가 붕괴된 것을 말하는 것이며 이러한 붕괴는 우리의 근대정신의 최초의 해체를 상징하는 것이다. 이상이라는 하나의 완전한 시인도 작가도 못되는 일개의 특이한 엣세이스트가 가진 문학사적인 의의는 바로 이러한 곳에 있었던 것이다.”

71 임종국, 「이상연구」, 『이상전집』, 태성사, 1956, 278쪽.

72 임종국, 「이상론(一)」, 『고대문화』, 1955.12, 140쪽.

트로 규정하였는데, 이 역시 이미 김기림의 「이상의 모습과 예술」에서 논의된 바 있는 사실이다. 한편 이상의 추도사로 쓰인 다음 글에서 이어령은 이상과 자기 세대의 운명을 동일시하고 있다.[73]

> 알고보면 당신의 형벌은 우리의 것이었다. "절름발이" 처럼 다리를 절며 끝없이 걸어간 당신의 길은 바로 우리 이 시대의 수인(囚人)들이 끌려가고 있는 숙명의 그 길이다.
> 개방(開放)한 고독, 휘황한 백서(白書)에도 황혼이었는 또한 당신의 도시가 우리 것이다.
> 간음한 아내, 지폐와 같이 숫한 사람의 지문이 묻은 간음한 아내.
> 옛날 당신을 괴롭혔던 그것이 지금도 우리와 더불어 있어야 한다는 마지막 위안의 동반자다.
> 모든 것을 잃어버리고 육친과 재산과 고향을 잃어버리고 달도 구름도 모두 잃어버리고 끝내는 자신의 모습마저 상실해버린 천치와도 같은 인간의 행행 그 속에 당신과 우리들이 한 자리에 있었다.
> 상,
> 한번 보지도 못한 당신의 모습을 이렇게 그리운 사람처럼 부르는 그 까닭이 바로 이러한 공동(共同)의 운명에서가 아니었을가?
> 생각하면 참 어처구니 없는 일. 어쩌다가 우리는 이처럼 무거운 십자가를 짊어졌을가?[74]

이어령 자신이 고백하듯 이상과 이어령을 비롯한 전후 세대는 서로

73 이어령, 「이상론: '순수의식'의 뇌성과 그 파벽」, 『문리대학보』 6권, 서울대문리대학생회, 1955.9; 「나르시스의 학살」, 『신세계』, 1956.10; 「속·나르시스의 학살」, 『신동아』, 1957.1.

74 이어령, 「묘비없는 무덤 앞에서-추도 이상 20주기」, 『경향신문』, 1957.4.17.

얼굴도 한 번 보지 못한 사이였다. 그럼에도 불구하고 이들은 "그리운 사람"을 부르듯이 애틋하게 이상의 이름을 부른다. 순교자 이상과 마찬가지로 자신들을 문학을 위해 기꺼이 죽을 수 있는, "무거운 십자가를" 짊어진 "공동의 운명"을 지닌 존재로 치부하면서 그의 뒤를 따르리라 맹세한다. 이상의 비극적 죽음을 애도하면서 "당신의 길은 바로 우리 이 시대의 수인(囚人)들이 끌려가고 있는 숙명의 그 길"이라며, 자신들의 비극적 상황을 부각하는 것이다. 프로이트에 따르면 애도 작업을 통해 포기된 대상은 나의 일부로 화하고 나는 자아의 현존 속에서 그것을 끊임없이 기억하게 된다.[75] 하지만 비장미를 띠고 있는 이 글에는 슬픔이나 비애로 인한 감정적 동요보다는 전후 세대의 고통을 이해받고자 하는 인정 욕망이 두드러진다. 이와 달리 박인환의 시에는 이상의 죽음에 대한 구체적 기억이 나타나며 이상의 죽음을 안타까워하는 태도가 나타난다.

> 오늘은 삼월 열이렛날
> 그래서 나는 망각의 술을 마셔야 한다
> 여급(女給) 마유미가 없어도
> 오후 세 시 이십오 분에는
> 벗들과 '제비'의 이야기를 하여야 한다
>
> 그날 당신은
> 동경제국대학 부속병원에서
> 천당과 지옥의 접경으로 여행을 하고
> 허망한 서울의 하늘에는 비가 내렸다.

---

75 지그문트 프로이트, 앞의 책, 247쪽.

운명이여
얼마나 애타운 일이냐
권태와 인간의 날개
당신은 싸늘한 지하에 있으면서도
성좌를 간직하고 있다.

정신의 수렵을 위해 죽은
랭보와도 같이
당신은 나에게
환상과 흥분과
열병과 착각을 알려 주고
그 빈사의 구렁텅이에서
우리 문학에
따뜻한 손을 빌려 준
정신의 황제

무한한 수면(睡眠)
반역과 영광
임종의 눈물을 흘리며 결코
당신은 하나의 증명을 갖고 있었다
'이상(李箱)' 이라고.

—「죽은 아폴론」 전문[76]

이 시에서 시적 주체는 이상의 기일을 맞아 술을 마시며 이상과 관련된 추억을 이야기하고 있다. 여급 마유미는 이상의 소설 「지주회시」에

76 『박인환 문학전집』 1, 224~225쪽.

등장하는 인물의 이름이며, '제비'가 이상이 경영하던 다방의 이름이라는 것은 알려진 사실이다. 그리고 2연에서는 이상이 사망한 날을 기억하고 있다는 듯 "허망한 서울의 하늘에는 비가 내렸다"고 회상한다. 임종국(1929~1989), 고석규(1932~1958), 이어령(1934~2022)과 마찬가지로 1926년생인 박인환이 1937년 사망한 이상 생전을 기억했을 가능성은 드물다. 더구나 박인환을 비롯한 후반기 동인들이 이상의 기일을 3월 17일로 착각했다는 사실을 통해서도 박인환이 이상이 사망한 당시 '비가 내렸는지'를 알기는 어려웠으리라 짐작된다.[77] 그럼에도 이러한 표현들을 통해 이상의 죽음을 생생하게 실감하고 있음이 강조되며, 슬픔으로 인한 파토스가 강하게 나타난다.

물론 전후 세대와 마찬가지로 박인환은 "그 빈사의 구렁텅이에서/우리 문학에/따뜻한 손을 빌려 준/정신의 황제"라고 칭하며 이상을 갈 길을 잃고 방황하고 있는 전후 한국문학을 구원해줄 구원자로 평가하고 있다. 이는 반공주의 이데올로기로 인해 구체적 이름을 언급하며 애도할 수 있었던 작가들이 거의 남아있지 않던 전후의 상황에서 한국문학이 처했던 곤란과 위기를 강조하는 장면으로 의미화된다. 그런데 「나의 생애에

---

77 그렇다면 이것은 박인환이 허구로 창작한 내용이거나 누군가에게 이 당시의 상황을 들은 것일 가능성이 높다. 1연에서 "벗들과 '제비'의 이야기를 하여야 한다"는 구절 역시 이상이 운영했던 '제비' 다방에 대한 이야기를 박인환이 이상과 동시대를 살았을 누군가에게 들은 내용일 가능성이 높다. 또한 박인환은 「지주회시」에 등장하는 마유미를 실제 인물로 알고 있었는데, 이 역시 누군가의 회고담을 듣고 이야기한 것이 아닌가 한다. 그는 이상과 마유미가 <글루미 선데이>를 좋아했다며, 일본에 들르게 되면 얼굴도 모르는 마유미를 찾아야겠다는 이야기도 했다. "이상의 이야기가 어느 문학잡지에 나던 날, 인환은 이상의 정부 '마유미'(작중인물)을 위해 술을 마시자고 나에게 덤벼들었다./"리상――사비시이네――."/마유미가 서울역 광장에서 했다는 작중의 이 말을 수없이 되풀이 해가며,/"사비시이 도끼니와 우따와 나꾸쟈!"" 이봉구, 「가는 세월 속의 시인 박인환」, 김광균 외, 앞의 책, 163~164쪽.

흐르는 시간들」이 시기적으로 먼저 창작된 시임에도 불구하고 「죽은 아폴론」에서 이상의 죽음을 비감해 하는 감정의 강도가 더 강해진 것이 확인된다. 막연한 동경을 표현했던 해방기와 달리 이상이 "하나의 증명"으로까지 승격하게 된 데는 '애도의 정치'를 둘러싼 전후의 역사 정치적 맥락이 개입한 것으로 보인다.

박인환은 해방기에 따랐던 김기림, 오장환 등 선배 문인들이 아닌 이상의 죽음을 추모하였다. 이러한 점에서 고석규, 이어령을 비롯해 1930년대 선배 문인들과 교류가 없었던 이들과 달리 박인환에게 이상을 추모한다는 것은 황무지 의식으로 대변되는 전후 세대 일반의 문제의식을 넘어서는 지점이 존재한다. 이상은 이상의 삶과 문학에 대한 일화들을 이야기해주었던 선배 문인들에 대한 기억을 불러일으키는 인물이었다. 한국전쟁 이후 협소화된 문화적 지형도 내에서 애도가 금지되지 않은 대상으로 이상을 추모하면서 박인환은 좌우 이데올로기의 구별 없이 우애를 나누었던 해방기 시절을 떠올렸을 것이다. 하지만 다시 돌아갈 수 없는 시절의 기억을 차라리 지워버리려 하는 박인환의 복잡한 심사가 시에도 드러난다("나는 망각의 술을 마셔야 한다").

1950년대는 애도의 시대이면서 동시에 애도 되지 못한 죽음이 만연한 시대이기도 하였다. 냉전체제 속에서 국민 국가적 상상력(national imaginings)에 포섭되지 않는 죽은 자들의 이름을 부르는 행위는 철저히 금지되었다. 1950년대 문학장에 이상이 갑작스레 호명된 데는 이상이 공산주의와는 무관한, 즉 정치색을 띠지 않은 작가로 평가받았다는 점도 작용했을 것으로 짐작된다. 전후 한국에서 이상은 1930년대 문학을 떠받쳐온, 하지만 냉전체제 속에서 공론장에서 언급조차 되지 못했던 문학가들의 빈 자리를 감당해야 하는 책무를 지게 된다. 이에 따라 박인환 시에도 내셔널리즘과 반공주의의 경계선을 넘지 않는 선에서 선배 작가들의 죽음에 대한 애도가 나타난다. 전쟁으로 인한 피해의식에서 벗어나지 못한 박인환은 반공주의를 어느 정도 내면화하면서도, 해방기 시절에 대한 노스탤지어를 버리지 못했다. 이에 따라 박인환의 시적 주체는 피해자 의식에 시달리면서 동시에 죄책감을 안고 죽음을 소망하는 우울증자의 모습을 보인다. 애도는 시적 주체의 죽음이 도래할 때까지 유예되는 양상을 띤다.

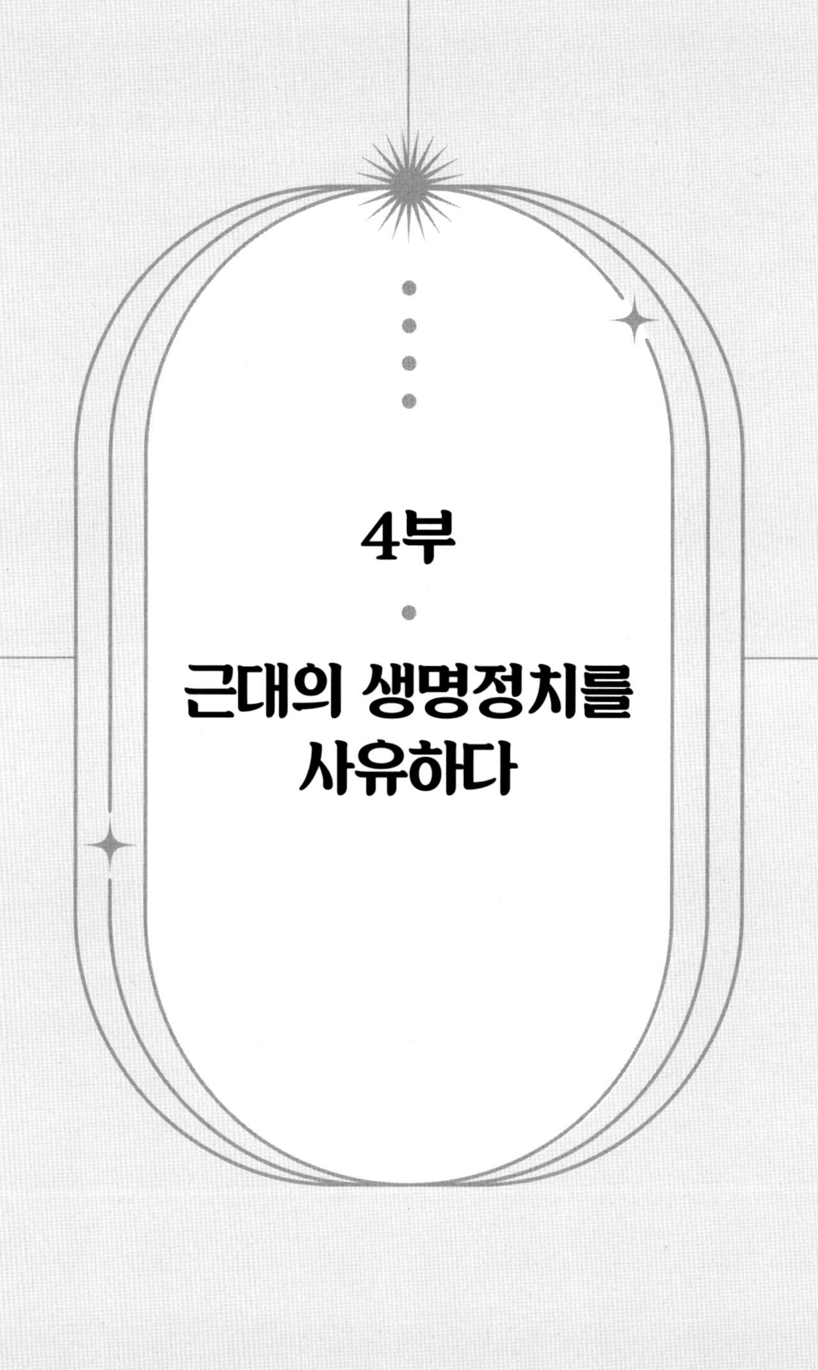

4부

근대의 생명정치를 사유하다

개념사의 관점에서 본 '생명'과 근대의 생명정치

1. '생명'의 개념사와 근대성

한국에서 1990년대 중반 이래 시작된 개념사에 대한 연구는 근대성에 대한 이해를 갱신하는 데 큰 영향을 미쳤다. 특히 개념사 연구는 근대 계몽기 이후 한국 사회가 수용한 무수한 번역어들과 그 공론장에 대한 이해를 갱신하는 데 기여했다는 평가를 받는다. 동아시아의 근대적 지적 시스템이 구축되는 과정에 천착함으로써 오리엔탈리즘의 경계를 넘어 근대적 사회질서 체계가 창조적으로 형성되어왔음을 확인하였다. 이에 따라 근대성을 사회경제적 토대로 환원하여 파악해왔던 태도를 대신하여 '동시적인 것들의 비동시성'[01]이라는 개념이 부상한 바 있다. 근대성을 환원주의적 파악하는 관점을 그대로 수용해 버리면, 식민지 조선의 낙후성을 근거로 식민지 조선에 유통되었던 담론을 근대지향적인 것으로 단정하는 태도에 빠지거나 이에 대한 역편향으로 근대 문명을 비판하는 위주로 단순화할 우려가 있다. 개념사적 접근은 "이런 혼재 양상을 체계적이고도 섬세하게 이해할 수 있는 분석적 감수성을 제공"[02]하며, "기대지평을 근대의 바깥으로 계속해서 넓혀 나가면서 충분히 실현되지 않은 개념적 의미

---

01 라인하르트 코젤렉, 한철 역, 『지나간 미래』, 문학동네, 1997, 148쪽.

02 허수, 「개념사-해석과 정의 사이」, 『역사비평』, 역사비평사, 2011, 388쪽.

에서 새겨진 잠재력을 발굴하는"[03] 방향으로 근대성 연구를 추동해 왔다.

근대성에 대한 개념사적 접근을 통해 단일한 서양의 모델이 이식되었다는 관점을 거부하고, 동아시아화 된 서양이 한국이라는 시대와 지역 안에서 어떻게 다시 독해 되었는지에 주목함으로써 복잡성과 중층성을 지닌 근대성의 면모가 발견된다. 아울러 근대 초기를 특권화하는 태도에도 문제가 제기되었다. 19세기 말 서양과의 접촉을 근대로의 이행의 계기로 삼는 태도가 내재적 발전을 거부하는 일종의 오리엔탈리즘으로 비판받은 것이다.[04] 실제로 한국에서 개념을 둘러싼 정치적·사회적 논쟁이 해방 이전보다 그 이후의 공간에서 더 치열하게 전개된 바 있다는 점에서 연구 시기를 해방 이후의 시기까지 확대할 필요성이 제기된다.[05] 통시적 접근에 의존하여 개념의 기원으로 재귀하다 보면 서양을 보편화하고 스스로를 주변화하는 인식틀에 고착하여 개념의 역동적 수행성을 규명하기가 어려워진다.[06] 이러한 점에서 특정 개념 하나만의 연구보다 그와 상호작용하는 연관 개념을 함께 분석하는 방법론 역시 고려해야 한다.[07]

이 글에서 주목하는 '라이프(life)'의 역어로서의 '생명' 역시 근대에 형

---

03 황정아, 「특집: 한국 개념사 연구, 무엇이 문제인가: 지나간 미래와 오지 않은 과거-코젤렉과 개념사 연구 방법론」, 『개념과 소통』 13호, 한림과학원, 2014, 132쪽.

04 양일모, 「한국 개념사 연구의 모색과 논점」, 『개념과소통』 8호, 한림과학원, 2011, 24쪽.

05 박상섭, 「한국 개념사 연구의 과제와 문제점」, 『개념과 소통』 4호, 한림과학원, 2009; 송승철, 「미래를 향한 소통: 한국 개념사 방법론을 다시 생각한다」, 『개념과 소통』 4호, 한림과학원, 2009; 윤해동, 「정치 주체 개념의 분리와 통합」, 『개념과 소통』 6호, 한림과학원, 2010.

06 이행훈, 「동향과 전망: 한국 개념사 연구의 향방과 시좌-학술지 『개념과 소통』의 모색을 중심으로」, 『개념과소통』 14호, 한림과학원, 2014, 137쪽.

07 위의 글, 151~152쪽.

성된 동아시아의 근대적 지적 시스템의 구축 과정과 긴밀한 관련이 있다. '생명' 개념에 대한 논의는 1920년대 일본 다이쇼 시대에 유행한 생명주의와의 영향 관계 속에서 이뤄져 왔다. 그중에서도 이철호는 니시다 기타로(西田幾多郞), 기타무라 도코쿠(北村透谷) 등에 의해 '생명'이 어떻게 번역되었는지, 그리고 이것이 당시 조선 유학생들에게 미친 영향을 치밀하게 논구한 바 있다.[08] 다만 여기에 더해 문화적 에피스테메의 차이가 생명 개념이 번역·수용되는 데 어떠한 차이를 발생시켰는지, 아울러 해당 개념들이 해방 이후에는 어떠한 변화의 궤적을 그렸는지에 대한 후속 연구가 요망된다. 특히 이 연구는 생명 개념이 근대 지식장의 변화된 인식론적 배치와 어떠한 관련이 있는지 계보학적 맥락에서 분석하고자 한다.

이런 맥락에서 개념사 연구를 푸코의 계보학적 작업과 접목하여 생명 개념을 근대성의 측면에서 조망할 것을 제안한다. '생명'이 근대 초기에 한정하지 않고 해방 이후까지 지식장에서 중요한 개념어로 기능했던 이유를 살피고, 이를 통해 서구나 일본과 차이를 드러내는 한국적 근대성의 한 측면에 대해 문제를 제기해보는 것이다. 주지하듯 '생명'은 근대 초기 일본과 한국을 비롯한 동아시아 지식장에서 활발하게 논의되며 영혼, 자아, 자연, 진화, 도덕, 예술 등의 연관 개념을 가지고 특유의 의미망을 형성하였다. 그런데 서구로부터 '근대'를 번역하여 수용한 동아시아뿐만 아니라 서구에서도 '생명' 개념은 근대성을 이해하는 데 주요한 개념 중 하나이다. 과학의 발전으로 인한 식량 생산의 증가 등은 고전주의 시대의 주권 권력과는 구분되는 새로운 권력의 출현을 초래했으며, 푸코는 이를 '생명정치(bio-politics, 혹은 생정치, 생체정치)' 혹은 '생명권력(bio-power, 혹은 생권력,

---

08 일본에서 번역된 '생명' 개념의 기원으로는 에머슨(R. W. Emerson), 오이켄(R. Eucken), 베르그송(H. Bergson) 등 개인을 인간 본래의 존재로 서게 하는 근거를 '생명'에서 구하는 철학이 지목되었다. 이철호, 앞의 책.

생체권력)'을 중심으로 이론화한 바 있다.

푸코는 '생명권력' 개념이 구체화 된 콜레주 드 프랑스 강의나 『성의 역사』 시리즈를 비롯한 후기 작업 이전에 이미 지식의 고고학적 지층이라는 문제를 다루면서 '생명'에 대한 계보학적 탐구를 보여주었다. 『말과 사물』에서 그는 역사를 관통하는 고정불변의 실체적 개념으로 '생명' 개념을 전제해서는 안 된다고 지적한다. '생명'이라는 불리는 무언가는 시기마다 구성되고 작동되는 방식에 대한 인식론적 탐구를 통해 드러나는 에피스테메이다. 푸코는 이를 탐구하기 위해 16세기부터 생물학의 역사를 탐구했으며, 이 과정에서 근대적 '생명' 개념이 이전 시대와 구분되는 인식론상의 단절 지점을 발견하였다.[09] 고전주의 시대에 자연적 존재들은 생물이었고 연속적인 전체를 형성했지만, 19세기에 이르러 자연은 불연속적인 것으로 변화하였다. 이에 따라 생명을 표상의 질서 안에서 파악할 수 있는 하나의 기계처럼 다루었던 고전주의 시대와 달리 근대에 들어 생명은 알 수 없는 어떤 "추상적인 존재물", 연장과 사유의 배후에 있는 수수께끼가 되었다.[10]

이러한 지식장의 변동은 인간 사회를 통치하는 권력의 지각변동과 연

---

09 특히 '생물학적' 근대성의 시초를 정초한 인물로 푸코는 19세기 생물학자 조르주 퀴비에에 주목한다. 그는 퀴비에 이후 비지각적이고 순수 기능적인 측면에서 생명을 이해할 수 있게 되었다고 보았다. "생명은 이제 기계적인 것과 어느 정도 확실히 구별될 수 있는 것이 아니라, 생물들 사이의 모든 가능한 구별에 근거를 제공하는 것이다. 사상과 과학의 역사에서 19세기 초에 생기론의 주제가 다시 유행하는 것은 바로 생명에 대한 분류학적인 관념에서 종합적인 관념으로의 이러한 전환을 가리킨다. 고고학의 관점에서 볼 때, 이 특정한 시기에 새롭게 확립되는 것은 바로 생물학의 가능조건이다." 미셸 푸코, 이규현 역, 『말과 사물』, 민음사, 2012, 374쪽.

10 강선형, 「푸코의 생명관리정치와 아감벤의 생명정치」, 『철학논총』 79권 4호, 새한철학회, 2014, 133쪽.

결되었으며, 근대에 들어 생명이 학문과 권력에 완전히 포섭되지 않은 채로 규율과 관리의 대상이 되는 결과로 나타났다.[11] 이러한 푸코의 주장은 근대 이후 한국에서 형성된 생명 담론과 관련해서 시사점을 준다. 그간 일본과 한국의 생명 담론, 특히 근대 초기의 생명주의는 서구의 기계적 생명론에 대한 대응으로 이해되어왔다. 데카르트의 사유에 영향을 받은 기계론적 생명관에 반발하여 이분법적으로 구분되지 않는 생명의 가치를 탐색하고자 했다는 것이다. 하지만 푸코에 따르면 서구에서도 고전주의 시대의 기계론적 생명관은 18세기 이후로 종식되었으며, 근대에는 오히려 가시적인 구조에 따라 생물을 분류하는 데 머무르지 않고 생물 내부의 가장 중요하고 비밀스런 기능을 파악하고자 하는 경향이 나타났다. 근대 초기 동아시아의 생명 담론이 서구의 기계론적 생명론에 대립한다는 고정관념과는 달리 실은 18세기 이래 서구에서 통용되고 있던 근대적 생명 인식, 즉 생명을 추상적인 존재물로 다루는 인식론이 기독교 담론을 매개로 내재화되었을 가능성이 있다.

이에 이 연구는 근대 초기 생명주의 담론에 내재한 초월적인 '생명' 개념이 근대적 생명정치의 출현과 모종의 연결점이 있지 않은지를 해방 이후의 시기까지 확대하여 살펴볼 것이다. 특히 근대적 생명담론이 형성되는 데 기독교 담론이 미친 영향이 주목된다. 근대 초기 문화담론에서 '영혼'과 '생명'은 서로 호환되어 사용되었으며, 여기에 기독교 담론이 미친 영향이 적지 않다. 전영택, 황석우, 이광수를 비롯한 문학청년들에게 "'영'은 곧 '생명'이라고 할 수 있"었으며, "이들 단어는 공통적으로 근대적 자

11 "최고 권력을 상징하던 죽음의 오랜 지배력은 이제 육체의 경영과 생명의 타산적 관리로 은밀하게 옮겨간다. [...] 육체의 제압과 인구의 통제를 획득하기 위한 다수의 다양한 기법이 폭발적으로 증가한 현상, 이러한 현상들을 통해 '생체권력'의 시대가 열린다." 미셸 푸코, 이규현 역, 『성의 역사』 1권, 나남, 2010, 150~151쪽.

아발현의 핵심요소를 지칭"하는 것이었다.[12] 이처럼 다이쇼 생명주의에서 자아, 내면, 영혼 등의 용어가 폭발적으로 관심을 끌게 된 것은 생명주의가 물질주의의 병폐를 치료해줄 수 있는 대안 담론으로 기능했기 때문이다. 그런데 물질과 정신의 이항대립을 극복하려 한 의도와는 달리 당시의 생명주의 담론에서 '생명'은 '영혼' 혹은 '영성'의 측면에서 주로 논의되었다.

이처럼 서구의 기계적 생명관 및 물질주의를 극복하기 위해 일원론적 생명론을 주장하였음에도 근대 초기 생명주의는 결과적으로 정신, 영혼, 내면 등을 특권화시키는 데 기여함으로써 이분법을 해체하는 데 실패하게 된다. 여기에는 '생명'이라는 역어가 기독교적 맥락에서 재생산되면서 생명주의와 관련된 담론을 주도했기 때문이기도 하지만, 이 당시가 문명화라는 명분을 내세워 식민주의의 영향력이 급격하게 증가했던 시기이기 때문이다. 식민주의 세력이 내세운 문명/야만의 이분법은 주체를 포섭하면서도 배제하는 전략을 바탕으로 권력을 작동시켰다. 그런데 통치성이 제대로 작동하지 않는 위기 상황 속에서 여기에 대항하는 담론 역시 '생명'이라는 개념을 중심으로 형성되었다. 해방 이후 유영모, 함석헌, 김지하 등에 의해 이원론의 극복을 모색되면서 서구에서 번역된 생명 개념을 동양적 혹은 민족적 맥락에서 토착화하려는 시도가 일어난 것은 이러한 맥락에서 주목된다. 역어로서의 '생명'은 근대로 이행하는 과정에서 한국에 수입된 개념이지만, 또한 한국 사회의 당대적 맥락에서 역동적으로 의미화되어 가는 양상을 보여준다. 이에 생명이라는 개념을 둘러싸고 치열한 사상의 싸움이 펼쳐졌던 궤적을 탐색해 보고자 한다.

---

12 이철호, 앞의 책, 112~113쪽.

2. 1920년대 생명주의 담론

생명(生命)은 '라이프(life)'의 역어로, 삶이나 인생, 생활 등으로도 번역된다. 근대에 생성된 번역어들이 그렇듯 서구에서 일본을 거쳐 정착된 개념으로, 특히 일본 생명주의 담론과의 관련성이 두드러진다.[13] 다만 일본의 문예 비평가 하스미 시게히코가 다이쇼기 담론 일반을 '생의 긍정' '인간의 창조성' 등 몇 개인가의 '표어'를 선회하며 동일한 담론의 추상적 반복이 이루어졌다고 비판한 것처럼,[14] 근대 초기 한국의 문학장에서 생명 개념은 그것이 안고 있는 추상성, 모호성 덕분에 논자들의 욕망을 담는 개념어로 기능하게 된다. 이러한 와중에 근대 초기 당대 한국에서 생명은 봉건 질서와의 단절을 강조하며 근대적 자아의 각성을 '생명'의 절대성을 강조하는 방식으로 사용되었다.

특히 이 당시 생명 담론에서 가장 주목되는 부분은 생명을 영혼과 동일시함으로써 생명이 육체와 대비되는 것으로 신성화되었다는 사실이다. 기독교적 생명 개념을 수용하여 논의를 전개한 전영택에게는 이러한 양

---

13 일본의 생명주의를 연구한 스즈키 사다미의 경우에 따르면, 1905~1923년, 즉 러일전쟁 발발부터 관동대지진이 발생한 시기에 '생명'과 관련된 담론이 비약적으로 증가했는데, 이 기간이 다이쇼(1912~1926)와 겹치기 때문에 '다이쇼 생명주의'라고 명명한다. 사다미는 다이쇼 생명주의의 기원으로 19세기 생기론을 들고 있는데, 기계론이 생명을 무기물질로 환원할 수 있다고 보는 입장인 데 비해 생기론에 근거한 생명주의는 무기물질로 환원되지 않는 '생기'를 생명현상의 근본으로 상정한다는 차이를 지닌다. 특히 에른스트 헤켈을 생기론적 '생명일원론'을 대표적 지식인으로 언급하며, 그의 저서가 메이지 20년대 후반 스펜서의 사회진화론에 이어 일본의 지식인 사이에 소개되면서 다이쇼 생명주의의 흐름이 생겨났다고 주장한다. 헤켈은 생태주의 개념을 최초로 주장한 사상가이기도 하다는 점에서 생명주의 논의에서 중요한 위치를 차지한다. 鈴木貞美, 「'大正生命主義'とは何か」, 앞의 글, 3~4쪽.

14 하스미 시게히코, 「'다이쇼'적 담론과 비평」, 가라타니 고진 외, 송태욱 역, 『근대 일본의 비평』 1권, 소명출판, 2002, 168쪽.

상이 두드러지게 나타난다. 전영택은 '생명' 개념을 통해 기독교적 전통을 지니지 못한 동양 및 조선의 결핍을 강조하고 변화를 촉구하려는 의도를 드러냈다. 그는 "문명한 사람은 완전한 사람이라. 우리네는 분명히 완전한 생활을 알지 못하였고 완전한 생활을 하지 못하였다"라면서 "조선 사람에게는 종교가 없게 되었다"는 점을 강조한다. 사람의 생활을 '육적 생활'과 '영적 생활'로 구분할 때 종교는 '영적 생활'과 관련되는 것으로, "내적 대상물, 곧 영원의 실재자를 힘입어야 사람은 내적 생활을 할 수 있다"는 것이다.[15] 이를 통해 그는 유교나 불교와 같이 조선 사회에 있던 기존 종교가 종교의 자격이 없을 뿐 아니라 해독을 끼칠 뿐이라는 점을 들어 기독교 수용의 당위를 강조한다.[16]

이에 따라 물질과 정신의 이항 대립을 극복하려 한 다이쇼 생명주의 본래의 의도와는 달리 정신을 물질의 우위에 놓은 이분법을 지속시키는 결과를 초래하였다. 이를테면 전영택은 물질문명과 대비되는 정신문명으로서 '문화'의 가치를 내세우며 "동물적 생활을 초월한 사람다운 생활, 사람의 생활"을 추구할 것으로 주장한다.[17] 이러한 주장에는 인간과 동물을 위계화하고 '동물적 삶'을 살아가는 존재들을 폄하하는 인식이 깔려있다. '동물적 삶'을 육체적 생활의 만족만을 추구하는 행위로 규정하며 "사람을 육체만 있는 괴물로 즉 관능과 본능만 있는 괴상한 동물로 생각하는 것"[18]이라는 서술 역시 문명과 야만의 이분법에서 벗어나지 못한다. 이에 따르면 물질문명의 발전만을 추구하는 서구인들뿐만 아니라 진정한 종교

---

15 전영택, 「전적 생활론」, 표언복 편, 『늘봄 전영택 전집』 2권, 목원대학교 출판부, 1994, 286쪽.

16 위의 글, 289~290쪽.

17 전영택, 「문화와 종교」, 위의 책, 329쪽.

18 위의 글, 334쪽.

를 가지지 못한 조선인들 역시 '동물적 삶'에서 벗어나지 못한 것으로 비판받을 여지가 발생한다.[19] 전영택뿐만 아니라 근대 초기에 생명은 영성, 영혼, 정신 등 비가시적인 것과 연관 지어 신비화되는 한편, 문화 담론과의 관련 속에서 관리되어야 하는 어떤 것으로 의미화되었던 사정은 이러한 문명 담론의 전파와 무관하지 않다.

생명 자체를 초월성, 절대성, 신성성을 지닌 것으로 강조하면서 동시에 생명을 통제의 대상으로 변화시켰다는 점에서 근대의 생명권력은 이중적인 면모를 지닌다. 이러한 맥락에서 동아시아에서 폭넓게 수용된 사회진화론, 우생학, 인종주의 등의 담론은 생명권력의 등장과 긴밀한 관계에 놓여 있다. 이들 담론은 생명권력의 경제 안에서 두 가지 기능을 한다. 먼저 원리적으로 동질적인 사회, 하나의 생물학적 전체를 쪼개서 내적으로 대립시키고 살아야 하는 자와 죽어야 하는 자 사이에 분리선을 긋는다. 또한 열등한 인종이 사라지고 비정상인들이 제거되면 종의 퇴화를 막을 수 있다는 식으로 타인의 죽음을 정당화한다.[20] 이처럼 생명을 초월적인 것으로 절대화하는 한편으로, 그 안에서 배제되어도 좋은 '벌거벗은 생명'을 창출하는 것이 바로 푸코가 주장한 생명정치의 특이성이다. 생명을 초월적인 것으로 신비화하면서 그것의 절대성을 옹호하는 듯 보이지만, 한편으로 육체의 저급성을 비난하면서 생명의 가치/무가치가 주권자에 의해 결정될 여지를 열어놓는 것이다.

---

19 아감벤에 따르면 그리스인들은 조에를 모든 생명체에 공통된 것으로, 살아 있음이라는 단순한 사실을 가리키는 용법으로 사용하였다. 반면 비오스는 어떤 개인이나 집단에 특유한 삶의 형태나 방식을 가리킨다. 인간의 생명을 저급한 육체와 고귀한 영혼으로 구분 짓는 이분법은 조에, 비오스의 구분을 통해 배제되어도 좋은 '벌거벗은 생명'을 창출하는 권력의 논리를 만들어냈다. 조르조 아감벤, 『호모 사케르』, 앞의 책, 33쪽.

20 양운덕, 「생명(관리)권력과 생명정치」, 『진보평론』 47호, 2011, 167~168쪽.

존재자 간의 상하 차등적 불평등을 정당화하는 이분법적 구도는 기독교를 비롯해서 서구 형이상학의 문제점으로 지적된 바 있다. "경험적 세계 안에서 변동·변화하는 사물들의 존재 근거를 바로 그것을 초월하여 '영원불변하게 실재하는 관념(eidos)' 세계에서 찾"은 플라톤 철학은 이원적 형이상학의 기원으로 설명된다. 이러한 형이상학적 전통에서 신학자들은 피조물의 존재 근거를 그들 위에 군림하는 창조주 하느님에게서 발견했고, 이는 데카르트가 '자연'을 이성적 주체 앞에 수동적으로 펼쳐져 있는 개체로 파악하도록 이끌었다.[21] 식민주의가 확산되는 과정에서 이러한 이분법은 야만인(원주민)/문명인에 그대로 적용되었다. 문명화된 서구는 기독교 신앙을 가지지 않은 야만적인 원주민들을 지배하고 약탈하고 노예로 삼을 수 있는 권리를 지닌 존재로 자신들을 정당화하였다. 또한 문명과 야만의 이원론을 피식민지인들에게 전파함으로써 '비서구=야만'에 대한 폭력을 정당화하고 피식민지인들 내부에 갈등과 분열을 조장하였다.

이와 관련해 아프리카 탈식민주의의 거장으로 일컬어지는 시인이자 정치가 에메 세제르는 "식민주의=사물화"라는 공식을 제기하며,[22] 부르주아 유럽이 "문명을 침해했고, 국가들을 파괴했으며, 민족들을 유린했고, '다양성의 뿌리'를 뽑아버렸다"고 비판한 바 있다.[23] 그가 서구적 근대화를 탈문명화와 비인간화의 과정이었다고 고발하며 유럽인들의 이중적 잣대와 위선을 '사이비 인본주의'라며 비판하는 것은 이러한 이유 때문이다.[24] 아울러 그는 식민주의의 논리를 피식민지인들이 내면화함으로써 발

21 송영배, 「동양의 '상관적 사유'와 유기체적 생명의 이해」, 동국대학교 생태환경연구센터 편, 『생명의 이해』, 동국대학교 출판부, 2011, 45쪽.

22 에메 세제르, 이석호 역, 『식민주의에 대한 담론』, 그린비, 2011, 22~23쪽.

23 위의 책, 63쪽.

24 그는 유럽인들이 히틀러를 악마화하면서도 자신들이 아랍인, 인도인, 아프리카 흑인

생하게 된 문제를 탈식민적 맥락에서 해석한다.[25] 이는 파농이 옛 주인보다도 더욱 폭력적인 방식으로 '민중'을 혐오하는 '민족 부르주아지'를 고발했던 것과도 관련되는 것으로,[26] 식민 지배를 받는 국가들이 해방 이후에도 민족 내부의 분열을 상처로 안은 채 식민주의 질서를 보이지 않게 지속시키게 된 원인으로 작용하였다.

1920년대 이광수가 life의 또 다른 번역어로서 '인생' 개념을 이용하여 개진한 다음의 문학론은 이러한 점에서 문제적이다.[27]

> 그러면 이렇게 중대(重大)한 책무(責務)를 가진 문사(文士)는 어떠한 준비(準備)와 태도(態度)를 가져야 할까. 나는 단언(斷言)하기를 의사(醫師)와 같은 준비(準備)와 태도(態度)를 가져야 하리라 합니다. 의사(醫師)가 학식(學識)과 경험(經驗)이 천박(淺薄)하고 수술(手術)이나 투약(投藥)에 대한 근신(謹愼)이 부족(不足)하면 인(人)의 생명을 구(求)하는 의술(醫術)은 도리어 인(人)의 생명을 해(害)하는 의술(醫術)이 되고 말 것이외다. 그러나 수양(修養) 없는 문사(文士)는 수양(修養) 없는 의사(醫師)보다 더욱 사회(社會)에 끼치는 해독(害毒)이 크다 할지니, 대개 의사(醫師)의 접(接)하는 환자(患者)

들에게 저지른 만행에 대해서는 제대로 반성하지 않는 점을 날카롭게 비판한다. 그러면서 히틀러가 저지른 범죄는 그 대상이 비백인 인종에서 백인으로 바뀌었다는 점, 즉 "백인을 대상으로 백인만의 전유물인 식민주의 정책을 시행했기 때문"에 그토록 비난의 대상이 된 것이 아니냐고 지적한다. 위의 책, 14쪽.

25 위의 책, 12쪽.

26 프란츠 파농, 남경태 역, 『대지의 저주받은 사람들』, 그린비, 2010, 57쪽.

27 이광수의 생명 의식이 일관되게 지속되지는 않았다. 1930년대 후반 이광수의 생명 사상은 이와는 다른 양상으로 전개되는데, 이는 헤켈의 일원론과 불교 수용의 영향으로 이해된다. 이에 대한 상세한 분석은 김옥성, 「이광수 시의 생태의식 연구」, 『한국현대문학연구』 27호, 한국현대문학회, 2009, 200쪽 참조.

의 범위(範圍)는 개인적(個人的)이요, 또 국부적(局部的)이로되, 문사(文士)의 접(接)하는 독자(讀者)의 범위(範圍)는 전민족적(全民族的) 내지(乃至) 세계적(世界的)이라, (…) 아아! 아직 발아기(發芽期)에 있는 우리 문단(文壇)에는 「데카당스」의 망국정조(亡國情調)가 풍미(風靡)하여 마치 아편(鴉片) 모양으로 독주(毒酒) 모양으로 청년문사(青年文士) 자신과 순결(純潔)한 그네의 독자(讀者)인 청년남녀(青年男女)의 정신(情神)을 미혹(迷惑)합니다. 이것은 진실(眞實)로 불건전(不健全)한 일본(日本) 문단(文壇)의 전염(傳染)을 받은 결과(結果)외다.[28]

「문사와 수양」에서 이광수는 데카당스문학을 "예술을 위한 예술"(Art for arts sake)로 배격하며, "인생을 위한 예술"(Art for life's sake)을 요청하였다. 당대 문학청년들이 개인의 일시적 쾌락에 침잠해있는 생활에서 벗어나 민족을 위한 인격의 수양에 매진하기를 당부한 것이다. 특히 문사의 수양을 당부하며 '데카당스'를 망국의 정조라고 비난하고 있는 이 글에서 문사는 생명을 살리는 의사와 같은 존재에 비유되며, 그 영향력 면에서는 의사보다 더 사회에 미치는 영향력이 크다고 서술된다. 의사가 육체를, 문사가 정신을 담당하는 역할을 한다고 했을 때 여기에서 정신의 우위를 주장하려는 그의 의도를 읽어내기란 어렵지 않다. 이러한 점에서 이광수는 의사가 환자를 치료하기 위해 의술을 익히는 것처럼 문사 역시도 지(知)와 예(禮)의 양 측면에서 수양이 필요하다고 주장하며, 이에 따라 "일각이 바쁘게 덕성과 건강과 지식, 성직에 합당한 건전한 인격의 작성에 착수 노력하여야 할 것"이라고 글을 끝맺는다.

이광수가 제시한 도덕화(수양)를 위한 규율의 테크닉은 개체들을 통제

---

28 이광수, 「문사와 수양」(『창조』 8호, 1921.1), 『이광수전집』 16권, 삼중당, 1963, 20~24쪽.

하고 훈련시키고 조직하는 차원의 문제와 관련되며, 이를 통해 경제적으로 유용한 존재나 정치적으로 순종하는 존재를 출현시키고자 하는 목적을 지닌다. 이는 푸코가 권력의 전략과 테크놀로지가 가로지르고 만나는 중계점이나 집합점으로 근대인의 신체에 주목했다는 점과 관련된다.[29] 살해당할 수 있는 생명과 주권적 결정이 교차하는 지점에서 생명정치는 죽음의 정치(tanatopolitica)로 전환되며,[30] 주권자는 생명 자체의 가치/무가치를 결정하는 자로서 권력을 행사한다. 생명은 그 자체로 신성하다는 이유에서 주권자에게 통치 대상으로 선택되며, 주권자로부터 '죽임을 당할 수 있는 생명'으로 배제당하지 않기 위해서는 공동체의 규율을 적극적으로 내면화하지 않을 수 없다.

이러한 논리는 수양론에 이어 민족개조에 대한 그의 주장에도 나타난다. 「민족개조론」에서 그는 사회진화론에 입각한 우생학적 인종주의에 근거하여 살만한 가치가 있는 민족과 그렇지 않은 민족이 결정될 수 있다면서 살 가치가 없는 민족의 소멸을 더 나은 민족의 탄생을 위한 것으로 정당화하였다. 과거 조선 민족이 가졌던 목적과 계획이 이제 민족의 생존번영에 적합하지 않다는 것을 지적하며 '개조'로 나아가지 않으면 '멸망'에 이를 수 있음을 경고한다.[31] 또한 조선 민족의 근본 성격인 인의예지 등의 덕목이 이제는 '결점'으로 작동하게 되었다면서 직업인으로서의 윤리의식을 강조하고 금욕적인 태도로 자기 직능에 충실할 것을 요구하였다. 이와 달리 "본능(本能)과 행동(衝動)을 따라 행(行)"[32]하는 르봉 식 '군중'에 대

29 양운덕, 앞의 글, 163쪽.

30 조르조 아감벤, 박진우 역, 『아우슈비츠의 남은 자들-문서고와 증인』, 새물결, 2008, 127쪽.

31 이광수, 「민족개조론」(『개벽』 1922.5), 『이광수전집』 17권, 삼중당, 1962, 171쪽.

32 이광수, 「민족개조론」, 앞의 글, 170쪽.

한 혐오를 드러내며 '사회'를 지키기 위해 군중을 길들여야 한다는 주장을 펼친다. 이광수는 생명의 가치와 무가치를 결정하는 주권자의 입장에서 수양, 자조, 그리고 개조와 같은 도덕화를 주장하였다.[33] 그런데 김억의 경우 '인생' 개념을 사용하고 있음에도 이와는 다른 용법을 보여준다.

> 그러기에작품(作品)을작자(作者)의창작적심리(創作的心理)로볼째에는 예술(藝術)은예술(藝術)을위한존재(存在)이며 그결과(結果)로볼째에는예술(藝術)은인생(人生)을위한존재(存在)라할수가잇스나 물론(勿論)이것은광의(廣義)의견해(見解)에지내지아니함니다 그리하고 모든예술(藝術)은 미(美)를 떠나서는존재(存在)하지도못하고 성립(成立)할수가업는것이라하면 인생파(人生派)에게나예술파(藝術派)에게나 다가치 미(美)를떠날수가업슬것임니다 이것은예술(藝術)이란엇던것의표현(表現)이아닐수가업스며 그표현(表現)은 '미(美)'가되지안일수가업는까닭임니다 (…) 위대(偉大)한작가(作家)의작품(作品)을 읽을째에구상(構想)갓튼것이임의(任意)대로되야부(不)자연하야작자(作者)가형편(形便)좃케 만들엇다는감(感)이잇스면서도 그것이독자(讀者)의생활(生活)과접근(接近)되야진실(眞實)하다는생각을주게됨은작자개인(作者個人)의감동(感動)을거친내부생활(內部生命)의암시(暗示)에공명(共鳴)된째문임니다 독자(讀者)의생활(生活)과접근(接近)하고 진실(眞實)한생각을주기째문에읽어가면 읽어갈사록 구상(構想)의모든부(不)자연한것은 다니저바리고

33 푸코는 생명권력의 대상과 기술상의 차이에 근거해 생명권력을 해부-정치와 생명-정치로 규정하였는데, 이광수의 수양론은 해부-정치의 측면을, 민족개조론은 생명-정치의 측면을 상기시킨다. 해부-정치는 훈육 메커니즘과 관련해 개별 생명체로서의 인간을 겨냥한 기술이고, 안전 메커니즘은 그런 인간의 집단인 종으로서의 인간을 겨냥한 보편화 기술이다. 이 둘은 상호 배타적인 대신 발전의 양극을 이룬 채 서로 교차한다. 윤상원, 「면역 민주주의와 생명 정치」, 『문학들』 63호, 심미안, 2021, 37쪽.

> 작중(作中)의인물(人物)에동화(同化)되야 그인물(人物)과함께울기도하며 웃기도하며 괴롭아도하며 깃버하기도함은 다작자(作者)의내부생활(內部生命)의감동(感動)과암시(暗示)의최면(催眠)을밧아 크게공명(共鳴)된까닭입니다.[34]

김억은 예술 작품이 작자의 창작적 심리로 볼 때는 예술을 위한 예술이며 결과로 볼 때는 인생을 위한 예술이라고 주장하며 이광수의 문학론과 차별화를 시도한다. 자신의 견해를 부연하는 과정에서 그는 개인과 사회 영역을 조화시키는 매개로 '생명'을 제시한다. 기타무라 도코쿠의 내부생명론의 영향으로 추측되는, "다작자(作者)의내부생활(內部生命)의감동(感動)과암시(暗示)의최면(催眠)을밧아 크게공명(共鳴)된까닭입니다"라는 구절은 근대적 자아의 각성과 관련하여 영혼이나 영성의 의미를 논한다는 점에서 생명주의 담론의 영향을 보여준다. 다만 김억은 예술이 표현으로서 '미'를 추구하지 않을 수는 없다는 점을 강조하며, '인생'과 더불어 '생활'이라는 용어를 사용한다. 김억이 예술의 필수불가결한 요소로 언급한 '미'는 그것이 "독자의 생활"에 접근하기 위한 구체적 방법론이 필요하다.[35] 이처럼 생활 개념은 생명, 인생과 더불어 라이프(life)의 역어로 사용된 것임에도 불구하고 주체의 수행성을 부각하고 도구적 방법론의 모색을 추동하는 역할을 하게 된다. '생활'이라는 어휘의 등장은 신비적 종교성을 띤 "추상적인 존재물"로서의 근대적 생명 개념이 세속화되어간

34 김억, 「藝術對人生問題(1~6)」, 박경수 편, 『안서김억전집』 5권, 한국문화사, 1987, 314~318쪽(『동아일보』, 1925.5.11.~6.9).

35 이철호는 '생활'이 라이프(life)의 번역어로서 범박한 의미에서 '인생'과 유사한 의미로 사용되는 한편으로, "'생명'에 들러붙은 관념주의의 의장"을 걷어내기 위한 목적에서 특히 신경향파 비평에서 활용되었음을 지적한 바 있다. 이철호, 앞의 책, 298쪽.

시대적 흐름과 무관치 않다.

3. 유영모와 함석헌의 씨알사상

생명주의는 일본의 다이쇼기 생명주의 담론의 유입에 의해 형성된 1910~1920년대 생명담론을 주로 지칭한다. 생명이 인생, 생활 등의 어휘로 전유된 데서 알 수 있듯 근대 초기 생명주의 담론은 상이한 문학 유파와 이념에 속하는 작가들에 의해 다양하게 변용되었다. 이에 따라 생명주의적 경향에서 벗어나려는 움직임이 본격화된 한편으로 기독교적 맥락 속에서 해방 이후에도 생명 개념을 중심으로 한 담론이 지속되는 양상이 나타난다. 이철호가 김동리에 의한 생명 담론의 재신비화를 지적한 바 있기도 하거니와,[36] 특히 근대 초기와 달리 기독교 담론을 토착화하려는 시도 속에서 '생명'에 지배권력에 대한 저항의 의미가 덧붙는 흐름이 나타나게 된다. 해방 이후에도 여전히 생명이 중요한 사상사적 개념으로 사용된 맥락을 알아보기 위해서는 '생명'을 대신해서 '씨알'이라는 용어를 사용하여 생명 담론을 전개한 유영모와 함석헌의 사상을 살펴볼 필요가 있다.

유영모와 함석헌은 기독교 담론에 근거하여 생명의 신성성을 강조하며 영혼과 생명을 호환하여 사용한다는 점에서 1920년대 생명주의 담론과 공통분모를 지닌다. 먼저 유영모의 경우 이항 대립적으로 생명을 인식하는 태도가 육체에 대한 강한 부정으로 나타난다. 유영모는 기독교 성경의 '생명'이라는 번역어를 '얼'로 대체하고,[37] 아버지와 어머니에게 받은

36 위의 책, 10장.

37 박영호, 『다석 유영모』, 두레, 2009, 141쪽.

제나(몸+맘)는 죽는 거짓 생명이고 하느님으로부터 받은 생명(얼나)은 죽지 않는 영원한 생명이라는 식으로 구분 지은 바 있다. 이에 따르면 예수는 제나에서 얼나로 솟아난(부활한) 대표적인 사람이고, 이는 석가도 마찬가지다.[38] 아울러 그는 기독교의 원죄를 인간의 수성(獸性), 곧 육체의 문제와 관련짓는다. 이에 따라 탐진치(貪瞋痴), 즉 탐욕과 분노, 음행을 짐승의 성질이라고 폄하하며 이를 극복하고자 노력했다. 이에 따라 유영모는 하루에 한 끼의 식사만 하는 정도로 먹는 것을 최소화하고 51세에 해혼을 선언하며 단색(斷色)을 실행하는 등 금욕적인 생활을 실천했다. 그는 "우리가 산다고 하는 몸뚱이는 혈육(血肉)의 짐승이다. 질척질척 지저분하게 먹고 싸기만 하는 짐승이다."라면서 "한얼님으로부터 성령을 받아 몸나에서 얼나로 솟날 때 비로소 사람이 회복된다"고 말한다.[39]

> 해 아래 있는 것은 참 생명이 아니다. 이 몸뚱이는 날마다 다른 생물을 잡아먹어야 한다. 우리 몸의 입이란 열린 무덤이다. 식물·동물의 시체가 들어가는 문이다. 식사(食事)는 장사이다. 우리 몸을 더럼 타지 않게 한다고 씻고 씻지만, 이 몸은 자체가 온통 더럼이다.[40]

유영모에게 두드러지는 육체에 대한 혐오는 물질, 육체 등 "해 아래 있는 것"을 부정하는 정신주의로 귀결된다. 그에게 음식을 먹는 것은 제사를 지내는 것과 다를 바 없고, 밥은 '제물(祭物)'에 비견되기도 한다.[41] 생물

---

38 동서양을 막론하고 영성을 깨달은 성인들은 "짐승인 개체의식을 가졌으나 하느님의 전체의식의 다스림을 받는 짐승이 아닌 얼사람"이다. 위의 책, 170쪽.

39 류영모, 박영호 편, 『제나에서 얼나로』, 올리브나무, 2019, 34쪽.

40 위의 책, 162쪽.

41 위의 책, 230쪽.

학적 요구를 충족시키는 일은 그것이 '한얼님'과 관계성을 지니는 것일 때만 그 의미를 인정받는다. 이러한 정신주의는 1920년대 유영모의 글에서는 발견되지 않는 특징이다.[42] 씨알 사상이 본격화되기 이전인 1910~20년대에 발표된 유영모의 글에는 이광수처럼 도덕적 수양, 즉 자조 차원에서의 저항을 강조하는 태도가 반복적으로 확인된다. 1910년대에 발표한 글에는 개체의 '생명'이 '노동'을 통해 우주적인 '생명'으로 거듭날 수 있다고 보며 종교적 차원에서 노동의 가치를 강조하는 태도가 나타나기도 한다.[43]

하지만 유영모는 무교회주의 실천과 35년간 성경과 동양경전을 가르친 경험을 바탕으로 독자적인 생명 담론을 개진하게 되었다. 이에 따라 그는 개조나 수양과 같이 프로테스탄티즘 윤리에 전염된 행동 양식을 거부하고 다시 예수의 가르침의 '근본'으로 돌아갈 것을 주장하도록 만들었다. 이를테면 전영택이 루터의 종교개혁을 언급하며 이로부터 "눌녓든 인류생명(人類생명)의 힘—가쳣든 양심(良心)의 자유(自由)가 폭발(爆發)"[44]하였다고 말한 것과 마찬가지로 민족개조를 주장한 이광수에게 기독교는 부단한 노동으로 신의 영광을 더하고 금욕적 노동의 성과에서 자기가 신으로부터 증명받았다는 사실을 증명하는 칼뱅이즘적 전통과 연관되어 있

---

42 얼나를 강조하는 유영모의 신학은 바울식 영육 이원론에 근거를 둔 김교신의 생명관과 겹쳐진다. 차정식은 김교신이 물질-영혼의 이분법을 극복하지 못한 것이 기독교가 죽음의 현실에 실질적 대안으로 기능해야 한다는 원칙적 소신에서 기인한 것으로 분석하는데, 이는 유영모에게도 해당되는 내용이다. 차정식, 「한국의 민중신학에 나타난 생명사상」, 이남섭 외, 『제3세계 신학에 나타난 생명사상의 비교연구』, 생각의 나무, 2002, 108쪽.

43 최호영, 「다석 유영모의 '생명' 사상과 남궁벽의 '감응'의 시학」, 『문학과환경』 19권 2호, 문학과환경학회, 2020, 284쪽.

44 전영택, 「종교개혁의 근본정신」, 『학지광』 14호, 1917.11.

다. 이는 예수의 본뜻으로 돌아갈 것을 주장하며 원시 기독교 신앙의 회복을 꾀한 유영모와 대조되는 부분이다.

무교회주의에 입각하여 원시 기독교 신앙의 회복해야 한다는 유영모의 주장은 그의 제자인 함석헌에게 계승되었다. 함석헌은 기성 종교가 '거룩'을 '물화'시킨다는 점을 비판하며 예수의 원 복음에 충실하였고, 이를 바탕으로 영적 기독교 신앙에 근거하여 민중 사상을 구상하였다.[45] 이에 따라 원시 기독교 신앙 회복에 근거한 종교개혁이 함석헌의 민중 사상의 주요 내용이 되었다. 그는 "자본주의 문명은 기독교로 인하여 일어난 것이나 그것이 어디까지든지 기독교는 아니"라면서 "만일 자본주의에 젖어 피 묻은 옷, 음행으로 더러워진 옷을 정말 십자가에 죽은 어린 양의 피에 깨끗이 씻는다면 당장에 모든 정치적·경제적인 세력과, 전투관계에 들어가지 않을 수 없을 것"이라고 자본주의와 그를 옹호하는 세속화된 기독교 세력을 모두 강력하게 규탄한다.[46]

푸코는 인간의 생명이 비오스에서 조에로 전락하면서 통치성에 위기가 나타났을 때, 전술적 측면에서 이에 저항하는 내재적 저항의 움직임이 일어났다고 분석한 바 있다. 그가 대항품행이라고 이름 붙인 다섯 가지 주

---

45 정지석, 「함석헌의 민중 사상과 민중 신학」, 『신학사상』 134호, 한신대학교 신학사상연구소, 2006, 3쪽.

46 함석헌, 『함석헌 저작집』 14권, 한길사, 2009, 48~49쪽. 이후 저작집 인용시 '저작집'이라 쓰고 권수, 쪽수만 병기하였다. 함석헌이 박정희 정권을 지속적으로 비판할 수 있었던 것도 물질주의에 대한 그의 강력한 비판 정신과 관련된다. 그는 새마을운동의 구호인 "잘살아보세, 잘살아보세"를 비판하며 "한국민을 이끌어가는 표어"가 철저하게 물질주의에 사로잡혀 있음을 강력하게 비판하였다. 저작집21, 295~296면. 심지어 사유재산과 소유권 제도가 신성한 자연법이라는 데 회의를 표하며, 화폐제도와 노동문제를 연결시켜 착취의 문제를 언급할 정도로 함석헌의 사상은 급진적인 측면이 있다. 김영호, 『함석헌 사상 깊이 읽기』 3권, 한길사, 2016, 386~387쪽.

요 형식은 자기 자신에게 복종하는 수덕주의, 절대적 평등을 지향하는 공동체, 사목권력에서 벗어난 경험에 특권을 부여하는 신비주의, 종말론적 신앙과 성서로의 회귀이다.[47] 이러한 행동 양식을 통해 대항품행은 통치권력을 재분배, 전복, 소거, 실격시키는 경향을 드러낸다. 유영모와 함석헌 역시 식민주의와 해방 이후의 독재 권력의 출현을 목도하며 대항품행의 행동 양식에 해당하는 저항을 실천하였다. 이들의 사상에는 저항적 영성을 바탕으로 "일종의 과격하고 뒤집힌 복종"[48]을 실행하려는 전술적이고 전복적인 측면이 포함되어 있다. 외부에서 부여한 복종의 규율을 거부하고 수도자적인 자세로 자신에의 복종을 추구한 점이나 일체의 복종을 인정하지 않고 공동체 구성원의 절대적 평등을 주장한 점 등이 그렇다.

식민 지배에 이어 해방 후에도 사회를 다스릴 수 있는 통치성이 제대로 구현되지 못한 한국의 사회현실 속에서 유영모와 함석헌은 생명에서 영성의 개념을 급진적으로 발전시킴으로써 불합리한 통치권력에 맞서는 저항의 움직임을 만들어냈다. 특히 이들이 동양 경전에 대한 재해석을 통해 씨알 사상을 발전시킨 점은 서구 기독교적 맥락에서 수용된 생명 개념을 토착화하려는 시도로 이해된다.[49] 씨알은 유영모가 1956년 12월 28일 YMCA 연경반 강의에서 유교 경전 『대학』을 해석하는 중 백성이라는 글자 민(民)을 번역하면서 사용하게 된 개념이다.[50] 그는 이를 '맨 사람' 이라

47 미셸 푸코, 『안전, 영토, 인구』, 앞의 책, 8강 참조.

48 위의 책, 299쪽.

49 이정배는 서구 기독교론의 새로운 이해, 서구 기독론에 대한 아시아적(불교) 성찰, 유영모의 기독교 이해와 얼(생명) 기독론의 구조, 얼 기독론의 생명신학적 특성이라는 측면에서 유영모가 이뤄낸 기독교 토착화 문제를 다룬 바 있다. 이정배, 『조직신학으로서의 한국적 생명신학』, 감신, 1996, 251~331쪽.

50 이선근, 「다석 유영모의 생명관 연구」, 감리교 신학대학교 석사논문, 2013, 11쪽.

는 의미를 지닌 것으로 풀이하였는데,[51] 안병무가 지적한 것처럼 씨알사상을 민중론으로 발전시키며 세상에 알린 것이 바로 함석헌이다. 『다석일지』를 제외하고 유영모가 남긴 저술이 없어서 어록이나 제자들이 기록한 강의록을 참조하여 그의 사상을 파악할 수밖에 없는데, 함석헌은 그중에서도 유영모의 사상을 적극적으로 해석하고 계승한 제자 중 하나였다. 함석헌은 사람은 누구나 영성이 있기 때문에 민중이며, 민중은 고난을 받으면서도 수동적 주체에 머무르지 않고 역사를 개혁할 수 있는 소명을 부여받게 된다고 보았다. 영적 각성을 통해 자신이 억압받고 있다는 사실을 각성한 민중은 그야말로 '맨몸'으로 권력에 대항하는 생명 존재로 의미화된다.

이를 통해 민중은 식민주의와 물질주의, 현실주의, 세속주의, 자본주의 등에 저항하는 주체로 부상하게 된다. 함석헌은 씨알 사상을 발전시키면서 "생명의 길은 끊임없는 반항의 길이다. 생명은 스스로 하는 것이다"[52]라거나 "사람은 저항하는 거다. 저항하는 것이 곧 인간이다"[53]라며 '대항하는' 생명의 힘을 강조하였다. 생명은 "완성된 존재가 아니라 생성해가는 것(becoming)"[54]이기 때문에 자기 부정을 그칠 수 없다. 그는 생명의 온전한 실현이 참 나를 이루고 또한 역사를 만드는 원동력이라고 주장하며,[55] 예수가 "인격적이고 내면적인, 정신적인 존재"[56]이기에 신앙적 삶

51 안병무, 「씨올과 평화사상」, 함석헌 기념사업회 편, 『함석헌 사상을 찾아서』, 삼인, 2001, 56쪽.

52 저작집 2권, 125쪽.

53 위의 책, 109쪽.

54 김영호, 『함석헌 깊이 읽기』 2권, 한길사, 2016, 405쪽.

55 박재순, 「씨올사상의 핵심: '스스로 함', '맞섬', '서로 울림'」, 『함석헌 사상을 찾아서』, 앞의 책, 111~118쪽.

56 박경미, 「속죄론과 관련해서 본 함석헌의 예수 이해」, 박경미 외, 『서구 기독교의 주체적 수용—유영모·김교신·함석헌을 중심으로』, 이화여자대학교출판부, 2006, 208쪽.

과 실천이 가능하다고 주장하였다. 아울러 함석헌은 유영모와 달리 '역사적 예수'의 존재 의의를 부정하지 않았다.[57] 이는 그가 현실에서 '민중'의 역사적 실체를 발견할 수 있었던 이유와도 상통한다. 제나와 얼나를 위계적으로 서열화하여 제나를 죽여야만 얼나에 도달할 수 있다고 본 유영모와 달리 함석헌은 예수에게는 "하나님이 생명이라면 우리 몸은 그 성전"이었으며, 그가 "한 나로 산 것이지 분열이 없었다"고 해석한다. 예수에게 "영과 육은 나무와 그 꽃과 같이 입체적으로 통일이 되어 있었"[58]던 것으로 둘 중 하나를 버리고 취하려는 것은 아니었다고 지적한다.

함석헌이 유영모보다 실천적 사회운동에 적극적일 수 있었던 것도 육체에 대한 혐오에 빠지지 않았기 때문으로 보인다. 이는 다음과 같은 구절을 통해 분명히 확인된다. "사람은 말을 하고 생각하지만 또 행하는 것입니다. 사람은 정신을 가질 뿐 아니라 또 몸을 가지기 때문입니다. 사람의 본성은 물론 영원에 사는 것이지만 그 영원은 생각으로 하는 영원이 아닙니다. 생각으로 명상만으로 하는 한 그것은 결국 관념에 그칠 수밖에 없습니다. 사람이기 때문에, 이 세계에 살기 때문에 그가 지향하는 영원은 시시각각으로 이 시공 속에서 실현되는 영원이 아닐 수 없습니다. (…) 행해야 합니다. 생활해야 합니다. 실현해야 합니다. 진리는 들어서만, 깨달아서만 진리가 아니라 실현해서만 비로소 진리입니다."[59] 함석헌에게 사람은 몸을 가지기 때문에 행하고 생활하고 실현함으로써 진리를 실천할 수 있는 존재였다. 진리는 선험적으로 존재하는 것이 아니라 인간이 행함을 통

57 서구신학이 동정녀 탄생설과 몸의 부활론을 통해 예수의 몸과 신성성을 강조하는 것과 달리 유영모에게 역사적 예수 그 자체는 결코 하느님일 수 없었다. 이정배, 앞의 책, 313쪽.

58 저작집 14권, 70~71쪽.

59 위의 책, 283~284쪽.

해서만 비로소 도래하는 것이다.

이러한 유영모와 함석헌의 문제의식은 1970년대의 1세대 민중 신학자에게로 이어지게 된다. 주지하듯 민중 신학은 1970년대 한국 기독교계의 보수적인 면모를 일신하고 한국 사회현실과 밀착시키려는 경향과 관련된다. 김재준(金在俊), 문익환(文益煥), 서남동(徐南同) 등 기독교장로회 계통에서 이러한 흐름에 적극적이었으며, 특히 김재준 등이 중심이 된 한신그룹은 1960년대까지 지속적으로 『사상계』에 관여하고 있었다.[60] 이들은 기독교 메시지의 핵심을 인간 해방으로 파악하며 생명 개념을 중심으로 한 논의를 전개해나갔다. 민중신학이 한국의 생명 담론 내에서 지니는 위상에 대한 검토가 최근 시도된 바 있기도 하거니와,[61] 샤르댕의 저서를 김지하에게 읽기를 권한 것 역시 함석헌이었다. '전체주의'로 일컬어지는 함석헌의 후기 사상은 그가 60대 이후 접하게 된 프랑스의 과학자이자 신학자인 샤르댕(Pierre Teihard de Chardin)의 전체주의와 관련되는 것으로 이해된다.[62]

샤르댕의 전체주의는 개인이 아니라 '전체'로서 생각해야 한다는 의미를 지니는 것으로,[63] 함석헌은 '통제 불가능'한 상태에 빠진 현대 문명에 의해 인류가 멸망할 수 있다고 경고하며 "다시 새로 날 수 있는 씨앗을 제 속에 여물게" 하기 위해 전체로서 생각해야 한다고 주장하였다.[64] 함석헌

---

60 김건우, 「한국 현대지성사에서 '한신'이 가지는 의미」, 『상허학보』 42권, 상허학회, 2014, 504쪽.

61 이철호, 「김지하의 영성(靈性): 1970년대 민중 신학과 기독교 생명정치의 한 맥락」, 『동악어문학』 68호, 동악어문학회, 2016, 170~171쪽.

62 김영호, 『함석헌 사상 깊이 읽기』 1권, 한길사, 2016, 36쪽.

63 저작집 11권, 244쪽.

64 저작집 7권, 76~77쪽.

은 "이제 세계만이 아니라 온 생명, 동물·식물까지도 한 식구로 생각을 아니 하고는 살아갈 수가 없는 단계까지가 왔"[65]다면서 이 시대를 샤르댕의 표현을 빌려와 "전체의 시대"[66]라고 말하기도 하였다. 이 과정에서 함석헌의 문제의식은 식민주의에 대한 비판에 그치지 않고 생태주의에 대한 요구로 이어졌다. 함석헌은 "모든 생명의 씨가 한가지로 위급한 운명에 빠졌"다면서 "생각하는 이 인간의 장난 끝에 잘못하다가는 10억년 자라서 오늘에 이른 큰 진화의 생명나무가 씨째 망해버리게 됐"다고 경고한다.

함석헌이 계승한 씨알사상은 인간을 자연을 착취할 수 있는 권리를 지닌 존재로 보는 근대적 자연관에 대한 비판으로 확장될 잠재성을 지니고 있었다. 문명화 혹은 경제성장이라는 목적을 달성하기 위해 침략과 약탈을 합리화한 서구적 근대의 위기는 그가 샤르댕의 용어를 빌려와서 설명한 것처럼 10억 년의 역사를 지닌 '진화의 생명나무'마저 망하게 할 수 있다. 함석헌에 따르면 조선인이 당하는 식민주의 지배는 착취의 대상이 되어 버린 지구 생태계의 문제와 연결되며, 조선인을 비롯하여 식민주의의 폭력성을 경험한 주체들은 식민주의를 '재생산'하는 것이 아니라 그것을 극복할 방도를 찾음으로써 생태계를 위기로부터 구해낼 "거룩한 사명"을 갖게 된다.[67]

---

65 저작집 12권, 260~261쪽.

66 저작집 13권, 145쪽.

67 저작집 7권, 124쪽.

4. 김지하의 생명 사상

김지하는 민족종교로서의 동학의 사상적 의의를 강조하며 유영모, 함석헌과 마찬가지로 생명 담론을 토착화하기 위해 노력하였다. 김지하의 생명 담론은 그 계보가 단순하게 파악되지는 않지만,[68] 생명의 용법을 생태주의적 맥락으로 확장하는 그의 문제의식은 유영모, 함석헌의 씨알사상과 공유하는 지점이 있다. 실제로 민중운동에서 생명운동으로 전환하게 된 김지하의 변화를 당대의 사회역사적 맥락에서 파악하는 연구[69]나 김지하의 생명사상에 나타난 동양철학의 영향을 분석하며 서구 중심 담론이 지니는 한계를 극복할 가능성을 긍정한 기존의 연구[70]들은 김지하의 생명사상을 기존 담론의 한계를 극복할 일종의 대안 담론으로 추인한 바 있다. 다만 이러한 김지하의 문제의식이 '생명' 개념에 대한 이해를 어떻게 변화시켰는지는 조금 더 검토할 여지가 있다.

---

68 이철호는 김지하의 생명 사상이 "함석헌, 장준하를 비롯해 김범부, 김동리를 거쳐 멀게는 최제우나 최시형에 이르는 이전 세대의 육성이 집약되어 있다 해도 과언이 아니"라고 지적한다(이철호, 「민족 표상의 (불)가능성-생명, 씨올, 민중」, 『사이』 19권, 국제한국문학문화학회, 2015, 147쪽).

69 이들은 김지하의 생명 사상을 사회주의권 붕괴 이후 다른 대안의 가능성이 닫혀 버린 상황이나 87년 이후 군사정권의 후퇴와 정치의 문민화로 민주주의가 진전된 한국사회의 변화와 관련짓는다. 홍정선, 「죽임의 세계, 살림의 사상」, 『김지하 전집4: 이것 그리고 저것』 해설, 동광출판사, 1991; 김우창, 「시대의 중심에서」, 김지하, 『중심의 괴로움』, 솔, 1994; 최동호, 「정신주의 시와 생명사상」, 『삶의 깊이와 시적 상상』, 민음사, 1995 등.

70 이형권, 「김지하의 생명시와 생명시론」, 『한국문학이론과비평』 7권, 한국문학이론과비평학회, 2000; 김재현, 「김지하의 생명사상과 유토피아 의식」, 『시대와 철학』 12권 1호, 한국철학사상연구회, 2001; 류지연, 「김지하의 생명의식과 「애린」」, 『한국문예비평연구』 9권, 한국현대문예비평학회, 2001; 손민달, 「한국 생태주의 문학 담론 연구」, 고려대학교 박사논문, 2008 등 다수의 논문이 이러한 입장에서 이뤄지고 있다.

앞서 말한 바와 같이 "살아 생동한다", "끊임없이 변한다", "노동을 한다", "제 먹이를 생산해 낸다" 했을 때, 이 먹이를 생산하는 과정은 동식물·물·공기·바람·토양·흙—이런 것들과의 적극적이고 항구적이고 전면적이고 보편적인 접촉을 통해서, 상호관계를 통해서 그 먹이를 생산해 내고 그 먹이를 먹고 나누고 그러한 전 과정을 통해서 인간의 영성적인, 보다 고차적인, 질적으로 승화된 생명의 서식상태를 열어가는 것을 우리는 보아왔다. 바로 그런 점에 우리가 착안할 때, 민중의 유개념이 가능해진다. 민중의 근원적인 질적 파악을 하려면 그 밑바닥에 인간만이 아니라 동식물 생태계 전체와 소위 이제까지 서양인들이 '유기물'에 대척적인 '무기물'이라고 불러온 산맥·바위·공기·물·흙·바람까지도 하나로 보는 시각이 필요하다.[71]

'영성'이란 것은 뭐냐? 풀·벌레·동식물과 토양과 이 우주에 있는 실재하는 모든 것은 다 나와 유기적인 한 생명의 움직임이라는 인식과 깨침, 즉 체인[體認]을 말한다. 한 생명체라는 생각, 또 수만 년 전에 살았던 것과 수억 년 후에 살아 있을 어떤 것과도 한 생명의 흐름이라는 것, 그러니까 내가 죽어도 죽지 않는다는 것, 없어지지 않는다는 것—바로 그 큰 생명이 내 주인이시고 주인공이시다.[72]

"동식물·물·공기·바람·토양·흙" 등 생물들로 이루어진 군집과 이와 상호작용하는 무생물학적 환경 안에서 "상호관계를 통해서 그 먹이를 생산해 내고 그 먹이를 먹고 나누고 그러한 전 과정"이라는 것은 생태계에

---

71 김지하, 『밥』, 분도출판사, 1984, 134쪽.

72 위의 책, 165쪽.

대한 정의와 부합한다.[73] '생태계'라는 개념이 확립되기 이전에 생명은 무생물과 대비되는 협소한 대상을 한정하는 개념이었으나, 이와 달리 생태는 생물과 환경, 인간과 환경의 상호 작용과 진화의 과정을 설명하는 맥락 속에서 사용된다. 위 인용문에서도 생명은 정신과 물질의 차원에서 설명하던 이전의 종교 담론과는 달리 '유기물'과 '무기물'이라는 대조군 속에서 양자를 아우를 수 있는 개념으로 호출된다. 김지하에게는 생명이 없는 무기물로 파악해온 자연 대상까지도 "인간의 영성적인, 보다 고차적인, 질적으로 승화된 생명의 서식상태"와 관련지어 보려는 시각이 나타난다. 이를 통해 김지하는 생명 개념에 내재되어 있던 생태주의적 문제의식을 발굴해냈으며, 민중의 유개념을 "진정한 의미에서의 생명·보편적 실재로서의 생명"의 담지자로서 '중생'으로 확장하였다.[74]

이는 '영성'을 생태주의적으로 재해석하는 태도와도 부합한다. '영성'은 "풀·벌레·동식물과 토양과 이 우주에 있는 실재하는 모든 것"을 한 생명의 움직임으로 연결하는 매개체다. 영성을 바탕으로 인간 주체가 자신이 커다란 생명 공동체에 소속되어 있는 존재임을 깨닫는 것은 근대의 식민주의 담론에 의해 물신화된 생명 개념을 비판하는 의도를 내포한다. 자연을 대상화하기 시작한 시점과 자본주의의 출현을 연결시킨 바 있는 제이슨 히켈은 서구에서 1600년대 경 "대지·토양·숲·산은 물론 인간의 육체까지도 사회로부터 분리된 것이라고 보는 시각"이 나타났으며, 이를 통해 "자본가들은 자연을 대상화하고 축적의 회로 속에 집어넣을 수 있"[75]게 되었다고 지적한다. 성장에 필요한 이윤 창출을 위해 자연을 수탈한 유럽

73 이상현, 『생태주의』, 책세상, 2011, 28쪽.

74 김지하, 『밥』, 앞의 책, 143쪽.

75 제이슨 히켈, 김현우·민정희 역, 『적을수록 풍요롭다』, 창비, 2021, 115쪽.

의 자본가들은 '자연'의 범주로 치환된 모든 것에 대한 전유를 정당화하기 위해 이원론을 이용하였고, 나아가 자신들의 이원론을 피식민지인들에게 전파함으로써 이들의 "대지와 몸과 마음까지도 식민화" 했다는 것이다.[76] 그러므로 생명 개념을 탈식민화하기 위한 맥락에서 물신화된 생명을 어떻게 일원화할지가 중요한 문제가 된다.

'영성'에 근거한 김지하의 생명 담론에서도 이원론의 극복은 중요한 문제로 나타난다. 그는 이원론에 의해 발생하는 '틈'에 의해 세계가 "상하 관계로, 상부와 하부로, 바람직한 것과 바람직하지 못한 것으로, 주인과 노예의 관계로, 수직적으로, 이원론적으로"[77] 분리되었다고 비판하면서 '틈'의 소멸을 위해서는 이원론적 분리를 극복하고 일원론으로 나아가야 한다고 보았다. 그리고 그 방법으로 해월 최시형의 '향아설위(向我設位)', 즉 벽에다 갖다놨던 제사상(向壁設位)을 자기(我) 앞에 갖다 놓는 행위를 들어 독자적인 생명 담론을 전개하고자 하였다. 김지하에 따르면 향아설위에서 제사상에 놓인 "밥은 물질적인 동시에 정신적인 밥, 정신의 밥"으로, "밥은 바로 통일을 의미하는 생명"이 된다.[78] 그는 "<제사가 바로 식사고 식사가 바로 제사>"[79]라는 점에서 '밥'이 이데아의 차원과 삶의 차원을 연결해준다고 주장한다. 자신에게 제사상을 바치는 것은 "한울님을 저 높은 초감성계에 존재하는 분이 아니라 모든 개체생명 속에 모셔져 있는"[80] 것으로 보고, 개체 생명인 우리 몸 안에 모셔져(侍) 있는 신령을 다시 모시

76 위의 책, 117쪽.

77 김지하, 『밥』, 앞의 책, 56쪽.

78 위의 책, 61쪽.

79 위의 책, 69쪽.

80 표영삼, 「동학에 나타난 생명사상」, 우리사상연구소, 『생명과 더불어 철학하기』, 철학과 현실사, 2000, 228쪽.

는(侍) 의미에서 자기 자신에게 밥을 바쳐야 한다는 것이다.[81]

아울러 김지하는 유영모, 함석헌이 그러했듯 토착화된 생명 담론을 전개하기 위해 동학사상을 비롯한 한국의 종교 사상 담론을 전유하였다.[82] 대표적으로 그는 자신이 동학의 인내천주의를 재해석함으로써 '전체성을 실현한 개별자' 혹은 '개체 속에 숨어 있는 전체성'이라는 새로운 개념을 포착할 수 있었던 것을 누차 강조한다.[83] 하지만 그의 주장대로 이를 동학 고유의 것으로 볼 수 있을지에 대해선 검토가 필요하다. 김지하가 말한 '전체성을 실현한 개별자' 개념은 이미 함석헌에게 "전체의 구원 없이 개인의 구원이란 있을 수 없습니다. 영의 나라란 개체가 곧 전체요, 전체가 곧 개체인 지경입니다."[84]라는 식으로 그 단초가 나타나는데, 함석헌은 김지하와 달리 이것이 샤르댕의 영향임을 부정하지 않는다. 김지하는 샤르댕이 '군집은 개별화한다'라는 점까지만 발견했다고 주장하나 샤르댕은 '차별화에 의한 결합'과 '결합에 의한 차별화'라는 측면을 모두 언급한 바

---

81 그런데 사실 이와 비슷한 주장이 이미 유영모에 의해서도 개진된 바 있다. "밥은 제물(祭物)이다. 바울은 우리 몸이 한얼님께서 머무시는 성전이라고 말했다. 우리의 몸이 한얼님의 성전인 줄 아는 사람만이 능히 밥을 먹을 수 있다. 밥은 한얼님에게 드리는 제사이기 때문이다. 내가 먹는 것이 아니라 한얼님에게 드리는 것이다. 그러니까 밥을 먹는다는 것은 예배요 미사다."(유영모, 앞의 책, 230쪽).

82 이남희, 유리·이경희 역, 『민중 만들기』, 후마니타스, 2015, 109쪽. 1980년대 민중운동가들은 동학농민운동을 자신들이 상속받은, 그리고 이제 계승할 유산임을 천명하면서 각종 성명서나 선언에서 '반제·반봉건·반권위'의 역사적 사례로 동학농민운동을 언급한 바 있다. 다만 이 당시 민중운동가들에 의해 주목을 받았던 것이 김지하가 참조한 최제우·최시형의 정통동학사상이 아닌 전봉건을 중심으로 하는 남접의 동학농민운동이었다는 점은 특기할 만하다.

83 김지하, 『생명과 자치-생명사상 생명운동이란 무엇인가』, 솔, 1996, 126면.

84 저작집 9권, 201쪽.

있다.[85]

샤르댕에 따르면 인간은 우주감(the cosmic sense), 즉 자신을 감싸고 있는 심리학적으로 우리를 묶는 혼돈된 친화성을 바탕으로 새로운 세계를 통해 공동의 진보를 이룩할 결심을 하게 되는 데 이를 통해 우리의 의식에 드러나는 사랑의 세 단계 중 마지막 단계, 즉 오메가 포인트가 출현하게 된다.[86] 샤르댕은 물질과 정신 사이에 근본적 상위성이 있다는 이원론을 반성적으로 거부할 것을 제안하며, 이 둘이 실체의 두 측면에 불과하다고 보았다.[87] 또한 물질과 정신을 구분하는 것이 근대 자연과학의 오해에 불과하다면서 오히려 "생명이란 물질의 부대 현상"이라고 지적하였다.[88] 그런데 김지하는 이러한 측면을 소거시켜 버리고 샤르댕과 차별화된 동학의 우수함만을 강조하는 태도를 취한다. 그에게는 이원론의 극복 자체가 아니라 동학을 비롯한 한국종교의 사상체계 속에 이원론 극복에 대한 문제의식이 나타난다는 점이 더 중요했기 때문이다.

하지만 그가 민족 사상 및 종교의 위대함을 강조하며 이를 물신화할수록 그가 극복하고자 했던 이원론은 더욱 강화될 수밖에 없다. 사실 이는 제3세계 민족주의에서 전형적으로 나타나는 특징이다. 아시아와 아프리카 반식민(anticolonial) 민족주의에는 "외적 세계인 물질의 차원에서는 서

85 "차별화에 의한 결합(union by differentioaion)과 결합에 의한 차별화(differentiation by union). 우리가 우주의 재료 속에서 앞에서 알아차렸던 구조적 법칙이 여기서 도덕적 완성의 법칙으로 다시 나타나는데, 이는 참된 범신론에 대한 유일한 정의다." Teilhard de Chardin, Human Energy(Trans. by J. M. Cohen). New York: Harcourt Brace Jovanovich(김성동, 『테야르 드 샤르댕』, 커뮤니케이션북스, 2017, 96쪽 재인용).

86 김성동, 앞의 책, 92쪽.

87 피에르 떼이야르 드 샤르댕, 이병호 역, 『물질의 심장』, 분도출판사, 2006, 44쪽.

88 피에르 떼이야르 드 샤르댕, 이병호 역, 『자연 안에서 인간의 위치』, 분도출판사, 2006, 31쪽.

구의 근대를 받아들이되, 본질적 영역인 마음과 정신의 차원에서는 문화적 정체성의 정수(精髓)를 견지해 민족적 고유성과 독자성을 내적 세계에서 지켜내고자"하는 특징이 발견된다.[89] 동도서기론으로 요약될 수 있는 이러한 입장은 근대화를 수용하는 한편으로, 민족 주체성을 지켜내려는 의도가 반영되어 있다. 하지만 이 과정에서 소위 '동양' 혹은 '민족'의 정수라고 할 '마음과 정신'은 서구의 그것을 대체할 대안 담론으로 과도하게 낭만화하여 '전도된 오리엔탈리즘' 혹은 "민족주의의 또 다른 의장"[90]에 머물 가능성이 있다. 서구적 이원론, 혹은 물화에 대한 문제의식을 바탕으로 생명 개념에서 탈식민주의적 생태주의의 가능성을 발굴해냈음에도 김지하는 결국 "특수성에 격리"되어 길을 잃고 만 것이다.[91]

---

89 조은주, 『가족과 통치』, 창비, 2018, 144쪽.

90 이철호, 「영성과 모더니티」, 『한국학연구』 35, 인하대 한국학연구소, 2014, 143쪽.

91 에메 세제르는 식민주의의 혼란 속에서 "길을 잃는 두 가지 방법이 있습니다. 특수성에 의한 격리 혹은 '보편성'으로의 용해가 그것입니다."라고 말하였다. 전자가 식민주의 문화에 동화되는 것을 의미한다면, 후자는 민족 전통에 진정성과 순수의 의미를 부여하면서 특권화하는 태도를 가리킨다. 이에 따르면 김지하는 "특수성에 의한 격리"에 의해 결국 길을 잃고 만 것이다. 에메 세제르·프랑수아즈 베르제, 변광배·김용석 역, 『나는 흑인이다 나는 흑인으로 남을 것이다』, 그린비, 2016, 130쪽.

김지하의 역사의식과 '민중'의 의미 양상

1. 생명과 민중

김지하[01]는 1969년 조태일이 주재하던 『시인』지에 김현의 소개로 「서

01 김지하(본명: 김영일)는 최근까지 총 20여 권의 시집을 출간하였다. 시집으로는 『황토』(한얼문고, 1970), 『검은 산 하얀 방』(분도, 1986), 『애린』1 · 2(실천문학사, 1986), 『이 가문 날에 비구름』(동광, 1988), 『별밭을 우러르며』(동광, 1989), 『중심의 괴로움』(솔, 1994), 『빈 산』(솔, 1996), 『화개』(실천문학사, 2002), 『유목과 은둔』(창비, 2004), 『새벽강』(시학, 2006), 『비단길』(시학, 2006), 『못난 시들』(이름, 2009), 『시 삼백 1-3』(자음과 모음, 2010), 『산알 모란꽃』(시학, 2010), 『흰그늘의 산알 소식과 산알의 흰그늘 노래』(천년의 시작, 2010), 『시김새』(신생, 2012)가 있다. 이외에 담시 모음집 『오적』(동광, 1985)과 수묵시화집 『절, 그 언저리』(창비, 2003), 시선집 『꽃그늘』(실천문학사, 1999) 『빈 산』(시인생각, 2013) 등이 있다. 이 가운데 1996년에 출간된 『빈 산』은 그가 1970년대에 발표한 시편들을 모은 것으로, 시기적으로는 『황토』 다음에 쓰인 것들이다. 김지하 전집은 1991년 동광출판사에서 나온 총 6권짜리와 2002년 실천문학사에서 나온 3권짜리 판본으로 나뉜다. 동광출판사 판본은 서정시, 담시, 희곡집, 산문집 1권, 대담집 2권으로 문학텍스트 위주로 구성되어 있는 반면, 실천문학사 판본은 철학, 사회, 미학사상을 주제로 묶여 김지하의 시는 구성에서 빠져 있다. 글이 발표된 시기도 표기되어 있지 않고 글의 순서도 발표된 시기에 따라 배치되어 있지 않아서 전집이라기에는 미비한 부분이 많다. 동광출판사 전집 역시 1990년대 이후의 텍스트를 포함하고 있지 않다는 점에서 전집만을 참고하여 김지하의 작품 세계를 조망하기에는 어려움이 있다. 이에 이 글은 1980년대까지 창작된 시는 동광출판사에서 나온 시 전집 『한 사람이 태어나므로』를 인용하고, 산문의 경우에는 실천문학사 판본을 인용하되, 동광출판사 판본을 부분적으로 참조하였다.

울길」 등을 발표하면서 문단 활동을 시작하였다.[02] 그는 문학을 정치로 이끌고 정치를 문학 속으로 이끌어 들이며 문학을 통해 정치적 저항을 수행해 냈으며, 특히 이것이 개인적인 발언에 그치지 않고 당대 사회에서 실질적인 대사회적 발언으로 파급력을 지녔다는 점에서 1970년대 시사에서 독보적인 존재로 평가받는다. 이는 그의 장편 담시 「오적」 및 「비어」와 관련된 필화사건이나 1982년 출간된 시선집 『타는 목마름으로』(창작과 비평사)와 대설(大說) 『남』(창작과비평사)이 판매 금지 조치를 당했던 사실을 통해서도 짐작할 수 있다. 그가 문학적 · 정치적으로 지녔던 막대한 파급력에 비해 그의 문학에 대한 연구는 오랫동안 후일로 미뤄져 왔다. 이는 그의 작품집 자체가 불온시 되어 1980년 말까지 그의 작품을 공개적으로 언급하는 것 자체가 불가능했던 역사적 상황과 더불어 1970년대를 대표하는 저항적 시대정신으로서 '김지하'라는 인물이 지닌 압도적 상징성이 선입견으로 작용하면서 그의 문학에 대한 문학사적 평가를 가로막아온 까닭이다.

김지하에 대한 연구가 시작된 1980년대 초반에는 역사의식을 중심으로 민중론에 주목하거나,[03] 생명사상을 중심으로 그의 시적 변모를 살펴보는 등 시집에 대한 개별 평론들이 주를 이루었다.[04] 김지하의 문학에 대한 비평적 거리가 확보된 것은 1980년대 말부터다. 1990년대에 나온 학위논문은 26편 가량으로, 김지하의 사상을 신학적으로 이해하려는 연구와 김

---

02 본격적으로 데뷔하기 이전에 이미 '김지하'라는 필명으로 「저녁이야기」라는 시를 『목포문학』에 발표하는 등 꾸준히 창작활동을 해 왔다. 송기한, 「김지하론-반역과 생성으로서의 불 이미지」, 『1960년대 시인연구』, 역락, 2007, 255쪽.

03 임헌영, 「김지하의 대설 『남』이 말하는 것」, 『신동아』, 1984.11.

04 채광석, 「『황토』에서 『애린』까지」, 『애린』 1권, 실천문학사, 1986; 성민엽, 「드넓은 통일의 세계」, 『애린』 2권, 실천문학사, 1986.

지하의 서정시에 대한 연구, 김지하의 생명 사상에 주목한 연구 등으로 대별된다.[05] 1990년대에는 김지하의 시를 사회 · 역사 맥락의 변화와 관련지어 생명사상의 의미를 이해하려는 태도가 두드러졌다. 홍정선,[06] 김우창,[07] 최동호,[08] 김수이[09]의 논의가 대표적이다. 이들은 김지하의 생명사상을 사회주의권 붕괴 이후 다른 대안의 가능성이 닫혀 버린 상황이나 87년 이후 군사정권의 후퇴와 정치의 문민화로 민주주의가 진전된 한국 사회의 변화와 관련짓는다.

2000년대 들어서는 김지하의 생명사상에 주목하는 연구의 흐름이 더욱 확고해졌다.[10] 이들은 동학이나 역(易) 사상 등 김지하가 영향을 받은 동양사상을 중심으로 그의 생명사상을 이해하려는 경향을 보인다. 대표적

---

05 김지하에 대한 학위논문들에 대한 내용은 이병금의 논문을 참고하였다. 이외에 일반 논문의 경우, 1990년대에 발표된 것이 60여 편, 2000년대의 연구가 140여 편 가량 된다. 이병금, 「김지하 서정시의 생명사상 연구」, 경희대학교 박사논문, 2010, 5~7쪽.

06 홍정선, 「죽임의 세계, 살림의 사상」, 『김지하 전집4-이것 그리고 저것』, 동광출판사, 1991.

07 김우창, 「시대의 중심에서」, 김지하, 『중심의 괴로움』, 솔, 1994.

08 최동호, 「정신주의 시와 생명사상」, 『삶의 깊이와 시적 상상』, 민음사, 1995.

09 김수이, 「김지하의 생명사상에 대한 접근」, 『고봉논집』 11권, 1992.

10 이형권, 「김지하의 생명시와 생명시론」, 『한국문학이론과비평』 7권, 한국문학이론과 비평학회, 2000; 김재현, 앞의 글; 류지연, 앞의 글; 신정하, 「김지하의 생명사상」, 전남대학교 석사논문, 2003; 한혜선, 「한국 현대시의 생태의식 연구」, 동덕여대학교 석사논문, 2006; 강찬모, 「김지하 시에 표현된 경물 사상과 자연존중」, 『한국현대문학연구』 21호, 한국현대문학회, 2007; 손민달, 「한국 생태주의 문학 담론 연구」, 앞의 글; 이병금, 앞의 글, 2010. 이러한 경향은 2010년대에도 이어졌다. 하서경, 「김지하의 생명사상과 시적재현 양상」, 경희대학교 석사논문, 2011; 김인옥, 「김지하 시에 나타난 "생명"의 재현」, 『동학학보』 26호, 동학학회, 2012 등.

인 것으로 홍용희[11]와 이병금,[12] 임동확[13]의 연구를 들 수 있다. 이와 같이 김지하의 생명사상에 대한 연구가 문학뿐만 아니라 철학·종교적인 분야에서도 활발하게 논의되기 시작한 것은 1990년대 들어 환경오염에 대한 문제가 제기되면서 '생명'이라는 키워드가 급부상한 데 따른 것으로 보인다. 기존의 연구들은 김지하의 생명사상이 출현하게 된 경위를 기존의 정치적 지향성과의 단절로 파악하여 김지하가 본격적으로 생명사상에 대해 본격적으로 언급하기 시작하는 1980년대 후반 이후의 텍스트를 위주로 김지하 사상을 분석하는 경향이 두드러진다.

그런데 김지하의 생명사상을 한국 사상사의 계보 안에서 검토해보면, 이를 이전 사상과의 단절로만 평가할 수 없음을 알 수 있다. 최근 들어 이와 관련된 연구가 진행되고 있어 주목된다. 대표적으로 이철호는 김지하의 '민중시'와 '생태시'의 연속성에 주목하며 김지하의 사상적 계보를 함석헌과 서남동에게서 발견한 바 있다.[14] 그는 민중, 생명, 생태가 동일한 담론적 계보 속에서 호환 가능한 용어였음을 밝히며 1960~1970년대 전세계적으로 확산된 생태학적 영성운동에 주목한다. 김지하가 동학사상의 시천주 사상을 재발견하는 하는 과정에서 샤르댕(Pierre Teihard de Chardin)의 『인간현상』 독해를 통해 동양과 서양, 정신과 물질이라는 이원론을 초극할 수 있는 '영적 각성'을 거치는데, 이것이 1960년대 함석헌의 씨올 사상과 1970년대 서남동이 주창한 기독교 중심의 생태학적 영성운동과 연속성을 지닌다는 것이다. 더불어 그가 1920년대 이돈화의 '개벽' 사상과

---

11 홍용희, 『김지하 문학 연구』, 시와시학사, 2000.

12 이병금, 앞의 글.

13 임동확, 「생성의 사유와 무의 시학」, 서강대학교 박사논문, 2003.

14 이철호, 「김지하의 영성(靈性): 1970년대 민중신학과 기독교 생명정치의 한 맥락」, 앞의 글.

김지하 사상의 관련성에 주목한 연구를 참조하면,[15] 1920년대에서 그 기원을 찾을 수 있는 김지하의 사상적 계보가 대략적으로 설명된다.

이 글에서는 이와 같은 기왕의 논의를 참고로 김지하의 민중 인식이 형성된 과정을 재구성해봄으로써 김지하가 '민중'에서 '생명'의 담지자로서 '중생'을 발견하기까지 그의 사유 내에서 어떠한 사상적 전회가 나타났는지 살펴보고자 한다. 기실 '민중'이 구성된 개념에 불과하다는 사실을 김지하만큼 명징하게 인지하고 있었던 인물은 찾아보기 힘들다. 김지하는 '민중'이 구성적 개념임을 뚜렷이 인식하고 있었으며 이에 텅 빈 기표로서의 '민중'에 의미를 부여하는 작업을 벌였다. 문제는 이 간극을 봉합하는 과정에서 그가 매개로서의 자신의 자리를 소거시키려 한다는 데 있다. 이는 1960~1970년대 '민중'에 대한 논의가 점화되었을 때 지식인들이 민중을 호명해온 방식과 일치한다. 지식인들은 '민중'을 호명하면서 그들을 호명하고 있는 매개자로서의 자신들의 목소리는 비가시화 하였다. 이것이 1990년대 들어 문제시되기 시작하면서 '민중'이라는 개념 자체가 시대착오적인 것으로 비판받았던 것이다.[16]

특히 1990년대 들어 한국의 민족주의가 '신성불가침의 이데올로기'로 자리잡은 데 대한 문제제기가 이뤄지면서 민족주의의 이율배반을 체현한

---

15 이철호, 「우주종교로서의 개벽사상-이돈화와 김지하의 진화론 수용 및 그 정신사적 계보」, 『한국학연구』 38호, 인하대학교 한국학연구소, 2015.

16 민중을 역사변혁 주체로 보는 개념 자체가 시대착오적이며 구성주의적이라는 주장은 1990년대 들어 제기되기 시작했다. 강정구는 1960~1970년대 민중을 역사변혁 주체로 논의해오던 논의방식에서 1980년대 들어 민중의 계급성에 주목하거나 민중 역시 지배체제와 같은 상징 질서의 정점이라는 비판이 제기되었고, 1990년대 들어 동구권 사회주의 체제가 붕괴되면서 역사변혁의 전망이 의심·부정되면서 '민중' 개념에 대한 본질주의적 태도가 문제시 되었다고 본다. 강정구, 「진보적 민족문학론에서 민중 개념의 형성과정 연구」, 『비교문화연구』 11권 2호, 경희대학교 비교문화연구소, 2007, 7~8쪽.

대표적 인물로 김지하에 대한 본격적인 비판의 계기가 마련되었다. 그중에서도 김철은 1970년대 민족문학론에 내재한 이론적-실천적 모순을 비판하며 그 모순과 배리의 극점에 김지하가 있다고 지적한다.[17] 1970년대 민족문학론이 내세운 탈식민주의적 지향점이 보편주의의 자장에서 벗어나지 못한 특수주의라는 그의 지적은 동의할 만하다. 다만 김철이 이 글에서 1999년에 출간된 김지하의 『사상기행』만을 주된 텍스트로 삼고 있다는 점은 문제적이다. 본고에서 지적하듯 1970년대 백낙청과 김지하의 민족문학론은 완전히 합치되지 않는 지점들이 있고 특히 김지하의 사상적 행보는 항상 당대의 민족문학론의 주류 담론과 어긋나는 부분이 있었다. 김지하는 당대의 시대적 상황에 비해 조금 앞서거나 혹은 뒤늦은 행보를 보였기 때문이다. 이런 점에서 1970년대 민족문학론을 뭉뚱그려 단일한 흐름으로 비판하면서, 파시즘으로 경도된 것이 분명해진 김지하의 90년대 이후의 텍스트만을 전거로 1970년대 민족문학론의 귀결을 파시즘으로 결정짓는 것은 성급한 결론으로 보인다.

김지하는 90년대 들어 '민중'을 역사변혁의 주체로 호명해왔던 기존 담론을 비판하면서 '민중'이 진정한 주체가 되기 위해서는 민중 스스로가 자신을 전체로서의 '생명'의 담지자로서 인식하고 자아와 타자 사이의 분리와 경계를 지워버려야 한다고 주장한 바 있다. 그는 「생명의 담지자인 민중」(1984)[18]에서 '민중'을 '생명'과 관련지은 이래 소외되고 억압받는 존재이자 역사변혁의 주체로 호명했던 민중을 생명운동의 주체로 변화시킨다. 문제는 사상적 전회로 평가되는 이러한 변화가 기존의 민중론에서 억

17 김철, 「민족-민중문학과 파시즘: 김지하의 경우」, 유종호 외, 『현대 한국문학 100년』, 민음사, 1999.

18 김지하, 「생명의 담지자인 민중」, 『밥』, 앞의 책.

압의 대상을 역사에서 문명으로 확대한 것으로 '민중'을 소외된 존재이자 변혁의 주체로 바라보는 관점 자체는 변화하지 않았다는 점이다. 김지하의 사상은 특유의 이분법에 의해 구동되고 있으며 이는 생명사상을 주창하기 시작한 1990년대 이후에도 여전하다. 이런 점에서 김지하의 텍스트를 전반적으로 아우르면서 그의 사상이 연속/단절되는 지점을 섬세하게 분석할 필요가 있다.

무엇보다 이 글에서 주목하는 것은 '민중'의 의미 양상을 구성하는 데 있어 김지하의 역사의식이 결정적인 영향을 끼쳤다는 점이다. 초기시에서 '민중'을 식민잔재를 청산할 수 있는 탈식민의 주체로 상정하던 데서 군부독재를 끝내고 민주주의를 도래시킬 수 있는 정치적 주체에 대한 호명으로, 다시 억압받는 생명 전반에 대한 구원자로 맥락화 하게 된 기저에는 김지하 특유의 역사의식이 작동하고 있다. 이는 초기시에서 민족사(national history)의 폭력성에 의해 배제된 민중의 발견으로, 중·후기의 생명사상에서는 20세기에 본격화된 환경오염 문제를 계기로 인간의 문명사 전반에 대한 통찰을 통해 드러난다.

2. 민족사에서 배제된 타자로서의 민중

김지하는 '4·19세대'라기보다는 '6·3세대'라고 명명된다. 1964년 3월 국교 정상화를 위한 한일회담이 추진되고 있다는 사실이 알려지자, 국교 정상화 이전에 일본이 먼저 과거 식민통치에 대한 사과를 해야 한다고 주장하는 여론이 거세게 일어났다. 그러다 1964년 6월 3일, 그해 3월부터 시작된 국교 정상화 반대 시위는 이날 서울 지역에 선포된 계엄령과 대학 캠퍼스와 거리를 장악한 군인에 의해 급작스럽게 중단되었다. 대학교

정은 전쟁터를 방불케 하였고 학생들은 체포되어 군사재판에 넘겨졌으며 시위 주도자들은 퇴학 처분을 당했다. 1965년 6월 한일회담이 서명되자, 6개월 동안 대규모 시위가 잇달아 일어났다. 학생들은 단식투쟁을 단행했고, '민족적 민주주의 장례식'을 거행했다. 이때 장례식의 조사를 작성한 것이 김지하였다.[19]

김지하가 처음부터 정치적 활동에 적극적으로 참여하였던 것은 아니었다. 그는 자신이 "여름이면 학교 캠퍼스에 있는 벤치 위에서도 자고 겨울이면 교수들의 연구실 구석에서 자기도 하고 그래서 자기를 스스로 바람 먹고 구름똥 먹는 사나이로 지칭하던" 풍운아에 불과했다고 고백한 바 있다.[20] 또한 김지하는 4·19혁명의 현장을 직접 목격하고 시위대에 참가할지 말지를 고민하다가 결국 참가하지 않는 쪽을 택하였다고 말한다. 그런데 그가 시위에 참여하지 않은 데는 가족사적 내력이 크게 작용했던 듯하다.[21] 그가 회고록에서 반골기질일 강했던 자신의 증조부에 대한 이야기부터 동학 운동에 참여했던 것으로 보이는 할아버지와 공산주의자였던

19 박태순·김동춘, 『1960년대의 사회운동』, 까치, 1991, 187~188쪽.

20 진형준, 「칼에서 밥으로—김지하론」, 『우리시대의 문학』 6호, 문학과지성사, 1987, 187쪽.

21 4·19혁명이 일어났던 1960년은 김지하가 대학교 2학년 시절이었다. 그는 시위대를 피해 택시를 잡아타고 가는데, 거기서 동료들과 마주하여 왜 데모에 참여하지 않느냐는 질문을 받는다. 그들의 추궁에 반론을 펼치다가 말문이 막히는 순간, 그는 아버지의 얼굴을 떠올린다. "나는 순간 아버지의 얼굴을 보았다. 양잿물을 마시고 헛소리하던 아버지의 얼굴을 본 것이다. 그리고 아버지가 월출산에서 하산했을 때 벌판에 가득 찬 가을 코스모스가 하도 눈부시어 주저앉아 한없이 울었다는 그 코스모스 벌판이 보였다. 그리고 티끌바람 몹시 일던 날, 육군 군예대의 세트를 실은 트럭 위에 올라타고 한없이 절망적인 얼굴로 손을 흔들며 멀어져 가던 아버지가 보였다. 뚜렷이 보였다." 김지하, 『흰 그늘의 길』 1권, 학고재, 2008, 355쪽.

아버지에 대한 기억 등을 "육십 생애 안에 깊이깊이 감추어진 비밀주문"[22] 이라고 말하는 장면 등에서 한국 현대사의 뿌리 깊은 반공주의로 인한 피해의식이 발견된다.[23] 후에 이러한 피해의식은 자신이 역사를 새롭게 이어나갈 적자(嫡子)라는 의식으로 발전하게 된다. 민족사에 의해 배제된 '아비'의 자식이라는 사실이야말로 이후 민족사를 부정하고 만들어질 민중사의 주역(主役)이 되어야 하는 당위가 되는 것이다.

본격적으로 정치적 활동을 시작하면서 김지하는 민족사와 가족사의 균열을 감지하기 시작한다. 민족사를 창출하는 과정에서 억압되고 배제된 타자는 곧 가족사적 비극을 떠올리게 하였고 이에 따라 민족사의 폭력성을 점차 인식하게 된다. 이는 나아가 '전라도'라는 지역성에 대한 발견으로 나아간다. 그는 자신의 가족사와 깊이 연루된 고향 전라도와 자신을 동일시함으로써 원한의식을 표출한다.

황톳길 선연한
핏자국 핏자국 따라
나는 간다 애비야
네가 죽었고 지금은 검고 해만 타는 곳
두 손엔 철삿줄
뜨거운 해가
땀과 눈물과 메밀밭을 태우는

---

22 위의 책, 53쪽.

23 이와 같이 특수한 가족사에서 비롯한 다양한 인연들 역시 김지하에게 지속적인 영향을 미쳤을 것이다. 김지하가 회고록에서 그의 첫 스승으로 등장하는 "골수 중의 골수" 공산주의자였다는 '로선생'의 경우만 해도 그렇다. 김지하는 로선생으로 대표되는 인물들에 의해 "공산주의와 혁명이 젊은 시절 내 성격의 그림자로 형성되었던 것"은 아닌지 회상하기도 한다. 위의 책, 91쪽.

총부리 칼날 아래 더위 속으로
나는 간다 애비야
네가 죽은 곳
부줏머리 갯가에 숭어가 뛸 때
가마니 속에서 네가 죽은 곳

밤마다 오포산에 불이 오를 때
울타리 탱자도 서슬 푸른 속이파리
뻗시디뻗신 성장처럼 억세인
황토에 대낮 빛나던 그날
그날의 만세라도 부르랴
노래라도 부르랴
대샆에 대가 성긴 동그만 화당골
우물마다 십년마다 피가 솟아도
아아 척박한 식민지에 태어나
총칼 아래 쓰러져 간 나의 애비야
어이 죽순에 괴는 물방울
수정처럼 맑은 오월을 모르리 모르리마는

—「황톳길」 부분[24]

이 시는 아버지의 죽음과 황토의 불모성을 연결하는 시적 인식을 통해 개인의 비극을 역사적인 비극으로 확산시킨다. 이 시에서 시적 주체는 모든 것이 새까맣게 타 버려 생명력이 소거되어 버린 악몽 같은 풍경 속에서 그 길을 오로지 아버지의 목소리를 따라 걸어가고 있다. 여기서 '아버지'는 역사의 주체가 아니라 역사 속에 배제되어 죽음의 그림자로 사라져

24 김지하, 『김지하 전집1-한 사랑이 태어나므로』, 동광출판사, 1991, 55~56쪽.

버리고 마는 존재이다. 그는 멀쩡한 대낮에 강제로 끌려가 "가마니 속에서" 죽음을 맞았고 그의 억울한 죽음은 "척박한 식민지"의 역사적 현실과 맞닿아 있다. 억울하게 죽음을 맞은 자신의 아비의 원한을 원통하게 상기시키는 시적 주체의 목소리를 통해 역사에서 배제된 이들의 서슬 퍼런 원한이 드러난다.

이 시에서 김지하는 아버지의 죽음을 잊지 않고 있는 자식의 목소리를 가져와 민족사에서 배제되었던 하위주체(subaltern)들의 역사를 복원하는 과제를 자신에게 부과하고 있다. 그런데 이는 비단 김지하에게만 해당하는 과제가 아니었다. 1970년대는 독립적인 민족국가를 세우는 데도 실패했으며 친일파를 청산하지도 못한 상태에서 독재정치의 폭압적 질서 아래 한일회담이라는 민족적 굴욕까지 감내하기를 요구받았던 상황에서 역사 주체성의 위기가 감지되던 시기였다. 이에 따라 당시 지식인들에게 주어진 이중적 과제는 민족사의 실패를 인정하며 실패한 '역사'를 바로 잡아야 한다는 것과 함께 '민족'을 대신할 수 있는 역사의 주체로서의 '민중'을 '발명'해내야 한다는 데 있었다.[25]

'민중'에 대한 개념과 성격이 안착되지 않은 상태였음에도 불구하고 김지하의 초기시는 이후 '민중'에 대한 논의의 향방을 예비하고 있다. 특히 동학농민운동에 대한 주목은 선구적이다. 김지하는 동학농민운동과 전라도의 지역사(local history)를 연관 짓는다. 위 시의 '황톳길'은 계속되고 있는 압박의 역사와 피폐한 현실을 가리키는 것으로, 특히 전라도 지역을 비유적으로 표현한 것으로 볼 수 있다. 「황톳길」 외에도 「산정리일기」, 「비녀산」, 「성자동 언덕의 눈」 등 일련의 시편에는 목포 지역의 지명이 인용되

25 이남희, 앞의 책, 23~27쪽; 곽명숙, 「1970년대 한국시에 나타난 민중의 의미화와 재현 양상」, 서울대학교 박사논문, 2006, 33쪽.

면서 그의 고향 체험을 상기시킨다.[26] 「황톳길」에 나타나는 "척박한 식민지", "수정처럼 맑은 오월"을 통해서도 이 시가 배경으로 삼고 있는 역사적 사건이 동학임을 짐작할 수 있다. 김지하는 '애비'를 죽음으로 몰아넣은 폭력적 역사가 반복되고 있음을 상기시키는데, 이들의 죽음이 더욱 허망하게 만드는 것은 아무도 이들의 죽음을 기억하지 않는다는 데 있다.

김지하는 동학운동이나 한국전쟁, 반공주의로 인한 양민 학살 등 대문자 역사(History)로서의 민족사에 기입되지 못한 사건들에 주목한다.[27] "역사는 타자를 추상적 이성의 미명 아래 보편적 역사의 시간 속으로 통합"시키는 것으로, "국민국가는 근대성을 실현시키는 '역사'의 주체"이다.[28] 이처럼 타자를 역사 속에 통합시키는 과정에서 내부적인 억압기제가 작동된다. 1960~70년대 한국에서 이는 반공주의로 나타났다. 남북한 단독정부 수립과 전쟁으로 분단이 현실화되면서 남한에서의 '민족문화' 재건은 반공적 색채가 강해지면서 '국민문화' 재건과 동의어가 되어갔다. 한일회담으로 수세에 몰린 남한 정권은 다시 '민족'을 전유하기 위해 1968년 문화공보부를 발족하고 '민족문화' 중흥을 정책적 차원에서 체계적으로 관리하기 시작한다.[29] 민족사를 바로잡는다고 할 때 김지하에게 시급했던

26 김선태는 이들 시편이 '한국전쟁'이 아니라 '동학혁명'과 관련된 것이라고 해석하며, 김지하 초기시의 주요 모티프로 동학혁명을 든다. 김선태, 「김지하 초기시와 생명사상과의 연관성」, 『현대문학이론연구』 54호, 현대문학이론학회, 2013, 36쪽.

27 대문자 역사(History)는 헤겔의 단선론적·진화론적 사관에 입각한 계몽주의적 역사 서술을 말한다. 두아라는 헤겔이 집대성한 단선론적 진화론적 역사관에 입각한, 국민국가 관념의 지배와 영향을 받아 쓰인 역사서술을 대문자 H를 사용하여 History로 표기한다. 프라센지트 두아라, 문명기·손승회 역, 『민족으로부터 역사를 구출하기』, 삼인, 2004, 23쪽.

28 위의 책, 46~47쪽.

29 이하나, 「1970~1980년대 '민족문화' 개념의 분화와 쟁투」, 『개념과소통』 18호, 한림과학원, 2016, 173쪽.

것은 아무도 기억하지 않는 이들의 죽음을 기록할 수 있는 역사를 발명해 내는 데 있었다. 1970년대에 본격적으로 전개될 민중사는 대안적인 민족 서사로서의 잠재성을 지니고 있었던 것이다.

다만 1970년대의 '민중'이 '민족'에 대한 보충(supplement)에 불과하였다는 점 역시 간과할 수 없다. '민족'이라는 기표의 순수성을 비판하고 이항대립적 성격을 근본적으로 부정하는 것이 아니라 '민족' 개념에 포섭되지 못한 민중성을 기존의 개념을 보충하는 방식으로 작동하였기 때문이다. 1970년대 민중운동은 국가가 주도하는 지배담론으로서의 민족주의에 대한 대항 담론으로서 민중을 새로운 역사적 주체로 불러냈다.[30] 하지만 '민족' 개념이 완전히 폐기처분되지 않았기 때문에 국가주도의 민족주의와 착종되는 원인이 된다. 「황톳길」을 비롯한 초기시에서 '식민지'로서 억압받았던 기억이 호출되는 맥락이나 김지하가 정치활동을 시작하게 된 계기가 한일회담 반대운동이었음에서 알 수 있듯이, 적대세력으로 독재정권이 아니라 일본을 설정하고 있다는 점은 의미심장하다. 이는 김지하가 역사주체성 위기의 주요 원인으로 식민잔재를 꼽고 있다는 점과 관련하여 이후에도 '민중'이 '민족'과 기이한 동반관계를 유지하게 되는 까닭을 설명한다.

이 당시 김지하의 시에서도 '민중'은 뚜렷한 실체를 확보하지는 못한 채 다만 가족사의 비극과 결부된 파편적 장면들로 재현된다. 대표적으로 김지하가 가족사적 배경하에서 시적 소재로 차용한 동학농민운동의 경우에도, '반제·반봉건·반권위'의 의미가 부여된 것은 1970년대 말부터 부상

---

30 가령 창비의 민족주의가 국가 주도의 민족주의와 다른 방향에서 자본주의적 근대 민족국가의 완성에 복무하는 역할을 수행했음을 지적한 것으로는 다음 연구가 있다. 송은영, 「민족문학이라는 쌍생아: 1970년대 『창작과비평』의 민중론과 민족주의」, 『상허학보』 46권, 상허학회, 2016.

하기 시작한 민중지향적 역사관의 출현에 기인한 것으로,[31] 김지하가 본격적으로 동학에 천착하게 된 시기와 겹친다. 이와 달리 초기시에서 동학은 피지배계급으로서 그려지고 있는 '아비'들이 패배해온 굴욕과 원한의 역사와 관련된 것이었다. 아비들의 원한을 담아낸 자신의 시를 김지하는 "강신(降神)의 시"라고 부른다. 다음은 김지하의 첫 시집 『황토』의 후기이다.

> 이 작은 반도는 원귀들의 아우성으로 가득차 있다. 외침, 전쟁, 폭정, 반란, 악질(惡疾)과 굶주림으로 죽어간 숱한 인간들의 한에 찬 곡성으로 진동하고 있다. 그 소리의 매체. 그 한의 전달자. 그 역사적 비극의 예리한 의식. 나는 나의 시가 그러한 것으로 되길 원해왔다. 강신(降神)의 시로.
> 찬란한 빛 속에 살기를 원하지 않는 사람이 있는가? 없다. 미친 듯이 미친 듯이 나도 빛을 원한다. 원하지만 어찌할 것이냐? 이 어둠을 어찌할 것이냐? 어쩔 수도 없다. 다만 늪과도 같은 밤의 어둠으로부터 영롱한, 저 그리운 새벽을 향하여 헐떡거리며 기어나갈 뿐이다. 포복. 잠시도 쉬지 않는 피투성이의 포복. 나는 나의 시가 그러한 것으로 되길 원해왔다, 행동의 시로.[32]

김지하는 민족사에서 배제된 채 허무하게 죽임을 당한 원한에 가득 찬 원귀에 주목한다. 아직 제대로 이름조차 붙여지지 않은 원귀는 김지하가 '민족'을 대신해서 발굴해내고자 한 '민족의 그림자'로서의 민중과 관련된다. 김지하는 위 인용문에서 자신의 시가 "악몽의 시"가 되길 원해 왔다고 말한다. 반도에 가득 차 있는 "원귀들의 아우성"을 외면해서는 안 된다

31 이남희, 앞의 책, 105~110쪽.

32 김지하, 『황토』, 풀빛, 1970, 103~104쪽.

는 것이다. 김지하의 문학적 기획은 이처럼 보이지 않고, 들리지 않던 원귀들의 목소리를 새로운 역사 속에 기입하고자 하는 데 있었다. 기억되지 못하고 민족사에서 배제된 하위주체들의 죽음을 기록하는 데 그의 시적 사명이 놓여 있었다. 그의 시에서 원한들은 '붉은 피'나 불의 이미지로 형상화되어 쌓여 왔던 분노의 솟구침을 표현한다. "눈 쌓인 산을 보면/피가 끓는다"라면서 "이렇게 나를 못살게 두드리는 소리여"(「지리산」)[33]라고 울부짖는 것이나 "독한 소주로도 못다 푼 폭폭증/가슴에 불은 이는데/불은 일어쐈는데"(「수유리 일기」)[34]와 같은 토로가 그러하다.

이에 따라 김지하의 시에서 시적 주체의 내면은 텅 비어 있는 상태, '빈 방'이나 '빈 집'에 대한 환영으로 묘사된다.[35] 그는 이를 "눈부심만 남은 빈방이/나를 못살게 하네"라는 이성부 시인의 시 구절을 들어 '전라도'와 연결시킨다. "전라도는 나에게 또 나의 동료들에게 '반역'이면서 동시에 '빈방'이었다."[36]라고 말하면서 가족사를 '전라도'라는 지역사의 맥락으로 확장하기도 한다. 김지하가 주목하는 것은 전라도가 지닌 '반역의 역사'로 이는 동학농민운동에 국한되지 않는다. 그의 시 「여울1」은 조선시대 때 반역 죄인을 참시하여 각도(各道)의 '매골모루'란 곳에 매장했던 관습을 언급하고 있다. 만해 한용운을 회상하며 쓴 이 시에서 시적 주체는 들끓는 원한을 어쩌지 못해 잠을 이루지 못하다가 오직 자신의 죽음으로만이 이 원한을 잠재울 수 있음을 깨닫고 애통해한다. 김지하의 초기시는

33 김지하, 『김지하 전집 1-한 사랑이 태어나므로』, 앞의 책, 29~30쪽.

34 위의 책, 104~105쪽.

35 "괴상한 일인데, 기억이나 환상이나 꿈속에 빈집이거나 빈방이 자주 나타난다."(김지하, 『흰 그늘의 길』 1권, 앞의 책, 113쪽) 이러한 환상을 묘사한 시로는 「빈집」(위의 책, 23쪽)과 「아무도 없다」(위의 책, 79쪽), 「역려」(『다리』, 1989년 9월호) 등이 있다.

36 김지하, 『흰 그늘의 길』 1권, 앞의 책, 387쪽.

결코 역사 속에 기록되지 못한 반역자의 영웅적인 비애감에 젖어 있다. 시적 주체가 줄에 매달려 오르락내리락하는 '꼭두각시'를 묘사한 다음 시에도 역사와의 대결을 펼치고 있는 반역자의 형상이 재현된다.

> 떨어지는 나락
> 밑으로 밑으로 떨어질수록 떨어질수록
> 나는 복수의, 피비린 복수의 꿈속으로
> 드높이 치솟는다
> 마치 핏방울처럼
> 나를 묶은 줄이 더 팽팽하고 팽팽하고
> 내가 더 기막히게 기막히게
> 춤출수록 줄은 더
> 팽팽하고 기막히게 팽팽하고
> 드디어 기막히게 끊어져 버린다
> 대잡이는 허공을 본다
>
> 중간에 골고루 흐르는 물 따위는
> 아랑곳없다 높은 것, 낮은 것
> 둘밖엔 없다
> 그렇다
> 네가 높으면 나는 낮아지고
> 내가 높으면 너는 저 밑바닥
>
> —「꼭두각시」 부분[37]

---

37 김지하, 『김지하 전집1-한 사랑이 태어나므로』, 앞의 책, 47~48쪽.

이 시는 줄을 끊어버리기 위해서는 높은 곳과 낮은 곳의 양극단을 왕복하지 않으면 안 된다며 대잡이와의 극한 대결을 펼치고 있는 꼭두각시의 모습을 재현한다. 이 시에서 꼭두각시는 나락으로 떨어지는 것을 두려워하지 않고 "기막히게" 춤을 추는데 그럴수록 줄은 더 팽팽해지고 마침내 끊어져 버린다. 여기서 꼭두각시는 "피비린 복수의 꿈"을 실현하기 위해 자신의 목숨을 걸고 대잡이와 대결을 벌이는데, 그 대결의 결과가 죽음이라는 파국으로밖에 실현될 수밖에 없다는 점이 비극적으로 그려지고 있다. 이는 반역자의 운명과 다르지 않다. 반역자는 현실과의 대결에서 패배할 수밖에 없음을 알면서도 자신의 운명과 대결하기를 거부하지 않는다. 그리고 이를 통해서만 그는 역사에 대해 승리를 거둘 수 있다.

하지만 김지하는 꼭두각시가 대잡이에게 예속되어 있는 것만큼이나 대잡이 역시 꼭두각시를 통해서만 자기 존재를 인정받을 수 있으리라는 사실에는 거의 주목하지 않는다. 이러한 대립 구도는 헤겔이 말한 주인과 노예 사이의 생사를 건 투쟁을 연상시킨다. 헤겔에게 노예는 무엇보다 죽음의 두려움에 떨고 그 '공포'에 사로잡힌 의식이다. 노예는 죽음을 앞에 두고 동요하며 자기 욕망을 단념하고 주인에 대한 '봉사'와 '노동'의 강제를 받아들인다. 헤겔은 노동하고 사물을 형성하는 가운데 노예가 자기가 대자존재임이며 자립적인 존재임을 자각한다고 하였다. 이는 주인이 노예의 일방적인 '인정'을 매개로 자기를 확신하는 것과 다른 점이다.[38] 이에 비해 위 시에서 '꼭두각시'는 자신이 대잡이의 조종을 받고 있다는 대자성을 인식하면서도 죽음을 각오하고 대잡이의 강제에서 벗어나는 것만을 목표로 함으로써 반역의 비극성이 주로 부각된다. 또한 높은 것과 낮은 것이라는 두 극단만이 존재할 뿐 매개에 대한 인식을 드러내지 않는다는 것

38 가토 히사타케 외, 이신철 역, 『헤겔사전』, 도서출판b, 2009, 380쪽.

도 문제적이다.

김지하는 '민족사'로 포괄되지 않는 지역사, 그리고 가족사를 발견하게 되면서 새로운 보편으로서 '민중' 개념을 요청하고 있다. 하지만 이렇게 해서 요청된 '민중'의 실체를 현실에서 대입하지 못한 까닭에 그의 초기시에서 '전라도'는 텅 비어 있는 공간으로 재현된다. 다만 김지하가 '민중'을 호명하게 된 계기에 보편으로서의 민족사에 대한 불신이 자리해 있다는 점은 주목할 필요가 있다. 이는 백낙청이 투철한 역사의식을 지닌 인간상으로 프랑스혁명의 '시민계급'을 모델이자 대조군으로 삼아 한국의 '민중' 개념을 착안하게 된 맥락과 대조된다. 백낙청이 시민의식을 이야기하며 이를 김수영의 시에 나타난 '사랑'과 관련짓고 있는 대목에서도 김지하와의 차이가 나타난다.[39] 이와 달리 김지하에게 '민중'은 그들을 억압하는 자들에 맞서 죽음을 각오한 투쟁을 벌이는 논리적 이성으로 규정할 수 없는 정념의 주체였다. 다음 절에서는 김지하가 백낙청과 김수영에 대한 대타의식과 더불어 민중의 실체를 확인한 역사적 사건들을 바탕으로 민중의 형상을 그려냈음을 살펴보겠다.

3. 원한의 저력과 김수영에 대한 대타의식

김지하는 민족사에 의해 배제된 유령적 존재들의 대변자를 자처하면

39 백낙청, 「시민문학론」(『창작과비평』, 1969년 여름호), 『민족문학과 세계문학』 I 권, 창작과비평사, 1978. 백낙청은 「시민문학론」에서 떼야르 드 샤르댕의 「민주주의적 이념의 본질」을 인용하며 프랑스혁명의 역사의식에 준하는 시민적 이상을 발견하겠다고 공언한다. 샤르댕은 함석헌의 사상적 원천을 제공한 프랑스의 신학자로 백낙청과 김지하 사상의 접점을 확인케 해준다.

서 권력자들을 향한 풍자를 쏟아낸다. 그 중에서도 「풍자냐 자살이냐—고(故) 김수영 추도시론」(『시인』, 1970.7)와 재벌, 국회의원, 고급공무원, 군 장성, 장차관 등을 오적(五賊)이라 부르며 당시 한국사회의 부조리를 고발한 「오적」은 비로소 '민중'에 대한 김지하의 구체적 인식이 나타나기 시작한 텍스트라 할 수 있다. 「풍자냐 자살이냐」에서 지시한 민중문학의 방향성이 「오적」을 비롯한 담시(譚詩)에서 구체화 되었다는 점에서 「풍자냐 자살이냐」를 우선 살펴보겠다. 「풍자냐 자살이냐」는 부제에서 짐작할 수 있듯이, 1968년 교통사고로 세상을 떠난 김수영을 추도하는 목적을 표명하고 있다. 하지만 실상 김수영에 대한 대타의식을 공식적으로 천명한 성격이 두드러진다. 등단 1년 만에 쓴 이 글에서 그는 1970년에 쓰인 이 글에서 혹독한 현실상황 속에서 젊은 시인들은 이것이냐 저것이냐를 결단하도록 조급하게 강요받고 있다면서 이를 풍자와 자살이라는 극단의 대립을 내세운다.

그런데 이 글은 1968년 『창작과비평』 가을호에 실린 김수영 특집, 그리고 백낙청이 쓴 「시민문학론」(1969)의 입장과 대조를 이룬다. 백낙청의 이 글에서 김수영은 참여문학을 대표하는 전범으로, 『창작과비평』의 문단 내에서의 입지를 굳건히 하는 데 도움을 주었다. 이런 점에서 김지하가 「풍자냐 자살이냐」에서 감행한 김수영 비판은 창작과비평(창비)의 노선에 대한 비판으로 볼 수 있다. 김지하는 김수영을 내세워 시민문학론을 주창했던 백낙청에 대한 간접 비판을 감행함으로써 특유의 민중론을 벼려나간 셈이다. 다만 다음 시의 창작 연대를 볼 때 김수영에 대한 김지하의 대타의식을 보다 근원적인 지점에서 비롯된 것임을 알 수 있다. 다음 시는 김지하가 1969년 등단하기 이전에 쓴 미발표작 가운데 하나다.

책들은 웅장하다
모든 책들은 질서를 갖기 때문에
나보다는 웅장하다
비극적인 명성을 꿈꾸고
마릴린 몬로와의 있을 법도 않은
간통을 꿈꾸고 벌거벗고 빨고
핥고 그러나 새카만
옷 속의 볕에 탄 아도니스의 몸을 꿈꾸고
동시에 혁명을 혁명의
비극적인 명성을 게바라를 꿈꾸는 그런
나보다는 웅장하다

(…)

내세가 책 속에 있다
그래서 웅장하다
나는 현세조차 모른다

그러나 책들이여
반성하라 책들이여
어째서 너희들의 소리가 없는가

반란이 없는가 거스르는 미친 피
내 손의 피, 내 피의 저 미친, 미친, 미친, 소용돌이치는
저 피가 없는가? 아무것도 아니다 너의 웅장은 어째서
침묵하는 진리여?
이 밤에 이 무료함 속에

내 이 불타는 부끄러움 속에마저 책들이여

—「책들—《또는 김수영전》」 부분[40]

김수영은 「가까이 할 수 없는 서적」을 비롯하여 「아메리카 타임 지」, 「서책」 등 책에 대한 시를 여러 편 남겼다. 위 인용한 시에서 김지하는 이런 점을 염두에 둔 것인 양 질서정연한 '책'의 한계를 지적한다. "하루살이만한 질서도 없"는, "현세조자" 모르는 시적 주체에게 책은 "읽을수록 바보"나 "하루살이 벼룩 빈대 모기/그보다도 못한 밥벌레"를 만들어내는 것에 불과하다. 이 시에서 김지하는 "피투성이의 포복" 속에 "행동의 시"를 쓸 것을 요구하며 김지하는 진리를 실천하지 못하는 지식인에게 반성을 촉구한다. 김지하는 혁명의 원인을 "소용돌이" 치는 파토스로 인식한다. 위 시에서 "미친"이라는 단어가 수차례 반복되고 있는 데서 비이성적인 정념의 넘쳐 오르는 힘을 분출시킬 것을 주장하는 이 시의 주제 의식이 표명된다. 억압된 타자의 형상이면서 동시에 텅 비어 있는 기표로 재현되었던 '민중'은 이 시기에 이르러 현실 모순에 각성하여 대대로 이어져 내려온 억압에 원한과 분노를 품고 있는 존재로 등장한다. 김지하는 '민중'이라는 텅 빈 있는 기표를 '원한'으로 누비고 있는 것이다. 이는 「풍자냐 자살이냐」에서 보다 분명히 표명된다.

불가사의한 이 삶을 지배하는 저 물신의 폭력이 시인의식 위에 가한 고문과 낙인은 시인의 가슴에 말할 수 없이 깊고 짙고 끈덕진 비애를 응결시킨다. 폭력은 그 폭력의 피해자 속에서 비애로 전화되는 것이다. 해소되지 않고 지속되며 약화되지 않고 날이 갈수록 더욱더 강화되는 동일한 폭력의 경험과정은 무한한 비애 위에

---

40 김지하, 『김지하 전집1-한 사랑이 태어나므로』, 앞의 책, 44~45쪽.

> 더욱 무한한 비애를, 미칠 것 같은 비애 위에 미칠 것 같은 비애를 축적한다. 이 무한한 비애 경험의 집합, 이 축적을 우리는 한[恨]이라고 부른다. 한은 생명력의 당연한 발전과 지향이 장애에 부딪혀 좌절되고 또 다시 좌절되는 반복 속에서 발생하는 독특한 정서 형태이며, 이 반복 속에서 퇴적되는 비애의 응어리인 것이다. (…) 비애가 지속되고 있고 한이 응어리질 대로 응어리져 있는 한 부정[否定]은 결코 종식되는 법이 없으며, 오히려 부정은 폭력적인 자기 표현의 길로 들어서는 법이다. 비애야말로 패배한 시인을 자살로 떨어뜨리듯이 그렇게 또한 시적 폭력으로 그를 떠밀어 올리는 강력한 배력[背力]이며, 공고한 저력이다.[41]

김지하는 이 글에서 한이 깊어질수록 그 한을 유발한 폭력에 대항하는 폭력 역시 비례하여 증가한다면서, 이를 통해 시인은 응어리져서 폭발 직전에 놓여 있는 비애를 시적 폭력으로 전환할 수 있다고 말한다. 폭력으로 인해 전화된 한(恨), 즉 "무한한 비애 경험의 집합"으로서의 한을 시적 폭력으로 떠밀어 올림으로써 시인은 물신의 폭력에 항거할 힘을 얻는다. "폭력이 없으면 비애도 없고, 비애가 없으면 폭력도 없다." 이것은 비애와 폭력의 무한한 순환을 암시한다. 풍자는 "격한 비애가 격한 시적 폭력의 형태로" 전화한 것이다.[42] 다만 이 글에서 '비애'는 초기시에서의 '원한'과는 다른 맥락을 지닌다. 그것을 느끼는 주체는 소외되고 배제된 하위주체들이 아니라 그들을 보면서도 아무것도 할 수 없는 무기력한 '시인'이다. 원한을 지닌 하위주체들의 곡성(哭聲)을 받아 적는 것만으로 시인의 비애

41 김지하, 「풍자냐 자살이냐」, 『김지하 전집-제3권 미학사상』, 실천문학사, 2002, 28~29쪽.

42 위의 글, 29쪽.

는 해소되지 않는다. 김지하는 이러한 무기력에서 벗어나기 위해 '자살'에 이를 정도의 강력한 비애의 축적이 필요하다고 역설한다. 이를 통해 시인은 시적 폭력으로 전화하는 풍자에 다다르게 된다.

나아가 김지하는 시적 폭력을 발현되는 형태를 비극적 표현과 희극적 표현으로 나눈다. 그는 비극적 표현이 귀족사회의 산물이라면, 희극적 표현은 귀족사회에서 억압당했던 평민의식의 산물이라면서 이 두 개의 지향을 상호 보완에 의해 "새로운 폭력 표현"[43]의 형식을 만들어내야 한다고 주장한다.[44] 그런데 시인이 물신의 폭력에 저항하기 위해서는 무엇보다 민중에 대한 신뢰가 필요하다. 다시 말해 풍자는 "강력한 민중적 자기긍정에 토대를 둔 비판"[45]으로서 민중 자체를 매도하는 것이 아니라 반민중적인 소수집단에 대한 폭력의 표현이어야 한다.[46] 이러한 논리를 전제로 김지하는 김수영의 풍자에는 민중적 비애가 없다고 평가한다. 김지하는 "풍자가 아니면 해탈이다"(「누이야 장하고나」)라는 김수영 시 구절을 "풍자가 아니면 자살이다"라고 잘못 인용한 후, 김수영이 '풍자가 아니면 자살'이

43 위의 글, 31쪽.

44 이러한 논의는 1970년대 민중문학 진영의 논의로 계승된다. 고은은 불교의 자비에로 한을 승화시켜야 한다고 주장하였다면, 임헌영은 원한론과 정한론을 구분하면서 원한론이 "원한→보복감정→신명풀이→사회의식화→혁명화"로, 정한론은 "정한→체념과 포기→신명풀이→현실순응→민족적 허무주의"라는 흐름을 지닌다고 도식화하였다. 고은, 「한의 극복을 위하여」, 『한국사회연구』, 한길사, 1980(서광선 편, 『한의 이야기』, 보리, 1987, 23쪽 이하에 재수록); 임헌영, 「한의 문학과 민중의식」, 위의 책, 107쪽.

45 김지하, 「풍자냐 자살이냐」, 앞의 글, 43쪽.

46 결론적으로 김지하는 "민중에 대한 표현에 있어서는 해학을 중심으로 하고 풍자를 부차적·부분적인 것으로 배합하는 것이며, 민중의 반대편에 대한 표현에 있어서는 풍자를 전면적·핵심적으로 하고 해학을 극히 특수한 부분에만 국한하여 부수적으로 독특하게 배합"해야 한다면서 대상에 따라 표현방법을 차별화해야 한다고 주장한다. 김지하, 「풍자냐 자살이냐」, 앞의 책, 36쪽.

라는 이율배반의 딜레마를 해결하지 못했다고 주장한다. 김수영은 "올바른 민중관"[47]을 지니지 못한 까닭에 "자기 자신과 자기가 속해 있는 사회계층에 대한 부정과 자학과 매도에 폭력을 동원"[48]하게 되었다는 것이다.

이는 백낙청이 「시민문학론」에서 김수영을 "1960년대 한국 시민문학의 가장 뛰어난 성과"로서 고평하고 있다는 점과 대비된다. 백낙청이 김수영을 고평한 근거가 김지하에게는 "그릇된 민중관"에 기반한 "매우 위험한 칼춤"으로 묘사된다.[49] 논쟁점은 김수영의 소시민성 비판을 둘러싸고 벌어진다. 백낙청은 「어느날 고궁(古宮)을 나오면서」를 인용하면서 "매우 힘들여 얻은 통찰과 성실성과 긍지가 담겨 있다"[50]면서, 김수영이 "어려운 달관에 이름으로써" "한국의 낡은 과거에 대해서도 새로운 그 나름의 긍정"을 할 수 있었다고 평가한다. 백낙청은 소시민성에 대한 풍자가 옹졸한 자학이 아니라 부정적인 현실에 대한 사랑이라는 초월성으로 나아가기 위한 매개가 될 수 있다고 본다. 이에 비해 김지하에게 김수영의 소시민성 비판은 "자기가 속한 계층에 대한 부정·자학·매도"에 부과한 것으로 풍자의 폭력이 권력 집단이 아니라 민중에게 가해졌다는 점에서 문제시된다. 김지하는 '소시민'이 민중의 일부에 불과한 집단으로 김수영의 비판이 일면적이라고 비판한다. 이와 같은 비판은 김지하가 자신의 민중론을 정립하는 과정에서 발생한 것으로, 특히 김수영에 대한 백낙청의 독법에 대한 반발을 읽어낼 수 있다.[51]

---

47 김지하, 「풍자냐 자살이냐」, 앞의 글, 36쪽.

48 위의 글, 30쪽.

49 김지하, 「풍자냐 자살이냐」, 앞의 글, 39~40쪽.

50 백낙청, 「시민문학론」, 앞의 책, 72쪽.

51 김지하는 이후에도 "《창비》는 애초에 서구적 근대화론이나 공업화의 비전에 입각한 시민문학론을 제기하고 있었고, 반짝반짝 빛나는 김수영의 모더니즘을 기치로 내걸

한편 백낙청은 「시민문학론」에서 소시민을 "극도로 무책임한 개인주의와 극도로 감정적인 집단주의 사이를 무정견하게 방황하면서 해소할 길 없는 원한과 허무감, 피해망상증에 시달리는" 존재들로 규정한다. 이와 대비되어 "참다운" 시민이란 세계의 진보주의적 전통 안에서 필연성을 부여받은 미래적 주체였다. 백낙청이 규정한 시민은 사랑의 작업을 통해 선진/후진, 시민/촌민, 세계시민/국민을 비롯한 대립항을 통합시킬 수 있는 초월적 존재로 나타난다. 이러한 기조는 1970년대 후반까지 이어져 백낙청의 '민중'은 유신체제와 분단체제를 극복할 수 있는 민족주의의 주체로 상상된다.[52] 그에 따르면 제3세계 민족주의는 "반발과 앙심과 복수의 정신"이 아니라 "그릇된 민족주의의 유혹을 물리치는 자기해방의 과정을 겸하는 것"이어야 한다. 이를 통해 민중은 제3세계 해방운동의 주체로, 나아가 세계 전체에서 진행되는 지배자들의 억압을 극복할 주체로 재구성된다.[53] 이에 비해 김지하는 이항대립의 해소가 아니라 더욱 극단화하는 방향으로 나아갈 것을 주장한다. 김지하에게는 '사랑'이 아니라 원한이나 복수가 '민중'에게 더욱 필요한 덕목이었다. 그에게 민중은 미래적 주체가 아니라 당장에 그 실체를 확인해야만 하는 존재였기 때문이다.[54]

고 있기 때문"이라면서 창작과비평 진영에서 내세웠던 시민문학론과 자신의 민중론을 구분 짓는다. 김지하, 『흰 그늘의 길』 2, 앞의 책, 212쪽.

52 백낙청, 「인간해방과 민족문화운동」, 『창작과 비평』 50호, 1978년 겨울.

53 강정구, 앞의 글, 18쪽.

54 이런 점에서 김수영에 대한 김지하의 비판이 1970년대 중반 『창작과비평』 필진들로부터 호출된다는 것은 흥미로운 지점이다. 염무웅을 비롯해 김수영 비판을 민족문학론의 논리를 위한 전략으로 활용했던 이들은 백낙청의 민중론의 한계를 지적하며 김수영을 모더니즘의 한계를 벗어나지 못한 반민중적인 시인으로 재론하는 데 김지하의 논의를 차용한 바 있다. 임지연, 「『창작과비평』과 김수영」, 『겨레어문학』 55호, 겨레어문학회, 2015, 184쪽.

김지하는 이와 같은 시론을 바탕으로 예술적 실천을 벌여나간다. 1969년 저술된 「현실동인 제1선언」에는 70년대까지 김지하가 실험했던 '민족민중문화운동'의 주요 강령이 반영되어 있다. 여기에서 그는 "현실의식의 능동성은 치열한 역사적 체험에서 그 절정에 이른다. 수많은 인간의 희망과 투쟁의 응결체인 이 역사적 시간의 체험은 현실에 대한 인간의 능동적 가담의 극치이며 이때의 현실의식이야말로 참된 역사의식이고, 이때의 인간의식의 능동성이야말로 참된 자유의 근거요 창조의 추력이다"라고 말한다.[55] 능동성의 강화를 통해 현실의 대립하고 모순되는 사물들의 날카로운 대조를 표현할 수 있게 되며, 이를 통해 발생하는 "긴장에 의해 사물 · 형상 · 색채들은 생동성을 갖게 된다."[56] 이 글에서 김지하는 풍자와 해학의 정치적·미학적 효과를 본격적으로 탐구한다. 김지하가 무엇보다 강조하는 것은 갈등을 해소하는 것이 아니라 극대화함으로써 "대상 속에 압축된 모순의 핵심을 구체적으로 선명하게 파악"할 수 있게 되리라는 것이다.[57]

김지하와 백낙청의 인식 차이는 4·19혁명에 대한 언급을 통해서도 확인된다. 김지하는 4·19혁명을 민중 주도의 혁명적 사건으로 정착시키지 않고 4·19혁명에서 '혁명'이라는 기표로 포섭되지 않는 '잉여'들을 끄집어내면서, 그것이 실패한 혁명일 수밖에 없었던 이유를 성찰한다. 그는 '혁명은 하지 못하고 방만 바꾸어버린'이라는 김수영 시의 구절을 인용하며 한국 사회의 역사적 특수성에 주목한다.

---

55 김지하, 「현실동인 제1선언」, 『김지하 전집-제3권 미학사상』, 앞의 책, 97쪽.

56 위의 글, 101쪽.

57 위의 글, 105쪽.

> 나는 깨끗하게 실패했다. 어디가 분기점일까. 4·19다. 아마도 '4·19세대'라고 통칭되는 내 세대의 모든 이가 실패했는지도 모르겠다. '혁명은 하지 못하고 방만 바꾸어버린 김수영(金洙暎) 세대.' 넌덜머리가 난다. 되돌아보기조차 싫다. 그러나 되돌아보아야만 한다. 그리고 되돌아보는 일은 죽은 몸을 살리는 것만큼이나 공력이 든다. 죽기보다 싫은 되돌아보는 일! 겨울 찬바람에 물마루가 다시 출렁인다.
>
> 그것은 분명 혁명이었다. 그러나 이상한 혁명이었다. 파고다 공원에서 쓰러뜨린 이승만 동상을 올라타고 앉아 한 할머니가 저주를 퍼붓고 있을 때 이화장으로 하야하는 이승만을 향하여 다른 할머니들이 눈물을 쏟았다. 그토록 못마땅해했던 대학 교수들이 데모를 하고 반공의 전위인 군인들이 혁명을 엄호했다. 우리 사회의 역사의 특수성이 그대로 드러나는 혁명이었다.[58]

김지하는 4·19를 '이상한 혁명'이라고 인식한다. 이러한 인식은 내재적 발전론의 관점에서 4·19혁명의 기원을 "3·1운동의 전통 속에 살고 있고 동학의 전통, 실학의 전통, 심지어 원효의 전통"에서 발견할 수 있다고 본 백낙청과 대비된다.[59] 백낙청이 4·19혁명을 통해 '민족'에서 '민중'으로 이어지는 혁명정신의 연속성을 발견하고자 했던 데 비해, 김지하는 4·19혁명의 기이함에 주목한다. 이는 세대론적으로도 계급적으로도 설명하기 어려운 부분이 있다. 혁명이 일어났음에도 여전히 다른 한쪽에서는 혁명에 반대하는 반(反)혁명적인 분위기가 잔존했고, 더욱 기이한 것은 더불어 이전까지 반혁명적 분위기에 동참하였던 교수와 군인들이 혁명을

---

58 김지하, 『흰 그늘의 길』 1권, 앞의 책, 359쪽.

59 백낙청, 「시민문학론」, 앞의 책, 43쪽.

엄호하는 혼란을 벌어졌다는 점이었다. 김지하는 이러한 혼란 속에서 사회와 개별 주체 간의 분열을 예감한다. 김지하에게 4·19혁명의 실패는 사회적 혁명과 개체의 혁명이 일치하지 않는 데 원인이 있었다.

4·19혁명은 우발적이고 비조직적인 색채가 짙은 사건이었으며 대학생을 비롯한 지식인 집단이 아니라 도시빈민층이 중요한 역할을 하였다.[60] 가난과 공산주의에 대한 공포로 인해 4·19혁명의 의도가 쿠데타 이전부터 스스로를 배반하고 있었음도 부인할 수 없다. 특히 가난으로부터 하루라도 빨리 벗어나고자 하는 초조함은 쿠데타를 묵인하는 주요 원인으로 작용했다.[61] 김지하는 위 인용문에서 이를 "우리 사회의 역사의 특수성"이라고 정리한다. 혁명이란 지식인들이 환상을 가지고 있는 것처럼 개별 주체들이 일제히 한 목소리를 내는 데서 비롯하지 않는다. 지식인들의 조급증이 오히려 민중에 대한 반감으로 이어질 수 있음을 경계하며 김지하는 역사적 주체로서 민중이 지닌 한계까지도 긍정할 수 있어야 한다고 본다. 이에 김지하는 특수성의 어느 한 국면만을 긍정하기보다 특수성 간에 벌어지는 갈등과 대립을 통해 분출하는 파토스 자체에 주목한다.

저 봐라 봐라
막고 막고 또 막고 막아 철통
함구령이더니
열리는 천지사방의 주둥이들 봐라
콸콸콸 쏟아져 나오는 미어터져 솟구쳐 나오는
염병 십년 만의
저 아우성 소릴 들어봐라

---

60 권보드래·천정환, 『1960년을 묻다』, 천년의상상, 2012, 32~39쪽.

61 위의 책, 61쪽.

(…)

흰 눈 뒤집고 위통 걷어붙이고
찢어진 옷소매 피투성이 가슴팍
허기진 배때기도 온다
거머리 붙은 다리통 터져 나간 손바닥도
전라도에서 강원도에서
봉천동 도봉동 송정동 광주단지
시커먼 황지 굴 속에서 삽으로 오고
영등포 방직공장에서 수없는 작은 주먹으로 오고
골목 골목 골목에서 맨발로 오고
판잣집에서 초가집에서
온다 봐라
왼갖 서러움이 왼갖 탄식이 왼갖 신음이
아우성 되어 시궁창에서
개굴창에서 유치장에서 사창가에서 선창가에서

—「한국 1971년 4월」 부분[62]

어허야/한은 쌓이고/한은 엉키네/한은 굳게 뭉치고/한은 이글 이글 타오르는 노여움이 되어/부릅뜬 눈동자가 되어, 핏발선 눈동자가 되어/모아 쥔 주먹이 되어, 부글부글 끓어오르는 웨침이 되어/폭풍이 되어, 파도가 되어, 산맥의 산맥의 통곡이 되어/드디어 한은 뒤집혀/치열한 숯불이 되어/활활활 타오르는 불길이 되어/한이 한과 모여 나무와 나무가 부딪쳐 불길이 되어

—「오행」 부분[63]

---

62 김지하, 『김지하 전집1-한 사랑이 태어나므로』, 앞의 책, 114~115쪽.

63 김지하, 「오행(五行)」, 『김지하 담시 모음집 오적(五賊)』, 동광출판사, 1985, 140~141쪽.

「한국 1971년 4월」은 대중봉기의 기억을 다루고 있다. 억압되었던 민중의 원한이 아우성으로 솟구쳐 나오는 장면을 이 시는 역동적으로 포착해낸다. 김지하 시의 공간적 배경은 더 이상 전라도에 국한되지 않는다. 전국에 걸쳐 있는 대중봉기의 구체적 장소성을 불러냄으로써 대중봉기의 현장성과 민중의 편재성이 생생히 드러난다. 민중이 미래적 주체로 지식인의 상상 속에 존재하는 것이 아니라 억압에 저항하는 구체적인 현장에서 그 실존을 드러내는 것임을 이 시는 주장한다. 김지하는 「책들—《또는 김수영전》」에서 요청했던 '미친 피'의 현존을 광주대단지에서 일어난 도시빈민층의 대중봉기를 비롯하여 1970년대에 산발적으로 일어난 소요들에서 확인하였다. 이들의 행위는 합리성이나 논리적 필연성을 바탕으로 설명되지 않는다. "허기진 배때기"로, "작은 주먹"으로, "맨발"로 거리에 나선 이들의 분노가 어떠한 결과를 가져올 것인지도 불분명하다. 다만 김지하는 이들의 울분과 원한과 분노가 마침내 터져 나왔을 때 얼마나 강한 힘을 지닐 수 있는지에 대해 노래함으로써, 자신들을 '민중'에 동일시할 불특정 다수의 정념에 호소한다.

김지하는 물신의 폭력에 항거하기 위해 그에 못지않은 대항폭력이 필요함을 역설한다. 「오행」에는 「풍자냐 자살이냐」에서 그가 강조한 비애의 축적이 폭력으로 전화하는 장면이 나타난다. 이 시에는 원한이 타오르는 분노가 되어 세계를 한바탕 뒤집어 놓는 소란을 일으키는 장면이 나타난다. 김지하의 첫 시집 『황토』에 나타난 과거 역사에 짓눌린 무기력한 주체와 비교할 때 1970년대 중반의 작품들에 나타난 활력은 놀라운 것이다. 긴급조치 제1, 2호의 선포를 배경으로 한 「타는 목마름으로」나 「1974년 1월」에도 '지금-여기'를 살아가고 있는 이들의 생생한 고뇌가 느껴진다. 이를 통해 알 수 있듯이, 김지하는 당대 역사적 사건을 시적 문맥 속에 적극적으로 끌어들이며 민중을 불의에 항거하는 주체로 조명한다. 지식인에 의해 호명된 존재로서 그 실체가 불분명했던 '민중'의 실체를 1970년대 역사적 사건을 통해 확인하며 스스로를 '민중'으로 동일시할 이들에게 변혁의 사명을 부여한다.

4. '민중'에서 '중생'으로

1980년대에 이르러 김지하의 민중론은 다시 한 번 급격한 전환점을 맞는다. 김지하가 주창한 '민중'이 1980년대 염무웅을 비롯한 창비 진영 논자들에 의해 본격적으로 기반을 확장해가고 있는 시점에 김지하는 민중과 생명을 접합시키면서 새로운 민중론을 전개하기 시작한다. 이와 같은 사상적 전환을 어떻게 평가할 지는 문제적이다. 김지하의 생명사상을 생태계 위기에 대응할 수 있는 '생명담론'의 일종으로 적극적으로 평가하는 기왕의 연구들은 김지하의 사상에 내재한 균열을 파악하지 못하고 그가 주장하는 바를 해설하는 데 그치고 있다. 역사적 맥락을 초월해 존재하는 것으로 '생명' 개념을 절대시하며 인류를 생태계위기로부터 구원해줄 생명사상의 기원으로서 '한(韓) 민족'의 전통을 내세우는 국수주의적 경향을 비판적으로 통찰하지 못하고 있는 상황은 문제라 하지 않을 수 없다. 생명사상 역시 기존의 역사·사회적 담론 속에서 '구성'된 것이라 할 때, 이러한 접근방식은 김지하의 사상을 비판적으로 고찰하는 데 여러 한계를 지닐 수밖에 없다.

김지하 스스로도 생명사상의 사상적 연속성을 강조하고 있는바, 특히 '민중'이라는 키워드는 그의 생명사상을 분석하는 데에도 주요한 개념이 되고 있음은 주목을 요한다. 원한의 축적이라는 맥락에서 민중의 출현을 설명했던 김지하는 생명사상으로의 전회 이후 민중과 원한의 관계에 대한 관점을 전면적으로 변화시키고 있다. 이러한 사상 전환은 그의 개인사와도 무관치 않다. 김지하는 「오적」과 「비어」로 인한 필화사건으로 체포와 석방되기를 반복하다가 1974년 1월 대통령긴급조치가 내려지고 난 후 4월에 체포되어 민청학련 사건으로 사형을 선고받기에 이른다. 그가 첫 번째 옥중 체험을 그려낸 시에는 민중의 긍정성을 드러내기도 하지만,[64] 민청학련 사건으로 다시 체포된 김지하에게는 죽음의 공포가 앞선다. 일주일 만에 무기감형 되고 십 개월 만에 석방된 후 기고한 글에서 그는 "음산하고 무뚝뚝한 빛깔의 방들"을 기억해냈고, 그것은 그에게 "아득한 옛날 잔혹한 고문에 의해 입을 벌리고 죽은 메마른 시체가 그대로 벽에 걸린 채 수백 년을 부패해 가고 있는 듯한 환각을 불러일으"켰다.[65]

김지하는 감옥에서 석방된 지 한 달여 만에 다시 반공법 위반으로 체포되었고, 7년 징역형을 선고받고 1980년 12월에야 석방되었다. 이 시기 김지하는 벽면증이라는 정신병을 겪는다. 그는 "갑자기 네 벽이 좁혀들어오고 천장이 자꾸 내려오며 가슴이 꽉 막힌 듯 답답해서 꽥 소리 지르고 싶은 심한 충동에 사로잡혔다."[66] 대통령긴급조치와 사형 언도 등 계속해서 생명이 위협받는 상황 속에서 그는 엄청난 공포에 시달렸다.[67] 김지하

---

64 "인간은 모두 도둑놈이라고/험상궂게 악을 쓰며 침을 뱉는다/그렇지 않다고/착한 사람 얘길 하단 벽력이 떨어진다/너두 도둑 정권도둑/그러나 미수(未遂)다 헤헤헤/나는 껄껄껄 웃고 만다" 김지하, 『김지하 전집1-한 사랑이 태어나므로』, 앞의 책, 142~143쪽.

65 김지하, 『김지하 전집-제3권 미학사상』, 앞의 책, 569쪽.

66 김지하, 『흰 그늘의 길』 2, 앞의 책, 430쪽.

67 이 당시 김지하가 극도의 긴장 속에서 살아가고 있었음을 1998년에 이뤄진 황지우와의 인터뷰를 통해 알 수 있다. <황지우: 존재한다는 것이 공포였겠습니다. 김지하: 그렇게 말하기 전에 우선 큰일난 거야. 카메라만 없다면야 몸부림 좀 치면 어때요. 미친 사람 취급당하면 되는 거지. 그런데 카메라가 있기 때문에 그렇게 하지도 못해요. 손가락을 물어뜯고 몰래 허벅지를 꼬집고 별 지랄 다 하는 거지. 화장실이 감시

에 따르면 이는 '생명'이 얼마나 숭고한 것인지를 깨닫는 계기가 된다. 이를 통해 그는 민중의 '생명성'을 자각하게 되었다면서, 이전까지 지배 권력에 의해 억압된 존재로서 호명되었던 '민중' 대신 절대적 보편성을 지닌 '생명'을 담지한 존재로서의 민중을 등장시킨다. 이에 따라 민중의 '원한'은 소멸되어야 하는 것으로 변화한다. 다음은 1980년 김지하가 수상한 '로터스상'의 수상 연설이다.

> 한(恨)의 축적이 없는 곳에서는 한의 극복도 없습니다. 축적된 한의 그 엄청난 미는 힘에 의하기만 한다면 그 자체는 소멸합니다. 굶주린 사람이 밥 찾듯이, 목마른 사람이 물 찾듯이, 어린아이가 어미 찾듯이 부처를 애타게 찾고 기다리는 마음, 부처를 만나기 어렵다는 생각—그 깊은 한이 없이는 참된 해탈에 이르지 못합니다. 그러나 이 역설적인 전환은 한의 반복과 복수의 악순환을 끊어 버리는 슬기로운 단[斷], 영성적이면서도 공동체적인 단, 즉 결단을 조건으로 해서만 가능합니다.
> 결단은 용기입니다. 참된 용기는 밤을 받아들이는 용기, 진흙 수렁을 받아들이는 용기, 고통과 절망과 퇴폐마저도 받아들이는 용기입니다. 흙이 똥을 마다하지 않는 것은 오곡이 풍성하게 결실할 것이기 때문입니다. 이 용기를 민중은 이미 용기라고 부르지 않습

카메라 스코프에서 조금 벗어나 있었기 때문에 화장실에 가서 매일 앉아 있다시피 하면서…허허허. 황지우: 조지 오웰의 『1984년』이 바로 선생님의 현실이었군요. 그 시절 저 같은 잔바리도 그곳에 잠깐 다녀온 적은 있지만 푸코가 말한 감옥의 억압적인 감시의 고통은 없었습니다. 서울 구치소에 있을 때 어느 잡범이 10사(舍) 상(上)이라든가 거기에 시인 김지하 씨가 있다고 하더군요. 좌우로 세 칸의 방을 비워둔 채 혼자 고립되어 있다고 들었습니다. 떨어져 있는 거리만큼 김지하라는 이름은 잡범들에게도 하나의 전설처럼 되어 있었습니다.> 김지하, 『김지하 사상기행』 2권, 실천문학사, 1999, 25쪽.

니다. 그것은 생명의 본성이기 때문입니다.[68]

이 글에서 김지하는 민족의 슬픈 운명을 아시아, 아프리카, 라틴아메리카 전체 민중의 것과 동일시하면서 "방황하는 유령"으로 전락하고 있는 민중들의 삶에 부활을 가져다줄 "세계사적 대전환"을 모색해야 한다고 주장하며, 이를 위해 복수의 악순환을 끊어버려야 한다고 주장한다. 이에 따라 "'존엄한 생명에 대한 존중과 사랑'이라는 보편진리를 모든 가치관의 기초로 한 영성적이고 공동체적인 생존양식"을 향해 "정신개벽, 문화적 대변혁"을 수행해야 한다고 결론짓는다.[69] 더불어 김수영에 대한 김지하의 태도 역시 일변한다. 그는 이 수상 연설에서 "바람이 불면 바람이 그치면 일어서는" 김수영의 「풀」을 연상시키는, "바람이 불면 눕되 바람보다 먼저 눕고 바람이 그치면 일어서되 바람보다 먼저 일어서는 지혜롭고 끈질긴 민중"에 대해 이야기하며 민중과 자신을 동일시한다.[70] 끈질긴 생명력을 지닌 민중을 자신의 생명사상을 뒷받침해줄 존재로 호명하는 것이다.

이러한 해석은 백낙청이 「풀」을 '기다림'의 미학으로 해석한 관점과 일치한다.[71] 백낙청과 김지하의 생명사상 간의 연관성은 백낙청이 「시민문학론」에서 언급한 신학자 샤르댕을 김지하가 옥중회심의 주요한 계기를

---

68 김지하, 『김지하 전집-제3권 미학사상』, 앞의 책, 563쪽.

69 위의 책, 566쪽.

70 위의 책, 560쪽.

71 백낙청 역시 김수영의 「풀」에서 "역사의 참 주인공인 민중"을 발견하며 이를 "믿음과 소망과 사랑의 행사로서의 기다림의 경지"라고 분석한 바 있다. 백낙청, 「기다림의 참뜻」, 『인간해방의 논리를 찾아서』, 시인사, 1979.

제공한 사상가로 고백한다는 데서 보다 분명히 드러난다.[72] 백낙청이 샤르댕의 견해를 빌어 민주주의에 대한 집념을 "더욱 고차원의 인격화"를 이룩하고자 하는 인류의 '진화의식'의 발로로 설명하고 이에 따라 인류 역사의 발전을 낙관하는 근거로 사용하는 데 그친다면, 김지하는 샤르댕의 견해를 동학의 인내천 사상을 통해 보충하면서 '전체성을 실현한 개별자' 혹은 '개체 속에 숨어 있는 전체성'이라는 독특한 개념을 발전시킨다.

김지하는 자신의 생명사상이 개별성의 관점에서 샤르댕의 진화론과 변별된다고 주장한다. 샤르댕이 '군집은 개별화한다'고 결론을 내린 것과 달리, 그는 "한 세상 사람이 각자각자 사람과 생명이 서로 옮겨 살 수 없는 전체적 우주유출임을 제 나름나름으로 깨달아 다양하게 실현한다"(一世之人 各知不移者也)라는 최제우의 본 주문을 근거로, 이 세상 사람들이 제각기 개별적이지만 그 이면에 전체성을 실현한 개별자라는 점을 강조한다.[73] '개체 속에 숨어 있는 전체성'은 실체를 파악할 수 없다는 점에서 보이지 않는 형태로 존재하는 신(神)에 비유되는데, 이 역시 보이는 차원 아래 숨어 있던 보이지 않는 차원이 보이는 차원으로 변화한다는 동학의 '불연기연(不然其然)'의 원리를 적용한 결과이다.

이를 통해 김지하는 이원론을 일원론으로 통합시킬 수 있다고 본다. 그 통합원리를 제공하는 것이 바로 '생명' 개념이다. 김지하의 생명사상을

---

72 이철호, 「김지하의 영성」, 앞의 글, 170쪽.

73 "근원적인 생명 내면의 자유활동에 의하여, 바로 그 자유에 의하여 생명개체들은 진화를 선택하며 발생과정에서 먼저 다양성, 다산성 혹은 돌연변이 등의 다양한 기제를 통해 개별화한다. 그리고 이 개별화 과정에서 개별적 생활 형식, 물질단위 속에 더욱 생동하며 확장하는 깊은 우주적 전체성을 실현함으로써 무질서하면서도 자발적 형태로 자유롭게 또는 종잡을 수 없이 매우 독특한 형태로 다양하게 결합, 연계해 그물망, 즉 네트워크를 만들어간다." 김지하, 『생명과 자치-생명사상 생명운동이란 무엇인가』, 솔, 1996, 126쪽.

잘 보여주는 「생명의 담지자인 민중」에서 그는 “중생 또는 큰 생명으로서의 자기인식, 수천 년 · 수만 년, 나아가 수억만 년을 줄기차게 살아 왔고 또 살아 갈 동일한 집단적 생명주체로서의 자기인식”이 가능해지면 “하나로 연결된 모든 생명계 속에서의 사람”을 볼 수 있게 된다고 주장한다.[74] 동학의 ‘향아설위(向我設位)’, 즉 벽에다 갖다놨던 제사상(向壁設位)을 자기(我) 앞에 갖다놓는 것은 개체 생명인 우리 몸 안에 모셔져(侍) 있는 신령을 다시 모시는(侍) 의미를 지닌다.[75] 이렇게 확장된 ‘민중’ 개념을 보완하기 위해 김지하가 제시한 것이 민중의 유(類)개념으로서의 ‘중생’이다. 역사적 맥락에 따라 상대적으로 규정되는 민중의 종(種)개념에서 벗어나 “진정한 의미에서의 생명 · 보편적 실재로서의 생명”의 담지자로서의 새로운 ‘민중’ 개념을 제시하기 위해 ‘중생’이라는 단어의 도움이 필요했다.

이 글에서 그는 ‘민중’이 스스로를 주체로 자각하여 주인이 되어야 한다고 역설한다. 이를 위해 주체와 객체 간의 이항대립을 넘어서, 주체도 객체도 아닌 ‘제3의 눈’을 찾아야 한다.[76] 그러면서 그는 ‘생명’을 배제하

---

74 「생명의 담지자인 민중」, 『밥』, 앞의 책, 143쪽.

75 「일하는 한울님」, 위의 책, 59쪽.

76 이는 ‘자기해방’의 과제를 민중에게 부여하면서 제3세계 민족주의라는 개념을 창안한 백낙청의 기획을 상기시킨다. 백낙청은 주체/객체, 인식/행동, 순수/참여 등의 이항대립을 선험적으로 초극하는 개념으로 ‘본마음’을 내세운 바 있다. 이철호는 백낙청이 본마음을 “모든 시와 역사의 근원인 인간의 벌거벗의 생명”(「민족문학의 현단계」)이라고 부르고 있다는 점을 들어 ‘벌거벗은 생명’이라는 표현에 내재된 민중담론의 영향력을 검토하고 있다. 민족문학론이 민중 개념을 제고하는 과정에서 ‘씨올’ 개념을 전유한 것처럼, 김지하의 ‘생명’ 개념 역시 1960년대 민중신학론의 영향에서 자유롭지 않다. 1970년대 ‘민중’ 개념은 함석헌이라는 전사(前史) 없이는 이해하기 힘들다. 이철호, 「1970년대 민족문학론과 반세속화의 징후들–백낙청의 초기 비평에 나타난 ‘본마음’을 중심으로」, 『민족문학사연구』 62권, 민족문학사학회·민족문학사연구소, 2016.

고 억압하는 문명 전부를 이전의 지배자, 권력자의 위치에 놓음으로써 이원론을 '극단적 분별지'로서 치부한다.[77] 생명이란 끊임없이 움직이는 것으로 실체를 파악하는 것이 불가능하기 때문이다. 따라서 민중 역시 "민중 자신의 실상을 생동하는 변화 속에서 인식하되 그 자각적 인식에 머물러서는 안 되며, 역동적인 실천 방향으로 매진하되 한 방향에 고정되어서는 안 된다."[78] 이러한 맥락에서 '중생'이 함의하는 바는 '영성'으로 연결된다.

> '영성'이란 것은 뭐냐? 풀·벌레·동식물과 토양과 이 우주에 있는 실재하는 모든 것은 다 나와 유기적인 한 생명의 움직임이라는 인식과 깨침, 즉 체인[體認]을 말한다. 한 생명체라는 생각, 또 수만 년 전에 살았던 것과 수억 년 후에 살아 있을 어떤 것과도 한 생명의 흐름 이라는 것, 그러니까 내가죽어도 죽지 않는다는 것, 없어지지 않는다는 것—바로 그 큰 생명이 내 주인이시고 주인공이시다.[79]

생명은 전체이자 부분이다. 사람만이 아니라 풀, 벌레, 동식물 등 우주에 실재하는 모든 것이 결국은 한 생명체이다. '생명을 가지고 있는 모든 존재'라는 의미에서 스스로를 중생(衆生)으로 인식하게 되면 저절로 '생명

---

77 "너와 나, 이것과 저것, 높은 것과 낮은 것, 하늘과 땅, 가진 자와 못 가진 자, 지도자와 대중, 앞선 것과 뒤진 것, 선진국과 후진국, 문명인과 야만인, 지도하는 자와 지도받는 자—이렇게 딱딱 갈라놓는 그 힘, 그런 사고방식, 그런 문화적인 지향, 문화적인 표현, 정치적 표현, 정치적 체제·제도 전부가 악마적 경향의 일정한 표현들이다." 김지하, 「생명의 담지자인 민중」, 앞의 글, 144쪽.

78 위의 글, 142쪽.

79 위의 글, 165쪽.

운동'의 실천이 따라온다. 자신이 역사운동의 주체라고 생각하는 사람은 자타(自他)의 구분에 연연하고 있다는 점에서 이미 생명운동의 실천에서 멀어진 것이다. 이와 같은 김지하의 논의는 심층생태학의 맥락 아래 독해 가능하다. 심층생태학은 생태위기 극복을 위해 인류 중심적 가치관을 생태 중심적 가치관으로 개조하는 정신적 혁명이 필요하다고 주장한다. 생태위기에 대한 우려가 제기되었던 90년대에 김지하의 생명사상이 새롭게 조명 받을 수 있었던 것은 이 때문이다. 그런데 한편으로 심층생태학에 대한 우려도 적지 않다. 심층생태학과 관련하여 생태파시즘으로 변질될 우려를 표명하는 이들은 자연신비주의, 낭만주의, 반인간주의 혹은 인간혐오주의가 인종주의, 배타적 민족주의, 국수주의, 전체주의와 결합할 수 있음을 경고하기도 한다. 생태계 보전을 명분으로 배타적 민족주의를 합리화한 나치즘이 생태파시즘의 대표적인 예이다.[80]

물론 김지하의 생명담론이 단일한 운동의 방향, 목적의식, 지향점 등을 지녔던 것은 아니다. 산문집 『밥』에 잘 드러나듯, 김지하의 초창기 생명담론은 실생활과 구체적인 관련성을 띤 미시적인 차원에 초점을 맞추고 있었다. 이에 비해 환경문제, 민족 통일과 같은 거대담론을 지향하게 되면서 김지하의 생명사상은 특유의 생기와 활력을 잃어버리고 만다. 기존의 이원론적 대립구도를 반복하며 특히 이러한 대립이 생명을 억압하는 것으로 가정된 문명질서 전반에 대한 적대를 기반으로 한다는 점에서 생태 파시즘으로 변질될 여지를 지닌다. 김지하는 근원적인 생명의 힘을 강조하면서도 결국 '이것이냐, 저것이냐'라는 이원론적 세계관에서 벗어나지 못했다. 이에 따라 '민중'이 자연을 억압하는 문명 일반과 대립하여

---

80 송명규, 「심층생태학과 사회생태학 논쟁에 대한 비판적 고찰」, 『도시행정학보』 16권 3호, 한국도시행정학회, 2003, 153쪽.

이를 변혁시킬 혁명적 주체로 호명될 때, 민중 개개인이 처한 역사적 개별성은 소거되고 실체가 불분명한 생명 자체가 숭고화 되는 결과를 낳고 만다. 무엇보다 이는 김지하 자신이 주장한 '전체성을 실현한 개별자'라는 개념과 부합하지 않는다.

마지막으로 이와 같은 모순이 발생한 원인을 동학에 대한 접근방식의 변화를 통해 추정해보겠다. 김지하의 생명사상에 중요한 기반을 마련한 동학에 대한 관점은, 그가 1970년대 초에 동학에 주목했던 맥락과는 확연한 차이를 보인다. 1970년대 초에 김지하가 주목한 것은 전봉준의 혁명적 정신보다는 동학농민혁명 과정에서 역사적 비극에 맞섰던 민중들의 에너지의 근원으로서의 '원한'이었다. 그는 이를 "고뇌에 찬 정신주의"라고 명명한다.[81] 그는 원한이 지닌 초월(사랑)의 경지에 주목한다. 김지하는 1970년 동학농민운동에 대한 영화 제작과 관련해 하길종과 편지를 주고받는데, 이 글에서 부적에 대한 미신은 타파해야 할 것이지만, "그 밑에 뿌리로 작용하고 있는 민중의 한 어린 욕구, 오랜 불행의 소산인 절대적인 행복에의 열망, 죽음의 의식을 통한 보다 나은 생과 부활에의 집념"은 이어받아 해결해야 한다고 주장한다.[82] 역사의 필연성에 패배할 것임을 알면서도 보다 나은 현실을 위해 고뇌를 극한까지 밀어붙이는 정신주의의 숭고성을 동학농민운동에서 발견한 것이다.

하지만 생명사상을 역설하기 시작하면서 보편적 이상에 도달하려는

---

81 "샤머니즘의 한계와 샤머니즘에 의존할 수밖에 없었던 민중의 서러운 세계 내에서의 자기상실, 인류의 상실을 표현해야 하고 그 **고뇌에 찬 정신주의**를 표현해야 하며, 총알과 관군의 횡포에 의하여 봉건제도와 연합한 과학문명, 제국주의와 극명한 리얼의 세계, 탐욕한 물질주의적 부르주아 세계를 그려야 한다."(강조_인용자) 김지하, 「참된 아름다움은 대중적인 것이다」, 『김지하 전집-제3권 미학사상』, 앞의 책, 204쪽.

82 위의 글, 190~191쪽.

주체가 맞이하게 되는 패배의 비극적 숭고미에 대한 관심은 사라져 버린다. 민중의 원한에서 세계를 변혁시키려는 사랑의 힘을 발견했던 이전의 태도 대신 원한과 사랑을 절대적으로 구분하는 이원론적 관점이 더욱 강화된 것이다. 김상환은 김수영의 「누이야 장하고나」에 나오는 "풍자가 아니면 해탈이다"라는 시구가 김수영이 무한자로서의 신과 접촉하는 두 가지 방식에 대한 의식을 보여주는 것이라고 분석한 바 있다. 시는 중생의 구제를 위해 속세로 복귀하는 회귀적 초월로서의 해탈을 추구해야 한다. 그리고 그 회귀적 이행의 방법이 바로 풍자이다. 현실에 대한 비판이자 폭력으로서의 풍자는 보다 나은 현실을 지향한다는 점에서 긍정적이고 질서 창조적이다. 해탈이 죽음의 기술이라면 풍자는 사랑의 기술인 것이다.[83] 과연 풍자 없는 해탈은 사랑 없는 죽음에 불과하다. 김지하의 생명사상이 생명에 대한 사랑이 빠진 '차가운 생명론'에 이르고 만 연유 역시 이러한 맥락에서 이해된다.[84]

---

83 김상환, 『풍자와 해탈 혹은 사랑과 죽음』, 민음사, 2000, 49~52쪽.

84 이를 보여주는 사례로 1991년 『조선일보』에 게재한 「죽음의 굿판을 당장 걷어 치워라」(1991.5.1)를 이야기할 수 있다. "젊은 당신들"에 대한 호명으로 시작하고 있는 이 글에서 그는 청년들이 민중을 '선동'하겠다는 잘못된 당위에 근거하여 "거의 장난기에 가까운 생명말살충동" 휩싸여 있다면서 선정적인 표현을 서슴지 않는다. 이에 대해 강경대의 누나 강경미는 "당신의 가슴속에 가득찬 허무주의적 생각과 뻣뻣하고 차가운 생명론을 보고 당신이 불쌍해 보이기까지 했다."며 김지하를 강하게 비판하였다(강선미, 「"경대가 숨질 때 당신은 어디있었나"」, 『한겨레』, 1991.5.8.).

최인훈의 『화두』 읽기: 혁명과 시, 그리고 번역

1. 최인훈의 '화두'

『태풍』(1973)을 끝으로 최인훈이 소설 창작을 그만둔 지 20여 년 만에 다시 쓰인 소설임에도 『화두』는 이전 소설들과 연속선상에서 논의되어야 하는 작품이다. 『화두』에는 그가 소설을 창작하지 않은 동안에도 계속 쓰인 희곡 및 수필에 담겨 있는 사상의 단편들과 이전 소설에서 문제의식으로 남아있던 것들이 총망라되어 있다. 『화두』에 언급된 것처럼 최인훈은 소설 쓰기에 대한 절망과 어머니의 죽음 등을 계기로 6개월간만 머무르기로 했던 당초 계획을 변경하고, 3년간(1973~1976년) 미국에서 살고 있던 가족들 곁에 머무르게 된다. 이 기간동안 최인훈은 아버지의 권유에 따라 전쟁의 위험이 남아있고 가혹한 군사 독재가 벌어졌던 남한으로 돌아가는 대신 정치적·경제적인 면에서 안정적인 생활이 보장된 미국에 머물러 있을 것을 진지하게 고민한다. 하지만 『화두』 1권 마지막에서 고백하고 있는 것처럼 그는 아기장수설화를 모티브로 한 희곡 「옛날 옛적에 훠어이 훠이」를 탈고한 후 남한으로 돌아갈 것을 결심하게 된다.

미국에서의 체류 경험은 『화두』의 줄거리만으로 요약할 수 없는 복잡한 심경의 변화가 함축되어 있다. 최인훈이 미국에서 귀국한 이후 소설 대신 희곡을 본격적으로 창작하게 되었다는 변화뿐만 아니라, 미국에서 『광장』 개작하고 「옛날 옛적에 훠어이 훠이」를 창작하는 등의 활동에서 나타나는 내면의 변화 역시 감지된다. 이러한 점에 주목하여 『화두』가 발간된 직후에는 피난민/망명자의 시각에 초점을 맞춘 연구들이 주를 이루었다.[01] 이 소설이 1980년대에서 1990년대로 이행하는 시기에 집필, 발간되었다는 사실과 미국 체류와 러시아 여행이 각각 1권과 2권의 내용을 구성하고 있다는 점이 이러한 경향을 형성하는 데 영향을 미쳤다. 하지만 점차 『화두』에 나타난 독특한 형식 실험에 주목한 분석들이 제시되면서 연구의 폭이 확대되었다. 그 중에서도 『화두』의 자전적 특성을 최인훈 문학에 나타난 자기반영성과 관련짓는 연구를 통해 『화두』를 비롯해 최인훈 문학이 지니는 실험적 성격을 해명하려는 시도가 나타났다.

장사흠은 『화두』가 '자서전'이 아닌 자전적 에세이의 형식을 빌리고 있다는 점에 주목하여 이를 "문제적 개인의 전기를 통해서 자아와 세계의 내적 동일성을 회복하기 위한 감상적인 노력이 비로소 표상화될 수 있었음"[02]을 지적한다. 최인훈 자신이 "이 소설의 부분들은 대부분 사실에 근거하지만 그 부분들의 원래의 시간적, 공간적 위치는 소설 속에서 반드시 원형과 일치하지 않는다"[03]면서 『화두』을 '소설'로 발표하게 된 연유를 설명하고 있음을 상기할 때, 『화두』의 자전적 성격이 지니는 의미를 작가가 스스로를 소설 속의 문제적 개인으로 위치 짓고자 하는 낭만주의적 욕망이 반영된 결과로 보는 독법은 타당성을 지닌다. 정미지는 여기에서 나아

---

01 김병익, 「'남북조 시대 작가'의 의식의 자서전-최인훈의 『화두』를 보며」, 『문학과사회』 7권 2호, 1994년 여름호; 김주연, 「체제변화 속의 기억과 문학-최인훈의 장편 『화두』」, 『황해문화』 2권 2호, 1994년 여름호; 송승철, 「『화두』의 유민의식: 해체를 향한 고착과 치열성」, 『실천문학』 34호, 1994년 여름호.

02 장사흠, 「최인훈 『화두』의 자전적 에세이 형식과 낭만주의적 작가의식」, 『현대소설연구』 38호, 현대소설학회, 2008, 333쪽.

03 최인훈, 『화두』 1권, 민음사, 1994, 6쪽. 이후 『화두』 인용시 책제목과 권수, 인용면수만 표기하였다.

가 "최인훈에게 소설 쓰기란 '자아'에 대한 근본적인 질문이자 현실 세계와 책 세계를 넘나듦으로써 '자아'의 위치를 고민하는 삶의 과제로서 주어진 것이었다"[04]며 이를 최인훈 문학 전반의 문제의식으로 위치 짓는다.[05]

그런데 『화두』에는 자기반영성이 미끄러지는 지점이 존재하며, 이는 최인훈이 '자기'에 대해 끊임없는 다시 쓰기를 감행하고 있다는 사실과 관련된다. 『화두』에 "작가가 스스로에게 제기하는, '나는 누구인가'와 '어떻게 살 것인가'라는"[06] 최인훈 문학을 관통하는 일관된 주제 의식이 작동하고 있다고 할 때, 이러한 화두는 단번에 해결되는 것이 아니라 『화두』 안에서 반복적으로 회귀한다. 이는 '자기'에 대해 기억하고 다시 쓰는 작업은 번역행위와 마찬가지로 번역 불가능한 지점을 현시한다는 사실과 관련된다. 다시 말해 『화두』는 다른 작품을 지시하는 메타 층위에서 작동하고 있을뿐더러 최인훈 자신의 삶을 지시하면서 번역되지 않는 잉여가 있음을 드러내는 독특한 형식을 지닌다. 식민 지배에서 분단에 이르기까지 한국에서 벌어진 역사적 사건들과 대결하면서 최인훈은 동일성(identity)로 포섭되지 않는 주체를 정립할 수 있는 가능성을 탐구해 나갔다. 『화두』를 『광장』 이후 최인훈 문학의 정수가 담긴 문제적 작품이라 평할 수 있는 것은 이 때문이다.

『화두』에 나타난 주요 문제의식은 세 가지로 정리된다. 가장 근본적인

04 정미지, 「「화두」의 자전적 글쓰기와 '책-자아'의 존재방식」, 『한국문학이론과 비평』 55권, 한국문학이론과 비평학회, 2012, 211쪽.

05 이들 연구에 앞서 최인훈 소설 전반에 나타난 메타픽션의 형식실험에 주목해온 대표적 연구로 연남경의 것을 들 수 있다. 연남경, 「최인훈 소설의 자기반영적 글쓰기 연구」, 이화여대학교 박사논문, 2009; 연남경, 「최인훈 소설의 장르확장과 역사의식」, 『현대소설연구』 42권, 현대소설학회, 2009.

06 구재진, 「『화두』에 나타난 애도와 우울증, 그리고 정치적 잉여」, 방민호 편, 『최인훈 오디세우스의 항해』, 에피파니, 2018, 719쪽.

것으로 언어 의식과 관련된 문제를 들 수 있다. 최인훈의 언어 의식은 그의 예술관뿐만 아니라 정치의식과 역사철학에 이르기까지 광범위한 영향을 미치고 있다. 후기식민지 지식인으로서 언어에 대한 부채의식을 지니고 있던 최인훈은 '자연' 언어로 상정된 모국어로서의 한국어의 자명성을 의심하면서 언어의 문제에 골몰하게 된다. 특히 미국에서 한국어의 사용이 제한되는 상황에 놓이게 되면서 언어에 대한 고민은 이전보다 심화된다. 미국체험을 통한 언어의식의 변화는 『광장』 개작 과정을 통해 추적 가능하다. 『광장』 개작본이 나온 1973년과 1976년은 최인훈이 아이오와 작가 워크숍에 참석하기 위해 미국으로 떠나기 직전과 미국에서 돌아온 직후이다. 기존에 한자어를 토속적인 우리말로 바꾼 정도로 이해된 『광장』의 개작과정에는 최인훈이 '모국어'로서의 한국어를 재발견하고 이를 변형하고자 하는 욕구가 드러난다. 최인훈에게 모국어는 언어민족주의를 해체할 수 있는 양의적 가능성을 지닌 것으로, 이에 대해서는 본고의 2절에서 논하고자 한다.

다음으로 근대에 이식된 것과 대립하는 전통의 문제가 있다. 최인훈은 초기작부터 서구와 한국의 현실 사이에서 극심한 간극을 느끼며 이를 극복할 수 있는 방안을 간구하였고 이는 문화적 식민지로서 한국의 위상을 인식하게 되는 계기가 된다. 4·19혁명 이후에도 식민지 경험과 타력에 의한 근대화에 의해 야기된 전통 부재에 대한 절망은 보편으로서의 '전통'에 대한 탐구를 추동했다. 미국 체류 동안 최인훈은, 자신이 읽은 일본책이 서양 책의 번역에 지나지 않음에도 불구하고 원문을 직접 읽었다는 착각에 빠져 있었다는 사실을 새삼 깨달으며 "관념의 세계시민은 될 수 있어도 그와 마찬가지로 현실의 세계시민은 될 수 없다는 실감"을 느끼게 된다.[07] 하지만 그는 동시에 『화두』에는 아기장수설화를 통해 전위로서의

07 『화두』 1권, 118~119쪽.

전통의 실체와 마주함으로써 특수와 보편, 전통과 근대의 이항대립을 넘어설 수 있는 주체를 정립할 수 있는 가능성이 발견된다. 이에 대해서는 3절에서 살펴보겠다.

마지막으로 관념적으로 상상해온 보편으로서의 서구를 미국 체류를 통해 직접 경험하게 되면서 나타난 언어와 전통 인식의 변화는 정치의식에도 영향을 미쳤음을 살펴본다. 한국에서 소설을 창작하면서 느꼈던 회의와 무력감은 그가 귀국 대신 미국 체류를 결심하게 한 주요 요인 중 하나였다. 어머니의 죽음 이후 가족들의 만류, 장남으로서의 부채의식의 영향도 무시할 수 없지만,[08] 이보다 결정적인 영향을 미친 것은 글쓰기 자체에 대한 회의였다. 이를 통해 그가 다시 독재정권 치하에 있던 한국으로 돌아갈 결심을 하게 된 요인으로 문학 혹은 글쓰기에 대한 믿음을 회복했기 때문이라는 가설을 세울 수 있다. 글쓰기에 대한 태도 변화가 전제되지 않았다면 그의 귀국 역시 성립되지 않았으리라는 점에서 이 부분을 해명하는 것은 『화두』가 창작된 배경을 이해하는 데도 도움을 준다. 이에 이 글에서는 『화두』와 더불어 『광장』이 개작되는 양상과 에세이 및 대담,[09] 그의 희곡을 통해 이러한 문제들을 논의해보고자 한다.

이를 위해 이 글에서는 번역을 근대 민족국가(nation)의 상상력과 긴밀하게 연관 짓고 있는 사카이 나오키의 이론적 작업을 참고하였다. 사카이

---

08 정영훈은 미국 체류를 전후로 최인훈의 복잡한 심경을 상세히 분석한 바 있다. 다만 이 연구에서는 소설가로서의 '경제적 실패'로 인한 가족에 대한 부채의식, 어머니의 부고 이후 장남으로서의 책임감 등 최인훈의 개인사적 측면에 주로 주목한다. 정영훈, 「최인훈의 『화두』에 나타난 미국 체류의 의미」, 『우리어문연구』 59권, 우리어문학회, 2017.

09 최인훈의 수필집으로는 『문학과 이데올로기』(문학과지성사, 2009), 『유토피아의 꿈』(문학과지성사, 2010), 『길에 관한 명상』(솔과학, 2005)이 있다. 이후 이들 책을 인용할 때에는 책제목과 인용쪽수만 표기하였다.

나오키는 두 언어 사이의 구별이나 경계가 이미 전제되고 있는 번역에 대한 관습적 이해가 민족국가를 자연화 하는 근대적 상상력과 긴밀하게 연결되어 있다고 보면서 민족 언어가 번역과정보다 앞서 가정된 상황에 의해 "언제나 다른 언어를 동반하거나 최소한 언어 내 또는 언어 자체의 차이를 포함"하는 번역의 잠재력이 부정되는 상황을 비판한다.[10] 한 언어에서 다른 언어로의 틈을 메우는 등가교환의 의사소통 모델에서 번역을 이해하는 것은 민족 통합의 감각을 형성하기 위해 민족 언어의 통일이 추구되면서 언어 내의 차이, 즉 민족 언어의 순수성을 대신하여 잡종에 오염되거나 변질되었을 가능성이 부정당하는 근대의 규제적 이념과 관련된다. 이에 따라 근대에는 언어 내부의 차이가 억압된 쌍형상화 도식에 근거하여 균질언어적 말걸기(homolingual address)가 나타난다.

사카이 나오키에 따르면 번역의 실천계(regime)는 크게 두 가지로 구분된다. 균질언어적 말걸기가 "국어라는 상정된 통일체를 구성할 수 있게 하며 그럼으로써 처음에 존재한 차이와 약분불가능성을 종적인, 즉 약분가능하고 개념적인, 언어 일반의 연속성 속에 존재하는 두 개의 특수한 언어 사이의 차이로 다시 기입"[11]함으로써 국민국가 담론을 작동하게 한다면, 이언어적 말걸기(heterolingual address)는 듣는이로 가정된 '우리'를 본질적으로 뒤섞여 있는 존재로 인식함으로써, "직접적인 이해를 보장받을 수도 없고 틀에 박힌 대답을 예상할 수도 없는 상태에서 듣는이들에게 손을 뻗는 일"로 설명된다. 번역행위를 의미(정보)의 전달이라는 목적을 달성하는 행위가 아니라 번역불가능성을 기반으로 한 끝없는 말걸기(address)의

---

10 사카이 나오키, 정지혜 역, 「경계 짓기로서의 번역-번역과 민족 언어의 불확정성」, 『아세아연구』 54권 4호, 고려대학교 아세아문제연구소, 2011, 17쪽.

11 사카이 나오키, 후지이 다케시 역, 『번역과 주체』, 이산, 2005, 64쪽.

과정으로 이해함으로써 모든 매체에 내재하는 이질성을 감지할 수 있게 된다. 이를 통해 구성적 외부(Constitutive outside)[12]를 설정함으로써 이항대립적 틀에 따라 사유하는 도식주의에서 벗어날 수 있다.

아울러 이언어적 말걸기라는 개념은 근대성을 비판적으로 사유할 수 있도록 한다. 로만 야콥슨이 '언어 간 번역'이라고 부른 도식은 18세기에 형성된 담론 변용의 결과로 가능해졌으며,[13] 이는 국어라는 이념과 근대 국민국가의 출현과 관련되어 있다. 균질언어적 말걸기에 의해 나타나는 이항대립은 전통적인 것과 근대적인 것, 토착적인 것과 이식된 것, 친근한 것과 낯선 것을 구별함으로써 주변부 민족 인텔리들에게 지역 주민이 민족/국민 감정(nationality)을 느낄 수 있게 하는 이데올로기적 수단을 제공한다.[14] 여기서 전자는 보편에 후자는 특수에 대응하여 보편과 특수의 비

---

12 구성적 외부란 공동체의 경계 너머에 '우리'와 구분되는 타자를 설정함으로써 공동체를 존립시키는 것을 의미한다. 이와 같이 '우리'란 본래적으로 주어져 있는 것이 아니라 구성되어야 하는 역사적이고 정치적인 개념이라 할 수 있다. 샹탈 무페는 칼 슈미트의 적대 개념을 발전시켜 공동체를 구성하기 위해 필연적으로 요청되는 구성적 외부에 대한 이론을 정교화한 바 있다. 샹탈 무페, 이보경 역, 『정치적인 것의 귀환』, 후마니타스, 2012, 223~224쪽.

13 로만 야콥슨은 번역을 ① 언어 내 번역(Intralingual translation) ② 언어 간 번역(Interlingual translation) ③ 기호체계간 번역(Intersemiotic translation)으로 구분한 후 ②를 본래적 번역(translation proper)이라고 분류한다. 사카이 나오키에 따르면 언어 내 번역과 언어 간 번역을 구분하면서 후자에 본래성을 부여하는 방식은 음성중심주의의 실천계에 사로잡혀 있는 것으로, 이언어적 말걸기의 자세를 채용한다면 언어 내 번역과 언어 간 번역을 구분할 수 없다. 번역자는 본질적으로 뒤섞이고 이질적인 청중을 향해 발화하는 위치에 있는 자로서, 이언어적 말걸기의 자세를 취한다면 "특수한 민족이나 국어라는 통일체와 유사한 민족문화나 국민문화와 같은 담론적 실정성(實定性)에 대해서도 의문을 제기" 할 수밖에 없기 때문이다. 사카이 나오키, 앞의 책, 56~58쪽.

14 사카이 나오키, 강내희 역, 「서구의 탈구와 인문과학의 지위」, 『흔적』 1호, 2001, 문화과학사, 142~143쪽.

대칭적 권력구조를 만들어내는데, 문제는 근대 민족국가가 성립되는 과정에서 스스로를 '보편'으로 표상하는 서양이 상대방을 '특수'로 표상하는 담론을 만들어지면서 서양에 대한 저항과 부정을 통해 근대를 실현하려는 비서양 국민국가들의 변증법적 기획이 오히려 보편과 특수라는 이항대립을 재생산하는 데 기여하고 만다는 데 있다.[15]

최인훈 문학의 화두는 이러한 이중구속(double bind)의 상황을 둘러싸고 벌어진다. 특수를 '열등함'과 연결 짓는 식민주의 이데올로기에 맞서 '특수의 우수함'을 부각하려는 형태의 민족주의적 저항으로는 결코 이항대립에서 벗어날 수 없다. 비서구 후식민지 지식인으로서 최인훈은 서구적인 것의 미달태로서의 식민지 근대사회에서 만들어진 언어풍경의 조건과 양상을 탐구했다.[16] 보편과 대비되는 특수가 후진성으로 인식되는 상황을 역전시킬 방안을 찾지 못하는 한 식민지의 유산을 청산할 수 없으리라는 후식민지 주체(post-colonial subject)로서의 문제의식이 최인훈 문학의 근저에 자리 잡고 있다.[17] 특히 미국 체류 경험을 중심으로 서술된 『화두』 1권에 이르러 최인훈은 자기 문학에 대한 반성과 더불어 그것을 어떻게 다시 쓸 것인지를 수행적으로 재현하게 된다. 『화두』는 최인훈이 후식민지 주체로서 보편과 특수의 이중구속에서 벗어나는 사유의 도정을 보여주는 작품으로 이항대립에서 벗어나 언어 내부의 차이를 번역하려는 '이언어

15 안천, 「'보편'의 중첩: 사카이 나오키(酒井直樹)의 발화 분석을 통해」, 『한국학연구』 27호, 인하대학교 한국학연구소, 2012, 42쪽.

16 장문석은 『광장』을 분석하며 서구적인 것에 이념을 두고 그것을 모방하는 언어를 사용하는 남한과 이념에 의해 언어가 강제되는 북한의 상황을 대비시킨다. 장문석, 「최인훈 문학과 '아시아'라는 사상」, 서울대학교 박사논문, 2018, 114쪽.

17 가령 부재하는 문학적 전통에 대한 고민은 『소설가 구보씨의 일일』과 같은 문학사 다시 쓰기 작업으로 귀결되는 등 식민지 근대문학의 '전통'의 의미를 환기하는 일련의 시도들로 나타났음은 주지의 사실이다. 이에 대해서는 위의 글 3장 참조.

적 말걸기'가 시도된 작품이다.

2. 『광장』의 개작과 이언어적 말걸기

최인훈은 1934년 4월 13일 함경북도 회령에서 태어나 1943년 회령읍의 북국민학교에 입학하여 다녔으며, 해방이 되던 5학년까지 일본말로 교육과정을 이수했다.[18] 최인훈보다 2년 늦게 태어난 김윤식이 "우리 세대는 기껏해야 국민학교 저학년일뿐이었다. 2, 3년간의 국민학교 교육에서 한글 시대로 진입하게 되었을 뿐이지만 그 짧은 기간이 일제의 막바지였다는 점과, 한 인간의 성장사에서 정신적 상처를 가장 깊게 입을 수 있는 시기였다는 점을 지적해 둘 수 있다."고 회상한 데서 알 수 있듯, 이 세대에게 일본어 체험은 지울 수 없는 정신적 외상으로 남았다. 최인훈 역시 대부분이 일본말 장서였던 회령 및 원산의 도서관을 이용하며 인문학적 지식을 얻었다. 그는 『화두』에서 이 도서관을 "식민지 당국자들이 이 땅에 남겨놓은 번역판 인문주의 문화의 학교"라고 부르며, 자신은 "선배 연령의 조선 지식인들의 일본 유학"을 앉아서 하는 셈이었다고 회상한다.[19]

해방 후 식민지 교육을 체험한 이들은 일본어를 배웠던 경험을 억압당하면서 일종의 죄의식을 품고 살아갔다. 언어로 인한 정신적 외상은 해방 직후 급격하게 부상한 민족주의 이념의 영향 아래서 발생하여,[20] 자아의 통제가 느슨해 졌을 때마다 의식의 부면에 반복적으로 떠올랐다.[21] 특

18 김현·최인훈, 「변동하는 시대의 예술가의 탐구」, 최인훈, 『길에 관한 명상』, 57쪽.

19 『화두』 1권, 90쪽.

20 방민호, 『한국 전후문학과 세대』, 향연, 2003, 85쪽.

21 윤대석, 「최인훈 소설의 정신분석학적 읽기」, 『한국학연구』 16권, 인하대학교 한국

히 일본식 한자 병용의 감각은 새로운 민족문화 수립을 지향하는 역사·정치적 맥락 속에서 억압된다.[22] 이에 대해 김병익은 최인훈이 『광장』의 한자어를 순우리말로 바꾼 것 역시 세대론적 맥락과 관련이 있을 것이라고 본다. 그는 『광장』 개작이 실패를 안고 있다는 점을 지적하며 다음과 같이 말한다.

> 최인훈의 개작이 갖는 이러한 역효과는 토속말로의 바꿈을 그 원칙의 뿌리까지 따라가보려는 지나친 작업에서 비롯된 것이기도 하겠지만, 관념의 세계 속으로 진지한 탐구를 지속해온 그가, 그의 독서 체험을 일본어에 깊이 뿌리박은 데서도 연원되는 것이기도 할 것이다. 그의 나이는 4·19세대에 더 접근해 있지만, 그의 지적 자산은 김수영, 장용학의 세대에 더 근접해 있는데, 그 세대는 김동리, 황순원처럼 토속어에 익숙한 세대가 아니었고, 김승옥 김현처럼 일본어를 모르는 채 모국어로 책을 읽고 사유한 한글세대도 아니었다. 문학에서의 그 세대는 시니피앙과 시니피에의 간극을 가장 첨예하게 의식하지 않을 수 없는 세대이며, 최인훈은 그 간극을, 모국어로는 생활하기 힘든 미국에서 무척 실감했을 것이다. 한글 세대가 『광장』을 썼다면 혹은 개작했다면 최인훈 자신보다 더 적절하고 효과적인 표기법을 사용할 수 있었을 것이다. 그

학연구소, 2007, 180쪽.

22 1960년대 장용학과 유종호 사이에 벌어졌던 '한자 표기' 문제 역시 이러한 맥락에서 이해할 수 있다. 한형구는 이 논쟁을 정리하면서, 장용학과 그의 세대가 일제 말기까지 대학에 다니고 일본 소설에서 문예 감각을 익혀, 일본식 문투를 거의 흡수한 상태였기 때문에 한자의 폐기를 상상하기 어려웠고, 유종호와 그의 세대는 이제 해방이 되어 새로운 민족문화 수립을 지향하는 마당에 일본식 한자 병용 문체를 용납하기 어려웠을 것이라고 지적한다. 한형구, 「초기 유종호 비평의 어문민족주의적 정향성에 관하여」, 『한국현대문학연구』 27호, 한국현대문학회, 2009, 356쪽.

는 4·19덕분으로 『광장』을 쓸 수 있었지만 4.19세대의 체질까지로는 변모할 수 없었고 그 이후의 문화적·인식론적 변화를 따르는 데는 한계를 지니지 않을 수 없었던 것이다.[23]

위 글에서 김병익은 『광장』에 나오는 한자어들을 토속어로 바꾼 것의 근원에는 최인훈의 일본어 독서 체험이 있다고 지적한다. 최인훈은 나이는 4·19세대에 가깝지만 일본어 독서 체험으로 인해 토속어에 익숙한 세대가 아니라고 지적하며, 만일 한글세대가 『광장』을 쓰거나 개작했다면 최인훈보다 더 효과적으로 표기할 수 있었을 것이라고 본다. 정영훈 역시 『광장』의 개작에 대해 부정적인 평가를 내린다. 그는 4·19세대들이 한글 전용을 선호하는 데 반해 최인훈의 경우 국한문 혼용을 선호한다면서 "한자어 사용에 익숙한 세대가 어느 순간 한자어를 대신하는 우리말을 사용하여 문장을 쓰기란 결코 쉬운 일이 아니라고 지적한다."[24] 최인훈이 유년 시절 일본어로 교육을 받고 주요 지식을 습득했다는 데 부채의식을 지녔다는 것은 부정할 수 없는 사실이다. 하지만 최인훈의 『광장』 개작에는 세대론적 의미를 넘어서는 문제의식이 잠재되어 있다. 이는 최인훈이 미국에 건너가기 전인 1973년 한 차례 『광장』을 개작했음에도 불구하고 미국에서 다시 『광장』 개작에 착수하게 된 배경과 관련된다.

북한 정기 간행물을 가져다 본다. 신문과 화보, 잡지들이다. 처음 이것들을 대했을 때의 충격은 없다. 그리고 찬찬히 내용을 읽어보려는 성의를 낼 염도 나지 않는다. 한문 어원의 신식 조어를 가장 나쁜 방식으로 짜맞춘 문장이다. 고전적인 한문 교육이 이미 교양

23 김병익, 「해설: 다시 읽는 『광장』」, 최인훈, 『광장』, 문학과지성사, 2010, 372~373쪽.
24 정영훈, 『최인훈 소설의 주체성과 글쓰기』, 태학사, 2008, 216쪽.

형성의 진지한 중심에서 추방된 다음에, 이번에는, 그 한문 어원의 어휘들을 한글로 바꿔서 쓸 때에 일어나는 이 문장의 스산함. 한 사회가 이런 문장으로 생활하면서도 거기서 무엇인가 좋은 일이 진행되고 있다는 말을 믿을 수 있을까.[25]

최인훈은 북한의 정기 간행물에서 한문 어원의 신식 조어를 한글로 바꿔 쓴 문장들을 발견하고는 스산함을 느낀다. 언어 운용의 문제를 그 사회의 수준을 가늠할 수 있는 척도로 삼고 있는 것이다. 최인훈이 미국으로 건너가기 전 개작한 1973년 본 『광장』 텍스트가 괄호 안에 병기된 한자 표기를 삭제하는 등 한자어를 포함한 용언을 고유어로 풀이하는 방식으로 진행되었음을 상기할 때 북한의 정기 간행물은 그에게 반성의 계기가 된다. 그는 자신의 1973년본이 북한의 간행물과 마찬가지로 "한문 어원의 신식 조어"를 짜 맞춘 데 불과하다는 사실을 깨닫게 되면서 다시 『광장』을 개작할 필요성을 느끼게 된다.[26] 뒤에서 다시 다루겠지만, 이에 따라 의미의 동일성에 기반한 기계적인 순화에 지나지 않던 1973년본에 비해 1976년 개작본에는 표현의 층위에 대한 고민을 통해 시적인 문장들이 나타나게 된다.

북한 정기간행물이 준 충격은 순우리말을 사용하는지의 여부가 아니라 한 사회에서 언어를 어떻게 인식하는지의 문제로 연결된다. 최인훈에

25 『화두』 1권, 270쪽.

26 북한의 정기간행물에 대한 비판적 인식이 공산주의 이념과 체제에 대한 맹목적 적대의식에서 비롯한 것이 아니라는 사실은 『화두』 2권을 통해 짐작할 수 있다. 여기서 최인훈은 '자기비판회'로 상징되는 북한 사회의 절대 권력을 비판하면서도 이를 전면적으로 부정하지 않고 조명희의 소련 망명, 김사량, 김태준의 연안행 등을 재평가하면서 공산주의 이념에 대해 열린 사유를 전개한 바 있다. 정호웅, 「최인훈의 『화두』와 일제 강점기 한국문학」, 방민호 편, 앞의 책, 75~76쪽.

게 이 문제는 언어와 이데올로기의 관계에 대한 인식으로 나타난다. 그가 언어와 이데올로기의 관계를 인식하게 된 것은 이데올로기의 변화에 따라 배우고 사용하는 언어가 변화하게 되는 경험에 의해 가능했다. 최인훈이 태어나고 자란 회령은 중국과 러시아의 국경에 위치하여 다양한 언어를 체험할 수 있었다.[27] 다언어문화 속에서 살아가던 그에게 해방과 그 이후에 벌어진 사건들은 큰 충격으로 다가왔다. 일본이 지배하던 시기에는 조선어를 쓰지 못했고, 일본이 물러가고 난 다음에는 일본어가 터부시 되던 상황에 이어 북한 원산에서 고등학교를 다닐 때는 러시아어를 배우고, 남한에 내려와서는 영어를 배우는 등 그는 이데올로기에 따라 개인의 선택과는 상관없이 지정된 언어를 배워야 하는 처지에 놓이게 된다.

이데올로기에 따라 개별 구성원의 언어적 특수성이 배제된다는 사실을 통해 그는 이데올로기와 언어의 긴밀한 관계를 감지한다.[28] 또한 특정 언어의 사용이 억압되거나 강요되는 상황 속에 반복적으로 노출되는 경험을 하게 되면서 '자연' 언어로서 모국어의 실체 자체가 의문시 된다. 미국 체류를 통해 이 감각은 더욱 생생하게 재연되었다.[29] 자신을 비롯해 모

---

27 최인훈이 회령에 살고 있을 때 여진인들이 부락을 형성해서 살고 있었고, 러시아와의 교섭이 일상화되다시피 하여 성냥을 '비즈이가'라고 하는 러시아말에서 나온 '비지께'라고 하는 등 중국말과 러시아말이 이미 일상 언어에 침투해 있었다. 김현·최인훈, 앞의 글, 58쪽.

28 본래 공동체의 언어는 개별적 구성원에 의존하기보다, 공동체의 언어를 사회가 명명할 때 집단의 구속력을 가지게 되는데, 이때 개별 구성원의 언어적 특수성은 배제된다. 레오 바이스게르버, 허발 역, 『모국어와 정신형성』, 문예출판사, 2004, 80~81쪽.

29 이는 다음의 대담을 통해 확인된다. 다소 길지만 인용해둔다. 김현·최인훈, 앞의 글, 63~64쪽. 「김현: 저는 선생님의 작가적인 세계의 입장에서 보자면 미국에 가셨던 것이 상당히 중요한 계기가 된 것으로 알고 있습니다. 거기 갔다 오신 뒤에 개인 전집을 간행하기 시작하면서 한자어를 토속어로 바꾸는 작업을 시도하였는데, 그것이 미국에서 다른 나라 언어로 계속 생활해야 된다는 데 대한 반발로서 그렇게 된 것인

국어 사용이 억압당하고 있는 이민자들의 상황은 모국어에 대한 갈망을 불러일으키는 동시에 모국어 사용이 억압 혹은 강요되었던 과거의 기억을 상기시켰다. 하지만 이는 모국어에 대한 감상적 노스탤지어의 작동에 의한 것이 아니라 이데올로기·도구적으로 언어를 이용하는 태도에서 벗어나야겠다는 의지가 개입된 것이었다.[30]

최: (중략) 그것은 이를테면 형식적인 면에서도 조금이래도 보완하려는 방어기제같은 것일 수도 있어서, 이제 말씀대로 어떤 부분에서는 지나친 조어도 있는 것 같은데, 그러나 내가 독자의 의견을 들은 바로는 처음에는 상당히 부담이 된다고 하는 사람이 많았는데도 불구하고 지금은 어느 편인가 하면은 상당히 자연스럽게 받아들이더군요. 그리고 개정 전의 판을 지금 내가 보면 목불인견, 부끄러워서 몸 둘 바를 모를 정도예요. 내가 말이라는 것을 수단으로밖에 생각하지 못했구나 하는 뒤늦

지…….

최인훈: 그렇다고 생각합니다. (중략) 영어의 경우는 나 자신 그렇게 능숙한 언어가 아닌데도 모든 사람이 그것을 말하고 있는 곳에서 살아야 한다는 데 대한 반발이 컸던 모양입니다. **그래서 자기가 순수하게 자기임을 주장할 수 있는 최후 방어선까지 후퇴한 경우가 그 경우가 아니겠는가 이렇게 생각해요. 그러다 보니까 그 방어선 속에서는 한자까지도 잘라 내버리는 것이 아니냐, 이를테면 방어 면적을 가장 좁게 해 가지고 자기파괴를 면할 수 있는 지점까지 후퇴한 것**이 이제 말한 그런 것으로 나왔다고 해도 틀림없지 않을까…….」(강조_인용자)

30 하이데거와 벤야민은 언어가 도구적인 것으로 전락함으로써 정치 이데올로기의 도구로 더욱 추락해 버린 상황을 비판한 바 있다. 그는 도구적인 소통의 언어로 전락한 근대의 언어관을 비판하면서, 이에 기초한 근대 예술 또한 전달적 차원에 머물러 있다고 지적했다. 그리고 이러한 근대적 언어관을 뛰어넘을 수 있는 언어의 명명하는 힘을 찾아 고대 그리스인들의 존재 체험을 탐구하거나(하이데거) 헤브라이의 창조설화를 탐구(벤야민)했다. 진중권, 『현대미학강의』, 아트북스, 2003, 24~25쪽.

은 깨달음이지요. 말이라는 것 자체의 모양새가 내용을 가지고 있는 것이고, <정신>이라고 하지 않고 <넋>이라고 표기하는 것에는 벌써 막강한 이데올로기의 뒷받침이 있는 선택이다 하는 생각이 들어요. 그래서 지금 것은 개정 전의 것보다는 좀 더 시대의 마모에 견딜 수 있으리라고 믿는 겁니다.[31]

(나) 어쨌거나 글쓰는 사람이 그 매체 자체에 대하여 이런 식의 위기의식을 가지게 되는 것은 그 문제의식의 일반적 의미는 굳이 부인하지 않더라도 작가의식의 위기임에는 틀림없었다. 이것은 나의 세대의 언어적 혼란, 가치의식의 혼란과 떼어놓을 수 없는 한 문맥 속에서 두고두고 생각해야 할 일일 성싶다.
이 경우에도 <당하더라도 알고나 당하자>는 방식은 쓸모가 있다. 내가 국어개혁을 맡아보게 된 문교관리로서 이런 고민을 하는 것이 아니라 작가로서 그러는 것이고 보면 나의 권리에 속하는 테두리에서 이 문제의 잠정 해결을 찾는다면 그것은 <混用>도 아니고 <혼용>도 아니고 <섞어쓰기>라고 적는 길이 된다. 나의 소설 「밀실」을 나는 이 <섞어쓰기>식으로 고쳐쓰기로 마음먹었다.[32]

위 인용문에서 최인훈은 개작 전 『광장』에서 느껴지는 부끄러움의 근원을 그 이전까지 '말(언어)'을 수단으로밖에 생각하지 못했다는 데서 오는 것이라고 말한다. 이에 따라 그는 한자와 한글 혼용표기의 문제가 단순히 '손익 계산'이나 '현실성'의 문제를 넘어선 것임을 지적하면서 문자 언

31 이창동·최인훈, 「작가를 찾아서: 최인훈의 최근의 생각들」, 『작가세계』 2권 1호, 세계사, 1990.2, 56~57쪽.

32 『화두』 1권, 437쪽.

어 생활의 바람직한 정착을 모색하게 된다. (나)에도 한국어를 알파벳 계열의 다른 언어와 달리 한자어를 혼용표기하지 않고 한글로만 표기할 경우 소리만 보존되고 형태는 사라지고 말 것을 우려하는 태도가 나타난다. 이러한 현상에 대한 위기의식을 자기 세대의 언어적 혼란, 나아가 가치의식의 혼란과 연결된 것으로 보고, 이로 인한 혼란을 해결하기 위해 한자어원을 가지지 않는 순우리말을 사용하기로 결심하게 된다.

여기서 주목할 만한 사실은 『광장』 개작과정에서 동일한 한자어를 순우리말로 대치하는 방식으로 기계적·일률적인 수정이 이뤄지지 않았다는 점과 더불어 개작작업이 1976년 이후에도 지속적으로 이뤄졌다는 점이다.[33] 얼핏 보면 두드러진 차이가 발견되지 않음에도 불구하고 최인훈은 단어의 미묘한 뉘앙스의 차이를 고려하여 개작을 계속해나가 『광장』이 발표된 후 50여 년의 기간 동안 총 7차례, 길게는 20여 년의 간격을 두고 지속적으로 진행하였다. 이 과정에서 최인훈은 단일한 의미로 환원되지 않는 모국어 안에서의 차이를 탐색해나갔다. 반복적으로 감행된 『광장』 개작은 모국어를 낯선 외국어처럼 감각함으로써, 즉 모국어를 자기완

---

33 『광장』의 판본은 다음과 같다. 『새벽』, 1960.11; 정향사, 1961.1; 민음사, 1973.8; 문학과지성사, 1976.7; 문학과지성사, 1989.4; 문학과지성사, 2010. 한편 『광장』 개작과 관련하여 이 글에서 참조한 연구는 다음과 같다. 김현, 「사랑의 재확인-<광장> 개작에 대하여」, 『광장/구운몽』, 문학과지성사, 1976; 권봉영, 「개작된 작품의 주제변동 문제-최인훈의 <광장>의 경우」, 김병익·김현 편, 『최인훈』, 은애, 1979; 지덕상, 「<광장>의 개작에 나타난 작가 의식」, 고려대학교 석사논문, 1982; 박현주, 「최인훈의 <광장> 연구」, 숙명여대학교 석사논문, 1996; 장양수, 「<광장> 개작은 실패한 주제 변개」, 『국어국문학』 30권, 국어국문학회, 1993; 김욱동, 『광장을 읽는 일곱 가지 방법: 비평의 광장』, 문학과지성사, 1996; 백수진, 『최인훈의 <광장>의 개작 연구-개작의 변모 양상을 중심으로』, 단국대학교 석사학위 논문, 2000; 김인호, 「<광장>개작에 나타난 변화의 양상들」, 『해체와 저항의 서사』, 문학과지성사, 2004; 장문석, 「'우리 말'로 '사상(思想)'하기」, 방민호 편, 앞의 책 등.

결적인 실체로서 정립하는 것을 거부하는 모국어의 이질성에 대한 실험이었다.

이러한 점에서 『광장』 개작은 재창작을 통해 텍스트를 전달의 의미로부터 해방시킴으로써 번역 행위에 내재한 쌍형상화 도식[34]을 벗어나고자 하는 언어 내 번역의 사례로 의미화 된다. 그는 개작을 통해 텍스트에 내재한 비연속성을 드러내면서 말하기·쓰기·듣기·읽기 행위에 상정된 이접적 불안정성을 도입한다. 최인훈의 글쓰기는 서로 다른 언어를 사용하는 두 청중집단을 위한 글쓰기로서의 '균질언어적 말걸기'가 아니라 언어적으로 이질적인 사람들의 총체 내에서 청중들에게 말을 거는 방식으로서 '이언어적 말걸기'와 연결된다.[35] 이러한 이접적 불안정성이 반영된 텍스트가 곧 『화두』다. 『화두』는 이접적 불안정성에 의해 자기반영성이 미끄러지는 지점이 존재한다는 점에서 '소설'로 정체화 될 수밖에 없었으며,[36] 이는 최인훈이 '자기'에 대해 끊임없는 다시 쓰기를 감행하고 있다는 사실과 관련된다. (가)의 대담에서 이러한 인식의 전환이 미국 생활에서 영향을 받은 것이냐고 묻자 최인훈은 다음과 같이 대답한다.

---

34 사카이 나오키에 따르면 번역 행위를 두 개의 언어 통일체를 서로 유사한 등가물로 표상하는 쌍형상화 도식(the achema of configuration)을 통해 기능해 하면서('서양과 기타') 동시에 한 항이 다른 항보다 우월한 것으로 가치 평가되는 데 기여했다면, 이언어적 말걸기를 통해 이와는 다른 방식으로 작동하는 번역의 실천 역시 가능하다. 언어 내 번역과 언어 간 번역을 차이화 하는 태도 역시 번역의 심급을 위계화 하는 쌍형상화 도식에 의해 작동한다. 사카이 나오키, 앞의 책, 65~66쪽.

35 위의 책, 48~50쪽.

36 주지하듯 『화두』 1권은 "이 소설은 소설이다"라는 첫 문장으로 시작된다. 『화두』의 두드러진 자기반영성에도 불구하고 최인훈이 이를 '소설'로 정체화한 데는 『화두』를 자기완결성을 지니는 책이나 작품(work)이 아니라 불연속적인 텍스트(text)로 작동시키고자 하는 욕망이 반영된 것이다. 이는 발화행위주체와 '발신자'로 간주되는 주체 간의 불일치에 의거한 것으로 글쓰기에 대한 최인훈의 독특한 입장과 관련된다.

최: 그렇죠. 그러나 내 것인 한국어를 갖다 내던질 수 없는 거니까, 기본적으로 한국어이면서도 남한테 통하는 말이 되어야 하지 않겠느냐고 생각한 겁니다. 이를테면, 번역을 하더라도 가치를 잃지 않고 상대방에게 전달될 수 있도록 전통적인 것, 또는 한국적인 것으로서 어떤 정수 같은 것을 추구함으로써 최소한 나도 어떤 동일성의 핵은 가지고 있다는 것을 지키고 싶었던 거예요. 내가 그렇게 고친 것은 모두 미국에 있을 때 한 겁니다. 또 「옛날 옛적에 훠어이 훠이」란 희곡도 미국에 있을 때 쓴 건데, 그것도 그 일환이었어요.[37]

최인훈에게 언어에 대한 인식의 전환은 '한국적인 것'과 '보편적인 것'의 공집합에 대한 고민과 관련된다. 그는 모국어로서의 한국어를 폐기 처분할 수는 없더라도 그것을 통해 번역되더라도 훼손되지 않는 '한국적인 것'을 추구한다고 말한다. 이러한 발언은 보편과 특수를 서로 대립·경쟁하는 쌍형상화 도식 안에서 이해하지 않았을 때 이해 가능하다. 그러므로 위 대담에서 언급된 "번역을 하더라도 가치를 잃지 않는" "동일성의 핵"은 민족/국민으로 환원되는 집단적 정체성을 가리키는 것이 아니다. '한국적인 것'의 정수는 특수와 보편으로 환원되지 않는 잉여적 차이로 존재한다. 최인훈은 끊임없는 고쳐 쓰기의 과정을 통해서만 역설적으로 증명 가능한 것으로 자기 완결적이지 않으며 환원 불가능한 주체의 차원을 열어 보인다. 이를 통해 쌍형상화 도식을 끊임없이 배반하며 보편과 특수를 가로지르는 주체의 형상이 나타나게 된다. 다음 절에서 『광장』 개작과 최인훈이 사용한 희곡 언어의 성격을 분석함으로써 이에 대해 구체적으로 살펴보겠다.

---

37 이창동·최인훈, 앞의 글, 57쪽.

3. '한국적인 것'을 번역하기

『광장』 개작에서 한자어 및 외래어를 순우리말로 바꾸거나 시적 리듬을 부여하고 있는 대표적인 사례를 정리하면 다음과 같다.[38]

〈표 1〉

판본	새벽판, 1960.11.	민음사, 1973. 8.	문학과지성사, 1976. 7.
1	일대(一代) 밖에는 살 수 없는 개인이 그 육중한 지층(地層)을 파헤치고	한 철 밖에는 살 수 없는 개인이, 그 육중한 지층(地層)을 파헤치고	한 철 밖에 못 사는 개인이, 속의 그 육중한 땅 두께를 파헤치고
2	허나 그건 스크루지 같은 놈 아니야? 샤이로크 같은, 또 놀부 같은.	허나 그건 놀부 같은 놈 아니야?	변동 없음.
3	스타아트 라인에서 포기한 생활에의 욕망, 과장에는 꼭두각시뿐 사람은 없었다.	변동 없음.	사람이 살다가 으뜸 그럴 듯하게 그려낸 꿈이, 어쩌다 이런 도깨비 노름이 됐는지 아직도 아무도 갈피를 잡지 못해서 행여 내일 아침이면 이 명예가 도깨비 방망이로 둔갑할까 기다리면서. 광장에는 꼭두각시뿐, 사람은 없었다.
4	인간의 육체가 신비스러웠다.	변동 없음.	몸의 길은 몸이 안다.
5	거기서 나는 숨막힐듯한 공기에서 구원받으려구 어떤 여인을 사랑했어.	변동 없음.	거기서 나는 어떤 여자를 사랑했어.

38 백수진, 앞의 글 2장 참조.

6	바다는 크레파스보다 진한 푸르고 육중한 비늘을 무겁게 뒤채면서 숨쉬고 있었다.	바다는 숨쉬고 있다. 크레파스보다 진한 푸르고 육중한 비늘을 무겁게 뒤채면서.	바다는, 크레파스보다 진한, 푸르고 육중한 비늘을 무겁게 뒤채면서, 숨을 쉰다.

<표 1>의 1, 2, 3에서 알 수 있듯이 최인훈은 '일대(一代)'와 '지층(地層)'과 같은 한자어를 '한 철', '땅 두께' 등으로 바꾸고, '스크루지', '샤일로크' 같은 인물명 대신 '놀부'로 대체하였다. 이외에도 '전임자'는 '앞사람'으로 '사무인계'는 '일을 넘겨받음'으로 고쳐지고, '돌연한 출현'은 '갑작스런 나타남'으로, '전쟁'을 '싸움'으로, '증오'를 '미움'으로 바꾸는 등 1976년 판에서는 한자어를 한자 어원이 없는 단어로 바꾸는 작업이 진행되었다. 4번, 5번과 같이 개작 후의 문장이 이전보다 짧고 간명해지면서 시의 한 구절처럼 바뀌거나 6번처럼 쉼표를 사용하여 단조로운 문장에 시적 리듬감을 부여하고 있다. 언어를 도구적으로 사용하지 않겠다는 결심이 운율을 살린 시적인 문장에 대한 관심으로 발현된 것이다.

1976년본은 의미에는 큰 변동이 없지만 표현의 층위에서 미묘한 변화가 나타난다. 『광장』 개작이 단어를 대체하는 소극적 수준에 머물러 있었던 데 비해 희곡 창작은 그에게 보다 자유로운 언어 운용의 길을 열어주었다. 최인훈에 따르면 한국에는 현실을 충실히 묘사할 만한 역사적 전통이 미처 쌓이지 못했기 때문에 작가가 소설로 이를 묘사하는 데 한계가 있다. 하지만 희곡을 창작할 때는 그러한 전통을 염두에 둘 필요 없이 이미 생활력이 쌓여있는 현장을 있는 그대로 보여줄 수 있기 때문에 이러한 제약에서 자유로울 수 있다.[39] 이 과정에서 최인훈은 한자어 대신 순우리말을 사용하였고, 추상적이고 관념적인 어휘 대신 지문에서조차 운율을

39 김인환·최인훈, 「하늘의 뜻과 인간의 뜻」, 『문학과 이데올로기』, 475~476쪽.

살린 시적인 표현을 사용하고 있다. 이러한 변화는 「옛날 옛적에 훠어이 훠이」뿐만 아니라 그 이후의 희곡에도 지속된다.

그 옛날 봄날에
님의 이름 들었네
무섭고 그리운
님의 이름 들었네
온달 내 님으

그 옛날 여름날에
님의 얼굴 보았네
장하고 그리운
님의 얼굴 보았네
온달 내 님으

그 옛날 산속에
님의 사랑 받았네
꽃피고 눈도 오는
님의 시집 살았네
온달 내 님으

그 옛날 그때부터 내 님은 달렸네
백제와 신라와
오랑캐를 무찔렀네
온달 내 님으

그 옛날 그때부터 이 몸은 꿈이었네
아둔하고 우둔한
내 님의 꿈이었네
온달 내 님ᄋ

그 옛날 그 기쁨이
벌판에 흩어졌네
내 아닌 내 마음이
내 님을 죽였다네
온달 내 님ᄋ

그 옛날 그 노래를
어느 누가 막으리
저승이 만 리라도
소리쳐서 부르겠네
온달 내 님ᄋ[40]

깊은 산 속의 밭머리
처녀가
김을 매고 있다
큰 소나무가 드문드문
하늘에 뭉게뭉게 구름
시끌짝한 매미소리
처녀

---

40 「어디서 무엇이 되어 다시 만나랴」, 『옛날 옛적에 훠어이 훠이』, 문학과지성사, 2009, 75~76쪽.

가끔
구름을 쳐다본다
다시 김을 맨다
무엇인가 기척을 살핀다
그 언저리에 아니면 어딘가
멀리서
숨어서 엿보는
누군가를 느끼듯
한참씩 김매기를 멈추고
듣는다
매미 소리뿐
이런 시늉을
거푸하면서
김을 매 나간다
구름, 소나무, 바위 따위
십장생도[十長生圖]의
한 모서리처럼
보이는 무대
다만
매미 소리만이
그림에 없는
등장인물인 셈
무더운
푹푹 찌는 한여름
깊은
산속의
들밭이다

마을 총각 바우 나와 엿본다
가만가만 다가선다
처녀 문득 놀라며
쳐다보았다가
그대로 김을 맨다
같이 김을 매나가면서[41]

모든 움직임은 느리게, 한 가지 한 가지 그때마다 생각난 듯
느릿느릿
모든 인물들의 말은 보통보다 훨씬 느리다. 띄엄띄엄, 생각난 듯이
남편은 심한 말더듬이
모든 사람의 말의 주고받음이 답답하게, 그러나 당자들은
그것이 자연스럽게, 한 사람의 말이 끝나고, 받는 말이 시작되기
까지의 사이도 보통보다 지독히 굼뜨게
아무것도 아닌 말을 그렇게, 어렵게 한다
아내: 길이 미끄러웠겠소
남편: 조, 조, 조금
아내: (자루를 만지며) 잘됐군요
남편: 사, 사정, 사정했더니—[42]

최인훈의 희곡은 "시적인 품위"[43]를 지니고 있다는 평을 들을 정도로 압축과 생략이 도드라진 특유의 스타일로 연극계에 신선한 충격을 준다. 우선 그의 첫 희곡인 「온달」에 드러나는 소설의 설명적 방식에서 탈피하

---

41 「봄이 오면 산에 들에」, 위의 책, 161~163쪽.

42 「옛날 옛적에 훠어이 훠이」, 위의 책, 103~104쪽.

43 김미도, 『한국현대극의 전통수용』, 연극과인간, 2006, 198쪽.

여 수 차례 개작을 거친 「어디서 무엇이 되어 만나랴」에는 최인훈 희곡 특유의 서정적 디테일이 살아있다.[44] 첫 번째 인용문은 공주가 온달의 시신이 입관된 후 움직이지 않는 관 앞에서 부르는 노래로 각 연이 5행으로 구성되었으며 '-네'가 각운으로 사용되어 특유의 운율감을 살려낸다. 이 작품뿐 아니라 「옛날 옛적에 훠어이 훠이」에도 중간중간에 노래가 삽입되어 비극적 분위기를 형성하는 데 기여한다. 두 번째 인용문은 상연될 때 관객에게 전달되지 않는 지시문임에도 불구하고 연을 빈번하게 나누어 시적인 분위기를 형상화한다. 무대에서 상연되지 않더라도 희곡 자체만으로 작품을 읽는 여백의 묘미를 발견할 수 있도록 고려한 것이다. 마지막 인용문은 지면의 행간, 여백을 이용하여 무대 예술가들에게는 청각, 시각과 시간, 템포에 주의할 것을 제안한다.[45] 남편이 말을 더듬는 것으로 설정한 것도 극적인 효과로 이해된다.

『광장』 개작에서 과도적으로 드러났던 언어에 대한 문제의식이 희곡에서 전면화되었다. 최인훈은 합리적으로는 설명될 수 없는 보편적인 운명을 비극적으로 드러내기 위한 극적 장치들을 배치하였다. 그는 '작가의 말'에서 "대사·움직임이 모두 느리게, 그러면서 더듬거리는 분위기가 나오도록 하는 것이 좋으며, 이 같은 비극이 너무 합리적으로 해석되어서는 안 된다"라고 설명한다. 이는 느리고 더듬거리는 말을 통해 아기장수 부모의 순박함과 무력함을 동시에 상기시키며 작품의 비극적 분위기를 배가시키기 위함이다.[46] 최인훈이 소설에서 사용한 특유의 관념적이고 현학

44 송아름, 「연극과의 동행, '최인훈 희곡'의 형성」, 『서강인문논총』 40호, 서강대학교 인문과학연구소, 2014, 195~196쪽.

45 최준호, 「아름다운 언어로 구축된 최인훈 희곡」, 『시학과 언어학』 1호, 시학과언어학회, 2001, 152~153쪽.

46 『옛날 옛적에 훠어이 훠이』, 100쪽.

적인 문체를 상기했을 때 이와 같은 희곡 언어의 변모는 놀라울 정도다. 기표와 기의 사이의 불일치로 인한 발화된 말과 대상 사이의 균열은 언어에 대한 새로운 시도를 가능하게 한다. 희곡 언어의 특성을 통해 최인훈이 일상어를 사용하면서도 시적인 것을 지향하며 투명한 의사소통의 차원 대신 번역불가능성을 극대화시키고 있음을 알 수 있다.

최인훈은 관념적이고 추상적인 언어의 사용을 지양하고 음률이 깃든 시적인 언어를 사용함으로써 의미로 환원되지 않는 이질적인 비언어적 장소를 마련한다. 북한의 정기간행물처럼 언어를 기계적으로 순화할 수 있다는 실용주의적 관점에 맞서 최인훈은 '번역할 수 없는 어떤 것'을 드러내려 했으며, 이는 의미로 환원 가능한 투명한 소통을 거부하는 태도로 나타난다. 최인훈이 언어의 도구성을 인식한 이후 사용하고 있는 시적 언어는 합리적인 의사소통에 기여하기보다 언어를 파편화시킴으로써 재현 너머에서 언어의 가능성을 탐색하게 한다. 그는 언어의 표면적 의미가 아니라 표현의 층위 자체가 중요하다는 사실을 자각함으로써, 산문언어를 대신하여 서정적이고 시적인 언어의 가능성을 적극적으로 탐구하였다.[47]

이에 따라 최인훈의 희곡에 사용된 순우리말 표현은 근대적·이식된 것과 대립하는 전통적·토착적인 것으로 환원되지 않는 잉여적인 의미를 지니게 된다. 이러한 언어의식의 변화는 단번에 이뤄진 것이 아니라 최인

47 이러한 언어의식은 벤야민의 언어철학과 유사한 지점이 있다. 벤야민 언어철학의 핵심은 언어를 수단이 아닌 매체로 파악하기 때문에, "그 언어에 상응하는 정신적 본질"이 "언어 **속에서** 전달되는 것이지 언어를 **통해** 전달되는 것이 아니라"고 본다(강조_원저자). 벤야민은 이러한 언어의 본질을 번역과 연관시켜 "번역은 불완전한 언어를 보다 더 완전한 언어로 옮기는 일"이라는 인식을 드러냈다. 이에 따르면 최인훈의 텍스트의 개작과정 역시 '더 완전한 언어'로 번역하기 위한 실천으로 볼 수 있다. 발터 벤야민, 최성만 역, 「언어 일반과 인간의 언어에 대하여」, 『언어 일반과 인간의 언어에 대하여 번역자의 과제 외』, 도서출판 길, 2008, 73쪽, 83쪽.

훈 초기 문학 이래 지속적으로 이어져온 것이다. 주지하듯 최인훈은 후기 식민지 지식인으로서 한국에서 절대적 보편성으로 여겼던 가치가 서구에서는 오류를 내포한 상대적 가치에 지나지 않는다는 데서 비롯되는 이중 구속의 딜레마를 지속적으로 탐구해왔다. 예를 들어 『회색인』에는 불교를 중심으로 한 전통에로의 복귀를 주장하는 김학과 황노인, 그리고 이에 대비되는 독고준의 모습이 나타난다. 신라 정신을 부르짖었던 문협정통파의 입장을 은유적으로 그리려는 듯 김학은 경주 출신으로, '화전민'으로서의 독고준은 북에서 월남한 것으로 그려진다. 특히 독고준이 한 실험극을 보는 장면이 주목된다.

> 그러나 니그로의 원시 예술이 전위가 된 것처럼 원형 무대도 전통에로의 복귀라는 관점에서 대할 게 아니라, 오히려 전위적인 자세로 다루어야 할 게다. 흙 속에서 파낸 유물(遺物)이 우리에게는 어느 것보다 새롭다는 의미를 생각해야지. 그때에라야 우리는 조상을 디디고 넘어설 수 있다. 그러니까 원형무대는 고대 양식의 부활이라고 생각할 게 아니라 새로운 실험이라는 자각 밑에 이루어져야 한다. (중략) 그러면서도 여기 모인 현대의 생활인을 움직일 수 있자면 방향을 바꿔야 할 것이다. 내용부터 영웅과 신들의 세계를 버리고 시민의 세계를 택했어야 옳았다. 깊은 밤중에 왕의 의식[儀式]을 은밀히 지낸 후, 이튿날 아침에는 토목 회사에 출근해야 하는 이즈음 사람의 비극을 택했어야 옳았을 것이다. 비극의 주인공답지 않은 사람들이 그럼에도 불구하고 그 몫을 맡아야 한다는 비극이 우리들의 비극이니까.[48]

---

48 최인훈, 『회색인』, 문학과지성사, 2008, 299~300쪽.

위 인용문에 언급된 연극은 그리스 신화에서 따온 비극으로, 무대 형식 역시 그리스 연극에서 사용했던 원형 무대로 꾸며 등장인물들이 관중 속에 기다리다가 관중을 헤치고 나와 무대로 올라가고 역할이 끝나면 다시 관중 속으로 퇴장하는 식이다. 그런데 그때마다 집중하지 못한 관중들은 술렁대고 극은 산만해지진다. 이를 보며 독고준에게 '실패한 전통'에 대해 사유하게 된다. 이에 따르면 전통은 그것에로 돌아가야 할 것이 아니라, 그것을 디디고 넘어서기 위해 존재한다. 즉 그것은 '전위'의 모습을 띠고 나타나야 한다. 전통의 변신을 통해서만 "현대의 생활인을 움직일 수 있다." 최인훈 문학에서 전통, 즉 한국적인 것에 대한 문제의식은 이처럼 근대적인 것과 미묘한 대립각을 이루며 반복적으로 나타난다. 전통적인 것과 근대적인 것을 이항대립적으로 인식해온 근대적 통념과 달리 최인훈은 전통과 민족, 근대적인 것과 개인이 교착되면서 일어나는 분열과 모순, 갈등에 의한 운동성에 주목한다.

요컨대 최인훈에게 '전통'은 '토속적인 것'을 의미하지 않았다. '한국적인 것'이라고 해서 모두 민족문화에 포섭되는 것은 아니며, 오히려 거기에 포섭되지 않는 잉여적인 것을 포착해냄으로써 이항대립을 초월할 수 있다. 전위로서의 전통은 그 가운데 생성된다. 다만 최인훈의 초기작에서는 이에 대한 문제의식만이 제시되었을 뿐 이를 돌파하기 위한 답은 제시되어 있지 않다. 한국적인 것을 근대적인 것과 대립하는 '전통'으로 환원시키지 않으려는 주제의식이 관념적으로 전달될 뿐 작품을 통해 형상화되지는 못했다. 그런데 『화두』에는 아기장수 설화를 발견하게 되는 에피파니적 순간을 통해 이중구속에서 벗어나 전위로서의 전통과 마주하는 장면이 그려진다.[49] 『화두』에서 최인훈은 서적 창고에서 우연히 발견한 책

---

49 "거기에 무엇인가가 있었다. 그 글속에 무엇인가 나를 부르는 것이 있었다. 이런 전

자에서 문득 자신을 부르는 목소리를 듣고는 무의지적 기억 속으로 들어간다. "번개의 섬광"과도 같은 변증법적 이미지를 포착함으로써 "지금까지 의식하지 못했던 지식의 깨어남"[50]을 경험하게 된 것이다.

> 공포에 짓눌려서 꿈을 잃어버린 삶이 비참한 것이라면 공포를 잊어버린 삶은 천박하다.
> 한 종족의 신화나 전설 속에는 인간의 공포와 꿈이 담겨 있다. 우리나라 장수 설화는, 주제의 깊이가 놀랄 만하다. 나는 우리나라 신화나 전설에서 이만큼 깊은 공포를 자아내는 이야기를 본 적이 없다. 우리나라 신화는 어떤 정서적 충격을 주기에는 너무 평범하고 안이하다. 전설에는 이와 달리 뛰어난 것들이 많다. 이 이야기에서의 '아기'의 신성[神性], 우리가 '장수'라고 불러오는 초월적 존재만 한 종교적 환기력을 가진 존재를 지적하기는 어렵다. 특히 그것은 보편적 타당성을, 민중의 꿈을 모태로 하고 있다. 우리나라의 전설에 나오는 '메시아'의 형태가 이 '장수'임에는 틀림없을 것이다.
> 예술은, 의식의 심부에 깔린 어떤 정서의 광맥에 충격을 주어 표층에 있는 의식에 지진을 일으킬 수 있다면 아마 가장 바람직한 일이다. 전통 종교의 유통력이 약화된 사회에서는 이런 일이 매우

설은 여기서 처음 읽은 것은 아니었다. 언제 어디서랄 것도 없이, 그러고 보니 벌써부터 알고 있는 종류의 전설이어서 되레 의식의 표면에는 나서지 않는 이야기가 왜 이 순간 그렇게 벼락처럼 내 의식을 쳤는지 모르겠다. 그 후에도 이 때 일을 생각해 봐도 더 구체적인 현장의 느낌이 떠오르지는 않는다. 그 현장에서의 나의 현실적인 감각은 그 순간에 모두 이야기 안으로 들어가 버린 것이나 아닌지 모르겠다." 『화두』 1권, 457~458쪽.

50 그램 질로크, 노명우 역, 『발터 벤야민과 메트로폴리스』, 효형출판, 2005, 230쪽, 234쪽.

어렵다.

오늘의 우리 의식에는 시멘트 층이 너무 두껍게 깔려 있다. 많은 예술적 노력은 화력이 충분치 못하거나 바른 지점에서 가폭되지 못하고 있다.

겉보기의 다양함은 예술에서는 아무 위안도 주지 않는다. 영혼의 깊은 곳을 울리는 어떤 진동만이 우리들에게 보람을 준다.[51]

아기장수 설화는 아기장수가 민중을 구원하기 위해 세상에 보내졌으나 현실의 변화에 두려움을 느낀 민중이 오히려 그를 배척하고 민중에 의해 죽임을 당한다는 내용이다. 아기장수 설화를 발견하게 된 최인훈은 이 '전통'을 현대적으로 번역하는 과제를 맡는다. 아기장수 설화에 대한 해석·비평·번역 작업을 통해 원작설화에서 불완전하게 드러났던 의미를 보충해야 할 필요성을 자각한 것이다. 아기장수라는 메시아는 예수에 비견되는 대속자로서의 상징성을 지닌 존재이자 한국인의 정신에 혁명을 일으킬 힘을 가진 초월적 존재로 호명된다.[52] 다만 이는 아기장수를 서구의 '예수'로 환원시키는 번역의 과정이 아니었다. 아기장수는 실체를 지닌 전통으로서가 아니라 역사의 지층 속에서 발견되어야 하는 '민중의 꿈'과 관련하여 영혼에 진동을 일으켜야 할 존재로 소환된다. 여기서 전통은 그 자체로 역사적 주체를 구성하는 것이 아니라 그것에 개입하려는 실천적 행위를 통해 어디까지나 불충분하게 그 존재를 드러낸다는 점에서 번역

---

51 최인훈, 「영혼의 지진」, 『유토피아의 꿈』, 231~231쪽.

52 최인훈은 「옛날 옛적이 훠어이 훠이」의 '작가의 말'에서 "이 전설의 상징 구조는 예수의 생애-절대자의 내세(來世), 난세(亂世)에서의 짧은 생활, 순교, 승천의 그것과 같으며, 구약성서 출애굽기의 과월절(過越節)의 유래와도 동형이다."이라면서 아기장수에게서 예수의 생애를 발견한다.

되기를 기다리는 '타자의 언어'로서 재발견된다.

4. 예술의 혁명성과 혁명의 예술성

최인훈은 현실과 문학의 세계를 서로 구분된 것이 아니라 서로 틈입하고 응전하는 것으로 이해했다.[53] 이에 따라 신문기사나 TV방송 같은 현실 담론이 소설 내부에 혼재시켜 장르로서의 소설의 경계를 불안하게 만드는 실험을 하기도 한다. 또한 아기장수 설화를 모티프로 한 「옛날옛적이래도 좋고 훠어이 훠이」 뿐만 아니라 자신의 이전 소설을 끊임없이 개작하며 과거의 것과 현재의 것이 상호작용을 일으키도록 만들었다. 작품을 개작하는 과정은 현실로 돌아가기를 두려워하는 망설임을 보여주는 것이자 종국에는 돌아가야 한다는 것을 스스로에게 납득시키기 위한 작업이기도 하였다. 그는 다시 한국으로 돌아갈 수 있으리라는 확신을 얻기까지 작품 개작을 통해 숙고를 이어나갔으며, 그렇게 가족을 두고 홀로 귀국하는 데 2년 여의 시간이 필요했다. 미국에서 한국으로 돌아오기 위해 누구보다 자기 자신을 설득해야 했던 최인훈에게 예술에 대한 확신은 필수적으로 요청되는 과정이었다.

> 밤이 지배하는 고향으로 가기를 나는 두려워하고 있었던 것이다. 갑자기 힘찬 용기를 마련한 것도 아니면서 이렇게 다른 지리에 와서 보니 그런 줄 모르지는 않으면서도 그 밖에는 자리가 없던 사람들이 제 고장에서 유형을 사는 그 고향으로 돌아가기를 두려워

53 연남경, 「소설의 장르 확장과 역사의식」, 앞의 글, 271~273쪽.

하고 있었다.

며칠 동안 나는 그저 「옛날옛적이래도 좋고……」를 고치고 또 고쳤다.

나는 이제는 두렵지 않았다. 아니 두렵지 않은 것은 아니었다. 그러나, 돌아가야 할 만큼만 두려웠다. 왜냐하면 내게는 꿈꾸는 힘이 남아 있다.[54]

최인훈: (중략) 왜냐하면 장수가 결국 일을 하지 못하고 현세의 힘에 의해서 늘 제거당한다든가 인간들의 죄를 대신해서 무고한 아이를 희생시킴으로써 이 세상은 또 지속해나간다든가 하는 것 말이죠. 다시 말하면 권력 쪽에 약간의 공포감을 주고 민중한테도 뭔가 이루어지지는 못했으나 또 다음 아이를 기다리는 생명의 영원한 지평에 대한 희망을 준거죠. 비참한 최후를 마침에도 불구하고 민중들이 그 전설을 버리지 않고 계속 전해 내려온 것은 좌절을 영원히 되풀이한다는 자체에 조금이라도 의미가 있다고 생각해서였다고 봅니다. 때문에 최소한의 대속자라는 의미를 붙일 수도 있겠죠.[55]

첫 번째 인용문은 『화두』의 마지막 문단이다. 최인훈이 미국에서 한국으로 귀국할 당시는 『화두』 1권에서 서술된 바 있는 김대중 납치사건이 발생하는 등 군사정권으로 인한 폭력과 억압이 극에 달하고 있는 시점이었다. 심지어 어머니가 돌아가신 후 혼자되신 그의 아버지 역시 그의 귀국

54 『화두』 1권, 461~462쪽.

55 김인환·최인훈, 앞의 글, 461~462쪽.

을 만류하며 가족들과 함께 미국에 함께 있어 주었으면 좋겠다고 설득하는 상황이었다. 귀국을 한다고 해도 "비영웅적인 삶" "여전히 무력한 삶"을 살게 될 가능성이 높아 보인다고 고백하면서도[56] 최인훈은 한국으로 돌아가는 결심을 하게 된다. 그리고 이러한 결심을 하게 된 궁극적 계기로 문학이 지닌 "꿈꾸는 힘"을 언급한다. 이는 다음 인용문의 아기장수 설화에서 최인훈이 발견한 유토피아의 꿈과 연결된다. 혁명은 어느 순간 실패하고, 아기장수도 부모에 의해 비극적으로 죽음을 맞이할지 모른다. 그렇더라도 그것이 되풀이 된다는 것, 또 다음 아이를 기다린다는 것에 생명의 영원한 지평이 열린다. 최인훈은 다음 혁명이 일어날 때까지, 우리를 구원해줄 다른 아이가 나타날 때까지 '가짜' 혁명과 '가짜' 구원에 맞서 회의주의자의 모습을 견지하지 않을 수 없다고 부연한다.

아울러 자신은 "'차라리' 보다는 '용감하게' '이것을 나는 이렇게 만들고 싶다' 라는 주관적 신념을 세우기"로 했다면서 그것을 '비전' 이라고 부른다.[57] "역사의식과 문명 감각이 잘 조화된 씨줄과 날줄처럼 곱게 어울려 직조되어 있을 때 비전의 적극적 의미가 가능"[58]하기 때문에 역사의식과 문명 감각의 조화를 갖는 것이 중요하다. 최인훈이 『화두』 2권에서 포석 조명희를 소환하는 것도 이와 무관하지 않다. 최인훈은 소설가 조명희가 마지막으로 남긴 연설문에서 그가 사회주의 혁명의 실패 가능성을 인정하고 있다는 데 충격을 받는다. 혁명이 실패할 것을 알았음에도 조명희는 "위대한 공동체"[59]를 만들기 위해 도래할 혁명을 포기하지 않았다. 주지하듯 『화두』 2권은 이 수수께끼를 푸는 데 바쳐진다. 여기서 최인훈이 내린

---

56 『화두』 1권, 371쪽.

57 최인훈, 「문명의 광장에서 다시 찾은 모국어」, 『유토피아의 꿈』, 413쪽.

58 위의 글, 414쪽.

59 『화두』 2권, 510쪽.

결론은 위 인용문의 "또 다음 아이를 기다리는 생명의 영원한 지평에 대한 희망"을 상기시킨다. 예술이 실패의 장면을 비극적으로 재현하는 것은 "좌절을 영원히 되풀이"하는 것에서 특정한 의미를 발견할 수 있다. 포석 조명희의 비참한 최후 역시 도래할 혁명을 위해 '영원한 비극'으로 기억되어야 한다. 이는 최인훈이 4·19혁명에서 발견하고 있는 혁명의 현재적 의미이기도 하였다.[60]

> 이 모든 나라들의 경우 그들의 정치적 각성을 밑받침해줄 정신적 고향을 가지고 있다. 그것이 종교든 정치 이념이든.
> 그렇다면 우리들에게 있어서 그러한 정신의 고향은 어디일까?
> 나는 여기서 눈앞이 캄캄해진다고 고백하지 않을 수 없다.
> 일제 통치의 최대 죄악은 민족의 기억을 말살해버린 데 있다. 전통은 연속적인 것이어서 그것이 중허리를 잘리면 다시 잇기가 그처럼 어려운 것이 없다. (중략) 우리가 지금 해야 할 일은 우리 유산의 재고 조사를 실시하는 일이다. 우선 있는 대로의 파편을 주워 모아라. 다음에 그것들을 주워 맞춰서 원형을 추정하는 몽타주 작업을 실시하라. 그렇게 하여 우리가 망각한 우리들의 정신적 원형을 재구성하라. 이렇게 하여 만들어진 '한국형'을 세계의 다른 문화 유형과 비교해 보라. 무엇이 공통이고 무엇이 특수한가를 밝혀내라. 다음에 쓸모 있는 것은 남기고, 썩어 문드러진 데를 잘라

---

60 4·19혁명 50주년을 맞아 열린 한 대담에서 최인훈은 자신과 4·19세대와의 연대감에 대한 질문에 대해 "4·19정신에는 자기 자신들의 동일성을 4·19와 주객이 합일된, 전유하고 싶다는 권리조차도 보류하거나 양보하는 끊임없는 버릇도 꼭 지켜야 한다는 것도 4·19의 명령"일 것이라고 밝힌 바 있다. 그는 민주주의를 "끊임없는 부활" 혹은 "매일 치르는 국민투표"에 비유하면서 혁명성을 지속적으로 유지해야 하는 것이 민주주의의 과제임을 주장한다. 김치수·최인훈, 「4·19정신의 정원을 걷다」, 『문학과사회』 89호, 문학과지성사, 2010년 봄호, 323~324쪽.

버리자. 중요한 일은 우리가 전통을 검토하는 것은 그곳에 머무르려는 것이 아니라 거기서 빨리 떠나기 위해서다.[61]

4월은 인간이기를 원하는 한국인의 고향이 되었다. 그것은 신라보다 오래고 고구려보다 강하다. 인간의 고향이기 때문에 오래고 오래며 자유의 대열이기 때문에 강하다. 결국 인생을 살고 싶지 않은 사람들이 있는 것이다. 4월의 아이들은 인생을 살기를 원한 최초의 한국인이었다. (중략) 아직도 우리의 과제는 '인간'이 되는 일이다. 그런 까닭에 석굴암이나 백마강으로 가고 싶어하는 사람들을 나는 두려워한다. 우리가 겨우 빠져나온 인간 소외의 심연 속으로 발목을 끌어당기는 듯한 공포를 느끼기 때문이다.
아니다. 그렇게 하면 우리는 또 한 번 헛다리를 짚을 것이다.[62]

첫 번째 인용문에서 최인훈은 일제 통치로 인해 우리가 정치적 각성을 밑받침해줄 정신적 고향에 대한 기억을 잃어버리고 말았다고 지적한다. 혁명을 도래하게 할 전통은 억압되어 있기에 그것을 현재적으로 되살리기 위해서는 파편화된 이미지를 이어붙이는 몽타주 작업이 요청된다. 여기서 강조되는 것은 전통의 불완전성이다. 민족 공동체가 아니라 민주적 공동체로서의 '우리'를 상상하기 위해 전통은 발견되는 즉시 그로부터 벗어나야 하는 '사이에 있는'(in-between) 대상으로 지목된다. 혁명적 전통은 주체가 정립되자마자 벗어나야 하는, 결코 도달해서는 안 되는 종착지인 셈이다. 4월 혁명이라는 전통을 상연하는 행위는 매순간 수행되어야 하는 실천적 의미를 지니는 것으로, 상황에서 분리된 원본의 모방으로서 재현

61 최인훈, 「세계인」, 『유토피아의 꿈』, 95쪽.

62 위의 글, 100~101쪽.

되어서는 안 된다. 전통의 수행적 의미가 충실히 실천될 때 주체는 익숙한 전통에서 자신도 알지 못했던 미지의 것을 발견하게 된다. 다음 인용문에서 4월 혁명을 '인간'이기를 원하는 한국인의 고향이지 '민족'이기를 원하는 한국인의 고향이 아니라고 설명하는 것은 이 때문이다. 민족의 전통을 확인하는 것은 동일성을 반복적으로 확인하는 재승인의 과정에 불과하지만, '인간', 즉 환원불가능한 신체를 지닌 저항적 주체로서 자신을 정립하는 것은 혁명의 전통을 모방하는 것만으로는 불가능하다.

혁명은 시가 그러하듯 제작적(poietic)인 속성을 지닌다. 혁명을 하나의 '이념'으로서, 즉 일반성 또는 보편성을 전제로 사유하는 태도에서 벗어나지 않으면 반동적 회귀에 지나지 않는, "석굴암이나 백마강으로"의 퇴행을 낳게 된다. 폐쇄적이고 배타적인 공동체 안에서 소외되는 운명을 맞이하지 않기 위해서는 혁명의 나르시시즘을 경계해야 하지 않으면 안 된다. 피란민으로서의 정체성을 지닌 고향 상실자였던 최인훈은 이를 통해 4·19라는 '영원한 고향'을 발견한다. 혁명이 이러한 상상력을 바탕으로 한 것이라면 혁명이 실패한 것일 지라도 그 자체로 의미가 있다.[63] 최인훈은 혁명이 있음으로 해서 언제나 다시 '현재'로 소환될 수 있는 것이며, 그러한 의미에서 혁명은 그 자체로 민중에게 희망을 준다는 믿음을 버리지 않았다. 최인훈이 가족이 머물고 있는 미국을 떠나 다시 한국으로의 '이주'를 결심한 데는 예술과 혁명에 대한 신뢰를 되찾았기 때문이다.

---

63 4·19혁명을 미완으로 보는 사람도 있다는 세간의 평가에 대해 최인훈은 "4·19는 당대까지의 생활자들을 구원했고 이후 사람들의 고귀한 유산을 아무도 빼앗아갈 수 없도록 만들어준, 문명의 주기가 바뀌어지는 것과 같은 의미를 가졌다."라고 답한다. 김치수·최인훈, 앞의 글, 317쪽.

내러티브를 활용한 시 교육의 실제

1. 내러티브를 활용한 시 교육의 가능성

문학 교육이 내러티브를 활용하는 것은 서사를 수용하고 재창조하면서 향유하는 주체를 길러내는 것이 곧 자기 이해와 자아 성장으로 이어질 수 있기 때문이다. 문학작품을 통해 내러티브를 이해하고 해석하고 수용하여 자기 이해를 위한 방편으로 삼는 것은 전인적 인격의 형성에 기여할 수 있다. 이는 교육이 학습들에게 실용 기능 중심의 현실주의적 가치를 넘어 인문적 가치까지 가르칠 수 있어야 한다는 최근의 요구와도 부합한다.[01] 개인은 자기 삶의 이야기를 끊임없이 말하고 해석함으로써 자신이 누구인가를 만들어가는 존재이다. 문학작품을 자기화 하는 과정에서 최종적으로 요청되는 글쓰기 행위는 학습자의 삶과 맞닿아 존재론적 의미를 구명하는 데 도움을 줄 수 있다.

폴킹혼은 내러티브를 인문과학연구와 지평과 연결하면서 내러티브를 인간이 매순간 행하는 경험과 개인적인 행위에 의미를 부여하는 수단이 되는 하나의 도식으로 생산자와 이해자 간의 세계 인식을 소통시킬 수 있는 틀이자 수단으로 가치 평가한 바 있다. 다만 내러티브적 의미는 시간

---

01 박인기, 「미래 핵심역량, 창의인성, 그리고 작문교육; 글쓰기의 미래적 가치-글쓰기의 미래적 효능과 글쓰기 교육의 양태(mode)-」, 『작문연구』 20호, 한국작문학회, 2014.

적으로 유의미한 에피소드들로 인간의 경험을 조직하는 인지적 과정이기 때문에 직접적으로 관찰 가능한 대상은 아니다. 이에 따라 개인적이고 사회적인 역사, 신화, 우화, 소설 등의 창작물을 통해 자신과 다른 사람의 행위를 설명하게 된다.[02] 이때 내러티브를 개별 사건들과 인간의 행동을 전체로 조직하는 의미구조로서 단어나 문장 수준의 집합과 구분되는 발화 단위라는 것을 이해하는 것이 중요하다. 다양한 종류의 의사소통 형태를 아우르는 담론의 관습은 의미 형성과정에서 내러티브 형성에 영향을 미치기 때문이다.

문학 교육에서 내러티브 분석은 소설 장르와 같이 내러티브가 두드러진 작품을 대상으로 주로 이루어져 왔으나 최근 들어 문학 교육 가운데도 시 분석에도 내러티브를 활용하려는 흐름이 나타나고 있다.[03] 최근의 연구에서는 서술시를 대상으로 하여 내러티브적 의미를 분석하는 교육 가능성을 탐색하거나 매체와의 관련성을 중심으로 시에 나타난 서사적 사고를 분석하는 등의 접근이 이뤄졌다. 특히 기존 연구를 통해 학습 독자들이 텍스트를 귀납적으로 평가하기보다는 기존의 평가를 연역적으로 확인하려는 경향이 두드러지며,[04] 이로 인해 기존과는 다른 해석을 제시하는 데 두려움을 느끼는 경우가 대부분이라는 사실이 확인된다. 텍스트를 새롭

---

02 도날드 폴킹혼, 강현석 외 역, 『내러티브, 인문과학을 만나다』, 학지사, 2009, 19쪽.

03 김남희, 「서사적 연행으로서의 시 읽기」, 『국어교육』 105호, 한국국어교육연구회, 2001; 김유선, 「서사적 시 읽기를 통한 창의적 문학 능력 신장 방안: 중학생 학습자를 대상으로」, 이화여자대학교 석사논문, 2008; 최인자, 「'모티프' 중심의 서사적 사고력 교육-서사표현교육의 주제론적 접근」, 『국어교육학연구』 18권, 국어교육학회, 2004; 손예희, 「서사적 사고를 통한 공감적 시 읽기 교육 연구」, 『국어교육』 126호, 국어교육학회, 2008; 이인화, 「서사적 사고를 통한 시각 이미지 해석 원리에 관한 연구」, 『문학교육학』 31권, 문학교육학회, 2010.

04 윤여탁, 『시 교육론-시의 소통구조와 감상』, 태학사, 2010, 118~119쪽.

게 해석하기 위해 파편화된 이미지 간의 논리적 관계를 구축하는 것이 중요한 지점이라고 할 때, 생략된 이미지 간의 관계를 복원하는 데 어떠한 방식으로 서사적 상상력이 개입하는지를 살펴보는 것은 내러티브 분석을 시 교육에 적용하기에 앞서 고찰해두어야 하는 문제이다.

2015년 개정 교육과정은 국어과 교육과정의 핵심역량으로 '자기 성찰·계발 역량은 삶의 가치와 의미를 끊임없이 반성하고 탐색하며 변화하는 사회에서 필요한 재능과 기질을 계발하고 관리하는 능력'[05]을 제시하고 있는데, 내러티브 분석은 이러한 역량을 증대시키는 데 활용가능하다. 내러티브 분석은 무엇보다 구성원들 간 의미의 교섭을 통해 역동적 상호관계의 장을 마련한다.[06] 학습자는 내러티브에 접근할 때 이야기와 자기 삶에 대한 내러티브적 이해를 동시에 끌어들임으로써 자기에 대한 이해를 넓힌다. 즉 기존 시의 내러티브 분석을 통해 주제별, 플롯별 내러티브의 전개 양상을 파악한 학습자는 이를 응용하여 자기 경험을 내러티브화 할 수 있다. 이처럼 독자가 시적 허구를 구성하는 과정은 논리적이고 시간적 관계를 독자의 상상력을 동원하여 스스로 '부여'하는 과정이라는 점에서 독자의 능동적 참여가 요구된다. 독자가 시를 감상하고 분석하는 과정에서 생성한 이미지를 질서화하고 연결하여 이야기를 만들어냄으로써 내러티브적 사고가 활성화된다.[07]

그런데 해석학적 전통에 기대 문학 텍스트를 해석하는 주체가 자기로 회귀하는 과정으로 분석하거나 신비평의 이상적 독자를 상정하거나 텍

---

05 교육부, 『국어과 교육과정 교육부 고시 제2015-74호 [별책 5]』, 교육부, 2015.

06 이흔정, 「내러티브의 교육과정적 의미 탐색」, 『한국교육학연구』 10권 1호, 안암교육학회, 2004.

07 조은혜, 「이미지 내러티브를 통한 시 교육 연구」, 서울대학교 석사논문, 2014, 31~32쪽.

스트에 근거한 꼼꼼한 읽기(close reading)를 전범으로 삼는 논의방식은 일정한 한계를 지닌다. 이는 시 분석에서 학습자들이 내러티브를 구성하는 실제 과정을 배제하고 이상적인 분석 상황을 가정한다. 이와 관련해 본고는 다음과 같은 점에 유의하여 문제를 검토하고자 한다. 첫째, 문학 해석에 사용되는 학습자의 경험 층위가 매우 복잡하다는 점이다. 내러티브 의미 분석을 위해 동원되는 경험은 개인적이면서 동시에 사회적인 경험이다. 내러티브는 집단 간의 의사소통이 만들어내는 이야기를 포함한다. 개인의 내러티브는 개인의 경험에 의존하여 전개되지만 집단의 내러티브는 집단이 가진 문화, 역사, 사회, 시간 등을 포함하는 문화에 의해 전개된다.[08] 따라서 자기 경험의 서사를 개별 주체의 경험 차원으로 한정하기보다 사회·문화적 맥락과 맞닿아 있는 지점들을 충분히 고려해야 한다.

둘째, 문학 해석 과정에서 학생들이 내러티브를 활용하는 과정에도 여러 담론이 교차하면서 일종의 경합이 벌어진다는 사실에 유의해야 한다. 이를 위해 내러티브적 의미를 분석하는 과정이 함의하는 소통지향적 성격이 고려되어야 한다.[09] 텍스트와 소통의 관계는 단일하지 않다. 텍스트와 학습자의 소통 관계는 1) 텍스트가 소통의 내용이 되는 차원(텍스트에 대한 해석) 2) 텍스트가 소통의 형식과 수단이 되는 차원(장르로서 개입) 3) 텍스트가 소통의 맥락이 되는 차원(상호텍스트성)으로 구분된다.[10] 학습자는 텍스트 자체에 대한 이해와 더불어 그 텍스트가 기반하고 있는 장르와 다른

---

08 전호재·강현석, 「슈왑의 실제적 교육 과정 이론의 한계와 내러티브의 대안적 가능성 탐구」, 『학습자중심교과교육연구』 14권 3호, 학습자중심교과교육학회, 2014, 182쪽.

09 한미훈, 「내러티브를 통한 시 교육 방안」, 『한어문교육』 30권, 한국언어문화교육학회, 2014, 100쪽.

10 박인기, 「국어교육 텍스트의 경계와 확장」, 『국어교육연구』 54권, 국어교육학회, 2014, 2쪽.

텍스트들간의 관계를 파악한 상태에서 텍스트에 접근한다. 이러한 점에서 학습자들 간에 분석차가 발생하는 요인을 파악하고 학습자들이 이를 비판적으로 인식할 수 있도록 지도하는 방안을 모색할 필요가 있다.

학습자는 문학작품을 분석하는 과정에서 자기 경험을 재구성할 수 있으며 이는 학습자 개인의 경험에 한정되지 않는 종합적 재해석의 과정이다. 내러티브 구성은 사건에 대한 정보를 단순히 나열하는 것이 아니라 사건을 이해하는 데 적절하다고 생각되는 정보들을 선정하고, 현재의 관심과 동기에 따라 과거의 경험을 해석하여 그것을 통해 의미를 생성하는 인식과정을 모두 포함하는 것이기 때문이다. 인간의 경험을 의미화하는 중요한 사고유형으로서 내러티브는 반성적으로 경험을 성찰할 때 생성되며, 이렇게 생성된 내러티브를 여러 사람들과 공유함으로써 개별적 차원을 넘어 해석의 보편성을 획득할 수 있게 된다.[11] 더구나 하나의 텍스트에 대한 내러티브적 의미가 경합하는 상황을 경험함으로써 학습자는 지식 구성의 주체로 스스로를 정립할 수 있다. 이러한 점을 고려하여 이 연구는 현재의 문학 교육이 지향하는 목표와 부합하는 방향으로 문학 텍스트를 선정하고 교육할 수 있는 방향을 모색하고자 한다.

2. 시 교육에서 내러티브 분석의 의의와 유의점

서사적 사고란 불연속적이고 단절적인 비서사적 대상에 대한 경험을 시간적, 상황적 질서로 정리하고 의미화하는 기제이다. 학습자는 서사적

11 장유정, 「경험의 서사화와 자전적 글쓰기 교육 연구」, 『국어교과교육연구』 22권, 국어교과교육학회, 2013, 2쪽.

사고를 통해 대상을 해석하는 과정에서 주체와 세계에 대한 인식을 새롭게 하고 스스로 문제를 발견하고 해결하는 전략을 세우며 그것의 진행 과정을 주도할 수 있게 된다.[12] 이에 따라 최근 문학 교육에서는 서사적 사고가 바탕이 되는 이야기(story)를 소설만의 영역으로 한정시켜 교육하는 것이 아니라 삶을 바탕으로 하는 문학과 예술의 전 영역으로 확장하려는 시도가 나타나고 있다.[13]

이와 관련하여 내러티브 탐구방식에 대한 브루너의 견해를 참고할 수 있다.[14] 브루너가 주장하는 내러티브 탐구방식은 다음과 같은 특징을 지닌다. 첫째, 브루너는 내러티브 탐구 방식을 통해 인간 경험을 해석한다. 인간이 경험을 구성하는 것과 같이 인간이 내러티브를 만들어내고 이야기를 통해 정보를 획득하는 과정에는 맥락 및 상황적 특성이 작동한다. 둘째, 브루너는 내러티브 탐구 방식이 인간 행위의 문화적 상황성에 기초하여 문화의 도구로 기능한다고 말한다. 내러티브 탐구 방식은 문화적 맥락 속에서 탐구자 및 연구자와 문화, 사회를 포함하는 타인의 상호작용에 대한 이해를 가능하게 한다. 셋째, 브루너는 내러티브학 탐구 방식이 상호작용적이며 대화적인 지식론을 추구한다고 주장한다. 이에 따라 특정 내러티브의 수용 기준은 내러티브가 참인지 거짓인지에 대한 진위여부가 아니라 상황적 맥락에 근거한 개인의 경험과 사고에 대한 진정성이 된다.

브루너는 인간이 세계에 대한 경험을 조직하는 방식으로 두 가지를 분류한다. 물리적 세계의 사물을 다루는 패러다임적 사고와 인간 세계의 문

---

12 이인화, 앞의 글, 66쪽.

13 우한용, 『서사교육론』, 동아시아, 2001, 15~16쪽.

14 강현석·전호재·신혜원, 「인문사회과학을 위한 내러티브학 탐구의 가능성과 시사점」, 『예술인문사회융합멀티미디어논문지』 6권 12호, 인문사회과학기술융합학회, 2016, 375쪽.

제를 다루는 내러티브적 사고(Narrative thought)가 그것이다. 브루너가 주장하는 내러티브는 합리주의적 패러다임 사고를 비판하면서 등장하였다. 기존의 합리주의적 교육과정 개발이 기초하는 패러다임적 사고에 비추어 보았을 때 내러티브는 비논리적 서술체의 성격을 가진다.[15] 브루너에 따르면 "두 가지 방식은 서로 보완적이지만 통약불가능"하며 무엇보다 "진리를 입증하는 방법에서 근본적으로 차이가 난다."[16] 보편적인 진리를 추구하는 패러다임적 사고와 달리, 내러티브적 사고는 주체의 관점에 따라 변화하는 예측 불가능한 세계를 다룬다.

이와 같은 브루너의 이론은 문학 교육에서 구성주의 관점에 입각해 있다. 그는 내러티브가 의미를 구성하는 부분을 강조하고 의미 구성의 과정에서 개인의 사고와 행위를 '세계 만들기'의 과정으로 표현한다. '세계'를 자연 현상에서 발생된 사실들이 아닌 개인의 의미 체계에서 나타난 해석과 해석을 통한 재해석의 지속적인 순환 과정 속에서 '구성'된 것이라고 표현한다.[17] 구성주의는 지식 구성의 주체로서 학습자 역할과 그 주체에 따른 상이한 지식 구성의 과정 및 결과를 인정한다. 학습자는 구성적인 행위자로 그들의 의미와 지식은 구성된 결과물로서,[18] 구성주의에 바탕을 둔 시 교육은 인지적 사고와 정의적 사고를 아우르는 지점을 지향하는 시적 체험을 바탕으로 한 시읽기의 교육적 가치를 지향한다.[19]

---

15 강현석, 「브루너의 내러티브 논의에 기초한 교육문화학의 장르에 관한 학제적 연구」, 『교육철학』 36권, 한국교육철학회, 2008.

16 J. S. 브루너, *Actual Minds, Possible Worlds*, Cambridge, Mass: Harvard University Press, 1986, 11쪽.

17 J. S. 브루너, 'Life as narrative', *Social Research*, Vol 71, No. 3. 1987, 697~710쪽.

18 N. N. Spivey, *The constructivist metaphor: Reading, writing and the making of meaning,* San Diego: Academic Press, 1997, 19쪽.

19 이삼형, 『국어교육학과 사고』, 역락, 2007.

다만 유의할 것은 지식 구성의 과정에 개입하는 담론의 영향이다. 주지하듯 학습자가 해석과 해석을 통한 재해석의 과정에서 내러티브적 의미를 구성하는 과정에서 텍스트 자체에 대한 해석뿐만 아니라 장르나 기존의 텍스트와 같은 요인들이 개입한다. 내러티브적 의미를 분석하는 과정에서 학습자는 개인적 체험뿐만 아니라 학습자가 배경지식으로서의 스키마를 활용한다. 이는 학습자가 세계관으로서의 구조를 통해 세계를 바라보며 특정한 분야의 배경지식을 구성의 과정에 활용한다는 점에서 자연스러운 결과이기도 하다. 문제는 텍스트 내의 정보량이 소설에 비해 충분하지 않은 시 텍스트의 내러티브적 의미를 분석하여 사건들을 내러티브로 만드는 과정에서 특정한 담론이 개입하는 현상이 두드러진다는 점이다.

> 언어에 불가피한 물질성인 문상소적 특성 때문에 의식적인 의도가 충분히 스며들 수 있는 텍스트란 없으며, 텍스트가 독자에게 의미하는 바는 저자가 의미하는 바와 언제나 다른 것으로 될 것이다. 씌어진 것이든 말해진 것이든, 묵독하건 소리내어 구송하건, 모든 텍스트에는 언제나 의도와 읽기 사이에 어떤 '차이'가 있게 마련이다. 데리다는 이 차이를 차연(差延; différance)이라는 말로 일컬으며, 다음과 같이 규정하고 있다. (중략) 언어에 대한 데리다의 설명은 야콥슨의 설명을 뒤바꾼 것이라고 이해할 수 있다. 야콥슨의 경우에는 투명하다고 가정된 언어에 의한 전달행위란 정상적인 것인데 반해, 시는 기표를 기의와 일치시켜서 언어를 '사물'로 제시하는 특별한 용법인 것이다. 데리다의 경우에는 모든 언어가 사물화, 즉 '사물성'이라는 특징을 갖고 있어서, 산문은 언어를 특

수하게 사용한 결과라고 해야 마땅할 것이다.[20]

야콥슨(R. Jakobson)은 의사소통에 필요한 요소를 발신자, 수신자, 관련 상황, 메시지, 약호 체계, 접촉 등으로 제시하고 이에 상응하는 언어의 기능을 설명한 바 있다. 야콥슨의 의사소통 도식은 소쉬르의 '불투명한 기호'를 의사소통의 요인을 통해 전달 가능한 '투명한 기호'로 바꾸어 놓았다. 그 가운데 시적 기능은 메시지 자체에 주목하도록 하는 것으로 일상적인 언어활동과 달리 언어의 외적 형식이 부각된다. 따라서 산문과 달리 시를 분석할 때는 의미로 치환되지 않는 메시지 자체로서 언어의 형식에 주목해야 한다. 이에 착안하여 야콥슨의 의사소통 이론의 함의를 언어의 물질성과 관련짓고 있는 데리다는 "텍스트에는 언제나 의도와 읽기 사이에 어떤 '차이'"가 있다는 점을 지적한다. 이러한 차이가 발생하는 것은 해석하는 주체로서의 독자 역시 텍스트와 마찬가지로 역사적 산물이기 때문이다. 즉 "담론이 단지 역사적 산물이기 때문이 아니라, 현재라는 시점에서 읽기에 의해 담론을 생산하고 있는 독자를 계속해서 '생산'해내고 있는 그런 것이기 때문에, 담론이란 이데올로기적인 것으로 파악해야"[21] 한다.

다시 말해 텍스트의 의미는 시 텍스트를 구성하는 콘텍스트인 텍스트 생산자로서의 작가 및 텍스트가 반영하고 있는 현실과 텍스트를 해석하는 위치에서 텍스트의 내러티브를 분석하는 역할을 맡게 된 독자의 현실로 환원되지 않는다. 시가 저자라는 개인의 의도만으로 파악될 수 없는 것만큼이나 사회·역사적 현실의 맥락으로 환원되는 것도 아니다. 독자반응이론이 작가에 의해 만들어진 텍스트가 독자에 의해 '작품'으로 만들어지

20 앤서니 이스톱, 박인기 역, 『시와 담론』, 지식산업사, 1994, 36~37쪽.

21 위의 책, 48쪽.

는 대화의 과정에 주목한 것은 텍스트의 의미를 여러 맥락과의 긴장 속에서 읽어내는 역동적인 독해야말로 문학 교육이 지향해야 할 읽기의 방향이기 때문이다.[22] 마찬가지로 시의 내러티브적 의미를 학습자의 시적 체험에 기반해 분석하는 교수법 역시 텍스트의 의미를 함께 구성하는 존재로서 독자의 위상을 인정하려는 시도일 뿐이다.

독자의 체험을 중시하며 내러티브적 의미를 분석하는 텍스트 접근법은 문학 교육에서 문학을 통한 인간의 체험 자체를 강조하는 활동 중심 문학관과 긴밀한 연관이 있다. 김대행은 문학관을 '활동 중심 문학관', '속성 중심 문학관', '실체 중심 문학관'으로 구분한 바 있다. 속성 중심 문학관이 문학을 문학답게 하는 고유한 속성에 주목한다면, 실체 중심 문학관은 문학을 가시적으로 확인할 수 있는 대상이 되게 하는 제반요인에 집중한다. 김대행은 문학 교육과정이 체험을 위주로 시작하여 차차 이에 필요한 지식을 입혀나가는 방향으로 이루어져야 한다는 점에서 '활동 중심 문학관 → 속성 중심 문학관 → 실체 중심 문학관'으로 나아가야 한다고 주장한다.[23] 하지만 초등학교 교육과정 이후에도 학습자가 텍스트의 내러티브적 의미를 적극적으로 구성함으로써 시적 체험을 경험할 수 있도록 유도하는 활동 중심 문학관의 의미는 유효하다.

따라서 문학관 사이에 위계를 설정하여 순서대로 이를 적용하는 것보다는 문학 텍스트가 본질적으로 해석의 애매성에 기반한다는 것을 전제로 문학 교육과정을 구성할 필요가 있다. 실제로 시를 해석하는 것이 저자의 의도를 정확하게 이해하고 확정하는 행위가 아니라는 점은 문학 교육과정에도 다음과 같이 강조된다.

---

22 정재찬 외, 『현대시 교육론』, 역락, 2017, 272쪽.

23 김대행 외, 『문학교육원론』, 서울대학교출판부, 2000, 10~24쪽.

작품을 수용하는 것은 작가의 생각을 그대로 받아들이는 것이 아니라 자신의 가치관에 따라 작품의 주제를 해석하고 평가하면서 수용하는 것을 뜻한다. 또한 주제뿐 아니라 작품의 형식에 대해서도 평가하고 비판하면서 수용해야 한다. 작품을 평가하고 비판하면서 수용하는 활동을 통해서 개성있는 안목을 갖게 되고 미적 가치를 찾아내는 능력을 기른다. 자신의 생각에만 갇히지 않고 이를 다른 사람과 교환하도록 함으로써 타자에 대해 개방적이고 포용적인 자세를 갖추도록 한다.[24]

시를 해석하는 과정에서 나타나는 학습자들 간의 견해 차이는 텍스트 자체의 모호성으로 불가피하게 나타나는 현상이다. 모호성이 두드러지고 난해한 시 텍스트일수록 차이는 더욱 두드러지게 드러난다. 독자와 시의 상호작용을 적극적으로 인정하는 능동적 텍스트 수용의 과정에서 학습자는 자신의 해석이 절대적으로 타당한 것이 아니라 의사소통의 과정을 통해 타자의 해석을 수용할 수 있는 포용적인 태도를 기를 수 있다. 이는 브루너가 정의한 내러티브적 사고가 패러다임적 사고와 지니는 두드러진 차이점이기도 하다. 패러다임적 사고가 단일하고 보편적인 진리를 추구하는 것과 달리 내러티브적 사고는 주체의 관점에 따라 진리가 단일하지 않을 수 있음에 주목한다. 다만 주의할 점은 해석의 다양성을 존중하는 것이 텍스트에 대한 모든 해석이 타당하다는 극단적 상대주의에 빠질 수도 있다는 점이다.[25]

이와 더불어 고려할 것은 모호한 시 텍스트의 내러티브적 의미를 분석

---

24 교육과학기술부, 『교육과학기술부 고시 제2012-14호 [별책 5] 국어과 교육과정』, 교육과학기술부, 2012, 13~137쪽.

25 정재찬 외, 앞의 책, 300쪽.

하는 과정에서 학습자는 각자의 시적 체험에 근거한 해석을 내세우게 되는데, 이때 학습자의 개별적 체험뿐만 아니라 기존에 학습자가 익혀온 담론 혹은 이데올로기가 영향을 미친다는 점이다. 시를 해석하기 위해 동원되어온 일종의 도식이 배경지식으로 작용한다. 그런데 이와 같이 전범 분석 위에 바탕을 둔 배경지식이 시 분석에 영향을 미친다면, 절차적 지식이 명제적 지식으로 환원되는 결과에 머물고 만다.[26] 시의 내러티브적 의미를 분석하는 과정에서 기본 뼈대가 되는 플롯(plot) 구성에 특정한 담론이 개입하거나, 현실 반영성이 두드러지는 텍스트일수록 저항과 협력이라는 이분법적 구도에서 시의 내러티브 구조를 단순화하는 독법이 반복되어 나타날 수 있다. 다음 절에서는 이와 관련된 사례를 중심으로 문학 교육에서 시 텍스트를 선정하고 내러티브적 의미를 분석하는 교수법을 계발할 때 유의해야 할 점을 살펴보겠다.

3. 내러티브를 활용한 시 교육의 실제

이 절에서 제시될 자료는 2018년 9월부터 2018년 12월까지 현대시 수업에 참여한 교육현장의 예비교사인 사범대학 국어교육과 2학년생들이 작성한 보고서이다. 이 자료는 청주 소재 4년제 종합대학교에서 개설한 전공 현대시 강좌에서 수집하였다. 주제별로 접근할 수 있도록 매주 시 텍스트를 '삶과 죽음', '사랑과 이별', '자연' 등의 주제로 분류하여 제시하였으며, 내러티브적 의미를 구성하기가 용이하도록 대주제를 중심으로 시 텍스트를 범박하게 묶은 후 해당 주제에 걸맞게 시 텍스트의 내러티브

26 박수연 외, 『새로 쓰는 현대시 교육론』, 창비교육, 2015, 20쪽.

적 의미를 분석할 것을 요구하였다. 해당 수업에서 학습자들은 발표를 1회 수행하였고(설득 혹은 설명 목적) 청중으로서 다른 발표자의 시 분석에 대한 동료 평가를 실시하였다. 이후 교수자로부터 분석에 대한 평가 및 피드백을 받았으며 이를 바탕으로 최종 보고서를 작성하였다. 수업에서 발표 대상으로 채택한 시 텍스트는 학습자들이 내러티브의 의미를 능동적으로 분석할 수 있도록 익숙한 텍스트를 배제하고 학습자들이 낯설게 느낄 법한 텍스트를 선정하였다.[27]

학습자들이 제출한 분석을 검토한 결과 두 가지 양상이 주목된다. 첫째, 해방 이전과 해방 이후 작품을 기준으로 텍스트의 내러티브적 의미를 구성하는 기본적인 틀이 변화한다. 해방 이전 작품들이 저항과 협력이라는 기준을 중심으로 민족주의 담론의 영향을 받은 내러티브 분석이 두드러진다면, 해방 이후 작품들에는 이를 대신하여 순수와 참여의 구도가 나타난다. 이와 같은 이분법적 구도는 내러티브를 구성하는 기본적인 플롯에 영향을 미침으로써 경직된 시 해석으로 귀결시키는 주요한 원인으로 작용한다. 둘째, 반영론적 관점을 일괄적으로 적용하기가 애매한 모더니즘 시의 경우 해석의 다양성이 증가하는 경향이 나타난다. 황지우와 기형도의 시가 대표적인 예이다. 이들 시편은 광주민주화운동이라는 역사적 배경을 알레고리적으로 표현한 작품임에도 불구하고 시적 표현의 애매성으로 인해 순수와 참여의 이분법에 함몰되지 않는 다양한 해석을 가능케 하였다. 이를 통해 사회·역사적 담론이 내러티브적 의미 분석에 직접 개입하는지의 여부에 따라 학습자의 내러티브 분석의 태도가 어떻게 변화하는 지를 살펴볼 수 있다.

---

27 예를 들어 김소월의 시 텍스트를 다룰 때에도 학습자들이 교과서나 그 외의 2차 자료를 통해 접해보았을 만한 「먼훗날」, 「초혼」, 「산유화」가 아닌 「무덤」을 포함하였다.

3.1 민족주의 담론의 개입

국어과 문학 교육의 목표는 학습자에 문학에 대한 지식을 주입하는 데서 지식을 바탕으로 시를 향유하는 방향으로 발전해왔다. 이를 위해 작품에 대한 사실적 해석과 이해를 넘어 학습자의 가치관을 바탕으로 작품을 감상하고 평가하는 생산적 사유로서 비평의 성격이 강조되었다.[28] 시 텍스트의 내러티브적 의미 및 구조에 대한 비평문을 작성하고 이에 대해 다른 학습자들과 의견을 나눔으로써 대상에 대한 구조화된 지식을 확보할 수 있다. 하지만 학습자들에게 내러티브 분석의 의사소통적 성격을 충분히 강조하였음에도 실제 시 분석에서 텍스트를 획일적인 관점으로 해석하는 태도가 나타난다. 주지하듯, 이는 예측 불가능한 세계를 다루는 내러티브적 사고보다 보편적 진리를 추구하는 패러다임적 사고에 가깝다.

특히 해방 이전에 발표된 작품들을 분석하는 데 저항과 협력이라는 기준을 중심으로 시의 내러티브적 의미를 분석하는 태도가 두드러진다. 김소월의 경우 이육사나 윤동주처럼 일제에 저항적인 시를 창작한 시인이라는 점을 부각하지 않았음에도 불구하고 다음과 같이 분석하는 태도가 나타났다.

(1) 김소월의 <무덤>은 일제에 대한 저항시로 해석할 수 있다. '그 누가 나를 헤내는 부르는 소리'는 민족혼을 일깨우는 소리로 일제의 치하에서 공동체 의식을 자각하게 만드는 소리이다. 그리고 2~3연인 '돌무더기도 움직이며, 달빛에,/소리만 남은 노래 서리에 엉겨라,/옛 조상들의 기록을 묻어둔 그곳!'은

28 김미혜, 「생산적 사유로서의 문학 비평과 문학 교육—임화의 비평 텍스트를 중심으로」, 『국어교육연구』 15권, 서울대학교 국어교육연구소, 2005.

멸망한 조국의 처연한 모습을 표현했다고 볼 수 있다. '그 누가 나를 헤내는 부르는 소리', '형적 없는 노래', '내 넋을 잡아 끌어 헤내는 부르는 소리'는 일제강점기라는 시대상황 속에서 일제에 대해 저항하고 투쟁하라는 소리로 해석할 수 있고, 주제를 숙명적 비극에 맞서 그것을 초월하려는 의지라고 할 수 있다.

(2) 「초혼」이 시에서 화자가 죽은 사람의 영혼을 부르는 행위를 계속해서 반복한다면 「무덤」에서는 화자가 자신을 부르는 소리를 계속해서 듣는다. 이를 거의 모든 행에서 확인 할 수 있는데 김소월이 일제강점기 때 활동했던 저항시인이라는 점을 고려한 일반적인 해석은 '그 누가 나를 헤내는 부르는 소리'를 민족혼을 일깨우는 소리. 즉 일제 치하에서 공동체 의식을 자각하자는 소리로 보고 있다. 또한 '돌무더기도 움직이며, 달빛에, /소리만 남은 노래 서리워 엉겨라,/옛 조상들의 기록을 묻어둔 그곳!' 등 시에서 등장하는 다양한 표현들이 이미 멸망해 버린 우리 조국의 처연한 모습을 나타내고 있다고 해석하고 있는데 이러한 해석을 바탕으로 보면 「무덤」은 일제강점기 시대에 민족의식을 계몽시키기 위한 시로 볼 수 있다.

(1)과 (2)는 공통적으로 김소월의 「무덤」[29]을 저항시로 해석하였다. 무덤에서 화자가 부르는 소리를 민족혼을 일깨우는 소리로 해석하여 일제

---

29 전문은 다음과 같다. "그 누가 나를 헤내는 부르는 소리/불그스름한 언덕, 여기 저기/돌무더기도 움직이며, 달빛에,/소리만 남은 노래 서리어 엉겨라,/옛 조상들의 기록을 묻어둔 그곳!/나는 두루 찾노라 그곳에서,/형적없는 노래 흘러퍼져,/그림자 가득한 언덕으로 여기 저기,/그 누구가 나를 헤내는 부르는 소리/부르는 소리, 부르는 소리,/내 넋을 잡아 끌어 헤내는 부르는 소리"

치하에서 공동체 의식을 자각하자는 주제 의식과 연결한 것이다. 이를 뒷받침하기 위한 근거로 김소월을 "일제강점기 때 활동했던 저항시인"으로 특징짓고 있는데, 김소월이 전통, 민요, 정한(情恨)과 같이 민족주의 이념과 미학을 대표하는 시인으로 간주되고 있다고는 해도 '저항시인'의 위상까지 부여할 수 있을지는 의문이다. 오히려 이 시를 저항시로 해석하고자 하는 독자의 의도가 이 시의 내러티브적 의미에 대한 해석을 방해하고 있다. 즉 "소리만 남은 노래" "형적 없는 노래"와 같은 구절이 무엇을 의미하는지에 대한 해석은 제시되지 않고 동어반복적으로 이 시를 저항시로 규정짓는 언술만이 반복되는 것이다. 이와 달리 전문 독자의 경우 「무덤」에서 반복적으로 제시되는 '소리'의 정체를 시적 분위기와 연결 짓는다.

> 이 몽환적이고 초현실주의적인 마력적 풍경의 공기 속을 가득 채우는 것은 바로 유령처럼 떠도는 노랫소리이다. 이 시는 비실재적인 그림자들 속을 헤매는 시인을 그렸다. 환청으로 들려오는 미지의 노랫가락에 그는 마치 마법에 홀린 듯이 이끌려간다. 이 마법적인 노래를 과연 무엇이며, 어떤 존재로부터 흘러나오는 것일까? 한 존재의 가장 깊은 마음자리에 있는 '넋'을 잡아 이끌어내는 이 노래는 누가 불러대는 것인가? 그는 이것을 무덤에 묻혀 있는 '옛 조상들'이라고 했다. 그 조상들은 어떤 소중한 기록을 남겼으며, 그 기록은 반드시 후손에게 전해져서 새시대의 언어로 해독되어야 할 소중한 '말씀' 아닐 것인가? 그렇게 죽음의 영역에서 삶의 영역으로 넘겨줘야 할 너무나 중대한 것들이 있기에, 그것에 있는 영적인 힘들은 마력을 행사하면서 움직이는 것이다.[30]

---

30 신범순, 『노래의 상상계』, 서울대학교출판문화원, 2011, 432쪽.

전문 독자가 주목한 것은 이 시에 나타나는 신비한 분위기이다. 이 시에서 '소리'가 '무덤'이라는 죽은 자의 시공간에서 울려 퍼지고 있다는 점에 주목하여 "유령처럼 떠도는 노랫소리"라는 구체적 심상을 이끌어낸다. 시적 화자는 이러한 "미지의 노랫가락"에 이끌려 부지불식간에 무덤가를 헤매고 있다. '옛 조상들'을 일제에 저항하는 민족주의적 의미망 속에 한정하지 않음으로써 시가 불러일으키는 이미지를 장면화 하는 데 이른다.[31] 이러한 분석 태도는 김소월을 저항시인으로 선험적으로 단정 짓고 시의 내러티브적 의미를 심층적으로 분석하는 데 실패한 (가)와 (나)의 태도와 대조된다. 이를 통해 김소월을 비롯해 국어 및 문학 교과서에서 반복적으로 작품이 실리고 있는 시인들의 경우 학습자가 시 텍스트에 대해 미리 알고 있는 배경지식이 오히려 해석을 방해하는 요인으로 작용할 수 있음을 알 수 있다.

최현식이 정리한 건국기~2009년 개정 교육과정 시인 빈도수에 따르면 김소월의 비중은 과거부터 현재까지 압도적이다.[32] 김소월 외에도 해방기~제7차 교육과정 동안 '주류 정전'이 확립되어 가는 과정을 살펴보건대, '반공' 문학의 일상화, '문협정통파' 중심의 '순수'와 '민족' 이념의 전

---

31 김소월의 시를 운율(민요조)이나 정한(情恨)의 정서와 같은 전통 서정시의 측면에서 다루어왔던 기존의 접근에서 벗어나면 김소월 시에 주된 내러티브적 의미를 '죽음'이라는 주제와 관련지어서 다루는 것이 가능하다. 「초혼」, 「산유화」 등 김소월의 대표작들은 모두 산 자와 죽은 자, 삶과 죽음 등의 문제를 다루고 있으며, 이러한 문제들은 학습자에게 삶에 대한 성찰의 기회를 제공할 수 있다는 점에서 유용하다. 김영미는 김소월의 시가 "궁극적으로 삶과 죽음이란 존재론적 본질적 문제에 천착"한다는 점을 지적하며, 죽음이라는 보편적인 문제에 대해 다룬다는 점에서 소월시가 독자에 대한 흡입력을 지닌다고 지적한다. 김영미, 「죽은 자에게 말 걸기-소월시의 죽음의식」, 『한국문학이론과비평』 41권, 한국문학이론과비평학회, 2008, 180~182쪽.

32 최현식, 「'현대시문학사교육'의 오늘과 내일을 묻다-교육과정·정전·교원선발시험을 중심으로-」, 『문학교육학』 59호, 한국문학교육학회, 2018, 49~50쪽.

면화, 그 반대급부로 반일(反日)과 저항시인의 영웅화라는 현상으로 이어진다.[33] 이러한 경향은 작가-교수자 중심의 '작품(work)'에서 독자-학습자 중심의 '텍스트'로, 지식-내용 중심의 '문학'에서 맥락-해석 중심의 '문화'로 방향추가 이동하고 있는 문학 교육의 지향점과 배치되는 것으로, 학습자를 중심으로 한 맥락-해석 중심의 교육이 이뤄지기 위해 '주류 정전'이 지향해온 가치를 적극적으로 해체하는 작업이 요청된다.

더구나 해방 이전 텍스트를 해석하는 도식으로 저항과 협력의 이분법의 영향력은 서정주의 작품에 대한 해석에도 나타난다. 서정주는 문협정통파에 속하는 시인으로 '친일' 혐의에서 자유롭지 않음에도 불구하고 유치환, 노천명과 함께 '반공'과 '친체제'에 결속되어 적지 않은 빈도수로 국어 및 문학 교과서에 출현해 왔다. 하지만 서정주의 친일 경력이 불거지면서 제7차 교육과정에서 서정주의 주요 작품은 국정 교과서에서 제외되었다. 그런데 학습자들의 경우 서정주의 협력행위가 본격화되기 이전에 창작된 작품까지 친일협력과 관련짓고 있다.

(3) 서정주의 '대낮'은 자신의 친일 행위를 암시하는 것에 중점을 두고 해석을 하였다. 1연에서 죽음과 관련된 '붉은 꽃'은 양귀비를 의미한다고 보았다. 양귀비는 마약의 일종이며, 몽롱함을 느끼고 중독현상이 나타난다. 이는 친일을 의미하는 것이며, 국민으로서 해서는 안 되는 짓이지만, 화자가 쾌락(보상)을 얻을 수 있는 상황과 마주하게 된 상황을 보여주고 있다. 2연에서는 이미 무언가에 취한 것 같은 '님'이 자신을 쫓아오라며 화자를 호명하고 있다. 이는 일본이 화자를 유혹하는 행위로 볼 수 있다. 하지만 '나자빠진 능구랭이'라는 시어를 통해

33 위의 글, 50쪽.

아직은 화자가 일본을 부정적인 존재로 인식하고 있다는 것을 알 수 있다. 3연에서는 화자는 자신도 모르게 양귀비에 취해버려 '코피'를 흘리고, 그 코피를 '두 손에 받으며' 님을 쫓는다. 이는 화자 자신도 모르게 일본에게 유혹되어 친일 행위를 하고 있다는 것을 의미하며, 2연과 다르게 일본에 대한 화자의 공손한 태도가 보인다. 4연에서는 이 시의 제목인 '대낮'과 관련되어 시상이 전개된다. 대낮의 특성상 화자의 행동이 타인에게 관찰될 가능성이 있다. '우리 둘이는 웬몸이 달어' 여기서의 둘은 화자와 일본을 칭하는 것이며, 화자는 자신의 친일 행위가 다른 이에게 관찰된다는 것에 부끄러움을 느껴 달아오른다고 볼 수 있으며, 일본은 화자로 하여금 친일 행위를 하게끔 유도한 것이 기뻐 상기된 것으로 보인다.

서정주의 「대낮」[34]이 실린 『화사집』은 "에로스의 상상력이나 성애 장면과 샤머니즘의 전면적 형상화라는 문학사적 사건"을 일으킨 것으로,[35] '생의 긍정을 통해 삶의 지속을 의도하는 적극적인 생명 의식'[36]라는 서정주 시의 정수를 확인할 수 있는 시집으로 평가받는다. 「화사」, 「대낮」에 나타나는 성애적 장면은 "타나토스의 불안감과 위기감을 통해 에로스의 감각을 훨씬 더 본원적이고 강렬한 것으로 증폭시키는 서정주 특유의 에

---

34 전문은 다음과 같다. "따서 먹으면 자는 듯이 죽는다는/붉은 꽃밭새이 길이 있어/핫슈 먹은듯 취해 나자빠진/능구렝이같은 등어릿길로,/님은 다라나며 나를 부르고....../强한 향기로 흐르는 코피/두손에 받으며 나는 쫓으니/밤처럼 고요한 끌른 대낮에/우리 둘이는 웬몸이 달어......"

35 이찬, 「서정주 『화사집』에 나타난 생명의 이미지 계열들」, 『한국근대문학연구』 17권 2호, 한국근대문학회, 2016, 266쪽.

36 최현식, 『서정주 시의 근대와 반근대』, 소명출판, 2003, 21쪽.

로티시즘"[37]을 보여주는 것으로 분석된다. 이에 따라 발표 당시 토론자들은 이 시에 나타난 불안, 초조, 죄의식, 죽음의 공포에 더욱 주목할 필요성을 제기하였다. 교수자 역시 이 시가 서정주의 친일협력행위 이전에 발표된 것임을 지적하였으나 발표자들은 이미 이 시에서 서정주의 '친일의지'가 발견된다는 주장을 굽히지 않았다. 이에 따라 이 시에 나타난 에로스적 상상력을 친일협력에 대한 유혹을 이기지 못하는 시적 주체의 고백으로 분석하였다.

김소월을 '저항시인'으로 미리 규정함으로써 「무덤」에 나타나는 특유의 몽환적인 분위기를 감지하지 못하고 이 시를 저항시의 내러티브로 풀어냈던 것과 마찬가지로, 서정주를 '친일시인'으로 규정짓는 태도는 이 시의 내러티브적 의미를 구성하는 데 결정적인 영향을 미치고 있다. 발표자들은 「대낮」뿐만 아니라 「화사」에 나타나는 뱀(능구렁이, 화사)의 이미지를 모두 일제의 유혹으로 해석함으로써 서정주의 시를 친일협력이라는 의미로 환원시켰다. 이를 통해 내러티브 의미 분석을 활용한 학습자 중심의 문학 교육에서 제재 선정의 문제가 가장 우선적으로 고려되어야 할 요건임은 분명해 보인다.[38] 학습자의 배경지식이 시의 내러티브를 분석하는 데 긍정적인 영향을 미치는 경우도 있을 수 있으나 위와 같이 오히려 해석의 다양성을 저해하는 사례가 발생할 수도 있다.

3.2 시적 의미의 애매성으로 인한 내러티브의 경합

해방 이전의 시 텍스트에 대해 학습자가 내러티브적 의미를 분석하는 데 저항과 협력이라는 이분법이 작동하고 있다면, 해방 이후의 작품에

---

37 이찬, 앞의 글, 289쪽.

38 윤여탁, 「시의 이데올로기와 교육」, 『시 교육론』, 태학사, 1996, 279쪽.

서 두드러지게 나타나는 것은 순수 참여의 이분법이다. 대표적으로 김수영과 신동엽의 텍스트의 내러티브적 의미를 분석하는 데 '현실 참여'라는 주제(theme)는 주요 플롯을 구성하는 데 영향을 미쳐 텍스트를 일률적 해석하게 만든다는 사실이 확인된다. 학생들은 능동적으로 텍스트의 의미를 구성하는 데 참여하기보다 손쉬운 분석의 도구로 인식론적 이분법에 기대려는 경향을 드러낸다. 이는 중·고등학교 문학 수업에서 학생들이 받아온 문학 교육 방식을 짐작케 하는 부분이자, 장차 학생들을 가르치게 될 예비교사들 역시 기존의 교육방식에 구속되어 있다는 것을 말해준다.[39]

그런데 저항과 협력, 순수와 참여라는 이분법으로 포섭되지 않는 시인의 경우 학습자들이 내러티브적 의미를 능동적으로 구성하여 단일한 의미로 환원되지 않는 분석을 시도하고 있음이 확인된다. 황지우의 「심인」[40]과 기형도의 「입속의 검은 잎」[41]이 대표적이다. 황지우의 경우 적지 않은 빈

---

39 김종태는 "일종의 강박증"으로 표현될 정도로 한국 시 교육에서 두드러지는 역사주의비평의 문제점을 지적하며 특히 일제강점기에 창작된 작품들이 역사주의적 해석에서 자유롭지 못하다고 분석한다. 김종태, 「시교육과 역사주의비평의 문제-제7차 교육과정 18종 『문학』교과서 수록 작품을 중심으로-」, 『한국문예비평연구』 26호, 한국현대문예비평학회, 2008, 292쪽.

40 시 전문은 다음과 같다. "김종수 80년 5월 이후 가출/소식 두절 11월 3일 입대 영장 나왔음/귀가 요 아는 분 연락 바람/누나 829-1551//이광필 광필아 모든것을 묻지 않겠다/돌아와서 이야기 하자/어머니가 위독하시다//조순혜 21세 아버지가/기다리니 집으로 속히 돌아오라/내가 잘못했다//나는 쭈그리고 앉아/똥을 눈다"

41 시 전문은 다음과 같다. "택시운전사는 어두운 창밖으로 고개를 내밀어/이따금 고함을 친다, 그때마다 새들이 날아간다/이곳은 처음 지나는 벌판과 황혼,/나는 한번도 만난 적 없는 그를 생각한다//그 일이 터졌을 때 나는 먼 지방에 있었다/먼지의 방에서 책을 읽고 있었다/문을 열면 벌판에는 안개가 자욱했다/그 해 여름 땅바닥은 책과 검은 잎들을 질질 끌고 다녔다/접힌 옷가지를 펼칠 때마다 흰 연기가 튀어나왔다/침묵은 하인에게 어울린다고 그는 썼다/나는 그의 얼굴을 한 번 본 적이 있다/신문에서였는데 고개를 조금 숙이고 있었다/그리고 그 일이 터졌다, 얼마 후 그가 죽

도수(25회)로 교과서에 작품이 게재되기는 하나, 교과서에서 김혜순, 장정일을 제외하면 모더니즘 시인들의 작품보다는 전통적인 서정시가 압도적인 비중을 차지하고 있다. 이는 전통 서정시들이 운율, 심상, 비유와 상징 등 내재적 비평의 방법론을 적용하기에 보다 적절하기 때문이다. 아울러 표현론, 반영론, 효용론 등 외재적 비평의 방법론을 적용하기에 알맞은 시 텍스트가 선별되다보니 전통 서정시의 범주에 포함되지 않는 모더니즘 시 텍스트들은 제한적으로 다루어질 수밖에 없었다. 이는 기형도의 작품 가운데서도 타자와 가족에 대한 관심과 사랑에 초점을 맞춘 기형도의 「엄마 걱정」이 중학교 『국어』교과서에 실려 있다는 사실에서도 확인된다.

기형도 시 세계에서 유년(幼年)을 소재로 한 작품들이 적지 않은 것은 사실이지만, 그가 등단작 「안개」에서 대표적으로 드러나듯 그의 시는 독백적인 산문투의 문장으로 서술되며 은유보다는 환유적 상상력이 두드러진다. 다만 기형도의 시 가운데 분량도 가장 짧고 "~네"라는 종결어미를 통해 시의 음악적 요소를 살리고 있으며 환유적 상상력이 거의 드러나지 않는 「엄마 걱정」이 교과서에 실린 것은 이 작품이 그만큼 '시적인 것'의 전형에 부합하기 때문이다. 전통 서정시가 "시 본래의 서정과 감각을 더

었다//그의 장례식은 거센 비바람으로 온통 번들거렸다/죽은 그를 실은 차는 참을 수 없이 느릿느릿 나아갔다/사람들은 장례식 행렬에 악착같이 매달렸고/백색의 차량 가득 검은 잎들은 나부꼈다/나의 혀는 천천히 굳어갔다, 그의 어린 아들은/잎들의 포위를 견디다 못해 울음을 터뜨렸다/그 해 여름 많은 사람들이 무더기로 없어졌고/놀란 자의 침묵 앞에 불쑥불쑥 나타났다/망자의 혀가 거리에 흘러넘쳤다/택시 운전사는 이따금 뒤를 돌아다본다/나는 저 운전사를 믿지 못한다, 공포에 질려/나는 더듬거린다, 그는 죽은 사람이다/그 때문에 얼마나 많은 장례식들이 숨죽여야 했던가/그렇다면 그는 누구인가, 내가 가는 곳은 어디인가/나는 더 이상 대답하지 않으면 안 된다, 어디서/그 일이 터질지 아무도 모른다, 어디든지/가까운 지방으로 나는 가야 하는 것이다/이곳은 처음 지나는 벌판과 황혼/내 입 속에 악착같이 매달린 검은 잎이 나는 두렵다"

욱 파고드는 일"에 적합하다면, 황지우나 기형도, 이성복 등의 모더니즘 시는 "시에 주어진 외연을 파괴함으로써 시의 내포를 더욱 넓혀 가는 일"에 기여한다.[42] 이에 따라 현대시사에서 모더니즘 시가 차지하는 위상에 비해 교과서에서 모더니즘 시는 '시적인 것'의 전형에 부합하지 않는다거나 난해하다는 이유로 배제되어 왔다.[43]

교과서 정전이 학습자의 삶이나 정서, 혹은 오늘날의 시대감각과 동떨어져 있다는 비판이 꾸준히 현상 교사들에 의해 제기되고 있음을 고려할 때,[44] 교과서에 전통 서정시 계열 작품을 주로 실어온 관행은 비판적으로 검토할 필요가 있다. 내러티브적 의미를 분석하는 데도 모더니즘 시는 해석의 여지를 확보하여 학습자가 상상력을 바탕으로 시적 이미지를 다양하게 분석할 수 있도록 한다. 우선 황지우 「심인」의 경우 내러티브 의미 분석의 경합이 벌어진 구절은 마지막 연이었다. "나는 쭈그리고 앉아/똥을 눈다"는 마지막 연의 해석과 관련된 이견이 제시되면서 시에 대한 심층적인 접근이 이뤄졌다. 마지막 연을 통해 1~3연의 내용이 신문에서 사람을 찾는 지면 광고였다는 사실이 확인된다는 데는 이론의 여지가 없다. 다만 시적 주체가 이를 '똥을 누면서' 보고 있다는 사실을 어떻게 해석할

---

42 박수연 외, 앞의 책, 228쪽.

43 국어교과서에서 모더니즘 시는 김기림과 김광균 등 이미지즘 계열의 온건한 모더니즘 계열의 시들을 주로 다루어 왔으며, 다다이즘과 초현실주의 작품을 대표하는 것으로는 이상의 「거울」이 제4차 교육과정(1981~1986)에 유일하게 실렸을 뿐이다. 이상 텍스트의 미학성에 매료된 국문학 연구자들이 뜨거운 관심을 드러낸 것과 달리 문학 교육에서 이상 텍스트는 '교육적 가치'가 떨어지는 것으로 소홀하게 취급되어 왔다(최현식, 「이상 문학의 정전화 과정에 대하여-고등학교 『국어』·『문학』교과서의 경우」, 『사이』 20권, 국제한국문학문화학회, 2006, 212~213쪽). 정지용의 작품 가운데 다수를 차지하는 모더니즘 계열의 작품이 아니라 「향수」와 같이 정지용의 시 세계에서 다소 예외적인 전통 서정시 계열의 작품이 교과서에 수록된 것 역시 마찬가지 이유에서 이해된다.

44 문학교육연구회 편, 『삶을 위한 문학 교육』, 연구사, 1987.

지가 문제시된다.

이에 대해서는 학생들의 발표에서는 크게 두 해석이 대립하였다. 1~3연까지의 내용이 민주화 항쟁을 벌이다가 실종된 사람들과 대비되게 그저 생리적 현상에 몰두하며 방관하고 있는 민중을 지시하고 있다는 입장과 "'똥'(-별 거 아닌)만 누고 있는 무기력함, 좌절감을 우스꽝스러운 모습으로 표현"한 것이라는 분석이 그러하다. 첫 번째 해석이 방관하는 민중에 대한 비판을 읽어낸 데 비해, 두 번째 해석의 경우에는 당시 민중의 시각에서 시를 분석함으로써 견해차를 드러낸다. 특히 후자의 경우 "'심인'의 뜻은 신문에서 사람을 찾는 광고이지만, '심인'의 발음은 '시민'과 비슷하다. 그렇기에 내용적인 면을 통해 '당시 저항하다가 희생당한 시민에 대한, 시민을 찾는다는 광고'를 의미하는 것"이라고 해석될 수도 있다고 분석하였다. 모더니즘 시의 경우 실험적인 기법을 통해 시의 난해성이 증가함과 더불어 시를 해석할 수 있는 여지도 넓어진다.

황지우의 「심인」과 마찬가지로 광주민주화운동을 시대적 배경으로 하는 기형도의 「입속의 검은 잎」의 경우에도 반영론적 관점에서 분석이 이뤄지는 한편으로, 구체적인 시 분석에서는 발표자들 간의 해석차가 나타났다.

> (4) 이 시의 첫 연에서는 부당한 현실에 대해 목소리를 내는 존재인 '택시 운전사'가 등장하고, 소시민적 존재인 '새들'은 그와 같이 목소리를 내는 존재들에 겁이 질려 달아난다. 화자는 처음 지나는 그 벌판과 황혼에서 부당한 사회에 맞서는 인물인 '그'를 생각한다.
>
> (5) '나'는 '택시 운전사'를 '그는 죽은 사람', '많은 장례식을 숨죽

이게 한 사람'이라고 칭하는 모습을 보며 아까 자신이 '신문에서 본 그'와 같은 인물로 보는 것을 알 수 있다. 이는 시대적 상황에 침묵하는 자신과는 대비되는 사람으로 1연에서 '(벌판에서 농사를 방해하는) 새들'을 쫓아낸 것처럼 저항하는 목소리를 낸 사람이다. '나'는 '그'를 보며 자신이 해야 할 행동에 대한 방황을 보여주고, '가까운 지방'을 언급하며 즉 '그 일'에서 더 이상 무기력하게 있지 않으려고 하는 의지와 죄의식을 보여준다. 그렇지만 자신의 침묵하는 혀가 악착같이 매달려 있음을 말하며, 정작 자신의 상황 속에서 내적 갈등과 두려움이 있음을 드러낸다.

(6) 화자는 낯선 벌판과 황혼을 지나고 있다. 그를 이끄는 택시운전사는 위압적인 고함으로 새를 쫓아내고 있다. 여기에 새의 상징인 자유를 결부시켜 본다면 택시운전사는 자유를 쫓아내는 인물로, 당대 정치권력으로 해석될 수 있다. (중략) "택시운전사는 이따금 뒤를 돌아본다/나는 저 운전사를 믿지 못한다, 공포에 질려 나는 더듬거린다, 그는 죽은 사람이다." 이 시에서 저는 이 구절이 굉장히 중요하다고 생각한다. 어느 해석에서는 이 구절을 '그'를 앞서 침묵하지 않던 이로 보고, 그랬던 '그'는 죽었기에 살기 위해 '나'는 침묵할 수밖에 없다는 자기 항변으로 보고 있다. 나는 '그'를 자신을 이끌며 이따금 뒤를 돌아보는 택시운전사로 보아 화자가 자유를 탄압하는 부조리한 세력이 진정 죽은 자라며 공포에 질린, 아직은 굳은 혀로나마 조금씩 더듬거리고 있다고 해석하였다. 화자는 택시운전사를 더 이상 믿지 못하므로 이후 침묵하던 화자의 태도가 변화할 것을 예상할 수 있다.

발표자들 간의 견해차가 두드러지는 부분은 1연과 3연에 각각 등장하는 택시운전사를 어떻게 해석할 것인지의 문제다. 이 시에서 택시 운전사는 특별한 행위를 하지 않음에도 불구하고, 시 전반에 걸쳐 모호하게 드러나는 '그', '그 일'에 대한 시적 주체의 태도와 연결되어 있다는 점에서 주변적인 인물로 간과될 수 없다. 이에 대해 (4), (5)는 1연의 내용을 근거로 택시운전사가 부당한 일에 목소리를 내는 인물로 해석하며 행동하지 못한 데 대한 죄책감을 품고 있는 시적 주체와 대비시킨다. 이와 달리 (6)은 택시운전사의 위압적인 태도를 자유를 탄압하는 세력과 연결 지으면서 택시운전사에 대한 적대감을 근거로 시적 주체의 태도가 변화할 것이라고 분석한다. 이와 같이 상반된 해석과 달리 전문독자의 해석에서 택시운전사는 '그'를 상기시키는 인물로 등장한다.

> "그"라는 불특정한 이름은 익명성을 강화한다기보다는 민주주의를 위해 목숨을 바친 수많은 이들을 지시하는 일종의 제유로 기능한다. 따라서 그는 수많은 다른 이들로 모습을 바꾸어 나타날 것이다. 과연 나는 돌아본 "택시운전사"의 얼굴에서 그를 다시 발견한다. "공포에 질려/나는 더듬거린다, 그는 죽은 사람이다." 저 공포는 죽음의 얼굴을 대면한 데서 오는 공포가 아니다. 이미 죽음이 겹으로 나를 에워싸고 있었다. 장례식 행렬을 가득 메운 만장("백색의 차량 가득 검은 잎들은 나부꼈다")과 아무것도 발설하지 못한 내 혀("내 입 속에 악착같이 매달린 검은 잎")가 그것이다. 이 많은 죽음 가운데 "그"는 면면히 살아있지 않은가?[45]

45 권혁웅, 「기형도 시의 주체 연구」, 『한국문예비평연구』 34호, 한국현대문예비평학회, 2011, 72쪽.

전문독자의 해석은 택시운전사를 시적 주체와의 이자적 관계에서 해석한 발표자들의 태도와 대비된다. 1연에서부터 택시운전사는 "한번도 만난 적 없는 그를 생각"하게 한다는 점에서 '그'와의 관계 속에서 해석되어야 하는 존재로 그려진다. 3연에도 택시운전사에게서 죽은 그의 얼굴을 발견하는 장면이 나타난다는 점이 근거로 제시된다. 하지만 이러한 전문독자의 해석만이 타당하다고 보기는 어렵다. (6)의 분석처럼 택시운전사가 시적 주체에게 불러일으키는 공포에 주목한다면, 택시운전사는 시적 주체에게 '그'에 대해 침묵할 것을 강요하는 세력으로 볼 수 있으며, 이에 따라 시적 주체가 "나는 저 운전사를 믿지 못한다"라고 고백한다고 볼 수도 있다. 이러한 점에서 기형도의 「입 속의 검은 잎」의 모호한 시 구절은 시 분석을 둘러싸고 내러티브의 경합이 가능한 상황을 조성하며, 이는 텍스트에 대한 학습자들 간의 비판적 소통을 증진시킨다는 점에서 긍정적인 의미를 지닌다.

4. 남는 문제들

이 글은 내러티브를 활용한 시 교육이 구성주의 이론을 도입하는 데 효과적임을 주장하는 한편으로, 이를 교육현장에 도입하였을 때 유의해야 할 점에 대해 살펴보았다. 구성주의에 바탕을 둔 시 교육을 강조하고는 있으나 예비교사들조차 해석의 다양성을 체험하지 못하는 상황이 지속된다면 이는 교육목표와 실제 현장에서의 교육 간의 괴리로 나타날 수밖에 없다. 이러한 상황이 벌어지지 않도록 시 교육에 내러티브를 활용하는 데 유의할 점을 정리하면 다음과 같다.

첫째, 시 텍스트에 대한 내러티브 분석에 있어서 학습자 개인의 경험도 물론 중요하지만 기존 시 교육의 영향이 지대하다는 사실이 확인된다. 학습자의 개별 경험에 국한하여 내러티브적 의미를 분석하는 것도 의미 있는 접근이지만, 이를 위해서는 텍스트가 한정적으로 선택될 수밖에 없다. 기존 내러티브 분석에서는 학습자의 경험의 의의를 강조하면서 학습자가 기존에 받아온 시 교육의 측면을 충분히 고려하지 않았다. 하지만 학습자들이 교과서에서 접하는 텍스트들은 대부분 개별 경험에 한정되지 않는 사회문화적 맥락을 지닌 것으로, 이에 대한 내러티브 분석에는 학습자가 어떠한 문학 교육을 받아왔는지가 배경지식으로 작용할 가능성이 충분하다. 이러한 점에서 텍스트를 선정할 때부터 해석의 다양성을 확보할 수 있는 작품을 선정하는 것이 필요하다.

둘째, 시 분석에 있어 학습자 개인의 경험에 의존하기보다 시가 창작되었을 당시의 시대적 배경을 정확히 이해하는 것이 내러티브 분석에도 도움을 줄 수 있다. 문제는 시의 내러티브를 분석하는 데 학습자의 잘못된 사전지식 혹은 선험적 분석의 틀이 오히려 시 분석에 방해가 될 수 있다는 것이다. 여기서 교수자는 학습자들이 이미지들의 관계를 인식하고 구조화하는 데 어려움을 겪을 경우 내러티브적 질서를 부여하기 위한 구조의 유형을 시범적으로 제시하여 학습 독자들이 해석의 비계(scaffolding)로 삼을 수 있도록 해야 한다. 내러티브를 분석하는 데 학습자들에게 전권을 위임하기보다 교수자의 적극적인 개입이 요청되는 부분이다. 문학 교육에서 구성주의적 이론의 지향점이 적용되기 위해서는 내러티브적 사고를 제한하는 특정 담론에 대해 파악하고 학습자들이 이를 비판적으로 인식한 상태에서 내러티브적 사고를 지향할 수 있는 교수법에 대한 고민이 필요하다.

셋째, 이를 바탕으로 문학 교육과 작문 교육의 통합 가능성을 내러티브를 통해 모색할 수 있다. 현행 문학 교육은 '이해'와 '감상' 교육 쪽으로 기울어 있기 때문에 작문 교육보다 독서교육과 친화적으로 생각하는 경향이 있다. 하지만 문학체험을 자기화하기 위해 문학 교육과 작문 교육의 결합은 진지하게 모색될 필요가 있다. 정재찬은 학생들이 스스로 해석하고 감상하기 전에 권위 있는 해설부터 찾는 경향이 있음을 지적하면서 학생들로 하여금 스스로 문학에 관한 힘, 곧 텍스트 능력(textual power) 및 문화적 능력(cultural literacy)을 지닐 수 있도록 힘을 부여할 필요성을 제기한 바 있다.[46] 이를 위해서는 의미 구성이라는 점에서 상호보완적인 행위로 인식되는 읽기·쓰기 통합 지도가 필요하다. 이러한 점을 고려하여 내러티브를 시 교수-학습에 적용한다면 시를 기준으로 다양한 내러티브적 방법이 접근전략으로 활용되어 학습자들이 시를 효율적으로 이해하고 시적 정신을 함양하는 데 도움을 줄 수 있을 것이다.

46 정재찬, 「문학체험의 자기화를 위한 문화 혼융의 글쓰기」, 『작문연구』 10호, 한국작문학회, 2010, 47~48쪽.

안지영

국문학 연구자. 문학 비평가. 현대시를 전공했으며, 현재 국민대학교 교양대학에 연구교수로 재직 중이다. 최근에는 1980~90년대 여성해방운동 및 생태운동에 관심을 두고 연구 중이다. 지은 책으로는 『천사의 허무주의』, 『틀어막혔던 입에서』가 있다.
sunshinemaru@hotmail.com

근대문학, 생명을 사유하다

초판 1쇄 인쇄 2023년 10월 16일
초판 1쇄 발행 2023년 10월 25일

지 은 이 안지영
펴 낸 이 이대현

편 집 이태곤 권분옥 임애정 강윤경
디 자 인 안혜진 최선주 이경진
기획/마케팅 박태훈

펴 낸 곳 도서출판 역락
주 소 서울시 서초구 동광로46길 6-6 문창빌딩 2층(우06589)
전 화 02-3409-2055(대표), 2058(영업), 2060(편집) FAX 02-3409-2059
이 메 일 youkrack@hanmail.net
홈페이지 www.youkrackbooks.com
등 록 1999년 4월 19일 제303-2002-000014호

ISBN 979-11-6742-621-5 93800

*정가는 뒤표지에 있습니다.
*잘못된 책은 바꿔 드립니다.